DER MENSCH
DER ROMANTIK

DER MENSCH DER ROMANTIK

Herausgegeben von
François Furet

Magnus Verlag

Die Originalausgabe L'UOMO ROMANTICO
erschien 1995 bei Editori Laterza, Rom

Im Einverständnis mit dem Herausgeber wurden der Beitrag »Il maestro di scuola« nicht in die deutsche Ausgabe aufgenommen.

Übersetzungen: Aus dem Französischen (Einführung, Kapitel 5) von Klaus Jöken und (Kapitel 3 und 7) von Bodo Schulze; aus dem Englischen und Italienischen (Kapitel 2, 4 und 6) von Andreas Simon.

Dieses Buch erscheint im Rahmen eines 1985 getroffenen Abkommens zwischen der Wissenschaftsstiftung Maison des Scienes de l'Homme und dem Campus Verlag. Das Abkommen beinhaltet die Übersetzung und gemeinsame Publikation deutscher und französischer geistes- und sozialwissenschaftlicher Werke, die in enger Zusammenarbeit mit Forschungseinrichtungen beider Länder ausgewählt werden.

Cet ouvrage est publié dans le cadre d'un accord passé en 1985 entre la Fondation de la Maison des Sciences de l'Homme et le Campus Verlag. Ce accord comprend la traduction et la publication en commun d'ouvrages allemands et français dans de domaine des sciences sociales et humaines. Ils seront choisis en collaboration avec des institutions de recherche des deux pays.

Schutzumschlag: Atelier Warminski, Büdingen
Umschlagmotiv: Gemälde von Waldmüller, 1835: »Die Familie des Notars Dr. Eltz in Ischl«. Österreichische Galerie, Wien.

Lizenzausgabe mit freundlicher Genehmigung der Campus Verlag GmbH, Frankfurt/Main

ISBN 978-3-88400-806-5

Inhalt

Einführung

Der Mensch der Romantik

François Furet

Der Mensch der Romantik erblickte das Licht der Welt gleichzeitig mit der modernen Gesellschaft und wuchs in den Jahren zwischen 1814 und 1848 heran, zwischen dem Ende der Französischen Revolution und ihrer Neuauflage. Die Prinzipien des Jahres 1789 hatten Frankreichs Niederlage in den Napoleonischen Kriegen überlebt. Dieses Gedankengut vermischte sich konsequent mit den Vorstellungen und Institutionen der alten Monarchien, die geglaubt hatten, den revolutionären Geist endgültig besiegt zu haben. Die europäischen Nationen wurden einem umfassenden antidemokratischen Erziehungsprogramm unterworfen, obwohl ihr soziales Gefüge nicht mehr ausschließlich nach einem aristokratischem Muster aufgebaut war. Das Ancien régime, dessen Abschaffung die Franzosen praktisch überall betrieben hatten, hatte zwar überlebt, jedoch nur dadurch, daß es Kompromisse mit den neuen Ideen eingegangen war, als wäre es sich seiner selbst nicht sicher. Obwohl es sich in manchen Ländern mit dem Konstitutionalismus, in anderen mit der Gleichheit der Bürger abfand, führte das Ancien régime praktisch überall einen Abwehrkampf gegen den Zeitgeist und seine geheimnisvolle Zwangsläufigkeit.

Dies ist einleuchtend, wenn man den besonderen Zug der europäischen Zivilisation jener Zeit berücksichtigt: die Entwicklung einer Gesellschaftsform, in der die Mittelschicht eine zunehmend wichtige Rolle spielte, da sie sich von den traditionellen Hierarchien der aristokratischen Welt emanzipierte. Damals bezeichnete man jene Zwischenstufe, die den Adel von den unteren Volksschichten schied, auf Französisch sowohl mit *classe moyenne* (Mittelschicht) als auch mit *classe bourgeoise* (Bürgertum). Dieser wirtschaftlich gesehen sehr unbestimmte Zwischenbereich hatte durch die Ereignisse des Jahres 1789 anscheinend eine sehr treffende politische Definition gefunden, als sich die Abgeordneten des Dritten Standes zur Nationalversammlung erklärten, mit allem, was sich später daraus ergab. Auf diese Weise hat Frankreich damals den Ton angegeben, selbst später noch, als es besiegt worden war.

Dies kommt zum Ausdruck in einem Zitat aus dem *Dictionnaire universel Larousse,* mit dem Heinz-Gerhard Haupt seinen Beitrag einleitet: »Das Bürgertum hat es nur im modernen Europa gegeben, und in ganz Europa hat sich diese Institution in Frankreich am vollständigsten entwickelt. [...] Deutschland hatte zwar seine freien Städte, England sein Unterhaus, aber in Frankreich ist das ganze Land bürgerlich geworden und hat sich in den Dritten Stand verwandelt.« Betrachtet man den Ausdruck Bürgertum in seiner institutionellen und juristischen Bedeutung, belegt diese Definition sehr gut, wie sich das Bürgertum gebildet hat, nämlich als sozialer Status innerhalb einer aristokratischen Welt. Außerdem zeigt der Begriff auf, inwiefern die Bourgeoisie allein in Frankreich über die zivilrechtliche Gleichstellung aller zum allgemeingültigen Recht für die gesamte Gesellschaft wurde. Darüber hinaus ermöglicht es diese Definition, den unübersichtlichen Charakter jener Zeit, die uns hier beschäftigt und in der die verschiedenen Generationen der Romantik lebten, zu entwirren. Diese Epoche war weder aristokratisch noch bürgerlich, sondern stand gleichzeitig zwischen zwei Prinzipien und zwei Welten. Selbst in Frankreich, wo der Aristokratie jede rechtliche Grundlage entzogen worden war, behielt der Adel im politischen und gesellschaftlichen Leben des Landes durchaus noch großen Einfluß. Die soziale Wirklichkeit überlebte hier trotz einer veränderten Rechtslage.

Damit versucht Heinz-Gerhard Haupt völlig zu Recht aufzuzeigen, in welchem Maße der europäische Bürger der Romantik noch halb in der traditionellen Hierarchie einer in Stände oder Kasten gegliederten Gesellschaft gefangen war. In eben dieser Gesellschaft oder zumindest in jenen Städten (*bourgs*), von denen sich sein Name ableitet, ist er aufgekommen. Der Bewohner der »bourgs«, definierte sich ferner durch seine Privilegien und »Freiheiten« und bildete die führende Komponente des »dritten Standes« oder der »Gemeinden«. Die Stadt war seine Wiege, hat ihn jedoch nicht in ihren Mauern gefangen gehalten. Der Bürger besaß oft selbst außerhalb der Stadtmauer Land oder ein Haus. Neben verschiedenen anderen Einnahmequellen lebte er also auch von der Verpachtung von Land, so daß er nicht oder doch nur sehr wenig arbeiten mußte. In einer Gesellschaft, in der der Müßiggang des Adels als Statussymbol verstanden wurde, bemühte sich der Bürger zumindest wie ein Adliger zu leben, wenn er schon nicht die gewohnheitsrechtliche und juristische Schranke, die ihn vom Edelmann schied, aufheben konnte.

Doch obwohl Anfang des 19. Jahrhunderts in Europa das alte Modell des Bürgertums als städtische Führungsschicht, die im Schatten der Monarchie und des Adels lebte, weiter fortbestand, zeigten sich auch hier neue Muster einer besonderen Stellung des Bürgers. Die Französische Revolution hatte den durch die Politik emanzipierten Bürger erfunden. Dagegen fand die in England aufgekommene industrielle Revolution auch auf dem Kontinent hier und da ihre Ableger und brachte den durch das Kapital emanzipierten Bürger hervor. Diese beiden Bilder deckten sich nicht. Der französische Bürger, der die Aristokratie besiegt hatte, änderte seine Lebensweise nicht, darum beschrieb Balzac ihn immer noch als landhungrigen Geschäftsmann oder Rentier, der gern Geld zu Wucherzinsen verlieh, ganz nach Art seiner Vorfahren im »Ancien régime«. Der kapitalistische Bürger lebte vornehmlich in England oder am Rhein, obwohl er seine phänomenale Karriere praktisch überall antrat. Allerdings setzte sein Aufstieg nicht unbedingt die Zerstörung der alten Ständeordnung voraus.

Sowohl das Adjektiv »bürgerlich« als auch das Substantiv »Bürger« (*bourgeois*) bezeichnete also ein Zwischenstadium: zwischen zwei Epochen, zwischen zwei Gesellschaftsformen und zwischen zwei Zivilisationen. Diese Zwischenstellung umfaßte eine Vielzahl möglicher Situationen, von denen uns Heinz-Gerhard Haupt eine Übersicht vorschlägt. Dabei stützt er sich auf die Geographie Europas in ihrem historischen Kontext. Je weiter man nach Osten kam, desto stärker blieben die europäischen Länder dem alten aristokratischen Regime verhaftet. Doch auch in den westlichen Ländern begegnete man zwei sehr verschiedenen Varianten des modernen Bürgers, je nachdem ob man ihn aus einem politischen oder aus einem wirtschaftlichen Blickwinkel heraus betrachtete. Die deutschen Staaten wiesen in ihrer Vielfalt so ziemlich alle juristischen und sozialen Spielarten des Bürgers auf, noch bevor Marx in seinen Jugendwerken das einheitliche Bild vom Bourgeois schuf, das er den Philosophen und Arbeitern als Schreckgespenst hinhielt. Noch bevor der Bürger seine historische Rolle wirklich ganz übernommen hatte, war er schon der Sündenbock für alles Unheil der modernen Gesellschaft.

Sucht man einen zusätzlichen Beweis für die unvollkommene Ausformung jener Gesellschaftsschicht, muß man sich nur der anderen Klasse zuwenden, die angeblich die moderne Gesellschaft begründet hat: dem Arbeiter. In der englischen Sprache war dieser Ausdruck (*worker*) zu Anfang des 19. Jahrhunderts noch unbekannt. Auf Französisch (*ouvrier*) und auf Deutsch (*Arbeiter*) gab es ihn nur in sehr eingeschränkter Bedeutung, aber nicht im allgemeinen Sinne, wie er heute verwendet wird. Man unterschied die Handarbeit zwar schon von jeher durch eine Vielzahl unterschiedlicher Bezeichnungen von allen anderen Aktivitäten, aber sie hatte noch nicht Anlaß dazu gegeben, eine größere Gruppe von Menschen allein aufgrund ihrer analogen sozialen Lage als eigene Klasse zu definieren. Der Beitrag von Sidney Pollard bildet einen ausgezeichneten Kontrapunkt zum Aufsatz von Heinz-Gerhard Haupt, weil ersterer unter einem sozialen Blickwinkel die Mannigfaltigkeit der Arbeiterschaft veranschaulicht, was letzterer schon für den Bürger geleistet hat.

Vom traditionellen Handwerker bis zum Fabrikarbeiter gab es eine Unmenge von Zwischenstadien! Sidney Pollard rekonstruiert dieses Mosaik, wohl wissend, daß seine Differenzierungen in gewisser Hinsicht willkürlich sind, da sich die einzelnen Kategorien manchmal überschneiden. Erstens unterscheidet er zwischen den Handwerkern und ihren Gesellen. Diese Welt der Facharbeiter stammte noch aus dem Mittelalter und war weitgehend in Zünfte und Innungen gegliedert. Zweitens gab es die Heimarbeiter, sowohl in der Stadt als auch auf dem Lande, an die der Arbeitgeber seine Rohstoffe verteilte. Ein Beispiel dafür waren die Weber, die in Europa zahlreiche Dörfer bevölkerten. Die dritte Gruppe, die Arbeiter in den Fabriken und Manufakturen, bildete die unglückselige Triebkraft der neuen industriellen Entwicklung, die vor allem von Birmingham und Manchester ausging. Und schließlich gab es noch die Tagelöhner in der Stadt und auf dem Lande, ein Heer von Arbeitskräften, das ganz vom jeweiligen Angebot auf dem Arbeitsmarkt abhängig war.

Ebeno wie die Bürger gliederten sich die Handarbeiter damals in viele verschiedene Gruppen, die sich nicht nur durch die Art der von ihnen ausgeführten Arbeit, sondern auch durch ihren Platz in der Güterproduktion und durch ihre soziale Stellung unterschieden. Das heißt, sie befanden sich in einer Periode, in der es einerseits noch den Handwerker des Mittelalters gab, während andererseits schon der moderne Proletarier existierte. Mit seinen handwerklichen Fähigkeiten blieb ersterer weiterhin der Aristokrat unter den Arbeitern, der Wächter aller Geheimnisse seines Gewerbes. Seine Zünfte machten den Kern der Stadtbevölkerung aus. Auf seine Art war auch er privilegiert, als Mitglied einer oligarchischen Körperschaft, zu der man nur nach der Ausführung eines Meisterstücks zugelassen wurde. Seit Jahrhunderten errichtete er jene Bauwerke und stellte jene Luxusgegenstände her, die von jeher zum europäischen Lebensstil gehörten, wobei er sich dazu immer die nötige Zeit nahm. Die wenigen Gesellen, mit denen er sich umgab, konnten mit etwas Glück später auch Handwerkermeister werden. Selbst diejenigen, die dies nicht schafften, hatten eine lange Lehre absolviert, die ihnen in ihrem jeweiligen Handwerk ein Monopol sicherte oder zumindest eine Garantie dafür war, bevorzugt eingestellt zu werden. Diese umherziehenden oder seßhaften Arbeiter fanden in verschiedenen Gesellenbruderschaften einen Organisationsrahmen. Kurz gesagt wurde in Europa der Großteil der arbeitenden Bevölkerung von der sozialen Umwälzung, die mit der Industrialisierung und gelegentlich mit der Bildung eines umfangreicheren Proletariats einherging, noch nicht berührt. Dem Handwerker erging es dabei längst nicht am schlimmsten. Obwohl auch er den Unwägbarkeiten der Konjunktur und einer oft sinkenden Nachfrage nicht entging, mußte er sich zumindest nicht der Maschine unterordnen und mitansehen, wie Frauen und Kinder ausgebeutet wurden.

Dennoch hat die sozialistische Idee schon vor dem Untergang der alten Wirtschaftsordnung ihren Einzug in die Geschichte gehalten. Sie hat bereits Ende des 18. Jahrhunderts bei der französischen revolutionären Linken – zum Beispiel bei Männern wie Babeuf – so etwas wie ein Schuldgefühl entwickelt, weil sie selbst zum Sturz von Robespierre beigetragen hatte. Zur gleichen Zeit drang sie auch in den englischen Radikalismus ein. Im Chartismus vermischten sich spezifische Ziele der Arbeiter mit der Forderung nach dem allgemeinen Wahlrecht, während die Bewegung der Konsumvereine in Owen ihren ersten Ideologen fand. In den deutschen Ländern entstanden zur selben Zeit geheime, frühkommunistische Vereinigungen wie Weitlings *Bund der Gerechten.* Für den jungen Marx kündigte der schlesische Weberaufstand des Jahres 1845 eine neue Phase in der Geschichte der Menschheit an. Und schließlich darf man die Julimonarchie (1830-48) in Frankreich nicht vergessen, damals die klassische Heimat für eine Fülle sozialistischer Ideen und Ideologien, ob diese nun eine Weiterentwicklung des Jakobinertums waren, wie bei Louis Blanc, oder ob sie im Gegenteil versuchten, im Namen der sozialen Autonomie mit der politischen Zentralisierung zu brechen, wie bei Proudhon.

Die Revolutionen des Jahres 1848 zeigten in unterschiedlichem Maße aber auf dem gesamten europäischen Kontinent, daß zum Vorbild des Jahres 1789 künftig auch noch eine ganze Reihe sozialer Ansprüche und sozialistischer Forderungen hinzukamen, in der Geschichtsschreibung symbolisiert durch das berühmte *Kommunistische Manifest* von Marx und Engels. In Frankreich erlebten die Pariser Arbeiter im Juli 1848 sogar »ihre« Tage, die zugegebenermaßen tragisch endeten. Als hätte die *Arbeiterklasse,* noch bevor sie als homogene soziale Realität existierte, schon ein Selbstbewußtsein und gute Gründe zum Handeln besessen.

Die älteste Grundlage dieser Gesellschaft, auf halbem Weg zwischen der alten Welt und der Moderne, bildete die Moral, da sie alle Veränderungen der sozialen Landschaft am längsten überlebt hat. Sie zu untersuchen haben wir in diesem Buch, das einer relativ kurzen Epoche der europäischen Geschichte gewidmet ist, wissentlich unterlassen. Dennoch kann man in dem Kapitel, das der Frau gewidmet ist, eine Vorstellung davon gewinnen. Nichts wirft ein erhellenderes Licht auf die herrschende Moral als die Beziehung zwischen den Geschlechtern und die soziale Rolle, die jeweils der Frau zugewiesen wird. Zu dieser Frage können wir die sachkundige Darstellung von Stéphane Michaud lesen.

Scheinbar hatte die Französische Revolution die Stellung der Frau, wie auch sonst alles andere, zunächst völlig verändert. Einmal aufgrund der Rolle, die die Frauen während der Revolution gespielt haben. Der Ruf nach Brot hatte sie nämlich wie üblich mobilisiert, obwohl dies damals einbezogen war in einem weiter gefaßten, sogar universellen Kampf. Nur durch ihre Mitwirkung errang das Volk von Paris an den Revolutionstagen des 5. und 6. Oktobers 1789 einen solchen Sieg über den König, daß der Monarch anschließend in seiner eigenen Hauptstadt praktisch gefangen gehalten wurde. Allerdings wäre dieser Triumph an sich völlig bedeutungslos gewesen, hätte er nicht das Ziel verfolgt, die Menschheit vom Fluch der Vergangenheit zu befreien und alle Individuen zu ihrem Recht zu verhelfen. Dieses Versprechen wurde rasch Lügen gestraft, als ein Teil der Männer – nämlich die ärmsten – durch die Bestimmungen des Wahlrechts ausgeschlossen wurde, während man die Frauen nie zugelassen hatte, nicht einmal 1792. Daraus darf man jedoch nicht schließen, wie dies oft getan wurde, daß man ihnen ihre Rechte vorenthalten hätte. Allein die Tatsache, daß man diese Rechte feierlich verkündet hat, hat nämlich ausgereicht, die Geisteshaltung der Menschen zu ändern. Einerseits stärkte die Verkündigung der Rechte rein feministische Forderungen, wie sie von Condorcet und Madame Roland formuliert worden waren. Andererseits erlaubte sie eine Reform des Zivilrechts, die damals wie später eine bedeutende Veränderung der Mentalitäten bewirkte. So gesehen stellte das Gesetz vom 20. September 1792, das die Scheidung und die Zivilehe einführte, einen radikalen Wandel dar. Der Zusammenschluß von Mann und Frau zur Gründung einer Familie beruhte von nun an nämlich nur noch auf dem freien Willen beider Partner.

Der Freiheit der Frau, die im Versprechen einer Autonomie aller Menschen enthalten war, bot das Zeitalter der Romantik also neue Perspektiven. Diese Freiheit ist nicht einfach aus dem Nichts heraus entstanden. Sie wurde vorbereitet von der monarchischen Gesellschaft und dem Leben am Hofe, an dem sich beide Geschlechter ständig miteinander vermischten. Gerade dieser permanente Austausch machte den subtilen Charme des Hoflebens aus. Was vom barocken Europa die »Zivilisation« genannt wurde, als Umschreibung für die erreichten Fortschritte auf dem Gebiet der »Höflichkeit« (*civilité*), verdankte viel dem Einfluß der Frauen. Der frische Wind, der Ende des 18. Jahrhunderts durch Europa blies, bestätigte die Kontinuität dieser Entwicklung. Die Salons des Direktoriums führten in Paris die aristokratische Tradition dieser Hauptstadt der Aufklärung in einem eher bürgerlichen Stil weiter. Madame de Staël mußte nun keine Abfuhr mehr befürchten wie jene, die sie noch in ihrer Jugend am Hof von Versailles erlebt hatte. Künftig stand sie im Mittelpunkt des modernen Balletts von Politik, Finanzwelt und Weltanschauung, das so charakteristisch war für die neue Welt, zu der auch die Freiheit von Gedanken und Moral gehörte.

Die Suche nach dem eigenen Ich, diese fixe Idee des emanzipierten Menschen, packte Madame de Staël ebenso wie alle männlichen Schriftsteller. Durch ihre Bücher stieß diese Suche jedoch auf einen außergewöhnlichen Widerhall. Gerade in Deutschland, dessen geistige Unruhe sie nach Frankreich importierte, fand sie Nachahmerinnen, die ebenfalls auf der Suche nach einem unerreichbaren Glück waren. Karoline Böhmer, die Tochter von Michaelis Böhmer, einem bedeutenden Professor an der Universität Göttingen, hatte früh geheiratet und war bereits kurz darauf Witwe geworden. Das Abenteuer der Mainzer Republik versetzte sie in solche Begeisterung, daß sie sich sogar von einem französischen Offizier ein Kind machen ließ. Später, im Jahre 1796, heiratete sie August Wilhelm Schlegel, ließ sich aber bald darauf wieder scheiden, um sich mit Schelling zu vermählen. Zu den bedeutenden Persönlichkeiten der deutschen Romantik zählten sogar zwei jüdische Mädchen, reine Produkte der von Friedrich dem Großen propagierten jüdisch-deutschen »Assimilation«: einmal Dorothea Schlegel, die Tochter von Moses Mendelssohn, dem jüdischen Philosophen der Aufklärung, und zweitens Rahel Varnhagen, die sich trotz ihrer Herkunft und ihres Geschlechts in Berlin unbedingt einen Namen machen wollte. Diese Lebensläufe, einschließlich der der Madame de Staël, lassen so viel Ehrgeiz erkennen, daß dadurch alles Zielstrebige und Bewundernswerte an ihnen verschleiert wird, insbesondere die außerordentliche Energie, die diese Frauen aufwenden mußten, um der Frau an sich eine neue Stellung zu erobern.

Diese außergewöhnlichen Frauen dienten den progressiven Bewegungen der ersten Hälfte des 19. Jahrhunderts als Vorbild. Ihren Nachfolgerinnen begegnet man insbesondere in der Geschichte der frühen sozialistischen Vereinigungen und der ersten feministischen Bewegungen. Stéphane Michaud erweckt in seinem Kapitel die berühmtesten Vertreterinnen zu neuem Leben, vor allem George Sand. Dennoch zeigt er auch die Kehrseite der Medaille, nämlich daß sich die Frau während der europäischen Romantik ihre Rolle eher im traditionellen Rahmen neu eingerichtet hat, statt sich gegen diese Tradition aufzulehnen. Die Französische Revolution hatte ihr dabei in gewissem Sinne den Weg gewiesen. General Bonaparte, der die Botschaft der Revolution letztendlich usurpiert hat, war patriarchalisch eingestellt wie die Insel, von der er stammte. Sein Wunschbild war eine Familie, die unter der Autorität des Vaters steht, aber von der Mutter behütet wird. Sie sollte eine Stütze der privaten Ordnung sein, welche wiederum eine Voraussetzung für die öffentliche Ordnung ist. Die Religion als zwingende, sowohl soziale als auch moralische Notwendigkeit krönte seine Vorstellung von jener Welt, über die er herrschen wollte. Er kehrte keineswegs zur organischen Ordnung der Vergangenheit zurück, sondern umgab die bürgerliche Ordnung mit konservativen Schutzmaßnahmen, die in den Mittelmeerländern schon seit Menschengedenken existiert hatten.

Die Frau der Romantik entsprach nicht allen Vorurteilen, die dieses Kind Korsikas hegte. Dennoch verkörperte sie weitgehend alle Tugenden der bürgerlichen Familie, die im Ancien régime gelernt hatte, solidarisch zu sein und sich ganz dem Aufstieg der Kinder zu widmen. Sie besaß nicht denselben Glanz wie die aristokratische Familie, hielt aber enger zusammen und baute sich mehr auf Zuneigung auf. Die Beständigkeit der Ehemoral war ihre wichtigste Voraussetzung, zusammen mit einer subtilen Mischung verliebter Zuneigung zwischen den Eheleuten einerseits und der Vereinigung ihres jeweiligen Vermögens andererseits. Daß Scheidungen äußerst selten vorkamen beweist, wie stark das Band der Ehe war. Wurde ein Ehemann gelegentlich untreu, strapazierte er dieses Band, jedoch ohne es zu zerreißen. Seitensprünge von Ehefrauen kamen seltener vor, boten aber reichlich Stoff für die große Literaturgattung jener Zeit, den Roman. Doch allein die Vorstellung von einem sittlichen Skandal verrät, wie selten sich so etwas ereignete. Wahrscheinlich ist die Kernfamilie nie stabiler gewesen als in dieser Epoche, weil es damals auch im weiter gefaßten Kreis der Verwandten noch ein Zusammengehörigkeitsgefühl gab, während zugleich schon die zärtlichen Gefühle zwischen den Eheleuten selbst, sowie zwischen diesen und ihren Kindern gepflegt wurden. Dieser Privatbereich, der so charakteristisch für die bürgerliche Ordnung war, wurde durch die Tugend der Frau behütet.

Damit kommen wir auf die Religion zu sprechen, deren Untergang zwar von vielen Philosophen der Aufklärung vorausgesagt und angestrebt worden war, die jedoch mehr denn je das moralische Fundament der Romantik bildete. Sie bewahrte ihren traditionellen Einfluß auf die Seelen, und die Erfahrung der Französischen Revolution hatte ihr neuen Schwung verliehen, einerseits weil sie verfolgt worden war, aber auch weil sie der individualistischen Gesellschaft einen geistigen Zusammenhalt bot. Selbst die zynischsten Bürger sahen in ihr ein Mittel, sich den Gehorsam des Volkes zu sichern, während sie für die profundesten Bürger der letzte spirituelle Halt der modernen Gesellschaft war. Allerdings waren die ersteren lediglich Heuchler, während es letzteren große Mühe bereitete, die verlorenen Geheimnisse des Glaubens wiederzufinden. Dagegen blieb die Frau der Romantik, die zumeist von den Aufregungen der Geschäftswelt und des öffentlichen Lebens ausgeschlossen war, die Wahrerin des religiösen Gefühls par excellence. Sie lebte und verkörperte dieses Gefühl manchmal auf poetische, verinnerlichte Weise, bisweilen durch ein mildtätiges Sendungsbewußtsein, und mitunter einfach durch ihre Suche nach einem tugendhaften Glück. Wie Stéphane Michaud feststellt, entfaltete sich in England jene moralisierende Religiosität, durch die die Frauen der ganzen Gesellschaft, die man später als die Viktorianische bezeichnen sollte, ihren Stempel aufdrückten. Unter jeweils anderen Formen, die jedoch alle zum gemeinsamen Stamm des Christentums gehörten, schöpften sämtliche Länder der europäischen Romantik ihre gemeinsamen moralischen Werte aus dem religiösen Gefühl, dessen Flamme die Frauen jeweils von ihrem Heim aus in der Gemeinschaft unterhielten.

Anschließend geht dieses Buch in seiner Bestandsaufnahme jener Epoche vom allgemeinen Beispiel zum Einzelfall über. Es versucht den Zeitgeist zu definieren, indem es die Stellung einiger typischer Persönlichkeiten beschreibt. Darum wurden diese Honoratioren auch weniger wegen ihrer sozialen Funktion im strikten Sinne ausgewählt, sondern aufgrund der Werte, denen sie dienten und die sie verkörperten. Der Arzt als Repräsentant der Wissenschaft. Der Priester, weil die Religion durch ihn weiter für die offenbarte Wahrheit gegen das Vordringen der Moderne kämpfte.

Wer ermessen möchte, welche Faszination das Wissen auf den Menschen der Romantik ausgeübt hat, der lese den Beitrag von

Giorgio Cosmacini über den Arzt. Seiner Meinung nach beschränkte sich die Romantik nicht nur auf philosophische und literarische Werke, sondern war vielmehr eine Weltanschauung, die eine bestimmte Konzeption der Natur, eine Theorie vom Leben, von Gesundheit und von Krankheit umfaßte. Darum enthält seine Untersuchung eine sehr genaue Bestandsaufnahme der verschiedenen Lehrmeinungen, die in den ersten Jahrzehnten des 19. Jahrhunderts in ganz Westeuropa den Beifall der Mediziner fanden und vom kultivierten Publikum geschätzt wurden. Von John Brown bis Laënnec, von Lorenz Oken bis Broussais machte die Medizin entscheidende Fortschritte, von diversen Spekulationen über die Wechselwirkung der verborgenen Naturkräfte bis zur experimentellen anatomisch-physiologischen Forschung. Selbst die damalige Begeisterung für den animalischen Magnetismus und später für Galls Phrenologie wird berücksichtigt. Giorgio Cosmacini zeichnet den gewundenen Weg dieser »romantischen« Medizin nach und zeigt dabei einleuchtend auf, wie das Wissen über den menschlichen Körper, zu dem sich auch der Ehrgeiz zu heilen gesellte, von Anfang an zwischen einer metaphysischen Auffassung vom »Leben«, einer experimentellen Wissenschaft und einer von den Ängsten der Kranken beherrschten Praxis hin und her gerissen wurde. Deswegen wurden die Kontroversen unter Medizinern mit einer Schärfe geführt und erhielten einen Widerhall, der in anderen Wissenschaftsbereichen unbekannt war.

Der große, von der höfischen Gesellschaft emanzipierte Arzt wurde zu einer Persönlichkeit der Epoche, die uns hier beschäftigt. Er beherrschte die Institution des Krankenhauses und behandelte die erlauchtesten Personen anhand von Beobachtungen, die er an armen Schluckern gesammelt hatte. Allein sein Ruf enthielt schon das Versprechen, den Tod zurückdrängen zu können. Damals wurde seine soziale Machtstellung begründet, die bis heute andauert. Aber außerhalb der Städte herrschte Balzacs Landarzt, der sowohl die Toten besuchte, als auch die Kranken versorgte. Mit einer Lanzette bewaffnet trug er als getreuer Anhänger der antiken Prozedur des Aderlasses zur »Blutreinigung« eher einen psychologischen Trost als eine wirkliche Heilkunst in die Hütten der einfachen Leute. Auf seine Art war er ebenfalls ein typischer Zeuge der Romantik, da er zumindest den Anschein einer Wissenschaft, die zuverlässiger war als jede Überlieferung, selbst in den abgelegensten Winkel Europas brachte.

Gegenüber dem Arzt blieb der Priester weiterhin für das Seelenheil verantwortlich. Allerdings war er nicht mehr, wie in den früheren Monarchien, Seelenhirt von Gottes Gnaden. Diese Rolle mußte er angesichts der Versprechungen, die die Philosophie der Aufklärung geweckt und nicht eingehalten hatte, wieder zurückerobern. Außerdem besaß seine Berechtigung zur Amtsausübung nicht mehr dieselbe unbestrittene Legitimität wie früher. Übrigens diente er auch nicht mehr ganz derselben Religion, zumindest in jenen Teilen Europas, die mit dem revolutionären Jakobinertum Bekanntschaft geschlossen hatten. Philippe Boutry zeigt überzeugend auf, daß der »romantische« Katholizismus aus dieser Prüfung gewandelt hervorging, wobei er den Kern seines neuen Erscheinungsbildes zum Teil vom verhaßten Gegner übernommen hatte. Der Katholizismus legte sich eine neue Geschichte, eine idealisierte Auffassung von der Gemeinschaft der Gläubigen und ein mythisches, neuerfundenes Mittelalter zurecht, um sich der sozialen Auflösung, die ihre Ursache im modernen Individualismus hatte, zu widersetzen. Ein eher gefühlsbetontes als pragmatisches Christentum, dessen Einfluß auf die Vorstellungskraft zuerst von Chateaubriand in seiner 1802 veröffentlichten Schrift *Génie du Christianisme* zum Ausdruck gebracht wurde. Diese Einstellung hielt lange an und stärkte im ganzen 19. Jahrhundert die radikalen antibürgerlichen Überzeugungen vieler Katholiken sowie der Kirche selbst. Ihren Ursprung hatte sie in der Romantik gefunden. Daß der Glaube zunehmend in weibliche Hand überging, lieferte ihr anschließend noch zusätzliche Nahrung.

In Frankreich wurde die katholische Kirche durch die Revolution gewaltsam aus der Gesellschaft herausgerissen und gewann ihren früheren Einfluß nie wieder zurück. Die Ereignisse in Frankreich nahmen zum Teil vorweg, was auch anderswo folgen sollte, bis hin zur Enteignung des Papstes durch die italienische Monarchie. Die römische Kirche stellte mit ihren Dienern die Märtyrer jener Zeit. Dies verlieh ihnen sowohl einen opfermütigen als auch kämpferischen, einen ebenso leidgeprüften wie radikalen Anstrich. Der Kampf mit der modernen Zeit wurde gnadenlos geführt und duldete keine Kompromisse. Der Priester mochte zwar unten auf Erden besiegt sein, doch gerade seine Niederlage verlieh ihm gleichsam den Heiligenschein einer Mahnung an das Unglück. Er wurde zur Personifizierung der Sühne und des Versprechens einer Genugtuung im Jenseits. Darum wurde er auch ganz selbstverständlich ins Repertoire der Romantik aufgenommen, nachdem er seinen Platz im großen Umbruch der modernen Gesellschaft nicht hatte behaupten können. Er zierte die fortschreitende Säkularisierung mit einer geheimnisvollen Sensibilität und Poesie, die der Kirche zwar nicht den verlorenen Einfluß zurückzugeben vermochte, die jedoch stark genug war, besorgte oder unglückliche Herzen erneut an sie zu binden.

Die augenfälligste Religion des Menschen der Romantik war jedoch die Kunst. Dies ist der Ausgangspunkt des hervorragenden Artikels von Sergio Givone, der dem Intellektuellen gewidmet ist. Dieser hatte, will man dem Autor folgen, der Universalität des Wahren abgeschworen, während er geradezu besessen war von er Ästhetik, die sich selbst auf die Philosophie und die Theologie erstreckte. Allein im Universum sucht das Ich sein Heil im Schaffen und in der Betrachtung des Schönen, eine Subjektivierung der Welt, die schon zu Beginn des Jahrhunderts den Nihilismus des Fin de siècle ankündigte. Es ist noch untertrieben, wenn man sagt, daß dem Intellektuellen der Romantik die Kunst über alles ging. Selbst aus seinem eigenen Leben wollte er ein Kunstwerk machen. Dazu muß man sich nur die Figuren betrachten, die seine Phantasie beflügelten.

Der Dandy und der Flaneur waren zwei Spielarten der radikalen Autonomie des Individuums. Beide Gestalten waren dem modernen Ästheten teuer. Vor dem Schauspiel der Welt schützen sich beide durch illusionslose Gedanken, die alles Tragische durch ein nihilistisches Bekenntnis bannen. Den Lebensüberdruß meistert der Ästhet durch Selbstbestätigung, der Flaneur dadurch, daß er sich ganz den äußeren Dingen hingibt. Den Dandy muß man zwischen diesen beiden Typen ansiedeln. Er unterläßt es, sich als verantwortliche Person hinzustellen, begleitet seine eigene Begrenztheit jedoch mit ironischer Selbstbetrachtung.

Der Utopist und der Konservative. Für Sergio Givone sind diese beiden Bezeichnungen sozusagen grundlegend für die politischen Anschauungen der deutschen romantischen Schriftsteller. Der erste in dieser Reihe war Herder. Seiner Meinung nach begreift man die Welt durch das Entziffern von Sprachen und Kulturen, deren höchste Form die Poesie ist. Die Geschichte besteht demnach aus einem

Mosaik von Mythen, in denen ihr Sinn zum Ausdruck kommt und die am besten durch die Kunst vermittelt werden. Diese Sichtweise konnte bewirken – und hat dies auch getan –, daß Ende des 18. Jahrhunderts viele junge deutsche Intellektuelle zu Befürwortern der Revolution wurden. Aber sie konnte – und hat dies ebenfalls getan – sich auch ins Gegenteil wenden. Der Sinn des Mythos kann nämlich ebensogut in einer zukünftigen Utopie als in einer grauen Vorzeit gesucht werden. Weder Novalis noch Hölderlin waren Dichter der Revolution.

Überhaupt war der Intellektuelle der Romantik nie lange für einen historischen Optimismus empfänglich. Ihn quälte nämlich eine sehr viel grundsätzlichere Ambivalenz als die seiner politischen Neigung. Er war ein Mensch des Ich, ganz der Zerstörung des Ich geweiht. Er war auf sein eigenes Ich fixiert und der Genuß seines Ich bereitete ihm höchste Wonnen, wie wir zum ersten Mal bei Rousseau sehen. Dennoch beschäftigte ihn ständig der Gedanke an den Tod, die Matrix der Fatalität als Zwangsvorstellung. Der Weltschmerz entstand aus dieser Mischung von Subjektivismus, Endlichkeit und Ästhetik, sozusagen als Kernpunkt einer der glänzendsten Literaturepochen der europäischen Geschichte, von Byron bis Keats und von Chateaubriand bis Leopardi. Allerdings kündigte dieser Weltschmerz auch den Nihilismus an, sowie den Tod Gottes, dessen Prophet schließlich Nietzsche werden sollte. Nach Meinung von Sergio Givone begründete der Intellektuelle der Romantik die Geburt der modernen Tragik.

Warum soll man danach noch von einer Revolution sprechen? Weil, wie Bronislaw Baczko im letzten Beitrag dieses Buches sagt, die Romantik im Schatten der Französischen Revolution geboren wurde, und weil die Generationen, die im Anschluß an die Revolution sowohl in Frankreich als auch in den anderen Ländern aufkamen, ständig von der Erinnerung an dieses Ereignis heimgesucht wurden. Das Wort »Erinnerung« ist übrigens nicht geeignet, diese Zwangsvorstellung zu definieren, insofern als das Ziel der französischen Revolutionäre im komplexen Verlauf dieses Ereignisses nie verwirklicht werden konnte. Die Aufgabe, eine gerechte Gesellschaft und einen neuen Menschen zu schaffen, mußte dort aufgenommen werden, wo die Männer des Jahres 1789, wo die Girondisten, die Bergpartei und Napoleon sie abgebrochen hatten. Die jungen Romantiker, die sich der Revolution anschlossen, konnten sich mit ihren Helden identifizieren. Gleichzeitig vermittelte die Revolution ihnen eine Zukunftsvision.

Dennoch hat die Französische Revolution lediglich die bürgerliche Welt hervorgebracht, oder schlimmer noch, ihre Niederlage brachte sogar die Monarchie und die Aristokratie wieder an die Macht. Dies war ein Grund mehr, die endlose Arbeit an der Revolution unter sehr viel schwierigeren Bedingungen als zuvor wiederaufzunehmen, da die Schergen der Reaktion nach dem Wiener Kongreß überall in Europa auf der Lauer lagen. Abgesehen von den Karbonari, den Geheimbünden und den Studentenvereinigungen gab es noch ein ganzes schillerndes Netz von Aktivisten – von den Liberalen über die Republikaner bis zu den Sozialisten –, die zwischen Sankt Petersburg und Paris die verborgene und streitbare Seite der politischen Romantik bildeten.

Nach dem Scheitern der Karbonari verliehen die Revolutionen des Jahres 1830 – insbesondere der Pariser Aufstand – all diesen Bewegungen neuen Schwung. In Europa bewegte sich die Demokratie im Rahmen nationaler Forderungen, berief sich zugleich aber auch auf den von der Französischen Revolution ererbten humanitären Universalismus. Das beste Beispiel dafür war Mazzini, der 1831 die *Giovine Italia* (das *Junge Italien*) gründete, die für ein unabhängiges, republikanisches Italien eintrat, während er 1834 das Junge Europa ins Leben rief, eine Vereinigung aus polnischen, deutschen, schweizerischen, griechischen und italienischen Verbannten, die alle unterdrückten Völker zu einem Bund gegen die Heilige Allianz zusammenschließen wollte. So entstand damals die Idee von einer revolutionären Partei nach dem Vorbild der Freimaurerlogen – genauso geheim, ritualisiert und oligarchisch wie diese –, die nach dem Muster der kleinen Zellen von Babeufs Bewegung aus dem Jahre 1796 aber eher auf umstürzlerische Aktionen abzielte.

Allerdings erfüllte die Revolution, wie sie von den Romantikern verstanden wurde, nie die Hoffnungen, die sie geweckt hatte. Alles Messianische an ihr scheiterte nämlich an der historischen Wirklichkeit. Die Utopie vom neuen Menschen überlebte einen erfolgreichen Volksaufstand nie lange, wie dies auch die Revolutionen des Jahres 1848 wieder bewiesen. Dennoch verschwand die revolutionäre Idee nicht. Sie lebte weiter wie eine Königin im Exil, klagte verbissen den

Verrat an, dem sie zum Opfer gefallen war, und die Usurpatoren, die sich ihrer bedient hatten, um den neuen Menschen um so leichter besiegen zu können. Victor Hugo, Louis Blanc, Marx, Kossuth, Mazzini, Herzen und viele andere bildeten in London, Guernesey oder Genf die lange Reihe jener romantischer Schriftsteller, die – jeweils auf ihre Weise – der Botschaft von einer universellen Emanzipation der Menschheit treu blieben. Während die Romantik mit der 1848er Revolution Einzug in die Politik hielt, konnte das Jahr 1848 gerade durch die oben genannten Autoren seinen eigenen Bankrott überleben, ganz als würde die Revolution ihre eigentliche Stärke aus dem Unglück und der Kunst schöpfen.

Kapitel 1

Der Bürger

Heinz-Gerhard Haupt

»L'Europe moderne a seule connue la bourgeoisie, et en Europe, c'est la France qui a eu le plus complet développement de cette institution... L'Allemagne a eu ses villes libres, l'Angleterre sa chambre des commune; mais la France entière est devenue bourgeoise et tiers état.«
(*Grand dictionnaire,* Art. Bourgeoisie; vgl. Daumard 1991, S. 27ff.)

Dieser Vergleich, den um das Jahr 1870 der französische Publizist Pierre Larousse in seinem *Dictionnaire universel* anstellte, verweist nicht nur auf unterschiedliche Entwicklungswege und Erscheinungsformen im Bürgertum Westeuropas, sondern auch auf einen Sonderweg, der ausschließlich in Europa zur Herausbildung bürgerlicher Lebensweisen und Werte in der Frühen Neuzeit und dem beginnenden 19. Jahrhundert geführt habe. Diese Charakterisierung spricht durchaus reale Tendenzen an, die in den einzelnen Ländern bestanden haben. Für Deutschland ist die Herkunft des Bürgertums aus dem Stadtbürgertum vielfach betont und die Beharrungskraft stadtbürgerlicher Strukturen bis weit ins 19. Jahrhundert hinein nicht nur von Mack Walcker für die süddeutschen *home towns,* sondern von einer Frankfurter Forschungsgruppe unter der Leitung von Lothar Gall auch für andere deutsche Städte nachgewiesen worden. In England eröffnete in der Tat die Konzentration der politischen Entscheidungskompetenzen im Parlament bei – wie man hinzufügen könnte – gleichzeitig lebendiger und einflußreicher lokaler Selbstverwaltung dem englischen Bürgertum Handlungsbereiche, die in anderen europäischen Gesellschaften um 1800 noch nicht bestanden. Frankreich schließlich hatte 1789 die politische Emanzipation des Bürgertums erlebt, ohne daß dieses allerdings in der Lage gewesen wäre, die französische Gesellschaft zu dominieren und das Wirtschaftsleben kapitalistisch umzugestalten. (Vgl. Kocka/Haupt 1996)

Obwohl Pierre Larousse mithin schlaglichtartig bestimmte nationale Besonderheiten beleuchtete, wird sein Vergleich der Vielfalt bürgerlichen Existenzweisen in Europa nicht gerecht. Die Bemerkung aus dem *Dictionnaire universel* ist eher als eine bestimmte Sicht der Realität denn als deren zureichende Analyse zu bewerten. Larousse, der einen großen Teil der Artikel seines Lexikons zwischen 1863 und 1876 selbst schrieb, gehörte als *»puissant vulgarisateur de la Science et de la Vertu«* – wie Pascal Ory ihn charakterisierte – zu den Intellektuellen, die wesentlich zur Verbreitung der republikanischen Gesellschafts- und Geschichtskonzeption im Frankreich der zweiten Jahrhunderthälfte beigetragen haben. (Ory 1984, S. 232) In die Akzente, die er beim Vergleich des Bürgertums in Europa setzte, ging diese Grundposition massiv ein. Seine Kritik des Ancien régimes und des Adels ebenso wie seine Herablassung gegenüber außereuropäischen Kulturen ist im Kontext dieser Prämissen zu sehen. Da er das Bürgertum und seine historische Rolle derartig hoch schätzte, konnte dieses ausschließlich in Westeuropa entstanden sein. Vor allem diente ihm diese vergleichende Methode aber dazu, die Vorzüge Frankreichs und die Vorreiterrolle des französischen Bürgertums zu preisen. Gemessen an dem deutschen und englischen Bürgertum, erschien ihm die bürgerliche Emanzipation in der Französischen Revolution um so glänzender und verleihe dem französischen Volk, dem *»peuple qui se distingue de tous les autres par l'universalité de son génie et par la merveilleuse variété de ses aptitudes«* seine Adelstitel. (Zitiert in Ory 1984, S. 238)

Diese zeitgenössischen Definitionen und Erklärungsversuche sind gleichwohl nicht als unbedeutend abzutun, haben sie doch die Wahrnehmung der Realität in dem Maße beeinflußt, in dem sie diese durch die selektive Aufnahme bestimmter Aspekte strukturiert haben. Der Blick auf die zeitgenössischen Deutungsmuster kann mithin einen Zugang bieten, um die Vielfalt und Unterschiedlichkeit bürgerlicher Existenzweisen in der Zeit zwischen 1780 und 1850 zu bestimmen. Zunächst soll mithin nach den Begriffen und Begriffsinhalten gefragt werden, die die Bürger von anderen sozialen Schichten trennten und sie als Träger der bürgerlichen Gesellschaft auswiesen. Damit ist freilich erst ein Aspekt der Realität herausgegriffen. Im weiteren soll in der Darstellung des Nebeneinanders und bei der Gewichtung unterschiedlicher Typen von Bürgern diskutiert werden, ob sich in der ersten Hälfte des 19. Jahrhunderts bereits ein strukturell einheitliches Bürgertum herausgebildet hatte. Abschließend ist nach Verbindungsgliedern zwischen den verschiedenen Teilen des Bürgertums zu suchen und die Frage aufzuwerfen, ob die verschiedenen Mitglieder des Bürgertums durch ihre politischen Optionen und sozialen Praktiken mehrheitlich an der Konstruktion einer bürgerlichen Gesellschaft beteiligt waren, die die ständischen Strukturen ablöste, oder ob sie eher ein Arrangement mit traditionellen Strukturen suchten.

Das Bürgertum in der Historiographie

Die nachfolgenden Bemerkungen stellen eher die Bürger in der Übergangsphase zwischen ständischen und bürgerlich modernen Strukturen, in der die Romantik anzusiedeln ist, in den Mittelpunkt als ihre Verbindung mit der Romantik als geistesgeschichtliches Phänomen. Sie versuchen über einen nationalen Fall hinaus, Verweise auf und – wo dies möglich ist – Vergleiche mit anderen nationalen Entwicklungen anzubringen. Dieses Vorhaben stößt freilich auf das Problem, daß nicht nur die Kenntnis des Bürgertums je nach nationaler Historiographie für den angesprochenen Zeitraum variiert, sondern auch daß die verschiedenen nationalen Historiographien definitorische und inhaltliche Schwerpunktsetzungen vornehmen, die leicht als Unterschiede in der sozialen Realität ausgegeben werden können. Ist etwa die stärkere Betonung des Stadtbürgertums in Deutschland darauf zurückzuführen, daß die Legal- und Privilegienstrukturen der Stadt in verschiedenen deutschen Territorien im 18. Jahrhundert stärker waren als in anderen europäischen Ländern? Oder ist diese These die Folge einer Privilegierung rechtlich-staatlicher Erklärungsvariablen, die ihrerseits aus der Geschichte der deutschen Geschichtsschreibung herzuleiten wären? Bezeichnet andererseits die oft betonte enge Verzahnung der französischen Bürger seit dem 18. Jahrhundert mit dem Landbesitz eine Besonderheit, die es in deutschen Territorien nicht oder deutlich seltener gab oder ist sie eher als Ausdruck der sozialökonomische Faktoren betonenden französischen Geschichtsschreibung zu verstehen? Verweist die wenig entwickelte Bürgertumsforschung auf Paradigmen der italienischen Geschichtswissenschaft oder rührt sie aus der Schwierigkeit her, im Italien des

19. Jahrhunderts bürgerliche Strukturen und Vergesellschaftungsformen auszumachen?

Damit gehen in die Ergebnisse die spezifischen Bedingungen ein, unter denen der Gegenstand »Bürgertum« in der historischen Forschung wahrgenommen wurde. Bürgertumsgeschichte könnte mithin auch als Vergleich der in den einzelnen Gesellschaften und Kulturkreisen zu einem bestimmten Zeitpunkt dominierenden Fragestellungen und Erklärungsmodelle geschrieben werden. In der bundesrepublikanischen Historiographie hat zweifellos die Diskussion der Sonderwegsthese maßgeblich das Interesse an der Erforschung des Bürgertums bestimmt. Unter der Fragestellung, welche langfristigen Strukturmerkmale der deutschen Gesellschaft für den Erfolg der NSDAP verantwortlich waren, ist in Absetzung von einem oftmals idealtypisch vereinfachten oder gar idealisierten angelsächsischen Modell auch auf das Defizit an »Bürgerlichkeit« verwiesen worden. Unter den Belastungen der neueren deutschen Geschichte wurde das Scheitern einer bürgerlichen Revolution, die frühe Trennung der bürgerlichen von der proletarischen Demokratie in den 1860er Jahren und die aus diesem Prozeß folgende Schwächung linksliberaler und liberaler Positionen, die Verbindung des Liberalismus mit bürokratisch-obrigkeitsstaatlichen Logiken und die Feudalisierung des deutschen Großbürgertums im Kaiserreich benannt. Jene Strukturannahmen haben in den letzten 20 Jahren zu einer Fülle von Einzelstudien geführt, die sich zunächst auf die Erforschung von Interessengruppen, zunehmend stärker aber auch auf die spezifische Verfassung von gesellschaftlichen Klassen und Berufen konzentrierten. Da zunehmend auch die teleologische Ausrichtung der Sonderwegsthese kritisiert wurde und an die Stelle einer unausweichlichen Entwicklung die Annahme von verschiedenen Möglichkeiten und Alternativen trat, und gleichzeitig auch der modelltheoretische Vergleich durch empirsch fundierte Komparatistik abgelöst wurde, hat die Sonderwegsthese entscheidend zur Belebung einer in sich vielfältigen Bürgertumsforschung beigetragen. In dieser standen lange Zeit soziale Strukturen, politische Optionen und staatlich rechtliche Verfaßtheit der Gesellschaften im Mittelpunkt, erst jüngst gewinnen kulturgeschichtliche Aspekte an Gewicht. Die ursprünglich kontrafaktische Frage, warum in Deutschland das Bürgertum im Jahre 1933 nicht den parlamentarischen, sondern den nationalsozialistischen

Weg der Krisenlösung gewählt hat, hat dabei an Relevanz verloren, und es geht zunehmend stärker um die im Vergleich festzustellenden Besonderheiten des deutschen Bürgertums. (Vgl. Kocka 1995; vgl. Blackbourn/Evans 1991)

Auch in der italienischen Historiographie, in der der Begriff Bürgertum lange Zeit negative Assoziationen auslöste, hat das Problem im Vordergrund gestanden, warum die Bürger die Industrialisierung Italiens im 19. Jahrhundert *nicht* vorangetrieben hatten, sondern sich mit dem Status quo zufriedengaben. Hinter der Problematik standen Grundannahmen der Modernisierungsforschung, denen zufolge historische Gesellschaften durch bestimmte Entwicklungsphasen gehen müssen. Sofern dies nicht oder nur unzureichend geschieht, ist nach den Ursachen dieser Abweichung zu forschen. Damit rücken vermeintliche Defizite nationaler Gesellschaften in den Mittelpunkt, die in einer politisch-moralischen Sicht des historischen Prozesses auch als Verrat einzelner gesellschaftlicher Schichten wahrgenommen werden können und wahrgenommen wurden. Erst in jüngster Zeit ist in Absetzung von früheren Ansätzen die Perspektive für bürgerliche Innovationsleistungen und für die spezifische Konstellation der sozialen Klassen und Gruppen im Italien des 19. Jahrhunderts, wenn auch vornehmlich auf regionaler Ebene, geöffnet worden. (Vgl. Romanelli 1991; vgl. Banti 1996; vgl. Lyttelton 1991)

In der französischen Historiographie ist die Erforschung des Bürgertums lange Zeit durch den emphatisch positiven Begriff geprägt worden, der sich in der Analyse der Französischen Revolution und ihrer sozialen Veränderungen herausgeprägt hat. Der Sieg des Bürgertums über den Adel war Teil jenes »revolutionären Katechismus«, den François Furet einer mit marxistischen Kategorien operierenden Forschung unterstellt hat. Gegen jene Annahme einer Klassenauseinandersetzung ist die These der Elitenkonflikte gesetzt worden und damit der französischen Historiographie des 19. Jahrhunderts ein Ansatz vorgegeben worden, der im staatlichen und wirtschaftlichen, politischen und kulturellen Bereich monographisch und oftmals posopographisch verfolgt wurde. Wenn dabei auch manche Vereinfachungen des klassentheoretischen Ansatzes beseitigt wurden und die Vielfalt gesellschaftlicher Trennungslinien ebenso wie die Originalität der französischen Gesellschaftsformation in den

Mittelpunkt gerückt sind, so haben zahlreichen Elitestudien doch den Bezug auf den Charakter der Gesellschaft verloren und bleiben in ihrer Aussagekraft begrenzt. (Vgl. Chaline 1993; vgl. Chaussinand-Nogaret 1991)

Diese drei Beispiele mögen genügen, um zu illustrieren, wie verschiedenartig die Ausgangskonstellationen waren, unter denen sich die jeweils nationalen Historiographien dem Problem des Bürgertums widmeten. Bezieht man überdies die Geschichtsschreibung über jene Gesellschaften ein, die vor 1918 Teil von multinationalen Reichen waren, in denen der nationalen und politischen Haltung der Bürger ein großes Gewicht beigemessen wird, so wird das Bild noch bunter. (Vgl. Kaelble 1995; vgl. Bruckmüller/Steckl 1995; vgl. Tanner/Ranki 1995; vgl. Bacskai 1986) All jene Tendenzen erhalten ihre Bedeutung dann, wenn danach gefragt wird, ob und wie die jeweiligen Forschungsergebnisse durch die spezifischen Problemstellungen der nationalen Geschichtsschreibung geprägt werden.

Zur Begriffsgeschichte

Joachim Heinrich Campe unterschied zu Beginn des 19. Jahrhunderts drei Inhalte des Begriffs Bürger. Einmal bezeichnete er die »Einwohner einer Stadt, welche die Freiheiten und Gerechtsame derselben genießen und welche zugleich an der Verwaltung der Stadt teilhaben und zu Mitgliedern des Rates erwählt werden können«. In dieser Bedeutung verweist der Ausdruck auf die Stadt als Bürger-, aber nicht als Einwohnergemeinde und mithin auf vormoderne Strukturen, in denen nur jene als Bürger bezeichnet wurden, die über innerstädtische Privilegien verfügten. Es ist für die Wahrnehmung der Wirklichkeit in Deutschland charakteristisch, daß dieser traditionelle Begriffsinhalt um 1800 an erster Stelle genannt wurden. Aber das »Wörterbuch« Campes hatte zwei weitere Definitionen parat. Einmal werden alle Bewohner der Stadt in ihrem Unterschied zu den in Dörfern Ansässigen als Bürger bezeichnet. Damit löste sich der Begriff aus der ständischen Verengung und nimmt die sich erst allmählich durchsetzende, vollends 1918 in Deutschland verwirklichte Einwohnergemeinde vorweg. Zum anderen setzte er unter dem Einfluß der Französischen Revolution Bürger mit den Mitgliedern des dritten Standes gleich, die sich von der Geistlichkeit und dem Adel abheben und fügte hinzu, daß man mit Bürgern »teils alle und jede Glieder der Gesellschaft, welche die Staaten bilden, als Staatsbürger« bezeichnete. Damit ist bereits zu Beginn des 19. Jahrhunderts die Doppeldeutigkeit des Inhaltes angesprochen, den der Bürgertumsbegriff in der deutschen Sprache annehmen sollte. Er bezeichnete und bezeichnet gleichermaßen den »Bourgeois« und den »Citoyen« und geht mit einer ideologischen Konstruktion der Wirklichkeit einher, in der die Bereiche der Gesellschaft und die des Staates strikt voneinander getrennt sind. (Vgl. Riedel 1972; Campe zitiert in Batscha/Garber 1981, S. 131) Im »Brockhaus« des Jahres 1827 werden die drei verschiedenen Facetten des Begriffs folgendermaßen aufgefächert: »Bürgerstand, Bourgeoisie, eine zahlreiche Klasse, welche alle Freie unter sich begreift, die weder zu dem Adel noch zu dem Bauernstande gerechnet werden können. Man unterscheidet daher den Staatsbürger, Citoyen und den eigentlich sogenannten Bürger einer Stadt, von den Bürgerlichen überhaupt Bourgeois.« Ständische und moderne Bedeutungsinhalte standen mithin noch in der ersten Hälfte des 19. Jahrhunderts nebeneinander. (Vgl. Riedel 1991; vgl. Koselleck 1991; vgl. Steinmetz 1991)

Auffällig ist jedoch, daß bei den in Wörterbüchern benutzten Definitionen des Bürgertums vor 1848 weder sozialökonomische Tatbestände im Vordergrund standen, noch daß diese die entwickeltsten Formen bürgerlichen Lebens und Wirkens privilegierten. Vielmehr benutzten unterschiedliche politische Richtungen vor allem den traditionellen Stadtbürgerbegriff, um ihre jeweiligen Ziele zu rechtfertigen. Für die Liberalen, die vor der 1848er Revolution die Einführung der konstitutionellen Monarchie forderten, konnte mit dem Rückgriff auf das Stadtbürgertum nicht nur die Entfaltung von Handel und Industrie in der städtischen Wirtschaft gefeiert, sondern dieser Erfolg auch auf das gelungene Bündnis von Monarchie und Bürgern zurückgeführt werden. In einem demokratischen Modell wurde aus der stadtbürgerlichen Vergangenheit die Gestaltungskraft und politische Reife der Bürger abgeleitet, die auch in der Gegenwart des Vormärz institutionell berücksichtigt werden müsse, während in einer konservativen Lesart die Stadtbürger die Wohltaten einer auf ständischen Elementen gegründeten Gesellschaft verkörperten. Aufgrund der vielfältigen Verwendbarkeit fand der Begriff weitgehende Verbreitung und diese zeigte an, daß es den einflußreichen politischen Kräften des Vormärz nicht daran gelegen war, mit der bis in die Jahrhundertmitte andauernden Realität des Stadtbürgertums zu brechen, sondern an ihrem Beispiel die Harmonie sozialer Verhältnisse und das gemächliche Tempo des Veränderungsprozesses zu betonen. Im Mittelstandsbegriff, der in der liberalen Publizistik benutzt wurde, fand dieses Entwicklungskonzept seinen deutlichsten Ausdruck. (Vgl. Conze 1978)

In der französischen Diskussion unterschied sich der Wortgebrauch im 18. Jahrhundert nicht wesentlich von dem in Deutschland gängigen. Vor der Französischen Revolution bezeichnete der Begriff »Bourgeois de Paris« vor allem einen durch Recht und Ehre gekennzeichneten Stand, zunehmend aber auch eine wirtschaftliche Daseinsform. Er hob vor allem auf jene Bürger ab, die im Renteneinkommen ihre Existenzgrundlage fanden. In der Französischen Revolution wurde diese juristische Besonderheit des Bürgerrechts indes aufgehoben und die Einwohnergemeinde durchgesetzt, in der die Mitwirkung an der Wahl des Magistrats oder des Bürgermeisters gleichwohl vom Steueraufkommen abhing. So hieß es in der Präambel der Verfassung vom 3. September 1791: »*Il n'y a plus, pour aucune partie de la Nation, ni pour aucun individu, aucun privilège, ni exception au droit commun de tous les Francais.*« (Zitiert in Duverger 1953, S. 5)

Der ständische Zwangsverband wich einer offenen Gemeinschaft und damit ging auch der traditionelle Inhalt des Begriffs zurück. An seine Stelle trat vor allem in den ersten Jahrzehnten des 19. Jahrhunderts der soziale Gegensatz zum Adel, der in eine weitausgreifende Genealogie eingeordnet wurde. In den jahrhundertelangen Kämpfen zwischen den bürgerlichen Galliern und den adligen Franken hätten sich – nach Meinung von Augustin Thierry und François Guizot – die bürgerlichen Mittelklassen durchgesetzt und damit auch das historische Recht erworben, die Regierungsgewalt in Frankreich zu übernehmen. Diese Argumentation trug deutlich Spuren der Erfahrung, die die liberalen Autoren mit dem späten Kaiserreich und der restaurierten Monarchie gemacht hatten, in denen dem Adel erneut eine zentrale Funktion eingeräumt wurde. Gegen die Restaurationsbestrebungen formulierte der doktrinäre Liberale Royer-Collard selbstbewußt das Credo des Bürgertums:

»*La richesse a amené le loisir, le loisir a donné les lumières; l'indépendance a fait naître le patriotisme. Les classes moyennes ont abordé les affaires publiques, elles ne se sentent coupables ni de curiosité ni de hardiesse d'esprit pour s'en occuper; elles savent ce que sont leurs affaires. Voilà notre démocratie telle que je la con-cois, oui elle coule à pleins bords dans cette belle France plus que jamais favorisée du ciel.*« (Royer-Collard o. J., S. 344)

Im Mittelpunkt dieses Ausspruchs stand eine sozialökonomische Definition des Bürgertums, das durch Besitz Muße und Unabhängigkeit erwerben könne. Daß diese Klasse aber nicht in sich homogen, sondern für unterschiedliche Strategien und Zielsetzungen offen war, hat vor allem François Guizot unterstrichen: »*La bourgeoisie s'est formée successivement, et d'éléments très divers: on n'a tenu compte, en général, dans son histoire, ni de la succession, ni de la diversité ... C'est peut-être dans la diversité de sa composition aux diverses époques qu'il faut chercher le secret de sa destinée.*« Damit betonte er die Offenheit des Bürgertums für alle diejenigen, die Besitz und Wohlstand erworben hatten und grenzte es ab von dem in sich abgeschlossenen Adel wie von den Unterschichten. An diesen Aussagen wird deutlich, wie stark in der französischen Gesellschaft die Zugehörigkeit zu sozialen Klassen von den individuellen Meriten und nicht von vorgegebenen Strukturen her begründet wurde. Erst nach 1850 dominierten Definitionen der Mittelklassen, die den Besitzstand in den Mittelpunkt rückten, bevor dann um 1870 im öffentlichen Diskurs kleinbürgerliche Schichten die »classes moyennes« bevölkerten und die »Bourgeoisie« den besitzenden zugerechnet wurde. (Vgl. Sick 1993)

Für England ist jüngst überzeugend unterstrichen worden, daß »die englische Sprache kein Äquivalent für ›Bürgertum‹ bzw. ›Bourgeoisie‹ kennt« und daß der Mittelklassenbegriff andere Konnotationen als in Deutschland und Frankreich besaß. Er bildete sich nämlich weder in den politisch-sozialen Auseinandersetzungen zwischen Adel und Bürgertum heraus, wie dies in Frankreich der Fall war, noch in dem Kontext des Kampfes um verfassungsmäßig verbriefte Rechte wie in deutschen Territorien. Vielmehr ist der Bedeutungsinhalt im Kontext der Entwicklung von Marktwirtschaft und gesellschaftlicher Differenzierung seit dem 18. Jahrhundert zu verstehen. Im Rekurs auf die aristotelische *societas civilis* sollten im Begriff moralisch-politische Bezugspunkte formuliert werden, die im freien Spiel der ökonomischen Kräfte ansonsten untergehen könnten. Als Synonym für Gemeininteresse und für staatsbürgerliche Tugenden wurde der Mittelklassenbegriff in der republikanischen Tradition der Korruption und dem Eigeninteresse des Handels- und Geschäftslebens entgegengestellt und gewann im ersten Drittel des 19. Jahrhunderts seine Konturen. So formulierte der Agrarier Sir James Graham im Jahre 1826:

»The seat of the public opinion is in the middle ranks of the life – in that numerous class, removed away from the wants of labour and the cravings of ambition, enjoying the advantages of leisure, and possessing intelligence sufficient for the formation of a sound judgement, neither warped by interest nor obscured by passion.«

Nicht sozialökonomische Kriterien, sondern politische und moralische Tugenden zeichneten danach die Mittelklassen aus. Durch diese Unbestimmtheit war es – wie A. Wirsching argumentiert – möglich, in politischen Debatten, wie in der Wahlrechtsreform des Jahres 1832, gesellschaftliche Unterschiede im Rückgriff auf allgemeine staatsbürgerliche Werte zu überbrücken und eine breite Mehrheit für die Reform zu gewinnen. Dieses republikanische Bürgerideal ist nicht auf England begrenzt geblieben, sondern hat auch Eingang in die politische Vorstellungswelt deutscher Liberaler, vor allem in das Werk von Karl von Rotteck gefunden. (Vgl. Wirsching 1990, S. 184; vgl. Wahrmann 1995)

An diesem kurzen Überblick über die Sprache, in der sich Bürger selbst wahrnahmen bzw. von anderen gesehen wurden, läßt sich ablesen, daß die Jahre 1780 bis 1848 Teil jener von R. Koselleck »Sattelzeit« genannten Phase sind, in der ständische Begrifflichkeiten moderne Inhalte annahmen oder neuen Termini wichen. Vor allem in der deutschen Diskussion lebte ein an ständischen Strukturen orientierter Stadtbürgerbegriff bis weit ins 19. Jahrhundert fort, in dem er für verschiedene politische Gruppierungen eine unterschiedliche Rolle spielte. Die sozialökonomisch klarste Formulierung fand der Bürgertumsbegriff in Frankreich, wo er in den Konflikten zwischen adliger Restauration und bürgerlicher Emanzipation seine deutlichste Ausprägung fand. In England hingegen sorgte die Angst vor den politische Gemeinschaften unterhöhlenden Effekten der modernen Erwerbsgesellschaft für die Verbreitung eines der staatsbürgerlichen *societas civilis* entlehnten Mittelstandsbegriffs. In den unterschiedlichen Begriffsinhalten schlugen sich mithin verschiedene Wahrnehmungsmuster und Strukturen nationaler Gesellschaft nieder.

Strukturelle Einheit und Vielheit des Bürgertums

Für die Jahre zwischen 1780 und 1840 ist keineswegs von einem in sich geschlossenen Bürgertum auszugehen, sondern danach zu fragen, welche strukturellen Gemeinsamkeiten und Unterschiede innerhalb der Welt der Bürger bestanden. Schlossen sich Bürger aufgrund ähnlicher Existenzgrundlagen und Praktiken zusammen oder lebten und arbeiteten sie unter Bedingungen, die grundlegend verschieden waren? Entwickelten sich nebeneinander Praktiken und Strukturen einzelner bürgerlicher Berufszweige und -gruppen oder konvergierten diese? Für die deutsche Entwicklung hat R. M. Lepsius eine Klassifikation des Bürgertums anhand der Strukturprinzipien, der Rekrutierungsmechanismen und des Ursprungs der Handlungsprinzipien vorgenommen, deren Aussagekraft auch für andere europäische Gesellschaften zu bestimmen wäre, hier aber als Ausgangspunkt genommen werden soll.

Der Stadtbürger

Nicht der »Bourgeois«, sondern die Bürger prägten das Bild der europäischen Städte zwischen 1780 und 1840. Wenn auch im Zuge der industriekapitalistischen Entwicklungen den Unternehmern und Fabrikbesitzern ein immer größeres Gewicht zukam, so wurde das Erscheinungsbild des Bürgertums selbst in dem am stärksten industrialisierten Land, nämlich in England, in der ersten Hälfte des 19. Jahrhunderts noch keineswegs durch Industriekapitäne und Börsenjobber gekennzeichnet. Das Bürgertum war eine mit der Stadt und seiner Entwicklung eng verbundene Schicht. Stadt- und Bildungsbürger, Beamte und Kaufleute, Anwälte und Ärzte bildeten den Kern der Einwohnerschaft der Städte, in denen sich schon seit dem Mittelalter Wirtschaftsformen und Lebensweisen herausbilden konnten, die dann die Physiognomie des Bürgertums prägten.

Diese Städte waren in der Regel klein. Die Betonung der Million Einwohner, die bereits zu Beginn des 19. Jahrhunderts London zu einer Metropole machten, darf nicht den Blick für jene zahlreichen Klein- und Kleinststädte verstellen, in denen die meisten Bürger weiterhin wohnten. Lediglich 23 Prozent aller Engländer, zwölf Prozent aller Franzosen und neun Prozent aller Deutschen lebten um 1800 in Ortschaften, die mehr als 5 000 Einwohner zählten. Das Gros der Stadtbewohner war in Gemeinden ansässig, die zwischen 5 und 20 000 Bürger besaßen: Vor allem in Preußen, aber auch in Frankreich und den Niederlanden waren jene Kleinstädte besonders zahlreich. Die Enge des geselligen Lebens, entsprechend begrenzte Heiratskreise und der Druck gesellschaftlicher Konventionen gehörten zu den Charakteristika dieser Kleinstädte. Eher Esslingen als Hamburg, eher Niort als Lyon, eher Lucca als Mailand waren typisch für die Orte, in denen die meisten Bürger der ersten Hälfte des 19. Jahrhunderts ihren Geschäften nachgingen, Häuser bauten oder Familien gründeten. (Vgl. Lee 1976; vgl. Pinol 1991)

Die Gleichsetzung von Stadt und Bürgertum darf indes nicht zu schematisch vorgenommen werden. Nicht nur gab es auch Bürger auf dem Land, sondern auch Städte ohne Bürgertum. Zu den ersten sind jene Pächter zu zählen, die sich in den Grundbesitz eingekauft hatten und bürgerliche Wirtschaftsgesinnung und Lebensform herausbildeten. Ihre Bedeutung für Nordfrankreich im Übergang vom 18. zum 19. Jahrhundert hat etwa J. P. Jessenne eindrucksvoll herausgearbeitet. Zu den Städten, in denen es nicht zur Herausbildung eines Bürgertums kam, gehören jene, die Otto Brunner als die des »alten Typus« benannt hat. Ohne feste Bauweise und durch eine hohe Mobilität der Einwohner gekennzeichnet, wirtschaftlich eng mit dem Land verzahnt und von diesem rechtlich nicht scharf getrennt, entsprachen sie nur entfernt dem modernen Stadtmodell, das im Zuge der Ausdifferenzierung von agrarischer und gewerblicher Produktion und im Zuge der Durchsetzung rechtlicher und administrativer Autonomie entstand. Noch zahlreiche Städte in Ost- und Mitteleuropa trugen Züge dieses älteren Typus, in denen sich kein Bürgertum als eigenständige soziale Kraft herausbilden konnte. Diesen Zusammenhang hat Manfred Hildermeier für das Rußland des 18. und beginnenden 19. Jahrhunderts folgendermaßen formuliert: »Das städtische Bürgertum ... [war] ... im vorindustriellen Rußland als Gesamterscheinung eine sozial äußerst heterogene, wirtschaftlich wenig gefestigte, von der Zentralgewalt geschaffene und abhängige Kategorie der Rechts-, Verwaltungs- und Steuerordnung.« (Vgl. Hildermeier 1986; Brunner 1980, S. 213ff.) Auch in jenen osteuropäischen Städten, in denen die Magnaten die administrative, ökonomische und politische Oberhoheit besaßen, dürfte sich ein autonomes Bürgertum nicht entfaltet haben. Wenn diese Beispiele auch den Unterschied zwischen Ost- und Westeuropa überzeichnen, und damit übersehen, daß auch Ackerbürgerstädte im östlichen Preußen oder im nördlichen Frankreich dem älteren Stadttypus ähnelten, so hebt die Gegenüberstellung eines älteren und eines neueren Stadttypus doch zu Recht hervor, daß die Stadtentwicklung nur dann zur Ausbildung eines Bürgertums beitragen konnte, wenn dieses über eine ökonomische Basis in der Stadtwirtschaft verfügte, seßhaft war und einen rechtlich abgesicherten Handlungsraum besaß.

Wenn dem Recht eine derartig große formative Kraft bei der Herausbildung des städtischen Bürgertums beigemessen wird, können sozioökonomische Prozesse und Differenzierungen in der Bedeutung unterschätzt werden, die sie zwischen 1780 und 1840 besaßen. Gerade in diesen Jahren trafen in zahlreichen europäischen Städten bei dem Konflikt um die politische Macht auch alte Patrizier und neue aufstrebende bürgerliche Familien aufeinander. Bei dieser Kontaktaufnahme, die an zahlreichen Orten zu Konflikten führte, konnte es entweder zur Fortsetzung der Patrizierherrschaft kommen, zu ihrer Erneuerung durch Erweiterung der städtischen Führungsschichten oder zu ihrer Ablösung durch ihre Konkurrenten. In den Niederlanden und in Belgien, teilweise wohl auch in italienischen Städten, scheint sich in der ersten Hälfte des 19. Jahrhunderts die Patrizierherrschaft in häufig nur etwas weniger exklusiver Weise erhalten zu haben. Diese bildete vor allem in den Niederlanden die Grundlage eines vergleichsweise langsamen wirtschaftlichen Wachstums, das auf landwirtschaftlichen und kommerziellen Aktivitäten beruhte und von alten Patrizierfamilien getragen wurde. (Vgl. Jacob/Mijnhardt 1992) Auch in Hamburg und Frankfurt lebte die Patrizierherrschaft nach 1800 noch fort. Zugleich aber drängten – folgt man den Ergebnissen einer von Lothar Gall geleiteten Forschungsgruppe – vor allem die Kaufleute auf Teilnahme an dem Stadtregiment, drangen in das Patriziat ein oder lösten an zahlreichen Orten zwischen 1790 und 1815 jene städtischen Eliten ab, die in der Zunftherrschaft und in dem Patriziat ihre Bastionen besaßen. Die angesprochenen Veränderungen können am Beispiel der Stadt Aachen illustriert werden, in der mit Hilfe der französischen Besatzung die Notabeln an die Stelle des traditionellen Zunftbürgertums traten. Empirische Belege für diesen Umwandlungsprozeß liegen vor allem für den Übergang vom 18. zum 19. Jahrhundert vor. Der zeitgenössische Begriff »Kaufmann« ist freilich nicht eindeutig, sondern kann sowohl Übersee- und Großhandel als auch Binnenhandel umfassen und überdies noch mit Kredit- und Börsengeschäften verbunden sein. »Die politische Elite der deutschen Städte rekrutierte sich seit der Umbruchszeit zu Beginn des 19. Jahrhunderts ganz überwiegend aus der wirtschaftlichen Oberschicht, vor allem dem Handelsbürgertum.« (Gall 1993)

Die um die Wende zum 19. Jahrhundert einsetzende Dynamik der sozialen Verhältnisse blieb gleichwohl nicht auf die deutschen Städte begrenzt, sondern fand sich auch in anderen europäischen Gesellschaften wieder. Die Französische Revolution des Jahres 1789 griff viel tiefer in die städtischen Führungsschichten ein als die Reformen in Deutschland ein Jahrzehnt später. Sie beseitigte das Patriziat und verfügte, daß alle Mitglieder des Stadtrates von den Wahlberechtigten gewählt würden. Zwar blieb das Wahlrecht zensitär und auf jene begrenzt, die über Besitz und Vermögen verfügten. Da aber der Wahlkörper weitaus größer als in anderen europäischen Städten war und das Prinzip der Wahl breit eingesetzt wurde, fand in den politischen Eliten der Städte eine tiefgreifende politische und personelle Veränderung statt, deren Nachwirkungen für das 19. Jahrhundert leider erst in Bruchstücken bekannt sind. An die Stelle von Adligen und Geistlichen, königlichen Beamten und freien Berufen traten in Amiens und Bordeaux, Nancy und Toulouse seit 1792 Kaufleute, Handwerker und Kleinhändler. Im Zuge dieser *»democratisation of the local government«* (L. Hunt) wurden ständische Gliederung und rechtliche Privilegien beseitigt. Ob dieser Wandel indes auf die Revolutionszeit begrenzt blieb oder ob er im 19. Jahrhundert andauerte, ist noch zu klären. (Vgl. Hunt 1986, S. 149ff.)

Auch in manchen spanischen Städten zog im Estatuto Real in den

Jahren 1834 bis 1836, d. h. nach dem Ende der neoabsolutistischen Periode eine neue, von Kaufleuten geprägte Führungsschicht in die Rathäuser ein. In Valencia löste sie die Kaufleute ab, die am Ende des 18. und zu Beginn des 19. Jahrhunderts durch Landkauf und den Erwerb von Adelstiteln den Eintritt in die städtischen Patrizierfamilien erreicht und die politische Macht seit 1823 monopolisiert hatten. Auch für Madrid und die umliegende Provinz werden die 1830er Jahre als wichtiger Einschnitt in der Sozialstruktur der städtischen Elite angesehen und den Kaufmannsfamilien eine zentrale Rolle in diesem Veränderungsprozeß zugeschrieben. (Vgl. Amalaric 1992) Die für Deutschland ausgemachten Befunde lassen sich offenbar in breiter angelegten Transformationsprozessen einordnen. Wenn sich damit Ähnlichkeiten zwischen Entwicklungen in deutschen und europäischen Städten formulieren lassen, so gehört das Gewicht, das rechtliche Abgrenzungen und soziales Exklusivitätsstreben für die Bestimmung von wichtigen Teilen des deutschen Bürgertums besaßen, doch zu den Besonderheiten der deutschen Geschichte und finden zumindest in Westeuropa kein Äquivalent. Gleichwohl waren diese Faktoren anscheinend nicht stark genug, um die Gesamtheit des Bürgertums in Städten des frühen 19. Jahrhunderts zu prägen, wenn man einmal von manchen Reichs- und Hansestädten oder den *home towns* absieht.

Die rechtliche Stellung in den deutschen Städten besaß bis ins 19. Jahrhundert gewissermaßen quer zu allen sozialökonomischen Kriterien Definitionsmacht und Prägekraft. Die hervorragende Bedeutung des Stadtbürgertums ist auch – wie bereits erwähnt – in den Wörterbüchern des Vormärz ersichtlich. Bürgerrecht in einer Stadt zu besitzen, hieß nicht nur, über Vermögen zu verfügen und oft aus begüterten Familien zu stammen, sondern auch, an der Verwaltung der Stadt teilzunehmen und die städtischen Versorgungs- und Schutzeinrichtungen in Anspruch nehmen zu können. Dieses Recht war in sich gestuft und grenzte die Bürger von den bloßen Einwohnern der Stadt ab. In der Handels- und Hansestadt Bremen verfügten jene Einwohner, die das Altstadtbürgerrecht mit »Handlungsfreiheit« besaßen, über umfangreiche politische und ökonomische Kompetenzen. Sie konnten in den Rat der Stadt gewählt werden und alle Berufe ausüben. Ihnen nachgeordnet waren die »Altstadtbürger«, denen weniger Rechte zustanden, während jene aus der Neu- oder Vorstadt ohne jeglichen Einfluß auf das Stadtregiment blieben und in der Ausübung von Gewerben limitiert waren. Sowohl Beteiligungsrechte als auch die Gewerbeausübung waren mithin durch rechtliche Normen geregelt. Der Erwerb des Bürgerrechts wurde in der ständischen Gesellschaft des 18. Jahrhunderts nicht nur an Besitz, sondern auch an einen Beruf gebunden, mit dem man in der Lage war, Lebensunterhalt und Unabhängigkeit zu sichern. In einigen Städten kamen überdies konfessionelle Bedingungen hinzu. So konnte in München ebenso wie in Augsburg Ratsfähigkeit und Gewerbeerlaubnis nur von Katholiken erworben werden. (Vgl. Gall 1991)

Diese Abstufungen wurden in den linksrheinischen Gebieten durch die Reformen in der französischen Besatzungszeit aufgehoben. In Preußen fielen sie durchweg der Steinschen Städteordnung (19.11.1809) zum Opfer, deren Paragraph 16 bestimmte: »In jeder Stadt gibt es künftig nur ein Bürgerrecht.« In der ersten Hälfte des 19. Jahrhunderts waren freilich noch zahlreiche Maßnahmen notwendig, um die Gebühren für den Erwerb des Rechts in Preußen zu vereinheitlichen und zu senken und seine Übertragbarkeit von einer preußischen Stadt in die andere durchzusetzen. Gleichwohl blieb das Bürgerrecht weiterhin an Grundbesitz und Gewerbebetrieb gebunden und das städtische Wahlrecht zensitär begrenzt. »Der Prozentsatz der Vollbürger, also mit Stimmrecht, lag in den Großstädten zwischen 6 % und 8 %,« schrieb Reinhard Koselleck, »was – die Familienmitglieder mitgerechnet – etwa ein Viertel der Großstadtbewohner zu Angehörigen eines vollbürgerlichen Haushaltes machte.« (Koselleck 1967, S. 572) Die preußische Reform hatte mithin das Bürgerrecht für die Gesamteinwohnerschaft geöffnet und aus den ständischen Bindungen gelöst. Ein wichtiger Schritt von der Bürger- zur Einwohnergemeinde war getan. Vor allem in süddeutschen Städten blieben indes Mechanismen gewahrt, die die Exklusivität des Bürgertums sichern sollten. Mit dem Heimatrecht und dem Zuzugsgeld sollte die Zuwanderung gedrosselt, mit dem Ehekonsens die Bevölkerungszunahme kontrolliert werden. Je nach Territorium wurden diese sozialprotektionistischen Institutionen erst nach der Jahrhundertmitte beseitigt. Für einen Teil des Bürgertums blieben mithin ständische Privilegien prägend, die in die Gesellschaft des 19. Jahrhunderts hineinragten und vor allem in den alten Hanse- und Reichsstädten besondere Beharrungskraft besaßen. (Vgl. Walcker 1971; vgl. Hahn 1991; vgl. Reulecke 1985)

Mit jenen rechtlichen Strukturen, die ab 1870 weitgehend beseitigt wurden und lediglich als bis 1918 andauernde Trennung zwischen den bei Stadtratswahlen wahlberechtigten Bürgern und den Einwohnern ohne städtisches Wahlrecht fortbestanden, hat ein Teil der Geschichtsschreibung konservative Reaktionen auf die moderne, stadtbürgerliche Gesellschaft verbunden. So schrieb Reinhard Koselleck anläßlich der Debatte um die Steinsche Städteordnung: »In erster Linie war es ein stadtbürgerliches Selbstbewußtsein, das eng an die Vergangenheit anknüpfend, verzweifelten Widerstand gegen alle generellen Gesetze leistete, die die Stadtbürgerrechte zugunsten staatlicher Allgemeinheit zu durchlöchern drohten.« Auch Hans-Ulrich Wehler hat Stadtbürger als jene charakterisiert, die »einflußreich, zählebig und verhaltensprägend ihre traditionelle Mentalität, ihre traditional orientierte Zukunftserwartung« dem entgegensetzten. (Wehler 1987, S. 183) Neuere Untersuchungen haben aber Zweifel an der automatischen Gleichsetzung von rechtlicher Privilegierung und politischem Verhalten genährt. (Hahn 1991)

Der Kaufmann

An der Wende zum 20. Jahrhundert galt in einem deutschsprachigen Umgangs- und Manierenbuch mit dem bezeichnenden Titel »Der Mann von Welt« der Kaufmann als Prototyp jenes Bürgers, der Weltläufigkeit mit der vollkommenen Ausbildung bürgerlicher Tugenden verband: »Der Kaufmann ist im Staatsverbande ein Glied, das mit der ganzen Welt im Zusammenhange steht. Was Gesetz, Humanität und Rechtsgefühl vom Handelsstand im allgemeinen verlangen, das setzt man im gesellschaftlichen auch im besonderen voraus, nämlich Gewissenhaftigkeit, Solidität, Billigkeit und pünktliche Treue.« (Doekker 1994, S. 210) Damit grenzt die Definition das Aktionsfeld des Kaufmanns aber auf den internationalen Handel ein und mithin nur auf einen Teil jener Aktivitäten, die ihm ein Jahrhundert zuvor noch oblagen. Um die Wende zum 19. Jahrhundert waren nämlich Binnen- und Überseehandel, Verlags-, Bankiers- und Finanziergeschäfte keineswegs klar getrennt, sondern oft in der Hand eines Kaufmanns vereinigt. So war im 18. Jahrhundert Samuel Touchet in Verbindung mit seinem Bruder an Leinen- und Baumwollmanufakturen in Lancashire interessiert, aber auch am Überseehandel und an Finanztransaktionen in der Londoner City oder im Ausland. Auch die Hamburger Firma Sel. Paul Danckert Were. et Comp., die seit dem Beginn des 18. Jahrhunderts bestand, gründete ihren Reichtum auf kommerzielle und gewerbliche Geschäfte. »Grundlagen dieses Vermögens«, vermerkte Percy Ernst Schramm, »waren der Im- und Exporthandel; dazu kamen noch eine Kattundruckerei und eine Krapp-Plantage hinter Rotensburgort, auf welcher der für die Kattundruckerei benötigte rote Farbsaft bereitet wurde.« (Schramm 1943) Nach 1800 nahm generell im Milieu des Handels indes die Spezialisierung zu, so daß im Marseille der Jahrhundertmitte Reeder, Versicherungsagenten, Bankiers und Industrielle voneinander klar abgegrenzte Tätigkeitsbereiche besaßen. Aufgrund der Vielfalt ihrer Geschäfte prägten die Kaufleute im 18. und beginnenden 19. Jahrhundert indes breite Bereiche des Geschäftslebens und der Sozialstruktur.

Als Überseekaufleute gehörten sie nicht nur zur Elite von Städten wie Bordeaux, Genua oder Hamburg, sondern drückten den Orten auch ihren Stempel auf. Als 1811 der Conte Réal etwa aus der von französischen Truppen besetzten Stadt Hamburg abrückte, charakterisierte er den internationalen und Handelscharakter der Stadt mit folgenden Worten: »*Je quitte enfin ce soir cette grande et belle ville qui n'est ni française ni allemande ni même anglaise, mais qui est et sera longtemps un grand comptoir dont la partie centrale est le monde commerçant ...*« (Zitiert in Marzagalli 1993, S. 80; Crouzet 1985, S. 5ff.)

Als Verlegerkapitalisten, die Rohstoffe an Kleinproduzenten vertrieben und das Fertigprodukt aufkauften, waren Kaufleute tonangebend in Städten wie Lille, Krefeld oder Manchester. François Barrois etwa überwachte in Lille das Färben der Stoffe, die er von Fabrikanten in Lille, Roubaix und Tourcoing aufkaufte, bevor er sie in die anderen Teile Frankreichs, nach Spanien oder Italien verkaufte. Schließlich fungierten Kaufleute an bestimmten Orten vor allem als Motoren des Austauschs mit dem Umland oder mit anderen Städten des Inlands. Um 1860 waren in Leipzig etwa Kommissäre und Spediteure besonders zahlreich unter den städtischen Kaufleuten, d. h. bei ihren Geschäften dominierten jene Aktivitäten, die eng mit dem Messehandel verbunden waren. In all diesen Städten gehörten die Im- und Exporttreibenden oft zum Patriziat, zumindest bestimmten sie maßgeblich über lokale Angelegenheiten mit. 60 Prozent der Stadträte in Glasgow gingen noch 1862 kaufmännischen Tätigkeiten nach. Auch in kleineren spanischen Städten wie Murcia oder Cádiz wurde das Handelsbürgertum am Ende des 18. Jahrhunderts in das städtische Patriziat aufgenommen und hielt in den folgenden Jahrzehnten seine wirtschaftliche, soziale und politische Machtposition aufrecht. In italienischen Städten der Jahrhundertmitte war es zwar auch im Stadtparlament vertreten, wurde aber deutlich von den Grundbesitzern übertroffen. Im Bologna des Jahres 1859 zählten von 75 Mitgliedern des *consiglio municipale* 33 zu der Gruppe der *possidenti*, während nur 16 Handels-, Bank- oder Industriegeschäften nachgingen. (Vgl. Banti 1996, S. 23ff.; Hirsch 1991, S. 41ff.) In den Handelskammern besaß eine Oligarchie von Kaufleuten überdies eine mächtige Interessenvertretung, in den Handelsgerichten eine eigene Jurisprudenz, die bis weit in das 19. Jahrhundert hinein in den meisten westeuropäischen Gesellschaften funktionierte, wenn man einmal von Großbritannien absieht, wo derartige Selbstverwaltungsorgane nicht existierten. Auch für außerstädtische und überberufliche Belange engagierten sich die Kaufleute, so daß man sie in den wichtigsten Repräsentativorganen vor 1848 findet. Von den 648 Abgeordneten der konstituierenden Nationalversammlung im Paris des Jahres 1789 gingen 90 wirtschaftlichen Berufen nach und unter diesen machten die 68 »*négociants*« die Mehrheit aus. Sie saßen auch in den Versammlungen des Vormärz und in der Frankfurter Nationalversammlung, ohne daß ihr Gewicht darin allerdings das der freien Berufe oder Beamten erreicht hätte. (Vgl. Best 1989)

Von anderen bürgerlichen Schichten unterschieden sich wesentliche Teile der Kaufmannsschaft dadurch, daß ihre Geschäfte sie zwangsläufig mit fremden Ländern in Kontakt brachten. Dieser kosmopolitische Charakter trennte sie notwendigerweise vom parochial orientierten Stadtbürgertum, aber auch von freien Berufen, die eng mit den jeweils national oder einzelstaatlich geprägten Ausbildungs- und Berechtigungswesen zusammenhingen. Wie weit gestreut der Kundenkreis eines renommierten Handelshauses sein konnte, zeigt das Beispiel der Firma Schröder & Schuster aus Bordeaux. Zwischen 1763 und 1775 tätigte sie Geschäfte mit Kunden in Norddeutschland, Dänemark und im baltischen Raum, hatte aber auch Kontakte in Mittel- und Ostdeutschland. Diese Geschäftsbeziehungen beruhten nicht nur auf dem Wein- und Kolonialwarenhandel, sondern auch auf

Holzverkauf und der Spekulation mit Waren. Die Kenntnis ausländischer Preise und Handelspraktiken, unterschiedlicher Waren und Länder war mithin eine wichtige Vorausetzung für den kaufmännischen Erfolg. Während Kontorhandelsbücher warenkundliche Informationen liefern konnten, war das Kennenlernen anderer Handelshäuser und Länder Teil der Ausbildung zukünftiger Kaufleute. Es war Usus, die eigenen Söhne bei bekannten oder verwandten Handelshäusern in die Ausbildung zu geben, damit sie andere Geschäftsgebaren oder Sprachen kennenlernen konnten. Diese Phase dauerte bisweilen so lange, daß vor allem bei Aufenthalten in den Vereinigten Staaten auf das heimische Bürgerrecht für mehrere Jahre verzichtet wurde. Zu den wichtigen berufsqualifizierenden Erfahrungen gehörten auch die Auslandsreisen, auf denen Außenstände eingetrieben, Kontakte geknüpft und Geschäftsbedingungen in einer Zeit langsamer und oft unzureichender Informationen durch Zeitungen und Bücher persönlich erkundet werden konnten. So reiste der 20jährige Friedrich Ludwig Bassermann im Auftrag der ihn beschäftigenden Maconer Weinhandlung im Jahre 1802 über Kopenhagen, Stockholm, Helsingfors nach St. Petersburg und Moskau. Diese Reise, die übrigens nicht ohne Gefahren war, diente ihm auch als Bildungserlebnis und war in dieser Funktion nicht weit von der Tour entfernt, die junge Adlige noch im 18. Jahrhundert durch die Adelshäuser Europas führte. Auch der Bremer Senator und Kaufmann Spitta berichtete, wie regelmäßig sein Schwager längere Geschäftsreisen ins übrige Deutschland, aber auch nach Holland, Österreich und Frankreich und in größeren Abständen auch nach Rußland unternahm. Diese Praxis der Übersee- und Großkaufleute übernahmen übrigens in der zweiten Hälfte des 19. Jahrhunderts dann auch große Industriebetriebe, die ihre Söhne zur Aus- und Weiterbildung ins Ausland schickten. (Vgl. Gall 1989, S. 108ff.)

Die Handelsgeschäfte führten darüber hinaus unterschiedliche nationale Gruppen und Konfessionsgemeinschaften an großen Handelsplätzen zusammen. Griechen und Juden bildeten in Livorno eigene Kolonien, Engländer und Deutsche, Katholiken und Protestanten und Kaufleute jüdischen Glaubens fanden sich in Bordeaux in der bekannten Freimaurerloge »Loge Anglaise« zusammen. Deutsche, Juden und Griechen gehörten zu jenen Gruppen, die in ungarischen Städten des 19. Jahrhunderts, teilweise auch in polnischen,

Handelsgeschäfte betrieben. In Lille etwa spielten nicht nur die Zuwanderer aus Savoyen eine wichtige Rolle unter den Kaufleuten des 17. und 18. Jahrhunderts und provozierten anfangs auch lebhafte Proteste der städtischen Kaufleute, sondern auch Italiener, die schnell im Handel reich und bekannt wurden, wie etwa Liborio Valentino, dessen Erfolg zwischen 1780 und 1789 notorisch war. (Vgl. Hirsch 1991, S. 47; vgl. Mosse 1989)

Dieses in sich differenzierte, hierarchisch organisierte Kaufmannsbürgertum grenzte sich zunehmend auch in der Topographie der Städte streng vom Einzelhandel ab. Die alten Handelsviertel überließ es den Detailhändlern und siedelte sich an Ausfallstraßen oder an Boulevards an. Von diesem Teil des Bürgertums ist vor allem für das 19. Jahrhundert das Industriebürgertum abzusetzen, das gleichwohl mit ihm verbunden blieb.

Der Bourgeois

Zeitgenössische Studien haben die erste Generation der Unternehmer gern mit Pionieren und Selfmademen verglichen. Damit wollten sie nicht nur den Wagemut der ersten Generation von Fabrikgründern hervorheben, sondern auch – und dies vor allem im Falle konservativer Kritik – ihre fehlende Verbindung mit dem Althergebrachten betonen. De facto blieben jene Musterkarrieren, die den Tellerwäscher zum Millionär werden ließen, selten. Vielmehr konnte der Weg des Aufstiegs zum erfolgreichen Industriekapitän vor allem, wenn auch nicht ausschließlich, von jenen beschritten werden, die bereits über familiäre Unterstützung und familiäres Kapital verfügten. Aber es gab auch Ausnahmen von dieser Regel. D. F. Cail, der Gründungsvater der französischen Lokomotivindustrie, hatte etwa als Sohn eines Stellmachers mit einer Handelslehre begonnen, bevor er über verschiedene Stationen – unter anderem als Mitarbeiter einer Fabrik, die Apparate für die Zuckerfabrikation herstellte – ab 1860 den Gipfel seiner Karriere erreichte. Dieser Aufstieg war vor allem in Bereichen möglich, in denen wie in der Textil- und in geringerem Maße auch in der Metallindustrie ein relativ geringes Anfangskapital ausreichte. Er eröffnete sich seltener Individuen als vielmehr Kleingruppen. Denn in der Regel machten sich mehrere Mitglieder einer Familie oder Partner selbständig. Nur auf diesem Wege konnte nämlich das notwendige Kapital gesammelt werden, um eine Fabrik zu gründen. Sie stammten zumeist aus sozialen Schichten, die nicht in dem unteren Bereich der Gesellschaftsstruktur angesiedelt waren. In England rekrutierten sich die Industriellen der ersten Generation selten aus dem Kreis des Überseehandels, sondern aus dem der Inlandkaufleute und der Verleger. Aber auch dort deutet der verbreitete Mythos des Selfmademan eher auf die Faszination hin, die das schnelle Wachstum des Besitzes hervorrief, als auf eine soziale Realität. (Vgl. Crouzet 1985; Bergeron 1983, S. 196ff.)

Bourgeoisie und Kaufmannsbürgertum lassen sich systematisch unterscheiden. Existierte das erste durch das zirkulierende Kapital, folgte oft den traditionellen Regeln des Handels und war eng mit Bank- und Kreditgeschäften verbunden, so gründeten die Industriellen ihre Existenz auf fixes Kapital, den Besitz an Produktionsmittel, die enge Oberaufsicht in den Betrieben und setzten auf die Auswirkungen neuer Technologien der in langfristiger Perspektive gegründeten Industrieunternehmen. Folgt man der Meinung von Joseph Schumpeter, so war der frühindustrielle Fabrikant nicht nur Kapitalist und Unternehmer, sondern auch sein eigener technischer Experte, sein eigener Kaufmann, der Leiter der Büros, sein eigener Personalchef und manchmal auch noch Rechtsberater. Nicht nur diese Funktionsvielfalt, sondern auch Muster der beruflichen Mobilität verwischten die erwähnten systematischen Unterschiede. Denn zahlreiche Fabrikanten stammten aus kaufmännischen Familien. In Großbritannien legten – wie bereits erwähnt – vor allem Binnenkaufleute oder frühe Verleger ihr Kapital in Betrieben an und stellten das Gros der ersten Generation der Fabrikanten. Dabei war der Anteil derjenigen, die bereits zuvor eine Manufaktur geleitet hatten, größer als der der reinen Kaufleute. Dies läßt sich am Beispiel der Textilindustriellen deutlich nachweisen. Auch in der Kölner oder Berliner Unternehmerschaft stammten die Textilfabrikanten vornehmlich aus Kaufmannskreisen, während in der Metallindustrie eine handwerkliche Herkunft verbreitet war. Wenn ein Industrieunternehmen oft auch nicht in einer Generation gegründet werden konnte, so boten die familiären Ressourcen an Kapital und an Beziehungen dann doch den Söhnen die Chance, eigene Unternehmen zu gründen. (Vgl. Wehler II, S. 190ff.)

Insgesamt war die Nabelschnur der Industrie zum Handel in der Frühindustrialisierung noch nicht abgeschnitten. Selbst wenn die Industriellen nicht alle aus der Kaufmannsschaft stammten, so hatten sie in Großbritannien, Deutschland und Frankreich gemeinsam, daß sie Mitglieder relativ gehobener und begüterter Kreise waren und mithin über ein gewisses Kapital verfügten. Mit den Kaufleuten verband sie auch das Bestreben, den Betrieben eine familiär solide Basis zu geben, die Heiratspolitik mit in die Strategie der Unternehmen einzubauen und Partner in der Familie oder im Familienkreis zu suchen, um einerseits eine höhere Kreditwürdigkeit zu erwerben, zum anderen aber auch um dem Unternehmen eine solide Kapitalausstattung zu geben. 75 Prozent der Unternehmen des Gebiets Normandie-Maine-Anjou wurden so im 19. Jahrhundert durch die Verbindung mehrerer Personen gegründet.

Das Bestreben, das Risiko von ungewissen Investitionen in Maschinen und Industrieanlagen zu mindern, führte auch zu der Praxis, Ländereien zu erwerben. Diese Käufe, die vor allem für Frankreich, Italien und Spanien nachgewiesen sind, hat die Forschung oft als Zeichen vorindustrieller Mentalitäten, ja als adlige Mimikry gedeutet. Sie erhalten ihre volle Bedeutung aber erst im Zusammenhang innerbetrieblicher Strategien. So war bekannt, daß der große Pariser Bankier und Industrielle der Restaurationszeit Jacques Laffitte auch Besitzer riesiger Ländereien war, nicht nur um politischen Einfluß in einer Zeit ausüben zu können, in der das Wahlrecht an den Grundbesitz gebunden war, sondern auch um seine ungewissen Börsen- und Industriegeschäfte durch den soliden Landbesitz abzusichern. Daneben existieren gleichwohl Beispiele für den Landkauf, wie bei den Textilfabrikanten Quesnel oder Duvergier de Hauranne in der nordfranzösischen Stadt Rouen, als Ersatz für Unternehmerfunktionen. (Vgl. Chaline 1982; vgl. Banti 1989)

Schließlich spielten sowohl im Industrie- wie im Handelsbürgertum Minderheiten eine wichtige Rolle. Unter diesen sind – wie bereits unter den Kaufleuten – die jüdischen Kapitalisten zu nennen, die nicht nur im Finanzbereich zu den – wie eine sozialistische Kampfschrift des Vormärz meinte – neuen Feudalitäten gehörten, sondern auch – wenngleich schwächer – im Industriesektor vertreten waren. Sie verfügten in der Regel »über einen Vorsprung an wirtschaftlicher Praxis und Mobilität« (Richarz) gegenüber anderen sozialen Schichten, durch den sie sich schnell modernen und sich verändernden Geschäftsbeziehungen zuwandten. Allerdings blieben jüdische Unternehmer vor allem im Handel, weniger in der Industrie und dem Handwerk Deutschlands überrepräsentiert, wenn sie auch in Berlin vor 1870 noch die Hälfte aller Unternehmer stellten. Vor allem im Bankgewerbe hatten sie ihre Bastion. Salomon Heine und die Familie Warburg gehörten in Hamburg gar zu den wirtschaftlich einflußreichen Familien. Ebenso wie die Juden konnten auch religiöse Minderheiten sowohl von einem über Generationen erworbenen Erfahrungsschatz profitieren als auch von der Kohäsion einer Gemeinschaft, die aus der Abgrenzung gegen eine feindliche Außenwelt resultierte. Die Hugenotten –, die Mennoniten- oder Kalvinistenfamilien besetzten etwa in Krefeld oder im Siegerland wichtige Positionen im Wirtschaftsbürgertum. Einige Hinweise lassen vermuten, daß es zwischen dem Protestantismus und den Unternehmeraktivitäten eine privilegierte Beziehung gab, die schon Max Weber theoretisch entwickelt hatte. Daneben fehlte es aber nicht an spektakulären Erfolgskarrieren im katholischen Bürgertum. Ihm gehörten in der nordfranzösischen Stadt Lille z.B. höchst erfolgreiche Industrielle an. (Vgl. Mosse/Pohl 1992; Hirsch 1991)

Innerhalb der bürgerlichen Schichten blieb die Bourgeoisie, das Wirtschaftsbürgertum, gleichwohl in der Minderheit. Vor 1848 hatte es in Deutschland lediglich im Rheinland oder in Sachsen größeren Einfluß gewonnen oder Städten wie Köln oder Aachen seinen Stempel aufgedrückt. Doch auch in England, im Pionierland der Industrialisierung, blieb es bis in die 1870er Jahre weder gesamtgesellschaftlich noch in einzelnen Städten tonangebend, in Frankreich noch länger in eine breitere Notabelnschicht integriert. In Italien lassen sich für die zweite Hälfte des 19. Jahrhunderts lediglich einzelne Belege dafür beibringen, daß sich moderne Industrielle aus einer dominierenden aristokratisch-agrarischen Elite herauslösten.

Der Bildungsbürger

Vom Besitz- ist im frühen 19. Jahrhundert das Bildungsbürgertum abzusetzen. Dabei handelt es sich um jene in sich heterogene Gruppe, die durch akademische Bildung charakterisiert ist und die sowohl Ärzte und Anwälte, Apothekter und Notare, Ingenieure und Architekten als auch Richter und Verwaltungsbeamte umfaßte. Vor allem für die deutsche Geschichte des ausgehenden 18. und 19. Jahrhunderts ist von der Forschung die Bedeutung der »gebildeteten Stände« als Kernelemente des späteren Bildungsbürgertums betont und gegenüber allen Unterschieden in Kompetenz und Einkommen, Klassenlage und Ausrichtung die Einheit eines weitgehend geistesaristokratisch begründeten Ensembles betont worden.

In ihm schlug sich nicht nur die besondere Bedeutung der Bildungstraditionen nieder, die in Deutschland bei dem Versuch der Bürger, sich vom Adel abzusetzen, eine besondere Funktion gewannen, sondern auch das Leistungsprinzip, durch das die neuen Bürger ihre Ansprüche gesamtgesellschaftlich legitimierten. In der Tat gehörte das Berufsbeamtentum durch seine ökonomische Position, d.h. durch gesicherte Gehälter, Pensionen und Renten für Witwen und Waisen nicht nur zu den Schichten, die einen wenn auch nicht immer hohen, so doch auskömmlichen Lebensstandard genossen. Überdies war es auch Träger der Reformen in Staat und Gesellschaft, die auch in Deutschland seit 1789 auf der Tagesordnung standen. Als Protagonisten der sogenannten »defensiven Modernisierung« versuchten sie, durch Bauernbefreiung und Einführung der Gewerbefreiheit, die Durchsetzung repräsentativer Verfassungen und einer Heeresreform eine Gesellschaft mündiger Bürger zu schaffen, die als Bollwerk gegen die Dynamik einer ihrer ständischen Formen und Schranken entledigten Gesellschaft fungieren sollte. Wenn dieser Reformimpetus auch nicht überall gleich verbreitet war, innerhalb der Beamtenschaft die Fraktion, die mit den traditionellen Kräften in personeller und politischer Symbiose lebte, weiterhin stark war, so gehört doch die besondere Bedeutung, die der Staatsapparat bei der Prägung der deutschen Gesellschaften in der ersten Hälfte des 19. Jahrhunderts durch bürokratische Eingriffe und Reformen gewann, zu den besonderen Merkmalen deutscher Geschichte.

Diese strukturelle Bedeutung wird nicht durch den Hinweis auf die relativ kleine Gruppe der Beamten geschmälert. In Preußen sorgten lediglich 600 Regierungsbeamte für die Umsetzung der Beschlüsse, und ihre Zahl wurde ab 1820 sogar trotz wachsender Staatstätigkeit auf unter 500 reduziert. Unter ihnen stellten die begüterten Bürger die Mehrheit, aber auch Adlige nahmen zunehmend mehr Beamtenstellen ein. Ihr Anteil soll im Vormärz von einem Viertel auf ein Drittel gestiegen sein. Da aber der Zugang zu den Regierungskollegien nicht nur an Besitz, sondern auch an eine akademische Ausbildung gebunden war, mußten sich auch die adligen Beamten den Zugangsprüfungen unterwerfen. Von ihnen wurden u.a. Kenntnisse in alten und neuen Sprachen, in Recht, Geschichte und Mathematik verlangt, aber auch Erfahrungen in Staatswissenschaft oder in Landwirtschaft. (Vgl. Kosselleck, 1967; Bildungsbürgertum 1989ff.)

Verglichen mit dieser einflußreichen, materiell abgesicherten und durch Leistung legitimierten Gruppe blieben die französischen Beamten stärker in ihren Positionen und in ihrem Status von der jeweiligen Regierungspolitik abhängig. Bis in die Dritte Republik hinein verzichteten die Regierungen nicht darauf, politisch mißliebige Staatsdiener zu versetzen oder zu entlassen. Die zu Beginn der 1789er Revolution eingeführte Praxis, Beamte wie Richter direkt von den Bürgern wählen zu lassen, hatte sich freilich nicht halten können. Dennoch entstand auch unter Napoleon I. kein Apparat, der dem deutschen Berufsbeamtentum vergleichbar gewesen wäre. Schon nach 1815 fielen die beamtenrechtlichen Regelungen hinter den Stand zurück, der am Ende der Revolutionszeit erreicht worden war. Sowohl ein einheitliches Dienstrecht wie ein klares Prüfungssystem fehlten in Frankreich, so daß leicht an die Stelle fachlicher Qualifikation die Übereinstimmung der Beamten mit der jeweiligen Politik der Regierung trat. Korruption und Ämterpatronage waren weit verbreitet. Daumiers Karikaturen haben dieses Milieu, freilich überspitzt, festgehalten. Wenn auch Beamtenpositionen weniger sicher als in Preußen waren, so übten sie doch eine große Anziehungskraft auf das begüterte Bürgertum und den Adel aus. Nicht nur gehörten im Paris des Jahres 1820 die Beamten zu den nächst den Grundbesitzern begütertsten Teilen der Notabelngesellschaft, sondern es bildeten sich auch Beamtendynastien heraus, d.h. Familien, in denen die Söhne die Karriere des Vaters fortsetzten. Ein Beispiel für die Kontinuität kann die Familie Brière de Mondétour geben. Jean Brière begann als Notar in Südfrankreich vor der Revolution. Von seinen Söhnen avancierte einer zum Conseiller am Pariser Gericht, ein zweiter gehörte zu den reichsten Besitzern seines Départements, während die Tochter sich mit einem Pariser Staatsanwalt verheiratete. Von deren Söhnen setzte einer die Notarstätigkeit fort. Wie sehr diese

Kontinuität in das Kalkül einzelner Familien einging, geht aus dem Empfehlungsschreiben des Comte Portalis hervor, das dieser 1830 der Bewerbung seines Sohnes am königlichen Gerichtshof in Paris beifügte. Darin heißt es: »Wenn andere mehr Titel haben als er, will es die Gerechtigkeit, daß ihm meine Dienste zugute gehalten werden.« Erst die Durchsetzung des Concours am Ende des 19. Jahrhunderts brachte meritokratische Prinzipien zur Anwendung. (Zitiert in Haupt 1989, S. 146) Auch in Italien wurden Verwaltungsämter nicht primär nach Leistungskriterien vergeben, sondern nach politischer Opportunität. Politische und administrative Karrieren gingen dabei Hand in Hand in einem Land, in dem die Klientelbildung auch über administrative Kanäle stattfand. Selbst wenn bei der Besetzung jener Stellen, die im 17. und 18. Jahrhundert den Adel nicht interessierten, in Mailand, Venedig und Bologna Bürger zum Zuge kamen, so blieb die Beachtung des Leistungsprinzips auf den Anfang der Karrieren beschränkt, um die Entscheidungsgewalt der politischen Instanzen nicht zu beschneiden. (Vgl. Meriggi 1995)

Advokaten und Ärzte übten ihre Berufe in der Regel freiberuflich aus, wenn auch Teile von ihnen mit staatlichen und öffentlichen Funktion betreut waren. Ihre Existenz war an einen sich ausweitenden Markt an Rechtsbeziehungen und -vertretungen sowie medizinischen Dienstleistungen gebunden, dessen Umfang nicht starr war, sondern von Anwälten und Medizinern mitbestimmt und im 19. Jahrhundert schrittweise erweitert wurde. Außerdem stand ihre Lebensweise und Existenz eng mit dem Prozeß der Verstaatlichung von schulischen und universitären Ausbildungsgängen in Verbindung, die bereits die Expansion der Beamtenschaft beeinflußt hatte. Vor allen in den deutschen Staaten setzte sich das Modell des Beamten-Juristen auch unter Anwälten durch, die analog zu den späteren Staatsbeamten ausgebildet und in die Advokatenpraxis über die Referendarzeit eingeführt wurden. In Italien hingegen sollte die aktive Teilnahme an der Alltagspraxis einer Anwaltskanzlei für das notwendige Handwerkszeug sorgen und gehörte zu den wichtigsten Qualifikationsnachweisen zukünftiger Advokaten. Die Einbindung in staatliche Abhängigkeiten schlug sich auch in den politischen Partizipationschancen nieder, die unter den Eximierten in Preußen auf lokaler Ebene nicht existierten, während Anwälte in Baden, Italien oder Frankreich zur politischen Klasse par excellence gehörten. In verschiedenen Gesellschaften versuchten – wenn auch zu unterschiedlichen Epochen und mit verschiedenartigen Mitteln – Anwälte wie Mediziner die Ausübung ihres Berufs an den akademischen Abschluß und die Kooptation durch die Berufsgruppe selbst zu binden und mithin ihr Monopol gegen Winkeladvokaten und Rechtsverdreher, Scharlatane und Wundärzte zu verteidigen. Wie die Wirksamkeit der akademischen Institutionen als Selektionsmechanismen wahrgenommen wurde, drückte der deutsche Jurist Rudolf Gneist im Jahre 1867 mit folgenden Worten aus:

»Sie enthalten in unserer deutschen Weise eine Veredelung des Geistes und Charakters durch die reichen Mittel einer humanistischen Bildung, ein freies Erziehungswerk mit soviel Elementen der Selbstdisciplin und Censur ... daß auf diesem langen Wege das Unwürdige ausgeschieden, das relativ Bessere und Beste erhalten wird, soweit dies durch menschliche Einrichtungen möglich.« (Vgl. Siegrist 1995)

Wie sinnvoll es ist, von der Einheit des deutschen Bildungsbürgertums auszugehen, zu dem sowohl Anwälte und Ärzte, Apotheker und Journalisten gehörten, hängt maßgeblich von der Fragestellung des Historikers ab. Wenn nach der besonderen Bedeutung der schulischen Ausbildung und des universitären Abschlusses ebenso wie des Prinzips der Bildung für die Herausbildung des Bürgertums gefragt ist, so rücken Beamtenschaft und freie Berufe aneinander. Beide gründeten sich zumindest in Deutschland und Österreich auf das Leistungsprinzip, das den ererbten Standesvorrechten wie auch den überkommenen Machtstrukturen entgegengesetzt wurde. Die ähnliche Ausbildung wird auch in dem italienischen Wortgebrauch der Borghesia humanistica sichtbar. Dieser Teil des Bürgertums gewann in der Folge der napoleonischen Besetzung und der Auflösung traditioneller Rechtsverhältnisse an Gewicht und war vollends nach der nationalen Einigung im politischen Bereich tonangebend. Die Bedeutung jener Borghesia war allerdings von dem des deutschen Bildungsbürgertums insofern unterschieden, als sie auf der Kultur im Sinne von Alphabetisierung beruhte, während in Deutschland eine besondere Art von Kultur das Bildungsbürgertum auszeichnete. Schließlich begründete kulturelles Kapital keineswegs per se eine gesellschaftliche Ausnahmestellung wie im Deutschland des beginnenden 19. Jahrhunderts, sondern trat in Italien über Jahrzehnte noch hinter die Vorherrschaft des Grundbesitzes zurück.

Ähnliche Ausbildungsgänge schließen nicht aus, daß das Bildungsbürgertum klassenanalytisch in verschiedene Teile je nach Selbständigkeit, Beamtentum oder Angestelltenstatus zerfällt und auch unterschiedlichen Entwicklungslogiken folgt. In der Schweiz konnte die akademische Bildung zwar zunehmend wichtiger für die berufliche Zukunft und den sozialen Standort werden, gleichzeitig war ihr prägender Einfluß aber nicht stark genug – wie Albert Tanner notierte –, »um aus den beruflich und sozial zunehmend disparaten akademisch Gebildeten eine in sich geschlossene soziale Gruppe mit eigener bildungsbürgerlicher Identität zu formen". Selbst für die deutsche Entwicklung ist immer wieder auf die Vielfalt der »*professions*« hingewiesen worden wie auch auf die Mannigfaltigkeit innerhalb der akademisch gebildeten Beamtenschaft. Jürgen Kocka hat in diesem Kontext nachgefragt, »ob dieses ›Bildungsbürgertum‹ nicht doch primär ein Konstrukt, eine ›Kopfgeburt‹ rückblickender Historiker« sei. (Vgl. Kocka 1989, 9)

Will man angesichts dieser strukturellen Heterogenität die Einheit der »gebildeten Stände« betonen, so kann man sich in manchen Ländern auf Wahrnehmungsformen der Zeitgenossen berufen. Die humanistische und klassische Bildung gehörte – wie bereits erwähnt – nicht nur zum Selbstverständnis der Borghesia humanistica Italiens, sondern auch zur Selbstdefinition deutscher Bildungsbürger. Für diese reichte die Bildung allerdings über konkrete universitäre Abschlüsse hinaus und mündete in einen »zweckfreie(n) Prozeß stetiger Selbstvervollkommung« (U. Frevert) dessen »Ideal in der Entfaltung aller Anlagen und Talente eines Individuums« bestand. Aber bereits in Frankreich findet sich kein Äquivalent für jene vor allem von akademischen Abschlüssen und umfassender Bildung konstituierten Gruppe. Der Begriff der »*capacités*« wurde in den 1840er Jahren vor allem eingesetzt, um eine Ausweitung des Wahlrechts auf die Intellektuellen zu fordern. Er setzte gegen das Monopol des Landbesitzes die Fähigkeiten freier und akademischer Berufe, konnte sich über die 1848er Revolution hinaus als zentraler Begriff der Klassenanalyse aber nicht halten. (Vgl. Charle 1991, S. 47ff.)

Um zu ermitteln, ob es sich beim Bildungsbürgertum um eine »soziale Klasse« handelt, wäre im Sinne Max Webers auch nach der Dichte der sozialen Kontakte zwischen den einzelnen Teilen des Bildungsbürgertums zu fragen. Über das 19. Jahrhundert hinweg sprechen die Ergebnisse der Untersuchung der 3 000 Familien eine deutliche Sprache, die eine Forschungsgruppe um Jacques Dupâquier für Frankreich vorgenommen und sich dabei auf jene Familien konzentriert hat, deren Name mit TRA beginnt. Selbst wenn das Sample klein war, sind die Ereignisse sehr eindeutig. Danach war sowohl die berufliche Fortdauer freier Berufe als auch ihr Grad der Endogamie niedrig. Von 48 Söhnen von Ärzten setzten nur 18 den Beruf des Vaters, von 67 Sprößlingen von Notaren, Advokaten oder Staatsanwälten gar nur elf die Karriere des Vaters fort. Wenn die Mehrheit von ihnen auch in der Welt der begüterten und gebildeten Bürger verblieb, so übten die freien Berufe keine ausreichend starke Attraktivität aus, um die Nachkommen im Berufsfeld des Vaters zu halten. Auch die Heiraten mit Töchtern aus demselben professionellen Milieu blieben mit zwölf Prozent aller Fälle erstaunlich niedrig, während Verbindungen mit Töchtern von Kaufleuten und Beamten dominierten. In dieser Heiratspraxis mag sich die Notwendigkeit für Anwälte und Ärzte ausdrücken, durch die Heirat das für die Selbständigkeit notwendige Kapital zu erwerben. Von der Kohäsion einer »sozialen Klasse« bleiben die bildungsbürgerlichen Berufe im Frankreich des 19. Jahrhunderts weit entfernt, wenn diese in einzelnen Städten auch sehr wohl existiert haben mag. Die für Deutschland vorliegenden Angaben beziehen sich auf das Jahr 1848 und zeigen, daß zumindest unter den aus dem Bildungsbürgertum stammenden Abgeordneten Selbstrekrutierung und Endogamie gringer als unter Wirtschaftsbürgern waren. Selbst wenn die beiden Samples nicht vergleichbar sind, spricht manches für den losen Zusammenhalt in dem Teil des Bürgertums, der durch Bildungstitel charakterisiert ist. (Vgl. Dupâquier/Kessler 1992, S. 147ff.; Best)

So wird man beim gegenwärtigen Stand der Kenntnisse darauf hinweisen müssen, daß offensichtlich in Deutschland wie in Italien die bestimmte Art und Weise der Ausbildung und die gesellschaftliche Valorisierung der Bildung im Entstehungsprozeß des Bürgertums eine wichtige Rolle spielte, ohne daß man aus jenem Faktor allerdings den Schluß ziehen könnte, daß diese Ausbildung auch notwendig in ähnliche Klassenpraktiken, Mentalitäten und Verhaltensweisen münden müßten. In Frankreich scheint die Zugehörigkeit zur Elite bei der sozialen Gruppenbildung wichtiger als der Faktor Bildung gewesen zu sein. (Vgl. Lepsius 1992)

Beim Durchgang durch die verschiedenen Fraktionen des Bürgertums in den Jahren 1780 bis 1840 erstaunt die Mannigfaltigkeit der Karrieren und Einkommensquellen, der rechtlichen Situationen und Tätigkeitsfelder, der sozialen Herkunft und Praktiken. Das einende Band des Privatbesitzes an Produktionsmitteln wird man ebenso vergeblich suchen wie Nachweise für die strukturprägende Wirkung der Aneignung von Mehrwert. Auch die Privilegierung und Stellung auf dem Markt war nicht einheitlich. Unterschiedliche Bourgeoisiefraktionen lassen sich – soweit sie nicht weiterhin ständisch-rechtlich privilegiert waren – zweifellos durch das Monopol an Besitz und »Fachgeschultheit« definieren. Aber die Strategien, die sie auf den Märkten selbst verfolgten, waren dann doch sehr unterschiedlich. Suchten die Kaufleute etwa nach Mitteln, den Markt zu erweitern und auszudehnen, so strebten die andern nach der Etablierung von Marktmonopolen. Angesichts dieser Vielfalt stellt sich mithin die spannende Frage nach dem einenden Band. Denn nicht die internen Differenzierungen machen – wie schon Robert Morris feststellte – das Bürgertum als Forschungsgegenstand so interessant, sondern die Einheit, die es trotz der internen Unterschiede gewann.

Vereinheitlichende Faktoren im Bürgertum

Als ein vereinheitlichendes Band von Großgruppen und damit auch von sozialen Klassen gilt die Fremdwahrnehmung und -abgrenzung. Die Identität wird in ihrer Absetzung von dem Anderen definiert und konstruiert. Die soziale Positionsbestimmung des Bürgertums innerhalb einer sich auflösenden ständischen und einer sich herausbildenden bürgerlichen Gesellschaft läßt sich an seinem Verhältnis zum Adel einerseits, zu den Unterschichten andererseits ermessen. Die europäischen Gesellschaften des 19. Jahrhunderts unterscheiden sich unter anderem dadurch, ob und in welchem Ausmaß es ihnen gelungen ist, eine Elite herauszubilden, die adlige und bürgerliche Teile integrierte, dadurch eine größere Gestaltungsfähigkeit gewann und die gesellschaftlichen Wandlungsprozesse lenken konnte. England gilt dabei als Vorbild, da sich der Adel bereits seit dem 18. Jahrhundert weniger strikt als in anderen europäischen Gesellschaften abschottete und in der Gentry bürgerliche und adlige Besonderheiten verschmolzen. Weil lediglich der älteste Sohn adliger Familien den Titel und den Besitz des Vaters erben konnte, bestand eine dauerhafte Abstrombewegung innerhalb des englischen Adels und enge Kontakte mit bürgerlichen Berufen in Anwaltschaft und Offizierskorps, Staatsdienst und Kirche. Diese Elitestruktur, die bis zu dem Einsetzen der Agrarkrise in den 1880er Jahren dominierte, verhinderte zwar die Herausbildung einer »middle class« nicht, sorgte durch ihre Öffnung aber dafür, daß nicht nur erfolgreiche Geschäftsleute geadelt wurden und nachgeborene Söhne des Adels in bürgerlichen Verhältnissen lebten und arbeiteten, sondern auch, daß Töchter des Adels geachtete Börsenjobber oder Eisenbahnkönige ehelichten. Im Frankreich der ersten Hälfte des 19. Jahrhunderts sorgte sich der nach 1789 ökonomisch und statusmäßig geschwächte Adel zwar stärker um seine Exklusivität als in England. Heiraten von Adligen und Bürgerlichen blieben deshalb noch lange Zeit verpönt. Die Hoffnung auf eine Restauration wenn nicht feudaler, so doch ständischer Verhältnisse trieb Teile des französischen Adels sogar eher zu einem neuerlichen Abschluß als zur Integration in die Notablengesellschaft. In dieser trafen sich gleichwohl reiche Landbesitzer adliger und bürgerlicher Herkunft, die eine politische Vermittlerrolle spielten, aufeinander gerichtete familiäre Strategien entwickelten und das Quasimonopol der politischen Vertretung vor 1848 besaßen. Wenn es mithin vor allem zwischen 1815 und 1830 vehemente Konflikte zwischen Adel und Bürgertum gab, so garantierte danach die Sorge um Landwirtschaft und Grundbesitz einerseits, die Stabilität der bestehenden Ordnung andererseits eine Einheit der Notabeln, die einer Politik gesellschaftlicher Stabilität, ja der Immobilität der 1830er und 1840er Jahre zugute kam. (Vgl. Lieven 1992; vgl. Wehler 1990)

In Nord- und Mittelitalien schließlich waren schon in der Frühen Neuzeit Stadtbürgertum und Adel eng verbunden und hatten sowohl bei der Ausbeutung ihrer Ländereien als auch in Gewerbe- und Handelsgeschäften ähnliche Interessen herausgebildet. In diesem Prozeß gewann der Adel in Italien einen städtisch-patrizischen Charakter. Bis ins 18. Jahrhundert hinein investierten Florentiner Patrizier ebenso in den Handel wie die Aristokraten Bolognas. Diese Fusion von Handel und Landwirtschaft, Adel und Bürgertum in den Städten legte den Grundstein für die gesellschaftliche Entwicklung des 19. Jahrhunderts, in der sich vor allem in den Städten eine breite Elitegesellschaft herausbildete. Schließlich ist auch jüngst für die politische Elite Spaniens darauf hingewiesen worden, wie wenig der Übergang zu einer liberalen Politik im 19. Jahrhundert mit einem Wandel in der Sozialstruktur identisch war. Die meisten Minister stammten nämlich um 1800 aus der Schicht des kleinen und mittleren Adels – der *hidalgua* –, der zuvor vor allem als Landbesitzer, seltener in freien Berufen oder dem Handel tätig war. (Vgl. Woolf 1979)

Im Unterschied zu jenen Beispielen der Verschmelzung bürgerlicher und adliger Interessen, Lebensweisen und Kulturen sind mittel- und osteuropäische Gesellschaften stärker durch die Dominanz des Adels charakterisiert. Das gilt sowohl für die polnischen Teilungsgebiete wie für Ungarn oder Böhmen. In diesen Regionen war die Position des Adels derartig stark, daß er selbst Städte in seine Abhängigkeit brachte und sich deshalb ein selbständiges urbanes Bürgertum nur schwer herausbilden konnte. Vor allem Juden, aber auch zugewanderte Deutsche und Griechen teilten sich deshalb die Handels-, Bank- und Gewerbegeschäfte, die ihnen in Ungarn oder Polen gleichwohl keine gesellschaftliche Position verschafften, durch die sie vor 1848 mit dem Adel hätten konkurrieren können. Die Adligen – in der Regel zahlenmäßig stärker als in Westeuropa – waren in Landwirtschaft und im politischen Leben, aber auch der Kultur tonangebend, teilweise übernahmen sie sogar bürgerliche Funktionen. So übten kleine und verarmte polnische Adlige den Beruf eines Anwalts aus, keineswegs jedoch um sich dadurch in bürgerliche Lebensweisen und Verkehrskreise zu integrieren, sondern um das erwirtschaftete Einkommen für den Landkauf und mithin eine Restauration adeliger Existenzweisen zu benutzen. Die Eliten dieser mitteleuropäischen Gesellschaften blieben mithin primär adlig bestimmt. So formulierte G. Ranki für Ungarn: »Im Ganzen gesehen war das Bürgertum hier noch um die Mitte des 19. Jahrhunderts viel zu schwach, um dem Adel seine wirtschaftliche und politische Führungsrolle streitig zu machen.« (Vgl. Ranki 1995, S. 233)

Wenn auch in Deutschland seit dem Ende des 18. Jahrhunderts der Rückgang des Einflusses der Adligen unübersehbar war, so setzte dieser doch seine ganze Energie daran, um – wie Rudolf Braun formuliert hat – in der Gesellschaft »oben zu bleiben«. Von den meisten Monarchen gestützt, versehen mit Reichtum, Privilegien und

Macht, verfügte der Adel in Deutschland generell über eine zentrale gesellschaftliche Position, wenn diese in Preußen auch ungebrochener als in Württemberg war. Bislang ist vor allem die ebenso massive wie auf undemokratische Mittel rekrutierende Statusverteidigung des ostelbischen Gutadels – der Junker – hervorgehoben worden, und damit auch die Schärfe der »Grenze zwischen Adel und Nichtadel« (W.E. Mosse), oder »die gesellschaftliche Segmentierung und die beiderseitig auf Abgrenzung bedachte Selbstbehauptung« (E. Fehrenbach). Aus diesem Gegen- oder Nebeneinander konnte keine einheitliche Elitekultur entstehen, die über einen politischen oder gar demokratischen Grundkonsens verfügt hätte. Vielmehr trugen die unterschiedlichen Milieus adliger oder bürgerlicher Prägung im 19. Jahrhundert ihre Divergenzen in teilweise scharfen Auseinandersetzungen aus. In bürgerlichen Darstellungen des Adels wurde diesem indes selten das Schicksal der französischen Adligen angedroht, vielmehr ging es um Eingliederung in eine konstitutionelle Ordnung, die bürgerliche Gesellschaft oder eine gesellschaftliche Leistungselite. (Vgl. Fehrenbach/Müller-Luckner 1994)

Die Haltung des Bürgertums zum Adel wurde zweifellos generell durch An- und Ablehnung bestimmt. Der Übernahme gewisser kultureller Darstellungsweisen, der Anlehnung an Rituale und Symbole adliger Lebensweisen und dem Trachten nach Nobilitierung stand die Betonung bürgerlicher Eigenständigkeit, das Arbeits- und Leistungsethos und die Zukunftsgewandtheit der neuen Klasse gegenüber. Diese generelle Charakteristik erfuhr in einzelnen europäischen Gesellschaften eine unterschiedliche Ausprägung. Der Akzent lag in mittel- und osteuropäischen Gesellschaften sicher seltener auf bürgerlicher Autonomie als im Westen; in Deutschland war dies schwieriger als in Ländern, in denen wie in England, Frankreich oder Italien sich bereits eine adlig-bürgerliche Mischformation in der ersten Hälfte des 19. Jahrhunderts herausgebildet hatte.

Wenn die Grenzen des Bürgertums gegenüber dem Adel auch durchlässig waren und sich veränderten, blieben sie gegenüber den unterständischen Schichten, den Massen der Landbevölkerung und den in der Stadt Arbeitenden nahezu hermetisch abgeriegelt. Weder fanden signifikante Aufstiegsprozesse aus Arbeiter- oder Bauernkreisen in das Bürgertum statt, noch suchten Bürger die unteren Schichten in größerem Ausmaß politisch zu mobilisieren. Wie ein Trauma hatten die Jahre der Jakobinerherrschaft in weiten Teilen Europas gewirkt und die Revolutionsfurcht ebenso verbreitet wie die Einsicht, daß – wie Louis Chevalier in einem historiographischen Klassiker formulierte – die »*classes laborieuses*« auch die »*classes dangereuses*« seien. Unterschichten wurden deshalb vom politischen Geschehen durch das Zensuswahlrecht, vom Vereinsrecht durch Verbote für wirtschaftliche Zweckverbände ausgeschlossen, polizeilich kontrolliert und überwacht. Stellenweise bewaffneten sich Bürger selbst, um Eigentum, Ruhe und Ordnung gegen den »Pöbel« zu verteidigen, entweder in Bürgerwehren wie in den deutschen Städten Krefeld oder Braunschweig oder in den Nationalgarden wie in Frankreich. Reichten die noch wenig zahlreichen lokalen Polizisten oder die bewaffneten Bürger nicht aus, um Unterschichtenproteste niederzuschlagen, so griff das Militär teilweise blutig ein. (Vgl. Herzig 1988; vgl. Lüdtke 1982; vgl. Emsley 1983)

Zu der Repression trat zunehmend allerdings auch der Gedanke der Prävention, wenngleich lediglich als begrenztes Korrektiv zur Niederhaltung der Unterschichten. Das Vertrauen auf die Vervollkommnung der Menschen inspirierte in der Tradition der Aufklärung die Diskussion über Sinn und Form der Gefängnisstrafe zu Beginn des 19. Jahrhunderts. Die Gefängnisse sollten der Bestrafung und Heilung der Straffälligen dienen, und in ihnen sollte neben der Arbeit auch der Unterricht organisiert werden, bevor ab 1830 sich dann mit der Einzelhaft der Gedanke der Repression durchsetzte und damit – wie M. Foucault unterstrich – die Einschüchterung der allenthalben entstehenden Arbeiterklasse angestrebt wurde. Vor allem unter Arbeiterinnen wurde das Modell des Gefängnisses auch in der Produktion angewandt. In den Usines-internat der Seiden- und Textilindustrie Südwestfrankreichs überwachten Nonnen die in der Fabrik selbst untergebrachten Arbeiterinnen nach Arbeitsschluß und sorgten dafür, daß der Lohn für kein anderes Ziel als den Kauf einer Aussteuer benutzt wurde. Verschiedene Initiativen um die Arbeiter zu erziehen, zu moralisieren, durch Umfragen und Analysen besser kennenzulernen, ansässig zu machen, liefen parallel und tauchten in verschiedenen europäischen Ländern zu unterschiedlichen Zeiten auf. In allen scheint das Ziel durch, die Unterschichten nicht zur politischen Selbständigkeit kommen zu lassen. (Vgl. Procacci 1993; vgl. Blasius 1978)

Neben den Strategien der Zuordnung und Abgrenzung, die eine Einheit zwischen den strukturell unterschiedlichen Fraktionen des Bürgertums in bestimmten Konjunkturen und Konstellationen herstellen konnten, sind die Mechanismen zu nennen, die es Bürgern erlaubten, sich über ihre Ziele zu verständigen. Definiert man Vereine als Zusammenschlüsse formal gleicher Mitglieder zu begrenzten Zwecken, für eine limitierte Zeit und ohne den Zwang, innerhalb eines Systems in sich geschlossene Werte zu repräsentieren, so gehörten sie in den europäischen Gesellschaften zu den Institutionen, in denen sich Bürger zusammenfanden, gegenüber der Staatsgewalt ihren Willen formulierten oder aber lediglich eigene Geselligkeitsformen ausprobierten. Die Vereinskultur gehörte quer durch Europa zu den Besonderheiten des Bürgertums. Wenn auch in England die unterschiedlichsten Vereinigungen zu den *associations* gerechnet wurden, die in Europa unter anderen Bezeichnungen bekannt sind, blieb die Insel das klassische Land, in dem Vereine als Institutionen der zivilen Gesellschaft fungierten. Auch in einer Gesellschaft, in der die republikanische Konzeption der direkten Beziehungen zwischen Individuen und Staat der Entwicklung von Zwischengewalten entgegenstand, in Frankreich mithin, blühten Zirkel und Vereine als Ausdruck horizontaler Solidaritäten im Bürgertum. M. Agulhon hat den Reichtum der Formen jener bürgerlichen Geselligkeit in seinen Forschungen zur »*sociabilité*« demonstriert. Alle jene Institutionen gehörten zum Übergang aus einer Gesellschaft, in der Korporationen die Individuen organisierten, in die bürgerliche Ordnung, in der der einzelne sich autonom zuordnen und organisieren konnte. Die Vereine unterschiedlicher Couleur wurden auch in Deutschland »zu einer sozial gestaltenden, Leben und Aktivität der Menschen prägenden Macht« (T. Nipperdey). (Vgl. Morris 1990; vgl. François 1986)

Trotz antiadliger und egalitärer Tendenzen schlugen freilich auch in der Mitgliedschaft der Vereine Differenzen zwischen Teilen des Bürgertums durch. Besitz, Bildung und Lebensführung, aber auch die Konfession und das Geschlecht bewirkten Differenzierungen. Die Vereine, argumentiert der Volkskundler U. Jaeggle, »entsprechen der Vielschichtigkeit des Bürgertums; allein in Tübingen gab es zeitweise drei verschiedene Museen, die durch ihre Präsenz zeigten, daß es Zuordnungen- und Auswahlverfahren gab ...«. Das Prinzip der Kooptation und die Aufnahmegebühren sorgten für soziale Exklusivität, der nahezu vollständige Ausschluß der Frauen und Töchter der Vereinsmitglieder aus dem Vereinsleben für den vorwiegend männlichen Charakter der Aktivitäten. Selbst wenn die Vereinsstruktur interne Unterschiede im Bürgertum ausdrückte, gehörten Vereine doch zu den Prozessen gesellschaftlicher Selbstorganisation, die ständische Strukturen auflösten und die bürgerliche Gesellschaft prägten. Sie fungierten auch über England, Frankreich und Deutschland hinaus in anderen europäischen Staaten als Symbole politischer Öffentlichkeit. So entstanden Zirkel und Casinos in den 1830er und 1840er Jahren in den großen Städten Spaniens, in denen sich das lokale Bürgertum traf, um über Politik und Geschäfte zu reden, kulturellen und Freizeitaktivitäten nachzugehen. Sie beherbergten Bibliotheken und Leseräume, Ballsäle und Räume, die für das Billardspiel reserviert waren. Das Casino de Tenerife, das als eine Mischung aus einem englischen Klub und einem italienischen Café beschrieben wird, organisierte Wohltätigkeitsveranstaltungen. Der polyfunktionale Charakter der Vereine des Vormärz blieb mithin nicht auf Westeuropa begrenzt.

Wenn sich im Bürgertum entsprechend der strukturellen Vielfalt auch unterschiedliche politische Haltungen und Einstellungen finden lassen, so können gleichwohl auch politische Gemeinsamkeiten herausgeschält werden. Wenn in einer entwicklungsgeschichtlichen Sicht auch zu Recht der Liberalismus mit der bürgerlichen Gesellschaft und die liberalen Bewegungen im Europa der ersten Hälfte des 19. Jahrhunderts mit Fraktionen des Bürgertums in Verbindung gebracht werden, so ist diese Gleichsetzung nicht vollkommen und verbergen sich hinter dem Etikett »liberal« unterschiedliche Wertdefinitionen. Vor allem die Verquickung von Liberalismus und Industriekapitalismus hat in der Vergangenheit kritische Aufmerksamkeit erlangt und ist hinterfragt worden. Generell wird man für die Trägerschichten des Liberalismus im Europa vor 1848 sagen können, daß unter ihnen die kapitalistischen Unternehmer deutlich minoritär waren und keineswegs den Ton angaben. Darüber darf auch die politische Karriere des Industriellen Casimir Périer nicht hinwegtäuschen, der aus Savoyen stammend, in der Restaurationszeit zu den führenden Köpfen der liberalen Gruppierung in der Kammer gehörte und nach 1830 zum Regierungschef der Julimonarchie aufstieg, bevor er der Choleraepidemie des Jahres 1832 zum Opfer fiel.

Selbst in Großbritannien ging noch zwischen 1859 und 1874 lediglich ein Fünftel der liberalen Unterhausabgeordneten industriellen Tätigkeiten nach, während der Anteil der Industriekapitäne an den Deputierten, die 1848 in der Frankfurter oder Pariser Nationalversammlung saßen, mit acht bzw. elf Prozent deutlich niedriger war. Nicht die langfristig strukturprägende Gruppe der Bankiers und Schlotbarone, sondern Landbesitzer und Bildungsbürger bestimmten das Gesicht des Liberalismus. Die erste Gruppe war stark unter den englischen ebenso wie unter den französischen Liberalen vertreten und umfaßte teilweise auch Adlige, die in Ungarn oder Italien unter den »Moderanti« maßgeblich liberale Politik beeinflußten. Die zweiten, d. h. die Bildungsbürger, machten die Besonderheit des deutschen Liberalismus aus. Vor allem Staatsbeamte trugen in die Parlamenten des Vormärz liberale Ziele. (Vgl. Langewiesche, *Deutschland,* 1988; vgl. ders., *Liberalismus,* 1988)

Mit seinen Zielvorstellungen konnte der Liberalismus zwar große Teile des Bürgertums, nicht aber seine Gesamtheit erfassen. Diese Vorstellungen wurden überdies nur bei einer Minderheit der Liberalen von den Imperativen der Verallgemeinerung industriekapitalistischer Innovationen bestimmt. Die Wahrung eines Gleichgewichtes von Landwirtschaft und Industrie gehörte zum Credo französischer Liberaler, während im süddeutschen Liberalismus die Forderung nach Konservierung des Mittelstandes auch mit Hilfe staatlicher Maßnahmen verbreitet war. Lothar Gall hat auf das Idealbild »einer klassenlosen Bürgergesellschaft mittlerer Existenzen, einer, rückblikkend formuliert, vorindustriellen, berufsständisch organisierten Mittelstandsgesellschaft auf patriarchalischer Grundlage« verwiesen, das im deutschen Frühliberalismus dominant gewesen sei. Ein uneingeschränktes Engagement für freien Handel und die industrielle Entwicklung des Landes fehlte sowohl in Deutschland als auch in Frankreich unter den meisten liberalen Bürgern. Eine bewegungsarme Gesellschaftsordnung eher als die Dynamik industrieller Veränderung bestimmte das Gesellschaftsbild europäischer Liberaler. Daneben gab es freilich bereits Stimmen, die sich im Bürgertum energisch für die kapitalistische Veränderung der Gesellschaft aussprachen. In Frankreich fanden sich diese unter den Saint-Simonisten, während in Deutschland unter rheinischen Liberalen die Bereitschaft am größten war. Generell fand der Liberalismus mithin im bürgerlichen Mittelstand Verbreitung. Er wurde weniger durch das Wirtschaftsbürgertum als durch jene Kreise geprägt, die sich durch Landbesitz und Bildung auszeichneten. Keineswegs alle Bürger schlossen sich jedoch der bürgerlichen Bewegung an, Teile verblieben auch im Einzugsbereich konservativer Parolen und Ziele. (Vgl. Boch 1991; vgl. Gall 1985)

Neben den politischen traten konfessionelle Unterschiede im Bürgertum auf. Besonders deutlich waren diese zwischen Katholiken, Protestanten und Juden in Deutschland oder zwischen Anglikanern und Nonkonformisten in Großbritannien. Da mit der Konfession auch Geselligkeitsformen und Wertesysteme einhergingen, trugen diese Differenzen zweifellos zur Mannigfaltigkeit bürgerlicher Lebensweisen bei. (Vgl. McLeod 1986; vgl. Mergel 1994) Besonders prägend für das 19. Jahrhundert war indes der Prozeß der Säkularisierung, der teilweise unabhängig von den staatlichen Instanzen begann, sich teilweise gegen deren Politik wandte oder von dieser befördert wurde. Es ist allgemein bekannt, daß diese Entchristlichung eher in den unteren als den oberen Schichten, in den Städten stärker als auf dem Lande und unter Männern häufiger als unter Frauen wirkte. Aber auch im Bürgertum zeitigte sowohl das vor allem in der Aufklärung vertretene Konzept der innerweltlichen Realisierung des Individuums als auch die Kritik an der Religion Folgen. Schon in der Mitte des 18. Jahrhunderts verließen zahlreiche Bürger der Provence die Bruderschaft der Pénitents, der sie jahrelang angehört hatten, um sich in Freimaurerlogen zusammenzuschließen. Damit war eine alternative Form der Geselligkeitskultur entstanden, die außerhalb der Kirche funktionierte. Im Zuge der Französischen Revolution, der versuchten Unterordnung des Klerus unter die staatliche Gewalt und der Maßnahmen, die die katholische zugunsten einer zivilen Religion zurückdrängen wollten, überlagerten offensichtlich geographische Differenzen die Beziehungen einzelner sozialer Schichten zum Katholizismus. Während in einer breiten, um das Pariser Becken gruppierten Zone und in den Gebieten links der Flüsse Saône und Rhône laizistische Positionen verbreitet waren, lebten andernorts noch traditionelle Gemeindestrukturen fort, denen sich auch die lokalen Honoratioren nicht entziehen konnten. Auch in der Restaurationszeit lassen sich zum einen Hinweise auf die aus dem 18. Jahrhundert stammende laizistische Kultur im Bürgertum finden, die noch durch die Versuche der Monarchie verstärkt wurde, die Einheit von Thron und Altar durchzusetzen, zum anderen gewann im Zuge einer begrenzten Rechristianisierung und vor allem unter dem Eindruck der sozialen Frage die Religion auch unter Bürgern eine neue, gesellschaftsstabilisierende Rolle.

Offensichtlich verbreitete sich diese Ansicht aber eher unter Notabeln als in allen Schichten des Bürgertums, in dem der Antiklerikalismus Voltaires ebenso verbreitet war wie die Werke des Pamphletisten Paul-Louis Couriers oder die Lieder Bérangers. Wenn auch nur schwer auszumachen ist, ob sie damit reale Tendenzen beschreiben, oder mit der neuen Schicht der Industriellen und Ingenieure auch die Abweichung von traditionellen religiösen Prinzipien verbinden, auffällig ist zumindest, wie sehr unter diesen das Fehlen religiöser Praktiken beklagt wird. Auch im deutschen Bürgertum war der Kirchgang unter Frauen verbreiteter als unter Männern. Generell blieben protestantische Bürger seit der Mitte des 19. Jahrhunderts immer mehr der Kirche und kirchlichen Ritualen fern. Nach 1845 erreichte die Teilnahme am Abendmahl gar ihren Tiefstand. Gleichwohl bildete sich parallel eine bestimmte vage religiöse Innerlichkeit heraus, die vor allem im Bildungsbürgertum Verbreitung fand, und eine allgemeine Lebenshaltung, in der das Christentum gleichwohl als Referenz erhalten blieb. (Vgl. Gibson 1989; vgl. Hölscher 1990)

Schließlich sind auch die unterschiedlichen territorialen Zuordnungen im Bürgertum als Indikatoren ebenso wie als Faktoren sozialer und kultureller Mannigfaltigkeit zu berücksichtigen. Im Zeitalter entstehender oder sich konsolidierender Nationalstaaten und nationaler Bewegungen ist vor allem die nationale Loyalität von Bürgern zu diskutieren. Die Tatsache, daß zahlreiche nationale Vereine und Initiativen, deren Ziele von der Wiederbelebung einer Nationalsprache bis zur Organisation nationaler Feste reichten, bürgerlichen Ursprungs waren – wenn man einmal von Ungarn oder Polen absieht –, sagt noch nichts über die Wirksamkeit nationaler Identitätsmuster unter Bürgern aus. Die Antwort auf die Frage, ob und in welchen Konjunkturen die nationale Zuordnung über landsmannschaftliche oder lokale Loyalitäten dominierte, mit welchen Werten sie sich in den einzelnen Nationen verband, steht noch aus.

Es kann jedoch unterstellt werden, daß sich das Nationale als dominante territoriale Bezugsgröße und verpflichtende Instanz nicht dauerhaft durchsetzte, sondern lediglich unter spezifischen Bedingungen gegenüber lokalen und regionalen, klassenmäßigen, geschlechtlichen oder religiösen Verpflichtungen einen Vorrang erhielt.

Zunächst spricht vieles dafür, daß die Bürger, die in ihrer Mehrzahl in Städten unter 5000 oder 10000 Einwohnern lebten, eher die Heimat, die Stadt selbst als Erfahrung und Definitionsraum ansahen. Wenn autobiographische Schriften sicherlich auch die Relevanz des Herkunftmilieus überbetonen, so sprechen sie doch an, wie prägend die Erfahrungen in den Heimatstädten war. Pointiert hieß es etwa bei Gustav Falke, wenn er rückblickend über seine Schulzeit in Lübeck vor 1864 schrieb: »Heimatkunde war ein unbekannter Begriff. Lübeck? Deutschland? Gab es damals ein Deutschland? Ja, es gab ein Deutschland: Zweimal in der Woche in der Geographiestunde: Flüsse, Städte, Berge, Einwohnerzahlen. Und in der Geschichte gab es ein Deutschland: Die Namen der deutschen Kaiser und ihre Jahreszahlen vor- und rückwärts.« Den primären Bezugsrahmen stellte hier die Stadt dar, während nationale Ereignisse nur in Kriegs- oder Krisenzeiten erwähnt werden. Freilich wird man unterstellen müssen, daß in Orten, in denen Fremdherrschaft wie in Teilen Italiens oder Mitteleuropas nicht nur erfahrbar war, sondern auch im Zentrum politischer Propaganda stand, das Nationale eine andere Rolle spielte als in ehemaligen Reichs- oder fortbestehenden Hansestädten. Auch dort, wo wie etwa in der Bretagne ein Bild der regionalen Identität entworfen und verbreitet wurde, das die vermeintlich keltische Vergangenheit, den Katholizismus und die Treue zur Monarchie in einem romantisch schauerlichen Monumentalgemälde vermischte, dürften die Bürger ihre Zugehörigkeit stärker an diesem Genrebild orientiert haben als an einer doch abstrakten Nation.

Wenn über alledem auch die Wirkungskraft des Nationalen nicht unterschätzt werden darf, so ist sie doch in detaillierten Untersuchungen gleichsam von unten zu spezifizieren. In der Menge lokaler und regionaler, landsmannschaftlicher und territorialstaatlicher Zugehörigkeiten hatte vor 1848 in Europa die nationale Loyalität anderen Identifikationen noch keineswegs den Rang abgelaufen. In der Mischung mit anderen, keineswegs aber im Ersatz derselben ist wohl die Werbekraft des Nationalismus zu suchen. Von einer Vereinheitlichung des Bürgertums im Engagement für nationale Ziele zu sprechen, dürfte sich beim bisherigen Forschungsstand noch nicht empfehlen. (Vgl. Langewiesche 1995)

Da aufgrund des Urbanisierungsgrades in Europa große Städte in der Minderheit waren, ist davon auszugehen, daß Kleinstädte das Gesicht des Bürgertums weithin prägten. In diesen gewannen die persönlichen Beziehungsgeflechte, die sich durch Geschäftskontakte, Heiratskreise und Vereinszugehörigkeit herstellten, eine wichtige Bedeutung. Eine ähnliche Sozialisation sowie verwandte Umgangsformen bildeten die Grundlage für eine Geselligkeit, in der um die Wende zum 19. Jahrhundert gemeinsam gegessen und getanzt, diskutiert und gespielt wurde. Die Integration von Zureisenden oder entfernten Verwandten gelang angesichts der ähnlichen Verkehrsformen relativ leicht – es sei denn, diese schlossen sich durch ihr nicht normgerechtes Verhalten aus dem Kreis der Bürger aus. Unter den Institutionen, die Bürgerlichkeit ausprägten und verbreiteten, spielte die Familie eine zentrale Rolle. In ihr wurden Besitztümer vererbt, Kapitalien für Unternehmensgründungen versammelt, Informationen ausgetauscht, Heiraten organisiert und die Kinder ausgebildet. In dem Maße, in welchem die männliche Erwerbsarbeit zunehmend außerhalb des Hauses stattfand, übernahmen die Frauen eher Aufgaben der Erziehung der Kinder, des Aufbaus einer Geselligkeitskultur oder der Entwicklung einer Intimsphäre, die für die harte Wirklichkeit der kalten Erwerbsarbeit entschädigen sollte. Die Arbeitsteilung zwischen den Geschlechtern wurde im deutschen Sprachraum seit der zweiten Hälfte des 18. Jahrhunderts in zahlreichen Publikationen festgeschrieben. Von der Hausfrau erwartete man dabei, daß sie »durch Aufmerksamkeit, Ordnung, Reinlichkeit, Fleiß und Sparsamkeit, wirthschaftliche Kenntnisse und Geschicklichkeit, den Wohlstand, die Ehre, die häusliche Ruhe und Glückseeligkeit des erwerbenden Gatten sichern« solle. Emotionale, erzieherische und hauswirtschaftliche Kompetenzen sollten dabei eine Symbiose eingehen. Wenn zunehmend ein bürgerlicher Bildungskanon auch für Frauen verbindlich wurde, so stand die nachgeordnete Rolle der Frau in bürgerlichen Familien, dem bürgerlichen Rechts- oder Politikverständnis außer Frage.

Der Zeitpunkt, an dem ein ritualisiertes Familienleben begann, sollte allerdings nicht zu früh angesetzt werden. Wenn Staatsbeamte auch bereits im 18. Jahrhundert das häusliche Heim verließen, so bestand im Kaufmanns- und Gewerbebürgertum, teilweise auch unter freiberuflichen Bürgern noch längere Zeit die Praxis fort, zu Hause zu arbeiten. Die Trennung von Privat- und Arbeitsbereich ebenso wie die klare Ausdifferenzierung männlicher und weiblicher Geschlechterrollen vollzog sich offensichtlich später. Selbst im Pionierland der Industrialisierung, in Großbritannien, soll erst in den 1840er Jahren das Privatleben der Bürger jene Intimität angenommen haben, die ihm Theoretiker bereits früher zuschrieben. Erst dann wurden die Räume der Familie von denen des Personals getrennt, die privaten Geburts- und Feiertage von denen des »ganzen Hauses« unterschieden und die Zeiten der Anwesenheit des gewerblich tätigen Mannes kürzer. Bis dahin wurde die Familie als für Dienstboten, Freunde und Verwandte offen, die Rituale als nicht familienzentriert wahrgenommen. John R. Gillis spricht in diesem Zusammenhang von der »openess« und »informality« der englischen Mittelklassenfamilien vor 1840. Auch in Nordfrankreich beteiligten sich in der ersten Hälfte des 19. Jahrhunderts die Frauen noch am Geschäftsleben, führten die Bücher, entzogen eher ihrem privaten Konsum als dem Unternehmen Geld. Erst nach der Jahrhundertmitte konzentrierten sie sich auf die Führung des Haushaltes und die Kindererziehung, konnten auch erst dann über genügend Zeit, Muße und Geld verfügen, um die familiären Rituale der gemeinsamen Mahlzeiten und Feste zu entwickeln und der Kleidung und Wohnung jene Aufmerksamkeit zu widmen, die für die Außendarstellung des Bürgertums notwendig war. Es ist mithin der Schlußfolgerung von Ute Frevert zuzustimmen, die für die deutsche Entwicklung formuliert: »Ganz langsam nur begann das auf der Polarität von Welt und Heim, von Produktion und Reproduktion, von Mann und Frau beruhende Modell der bürgerlichen Familie in der gesellschaftlichen Wirklichkeit Fuß zu fassen.« (Frevert 1990, S. 97; vgl. dies. 1988; vgl. Davidoff/Hall 1987; vgl. Smith 1981; vgl. Groppi 1996, S. 229ff.)

Ebenso wie das bürgerliche Familienmodell tendenziell über die Sozialgruppe des Bürgertums hinausreichte und am Ende des 19. Jahrhunderts etwa auch Angestellte erfaßte, hatten auch genuin bürgerlich bezeichnete Werte eine Ausstrahlungskraft, die nicht auf das Bürgertum im engeren Sinne begrenzt blieb, bzw. bestanden Gruppen des Bürgertums, in denen diese Werte weniger verbreitet waren. Dies läßt sich etwa am Arbeitsbegriff verdeutlichen, der sich einerseits vom Müßiggang des Adels absetzte, zum anderen aber mit materiellem und zivilisatorischem Fortschritt verbunden war. Wenn der Arbeits- und Leistungsbegriff auch zentral zur Rechtfertigung bürgerlicher Existenz und deren Abgrenzung gehörte, so entzogen sich doch jene Bürger seiner Wirkung, die in der ersten Hälfte des 19. Jahrhunderts als Landbesitzer oder Kaufleute in Frankreich, Italien oder Spanien nach einer Rentiersexistenz strebten und mithin ein Leben planten, das eher dem Motto des »Otium cum dignitate« verpflichtet war. In Frankreich am Ende des 19. Jahrhunderts galt das Rentiersdasein geradezu als Ausweis besonderer gesellschaftlicher Hochachtung. Offensichtlich teilten nicht alle Bürger jene Normen, die als konstitutiv für das Bürgertum im allgemeinen angesehen wurden. Andererseits aber wurden als Bürger nur diejenigen akzeptiert, die diese Werte respektierten und sie in die Erziehung ihrer Kinder einbrachten und sich auch im Alltagsleben daran orientierten.

Schließlich bestimmten die gesellschaftlichen Bedingungen selbst darüber, ob sich in einzelnen Gesellschaften Haltungen herausbilden konnten, die generell zu den Charakteristika des Bürgertums gezählt wurden. Der Wert des Individuums und des Individuellen wäre generell als jene spezifische Norm benannt, die im Übergang von der ständischen zur bürgerlichen Gesellschaft entstand und dabei von ihren gewohnheitsrechtlichen, kooporativen Fesseln befreit wurde. Die Französische Revolution von 1789 gilt gemeinhin als Geburtsstunde des modernen bürgerlichen Individuums, die französische Gesellschaft als Ort jener bürgerlichen Individualität. Wie stark sich dieses Bewußtsein äußerte, ob es sich angesichts familiärer, sozialer oder religiöser Zwänge realiter ausbilden konnte, bleibt zu ermitteln. Es spricht manches dafür, anzunehmen, daß die Beschwörung des Individuellen einherging mit der Betonung der Institutionen, die notwendig seien, um das Individuum zu lenken und dessen Bestrebungen zu zähmen. In manchen eher kooperativ organisierten, wenig durch die Industrialisierung erfaßten und religiös geprägten Gesellschaften wie in den Niederlanden war eine

Wahrnehmung individueller Lebensläufe außerhalb der Familie bis in die 1850er Jahre kaum möglich, wie jüngst am Beispiel Vincent van Goghs gezeigt wurde. (Vgl. Silverman 1994) Wenn die politische und die Geistesgeschichte auch den Katalog der Werte erstellt hat, die Bürgerlichkeit ausmachen, so steht die Analyse der Wahrnehmung jener Werte und ihrer Realisierung in der Praxis von Bürgern und Bürgerinnen noch weitgehend aus.

Kapitel 2

Der Arbeiter

Sidney Pollard

Zu Beginn des romantischen Zeitalters waren »die Arbeiter« als feststehender Begriff unbekannt. Es gab in einigen Sprachen gleichwertige Wörter, wie »*ouvrier*«, aber wie das deutsche Wort »Arbeiter« bezogen sie sich auf enger gefaßte Gruppen als heute. 70 Jahre später, in der Mitte des 19. Jahrhunderts, waren diese und ähnliche Ausdrücke jedoch in den westeuropäischen Ländern geläufig geworden. Der radikale britische Journalist William Cobbett hatte 1816 im Hinblick auf die Klasse als ganze noch von »*journeymen and labourers*« gesprochen, aber 1850 war der Begriff »*working classes*« schon weitverbreitet. In Deutschland sprach man zu dieser Zeit von den »handarbeitenden Klassen«, und in Frankreich war schon 1830 eine Zeitung erschienen, die den bezeichnenden Titel *L'artisan, journal de la classe ouvriere* (Der Handwerker: Journal der arbeitenden Klasse) trug.

Der Grund, warum diese Bezeichnungen nicht früher benutzt wurden, ist nicht in einer sprachlichen Schwäche zu suchen. Er verdankt sich vielmehr dem Umstand, daß das Phänomen selbst, der »Arbeiter«, zu dieser Zeit erst langsam in Erscheinung trat. Das bedeutet nicht, daß im 19. Jahrhundert etwa niemand mit den Händen und gegen Entlohnung gearbeitet hätte; es gab eine große Anzahl von solchen Menschen, aber sie wurden verschiedenen sozialen Gruppen zugerechnet.

Das Auftreten der Arbeiterklasse als bedeutender Teil der Gesellschaft war nur ein Aspekt der tiefen ökonomischen und sozialen Veränderungen, die sich in Europa während der Romantik vollzogen.

Es war ein Prozeß, der auf dem ganzen Kontinent durchaus nicht gleichförmig verlief – ganz im Gegenteil: Zunächst ereignete er sich mit zeitlichem Abstand zuerst in Großbritannien, relativ spät in den Niederlanden, Frankreich, der Schweiz und Deutschland, und noch später in anderen Ländern. Zudem wiesen der Entwicklungsverlauf und die Arten von »Arbeitern« erhebliche Unterschiede auf, die durch die verschiedenen Rechtstraditionen und unterschiedlichen historischen Erfahrungen in den einzelnen Regionen sowie durch andere Gründe bedingt waren.

Daher ist das Thema von beträchtlicher Komplexität. Für ein leichteres Verständnis werde ich mich in diesem Abschnitt nur auf drei führende Länder beschränken, welche die wichtigsten Entwicklungen repräsentieren – England, Frankreich und Deutschland –, werde jedoch gelegentlich auch auf andere Regionen verweisen. Um größere Klarheit zu erreichen, werden wir darüber hinaus die Arbeiter in vier Gruppen einteilen: 1.) gelernte Handwerker; 2.) Arbeiter in häuslichen Betrieben sowie andere Arbeiter, die über Fertigkeiten und Erfahrungen verfügten; 3.) Fabrikarbeiter und 4.) städtische und ländliche Arbeitskräfte. Diese Gruppen sind nur schwer eindeutig voneinander abzugrenzen; vielfach überschneiden sie sich, und in jeder von ihnen gibt es viele Untergruppen. Dennoch dient diese Untergliederung dem besseren Verständnis: Unsere ersten drei Kategorien repräsentieren zugleich die in der Vergangenheit in Europa bestehenden Wirtschaftssysteme mit ihrer jeweils eigenen Logik. Die Handwerker rufen die mittelalterlichen Gilden in Erinnerung; der häusliche Gewerbebetrieb repräsentiert die sogenannte »Proto-Industrie«, die einen bedeutenden Platz in der Industrieproduktion Europas während der Romantik einnahm; schließlich wurde die Fabrik zum Symbol für die folgende Epoche. Manchmal werden diese Systeme als aufeinanderfolgende Sequenz gesehen. Tatsächlich bestanden sie, wie wir sehen werden, in verschiedenen Ländern und auch in jedem einzelnen Land gleichzeitig nebeneinander.

Seit dem Hochmittelalter lag viel vom theoretischen und praktischen Know-how Europas bei den Handwerkern oder gelernten Handarbeitern. Es waren die Gerber, Lederzurichter und Schuhmacher, die wußten, wie man aus Tierhäuten Schuhe machte; es waren die Weber und Schneider, die Kleider fertigen konnten; es waren die Steinmetzen, Maurer, Stukkateure, Zimmerleute, Glaser und Dachdecker, die wußten, wie man Häuser baut. Holzartikel wurden unter anderem von Bautischlern und Schiffszimmerleuten gemacht, und die Berufsgruppen, die wußten, wie man Metall verarbeitet, erstreckten sich von Schmieden und Drahtziehern zu Messerschmieden, Zinngießern, Büchsenmachern, Uhrmachern und Goldschmieden. In den größeren Städten waren sehr viele dieser Fertigkeiten anerkannte Berufe: So gab es im Jahre 1780 80 Gilden in Dijon, 1725 117 in Paris und 1776 nach einer Neugliederung immer noch 44, 150 im Jahre 1859 in Wien, 118 im Jahr 1802 in Berlin und 142 in Nürnberg 1797-98.

Der traditionelle und idealtypische Werdegang des Handwerkers bestand aus drei Phasen. Er begann als Lehrling, leistete dann seine Zeit als Geselle ab und konnte zu gegebener Zeit – vielleicht im Alter von 30 Jahren – zum Meister aufsteigen. Von Lehrlingen und Gesellen wurde erwartet, daß sie im Haus des Meisters unter dessen direkter Kontrolle lebten und ledig blieben. Nur Meister konnten heiraten, und nur Meister waren normalerweise Vollmitglieder in den Gilden.

Die Gilde bestimmte Struktur und Logik des Wirtschaftssystems. Sie überwachte die Qualität der Ausbildung und des fachlichen Könnens ihrer Mitglieder. Sie versorgte Witwen und Waisen und half bei Krankheit. Sie kümmerte sich um das gesellige Leben, wachte über den Status des Gewerbes und organisierte die weltliche Religionsausübung. Mit dem Recht ausgestattet, Zwangsmitgliedschaft durchzusetzen, konnte sie den Zugang zur Gilde auch begrenzen und der Zunft im Bedarfsfall einen fairen Anteil an knappen Gütern sichern. Sie war normalerweise auch an der Regierung der Stadt beteiligt.

Zu Beginn der Romantik war diese Struktur aus Gründen, die man sowohl politisch als auch ökonomisch nennen könnte, ernstlich geschwächt. In ganz Europa empfand man die Herrschaft der Zünfte als Hemmschuh der Entwicklung. In England war es der oberste Gerichtshof, der sich schlicht weigerte, die Macht der Gilden, den freien Zugang zu den Gewerben zu verhindern, die Mitgliedszahlen zu begrenzen und Strafen einzutreiben, aufrechtzuerhalten, da hierdurch die erforderliche Freiheit des Gewerbes eingeschränkt sei. Nachdem Turgot sie 1776 kurzzeitig beschnitten hatte, wurden in Frankreich die Machtbefugnisse der Zünfte schließlich durch die Revolution abgeschafft. In Deutschland überlebten sie um einiges länger, aber auch hier wurde ihre Macht von den meisten Staaten vor 1850 beschränkt oder aufgehoben. Wo sich Zünfte hielten, waren ihre Befugnisse stark eingeschränkt.

Die ökonomischen Gründe ihres Niedergangs waren verwickelter, aber auch tiefgreifender. Selbst im Mittelalter hatten sich einige unentbehrliche Handwerker wie Schmiede, Schreiner oder Schuhmacher in Dörfern außerhalb der städtischen Kontrollsphäre der Zünfte niedergelassen. Durch die Möglichkeiten des technischen Wandels und expandierender Märkte im 18. Jahrhundert waren einige Händler und Hersteller versucht gewesen, die Einschränkungen der Zünfte zu umgehen und Männer und Frauen auf dem Land zu beschäftigen. Sie begannen außerdem, die Beschränkungen in den Städten zu mißachten und mit wachsendem Bedarf mehr und mehr Gesellen und Lehrlinge einzustellen. Dies zerstörte nicht nur die annähernde Gleichheit unter den Zunftmeistern, auf die sich die Gilde stützte, sondern nahm auch einer wachsenden Zahl von Gesellen die Chance, jemals Meister zu werden und eine eigene Werkstatt zu haben. Es liegt auf der Hand, daß bei einer Gesellenzeit von ungefähr zehn Jahren, die vom 20. bis zum 30. Lebensjahr dauerte, und einer Meisterzeit von mehr als 20 Jahren, die vom 30. Lebensjahr bis zum Tod währte, das Weiterkommen von einigen Gesellen unmöglich wurde, sofern die Zahl der Gesellen nicht auf die Hälfte der Meister begrenzt blieb (oder das Gewerbe rasch expandierte). Dies geschah in zunehmendem Maße, besonders in den Zünften des Baugewerbes. Es entstand eine Klasse von abhängigen Gesellen, die statt für Kunden eher gegen Lohn für andere arbeiteten. Sie bildeten das Hauptreservoire, aus dem die gelernten Arbeiter der Mitte des 19. Jahrhunderts hervorgingen.

In England waren die Handwerker nach der Aufgabe ihres Gesellenstatus am weitesten vorangeschritten. Selbst in London, wo das Zunftsystem am stärksten gewesen war und die handwerklichen und produzierenden Gewerbe noch kaum von der industriellen Revolution berührt waren, besaßen Ende des 18. Jahrhunderts nach einer Schätzung nicht mehr als 3-4 Prozent der Handwerker eigene Betriebe, während 90 Prozent der arbeitenden Bevölkerung angestellt waren. Dies bedeutet nicht, daß handwerkliche Fertigkeiten verschwunden waren. Die älteren Fertigkeiten des Webens, Schneiderns, Schuhmachens, des Bauhandwerks und ähnliche hielten sich so fest wie eh und je, aber die Gesellen standen jetzt zu ihren Meistern in einem Lohnverhältnis. Gleichzeitig waren neue Gewerbe und Spezialisierungen hinzugekommen, einschließlich des Baumwollwebens und Maschinenbaus.

Diese gelernten Arbeiter in alten und neuen Gewerbezweigen führten verschiedene Traditionen der früheren Meisterzünfte weiter. Sogar einige der technischen Ausdrücke wurden noch einige Zeit beibehalten, ebenso wie manche Initiationsrituale. Lehrlinge auszubilden und den Zugang zum Gewerbe zu limitieren, wurde eines der wichtigsten Ziele der gelernten Handwerker. Zumindest in London argumentierten solche Arbeiter noch in den 20er Jahren des 18. Jahrhunderts, daß ihre Fertigkeiten eine Form des Eigentums darstellten und wie andere Eigentumsformen Schutz genießen sollten. Sie waren die Hauptträger dessen, was später als »Aristokratie der Arbeit« bezeichnet wurde.

In Frankreich vollzog sich der Wandel nicht so schnell. Die Bevölkerung und die Städte wuchsen langsamer, so daß der typische französische Handwerker im Gegensatz zu seinem Kollegen in England sogar noch 1850 in einer traditionellen Stadt mit traditionellen Institutionen arbeitete. Althergebrachtes überlebte hier länger. In einer Stadt wie Rouen wohnten zum Beispiel um 1780 etwa die Hälfte der Schneidergesellen noch bei ihren Meistern. Die Stärke der französischen Handwerker lag in der hohen Qualität von Luxusgütern wie Seide aus Lyon oder St. Etienne; Mode aus Paris oder Wollprodukte aus Roubaix hingen von Fertigkeiten ab, die noch nicht maschinell ersetzt werden konnten.

Dennoch hielt eine gewisse Modernisierung auch hier Einzug. Schon zur Zeit der Abschaffung der Zünfte 1776 bzw. 1791 waren die divergierenden Interessen von Gesellen und Meistern deutlich geworden. Eine typische Pariser Werkstatt mochte nur zwei oder drei Arbeiter haben, aber der Meister war seinerseits sehr wahrscheinlich von einem größeren Händler abhängig. Im 18. Jahrhundert hatten die Gesellen noch Jahre auf der »Tour de France« verbracht und waren oft nicht länger als ein paar Monate bei einem Meister geblieben, aber dies hatte sich mit dem 19. Jahrhundert geändert. Wanderschaft war seltener geworden, die Beschäftigung langfristig. Es ist bezeichnend, daß zur Menge der Sansculotten während der Revolutionszeit in Paris Gesellen und kleine Meister gehörten, zur Zeit der

Pariser Revolution von 1848 aber die Gesellen weitgehend unter sich blieben und gegen die Meister opponierten, die sich als Teil der Mittelklasse fühlten.

Weit weniger ausgeprägt war die Wandlung des Gesellen alten Stils zu einem gelernten Arbeiter in Deutschland, obwohl hier Bevölkerung und Industrie schneller wuchsen als in Frankreich und der Anteil der Handwerker – Meister, Gesellen und Lehrlinge zusammengenommen - von zwölf Prozent der beschäftigten Bevölkerung im Jahre 1800 auf 13,4 Prozent der größeren Gesamtzahl der Beschäftigten im Jahre 1846-47 anstieg. Die Handwerker waren in der städtischen Gesellschaft immer noch eindeutig eine Elite. Die Zünfte waren in den französisch besetzten Gebieten abgeschafft worden und Preußen hatte in den Jahren 1807 und 1810-11 ihre Privilegien beseitigt; dennoch hielten sie sich in verschiedenen Formen und wurden in Preußen durch ein Gesetz von 1849 stark gestützt. In einigen Teilen Deutschlands mußten Gesellen noch 1849 darum kämpfen, außerhalb des Hauses ihrer Meister wohnen zu dürfen, und in Leipzig im Königreich Sachsen, wahrscheinlich die am stärksten industrialisierte Region Deutschlands, heirateten 1849 nur zehn Prozent der Schneidergesellen und zwei Prozent der Fleischergesellen, während zum Beispiel der Prozentsatz bei männlichen Fabrikarbeitern bei 38 Prozent lag.

Die Wanderschaft, die nach 1789 in Frankreich nahezu verschwunden war und in England von den Gewerkschaften als Methode übernommen wurde, lokale Streiks zu stärken und Arbeitslosigkeit zu mildern, war in Teilen Deutschlands immer noch obligatorisch, auch wenn diese Pflicht in Preußen 1811 teilweise und 1831 vollständig abgeschafft wurde. Ziel der Wanderschaft war nicht nur, die Berufsausbildung des Handwerkers zu vervollkommnen, sondern auch allgemein seinen Horizont zu erweitern. Typisch für Deutschland war, daß Handwerker auf Wanderschaft einen schriftlichen Bericht für die Polizei führen mußten: Dennoch wurden sie häufig (und nicht gänzlich ohne Grund) beschuldigt, zu betteln sowie Unruhe und Unzufriedenheit zu stiften.

In diesem wie in vielen anderen Punkten bestanden unter den unabhängigen Staaten des locker als Deutschland bezeichneten Territoriums große Abweichungen. Trotzdem war eine allgemeine Tendenz zum Aufbrechen des alten Systems und zur »Proletarisierung« der Beschäftigten offenkundig. Am aufschlußreichsten ist vielleicht das beständige Anwachsen der Zahl der Gehilfen (einschließlich Gesellen, Lehrlinge und anderen), die jeder Meister hatte. Während in ganz Deutschland die Zahl der Meister zwischen 1800 und 1846-47 um 30 Prozent anstieg, wuchs die Zahl ihrer Gesellen um 127 Prozent, so daß sich in diesem Zeitabschnitt das Verhältnis zwischen ihnen von 1:0,5 zu beinahe 1:1 verschob. 1816 war das Verhältnis in Mainz 1:0,93 und 1:1,42 im Jahre 1842; in Braunschweig betrug es im Jahre 1771 1:1,19, 1854 jedoch 1:2,09. In einigen Gewerben hatte sich die Relation radikal geändert. So war sie 1837 im Wiener Druckgewerbe 1:14 (verglichen mit 1:1,2 bei den Schneidern) und in den Baugewerben noch höher: 1854 kamen auf einen Steinmetz oder einen Maurermeister in Braunschweig 40 und auf einen Schreiner 26 Gehilfen.

Handwerker gab es auch in anderen Teilen Europas. In einigen Ländern wie Italien neigten Zünfte dazu, noch weit restriktiver als in Mitteleuropa zu sein, während in Irland gelernte Arbeiter wie in England zur gewerkschaftlich organisierten Arbeiterschaft gehörten. In Rußland mußte der Bedarf an ausgebildeten Arbeitskräften in den Städten innerhalb einer Gesellschaft von Leibeigenen gedeckt werden, während es auch sehr gut ausgebildete Arbeiter ohne formale Berufsausbildung mit häuslichen Betrieben in den Dörfern gab. Nach einer Schätzung gab es 355 000 Handwerker einschließlich Gesellen und Lehrlingen im europäischen Teil Rußlands (ausgeschlossen Polen und Finnland) unter einer Gesamtbeschäftigtenzahl von vier Millionen Lohnempfängern.

Was den Handwerker vor allem unterschied, war seine Fertigkeit. Fertigkeiten sind jedoch schwer zu definieren oder abzugrenzen. Sie erstrecken sich von Spitzenfähigkeiten, die in die Nähe von Künstlertum und Genie kommen, wie die Herstellung von Luxusuhren und dekorativen Töpfereiprodukten, bis hinunter zum bloßen Umgang mit Geräten, der schwer von der Arbeit einfacher Hausangestellter oder von Heckenstutzern oder Grabenbauern in der Landwirtschaft zu unterscheiden ist. Von Dorfhandwerkern konnte erwartet werden, daß sie womöglich rudimentäre Kenntnisse in mehreren Handwerken und Improvisationstalent besaßen und eventuell auch mit Nebenerwerbslandwirtschaft zurechtkamen. Für die besten Handwerker jedoch waren Regierungen und Arbeitgeber bereit, das Risiko und die Kosten einer Rekrutierung im Ausland auf sich zu nehmen. Sie war die einzige Möglichkeit, neue Industrien und technische Innovationen einzuführen, über die ihre Länder noch nicht verfügten. In England war die Auswanderung ausgebildeter Arbeitskräfte bis 1825 illegal, und wer sie zum Verlassen des Landes bewegte, mußte ebenso wie gefaßte und überführte Auswanderer mit einer Gefängnisstrafe rechnen.

Häufig wurde die Arbeitsteilung und der mit dem Industrialisierungsprozeß verbundene Maschineneinsatz mit tendenziell abnehmenden Fertigkeiten in Zusammenhang gebracht, entweder, weil die Arbeit von Männern und Frauen auf ein enges Aufgabenspektrum beschränkt oder Handarbeit durch Maschinenarbeit ersetzt wurde. Während ohne Zweifel bestimmte Gewerbe wie die Textilherstellung mit dem Handwebstuhl durch die Maschine ersetzt und andere in sich wiederholende Arbeitsgänge zerlegt wurden, ist es andererseits unwahrscheinlich, daß es zu einem allgemeinen Niedergang von Fertigkeiten kam. Es gab immer neue Produkte und Arbeitstechniken auf den Markt, wie etwa Eisenpuddeln oder das Schleifen optischer Linsen, die so viel Geschicklichkeit und Know-how erforderten wie traditionelle Handwerksberufe. Daneben beruhte die Konstruktion von immer komplexeren Maschinen auf einer ganzen Reihe von neuen Fertigkeiten.

Kennzeichen eines gelernten Handwerksberufes war eine vorausgehende Lehrzeit. In England war sie, wie erwähnt, zur Aufgabe der Gewerkschaften geworden, besonders nachdem 1814 die Klauseln über die Lehrzeit im »Handwerkerstatut« (*Statute of Artificers*) von 1563 aufgehoben worden waren. Normalerweise dauerte eine Lehrzeit sieben Jahre und endete, wenn der Lehrling 21 wurde. Jungen gingen bei Gewerkschaftsmitgliedern in die Lehre, nicht bei Arbeitgebern, aber in vielen Gewerben gab es noch einen formellen Lehrvertrag und eventuell ein Ritual an dessen Ende, das unter Umständen nur in einer Runde Freibier bestand. Aus Sicht der Gewerkschaften war das Hauptziel bei der Aufrechterhaltung dieser Institution, den Zugang zu kontrollieren oder zu limitieren. Ob dies tatsächlich gelang, hing von der Macht der Gewerkschaft über den Arbeitsmarkt ab: Sie konnte durch nicht gewerkschaftlich organisierte Betriebe unterminiert werden, die eine große Anzahl von »illegalen« Lehrlingen (*colts*, eigentlich »Grünschnäbel«) ausbildeten, oder durch die Zuwanderung halbausgebildeter Arbeiter vom Land oder aus anderen nicht gewerkschaftlich organisierten Bereichen. Eigenartigerweise zwangen die Meister die schottischen Bergleute als Bedingung für die teilweise Aufhebung der Leibeigenschaft im Jahre 1775, Lehrlinge auszubilden; das legt den Gedanken nahe, daß die ausgebildeten Gewerkschafter auf der Insel mit der technischen Lehrlingsausbildung ihren Arbeitgebern eine gewisse Last abnahmen, indem sie selbst über die Lehre wachten. Normalerweise gab es dafür eine Prämie, die Ende des 18. Jahrhunderts in den meisten Gewerben zwischen £ 5-15 lag, jedoch in einigen begünstigten Berufen auch viel höher sein konnte. Ob der Lehrling ordentlich unterwiesen oder nur als billige Arbeitskraft benutzt wurde, nachdem man ihm ein paar Handgriffe beigebracht hatte, hing von der Werkstatt und dem Lehrmeister ab. Die meisten erhielten im letzten Teil der Lehrzeit einen geringen Lohn, und abgesehen von Lehrlingen in Pfarrgemeinden, die gewöhnlich Waisen waren, lebten im 19. Jahrhundert nur noch wenige bei ihren Meistern.

In Frankreich war die formelle Pflicht einer Lehrzeit zusammen mit den Zünften abgeschafft worden, und die Institution wurde nie vollständig wiederbelebt. 1848 kam in Paris auf 17 Gesellen nur ein Lehrling, und kaum mehr als ein Drittel von ihnen hatte einen ordentlichen Lehrvertrag.

Im Gegensatz dazu blieb das formelle Lehrlingssystem in Deutschland erstaunlich intakt. Hier waren eine Reihe von Rechten der Lehrlinge und ihre vielfältigen, allzeit zu erfüllenden Gehorsamspflichten gesetzlich festgelegt, etwa die Pflicht, die Interessen des Meisters zu wahren und ähnliche Vorschriften. Üblicherweise lebte der Lehrling beim Meister, und da seine Lehrzeit viel kürzer war als in England (zwischen drei und fünf Jahren) konnte er im Alter von 18 seine Prüfung ablegen und seine Freiheit erlangen. Danach mußte er jedoch einige Jahre auf Wanderschaft gehen und in seinem Gewerbe noch einige weitere Jahre arbeiten, bevor er mit 28-30 Jahren die Meisterprüfung ablegen konnte. Die übliche Lehrzeit in Rußland betrug fünf bis sieben Jahre.

Seine Fertigkeit und die Gewißheit, einen geschätzten Beitrag zur Gesellschaft zu leisten, gaben dem Handwerker ein gewisses Selbstwertgefühl und das Bewußtsein eines hohen Status. Geschätzt wurden seine Kunst und seine Fertigkeit, weniger seine bloße Arbeitsleistung, und dies spiegelte sich nicht zuletzt in der allgemein akzeptierten Hierarchie der Handwerksberufe. Er besaß normalerweise seine eigenen Werkzeuge, und der Stolz darauf zeigte sich in den formellen Zunftprozessionen, wo sie und eventuell die damit gefertigten Produkte mitgeführt wurden. Der Handwerker kontrollierte seinen Arbeitsprozeß und war häufig ein fleißiger Anhänger von »St. Montag«, durchaus gewillt, die verlorene Zeit am Freitag wieder wettzumachen. Der deutsche Geselle achtete auf seine »Ehre« (worin er gewöhnlich von seinem Meister bestärkt wurde), indem er Söhne von gesellschaftlich tieferstehenden Vätern und stärker noch uneheliche Lehrlinge ablehnte. Ein seltsames Echo fand dies im moderneren Rahmen der Londoner Zünfte nach 1815, wo diejenigen, die schlecht entlohnte Akkordarbeit unterhalb der Gewerkschaftstarife annahmen, als »unehrenhaft« bezeichnet wurden. Das Beharren der französischen Handwerker darauf, »*hônnetes gens*« zu sein, entsprach nicht ganz der Sachlage, aber zumindest waren sie »*gens de métier*«, oder, für George Sand, »*chevaliers*« der Arbeit. Ihr Ziel war es, wie Vertreter des Handwerks in Deutschland betonten, ehrenhaft ihren Lebensunterhalt zu verdienen, nicht ihr Einkommen zu maximieren.

Handwerker konnten grundsätzlich lesen und schreiben und viele waren gebildet. Zeitgenössische Beobachter in London hoben den Kontrast zwischen dem dumpfen Dahinvegetieren der ungelernten Arbeiter und dem lebhaften Interesse für Politik und Zeitgeschehen unter den Handwerkern hervor. Handwerker stellten selbst im fortschrittlichen England häufig Arbeiter ein, und nichts verrät besser die Herablassung, mit der sie letztere bedachten, als eine Episode aus der »Owen-Phase«[1] von 1833-34: Die Bauhandwerker eröffneten den Arbeitern die Möglichkeit, in die Produktionskooperative einzutreten, wenn »sie mit besseren Manieren und mehr Kenntnissen vorbereitet sind, die es ihnen mit der Unterstützung anderer Abteilungen ermöglichen, selbständig zu handeln«.

---

1 Die Ideen des britischen Reformers und Sozialisten Robert Owen (1771-1858) regten in der britischen Gewerkschaftsbewegung u.a. die Gründung von selbstverwalteten Werkstätten an. Als es Ende der 20er Jahre des 18. Jahrhunderts durch das enorme Wachstum der Arbeitergewerkschaften möglich erschien, daß die einzelnen Industriezweige und schließlich alle Industrien von den Gewerkschaften selbstverwaltet werden konnten, starteten Owen und seine Anhänger eine Kampagne, die mit der Umwandlung der *National Operative Builders Union* in die *Grand National Consolidated Trades Union* ihren Höhepunkt erreichte (1833-34), jedoch schon bald am erbitterten Widerstand von Arbeitgebern, Regierung und Gerichten scheiterte. (A.d.Ü.)

Diese Handwerker wären, zumindest vor der Jahrhundertmitte, wenn nicht später, überrascht gewesen, daß sie und ihre Arbeiter zu ein und derselben Klasse gehörten. Der Abstand zu den Arbeitern war nicht nur durch ihren Status und ihre berufliche Absicherung, sondern auch durch ihr Einkommen klar markiert.

In England, dem fortschrittlicheren Land, erhielten Arbeiter üblicherweise um die 60 Prozent eines Handwerkerlohns, und ihr Arbeitsverhältnis war zudem weniger regelmäßig und sicher. In den Fabriken konnte der Abstand zwischen einem Feinweber und einem Weber bis zu 100 Prozent ausmachen. Auch in Deutschland war das Verhältnis von Handwerker- und Arbeiterlohn tendenziell 2:1. In einigen neuen Handwerksberufen, wo Fertigkeiten selten und kostbar waren, wie im Färbereigewerbe und beim Kattundruck, konnte sich der Unterschied bis auf 4:1 oder sogar 6:1 belaufen. Es ist darüber debattiert worden, ob sich dieser Abstand während der Industrialisierung vergrößerte oder verkleinerte, aber die Anhaltspunkte sind zu spärlich gesät, um ein abschließendes Urteil zu erlauben. Frauen erhielten noch weniger als männliche Arbeiter; wo ihre Arbeit mit der Männerarbeit nicht ganz vergleichbar war, weil sie leichter oder einfacher war, wie die Herstellung kleinerer Nägel oder das Hauen kleinerer Feilen, erreichten sie selten mehr als ein Drittel der Löhne ihrer männlichen Kollegen.

Für eine Witwe oder verwaiste Tochter war es unter dem alten Zunftsystem nicht gänzlich unmöglich, eine Werkstatt weiterzuführen, wenigstens bis sie einen Ehemann fand, der sie übernehmen konnte. Von Frauen ausgeübte Gewerbe, denen der Status eines Handwerks zugebilligt worden wäre, wenn Männer sie betrieben hätten, wie Putzmacherin, Manteau-Macherinnen und Korsettmacherinnen, ganz abgesehen von Weben oder Spitzenklöppeln, wurden nicht als solche anerkannt und schlecht bezahlt. Die »Ausbildung«, welche die Institutionen des englischen Armenrechts ihren Waisenmädchen boten, waren nur Schein: Begriffe wie »Haushälterin« oder »Wirtschafterin« sprechen für sich.

Zusammenfassend läßt sich sagen, daß es überall in Europa Handwerker gab. Üblicherweise bildeten sie um 10-15 Prozent der aktiven Beschäftigten, was einem Anteil von 15-25 Prozent der Gesamtbeschäftigten entspricht. Sie waren eine Elite, aber sie wurden von dem Umbruch erfaßt, der in dieser Zeit eine geschützte, wenngleich statusabhängige Gesellschaft in eine offenere, weniger persönliche, marktorientierte »kapitalistische« Wirtschaft verwandelte. Im Laufe dieser Umwandlung wurden aus einer Minderheit der Handwerker Arbeitgeber mit Kapital, einige von ihnen blieben unabhängige Handwerker und die große Mehrheit wurde zu lohnabhängigen »Arbeitern«.

Es ist nicht möglich, eine klare Trennungslinie zwischen Handwerkern und denjenigen zu ziehen, die zwar einige Fertigkeiten besaßen, aber andere Berufe ausübten. So waren die Weber, die in der traditionellen Stadt einst eine angesehene Handwerkerzunft bildeten, nun ein bedeutsamer Teil der häuslichen oder »Proto-Industrie«, in welcher der Hauptanteil unserer zweiten Kategorie von Arbeitern beschäftigt war. In Deutschland arbeiteten nach einer Schätzung 80-90 Prozent aller proto-industriellen Arbeiter in der Textilherstellung; in Frankreich waren noch im Jahr 1860 200000 Handwebstühle in Betrieb.

Zwei Aspekte der Verlags-[2] oder Proto-Industrie sollten besonders betont werden. Zunächst ist die Verbindung mit Außenmärkten hervorzuheben, die der Verleger oder sein Agent herstellte, der in großem Maßstab die Bestellungen beschaffte (manchmal aus dem Ausland) und sie an den eigentlichen individuellen Produzenten weitergab. Anders als der traditionelle Handwerker, der für einen begrenzten, häufig geschützten Markt arbeitete, war die Beschäftigung des proto-industriellen Arbeiters sehr unsicher und schwankend. Durch neu hinzukommenden Wettbewerb konnte seine Beschäftigungsbasis beinahe über Nacht vollständig zusammenbrechen, wie in den 40er Jahren des 19. Jahrhunderts bei den Leinenwebern in Flandern, Schlesien und anderen Gebieten. Andererseits konnte er in einem schnell expandierenden Markt ein »goldenes Zeitalter« erleben, wie die britischen Baumwollweber in den 90er Jahren des 18. Jahrhunderts.

Der andere hervorzuhebende Aspekt ist, daß die Arbeit in häuslicher Umgebung ausgeführt wurde, wobei normalerweise die ganze Familie half: Üblicherweise wohnten diese Arbeiter auf dem Land

---

2 Das sogenannte Verlagssystem ist eine Form dezentralisierter Gütererzeugung, wobei der Verleger die Rohstoffe beschafft, vorschußweise ausgibt (»vorlegt«) und den Absatz organisiert, manchmal auch kostspielige Arbeitsgeräte leiht, während die Arbeit in Heimarbeit (Hausgewerbe, Hausindustrie) ausgeführt wird. (A.d.Ü.)

und betrieben nebenbei etwas Landwirtschaft, um die Familie mit Nahrung zu versorgen und in Zeiten der Flaute zu überleben; eventuell hielten sie hier sogar ein Pferd, mit dem sie ihre Produkte zum Markt brachten.

Kinder wuchsen so unter den Augen und der Aufsicht der Eltern auf und lernten das Handwerk durch Zusehen, während sie mit Spulen und Haspeln zur Hand gingen, so wie sie gewöhnlich auf dem Hof mithalfen. Da keine Beschränkungen durch die Zunft bestanden, konnten Paare früh heiraten, und da Kinder von frühauf mitarbeiteten, gab es keinen Anreiz für die Eltern, die Familie klein zu halten. Umgekehrt hatten die Kinder aber auch keinen Grund, zu Hause zu bleiben. Sie gründeten ihre eigenen Familien beinahe schon zu der Zeit, wo ihre Arbeit im Haushalt ihren Eltern langsam Gewinn brachte.

Es ist tatsächlich eine Tendenz zu schnellerem Bevölkerungswachstum in einigen, allerdings keinesfalls allen Gebieten mit nennenswerter häuslicher Industrie zu beobachten, als dies in rein bäuerlichen Regionen der Fall war, aber es ist nicht klar, ob es sich dabei um Ursache oder Wirkung handelt. In jenen Gebieten Kontinentaleuropas mit vorherrschendem Erstgeburtsrecht oder anderen Erbregelungen, die einem einzelnen Erben den Hof überließen, fand das Bevölkerungswachstum des 18. und frühen 19. Jahrhunderts natürlich nahezu vollständig unter den Landlosen statt, da die Zahl der Höfe konstant blieb. Nur sie waren gezwungen, außerhalb der Landwirtschaft in häuslichen Industrien Arbeit zu suchen. Es war daher das Bevölkerungswachstum, das die proto-industrielle Beschäftigung nährte und nicht umgekehrt. Mit der Zunahme der industriellen Vollzeitbeschäftigung gab es zudem eine deutliche Tendenz unter Arbeitern, die Nebenlandwirtschaft aufzugeben.

Arbeiter dieses Typs lassen sich nicht leicht als Land- oder Industriearbeiter klassifizieren. Sie waren sich selbst unsicher und machten bei Volkszählungen in dieser Hinsicht keine übereinstimmenden Angaben. Nicht selten litten sie jedoch unter dem zunehmenden Bestreben der Bauern und Gutsherren, mehr als die marktübliche Miete für ihre Parzellen zu verlangen, die dann mit dem Einkommen aus der Industriearbeit bezahlt werden mußte. Der Verleger seinerseits zahlte ihnen weniger als sonst, in der Erwartung, daß sie ihr Einkommen mit den Erzeugnissen ihrer landwirtschaftlichen Kleinbetriebe ausgleichen konnten. In Zeiten, in denen ihr Lohn gesenkt wurde, verlängerte sich der Arbeitstag häuslicher Arbeiter immer mehr, eine Tendenz, die manchmal als »Selbstausbeutung« bezeichnet wird.

Es gab mehrere Formen des Verlagssystems. Die Wollweber und Kammgarnspinner in Yorkshire, die in der Region selbst bezeichnenderweise »Fabrikanten« (*manufacturers*) genannt wurden, kauften ihr eigenes Garn, verarbeiteten es auf ihren eigenen Webstühlen bei sich zu Hause und brachten ihre Webstoffe selbst auf den Markt. Ein ähnliches »Kaufsystem« fand sich unter den Ravensberger Leinenwebern und in vielen anderen Gebieten. Häufiger wurde jedoch das Material im Verlagssystem vom Verleger gestellt. In einigen Fällen, wie unter den Strumpfwirkern in Mittelengland, gehörte selbst ihr Webstuhl dem Arbeitgeber und wurde gemietet. Die dadurch entstehende Abhängigkeit verstärkte sich noch mehr, als einige dieser Arbeiter in großen Werkstätten zusammengezogen wurden, um unter der direkten Kontrolle des Arbeitgebers zu arbeiten, der dadurch nicht nur die Schnelligkeit und Qualität der Ware kontrollieren, sondern auch die mögliche Unterschlagung von Garn verhindern konnte – ein ständiger Streitpunkt zwischen vielen Verlegern und ihren Arbeitern.

Es gab in dieser Zeit in Europa vier große Gruppen von Textilfasern: Baumwolle, Wolle, Leinen und Seide. Baumwolle kam als letzte dazu, wurde aber als erste maschinell verarbeitet: Die ersten Spinnmaschinen verbreiteten sich in England rasch seit den 70er Jahren des 18. Jahrhunderts, und der mechanische Webstuhl (*power loom*) begann in den 20er Jahren des 19. Jahrhunderts den Handwebstuhl auf breiter Front zu ersetzen. Die Kammgarn- und Wollindustrie folgte mit einer Verzögerung von 10-20 Jahren, die Leinenindustrie noch später: Eine Methode, um Flachs mit der Maschine zu spinnen, wurde erst um 1830 perfektioniert. Die Seidenindustrie folgte einem anderen Weg: Die Naturfaser war um vieles länger als natürliche Baumwoll-, Woll- oder Flachsfasern. Daher wurde sie in wasserkraftbetriebenen Manufakturen, in denen hauptsächlich Kinder arbeiteten, eher gezwirnt als gesponnen. Als Luxusware blieb die Herstellung von Seidengeweben und auch Seidensträngen bis weit über die romantische Zeit hinaus manuell.

Es gab vorbereitende Arbeiten wie Ballenöffnen, Säubern, Auskämmen und Krempeln, und es gab Veredelungsarbeiten wie Färben, Bedrucken oder Scheren, die zunehmend von gelernten Arbeitern in größeren Werkstätten in den Städten ausgeübt wurden. Aber die beiden Schlüsselprozesse mit den meisten Beschäftigten waren Spinnen und Weben. Spinnen, traditionell Frauenarbeit, wurde als erstes mechanisiert, so daß die Frauen sich anderen Teilzeitarbeiten wie Stricken, Spitzenklöppeln, Stickerei und dem Nähen von Handschuhen oder Kleidungsstücken zuwenden oder Erzeugnisse wie Strohhüte oder Schachteln herstellen mußten, die überhaupt nichts mehr mit dem Textilgewerbe zu tun hatten. Die Verbilligung der Produkte aufgrund des maschinengesponnenen Garns führte zu einer Erhöhung der Produktion, die große Mengen von Webern aus anderen Berufen anzog. Als sie ihrerseits durch den Maschinenwebstuhl ersetzt zu werden begannen, war es für sie viel schwieriger als für die Spinner vor ihnen, alternative Beschäftigungen zu finden. Der Niedergang des Handwebstuhls für Baumwolle in England und für Leinen in Kontinentaleuropa, die von den Arbeitern zu immer geringeren Löhnen in hoffnungsloser Konkurrenz mit der Maschine weiterbetrieben wurden, gehört zu den tragischsten Kapiteln dieser Zeit.

Bergleute waren eine andere Gruppe von Arbeitern, die als gelernt anerkannt waren, aber keine formale Ausbildung genossen. Wie bei Eisenarbeitern, Glasbläsern, Zinngießern und vielen anderen erlernte man die Fertigkeiten, indem man den älteren Arbeitern half, bis man selbst in die verantwortliche Position aufrücken konnte. Auf diese Weise wurden auch die Hauer in den Kohlenbergwerken ausgebildet. Kohlenbergleute sind als exemplarische Vertreter des modernen Proletariats bezeichnet worden, aber in der Vergangenheit, angefangen mit dem Mittelalter, waren ihre Fertigkeiten und ihr Wissen hochgeschätzt: Fürsten und Kapitalisten hatten ihnen Privilegien und einen hohen Status eingeräumt. In England schloß dies für die Zinnbergleute in Cornwall, die Bleibergleute in Derbyshire oder die Eisen- und Kohlenbergleute im Forest of Dean Nutzungsrechte für mineralienhaltiges Land und die Mitgliedschaft in privilegierten selbstverwalteten Gesellschaften ein. In Preußen und einigen anderen deutschen Staaten gehörte zu diesen Privilegien bis weit über das Jahr 1850 hinaus der Beamtenstatus mit garantierter Beschäftigung (ohne Kündigungsfreiheit), regelmäßige Beförderung und eine Pflichtversicherung, die »Knappschaft«. Russische Bergleute und

Hochofenarbeiter waren bis zu ihrer Befreiung in den 60er Jahren des 19. Jahrhunderts Leibeigene, ebenso wie die schlesischen bis 1807 und die schottischen Kohlenbergleute in einer anderen Form bis 1799. Gegen Ende der romantischen Epoche wurden Bergwerksstollen in England, Nordfrankreich und den Niederlanden von spezialisierten Betriebsführern und Ingenieuren geleitet, aber woanders hingen die Bergbautechniken noch zumeist von den Fertigkeiten, Kenntnissen und der Erfahrung der Bergleute ab.

Ihre Arbeit war hart und gefährlich, aber normalerweise wurde sie auch gut bezahlt. Der Grund dafür lag weniger in der Natur der Arbeit als im rapiden Wachstum der Industrie während der romantischen Epoche, das die Zuwanderung von Arbeitskräften erforderlich machte. In Deutschland zum Beispiel stieg die Beschäftigung im Bergbau und in der Metallurgie von 40000 im Jahre 1800 auf 155000 in den Jahren 1846-48. In einigen besonderen Gegenden wie in Schottland zwischen 1830 und 1850 war der Anstieg noch größer. Neue Arbeitskräfte konnten aus herstellenden Gewerben kommen, die im Niedergang begriffen waren, aber meistens kamen sie aus der Landwirtschaft, und viele Bergwerksbetreiber stellten fest, daß ihre Arbeiter in den Sommermonaten regelmäßig zur Ernte verschwanden. In ihren Bergwerksdörfern lebten die Bergleute eher isoliert, hatten ihre eigenen Traditionen und ihre eigene Kultur.

Ähnlich sah es in den Gebieten der Eisengewinnung aus. Wo Holzkohle als Brennstoff verwendet wurde, wie in Schweden und Rußland, war ein Großteil der ländlichen Bevölkerung im Einzugsbereich mit Holzfällen, Köhlern und Kärrnern an der Eisenherstellung beteiligt. Glasbläsergemeinden waren gewöhnlich kleiner, aber ebenfalls hochspezialisiert. Erzeugnisse, die aus vielen Teilen zusammengesetzt werden mußten, wie Uhren, Sättel, Stahlwaren, Schlösser, Musikinstrumente, Ikonen und Puppen, wurden in einer Form von »Verlag« in spezialisierten Dörfern in Arbeit gegeben, wobei die Arbeiter ungelernt oder sehr gut ausgebildet, Kinder oder erfahrene Handwerker sein konnten. Die mit der Schlußmontage befaßten Arbeiter waren normalerweise angesehene Handwerker. Unter den zahlreichen Gruppen von erfahrenen und eigenverantwortlichen, wenn auch nicht notwendigerweise anerkannten gelernten Arbeitern sollten die Seeleute und Fischer erwähnt werden. Während Seeleute zumindest auf größeren Schiffen einen Tages- oder Monatslohn erhielten, wurden einige von ihnen ebenso wie Fischer mit einem Anteil des Fangs oder des Verkaufserlöses bezahlt, wie es auch in verschiedenen Zweigen des Metallbergbaus der Fall war.

Bei vielen dieser Beschäftigungen spielten Frauen eine Rolle, aber ihr genauer Anteil ist schwer einzuschätzen, da viel davon Teilzeitarbeit war, die neben der Hausarbeit und recht häufig neben kleinbäuerlicher Wirtschaft ausgeübt wurde. Schätzungen, die etwa für Frankreich im Jahre 1790 10 Millionen Erwerbstätige angeben, wovon 1,6 Millionen Frauen gewesen seien, beruhen auf willkürlichen Annahmen darüber, wie sich die Zeit von Arbeiterinnen aufteilte. Hauptsächlich waren sie in den verschiedenen Formen der Textilindustrie beschäftigt: Von den Textilarbeitern, die 1802-12 Armenunterstützung beantragten und über die Einzelheiten bekannt sind, waren 93 Prozent Frauen. Einige arbeiteten ganztags als Näherinnen und Schneiderinnen in den Städten, überarbeitet und unterbezahlt, da ihr Lohn nicht wie bei den Männern die Reproduktionskosten der Familie einschloß. Häufig ging man davon aus, daß sie zum Einkommen des Haushalts beitrugen, obwohl sie in Wirklichkeit einen Einzelhaushalt führen mußten. Wie oben bemerkt, arbeiteten sie auch als Spinnerinnen, Stickerinnen, Spitzenklöpplerinnen, Strumpfwirkerinnen etc. in verschiedenen Formen des Hausgewerbes. Sie waren aber auch im »Spielzeug-«(Metallwaren-)Gewerbe in Birmingham, in Töpfereien, in der Knopfherstellung, der Lederverarbeitung und vielen anderen Gewerben zu finden. Oft arbeiteten sie als Gehilfinnen ihrer Männer oder Väter: Das schlimmste Beispiel dafür waren die englischen Kohlenminen bis zum Gesetz von 1842, das die Praxis verbot. Nur sehr wenige dieser Gewerbe waren gut bezahlt, aber Frauen, die gehobenere Tätigkeiten wie etwa das Bemalen von Töpferwaren oder Baumwolltuch ausübten, konnten soviel verdienen wie die meisten gelernten männlichen Handwerker.

Die dritte Art der Beschäftigung war die Fabrikarbeit. Die Fabrik war eine neue Institution und repräsentiert für viele das moderne Industriezeitalter, da sie die Werkstatt des Handwerkers ersetzte und die ländlich-häusliche Industrie vorangehender Zeiten verdrängte. Die Fabrik ist jedoch nicht leicht zu definieren. Ein wichtiges, häufig genanntes Merkmal ist, daß sie eine zentrale Antriebskraft für die Maschinen besaß, und diese Maschinen waren selbst ein Schlüsselelement. Die Maschinen waren es, die den eigentlichen Produktionsprozeß ebenso wie seine Geschwindigkeit bestimmten. Ihr mußte sich der Arbeiter im Gegensatz zu früheren Zeitaltern, wo er noch den Arbeitsprozeß beherrschte, anpassen. Der Arbeiter wurde in diesem Sinne eher zu einem Fortsatz der Maschine als umgekehrt.

Ein anderer Aspekt der Fabrik war ihre relative Größe. Tendenziell verlor dadurch der Arbeiter für den Arbeitgeber seine Individualität. Dieser kannte ihn kaum noch: Der Arbeiter ging in einer Masse anderer unter, austauschbar durch jeden anderen, der die gleichen Fertigkeiten und die gleiche Erfahrung besaß. Umgekehrt war der Arbeitgeber nun ein Kapitalist, der viel Kapital besaß, mit dem er jeden Aspekt des Arbeitslebens der Lohnabhängigen kontrollieren konnte.

Keiner dieser oder ähnlicher Versuche, die Fabrik zu definieren, erscheint völlig befriedigend. Betonen wir die Größe des investierten Kapitals und die unpersönliche Natur der Beziehung von Arbeitgeber und Arbeiter, sollten wir andere Unternehmen wie Bergwerke und Schiffswerften einschließen. Wollen wir dagegen das Gewicht auf die Größe des Gebäudes legen, in dem die Arbeiter unter direkter Aufsicht standen, können wir die zentrale Werkstatt oder »Manufaktur« in Industrien wie der Textilveredelung, den Eisenhütten und -walzwerken nicht ausschließen. Tatsächlich haben viele Beobachter und Volkszähler diese Gruppen unter ihre Definition von Fabrikarbeit zusammengefaßt.

Für viele war die Fabrik das Hauptmerkmal der industriellen Revolution, die in England um 1760-70 begann und Westeuropa etwa 50-60 Jahre später erreichte. Die dort beschäftigten Arbeiter galten als die ursprünglichen Repräsentanten des Proletariats. In Wirklichkeit aber entwickelte sich die Fabrik nur langsam, und selbst am Ende des romantischen Zeitalters war eine Beschäftigung dort weit häufiger die Ausnahme als die Regel. Wie erwähnt divergieren die Schätzungen, aber selbst für England, dem fortschrittlichsten Land, wurde die Gesamtbeschäftigtenzahl 1851 in allen großen Industriebetrieben und im Bergbau zusammengenommen auf nicht mehr als 1,75 Millionen im Verhältnis zu 5,5 Millionen Beschäftigten in nichtmechanisierter Arbeit geschätzt. Eigentliche Fabrikarbeit machte damals nach einer anderen Schätzung nicht mehr als fünf Prozent der Beschäftigung in England aus, vier Prozent in Belgien, und drei Prozent oder weniger in Frankreich, der Schweiz und Preußen, wenngleich nach einer weiteren Schätzung 1846 4,4 Prozent in den »Fabriken« des Deutschen Zollvereins arbeiteten. In Preußen sollen 1860 565 000 Arbeiter in »Fabriken« beschäftigt gewesen sein, aber damit waren alle großen Betriebe gemeint und es handelte sich immer noch um einen kleinen Teil der arbeitenden Bevölkerung. Nur in den Baumwollspinnereien in Lancashire war zu diesem Zeitpunkt mehr als die Hälfte der arbeitenden Bevölkerung in richtigen Fabriken beschäftigt. 1841 gab es dort 25 Baumwollspinnereien, von denen jede mehr als 1 000 Arbeiter beschäftigte, wenn auch normalerweise auf mehrere Gebäude verteilt, und fünf von sechs Arbeitern arbeiteten in Firmen mit mehr als 150 Beschäftigten.

Die archetypische Fabrik ist daher die Textilfabrik. Was für Arbeiter wurden dort beschäftigt? Immer waren einige Mitglieder traditioneller Handwerksberufe darunter, einschließlich Steinmetzen und andere Bauarbeiter, Zimmerleute und, in den frühen Jahren vor dem Auftreten spezialisierter Maschinenbaufirmen, die Mühlenbauer, Schmiede und anderen Handwerker, die damals noch die eigentlichen Maschinenbauer waren. Als die Mühlen von ihren ursprünglichen ländlichen Standorten an Wasserläufen in die Städte verlagert wurden, um mit Dampf betrieben zu werden, gab es einen Maschinenwärter und auch jemanden, der die Dampfmaschine reparieren konnte. In Spinnereien wurde der »Baumwollspinner«, der die Arbeiter an der Mulemaschine und anderen Maschinen beaufsichtigte, wie ein Handwerker bezahlt und behandelt.

Die eigentlichen Maschinenarbeiter, die in den Spinnereien gerissene Fäden zusammenbanden und die Kötzer austauschten oder vergleichbare Tätigkeiten in anderen Fabriken ausübten, die Maschinen säuberten und das Material zuführten, waren hauptsächlich Frauen und Kinder. Die Meinungen gehen auseinander, ob man sie wenigstens als halbgelernte Arbeiter betrachten soll. Nach einer verbreiteten Ansicht, die von Fabrikbesitzern genährt wurde, die in parlamentarischen Untersuchungen in England und anderswo aussagten, waren die Belegschaften unbeständig, unzuverlässig und leicht zu ersetzten. Es gibt jedoch auch gegenteilige Beweise aus erhaltenen Lohnbüchern zum Beispiel einiger Fabriken in Lancashire, daß ein Großteil der Beschäftigten zuverlässig war, viele Jahre bei derselben Firma blieb und in einer Rezession mit Teilzeitarbeit weiterbeschäftigt wurde. Dies kann so gedeutet werden, daß Arbeitgeber einigen

Wert darauf legten, ihre eigene Belegschaft zu halten. Wenn es nicht ihre Fertigkeiten im traditionellen Sinn waren, die als wertvoll erachtet wurden, so war es ihre Erfahrung mit zügiger Produktion und der Behandlung der teuren Maschinen sowie ihre Fähigkeit, sich in den Arbeitsprozeß der Fabrik einzupassen. Die Wahrheit liegt wahrscheinlich zwischen diesen beiden Extremen: Die meisten Fabriken hielten einen Stamm verläßlicher Arbeiter, der zu Boom-Zeiten mit nomadischen Zeitkräften ergänzt wurde. Fabriken auf dem Land, die von ihrem eigenen Fabrikdorf umgeben waren, wie es in England vor 1800 und in Frankreich, Deutschland, der Schweiz, Böhmen und Rußland bis weit nach 1850 üblich war, hatten natürlich eine stabilere Belegschaft. Sie stand stärker unter der Kontrolle des Arbeitgebers, profitierte aber möglicherweise auch von den sozialen Verpflichtungen der alten Handwerksmeister oder des örtlichen Gutsherrn.

Fabrikarbeit wurde zumindest in den Frühphasen allgemein verabscheut. Achtbare Familien versuchten, sie so weit als möglich zu vermeiden, und Arbeitgeber waren oft gezwungen, ihre Arbeiter aus den niedrigsten Schichten der Bevölkerung und unter Immigranten zu rekrutieren. Kinder kamen aus Waisenhäusern und von der Armenfürsorge, und zumindest in Frankreich bereiteten römisch-katholische Klöster arme Frauen darauf vor, nützliche Fabrikarbeiterinnen zu werden. Es muß kaum erwähnt werden, daß diese Praktiken dem öffentlichen Image der Fabrik nicht förderlich waren. Dies veränderte sich mit der Zeit, und mit der nächsten Generation war die Fabrik ein bekanntes Wahrzeichen der jeweiligen Gegend geworden: Wenn die Arbeit immer noch als hart galt, so wurde sie nun nicht länger von vornherein von der Hand gewiesen. Zu dieser Zeit waren es normalerweise junge unverheiratete Frauen, die zusammen mit Kindern das Gros der Belegschaft stellten. In England waren etwa 75 Prozent der Fabrikbeschäftigten Frauen und Kinder, in Gent waren es 70 Prozent; in der Schweiz waren 80 Prozent der Arbeiter in den Baumwollspinnereien unter 25, und die Hälfte von ihnen gehörte zur Altersgruppe der 10-16jährigen.

Kinder konnten schon mit sieben bis zehn Jahren in die Fabrik kommen, aber das normale Alter war elf bis dreizehn. Am stärksten beunruhigte die Zeitgenossen die Beschränkung ihrer Freiheit und die Auswirkungen der langen Arbeitstage auf die Gesundheit der Kinder, in Verbindung mit der mangelnden Schulbildung und folglich dem Mangel an moralischer Erziehung. Entsprechend gehörten die Begrenzung der Kinderarbeit und eine elementare Erziehung zu den Zielen der ersten »Fabrikgesetze« zum Arbeitsschutz. Die Fabrikgesetzgebung begann in England mit dem Fabrikgesetz von 1809, aber das erste effektive Gesetz, das mit Steuergeldern bezahlte Inspektoren vorsah, wurde erst 1833 verabschiedet. In Preußen begann die Gesetzgebung 1839, aber erst das Gesetz von 1853 verlieh ihr Wirksamkeit.

Was Frauen betraf, beklagte die Öffentlichkeit gewöhnlich nicht nur die lockere Moral, die angeblich in den geschlossenen, warmen Räumen der Fabriken herrschte, wo Männer und Frauen zusammenarbeiteten, sondern den Niedergang der Fähigkeiten, einen Haushalt zu führen. Man meinte – und nicht ganz ohne Grund –, daß der Lebensstandard der Arbeiter nur zum Teil von dem Geld abhing, das durch den Verdienst von Familienmitgliedern zu Verfügung stand; für ebenso wichtig hielt man die Fertigkeiten, mit der die Frauen ihren Haushalt erledigten.

Frauen- und Kinderarbeit waren natürlich schon vor dem Fabrikzeitalter weitverbreitet, aber sie war weniger öffentlich gewesen. Es war die Schande, sie in der Öffentlichkeit arbeiten zu sehen, die zum frühen Widerwillen gegen Fabrikarbeit beitrug, wie es später unter anderem die gebündelte Sichtbarkeit von Fabrikarbeit war, die in der Öffentlichkeit einen nachhaltigen Eindruck hinterließ und der Textilfabrik zu einem schlechten Ruf verhalf.

Die Belegschaft in anderen größeren Unternehmen war gemischter. Maschinenfabriken zum Beispiel beschäftigten mehrheitlich gelernte Handwerker. Hier gab es allerdings auch Lehrlinge, halbgelernte und ungelernte Arbeiter, jedoch nur einige wenige Frauen. In Eisen- und Stahlwerken sowie in Kohlenbergwerken gab es eine Hierarchie der Fertigkeiten ebenso wie der Verantwortung: Jungen und heranwachsenden Männern, die in den niedrigsten Stellungen begannen, bot sich so eine Aufstiegsleiter. Hier wie in den Glashütten gab es wenig Frauenarbeit. In Zigarrenfabriken, Töpfereien und sogar in Ziegelbrennereien dagegen wurden viele Tätigkeiten von Frauen ausgeübt.

Fabrikarbeit war durch den Einsatz der Maschinen oft leichter als die Handarbeit vor diesen Erfindungen, aber die Arbeitszeit war gewöhnlich länger. Nach Schätzungen betrug in Deutschland die typische wöchentliche Arbeitszeit in den 40er Jahren des 19. Jahrhunderts für Bergleute 60-70 Stunden, 72-75 Stunden für gelernte Handwerker und 85-100 Stunden in den Fabriken. Zudem wurde die Zahl der Feiertage drastisch reduziert. Die in vielen Gebieten im 18. Jahrhundert üblichen 50 oder mehr Heiligenfeste, Märkte oder aus anderen Gründen arbeitsfreien Tage waren in England Mitte des 19. Jahrhunderts auf nicht mehr als drei oder vier reduziert worden, und andere Länder folgten bald dem Beispiel. Nicht nur die bloße Länge der Arbeit, sondern auch ihre Regelmäßigkeit wurde als Mühsal empfunden. Während sich der Handwerker nach eigenem Gutdünken freigenommen hatte und selbst bei Landarbeit Phasen mit geringer Arbeit mit saisonalem Arbeitsdruck abwechselten, die dem Arbeiter das Gefühl gaben, gebraucht zu werden, wurde in den Fabriken das Tempo vorgeschrieben und die Arbeitsunterbrechungen waren kurz. Die weitverbreitete ältere Tradition des »St. Montag«, den Wochenanfang zu verbummeln und durch Mehrarbeit und große Anstrengung am Wochenende wieder aufzuholen, wurde streng unterdrückt. Es ist aufschlußreich, daß in England dem Niedergang von St. Montag, eine Praxis, die von der Mittelklasse allgemein verurteilt wurde, um 1850 beinahe auf dem Fuße die Einführung des halbfreien Samstags folgte, die allseits begrüßt wurde. Das scheinbare Paradox, ein grundsätzlich gleiches Phänomen einmal zum Gegenstand der Klage, ein andermal des Stolzes zu machen, erklärt sich aus dem Umstand, daß der Montag frei gewählt worden war, während der Samstag unter der Kontrolle und den Direktiven des Arbeitgebers stand.

Die notwendige Kontrolle einer großen Zahl von Arbeitern in den Fabriken und ähnlichen Orten führte dazu, daß den Fabrikarbeitern eine strenge Disziplin auferlegt wurde, die schwer auf den ersten Generationen lastete. Es gab nicht nur harte Strafen für verspäteten Arbeitsantritt, sondern auch für Reden oder Pfeifen bei der Arbeit, für Widersetzlichkeit und andere Vergehen, die Arbeitern vorher unbekannt gewesen waren. Bestrafung war besonders bei Kindern häufig brutal und um so schmerzlicher, als sie nicht von Elternliebe gemildert, sondern von völlig Fremden verhängt wurde, deren Einkommen davon abhing, wieviel Arbeit sie aus den Kindern herausholten.

Die Ungelernten, die »*labourers*«, »*day-labourers*«, »Tagelöhner«,

»journaliers« oder *»gagne-deniers«*, standen in Status und Prestige am tiefsten, obwohl es – deutlich unterschieden in den meisten zeitgenössischen Beschreibungen – noch eine niedrigere Unterklasse von Hausierern, Bettlern, Vagabunden, Dieben, Prostituierten und Elenden gab, die im allgemeinen unter ihnen standen. In den Städten umfaßten sie mehrere voneinander unterschiedene Gruppen. Zu nennen sind hier besonders die Portiers, Gepäckträger, Fuhrleute, Packer, die Dockarbeiter in den Hafenstädten und die Gelegenheitsarbeiter in Städten jeglicher Größe. Viele Handwerker vor allem im Bauwesen beschäftigten einige von ihnen direkt: Sie schätzten sie gering, und wo sie solche Arbeiter selbst bezahlten, beuteten sie sie oft aus. Diese Arbeiter unterschieden sich etwa vom Gehilfen in einer Eisenhütte dadurch, daß sie nie in den Rang eines Handwerkers aufsteigen konnten. Viele von ihnen waren Saisonarbeiter aus den ärmlichen Bergregionen Frankreichs oder Italiens, sie kamen in England aus Irland oder in den Niederlanden aus Deutschland (»Hollandgänger«) und kehrten nach der Saison nach Hause zurück. Ihre Gesamtzahl ist schwer festzustellen, da sie zum Teil davon abhängt, wie man sie definiert. Für Preußen wurde die Zahl der übrigen »Arbeiter« ohne Landarbeiter, gelernte Handwerker, Bergleute und Fabrikarbeiter auf 19,6 Prozent der Gesamtbeschäftigten im Jahre 1816 und auf 21,1 Prozent 1846 geschätzt.

Nicht alle von ihnen waren wirklich ungelernt, aber ihre Fertigkeiten wurden eher geringeschätzt. Von jedem Landjungen erwartete man zum Beispiel, daß er mit einem Pferd umgehen konnte. Bei einigen Tätigkeiten wurden sowohl Körperkraft als auch Fertigkeiten verlangt: Kanalarbeiter und später Eisenbahnarbeiter waren zu außergewöhnlichen Leistungen fähig.

Ihre Bezahlung war niedrig, unter den niedrigsten überhaupt, und der Lohn eines Tagelöhners wurde häufig als eine Art Grundindikator für die Festlegung anderer Löhne genommen. Mit Ausnahme von so besonderen Gruppen wie Eisenbahnarbeitern befand sich die Entlohnung von solchen Arbeitern gewöhnlich auf dem Niveau der Unterhaltskosten, obwohl diese selbst ein flexibler, zeit- und ortsabhängiger Begriff waren. In traditionelleren Gesellschaften wie Deutschland wurde erwartet, daß sie nur heirateten, wenn ihre Frau ebenfalls verdiente, da ihr Lohn nicht ausreichen würde, um eine Familie zu unterhalten. Viele waren immer wieder auf die Armenfürsorge oder andere wohltätige Leistungen angewiesen.

Bedienstete, die bei ihrer Herrschaft wohnten, und die eher größere Klasse des Gesindes in Deutschland bildeten eine eigenständige Gruppe. Ihre Zahl stieg mit der wachsenden Zahl und dem Wohlstand der Mittelklasse in dieser Zeit, und mit der zunehmenden Verbreitung von Bediensteten in niedrigeren Einkommensgruppen stieg der weiblich Anteil an der Hausarbeit und häufig ihre Ausbeutung. In England war 1851 die Hausarbeit mit 1039000 oder 13 Prozent der Arbeitskräfte die zweitgrößte Beschäftigungsquelle nach der Landwirtschaft. Hausangestellte hatten normalerweise eine sicherere Stellung als andere der »ungelernten« Arbeiter. Für sie gab es einige Möglichkeiten des sozialen Aufstiegs einschließlich Einheiratung in eine höhere Schicht, aber sie waren auch abhängiger von den Launen und Schrullen ihrer Arbeitgeber. Dies galt besonders für das Hausgesinde in Deutschland. Es war nicht nur gesetzlich verpflichtet, seinen Arbeitgebern zu allen Zeiten zur Verfügung zu stehen und in allem ihre Interessen zu wahren, sofern diese nicht gesetzwidrig waren, sondern es konnte auch körperlich gezüchtigt werden, in Preußen bis 1849, in Österreich bis 1911. Andererseits konnten sie auch das Recht in Anspruch nehmen, bei Krankheit oder Bedürftigkeit versorgt zu werden.

Das niedrigste Sozialprestige war dem Landarbeiter vorbehalten. Tatsächlich war er keinesfalls ungelernt, im Gegenteil: Landarbeit erforderte im allgemeinen nicht nur Körperkraft und Durchhaltevermögen, sondern auch Know-how, technische Fertigkeiten beim Umgang mit Gerätschaften und Verantwortungsgefühl, da Landarbeiter nur selten direkt beaufsichtigt werden konnten. Aber es war ihr Mangel an Buchwissen, ihre langsame, provinzielle Sprache, ihre seltsamen Riten und Sozialrituale, ihr langsamer und unbeholfener Gang ebenso wie ihre abhängige und untergeordnete Position, die ihnen die Verachtung ihrer Zeitgenossen eintrug. Ein amerikanischer Farmer, der 1850 England besuchte, beschrieb den Arbeiter in West Country als

»[...] das Verächtlichste, Ärmste, Dümmste, Roheste und Liederlichste, was wir im Königreich sahen [...]. Ich habe weder in Irland noch in Deutschland noch in Frankreich noch je unter unseren Negern oder Indianern oder unter den Chinesen oder Malaien Leute gesehen, deren Sinnen derart allein von ihren Trieben beherrscht oder deren Lebenszweck und ganze Lebensart so niedrig war [...] so ganz und gar viehisch, wie bei diesen Landarbeitern.«

Ähnliche Beschreibungen kann man über die irischen, deutschen, italienischen und andere Landarbeiter lesen. Andererseits gab es jene, die noch den einfachen, ehrlichen Arbeiter in den Dörfern und seine Lebensart idealisierten.

Die Arbeits- und Lebensbedingungen von Landarbeitern unterschieden sich in den verschiedenen Ländern Europas weit mehr voneinander als diejenigen der Industriearbeiter. Dies war das Ergebnis von Unterschieden im Armenrecht sowie in der Sozialstruktur auf dem Land und den aus ihr entstandenen Traditionen. Kapitalistische Beziehungen zwischen Arbeitgebern und Lohnempfängern waren am stärksten in England entwickelt. Das Kleinbauerntum war hier von einigen Ausnahmen abgesehen schon früher weitgehend verschwunden und die Einzäunungen (d.h. die Umwandlung von Gemeindeland in Privateigentum) hatten die letzten verbliebenen Mitnutzungsrechte der einfachen Leute ungefähr zwischen 1760 und 1845 beseitigt. In der typischen Landgemeinde mit Gutsherrn, Pächtern und Landarbeitern kamen zwei bis drei Landarbeiter auf einen Bauern, aber in einigen Gebieten wie East Anglia konnten es zehn bis zwölf pro Hof sein.

Verschiedene Klassen von Landarbeit können unterschieden werden. Hofgesinde, das beim Bauern lebte, nahm rapide ab. Dies lag zum Teil daran, daß es in der Zeit steigender Lebensmittelpreise von 1793-1813 für den Bauern billiger wurde, den Bediensteten Verpflegungsgeld zu zahlen, als sie bei sich aufzunehmen. Ferner sicherte ihnen eine längere Anstellung eine Versorgung nach dem Armengesetz. Während die traditionellen Märkte für Arbeitsvermittlung vielerorts weiterbestanden, erstreckten sich die Anstellungen gewöhnlich nur noch auf 51 Wochen oder weniger, statt wie vorher auf zwei Jahre und mehr. Hausbedienstete wurden schlecht bezahlt und lebten in Abhängigkeit, aber ihre Beschäftigung war sicher.

Es gab andere Lohnarbeiter, die mehr oder weniger das ganze Jahr beschäftigt wurden. Die Löhne waren im industrialisierten Norden viel höher, wo sie 1851 15 Schilling in der Woche erreichen konnten, als im Süden Englands, wo sie manchmal nur sechs bis sieben Schilling betrugen. Zudem waren im Norden die häusliche Unterbringung besser und Brennstoff billiger. Viele wurden teilweise mit dem bedingten Wohnrecht in einer Hütte entlohnt (*tied cottage*), und einige bekamen ein kleines Stück Land. Allerdings stellten britische Farmer es nur widerwillig zur Verfügung, da Land den Arbeiter »unabhängiger« machte. Es gab außerdem saisonale Gelegenheitsarbeit, besonders zur Erntezeit, die von Mitgliedern der Landarbeiterfamilien übernommen wurde, von Armen und irischen Wanderarbeitern. Im 19. Jahrhundert wurden für besondere Aufgaben auch ganze Gruppen beschäftigt, die hauptsächlich aus Frauen und Kindern bestanden (»gang labour«). Schließlich gab es gelernte Landarbeiter und ihre Gehilfen, die Bauten und ähnliche Arbeiten ausführten. Während der Kriegsjahre (1793-1815) kam es, wie überall in Westeuropa, zu einem Mangel an Arbeitskräften, der teilweise durch neue Techniken wie der beschleunigten Ersetzung der Sichel durch die Sense bei der Ernte und damit der Frauen- durch die Männerarbeit aufgefangen wurde. Etwa zwischen 1815 und 1835 führte ein Arbeitskräfteüberschuß zu Lohnsenkungen und großer Landflucht, aber diese Entwicklung kehrte sich in den folgenden Dekaden um.

Länder, in denen bäuerliche Landwirtschaft vorherrschte, wie Frankreich, Westdeutschland, Süddeutschland und Irland, hatten relativ wenige Landarbeiter, doch es gab sie. Die Hofgrößen waren äußerst unterschiedlich, und Bauern, deren Land für die Versorgung ihrer Familien nicht reichte, mußten ihr Einkommen entweder durch proto-industrielle Arbeit oder durch Dienste für glücklichere Bauern oder Gutsherren aufbessern. In Irland zum Beispiel bezeichnete sich in der Volkszählung von 1841 etwa die Hälfte der männlichen Bevölkerung als »Arbeiter und Hausangestellte«, und beinahe die Hälfte aller Bauernhöfe hatte weniger als 5 Morgen Land. Landlose Häusler waren hier wie in den meisten Teilen Europas eine junge Erscheinung. Sie war eine Konsequenz des Bevölkerungswachstums im 18. Jahrhundert und wurde von der ständig fortschreitenden Aufteilung der Höfe begleitet. Aber nur wenige hatten überhaupt kein Land.

Ähnlich war es in Frankreich, wo es nur wenige völlig landlose Dorfbewohner gab. Soboul zufolge hatten 1790 40 Prozent der Landbevölkerung jedoch so wenig Land, daß sie gezwungen waren, für andere zu arbeiten. Gesinde, das auf dem Hof lebte, junge Leute bis zum Alter von 25, waren in einigen Landesteilen immer noch üblich, und im 19. Jahrhundert stieg die Zahl der *journaliers* (Tagelöhner), *brassiers* oder *manœuvriers* (Handlanger, Hilfsarbeiter) an. In den 30er und 40er Jahren des 19. Jahrhunderts gingen viele von ihnen in die Industrie und den Eisenbahnbau. Der Anteil der völlig Landlosen konnte von fünf Prozent in der Gatinais bis zu 30 Prozent in der Niedernormandie variieren. In den industrialisierten flämischen Dörfern lag er noch höher.

Abgesehen von England hatte das ostelbische Deutschland die höchsten Landarbeiterzahlen. Um 1830 gab es 6,7 Personen pro Hof östlich der Elbe, verglichen mit 1,7 im Rheinland, und ein Großteil von Ostpreußen war auf große Gutshöfe aufgeteilt. Die preußischen Reformen von 1807 und 1811, welche die letzten Überreste der Realleibeigenschaft beseitigten, waren den Kleinbauern kaum zugute gekommen. Nicht nur verloren sie den Schutz ihres Gutsherrn, sondern bald darauf auch ihre Mitnutzungsrechte am Gemeindeland. Es entwickelte sich eine Hierarchie von Arbeitern mit verschiedenen Landzuteilungen, jedoch hatte es auf dem Land etwas Lohnarbeit auch vor den Reformen gegeben. Es gab immer noch Gesinde oder Bedienstete, die auf dem Hof lebten. Wie das Gesinde in der Stadt unterlagen sie der direkten Kontrolle ihrer Herrschaft. Es gab Gutsarbeiter, die für mindestens ein Jahr eingestellt wurden und etwas Land, Waren wie etwa Getreide und manchmal auch Geld erhielten: Inste oder Instleute konnten mit einem Teil der Ernte bezahlt werden. Schließlich gab es Kleinbauern verschiedener Art, die zumindest zeitweilig auf dem Gutshof arbeiteten. Wenn sie eine eigene Hütte hatten, wurden sie neben anderen regionalen Bezeichnungen »Häusler« oder »Eigenkätner« genannt; die Unterpächter ohne Haus hießen »Einlieger«. Ihr Anteil ist schwer zu bestimmen, weil es so viele Grenzfälle gab, aber ihre Zahl stieg zusammen mit dem Bevölkerungswachstum, da die Zahl der Höfe gleichblieb. 1840 waren in Bayern schätzungsweise 16 Prozent der Beschäftigten Arbeiter mit etwas Land, während weitere 14 Prozent vollkommen landlose Lohnarbeiter waren. Um 1800 wurden die »Eigentumslosen« in ganz Preußen auf 25 Prozent geschätzt, aber ihr Anteil betrug 35 Prozent in Ostpreußen und 33 Prozent in der Mark Brandenburg. Die Gutsherren behielten selbst nach den Reformen einen Großteil ihrer Recht sprechenden Gewalt, und die ostdeutschen Landarbeiter gehörten zu den Ärmsten der Armen: Unter dem Gesichtspunkt der Löhne verdienten sie zwischen einem Drittel und der Hälfte ihrer Kollegen im Westen. So konnte 1841 der männliche Arbeiter im

Rheinland mit 60-180 Mark im Jahr rechnen (Frauen mit 54-108 Mark), während es in Ostpreußen 45-60 bzw. 30-36 Mark waren.

Diese Lohnspannen sollten trotz ihrer Größe ebenso wie andere oben genannte Lohntarife mit viel Vorsicht behandelt werden. Sie finden hier Erwähnung, weil sie in der Tat eine allgemeine Orientierung geben und weil davon auszugehen ist, daß sie auch ähnliche Beschäftigungen und Entlohnungen abdecken, um ihre Nennung zu rechtfertigen. Insgesamt jedoch hat es sich ungeachtet intensiver Bemühungen durch Historiker als äußerst schwierig erwiesen, Standard-, Normal- oder Durchschnittslöhne für irgendeine gegebene Gruppe von Arbeitern mit annähernder Genauigkeit festzustellen, ganz abgesehen von sicheren Statistiken, um den jeweiligen Lebensstandard zu bestimmen. Das Problem liegt zum Teil im Mangel an Informationen: So haben wir nur wenige fortlaufende und vergleichbare Lohnverzeichnisse für die gleiche Art von Arbeit. Hauptsächlich liegt es jedoch in der Natur der Information selbst.

Löhne wurden normalerweise nach Zeit oder Stückzahlen bemessen. Für Stückzahlentlohnung hat es sich als praktisch unmöglich erwiesen, irgendeine Norm festzustellen. Wo Lohnbücher vorliegen, läßt sich erkennen, daß Löhne nicht nur unter den einzelnen Arbeitern, sondern auch für jede einzelne Mehrarbeit stark variieren. Allgemein akzeptiert war, daß Stückarbeit höhere Wocheneinkünfte einbrachte als Stundenlohn, und es gab die weitverbreitete Annahme, daß Arbeiter ein bestimmtes übliches Einkommen anstrebten und nachließen, wenn sie es erreicht hatten, abgesehen von der Angst, daß ein überdurchschnittlich hoher Verdienst zur Herabsetzung der Akkordtarife führen würde. Aber diese Überlegungen, so richtig sie sind, machen unsere Lohnserien nicht genauer.

Selbst Zeitlöhne können irreführend sein, da sie uns nichts über Ausfalltage durch Mangel an Aufträgen, schlechtes Wetter oder den Stillstand des Wasserrades durch Wassermangel sagen. Sie schließen Überstunden aus, besondere Tarife, etwa zur Erntezeit, und möglicherweise andere Mehrzahlungen. Es ist gut möglich, daß Sondervergütungen dieser oder jener Art das Paradox erklären, warum die Löhne so wenig auf die Kriegsinflation reagierten, aber flexibel genug waren, um in der Nähe von London oder den nördlichen Industriestädten zu steigen. In Handwerksbetrieben war es üblich, jeden Arbeiter nach einem anderen Tarif zu bezahlen. Die Lohntarife der Männer sagen nichts über das Einkommen von Frauen und Kindern, aber dieses ist zu berücksichtigen, um auf das Familieneinkommen zu schließen, das ausschlaggebend für den Lebensstandard war.

Zudem besagen Lohntarife nichts über Naturalleistungen, obwohl diese zu Beginn der romantischen Epoche sehr wichtig waren und später abnahmen, so daß ihre Auswirkungen für das Verständnis der Zeit als ganzer von Bedeutung sind. Landarbeiter, aber auch Bergleute und andere Arbeiter auf dem Land, wie die Bewohner von Fabrikdörfern, konnten Parzellen und möglicherweise auch Saatgut und anderes Material oder ein abgemessenes Stück eines Kartoffelfeldes zur Ernte erhalten. Bergleute bekamen Kohlezuteilungen. Es gab Holzzuteilungen für Schiffbauer, die bezeichnenderweise 1805 in den Royal Dockyards in Geldzahlungen umgewandelt und 1830 abgeschafft wurden, als die Admiralität nämlich begonnen hatte, Stundenlöhne zu bezahlen. In einigen Industrien wurde Material unterschlagen, um die schlechten Löhne auszugleichen. Einige Fabrik- und Bergwerkseigner stellten Häuser zu Verfügung, Beiträge zu einer Krankenversicherung und billiges Holz in Zeiten der Knappheit; andere beuteten ihre Arbeiter mit Naturallohnzahlungen aus. Stahlwarenarbeiter mußten Miete und Energie bezahlen, Strumpfwirker mieteten oft ihre Wirkstühle, Näherinnen wurden Faden und Kerzen berechnet.

Noch schwieriger als die Feststellung der wirklichen Lohneinkommen von Arbeiterfamilien (oder ihres Fehlens) ist das Problem einer realistischen Einschätzung des Preisniveaus der Waren, die sich damit kaufen ließen. Über die Preise, die von Haushalten der Arbeiterklasse bezahlt wurden, ist wenig bekannt: Die meisten Daten, die uns zu Verfügung stehen, beziehen sich auf die Einkäufe großer Institutionen. Uns fehlen auch verläßliche Informationen darüber, was der Arbeiter kaufte und wie sich sein Warenkorb durch veränderte Preise und neue Produkte auf dem Markt mit der Zeit wandelte und welche Unterschiede von Region zu Region und zwischen Stadt und Land bestanden. Sicher scheint allerdings, daß in den Arbeiterbezirken der Städte Waren schlechterer Qualität und Nahrungsmittel verkauft wurden, die nicht mehr frisch und immer häufiger verdorben waren.

Wie oben erwähnt, verminderten sich die Ferien und arbeitsfreien

Tage im Laufe der Industrialisierung, und die Arbeitstage in den Fabriken waren länger als in den alten Handwerksbetrieben. Zudem intensivierte sich der Arbeitsrhythmus. Teilweise lag dies daran, daß die Arbeitgeber die Geschwindigkeit der Maschinen erhöhen oder Lohnanreize für einen höheren Ausstoß anbieten konnten; es könnte jedoch auch sein, daß die Arbeiter, fern ihrer traditionellen Umgebung, durch neue Produkte wie billige Kleider oder Schmuck dazu gebracht wurden, härter zu arbeiten, um sie kaufen zu können. Handwerker hielten sich jedoch weiterhin an einen »ordentlichen Arbeitstag«.

Die Intensivierung der Arbeit und manchmal die neuen technischen Möglichkeiten führten zu einer Verschlechterung der Arbeitsbedingung. Tiefere Bergwerke besonders im Kohlenbergbau waren der Grund für mehr tödliche Unfälle durch Explosionen, Vergiftungen durch Grubengas, Einstürze und andere Unglücke. Besucher von Bergwerksdörfern bemerkten die vielen verkrüppelten Männer. Andere Arbeiter in Eisen- und Glashütten, beim Wollkämmen und Salzkochen litten unter der großen Hitze an ihren Arbeitsplätzen. Es gab Bleivergiftungen in Farbwerken, unter Klempnern und Feilenhauern, Quecksilbervergiftungen unter Hutmachern, Arsenvergiftungen bei der Kupferveredelung und Staublungen unter Bergarbeitern und Schleifern. In den Fabriken gab es Unfälle durch offen zugängliche Maschinen, bis das Gesetz ihre Abschirmung durchsetzte; häufig war die Luft in den Fabrikgebäuden heiß und stickig und die Brandgefahr besonders bei Nachtschichten groß. Die Gefahren der Überbelegung und der Mangel an sanitären Einrichtungen in den Städten wurden in den Cholera-Epidemien von 1832, 1837 und 1847 offenkundig, auch wenn zu diesem Zeitpunkt aus nicht ganz geklärten Gründen die Plage keine ernstliche Bedrohung mehr darstellte.

In der Vergangenheit hatte es Fluktuation in der Beschäftigung gegeben, vor allem aufgrund von Ernteausfällen und Kriegen. Solche Schwankungen traten auch weiterhin auf, aber nun kam ein Auf und Ab aufgrund von Marktveränderungen hinzu, während nach 1815 die saisonale Fluktuation im Bauwesen und im Textil- und Kleidungsgewerbe weitaus stärkere Ausschläge aufwies. In der Luxus- und Modeindustrie, wie etwa in der Lyoner Seidenindustrie, konnten sie verheerende Auswirkungen auf die lokalen Arbeiter haben.

Mit ihrer zunehmenden Abnabelung vom Land traf zyklische Arbeitslosigkeit die Arbeiter härter. Es gab zyklische Rezessionen in England in den Jahren 1816, 1819, 1826-27, 1830-31 und 1842-43. Auch im ganzen übrigen Europa gab es in den Jahren nach dem Wiener Frieden und erneut in den 40er Jahren des 19. Jahrhunderts große Arbeitslosigkeit. Durch die gleichzeitigen Ernteausfälle 1845-47, die zu höheren Lebensmittelpreisen führten, kam es zu einer verbreiteten Verelendung in Stadt und Land. Eine Folge war Massenauswanderung; eine andere war das Revolutionsjahr 1848. Die arbeitenden Schichten von Paris benutzten bezeichnenderweise die kurze Zeit, in der sie die Macht innehielten, um Nationalwerkstätten zu gründen, ein Hinweis, daß sie Arbeitslosigkeit als Hauptgrund ihres Elends sahen.

Arbeitslosigkeit in bis dahin unbekanntem Ausmaß brachte überall die Armenfürsorge unter ernstlichen Druck. In England (und später in Irland) sowie in den meisten deutschen Staaten gab es im Rahmen des Armenrechts offizielle Behörden; in vielen katholischen Ländern und in Schottland blieb Hilfe weitgehend den religiösen Institutionen und privaten Wohltätigkeitsvereinen überlassen. Die Reaktionen auf das englische Armenrecht im fortschrittlichsten Industrieland sind besonders interessant. Als der Krieg die recht großzügige Armenfürsorge zunichte machte – ein Erbe des späten 18. Jahrhunderts –, wurde 1795 das sogenannte »Speenhamland«-System zum ersten Mal eingeführt. Es sollte die für vorübergehend gehaltenen Preissteigerungen durch Zuteilungen mildern, die mit den Brotpreisen und der Familiengröße stiegen. Die Familienzuteilungen wurden nach dem Krieg beibehalten. Aufgrund der Abnahme der Beschäftigung in den Dörfern kamen die *»roundsmen rate«*[3] und die »Arbeitssteuer« hinzu, um die Last der Armensteuer auf dem Land zu verteilen. Den Bauern, deren Saisonarbeiter von der Armenfürsorge ausgehalten wurden, wenn sie nicht auf dem Hof gebraucht wurden, kam diese Regelung gelegen, aber unter den Steuerzahlern in Stadt und Land führte sie zu großer Unzufriedenheit. Der *»Poor Law Amendment Act«* von 1834 versuchte, die Armensteuer zu min-

3 Beim sogenannten *roundsmen*-System gingen Arbeitslose in einer Gemeinde von einem Bauern zum nächsten, um zu arbeiten, wobei der Bauer die eine und die Gemeinde die andere Hälfte des Arbeitslohns zahlte. (A.d.Ü.)

dern, indem er Hilfe davon abhängig machte, daß die Empfänger in Arbeitshäuser gingen; das Leben dort war so hart, daß es von der Inanspruchnahme der Leistungen abschreckte – das Prinzip der »geringeren Annehmbarkeit« (*less eligibility principle*). Wo diese Gesetzesbestimmungen durchgeführt wurden, führten sie zu großer Brutalität und Unmenschlichkeit gegenüber den Armenhausinsassen. Sie waren gefürchtet und verhaßt, aber in den Industriestädten war die Opposition gegen sie so stark, daß sie nie völlig in Kraft gesetzt wurden. Versuche mit Arbeitshäusern, in denen die Armen durch Arbeit zu ihrem Unterhalt beitrugen, gab es auch in Frankreich, Deutschland und anderswo, aber sie hatten nie großen Erfolg. Das preußische Armenrecht schloß eine gutorganisierte Gesundheitsfürsorge ein, war jedoch wie das Armenrecht in anderen Teilen Europas durch das Elend von 1847 völlig überfordert.

Sicher läßt die Feststellung der Realeinkommen durch die Kombination dieser äußerst unsicheren, von vielen externen Einflüssen modifizierten Lohn-Einkommens-Daten mit ebenso unsicheren Preisen viel Raum für Zweifel. Für England ist diese Frage von besonderem Interesse, da Löhne die vorherrschende Einkommensquelle geworden waren, und so hat die Kaufkraft der Reallöhne hier eine ausgedehnte Kontroverse ausgelöst, die noch längst nicht abgeschlossen ist: die Debatte um den Lebensstandard. Unterschiedliche Meinungen ergeben sich aus unterschiedlichen Interpretationen, aber auch, weil die untersuchten Lohnserien nicht zur gleichen Zeit beginnen oder enden, weil unterschiedliche Gewerbe oder Landesteile und stark unterschiedliche Warenkörbe und Preisserien für den Preisindex herangezogen werden. Die Auseinandersetzung trägt zudem stark ideologische Züge zwischen »Pessimisten«, die dem Kapitalismus feindlich gegenüberstehen und geltend machen, das es wenig oder keine Verbesserung des Lebensstandards gab, und den »Optimisten«, die dagegen seine Vorzüge betonen möchten.

Die meisten Lohnserien stimmen darin überein, daß die Reallöhne gegen Ende des 18. Jahrhunderts sanken, nachdem sie in der ersten Hälfte gestiegen waren, daß sie von circa 1815-20 stagnierten und danach stiegen, aber die Pessimisten sprechen von Stagnation oder sogar einem Sinken der Löhne bis zum Ende der 40er Jahre des 18. Jahrhunderts, wo nach einhelliger Meinung eine Besserung einsetzte. Zudem zeigen die Löhne in den nördlichen Industriegebieten sowohl in der Stadt wie auf dem Land einen positiveren Trend als im Süden, London eingeschlossen.

Für die meisten Länder Kontinentaleuropas weisen die verfügbaren Daten einen vergleichbaren Niedergang der Reallöhne in den letzten Dekaden des 18. Jahrhunderts aus. In den Kriegsjahren stagnierten sie und stiegen danach an. Dieser Reallohnzuwachs war vor allem sinkenden Preisen zu verdanken und wurde möglicherweise in den 30er Jahren des 19. Jahrhunderts unterbrochen. Der Einbruch von 1846-48 war hier jedoch stärker ausgeprägt als in England. In den Niederlanden waren die Löhne 1850 wahrscheinlich nicht höher als in den 70er Jahren des 18. Jahrhunderts, aber Deutschland und Frankreich zeigten mit Blick auf den gesamten Zeitabschnitt der Romantik einen deutlichen und dauerhaften Anstieg.

Eine alternative Herangehensweise an die Veränderungen des Lebensstandards bietet eine Betrachtung des Verbrauchs, aber auch hier sind die Daten unvollständig. Die Zahl der erhaltenen Haushaltsbudgets ist begrenzt, während die nationalen Konsumtionszahlen den Verbrauch anderer Schichten einschließen, der sich nicht heraustrennen läßt. Recht gute Daten sind für den britischen Import verfügbar, so daß sich der Verbrauch von reinen Importgütern feststellen läßt. Die Zahlen von Zucker, Tee und Tabak weisen eine Stagnation pro Kopf der Bevölkerung bis in die 40er Jahre des 19. Jahrhunderts auf, wo ein steiler Anstieg zu verzeichnen ist; der Import von Kaffee zeigt eine beständigere Zunahme, aber er war kein Getränk der Arbeiterklasse. Da 70-80 Prozent der Ausgaben ärmerer Arbeiterhaushalte für Nahrungsmittel aufgewendet wurden und mehr als die Hälfte davon für Brotgetreide oder Mehl, sollten diese Daten den Kern jeder Kalkulation bilden; leider sind Schätzungen der Getreideernten nicht verläßlich genug, um als Basis für die Berechnung des Verbrauchs zu dienen. Aber in der verfügbaren Form weisen sie merkwürdige Unregelmäßigkeiten auf. So wurde im Norden Englands, wo die Löhne vermutlich höher waren, immer noch minderwertiges Getreide wie Hafer verwendet, während der Süden zu Weizenbrot übergegangen war; und in Irland, das als armes Land galt, ernährte man sich im Vergleich zum Rest Europas gut, zumindest bis zur Hungersnot von 1845. Dies gelang mit Hilfe der Kartoffel, die mit ihrem höheren Nährwert pro Morgen Land zu dieser Zeit auch in vielen anderen ärmeren Regionen Europas half, die wachsende Bevölkerung durchzubringen. Wo detaillierte Zahlen vorhanden sind, spiegelt der Nahrungsverbrauch tatsächlich die Realeinkommen wider: Dem Sinken der Einkommen in Antwerpen zwischen 1780 und 1850 entsprach eine Verminderung des Brotverbrauchs um 20 Prozent, des Fleischverbrauchs um 22 Prozent, des Verbrauchs von gesalzenen Fischen um 49 Prozent und des Bierverbrauchs um 57 Prozent, auch wenn der Kartoffelverbrauch anstieg.

Es gibt viele Berichte über Unterernährung in Europa während dieser Zeit, aber sie geben zumeist nur einen Eindruck wieder und sind statistisch nicht überprüfbar. Dem Landarbeiter in Südengland, so wurde angenommen, fehlten wie den Arbeitern in der Auvergne oder in Limousin und vielen Teilen Osteuropas die Kalorien für anstrengende Arbeit; von vielen Leuten in Velay und Vivarais in Frankreich sagte man sogar, daß sie durch Unterernährung verkrüppelt waren. Irische Arbeiter waren für Schwerstarbeit wie Ernte oder Kanalbau begehrt, aber englische Arbeiter standen in dem Ruf, harte Arbeit über längere Zeit auszuhalten.

Auf der Grundlage der Annahme, daß die Ernährung in der Kindheit, modifiziert durch den Energieverbrauch, in Beziehung zur Größe steht, sind in jüngerer Zeit vielfach die Veränderungen der Durchschnittsgröße bei großen Zahlen vergleichbarer Menschen untersucht worden. Die Quellen, zu denen Rekrutierungsdaten der Armee und Daten über die nach Australien verschifften Männer gehören, sind nicht unproblematisch. Soweit sie brauchbar sind, zeigen sie ein allgemeines Absinken der Körpergröße in weiten Teilen Europas bis zirka 1850 und große soziale Unterschiede: In England gab es 1800 Größenunterschiede von bis zu 20 Zentimeter zwischen Jungen aus den Slums und aus der Oberschicht. Allen Erwartungen gemäß waren von den nach Australien verschifften Männern die Iren durchgehend größer als die Engländer, und Männer vom Land durchweg größer als Städter. Um 1850 waren junge irische Männer im Alter von 19-22 mit einer Durchschnittsgröße von 168 Zentimeter nur marginal größer als Männer aus Großbritannien, überragten junge Dänen und Schweden aber um beinahe drei Zentimeter, Bayern um dreieinhalb Zentimeter und Italiener um fast sechs Zentimeter.

Von den anderen Gütern hat nur der Wohnungsbau hinreichende, zum Teil noch heute sichtbare Zeugnisse hinterlassen. Die Hütten von Landarbeitern gehörten zu den schlechtesten in England, viele noch mit Wellerwänden und -böden sowie undichten Strohdächern, aber das typische irische *cottage*, wo der Rauch aus einem Loch im Dach entwich und die Menschen oft mit Tieren zusammenlebten, wurde von Zeitgenossen mit noch größerem Schrecken betrachtet. Die Häuser von Bergleuten waren in der Regel entschieden besser, hatten häufig zwei Geschosse und Schiefer- oder Ziegeldächer, aber wo sie der Bergbaugesellschaft gehörten, konnten die Arbeiter leicht vor die Tür gesetzt werden, wobei es zu herzzerreißenden Szenen kommen konnte. Einige Eigentümer von ländlichen Fabriken wie Arkwright in Cromford, Strutt in Belper und Robert Owens Vorgänger in New Lanark bauten für ihre Arbeiter solidere, aber immer noch armselige Wohnungen.

In Industriestädten wurden die Häuser so dicht gebaut, wie es die Grundstücke zuließen: Viele wurden Rücken an Rücken gesetzt, mit gemeinsamen Misthaufen und unverschotterten Straßen davor. Ihre furchtbaren Auswirkungen auf die Gesundheit belegen Sterblichkeitsstatistiken, die um 1840 erstellt wurden. Während in einer Stadt wie Kendal Mitglieder des niederen Adels und der höheren Berufsstände eine durchschnittliche Lebenserwartung von 45 und Arbeiter von 34 Jahren hatten, betrug sie in Manchester 38 bei ersteren und 17 Jahre bei letzteren. In Liverpool stand es noch schlechter. Ein Teil des Problems lag im rapiden Wachstum der Städte, das sowohl die Bauindustrie als auch die öffentlichen Behörden überforderte. Zwischen 1800 und 1850 verdrei- oder vervierfachte sich die Bevölkerung der meisten Städte dieser Art: Bradford wuchs sogar um das Achtfache.

Zu dieser Zeit waren sechs der acht größten britischen Städte Industriestädte, drei von ihnen waren aus ländlichen Siedlungen entstanden. Sie bestanden oft aus wenig mehr als Reihen von wuchernden Dörfern ohne Zentrum und städtische Würde. Im Gegensatz dazu waren in Frankreich nur vier der 25 größten Städte Industriestädte, und sie wuchsen langsamer. Dennoch waren städtische Wohnquartiere auch hier zu dicht bewohnt und ungesund, besonders in den ärmeren Vierteln von Paris. Die Verstädterung ging in Preußen langsamer voran. In dieser Zeit wuchs hier die ländliche Bevölkerung tatsächlich schneller als die städtische. Auf dem Land in Frankreich teilten sich mehrere Familien eine Hütte. In bergigen Gebieten waren sie aus Stein, anderswo bestanden sie aus Feldsteinen und Mörtel oder Holz und hatten bis weit ins 19. Jahrhundert hinein kein Glas in den Fenstern.

In den älteren französischen und deutschen Städten genossen Arbeiter wenigstens den Vorzug, in einem stabilen und vertrauten Milieu zu wohnen, das sich nur langsam veränderte. Dies war in den britischen Industriestädten anders, ebenso wie in den rasch expandierenden Bergbau- und Industriestädten Belgiens und Nordfrankreichs. Hier bemerkten Zeitgenossen einen deutlichen Mangel an sozialem Zusammenhalt; Immigranten waren isoliert und ohne soziale Bezugspunkte. Einige Bergbaugebiete, in denen ganz ähnlich wie in Grenzstädten vor allem alleinstehende Männer wohnten, wurden als unsicher, ruhe- und gesetzlos beschrieben.

Moderne Forschungen haben gezeigt, daß dieser Eindruck weitgehend falsch war. Arbeiter kamen normalerweise mit ihren Familien: Sie nahmen schnell Kontakt zu ihren Nachbarn auf und stellten andere soziale Beziehungen her. Sie entwickelten auch ihre eigene Kultur. Zum traditionellen Dorfleben gehörten Märkte und Kirchweihfeste, ausgelassene Fußballspiele des Dorfes ebenso wie Hahnenkämpfe, Hundehetzjagden und Hundekämpfe. Es gab ferner Lese-, Bildungs- und Musiktraditionen unter Handwerkern wie den Webern und Flickschustern, und ein Großteil des Dorfes ging am Sonntag in die Kirche.

Wo sie nicht verboten waren, weil sie den Schicklichkeitsvorstellungen der Mittelklasse zuwiderliefen, machte der Platzmangel in britischen Städten die ausgelasseneren Freizeitbeschäftigungen unmöglich. Bei Ereignissen wie dem Abschluß der Lehre, dem Beginn einer neuen Arbeit, bei Heirat und Taufe gab es auch weiterhin die gewohnten Initiationsrituale, aufgelockert durch Alkoholgenuß. *Singing saloons* und die ersten bescheidenen *music halls* wurden gegründet. Aber es gab auch Pfingstwanderungen und die naturwissenschaftlichen Institute der Oweniten, und Arbeiter gingen in die 1823 gegründeten Maschinenbauinstitute, obwohl sie bald zur Domäne der Mittelklasse wurden. Es ist nicht sicher, wie weit die Bemühungen der herrschenden Eliten in den Städten, »vernünftige Freizeitgestaltung« zu propagieren und Missionen in die armen Quartiere zu schicken, von Erfolg gekrönt waren. Ausschlaggebend scheint jedoch eher der eigene Antrieb der Handwerker gewesen zu sein, ihre eigene Form eines ehrbaren Lebens zu schaffen und eigene Abstinenzvereine und Lesezirkel zu gründen. Abgesehen von Sekten wie den *Primitive Methodists*[4] hatten die Kirchen in britischen Städten Mitte des Jahrhunderts ihre Mitglieder aus der Arbeiterklasse nahezu völlig verloren, auch wenn dies in den Dörfern anders war. Das gleiche gilt für Frankreich.

Formelle Bildungseinrichtungen waren am höchsten in Deutschland entwickelt, wo der Analphabetismus zur Mitte des Jahrhunderts nahezu beseitigt war. In Frankreich wurden zwischen 1815 und 1830 große Anstrengungen unternommen, die Grundschulbildung (auch für Mädchen) auszudehnen, und in England ergänzten die beiden 1803 bzw. 1811 gegründeten rivalisierenden Gesellschaften zur Verbreitung religiöser Schulen die privat geführten Schulen. Auch in diesen Ländern war um 1850 das Analphabetentum zumindest unter Jungen fast verschwunden.

Die arbeitenden Menschen reagierten auf die neuen Lebensbedingungen mit der Gründung eigener Organisationen. Es ist viel diskutiert worden, inwieweit die Gesellenbünde in den verschiedenen Ländern als Vorläufer der späteren Gewerkschaften angesehen werden können. Es gibt für beide Ansichten gute Gründe: Anzeichen für die Meinung, das es eine Verbindung gab, lassen sich nicht nur bereits in den Ritualen und sogar den Titeln der Funktionäre einiger der frühesten Gewerkschaften finden, sondern auch in dem Anspruch auf Exklusivrechte und die Bestrafung von Mitgliedern bei Verstößen. Das Recht zur Bestrafung reklamierten viele, darunter die Bauarbeiter Dublins, die Schleifer von Sheffield, aber auch die Rahmenstricker, Maler und Schiffbauer. Die Betriebssabotage (*rattenings*) in Sheffield, eine unmißverständliche Form der Vergeltung für den Bruch der Gewerkschaftsregeln, wurde bis in die 60er Jahre des 19. Jahrhunderts fortgeführt. Es war bis in die 20er Jahre des 19. Jahrhunderts üblich, daß die Gewerkschaften vom Parlament Schutzrechte forderten, und es lag, wie erwähnt, in ihrem Interesse, die Lehrlingsbegrenzungen aus der Zunfttradition aufrechtzuerhalten.

In Frankreich und Deutschland, wo die Zünfte viel länger überlebten, galt das gleiche für die Gesellenbünde. Die als *cabales* bekannten

4 Mitglieder der *Primitive Connexion*, einer 1810 in England entstandenen Methodistenbewegung. (A.d.Ü.)

französischen Gesellenvereinigungen waren illegal, aber ihre Mitglieder genossen einige Rechte und Ansehen und konnten vor dem Gesetz Le Chapeliers von 1791 ihre Meister erfolgreich bei Gericht verklagen. Ihre Streiks und Arbeitsniederlegungen waren häufig gut organisiert und effektiv. Ihre Selbsthilfeorganisationen, *sociétés de secours mutuel* (Versicherungsvereine auf Gegenseitigkeit, Arbeiterhilfsvereine), wurden polizeilich anerkannt und überwacht, und ihre Bruderschaften überlebten die Französische Revolution. Dennoch gab es vor der Unterdrückung und Gängelung in den 30er und 40er Jahren des 18. Jahrhunderts keinen Hinweis auf ein gemeinsames Klassengefühl von Gesellen und Arbeitern, das sich gegen ihre Meister richtete.

Die deutschen Gesellenbünde, die in ähnlicher Weise außerhalb des Gesetzes standen, konnten dennoch, wie 1790 und 1796 in Hamburg, Streiks durchführen und Meister, mit denen sie im Streit lagen, auf die schwarze Liste setzen. Der Begriff für diesen Boykott, »Schimpf«, erinnert bezeichnenderweise an das Bestreben, die »Ehre« des Gewerbes zu bewahren, das sie mit den Meistern teilten. Der Ausdruck für Streik, »Aufstand«, deutet auf seine Widerrechtlichkeit hin. Die Hilfsvereine der Gesellen wurden jedoch häufig von den Meistern unterstützt und von der Polizei überwacht, und es dauerte auch hier bis zu den 40er Jahren des 19. Jahrhunderts, ehe sie sich als Organisationen einer Klasse verstanden, die gegen die Meister opponierte.

Dennoch unterschieden sich, um die gegenteilige Meinung zu stützen, die im späten 17. und dem frühen 18. Jahrhundert langsam in Erscheinung tretenden Gewerkschaften von den traditionellen Gesellenbünden. Sie blieben zu Beginn immer noch auf gelernte Arbeiter beschränkt und übernahmen Versicherungsaufgaben. Aber mit ihrer Entwicklung in England, dem einzigen Land, wo sie in erwähnenswertem Umfang vor 1850 auftraten, nahmen sie Merkmale moderner Gewerkschaften an, da ihr Hauptziel die Verbesserung der Löhne und Arbeitsbedingungen und die Verkürzung der Arbeitszeit war, ein Schwerpunkt, der sich aus ihrer Erfahrung ergab, weniger aus einer vorgefaßten Meinung über ihre Funktion.

Durch ihren unsicheren rechtlichen Status haben die britischen Gewerkschaften des 18. Jahrhunderts kaum Aufzeichnungen hinterlassen, aber ihre Existenz ist dennoch vielfältig belegt. Nach einer

Zählung gab es zwischen 1717 und 1800 383 gemeldete Gewerkschaftsauseinandersetzungen, davon 153 zwischen 1781 und 1800. Am häufigsten traten Bergleute, Seeleute und gelernte Arbeiter in den Ausstand, und letztere umfaßten nicht nur die exklusiveren Gewerbe, sondern auch die niedrigeren Schneider, Schuhmacher und Bauarbeiter. Es ist gut möglich, daß diese Gruppen sich so früh organisierten, weil ihre normalen kurzen Arbeitsverhältnisse sie zur Nutzung von Gewerkschaftshäusern (*trade union houses of call*) zwangen, die neben anderen Funktionen eine Art Arbeitsbörse waren. Basierend auf lokalen Zusammenschlüssen hatten um 1800 zumindest die Hut-, Papier- und Schuhmacher eine Art nationalen Dachverband erreicht.

Durch die Vereinigungsgesetze (*Combination Acts*) von 1799/1800 bis 1824/25 wurden nicht Zusammenschlüsse als solche verboten, jedoch ihre möglichen Aktionen illegal. Sie behinderten schwache Gewerkschaften, richteten aber kaum etwas gegen starke aus, von denen viele überlebten, indem sie sich als »*friendly societies*« (Arbeiterhilfsvereine) registrieren ließen. In dieser Zeit (1818) wurden erste Bemühungen zur Vereinigung von Gewerkschaften verschiedener Gewerbe unternommen: die *Philanthropic Society* der Baumwollregion und die *Philanthropic Hercules* von London werden gegründet. Eine spätere Organisation, die *Grand General Union* von 1829, die sich in die *National Association for the Protection of Labour* (1830) verwandelte, bestand genauso kurz wie die von Owen inspirierte *Grand National Consolidated Trades Union* von 1833-34. Das *Builder's Parliament* (Parlament der Bauleute), das 1833 in Manchester zusammentrat, versammelte 270 Delegierte, die den Anspruch erhoben, 30 000 Mitglieder zu vertreten.

Frühe Zusammenschlüsse in Frankreich, wie unter den Bergleuten und den Lyoner Seidenwebern, wurden durch das Gesetz von 1791 im Keim erstickt. Nach den Aufständen in Lyon von 1831 und 1834 wurden erneut repressive Gesetze erlassen. Aber am Ende der romantischen Epoche waren einige echte Gewerkschaften entstanden, darunter die der Gerber und Schuhmacher von Marseilles und der Hutmacher von Paris und Lyon.

Mehrere der deutschen Gewerkschaften, die in den 40er Jahren des 19. Jahrhunderts ans Licht traten, hatten ihre Wurzeln in den erlaubten Arbeiterhilfsvereinen früherer Jahre und in den Gesellenbünden, denen es trotz aller Hindernisse zwischen 1780 und 1805 allein in sieben Städten gelungen war, 259 Streiks durchzuführen. Im Durcheinander von 1848 trat ein Arbeiterparlament zusammen, das sich bewußt vom gleichzeitigen Handwerkerparlament abgrenzte. 1850 wurde die dauerhaftere Arbeiterverbrüderung ins Leben gerufen, die 18 000 Mitglieder zusammenschloß. Aber nicht alle waren Gewerkschafter im modernen Sinn.

Eine Klasse für sich bildeten zu einiger Verwirrung der Historiker die französischen *compagnonnages*. Sie hatten ihre Ursprünge wahrscheinlich im 16. Jahrhundert und blühten besonders zwischen 1749 und der Juli-Monarchie auf. Ihre Mitglieder waren gelernte Gesellen. Zu ihren Funktionen in den Zünften gehörte es, Auseinandersetzungen mit Meistern zu schlichten und Wandergesellen auf ihrer »Tour de France« Arbeit und Unterkunft zu besorgen. Sie kümmerten sich auch um die Versicherung ihrer Mitglieder und das gesellige Leben und hatten recht antiquierte Aufnahmerituale. Es gab drei rivalisierende Gruppen, die ihre Machtzentren in den südlichen zwei Dritteln des Landes hatten. Obwohl die jeweilige Art des Gewerbes bei einigen Verbindungen eine Rolle spielte, umfaßte jede der drei *compagnonnages* mehrere Gewerbe, eine von ihnen, die *Enfants de Maître Jacques*, sogar eine große Anzahl. Strenggenommen waren sie illegal, wurden aber im allgemeinen vom Gesetz toleriert, es sei denn, sie waren in gewalttätige Straßenkämpfe mit Mitgliedern anderer Vereinigungen verwickelt, was nur allzu häufig vorkam.

Da Arbeiter während der romantischen Epoche fast nirgendwo Bürgerrechte besaßen, ist es nicht gänzlich überraschend, daß eine spezifische politische Arbeiterbewegung mit einer eigenen Ideologie nur langsam entstand. Eine Möglichkeit für arbeitende Menschen und andere Arme, sich politisch zu artikulieren, war der Aufruhr. Hungeraufstände gab es in England, Frankreich und sogar in Teilen Deutschlands im 18. Jahrhundert während der meisten schlechten Erntejahre und sogar noch im 19. Jahrhundert in England, in den Jahren 1816-18, 1831 und noch 1847 in Cornwall und dem West Country, ebenso wie in vielen Teilen Kontinentaleuropas 1847-48. Die »*Swing riots*« in den ländlichen Gebieten Südenglands 1830 richteten sich gegen Maschinen ebenso wie gegen Abgaben und Steuern, aber normalerweise wurden Aufstände gegen die Einführung von Maschinen von Heimarbeitern angeführt, die Angst vor Konkurrenz hatten, in England 1779 gegen die Fabrik von Arkwright und 1811-16 (Ludditen) in Solingen 1826, Aachen 1830, Schlesien 1844 und Chemnitz 1847.

Aufstände in den Städten, bei denen Arbeiter gewöhnlich die Mehrheit bildeten, hatten vielfältige Gründe. Der »Gordon riot« 1780 in London hatte ursprünglich religiöse Gründe, der Aufstand von Sheffield 1791 entstand aufgrund der Genehmigung einer Einfriedung von Gemeindeland, während es 1791 Aufstände gegen Kirche und König in Birmingham und während der Revolutionszeit unter anderem in Wien, Brüssel, Neapel und Rom gab. Den Pariser Aufständen von 1789, die zur Revolution führten, waren mehrere Aufstände gegen Hunger und Preiserhöhungen vorausgegangen.

Viele von denen, die wir unter die Kategorie »Arbeiter« gerechnet haben, waren an der Auslösung der Revolutionen von 1789 und 1830 in Paris und von 1848 in Deutschland beteiligt. Sie fanden sich auch in den Bewegungen der *radicals* in England seit den 90er Jahren des 18. Jahrhunderts, aber nur als Teil der größeren Gruppe der *menu peuple* (kleinen Leute), die für demokratische Rechte gegen Adelsprivilegien und die Ausbeutung durch Händler und Zwischenhändler demonstrierten, weniger für besondere Arbeiterforderungen. In Deutschland setzten sich selbst die Liga der Gerechten und andere frühkommunistische Vereinigungen eher aus Kleinbürgern als aus Arbeitern zusammen.

In Kontinentaleuropa war nur die Revolution im Juni 1848 in Paris mit ihrer Forderung des Rechts auf Arbeit in besonderer Weise von der Arbeiterklasse geprägt. In England trug die Bewegung der Radikalen von 1815 an einige reine Züge der Arbeiterklasse, die in den 30er Jahren des 19. Jahrhunderts mit der Niederlage bei der Abstimmung von 1832[5], mit dem Armengesetz von 1834 und mit der Agitation in den Fabriken Kontur gewannen. Die Chartisten-Bewegung, die sich 1838 mit der Forderung des allgemeinen Stimmrechts für Männer formierte, wies immer noch einige traditionelle Elemente auf, ebenso wie die radikale Demokratiebewegung, die Agitation gegen das Armengesetz und nicht zuletzt die Persönlichkeit

5 Das verabschiedete Gesetz zur Wahlrechtsreform weitete das Stimmrecht lediglich auf einen Teil der Mittelklasse aus, nicht auf die Arbeiterklasse, wie es die Radikalen gefordert hatten. (A.d.Ü.)

ihres prominentesten Führers, Feargus O'Connor. Dennoch steht es außer Zweifel, daß sie insgesamt eine Bewegung der Arbeiterklassen war, die Weber und Fabrikarbeiter, Handwerker und Bergleute, politische Radikale und »Sozialisten« vereinigte – wenn auch selten gleichzeitig. Die Idee, die politische Macht im *House of Commons* (Unterhaus) zu erringen, um dann die Not der arbeitenden Menschen zu beheben, sprach alle an.

Unter diesen Gruppen versuchten nur die »Sozialisten«, womit in Großbritannien die Oweniten gemeint waren, das System zu verändern, statt nur die Behebung von Mißständen anzustreben. Der Owenismus begann als Traum, Menschen in mehr oder weniger autarken agrarisch-industriellen Gemeinden anzusiedeln, führte aber schon früh zum Konzept kooperativer Produktion, eine Organisationsform, die Kapitalisten überflüssig machen sollte. In den 40er Jahren des 19. Jahrhunderts beflügelte diese Idee die Phantasie von Franzosen und Briten und tauchte in dieser Zeit sogar in Deutschland auf, ließ sich jedoch sinnvoll nur auf Handwerksgewerbe anwenden, die wenig festes Kapital benötigten, und nur auf Arbeitsprozesse, die Fertigkeiten erforderten: In dieser Hinsicht war sie eher konservativ als zukunftsweisend. Sie verband sich jedoch auch mit der Idee, daß aller Reichtum von Arbeit geschaffen wurde. Diese Idee wurde von den Ricardischen Sozialisten[6] in England und von den sozialistischen Denkern in Frankreich zu der Doktrin entwickelt, daß die Arbeiter das Recht auf den gesamten Ertrag ihrer Arbeit hatten – ein Leitgedanke späterer Generationen von Arbeiterführern. Andere waren jedoch gegen die Auffassung, daß Löhne durch die Marktbedingungen von Angebot und Nachfrage festgelegt werden sollten und bestanden auf ihrem traditionellen Status und »fairer« Bezahlung, wobei sie sowohl die »habsüchtigen Arbeitgeber« attackierten, wie im Lancashire-Streik von 1818, als auch die kleinen Handwerker, die zu Rezessionszeiten die Standardlöhne unterboten.

So trugen viele soziale und ökonomische Veränderungen in der Zeitspanne von 1780 bis 1848 auf ihre Weise dazu bei, arbeitenden Menschen mit unterschiedlichen Fertigkeiten und Interessen, die aus unterschiedlichen Traditionen kamen, langsam ihren ähnlichen Status und ihre gemeinsamen Interessen als eigentumslose Lohnemp-

6 Nach dem englischen Volkswirtschaftler David Ricardo (1772-1823). (A.d.Ü.)

fänger zu Bewußtsein zu bringen. 1850 war dieser Prozeß noch nicht abgeschlossen – und tatsächlich sollte er nie vollständig abgeschlossen sein: Gelernte Arbeiter, die einen hohen Status und ein hohes Einkommen hatten, blieben weit davon entfernt, Tagelöhner und Landarbeiter als gleichwertig anzuerkennen, und noch lange ehe es dazu kam, waren einige in den Status der Mittelklasse aufgestiegen. Viele klammerten sich an die exklusiven Traditionen der Zünfte, andere an ihren Status als Nebenerwerbsbauern. Dennoch hatten sie in dieser Zeit in gewissem Maße eine ähnliche Geschichte, und viele sollte später ein ähnliches Los treffen.

Kapitel 3

Die Frau der Romantik

Stéphane Michaud

None but a woman can teach the science of herself.
(Nur eine Frau kann lehren, was sie ist.)
Mrs. Inchbald, *Lovers' Vows*, 1798

Wer wird mir die Wahrheit entdecken? Wer wird mir das Lösungswort so vieler Rätsel zum Schicksal und zur Lage der Frau geben. (...)
Ja, ich hasse dieses System der Verflachung, dem die Frauen unterworfen sind, das ihnen alles Großartige in der Ausübung der menschlichen Kräfte untersagt und ihnen die Eitelkeit und Frivolität als Pflicht aufnötigt.
Marie-Edmée Pau, *Tagebuch, 16. August 1863*

Schieben wir den Deckel des männlichen Diskurses beiseite und widerstehen wir der Versuchung zu glauben, die weibliche Rede moduliere fortwährend dieselbe Klage. Das Leben ist da. Im Untergrund einer Zeit, die sich hartnäckig weigert, es wahrzunehmen. Üppig quellend widerlegt es die eintönigen Vorstellungen, die das herrschende Geschlecht bis zur Ermüdung vom anderen in Umlauf bringt. Denn mag die Zeit sich auch dümmlich blähen, *die Frau* zu feiern und sie gerade dadurch unwiderbringlich zu verabschieden, mögen die Männer auch mit großem Aufwand die fiktive Existenz der ihrer Souveränität unabdingbaren Vasallin kodifizieren, so verabschieden sich die Frauen ihrerseits aus jenem schemenhaften Bild, das man ihnen vorhält, und erobern sich ihre eigene Sprache und Selbständigkeit. Unter großen Mühen, kein Zweifel, und mit unterschiedlichem Glück. Auf eine, die ihre Freiheit erobert, kommen zahllose andere, die sich vergebens aus der Falle zu befreien suchen oder erschöpft aufgeben. Dieser Mißklang zwischen Männlichem und Weiblichem, wie er für Krisenzeiten typisch ist und in der heutigen Welt nachhallt, bestimmt unser weiteres Vorgehen. Ohne die Zweideutigkeiten und Widersprüche im Blick der Frauen zu verschweigen, machen wir uns diesen Blick in der Überzeugung zu eigen, daß dieser Wechsel in den Lesegewohnheiten den Horizont zur Wahrnehmung eines zu unrecht verborgenen Aspekts öffnet. Mehr als einmal wird unsere Arbeit der eines Restaurators alter Gemälde gleichen: Indem er die Farben eines verblichenen Werks auffrischt und mitunter die ursprünglichen Linienführungen zu Tage fördert, die der Künstler anschließend übermalte oder die Zensur überpinselte, gibt seine Geduld die ersten kühnen Striche und Konflikte zu erkennen, aus denen das Schaffen sich nährte.

Wir werden also eine Galerie von Gestalten vorstellen, um in den Bereichen von Politik, Moral und Literatur einige Interpretationslinien hervorzuheben. Wir hoffen damit, den vielfältigen landesspezifischen und individuellen Erscheinungsformen zu entsprechen und der Entwicklung der Forschung genüge zu tun, die den anonymen Verfasserinnen wieder ein Gesicht verliehen und jenseits aller Legende die Identität der betreffenden Individuen und die Färbung der Epoche restauriert hat. Zuvor möchten wir jedoch auf die Ansätze und Methoden zu sprechen kommen, mit denen sich eine vielschichtige Wirklichkeit erfassen läßt.[1]

Welches Wissen gibt es über die Frauen?

Werfen wir einen letzten Blick auf die Geschichtsschreibung der Vergangenheit. Geblendet von den Wertvorstellungen der Zeit, die uns hier beschäftigt und in der sie sich wie so viele andere Wissenschaften herausgebildet hat, zog sie mit den herrschenden Institutionen – ob Monarchie, Republik oder Kirche – am gleichen Strang und schreckte in keiner Weise davor zurück, sich offen als männliche Geschichtsschreibung zu präsentieren. Das Gemälde, wie es die Historiker, Mediziner und Politiker unter tätiger Mithilfe der Malerei selbst in groben Pinselstrichen hinwarfen, hatte in seiner Schlichtheit etwas Idyllisches: Die Frau war für Herd und Familie bestimmt. Als

1 Die kurze Bibliographie im Anhang vermittelt eine Vorstellung von der ungeheuren Erneuerung, die die Geschichtsschreibung durch die Arbeiten der letzten zwanzig Jahre erfuhr. Der vorliegende Beitrag verdankt den Vorträgen sehr viel, die Jacques Rancière, Roger Chartier und Michelle Perrot am 13. und 14. November 1992 bei dem Kolloquium an der Sorbonne hielten, mit dem das umfangreiche Unternehmen der von Georges Duby und Michelle Perrot herausgegebenen *Geschichte der Frauen* (1993-95) seinen Abschluß fand. Sie alle wiesen der Forschung neue Wege. Mein Dank gilt auch Annie Stora-Lamarre und Max Milner, deren Anregungen mir sehr hilfreich waren.

guter Hausengel, als Mutter und Idol, zumindest aber als Sittenwächterin ließ sie sich bisweilen von diesen Illusionen blenden oder kam dabei gar auf ihre Rechnung. Wer sollte dieser naiv-eintönigen Vorstellung nachweinen? Auch gestützt auf das literarische Genie eines Michelet oder die rhythmische Leichtigkeit eines Brentano, ist eine Idylle nicht das Leben. Konnte diese künstliche Schlichtheit als Wirklichkeitsersatz gelten? Der Redezwang verriet eine Art von Hilflosigkeit. Nach und nach verloren die Verfechter der alten Ordnung die Kontrolle. Die Abwehrvorrichtungen, die von Karikatur, Philosophie und Recht gezimmert worden waren, hielten den Forderungen der Frauen nicht stand. Welchen Sieg konnte man von einem Rückzugsgefecht schon erhoffen? Selbst die Lacher hatten nur noch die Macht der Gewohnheit auf ihrer Seite. Die Entschlossenheit der feministischen Kämpfe bis in unser 20. Jahrhundert und die Rückbesinnung zweier Disziplinen auf sich selbst, die sich unter Beseitigung der Frauen herausgebildet hatten – die Literaturkritik und die Geschichtswissenschaft -, haben sich gegen die Verirrung durchgesetzt. Die paradoxen Zuweisungen mußten weichen. Auf die Eintönigkeit der Stereotypen, den Manichäismus der Urteile und den eitlen Glanz des Mythos folgte ein nuancenreiches Bild. Für den Historiker eine wirkliche Herausforderung. Denn es genügt nicht, daß die Pluralität Synthesen verhindert und die Erneuerung der Perspektiven damit erkauft wird, daß man nur noch Zersplitterung feststellt. Feingefühl ist nötig, um das heikle Gleichgewicht zu wahren, das sich nun zwischen Schamgefühl und Stolz, Schüchternheit und Genie, Tradition und Neuerung ergibt.

Die Verfechter der Ordnung, wie bereits erwähnt, glaubten an *die* Frau. Nicht aber in dem dynamischen Sinn, den ihr zwei ihrer stolzesten Anwältinnen, die eine wie die andere Anhängerin des aufklärerischen Universalismus, zur Zeit der Französischen Revolution verliehen. Ihnen kam es darauf an, daß die Vorteile der berühmten *Erklärung der Menschen- und Bürgerrechte,* die in den ersten Stunden der neuen Ära, am 26. August 1789, angenommen wurde, ohne Einschränkungen beiden Geschlechtern zukommen. »Frau, erwache«, ruft Olympe de Gouges mit Stolz, »die Glocke der Vernunft ertönt im ganzen Universum; erkenne deine Rechte.« So führt Artikel 3 der *Erklärung der Frauen- und Bürgerinnenrechte,* den die Französin verfaßte, den Gründungstext näher bestimmend, folgendes aus:

»Das Prinzip aller Souveränität liegt wesentlich in der Nation, die einzig der Zusammenschluß von Frau und Mann ist.« Diese Forderung findet ihren Widerhall im Folgejahr 1792 in der kühnen *Verteidigung der Rechte der Frauen* der Engländerin Mary Wollstonecraft. Doch im Laufe der Jahre wurde deutlich, daß das Wesen, für das Olympe de Gouges und Mary Wollstonecraft sich in die Bresche warfen, nicht in die Wirklichkeit trat. Zu keiner Zeit bildete es, dem männlichen Individuum gleichgestellt, eine vollgültige und notwendige Seinsweise der Menschheit. Die Geschichte läßt die Utopie wirklichkeitslos zurück und schlägt einen anderen Weg ein. Nicht nur weil die Prinzipien der Revolution auf massiven Widerstand stoßen und die Koalition der konservativen Staaten – Deutschland, England usw. – auf den Plan rufen, sondern viel grundsätzlicher auch deshalb, weil die Revolution vor ihrer eigenen Kühnheit erschrickt und der Tradition opfert. Sie verweigert der Frau die volle Anerkennung ihrer Gleichheit, die der Gründungstext implizit fordert, und schickt sie an den Herd zurück. Was wiegt in diesem Betrug schon das einzelne? Mag unsere Epoche den Einspruch von Olympe de Gouges und Mary Wollstonecraft auch verdrängt haben, er unterstreicht mit aller Deutlichkeit, in welche Widersprüche sich eine Gesellschaft verwickelt, die sich hartnäckig weigert, ein allzu klares Prinzip anzuwenden.

Wohin die Sache dann abglitt, war unschwer vorherzusehen. Nachdem das einzelne seines legitimen Gehalts beraubt war, der allein ihm hätte Sinn verleihen können, wurde es von haltlosen Träumereien besetzt, deren Dämonen bereits Rousseau geweckt hatte. Im Dienst der männlichen Gesellschaft tritt Abgötterei an die Stelle der Anerkennung der unveräußerlichen Würde des Menschen. Das Ansinnen des guten Enfantin, mit bürgerlichem Namen Prosper Barthélémy, ein charismatischer Menschenführer, der auf dem Höhepunkt des Saint-Simonismus im Jahr 1832 *die Frau* einlädt, sie möge sich zu erkennen geben, um an seiner Seite auf dem Papstthron Platz zu nehmen, veranschaulicht diesen Abweg und diesen Mißbrauch aufs Vortrefflichste. An die Stelle der prophetischen Entschiedenheit der Formulierung Saint-Simons: »Mann und Frau, das ist das gesellschaftliche Individuum«, setzt Enfantin die eitlen Ehren des Kults. Verständlich, daß George Sand sein Ansinnen brüsk zurückweist; sie durchschaute den Scharlatan. Was soll dieses Gehabe! Die Frauen haben von solchen abgedroschenen Machenschaften keinen Gewinn. Sollen andere auf dieses Gurren hereinfallen …

Als abstrakte oder imaginäre Gestalt, festgelegt auf den Singular der Norm oder des Mythos, irrt *die Frau* in gespenstischem Glanz auf der Schwelle zu einem Leben, das ihr für immer verschlossen bleibt. Der Volksroman, der um 1840 seine Blütezeit erlebt und sich als naiver Spiegel der Ängste seiner Zeit präsentiert, kennt für sie nur zwei Rollen: die ehrbare Frau, der man ständig nachstellt, und die verdorbene Frau, die als Grund allen Übels und aller Skandale gilt. Weit gefährlicher ist jedoch die verfeinerte Darstellungsweise der Dichtung. Ist sie sich bewußt, wie sehr sie die Wirklichkeit verdreht, wenn sie die Frau zum spirituellen Prinzip erhebt? Sieht man einmal von den leicht durchschaubaren Geschöpfen ab, denen die Epoche ein Begehren andichtet, das sich mit dem geschlechtlichen Unterschied und seinen Konflikten nicht auseinanderzusetzen wagt, so gerät ins Blickfeld, welches Frauenbild die Dichtung damals in Umlauf bringt, beispielsweise bei Baudelaire. Als königliche Gestalt bezieht die Frau ihr Ansehen bei Baudelaire aus der Willkür einer überbordenden Phantasie, die sich der Lüge, an der sie sich berauscht, vollauf bewußt ist. So läßt die Dichtung die Falle noch hinterhältiger zuschnappen. Denn indem sie an die Türen der absoluten Verlassenheit klopft und ein heiliges Amt ausübt, das sich in der Mittelmäßigkeit der Zeiten als Zuflucht aufzudrängen scheint, stützt ihr Aufbegehren eine Vorstellung von Weiblichkeit, deren ewiger oder wesentlicher Wert eine Funktion der Bedeutungslosigkeit ist, die sie impliziert. Die Grausamkeit, mit der Balzac das Verlangen, die Enttäuschungen und die Rachefeldzüge von Frauen schildert, zeigt hier zumindest insofern einen geschärften Blick, als sie das gefährliche Fatum deutlich werden läßt, das dem Kult des Ideals innewohnt: Ins Extrem getrieben, lädt sich der Kult der Frau mit Verachtung auf und bestätigt damit, daß die Freiheit der Frau erstickt wird.

Wer – wie wir es hier versuchen wollen – die vielfältigen weiblichen Gestalten oder Alternativen darstellen möchte, kann sich nicht damit zufrieden geben, schlicht dem Scharfblick der Pionierinnen die Ehre zu erweisen. Sie wußten, daß die Freiheit unteilbar ist, daß sie steht und fällt mit der Möglichkeit, wählen zu können. Aus der Durchsetzung der grammatikalischen Pluralendung gegen das Singular der Tradition spricht der hartnäckige Wille der Frauen, nichts von ihren mageren Privilegien auf dem Altar einer vorgeblichen *Natur* zu opfern. Zumal diese Natur, die seit der Aufklärung zunehmend der Kultur weicht – beispielsweise durch die Fortschritte im Bildungswesen –, bis in die Intimsphäre hinein langsam beherrscht wird. Die Verhütungspraktiken, die gegen Ende des 17. Jahrhunderts in den höheren Gesellschaftsklassen und im mittleren Bürgertum mancher Großstädte auftreten, finden um die Mitte des 18. Jahrhunderts auch unter den Bauern des Pariser Beckens Verbreitung. Frankreich leistet in dieser Hinsicht Pionierarbeit; seine Bevölkerung geht nach 1815 zurück. Erst in der zweiten Hälfte des 19. Jahrhunderts greift das Phänomen auf die anderen entwickelten Länder Europas über. Wer unvoreingenommen an die Sache heran geht und es sich nicht so leicht machen will, nur die emanzipatorische Seite der Entwicklung wahrzunehmen und gute Noten zu verteilen, muß erkennen, daß der Signifikant »Frau«, der im Bewußtsein der Epoche als eigentümlich blaß erscheint, in Wirklichkeit aus allen Nähten platzt. Nur muß man sich, um das zu erkennen, das geeignete analytische Instrumentarium zurechtlegen. So bestimmend die Geschlechtergrenze in der Tat auch sein mag, so stellt sie doch nur eine soziale Trennlinie unter anderen dar und ist auf oft vielschichtige Weise mit den Unterschieden zwischen Stadt und Land sowie zwischen den verschiedenen Gesellschaftsklassen verwoben. Ein Beispiel aus einem anderen Bereich der Kulturgeschichte mag diesen Sachverhalt erläutern. Wie aus den neuesten Arbeiten der Historiker über die Alphabetisierung hervorgeht, zerfiel Europa länderübergreifend in zwei große Entwicklungseinheiten: in eine moderne, die das Frankreich nördlich der Linie Saint-Malo-Genf, das Deutschland westlich der Linie Stralsund–Dresden, die Österreichischen Niederlande, die Republik der Vereinigten Niederlande sowie England und Schottland umfaßte, und in eine eher traditionelle, bestehend aus Südfrankreich, den östlichen Teilen Deutschlands und den europäischen Randgebieten. Daher erscheint die Geschlechtergrenze selten als solche. Dem Historiker obliegt es, sie anhand der verschiedenen Altersklassen und Berufsgruppen zu spezifizieren und auf die Brüche hinzuweisen, die entstehen, wenn althergebrachte Praktiken neue inhaltliche Bestimmungen annehmen.

Wir müssen die Stimme der Frauen überall vernehmen, wo sie sich Ausdruck verschafft, bis hinein in die winzigen Zwischenräume einer Gesellschaft, die seit der Aufklärung um die Gestalt des Vaters kreist, der als Erzieher, Gesetzgeber und legitime Verkörperung der Autorität gilt. Wie äußern sich die Frauen über sich selbst, über ihr Verhältnis zur männlichen Gesellschaft, zu den Kindern, zum politischen und sozialen Leben? Wenn es im Wortsinn undenkbar ist, daß sie ihrem Verlangen Ausdruck verleihen – leben sie doch in einer Welt, die sie in Anstandsregeln einschnürt und es ihnen lange Zeit untersagt, ihre fleischlichen Gelüste kundzutun, es sich jedoch nicht nehmen läßt, ihre eigenen Männerphantasien durch die Feder fließen zu lassen, um ihren Gegenstand ein bißchen zu würzen –, so würden wir gern herausfinden, was sich dem Schweigen der Frauen entnehmen läßt. An die Stelle der dogmatischen, lebensfernen Moral, wie sie die verschiedenen Institutionen (die bestehenden Staatsorgane, die Religion und die Medizin[2]) verkünden, setzen die Frauen, wo sie nicht einfach die männlichen Interessen fortschreiben, eine Ethik der Zerbrechlichkeit, die die Gefühle berücksichtigt und die Menschen achtet, die nicht auf Kontrolle, sondern auf Verstehen bedacht ist, mit einem Wort: die sich dem Leben und der Wiederherstellung des sozialen Gewebes öffnet. Ein Versuch, der in seiner Neuartigkeit zu wenig Beachtung fand und daher unsere Aufmerksamkeit verdient.

Wir wollen die Bezeichnung »Romantik« hier gelten lassen, obwohl wir sie abweichend vom üblichen Gebrauch verwenden. Normalerweise läßt man die Romantik mit den Umwälzungen der Französischen Revolution beginnen und in den sechziger Jahren des 19. Jahrhunderts, als die revolutionär auf den Weg gebrachten Veränderungen ihren Abschluß fanden, enden. Die Periodisierung, die dem vorliegenden Essay zugrunde liegt, setzt den Beginn der Romantik mitten in der Aufklärung an und führt uns bis in die Blütezeit des Viktorianischen Zeitalters, das sich mit der Herrschaft der Königin Viktoria von England (1837-1901) deckt. Diese perspektivische Verschiebung mag den Blick freigeben auf eine Entwicklung, die sich

2 Der Moralanspruch der Medizin zeigt sich namentlich in der Erklärung des großen Arztes Philippe Pinel, demzufolge »einzig [die Medizin] auf unveränderliche Weise die ewigen Gesetze der Moral festlegen kann« (*Nosographie philosophique* von 1803, Herv. d. Verf.). Mit großer Selbstsicherheit wird der Gesetzgeber daher in Sachen Moral tätig und schreibt, dem Beispiel der berühmten Abhandlung von Pierre Cabanis über die *Rapports du physique et du moral de l'homme* (1802) folgend, jedem Geschlecht die Gesetze seines Handels vor.

über punktuelle Erschütterungen hinweg in »mittlerer Dauer« ereignet. Grenzt man die romantische Bewegung auf diese Weise ab, so entspricht sie durchaus nicht dem Rückzugsphänomen, als das man sie mitunter beschreibt. Der Zwang, der auf den Frauen lastet, hindert sie nicht am Handeln. Die Konservativsten unter ihnen verleihen der Philanthropie, der Religion und der Caritas ein neues Gesicht und verhalten sich daher keineswegs ausschließlich nach den männlichen Vorschriften. Andere greifen ins politische Leben ein, in dem sie Pamphlete, Zeitungsartikel usw. veröffentlichen oder direkt am Geschehen teilnehmen und in den Revolutionen auf die Straße gehen und eigene Klubs gründen. Mitunter bezahlen sie dafür einen hohen Preis: Freiheitsentzug, polizeiliches Einschreiten oder gar Tod auf dem Blutgerüst. Gestützt auf die Fortschritte in Bildung und Buchhandel finden mehr Frauen als je zuvor Zugang zur Literatur und erfinden mitunter eigenständige Ausdrucksformen. Die Namen, die einem dabei in den Sinn kommen – Madame de Staël und George Sand in Frankreich, Mary Wollstonecraft, Mary Shelley und die Schwestern Brontë in England sowie Dorothea Schlegel und Rahel Varnhagen in Deutschland –, belegen die Fruchtbarkeit der Epoche zur Genüge. Madame de Staël veröffentlicht ihr Werk *De la littérature considérée dans ses rapports avec les institutions sociales* (1800), indem sie die neue Ästhetik verkündet, mehrere Monate vor Erscheinen des *Geist des Christentums* und stielt Chateaubriand die Schau; George Sand wirkt über den Bereich der Literatur hinaus und beeinflußt das Denken der Republikaner und Sozialreformer. Die Phantasie von Mary Shelley und Emily Brontë wiederum schafft mit der Gestalt Frankenstein des gleichnamigen Romans beziehungsweise mit dem satanischen Heathcliff aus *Sturmhöhe* zwei grauenerregende Figuren, deren Leiden und Leidenschaft die Vorstellungswelt der Moderne nachhaltig beeinflussen sollten. Und müssen wir daran erinnern, daß Dorothea Schlegel und Rahel Varnhagen ihren Salon in Berlin der kühnen Rede und einer im gesellschaftlichen Leben bis dahin unbekannten Freiheit öffneten? Auch auf diesem Feld sind die Frauen präsent. Ihr Gebrauch der Utopie beispielsweise zeugt davon. Wo die Männer sich in wahnhaften Vorstellungen ergehen und abstrakte Gedankengebäude errichten, wirken die Frauen als Utopistinnen mitunter überzeugender. Als Saint-Simonistinnen (aus dem Proletariat wie aus dem Bürgertum stammend), als

Anhänger von Fourier und Owen oder als Philanthropinnen bemühen sie sich, die Träumereien, die sich die Männer zugute halten, in die Wirklichkeit zu übersetzen, wobei sie den Umschlag des Meinungsstreits in Machtkämpfe im Gegensatz zu ihren Emanzipatoren meist vermeiden können. Aber auch wo sie nicht so sichtbar sind, sind sie doch keineswegs unsichtbar. Auch ihr Leben in Beruf, Ehe, Familie und Kloster schließt nicht jede Selbstverwirklichung aus.

Die Epoche, ein Gemälde von flammenden Farben und blassen Halbtönen, ist mehr als nur eine Übergangszeit zwischen der alten Welt, die langsam vergeht, und einer neuen, die zu entstehen sucht. Nach 1850 geht es mit großen Schritten voran in die Welt von heute. Die hier zur Diskussion stehenden Jahre, die zwischen aufklärerisch getragener Emanzipation und den gescheiterten Revolutionen von 1848 hochfluten und abebben, ermöglichten hingegen keinen endgültigen Durchbruch. Dem Schein nach bleibt unter dem Strich gar eine beeindruckende Rückkehr des Konservativismus. Die großen Fragen der Bildung, der Scheidung, des Wahlrechts und des Frauenarbeitslohns finden erst später eine Lösung. Aber eine wegweisende Diskussion und eine zukunftsträchtige Praxis setzen ein. Zwar fehlt für die Zeit noch eine umfassende historiographische Synthese, die mit der Arbeit von Alain Corbin und Michelle Perrot über die zweite Hälfte des 19. Jahrhunderts vergleichbar wäre, doch hat die Forschung zumindest die Vielschichtigkeit der Epoche herausgearbeitet. Die gesellschaftlichen Akteure treten aus dem Schatten und das bisherige Urteil über den Handlungsspielraum des als unterdrückt geltenden Geschlechts und die Widersprüche bei bekannten Persönlichkeiten mußte nuanciert werden.

Als besonders sensibler Seismograph verzeichnet die Lage der Frauen noch die kleinsten Erschütterungen in der Krise der Romantik. Ob man nun das politische, industrielle, soziale oder wissenschaftliche Leben betrachtet, kein Bereich bleibt von der Schockwelle des aufklärerischen Individualismus verschont. Wo sich diese Fragestellungen überschneiden, erhebt sich unweigerlich die Frauenfrage. So sehr, daß die Wortfügung »die Frau der Romantik« beinahe als Pleonasmus erscheint und die Fragestellung, die die Epoche beherrscht, gleichsam verdoppelt. Allein deshalb sind einschläfernde Antworten völlig indiskutabel. Mögen die Konservativen es auch ein ums andere Mal wiederholen – die Frau geht in Heim, Kind und

Familie nicht mehr auf. Sie setzt eine geschlechtliche Weise des Daseins in der Welt aus sich heraus fest. Sie teilt die Widersprüche der Zeit, verteidigt die alte Ordnung ebenso wie sie im Gegenzug einen neuen, zugleich pragmatischen und utopischen Blick auf die Ereignisse wirft. Betroffen davon sind Politik, Religion, Literatur und Moral, wobei letztere sich mit unbekannten Bedeutungen auflädt. Ungeachtet dessen, was manche in ihrer Naivität verkünden mögen, bringt die Frau nicht einfach nur ein Gefühlsmoment ins Spiel. Sie ist Akteurin. Und selbst die mit Donnergetöse vorgetragene Erklärung eines Enfantin in den Jahren 1830-32 – die Frau werde entscheiden – nimmt zur Kenntnis, daß hier eine Freiheit auftritt, mit der fortan zu rechnen ist.

Daß wir uns mit den Frauen beschäftigen, ist also keineswegs als Konzession an eine Modeerscheinung – und sei es die der Romantik – zu verstehen. In der Tat wird es in den 30er und 40er Jahren des 19. Jahrhunderts zur Gewohnheit, den Frauen in den großen narrativen oder konzeptionellen Gedankengebäuden der Männer ein besonderes Kapitel zu widmen. Balzac schaltet in seine *Menschliche Komödie* Studien über Frauen ein; Sainte-Beuve faßt einige seiner *Montagsplaudereien* unter dem Titel *Frauenporträts* zusammen, während andere, die nicht das Genie eines Heine besaßen, sich anheischig machen, die Frauengestalten von Goethe und Shakespeare ordentlich in Szene zu setzen. Der vorliegende Beitrag verfolgt ein anderes Ziel. Die Lage der Frauen gibt aufgrund ihrer universellen Bedeutung den Blick auf die Welt frei. Der Soldat und der Revolutionär verteidigen eine besondere Ordnung. Der Dichter und der Priester berufen sich auf ihre Salbung. Der Frau, von allen Ämtern ausgeschlossen, wird keine Investitur zuteil. Um so größer ist ihre Freiheit. Ihr Genie – das kein Geschlecht hat –, ihre Eigenschaft als Paria oder Mutter begründet ihre Rede. Innerlich frei und den Zwängen der Männer nicht unterworfen, erfinden die Frauen Neues. Gestützt auf ihre anerkannte soziale Rolle, bilden sie Solidaritätsnetze, die gegebenenfalls auch dem Fremden offenstehen. Sollten wir die Frau der Romantik definieren und für die Bewegung Partei ergreifen, so würden wir ihre weltbewegende Einbildungskraft, ihre Lust am Glück – das angesichts der ständig gepredigten Selbstverneinung als wesentliche Forderung auftrat –, ihre bedeutungsvolle Melancholie hervorheben. Dazu die Aufmerksamkeit, die sie allem voran dem Alltag schenkt. »Frau, das heißt Exil«, notiert Victor Hugo in seinen *Betrachtungen.* Die Formulierung mag auf die frühe Romantik zutreffen – insbesondere auf Victor Hugo selbst, dessen Stimme in den 30er Jahren des 19. Jahrhunderts noch nicht zur Sicherheit der folgenden Sentenz aus dem Jahr 1853 gefunden hatte: »Das 18. Jahrhundert hat das Recht des Mannes verkündet, das 19. wird das Recht der Frau verkünden« – aber gilt sie ohne Einschränkung auch für die Frauen? Kein Zweifel, daß das Weibliche bei Hugo damals »noch unbewohnt« war, um einen Ausdruck von Nicole Savy zu zitieren. Die Frauen aber hatten mit unterschiedlichem Glück längst begonnen, es einzurichten.

Die Bürgerin als unerreichbarer, flammender Horizont

So lange sich die Frauen nicht einmischen,
gibt es keine wahrhafte Revolution.
Mirabeau

Die Gründe, aus denen man glaubt, [die Frauen] von den öffentlichen Ämtern fernhalten zu müssen – Gründe, die sich im übrigen leicht zerstören ließen –, können kein Motiv sein, sie eines Rechts zu berauben, dessen Ausübung so einfach wäre und das den Männern nicht aufgrund ihres Geschlechts zukommt, sondern aufgrund ihrer Eigenschaft als Vernunft- und Empfindungswesen, die ihnen mit den Frauen gemeinsam ist.
Condorcet, *Essai sur la Constitution,* 1788

Die Männer haben durch das absolute Recht ihrer Allmacht regiert; [...] und stets pflanzte sich das Übel in neuen Formen fort, weil die Menschheit die Hälfte ihrer selbst unter dem Joch hielt, die Frau, letzte Befreite des Fortschritts, ohne deren Mitwirkung doch nichts Festes und Vollständiges je wird bestehen können [...]. Die Frau hat ihren bestimmten Anteil, man wird auf sie nie verzichten können. In der Familie als Ehefrau und Mutter; im Staat als Bürgerin [...].
Eugénie Niboyet in: *La Voix des femmes,* Nr.46, 18.-20. Juni 1848

Korrigieren wir eine gängige Vorstellung: Die Frauen handeln sehr wohl politisch. Episodisch zwar nur und von den Männern, die sie als politisch Handelnde einfach nicht wahrhaben wollen, stets angezweifelt, führen sie sehr wohl ein politisches Dasein. Als Beweis gilt der Nachdruck, mit dem die Männer dem ein Ende zu setzen suchten.

Für das Westeuropa der Klassik gibt es zahlreiche Belege für Volkserhebungen unter Leitung oder Mitwirkung von Frauen. In Holland,

England und Frankreich, wo die Archive eine deutlichere Sprache sprechen als anderswo, rühren sich die Frauen, sobald sie ihre Religion oder das wirtschaftliche Auskommen ihrer Familien bedroht sehen. Arlette Farge bezeichnet sie denn auch als »eindeutige Aufrührerinnen«. Der Engländer Robert Southey bemerkte dazu schon im Jahr 1807: »Die Frauen besitzen eine ausgeprägte Neigung zum Aufstand; sie haben vor dem Gesetz weniger Angst, teils aus Unwissenheit, teils weil sie sich auf ihre Geschlechtszugehörigkeit verlassen, und deshalb stehen sie mit ihrer Gewalttätigkeit und Wildheit bei öffentlichen Unruhen stets in vorderster Reihe.« Die Aufstände von Whiteboy in Irland, die dem Gerücht zufolge von einer mythischen »Königin Maria« (*Queen Maeve)* angeführt wurden, zählen hierzu ebenso wie der Aufruhr der Orangistinnen in Holland und die Revolte der Frauen in Frankreich um die Mitte des 18. Jahrhunderts, als aus Hygienegründen verfügt wurde, daß die Bestattungszeremonien fortan außerhalb der Kirchenmauern abzuhalten sind. Und auch der Aufstand der Vendée-Frauen, die sich an der Seite ihrer Männer gegen die Entchristianisierungspolitik des Konvents erhoben, und die Ermordung Marats durch Charlotte Corday gehören in diesen Zusammenhang.

Noch weit häufiger sind die so genannten Getreideaufstände, bei denen sich der Staat gegebenenfalls hütet, allzu hart durchzugreifen, weil er sich, unfähig, der Spekulation Einhalt zu gebieten und für den Unterhalt der Bevölkerung zu sorgen, in einer Position der Schwäche befindet. So gewährt er den Frauen, die im Jahr 1629 ein mit Getreide beladenes Schiff angreifen, Straffreiheit. In einer Hafenstadt in Essex, dem Getreidespeicher von London, verhindern Frauen den Abtransport von Getreide, das in der Hauptstadt dringend benötigt wird. Aktionen dieser Art sind sehr zahlreich. Sie reichen vom Aufstand der Matrosenfrauen, die Hunger leiden müssen, weil ihre Männer keinen Sold erhielten, bis zu den Erhebungen der Fischweiber (*fishwives, poissardes)* und anderer Marktfrauen bei Versorgungsengpässen. Der Aufstand von 1629 in England findet sein Pendant in der Volkserhebung in der Region von Carcassonne im Sommer 1792. Angeführt von einer gewissen Jeanne Establet, genannt *Jeanne la Noire* (Johanna die Schwarze), widersetzen sich die Demonstranten der Abfahrt eines Getreidetransports in Richtung Mittelmeer und versuchen, ihn zum städtischen Marktplatz umzuleiten. Das Gericht läßt in diesem Fall keine Gnade walten und verurteilt Jeanne Establet mit zwei ihrer männlichen Komplizen zum Tod durch die Guillotine.

Die großen *Journées révolutionnaires* vom 5. und 6. Oktober 1789 gehören in diesem Sinn zur Tradition. Die Frauen von Paris, denen wie allen anderen Frauen die Sorge um Heim und Herd obliegt, fallen mit ihrer Forderung, die Brotversorgung der Hauptstadt – mit anderen Worten: ihre eigene soziale Persönlichkeit und deren normale Existenzbedingungen – seien sicherzustellen, in keiner Weise aus ihrer anerkannten Rolle. Sie zeigen noch denselben Stolz wie ihre entschlossensten Vorgängerinnen, wenn sie den Vorwurf, sie seien vernunftlose Wesen, als Alibi zurückweisen und die volle Verantwortlichkeit für ihr Handeln beanspruchen. Doch indem sie die staatlichen Strukturen unter Druck setzen und in entscheidender Weise zu verändern suchen, betreten sie recht eigentlich das Feld der Politik. Am Morgen des 5. Oktober brechen die Frauen aus dem Volk die Portale zum Hôtel de Ville auf und stecken eine Reihe von Akten in Brand, die, wie sie sagen, nichts enthalten, was ihnen das Brot ersetzen könnte, das auf dem Markt fehlt. Nach einer kurzen Diskussion mit dem Nationalgardisten Maillard, der als Mitglied der Gruppe, die die Bastille zu Fall brachte, in hohem Ansehen steht, beschließen sie, mit ihm nach Versailles zu marschieren. Im Laufe der folgenden Stunden schwillt der Zug auf 10 000 Menschen an. Die Frauen trommeln ihre Freunde und Bekannten zusammen, darunter auch einige Männer aus den Vorstädten. In einigem Abstand folgt La Fayette mit der Nationalgarde. In Versailles angekommen, wird eine Delegation zum König vorgelassen. Der versichert, er werde sich schon um die Brotversorgung der Hauptstadt kümmern. Doch als die weiblichen Deligierten mit diesem Verhandlungsergebnis vor die Demonstrantinnen treten, ernten sie für ihre Kompromißbereitschaft nur Buhrufe. Am Abend sieht sich der König genötigt, den von der Nationalversammlung beschlossenen Dekreten zur Begrenzung seiner Machtbefugnisse zuzustimmen, deren Ratifizierung er bislang verweigert hatte, und darin einzuwilligen, daß er sich am nächsten Tag von den Frauen nach Paris zurück eskortieren läßt.

Die politische Dimension des Ereignisses liegt auf der Hand: Indem die Frauen »den Bäcker, die Bäckerin und den kleinen Bäckerjungen« – d.h. den König, die Königin und den jungen Thronfolger – nach Paris mitbringen, haben sie nicht nur das Brot erobert, das der Pariser Bevölkerung fehlt, sondern dem widerwilligen, wenn nicht rebellischen Herrscher das Gesetz des Volkes aufgezwungen und die bedrohte Revolution gerettet. Es war schon ein beunruhigendes Zeichen, als das Flandern-Regiment auf einem Bankett in Versailles die trikolore Kokarde mit Füßen trat und das Emblem der Habsburger-Bourbonen bei derselben Gelegenheit frech zur Schau gestellt wurde. Aber das hat nun alles keine Bedeutung mehr: Der König ist in der Hand des Volkes.

Die Geschichtsschreibung hat die unbekannten Aktivistinnen der Revolution noch längst nicht alle zu Tage gefördert. Viele werden für immer anonym bleiben, weil die Archive schweigen. Zumindest ihr allgemeines Profil und ihre Handlungsmuster lassen sich aber nachzeichnen. Weiter unten werden wir die führenden Köpfe kennenlernen, Frauen mit Herz und Verstand, die Olympe de Gouges', Théroigne de Méricourts, Manon Phlipons, Ehefrau des girondistischen Ministers Roland, und all die anderen Claire Lacombes und Pauline Léons, die in ihren Salons in Wort und Schrift Beiträge zur demokratischen Diskussion liefern, neue Fragen aufwerfen, die Erwartungen und Ängste eines Teils der Bevölkerung formulieren und den patentierten Akteuren die Politik aus der Hand nehmen. Die anderen Revolutionärinnen sollen darüber nicht in Vergessenheit geraten. Am besten bekannt sind allerdings die Frauen von Paris, die allabendlich auf der Zuschauertribüne sitzen und die Debatten der Nationalversammlung oder die Verhandlungen vor Gericht verfolgen. Manche von ihnen haben ihr Kind mitgebracht. Doch die meisten unterliegen nicht den Zwängen der Mutterschaft, sei es weil sie unter dreißig sind und noch keine Kinder oder nur eines haben, sei es weil sie die Fünfzig überschritten haben und ihre Kinder aus dem Haus sind. Auf ihre Rolle als Mutter und in der Familie wollen sie zwar keineswegs verzichten, aber sie vertreten mit Condorcet und einer Minderheit von progressiven Abgeordneten die Auffassung, daß neben der Familie in ihrem Leben auch für die Mitwirkung an den öffentlichen Angelegenheiten Platz ist. Mit ihrer Anwesenheit auf den Tribünen tun sie kund, daß auch sie zum souveränen Volk gehören. Als Zuhörerinnen behalten sie sich das Recht vor, gegebenenfalls in die Debatte einzugreifen und Erklärungen zu verlangen, und beeinflussen so den Diskurs, der sich an sie richtet. Wie begrenzt diese Kontrollmöglichkeiten sind, zeigt sich daran, daß sie gewisse Gesetzesvorschläge, zumal ihren politischen Ausschluß als Staatsbürgerinnen, nicht verhindern können. Scheitern sie an dieser Schwelle auch, so verhalten sie sich doch scharfsinnig und stimmig. Denn gerade mit ihrem Verhalten fordern sie die Insignien der Souveränität, die mißbräuchlich den Männer vorbehalten sind: das Wahlrecht und das Recht, Waffen zu tragen. In einer Hinsicht geschah ihnen sogar Genüge, und das war nicht nur von symbolischem Wert: Am 21. September 1793 beschließt der Konvent, daß die Frauen ab sofort die trikolore Kokarde zu tragen haben. Angesichts der sich ankündigenden Tendenz, die bisherigen Zugeständnisse wieder zurückzunehmen – einen Monat später werden die Frauenklubs verboten –, zählt diese ansatzweise Anerkennung als Staatsbürgerin durchaus. Die »Strickerinnen«, wie sie von einer gewissen Tradition verleumdet werden, verdienen Besseres als den ihnen anhängenden Ruf entarteter und blütrünstiger Wesen. Die da auf den Tribünen durch ihre Strickarbeit auffallen, zeigen sich in keiner Weise gewillt, ihre frisch erworbenen Privilegien wieder aufzugeben, die sie der Nation, mit der sie sich solidarisch erklären, entrungen haben.

Als sie sich während der schweren Lebensmittelkrisen am 12. Germinal und 1. Prairial des Jahres III (1. April und 20. Mai 1795) in einem letzten Aufbäumen noch einmal erheben und unter Trommelschlägen und Sturmläuten auf den Konvent der Thermidorianer marschieren, geiseln sie die Feigheit der Männer und fordern die Anwendung der Verfassung des Jahres III, die als Grundrechte das Recht auf Arbeit und das einkommensunabhängige Wahlrecht für alle Männer über 21 Jahre festschrieb und doch toter Buchstabe geblieben war. Zu diesem Zeitpunkt nähert sich die revolutionäre Bewegung der Frauen ihrem Ende. Bereits das Verbot der Frauenklubs und die Hinrichtung von Olympe de Gouges und Madame Roland im Oktober und November 1793 hatten sie geschwächt. Die Verhaftung von Claire Lacombe und Théroigne de Méricourt wenige Monate später versetzt ihr einen erneuten Schlag. Die Spur der letzten bekannten Aktivistin Pauline Léon, die sich als Gründerin von Frauenklubs und Fürsprecherin der Bildung von Frauenbataillonen ausgezeichnet hatte, verliert sich kurz nach dem Fall von Robespierre. Da die Frauen keine hinreichende politische Basis mehr besitzen, müssen sie die demütigendste Niederlage hinnehmen, die ihnen damals widerfuhr: Mit Peitschen werden sie von den Zuhörertribünen getrieben und mit einem Anwesenheitsverbot belegt.

Die Massenaktion der Sansculotten-Frauen gewinnt ihre Bedeutung im Zusammenhang der Diskussion mit den bekannteren Akteurinnen der Revolution, die, wie Madame Roland, teils aus dem Bürgertum stammen, teils eher am Rand der guten Gesellschaft leben, darunter Théroigne de Méricourt aus den Ardennen und Olympe de Gouges aus dem Süden. Von Geburt eine Untertanin des Kaisers von Österreich – Belgien existiert damals noch nicht –, schafft es Théroigne, die als Bauerntochter eine unglückliche Kindheit verlebte, im Laufe eines abenteuerlichen Lebens, in dem sie oft mißbraucht wurde, sich zu emanzipieren. Olympe de Gouges, die uneheliche Tochter eines Adligen aus Montauban, ging, nachdem sie ihren Sohn großgezogen hatte, in den letzten Regierungsjahren Ludwigs XV. nach Paris und wurde Gelehrte. Alle diese Frauen bewegen sich im näheren oder weiteren Umfeld der Staatsmacht. Manon Roland wirkt durch ihren Salon und inspiriert das politische Handeln ihrer Freunde und ihres Mannes, denn sie ist überzeugt, daß die Frauen beim damaligen Stand der Sitten im Hintergrund zu bleiben haben. Théroigne handelt, indem sie regelmäßig die parlamentarischen Versammlungen besucht, sie in ihren bedeutenden Beschlüssen bestärkt und mit dem Personal der Revolution Umgang pflegt. So ist sie eine enge Vertraute des Pariser Abgeordneten des Dritten Standes, Sieyès, der als einer der entschiedensten Theoretiker der neuen politischen und gesellschaftlichen Verhältnisse gilt und mit seiner im Januar 1789 erschienenen Broschüre *Was ist der Dritte Stand?* die Ideen popularisierte, die zur Aktion für eine gleichberechtigte Menschheit aufstachelten. Im Herbst 1789 überbringt Théroigne ihm das Bürgerband, ein Zeichen der öffentlichen Wertschätzung und Anerkennung, die denjenigen zuteil wird, die sich nach einem von ihr angeregten Beschluß des Klubs der Feuillants als die hervorragendsten Patrioten der Konstituierenden Versammlung ausgezeichnet haben. Abbé Sieyès sucht sie daraufhin persönlich auf, um ihr zu danken. Was nicht der Komik entbehrt, wenn man bedenkt, daß derselbe Sieyès im Verfassungsausschuß seine Stimme gegen das Wahlrecht der Frauen erheben sollte. Darüber hinaus verkehrt Théroigne mit den künftigen Girondisten Brissot, Desmoulins und Pétion, die sich in der Debatte über die Anerkennung der Frauen als Vollbürgerinnen im Juli 1790 und in der Bildungsdebatte im April 1792 die Ideen Condorcets zur zivil- und staatsbürgerlichen Gleichheit der Frauen zu eigen machen. Und schließlich ist sie eine Vertraute des Mathematikers und künftigen Mitglieds der Bergpartei Gilbert Romme, der ebenfalls als Feminist ante literam gelten kann. Marie Gouze, wie Olympe de Gouges mit bürgerlichem Namen heißt, verfolgt die öffentlichen Angelegenheiten schon seit 1785. Damals setzte sie durch, daß ein Theaterstück gegen die Sklaverei, gegen das sich eine breite Interessenkoalition formiert hatte, doch noch ins Repertoire der Comédie française aufgenommen wurde. Stets auf dem Sprung, in die politischen Angelegenheiten einzugreifen, übt sie ihre Feder in verschiedenen Libellen. So schlägt sie beispielsweise vor, die finanziellen Schwierigkeiten des Königreichs durch eine patriotische Steuer zu beheben und läßt den König, die Abgeordneten und die Nation ihre Ratschläge wissen. Vor allem aber tritt sie im September 1791 als Verfasserin einer Schrift von bemerkenswerter Entschiedenheit auf. Die der Königin gewidmete Broschüre über die *Frauenrechte* enthält in siebzehn Artikeln eine *Erklärung der Frauen- und Bürgerinnenrechte* nach dem Vorbild der berühmten *Erklärung der Menschen- und Bürgerrechte,* die von der Konstituierenden Versammlung im Jahr zuvor verabschiedet worden war. Olympe nimmt darin den Allgemeinheitsanspruch der ersten *Erklärung* wieder auf, der durch den im Herbst 1789 beschlossenen Ausschluß der Frauen vom Wahlrecht außer Kraft gesetzt wurde. Da auf die Männer kein Verlaß ist, richtet sie sich im Nachwort mit einem schwungvollen Appel an alle Frauen: Sie sollen nicht auf Hilfe von außen warten und ihre Sache selbst in die Hand nehmen, wenn sie Erfolg haben wollen. Die Entschiedenheit der Analyse und ihr lebhafter Ton sollten Schule machen.

Madame Roland, Théroigne de Méricourt und Olympe de Gouges, die man nicht ohne Grund der girondistischen Partei zurechnet und die mit ihr fallen sollten, engagierten sich auf je unterschiedliche Weise. Eine weitere Form des Engagements tritt mit dem Kampf der revolutionären Generation des Juli 1792 in Erscheinung: Claire Lacombe und Pauline Léon, die Leitfiguren dieser Bewegung, entscheiden sich für die Massenaktion und gründen Frauenklubs und Frauenbataillone. Gleichwohl liegen auch ihrem Handeln dieselben gemeinsamen Prinzipien zugrunde, in erster Linie eine aufgeklärte Sicht der Ziele und Grundlagen der Revolution. Die Revolution legt – wir beziehen uns hier auf neuere Analysen von Pierre Rosanvallon – den Grundstein zu einer völlig neuartigen Gesellschaftsordnung. Ihre Philosophie ist im Gegensatz zu der der Physiokraten nicht mehr wesentlich zensusorientiert, sondern tritt von Anfang an universalistisch auf. Sie wertet das Individuum moralisch auf, stattet den Staatsbürger durch seine Teilhabe an der Volkssouveränität mit einer grundlegenden Würde aus und erklärt ihn zum Verteidiger der Nation. Wie sollten die Frauen da abseits stehen und nicht die Forderung erheben, am kollektiven Einzug in die Souveränität teilzuhaben. Verharrten sie am Rande der Bewegung und wohnten der Entstehung des neuen Gemeinwesens, wie es an die Stelle des alten Mosaiks persönlicher Abhängigkeitsverhältnisse tritt, als Zuschauerinnen bei, so würden sie sich aus der wiedererwachten Menschheit ausschließen. Die Staatsbürgerrechte fordern heißt, sich in eine Logik der Emanzipation eintragen, die den Juden und Schwarzen zugute kommen sollte, heißt sich für die Bewegung zu entscheiden und die rechtliche Anerkennung der Tatsachen einzufordern.

Der Ausschluß von den Staatsbürgerrechten, wie er vom Verfassungsausschuß im Jahre 1789 beschlossen und im Namen der *Natur* von allen späteren Instanzen bestätigt wurde, kann die Frauen nicht beeindrucken. Er läuft der Logik zuwider, die die Revolution in ihrem Kampf gegen die Privilegien und die alte Ständegesellschaft (Klerus, Adel, Dritter Stand) de facto antreibt, und schlägt dem revolutionären Erfordernis der gesellschaftlichen Integration und Anerkennung ins Gesicht. In der Tat wurden die Staatsbürgerrechte breiten Bevölkerungsschichten eingeräumt. Nach einschlägigen Schätzungen kamen mit der Verfassung von 1791 nahezu viereinhalb Millionen der insgesamt sechs Millionen Männer im wahlberechtigen Alter in den Genuß des Wahlrechts. Bald darauf wird die Unterscheidung zwischen »Aktivbürger« (er hatte nach Beschluß des Verfassungsausschusses jährliche Steuerabgaben nachzuweisen, die drei Arbeitstagen entsprechen) und »Passivbürger« (er war, da er diese Summe nicht erreichte, vom Wahlrecht ausgeschlossen) wieder abgeschafft. Nach einem Erlaß vom 11. August 1792 waren alle Männer wahlberechtigt, die über ausreichende Einkünfte verfügen und »von ihrer Arbeitsleistung leben« können. Nicht in den Nutzen der voranschreitenden Gleichheit kamen lediglich eine Reihe von Gruppen, die nach allgemeiner Auffassung außen vor bleiben sollen: die von Saisonarbeit lebenden gesellschaftlichen Randexistenzen, die die jahrhundertealte Angst als Vagabunden bezeichnet, die Hausbediensteten (ca. 800 000

Personen), die als Abhängige nach zeitgenössischer Ansicht nicht die Autonomie besitzen, die das Wahlrecht erfordert, und die Kinder.

Doch unterschätzen die Frauen in ihrer Hoffnung, die Mentalitäten würden dem revolutionären Bruch folgen und sich entsprechend der Kultur der Staatsbürgerlichkeit entwickeln, wie sehr die Revolution noch der alten Welt verhaftet ist. Die Vertragskonzeption der Ehe, wie sie das Scheidungsgesetz vom 20. September 1792 vorsieht, das die Eheleute als freie, gleichberechtigte Vertragspartner bestimmt, wird durch die traditionelle Sichtweise in anderen Bereichen des bürgerlichen Lebens weitgehend aufgewogen. Die Familien- und Frauenpolitik der Französischen Revolution entspricht den Erwartungen eines Teils der Gesellschaft und spiegelt die gesamtgesellschaftlichen Widerprüche wider. Als Bürgerinnen zweiter Klasse wird den Frauen die bürgerliche Gleichberechtigung nur ansatzweise gewährt. Der Konvent der Thermidorianer schreckt vor der Einführung der gemeinsamen Vermögensverwaltung durch beide Ehepartner zurück, während das Direktorium vorsichtig zu den Bestimmungen des Ancien régime zurückkehrt, die dann im Bürgerlichen Gesetzbuch festgeschrieben werden. Das Personal der Revolution schwankt in seinen Entscheidungen hin und her und nimmt beispielsweise die Beschränkungen, die es der Verfügungsgewalt des Familienoberhaupts auferlegte, anschließend wieder zurück. 150 lange Jahre sollte es dauern, um die Mentalitäten auf den Allgemeinheitsanspruch der Prinzipien von 1789 einzustimmen. Sobald es um die Frauen geht, macht die revolutionäre Logik Ausnahmen. Vielfältige Gründe werden vorgebracht, um ihnen ihre Selbständigkeit als Individuen abzusprechen: sei es der kontingente Grund ihrer mangelnden Bildung, denn den Mädchen wird in dieser Hinsicht weniger Aufmerksamkeit geschenkt als den Jungen; seien es rechtliche Gründe, denn die bürgerlichen Rechte der Frau bleiben weiterhin beschränkt; oder sei es der Naturgrund, daß die Frau definitionsgemäß in die Familie eingebunden ist. Die Forderung der Frauen kann an allen gesetzgeberischen Mängeln anknüpfen, aber mehr als Einspruch erheben und Stellung beziehen können sie nicht. »Entweder, oder«, schreibt im Jahr 1793 der Abgeordnete des Départements Côtes-du-Nord Pierre Guyomar, »entweder besteht die Nation aus Männern und Frauen oder sie besteht nur aus Männern. Im ersten Fall bilden die Menschen einen Corpus; im zweiten sind die Frauen die Heloten der Republik.« Der Schluß versteht sich von selbst. So sehr ist die Schlacht bereits verloren, daß nur noch Ironie die Hoffnung in sich birgt, die eingeschläferte Meinung wachzurütteln. So ist wohl auch der verblüffende *Gesetzentwurf* von Sylvain Maréchal aus dem Jahr 1801 zu verstehen, der es verbieten will, den »Frauen das Lesen zu lehren«. Der biedermännische Anstrich, den der Schüler Babeufs seinem Denken verleiht, veranschaulicht weniger die Verblendung der Radikalen in Frauenfragen, sondern will Widerspruch provozieren. Die Widerlegung, die Maréchals Vertraute und Freundin Madame Gacon-Dufour denn auch veröffentlicht, wird mit solchem Nachdruck vorgetragen, daß das Manöver nur unschwer zu durchschauen ist.

Bevor wir von diesen Frauen Abschied nehmen, deren Schicksal in den Augen ihrer jüngeren Schwestern des Jahres 1848 als leuchtendes Vorbild aufscheint und die Vorstellungswelt der Männer dauerhaft heimsuchen sollte, bevor wir auf die englischen Anhängerinnen der Freiheit von 1789 und die Republikanerinnen von Mainz und Neapel zu sprechen kommen, deren Werdegang in der Revolution ein tragisches Ende nahm, möchten wir uns ein letztes Mal vergegenwärtigen, wie hoch der Preis ihres Engagements war. Anne-Josèphe Théroigne aus den Ardennen verliert ihre Identität und verbringt die letzten zwanzig Jahre ihres Lebens in geistiger Umnachtung. Eine Pressekampagne der Royalisten verlieh ihr bereits 1789 den Künstlernamen, unter dem sie bekannt ist: Ihr Familienname wurde zum Vornamen, und die Leerstelle, die dadurch entstand, mit dem um eine Silbe erweiterten Dorfnamen besetzt. Unter diesem Decknamen ging Anne-Josèphe in die Politik und so fand sie auch in die Geschichte Eingang. Aber nicht nur ihr Name, ihr ganzes Schicksal nahm fiktionale Züge an. Die Presse dichtete ihr ausschweifende Orgien an, dazu einen Geliebten namens Populus, irgendein nichtssagender, banaler Abgeordneter, dessen Name allein schon – er bedeutet im Lateinischen »Volk« – Théroigne zur »öffentlichen Frau«, zur Dirne degradierte. Und da man schon einmal dabei war, machte man sie gleich zur Anführerin der aufständischen Frauen des Oktober, eine Behauptung, die Historiker wie Lamartine und Michelet später als Tatsache weiterverbreiten. Doch war sie an der Einnahme Lüttichs durch belgische Patrioten im August ebensowenig beteiligt wie im Oktober am Marsch der Frauen nach Versailles. Wir brauchen die vielfältigen Anschuldigungen, denen sie zum Opfer fiel, nicht im einzelnen zu schildern. An Mittelmäßigkeit und Verbissenheit konnten es die Revolutionäre beider Geschlechter hier durchaus mit den royalistischen Beckmessern aufnehmen, wobei eine Handvoll Frauen aus dem Volk soweit gingen, Anne-Josèphe als Strafe für ihre Kritik an Robespierre öffentlich zu demütigen und ihr den Hintern zu versohlen. Théroigne verfällt dem Wahnsinn. Madame Roland und Olympe de Gouges sterben im Abstand von wenigen Tagen mit Würde auf dem Blutgerüst. Olympe hat die Gefahren, die ihr Engagement mit sich brachte, bereits 1791 bewußt auf sich genommen, denn sie begründete die Forderung der Frauen nach gewählten Vertreterinnen damals mit ihrer Gleichheit vor der Todesstrafe: »Die Frau hat das Recht, das Blutgerüst zu besteigen; sie muß auch das Recht haben, die Tribüne zu besteigen.«

Es fehlt hier der Platz, um im einzelnen nachzuzeichnen, welche internationale Wirkung die Frauen der Revolution von 1789 verschafften. Zu nennen wäre die Deutsche Caroline Böhmer, Tochter des angesehenen Göttinger Universitätsprofessors Michaelis, die ihren Mann, von Beruf Arzt, frühzeitig verlor. Enthusiastisch durchlebte die junge Frau das Abenteuer der Mainzer Republik und ging mit einem Offizier der Revolutionsarmee, einem gewissen Jean-Baptiste Crancé, eine Liaison ein. Die großzügige Unterstützung durch den Schriftsteller August Wilhelm Schlegel half ihr aus der Not, als die Republik zusammenbrach. Schlegel nahm sie nicht nur vor den Mißfallensbekundungen aller wohldenkenden Konformisten in Schutz, sondern zerstreute auch den Verdacht des Hochverrats, der sich aufgrund ihrer Verbindung mit einem französischen Offizier zusammengebraut hatte. Zu erwähnen wäre auch die Neapolitanerin Eleonora de Fonseca Pimentel, die während der kurzen Neapolitanischen oder Parthenopäischen Republik im Jahr 1799 die Zeitschift *Il Monitore napolitano* herausgab, und ihre Ideen mit dem Tod durch Erhängen bezahlte. An gebührender Stelle stünde Mary Wollstonecraft mit ihrer *Verteidigung*, eine Schrift, die Flora Tristan fast ein halbes Jahrhundert später als »unvergängliches Werk« feierte und es bedauerte, daß sie in England so lange totgeschwiegen worden war, daß niemand sie kenne. Ein Echo auf Wollstonecraft findet sich allerdings in dem 1825 erschienenen *Aufruf* des Iren William Thompson, der der Sozialistin Anna Wheeler gewidmet ist: *Appeal of one half the human race, women, against the pretentions of the other half, men, to retain them in political and thence in civil and domestic slavery.*

Die Diskussion über die Staatsbürgerrechte der Frauen, die unter den konservativen Regierungen erstickt wurde, lebt 1848 erneut auf. Unter der Julimonarchie schwelte sie in Frankreich untergründig dahin und fand in zahlreichen Petitionen an die Nationalversammlung Ausdruck, eine Praxis, die aus der Revolutionszeit stammt. Mit der Februarrevolution wurde sie schlagartig wieder aktuell. Die Frauen beteiligten sich an der demokratischen Debatte, besuchten die Klubs und gründeten eigene Zeitungen, deren berühmteste, *La Voix des femmes*, von der protestantischen Aktivistin und ehemaligen Anhängerin Saint-Simons Eugénie Niboyet herausgegeben wurde. Die Strategie der Zeitung bestand darin, das männliche Publikum zu schonen und die traditionellen Werte, das Eigentum und die Familie zu respektieren. Doch diente diese Zurückhaltung nur dem Zweck, um so entschlossener die volle Beteiligung der Frauen am Aufbau der neuen Ordnung einzufordern. Wenn die Republik die Privilegien wirklich abschaffen will, dann dürfen die Frauen und Mütter nicht länger als Parias behandelt werden. Wieso sollten sie abermals von der sich ankündigenden gesellschaftlichen Erneuerung ausgeschlossen bleiben? Der Wahlkampf zur Konstituierenden Versammlung im Frühjahr bietet die Gelegenheit, die Frage in die Debatte zu werfen. *La Voix des femmes* erlaubt sich, George Sand als Kandidatin vorzuschlagen. Keine Frage, daß ihr Name der Forderung nach gleichen Staatsbürgerrechten Gewicht verleihen würde. Die Zeitung beging nur den Fehler, die Betroffene vorher nicht nach ihrer Meinung zu fragen. Die zeigte sich schockiert, war mit dem politischen Ansatz der Zeitung im übrigen nicht einverstanden und nahm von dem an sie herangetragenen Ansinnen in *La Réforme* öffentlich Abstand. Das Vorgehen der Herausgeberin, so George Sand, sei übereilt, denn vor den staatsbürgerlichen Rechten müßten die Frauen erst einmal die zivilbürgerlichen Rechte erobern. So bleibt der Schneiderin Jeanne Deroin, die für den Vorschlag verantwortlich zeichnete, nichts anderes übrig, als selbst ins Rennen zu gehen. Ihre Kandidatur im Département Seine wurde zwar nicht offiziell anerkannt, aber sie machte es den Konservativen und den sozialistischen Republikanern, als deren heftigster Verfechter sich kein anderer erwies als Proudhon, nicht leicht und kämpfte in Presseartikeln und auf Versammlungen hart gegen sie an. Eine andere Frau aus dem Volk namens Pauline Roland, eine Freundin von Pierre Leroux und langjährige Anhängerin von Saint-Simon, gab sich ebenfalls durch eine symbolische Handlung von allerdings geringerer Tragweite zu erkennen: Sie stellte sich in ihrem Wahllokal vor, um an der Wahl teilzunehmen.

Dasselbe politische Bewußtsein kommt in der *Frauen-Zeitung* (1848-50) von Louise Otto zum Ausdruck. Das Blatt, das der *Voix des femmes* von Eugénie Niboyet recht nahesteht, erschien unter der stolzen Devise: »Dem Reich der Freiheit werb' ich Bürgerinnen.« Aus der Sentenz spricht das Selbstverständnis der Zeitung als demokratisches Forum. Auch hier geht kühnes Vorpreschen Hand in Hand mit vorsichtiger Zurückhaltung: Die Freiheit, wie die Redakteurinnen sie verstehen, ist unteilbar und die Mutterschaft gilt als gesellschaftliche Angelegenheit. Im Namen dieser Werte organisieren sich die Frauen. Sie brechen aus ihrer Einsamkeit aus, gehen im Wortsinn auf die Barrikaden und bauen demokratische Strukturen auf. Die Organisation der Arbeit und die Volkserziehung ist ihre Sache. Und die wurde mit solch scharfsinniger Entschlossenheit vorgetragen, daß die Behörden die Zeitung verboten und den Frauen jahrelang alle journalistische Tätigkeit untersagten.

Moralisch werden sie sein

Moralkraft ist eine Gabe, die die Natur der Frau einräumt. [...] In der heilsamen Krise, in der wir uns befinden, ist es erlaubt, das Wesensmerkmal aufzudecken, das das Ziel anzeigt, das wir erreichen müssen.
Beschwerdehefte der Frauen, 1789

Jede Lehre, die darauf abzielt, unsere Fähigkeiten zu beschränken, ist immer herabwürdigend, denn es gilt, diese auf das erhabene Ziel des Daseins, auf die moralische Vervollkommnung hinzuleiten. Nicht durch die partielle Tötung der einen oder der anderen Potenz unseres Wesens setzen wir uns in den Stand, dieses Ziel zu erreichen; uns ihm zu nähern, haben wir der Mittel nicht zuviel [...].
Madame de Staël, *Über Deutschland*

Die erste Pflicht, die unserem Geschlecht, wie ich glaube, nunmehr obliegt, ist eigenständiges Denken.
Sarah Grimke, 1837

Wird den Frauen politisches Handeln auch verweigert, ein Weg steht ihnen traditionell zumindest offen: die Moral. Sie seien von Natur aus Sittenwächterinnen. Sie wachen, so der überkommene Topos, über eine vielschichtige und wesentliche Welt, die die Intimsphäre sowohl der Menschen und Dinge als auch des gesellschaftlichen Zusammenhalts umfaßt. Im Zusammenhang mit der zeitgenössischen Krise und angesichts der eminenten Aufwertung der Moral im ausgehenden 18. Jahrhundert kommt diesem Auftrag eine völlig neue Bedeutung zu: Die Moral gilt fortan als Grundlage des gesellschaftlichen Zusammenhalts. In dieser Hinsicht stimmt die weltliche Philosophie der Aufklärung mit dem eher konservativen Christentum überein. Ob dieses wie bei Wesley und den Quäkern in der angelsächsischen Welt die innere Erneuerung des Gläubigen betont oder als Antwort auf die sozialen Mißstände im Gefolge der industriellen Revolution die Caritas wiederbelebt, wie später der Katholizismus – das Christentum ruft die Frauen auf, in einer Gesellschaft, die in Bewegung geraten ist, den ihnen gebührenden Platz einzunehmen. Auch der Sozialismus, der gegen die bestehende Gesellschaft unerschrocken Protest anmeldet, sollte hier keine Ausnahme machen. Auf diesem Feld – dessen Ausdehnung nur schwer zu ermessen ist, da das Wort »Moral« um die unterschiedlichsten Konnotationen bereichert wird und seinen Einfluß auf alle wesentlichen Lebensbereiche ausdehnt – ist die Initiative der Frauen nicht zu übersehen. Wenn wir im folgenden nachzeichnen, wie die Frauen moralisch aktiv werden, geht es uns in keiner Weise darum, die Frauen zu idealisieren oder die Frauenkriminalität zu verschweigen (die im übrigen weit geringer war als die Männerkriminalität). Vielmehr liegt es uns am Herzen, die verschiedenen Äußerungsformen einer Freiheit in actu zu erfassen und eines der heikelsten Sachgebiete der Geschichte zu durchleuchten: die Geschichte der Moralkodizes. Denn die Moral hat durchaus ihre Geschichte. Und auch wenn Entwicklungen hier im allgemeinen nur über längere Zeiträume hinweg wahrnehmbar sind, so lassen sich doch entscheidende Umbrüche feststellen.

Die Vorsicht gebietet es also, die Vorstellung von der gesellschaftlichen Nichtigkeit der Frau zu revidieren. Denn mag diese immer wieder hervorgehobene soziale Abwesenheit der Frau im Zusammenhang der zahlreichen Verbote in Alltag und Ehe auch als unbezweifelbare Tatsache erscheinen, bei näherem Hinsehen erweist sie sich als weniger absolut, als die Legende von der an Heim und Herd gefesselten Frau des Viktorianischen Zeitalters glauben machen möchte. Schon immer leitete die Handwerkersfrau das Familienunternehmen gemeinsam mit ihrem Mann. Ähnliches gilt für das Bürgertum, wo die Frauen den sozialen Aufstieg ihres Ehemanns, aus dem sie durchaus Nutzen zogen, mit wachsamem Auge verfolgen. Gleichwohl wäre es übereilt, die sozialen Aktivitäten, zu denen sich die Frauen aufgerufen sehen, politisch eindeutig zuzuordnen. Die Unterscheidung zwischen einer eher konservativen und einer eher progressiven Richtung kommt der Klarheit unserer Darstellung zwar zugute, bleibt jedoch insofern heikel, als Überschneidungen und Übergänge keine Seltenheit sind.

Die Verteidigung der traditionellen Werte

Die Entwicklung der französischen Philanthropie, die als Tochter der Philosophie in ihrer Entstehungsphase gegen Ende der 80er Jahre des 18. Jahrhunderts fortschrittliche Züge trägt, dann aber konservativ abgleitet, kann in dieser Hinsicht zweifellos als einer der bedeutungsvollsten Übergänge gelten. In mehr als einer Hinsicht bereitet die aristokratische und bürgerliche Philanthropie die gesetzgeberische Arbeit der Revolution in den Bereichen Bildung, Sozialfürsorge und Verbrechensbekämpfung vor. »Das Ziel der Gesellschaft«, liest man in Verfassung des Jahres III, »ist das gemeinsame Glück.« Eine der berühmtesten philanthropischen Institutionen, das Mutterhilfswerk *Société de Charité maternelle,* das im Jahr 1788 von Madame Fougeret, geborene d'Outremont, gegründet wurde, setzte sich zum Ziel, die Zahl der Kindesaussetzungen zu reduzieren. Es unterstützte notleidende Mütter bei der Geburt und übernahm während der ersten zwei Jahre die Unterhaltskosten des Kindes. Die Pariser Societé, deren Mitgliedschaft und Leitungsgremien aus Männern wie Frauen bestanden, besaß, da sich unter den Subskribenten einige Financiersfrauen befanden und die Königin das Projekt förderte, eine solide wirtschaftliche Basis und erlebte einen raschen Aufschwung, bevor sie sich, wie alle anderen philanthropischen Institutionen, unter der Revolution auflöste. In der Zeit des Konsulats wurde die Societé von Madame Dupont de Nemours neugegründet; sie war eine der wenigen Hilfsorganisationen, die das Kaiserreich ohne nennenswerte Krisen überstanden. Indes galt auch auch für dieses vornehmlich von Frauen organisierte Hilfswerk die allgemeine

Regel, daß sich die Philanthropie, indem sie den Armen ambulant betreute, anstatt ihn wie in der Vergangenheit dem Elend des Armenhauses zu überantworten, das Recht anmaß, ihn zu bevormunden. Das politische Regime brauchte nur, wie unter der Restauration, konservative Züge anzunehmen und die Religion Wohlfahrtseinrichtungen zu gründen, und schon gewann die soziale Kontrollfunktion der Philanthropie die Oberhand. Auch die 1821 gegründete liberal-protestantische *Société de la morale chrétienne,* die weniger rigide Auffassungen vertrat als ihre Nachfolger, beispielsweise die *Société de Saint François-Régis,* konnte nicht umhin, Hilfeleistung mit sittenpolizeilicher Überwachung zu verbinden. Immerhin fand die bereits erwähnte Aktivistin Eugénie Niboyet, nachdem Enfantin sie, wie alle Frauen, 1832 aus der sozialen Arbeiterhilfe willkürlich ausgeschlossen hatte, hier eine Zeitlang ein Betätigungsfeld.

Erwähnenswert ist in diesem Zusammenhang auch das Unternehmen einer gewissen Madame Fouqueau de Pussy, die unter der Juli-Monarchie *Le Journal des demoiselles* gründete, eine Frauenzeitschrift, der eine lange Zukunft beschieden war. Trotz der religiösen Ausrichtung und der höchst konformistischen Moralauffassungen dieser Publikation sollte man nicht übersehen, daß sich in mancher Hinsicht auch der Horizont öffnet. Die Zeitschrift bereitet einem eher egalitären Verhältnis von Mann und Frau den Weg und transportiert das Bild einer sportlichen, gebildeteren Frau, die den Fragen der Sozialreformer aufgeschlossen gegenübersteht und die Fähigkeit besitzt, sich kreativ zu betätigen und zu arbeiten. Das Hauptverdienst der Madame de Pussy besteht vielleicht darin, daß sie mit gutem Beispiel voranging: Ihre Pressegruppe wurde ausschließlich von Frauen geleitet. Dieses Beispiel veranschaulicht ein grundlegendes Merkmal der französischen Gesellschaft: Die Frauen stellen sich aktiv in den Dienst der Restauration einer durch die Revolution zerrissenen Gesellschaftsordnung, deren Bruchstücke durch keinen gemeinsamen Glauben mehr zusammengehalten werden. Sie sind die Trägerinnen der Rechristianisierung der Gesellschaft. Da nach dem Aderlaß der Revolution auf absehbare Zeit nicht mehr genügend männliches Personal zur Verfügung stand, wurden die Frauen zum wichtigsten Stützpfeiler der Religion. So feindselig der Erste Konsul und der Kaiser den Glaubensgemeinschaften auch gesinnt waren, keinen Augenblick zögerten sie, die Bildungs- und Krankenfürsorgekongregationen erneut zuzulassen, die dem traditionellen Frauenbild so vortrefflich entsprachen. Die Ausweitung dieser Gemeinschaften bildet ein wesentliches Merkmal des 19. Jahrhunderts. Die Strenge des religiösen Gemeinschaftslebens hinderte manche Frauen jedoch keineswegs, sich darin zu entfalten. Als Erzieherinnen, Krankenschwestern und Armenhelferinnen predigten sie die Interessen der bestehenden Gesellschaft (Ordnung, Arbeit und Achtung vor der Religion). Mitunter versetzt einen ihr kühnes Handeln in Erstaunen; denken wir nur an Jeanne Jugan, eine einfache Bauerntochter aus der Bretagne, die die Kongregation *Petites Sœurs des pauvres* gründete und so einfach lebte wie die Notleidenden, denen sie zu Hilfe eilte.

Prägend wirkte die Religion auch in England. In der Überzeugung, die Irrwege der Gesellschaft erklärten sich aus ihrem geistigen und moralischen Niedergang, lenkten die englischen Protestanten den Blick der Menschen seit dem ausgehenden 18. Jahrhundert auf das innere Übel, das sie verzehre, und verhießen ihnen Erlösung, so sie nur den Weg zum Gebet zurückfinden und Buße tun. Schafft bei euch selbst Ordnung, lautet ihr Ratschlag, kehrt zur wahren Moral zurück und organisiert eure Familie wie eine kleine Kirche, einen Gottesstaat. Großen Anklang findet die Bewegung in den mittleren und wohlhabenden Gesellschaftsschichten. Ihre Ziele stimmten mit dem Wirtschaftsliberalismus der Industriellen und Kaufleute überein und wurden von einem aufgeklärten Teil der Frauen unterstützt, an deren Spitze die Schriftstellerin Hannah More stand, zweifellos die einflußreichste Philanthropin ihrer Zeit. So wurde den Bürgersfrauen, die auf die Privatsphäre beschränkt waren, da alle Lohnarbeit, wie es hieß, ihnen abträglich sei, in einem bestimmten Bereich eine Monopolstellung zuerkannt. Hören wir, was Sarah Ellis dazu in den 40er Jahren des 19. Jahrhunderts schrieb: »Men, engagend in the active affairs of Life, have neither time nor opportunity for those innumerable little acts of consideration which come within the sphere of female duty, nor are they by nature so fitted as women for entering into the peculiarities of personal feeling, so as to enable them to sympathize with the suffering or the destressed.«[3] Die den Frauen

3 »Die Männer, die im aktiven Leben stehen, haben weder Zeit noch Gelegenheit für die zahllosen kleinen Aufmerksamkeitsbezeugungen, die zur Pflicht der Frauen gehören, und sind auch von Natur aus nicht so geeignet wie die Frauen, zu den Feinheiten persönlicher Gefühle Zugang zu finden, um mit den Leidenden und Bedürftigen mitzufühlen.«

zugeschriebene Fähigkeit zu Selbstverzicht und Mitleid dient sodann als Begründung eines erstaunlichen Apostolats, das Elend sei durch die Bekämpfung von Faulheit und individuellem Fehlverhalten sowie durch die Rückführung der Menschen zu Gott und zu einem tugendhaften Leben auszurotten; so wird das Opfer terrorisiert, ohne die wirtschaftlichen Ursachen anzutasten.

Eine ganz andere Bedeutung gewinnt die Moralbewegung des protestantischen Glaubens in den Vereinigten Staaten, wo die Sklaverei in vielen Augen als der Skandal schlechthin und als unvereinbar mit der gleichen Würde aller Menschen vor Gott gilt. Die Frauen treten als Speerspitze des Kampfs auf und gewinnen darin ihre Freiheit. Ein Buch bezeugt es: *Onkel Toms Hütte* (1852). Das Werk, das zunächst als Feuilletonroman erschien, wurde in mehrere Sprachen übersetzt und erlebte höchste Auflagen. Die melodramatische und erbauliche Erzählung aus der Feder von Mrs. Harriet Beecher-Stowe redet der Gewaltfreiheit und der völligen Hingabe an einen Gott der Liebe, der über jedes seiner Kinder wacht, das Wort. Ein Gott, der den treuen Tom, der auf Anordnung eines brutalen Siedlers zu Tode geprügelt wird, in seinen Himmel aufnimmt und einem Sklavenehepaar, das sich auf die Flucht begibt, um der drohenden Zerstörung seiner Familie zu entgehen, ein glückliches Leben gewährt. Die Botschaft der Erzählung bleibt durchaus zweideutig: Legt sie den Opfern nicht Resignation ans Herz? Wie dem auch sei, sie hat das Verdienst, die Frage der Sklaverei in einem historischen Augenblick offenzuhalten, als ein gefährlicher Gesetzeskompromiß zwischen sklavenhaltenden und sklavenfreien Bundesstaaten einer umstrittenen Institution scheinbar Legitimität verschafft. Darüber hinaus legt das Werk mit seiner Apologie der Fraueninitiative und des maßgebenden Einflusses der Mutter Zeugnis ab vom Kampf, den die Frauen der Nordostküste seit den 20er Jahren des 19. Jahrhunderts führen. An der Spitze stehen hier Elizabeth Cady Stanton, die Quäkerspfarrerin Lucretia Mott sowie Angelina Grimke, eine reiche Patrizierin aus dem Süden, die sich ihren abolitionistischen Schwestern im Norden anschließt. Im Jahr 1848 spitzt sich die Frage zu. In Seneca Fall im US-Staat New York tritt die *Woman's Rights Convention* zusammen. Zwei Jahre später findet in Worcester/Massachussets der erste Weltkongreß der Frauen statt. Der Widerstand gegen die Gesellschaft hatte sich zum Stachel für sie entwickelt. Die Amerikanerinnen schlugen den Weg ein, den der bewußtere Teil ihrer europäischen Schwestern ausgekundschaftet hatte und wendeten das erdrükkende Schuldgefühl, das die Gesellschaft der befreiten Frau auflud, gegen diese selbst.

Auf dem Weg zur vollgültigen gesellschaftlichen Existenz

Das Übel, betonten die kühnsten Wortführerinnen, besteht nicht in der Freiheit, sondern in den Strukturen einer Gesellschaft, die die Frau verbal zur Teilnahme am sozialen Leben auffordert und ihr den Weg dazu immer wieder verbaut. Wie sähe also das richtige Verhältnis zwischen Freiheit und Unterordnung aus? Auf seiten der Männer hüten sich noch die scheinbar tolerantesten Geister peinlichst davor, sich in irgendeiner Weise festzulegen. Diese entscheidende, aber unbestimmte Grenzlinie hinauszuschieben, haben sich die Frauen zum Ziel gesetzt, und dabei verlieh ihnen die Hoffnung, mit den Männern doch noch einen Konsens zu finden und die Autorität, auf die sie sich beriefen, zu wahren, ebensosehr Halt wie sie ihnen Grenzen setzte. Ob schüchtern oder provozierend vorgetragen, ihre Revolte hat in jedem Fall prometheische Ausmaße. Voller Vertrauen in die offenkundige Legitimität ihrer Forderungen machen sie sich daran, ganze Welten in Bewegung zu setzen. Im Bewußtsein der Rechtmäßigkeit ihrer Ansprüche bieten sie den seit unvordenklichen Zeiten eingefleischten Verhaltensweisen und hartnäckigen Interessenkoalitionen die Stirn. Sie weigern sich, der Gesellschaft noch länger als Ornament und karitative Nothelferinnen zu dienen und prangern die Verantwortlichkeit der Gesellschaft in Sachen Prostitution und sozialem Elend an. Doch in dem Maß wie sie die Moral ihrer bewahrenden Funktion entkleiden und mit einem dynamischen fortschrittlichen Auftrag ausstatten, schlägt die Energie, die sie freisetzen, wie ein Bumerang auf sie zurück: Als Mannweiber und blutrünstige Wesen verschrien, hält man ihnen vor, sie handelten wider die Natur und die Bestimmung ihres Geschlechts. Sie wagen es, ein grundlegendes Dogma der Zeit in Frage zu stellen; denn die einzige Moral, die den Frauen geziemt, heißt Stillschweigen und Sichunterordnen.

Wie kommt es, daß die Frauen auf einmal eine solche Kühnheit an den Tag legen? Aufgrund der freieren Sitten, wie sie die Revolution beispielsweise in Preußen zeitigt, wo das Allgemeine Landrecht von 1794 der neueren Entwicklung etwa durch die Einführung des Scheidungsrechts Rechnung trägt, freilich mit dem Hintergedanken, dem Protest den Wind aus den Segeln zu nehmen. Caroline Böhmer beispielsweise, der wir bereits unter den Mainzer Republikanerinnen begegnet sind, führte ein ausgesprochen bewegtes Eheleben. Die junge Witwe, die mit einem französischen Offizier ein Kind hatte, heiratet 1796 ihren Beschützer August Wilhelm Schlegel und geht, nachdem sie sich von ihm scheiden ließ, mit dem Philosophen Schelling eine Verbindung ein. Nicht alle deutschen Romantikerinnen hatten ein solch wechselhaftes Schicksal. Doch herrschte während der kurzen Jahre, in denen sich diese Freiheit entfalten konnte, bevor die Reaktion die Schrauben wieder anzog, ein Klima, das der experimentellen Suche nach einer neuen Humanitas, einer stets gespannten, die der Wahrheit der Gefühle und der dadurch bewirkten Beweglichkeit folgt, günstig war. Die Unbeständigkeit selbst, nicht so sehr die sie begleitende Ablehnung aller Maskerade, ist nun die Weise, sich selbst treu zu bleiben. Die sie lebten und mit Würde, Nachdruck und Forschheit vertraten, sind sehr zahlreich. Doch der Preis war mitunter hoch. Karoline von Günderrode, von Clemens Brentano, einem beunruhigenden Don Juan, der seine innere Zerrissenheit hinter boshaften Ehrfurchtsbekundungen versteckt, umworben und von Friedrich Creuzer geliebt, der dann aber doch sein bürgerliches Leben vorzieht, seine Ehe partout nicht seiner Flamme opfern will und seine Herrschsucht mit aller Grobheit zur Schau stellt, nimmt sich 1806 im Alter von 26 Jahren das Leben. Die junge Frau, die sich als Dichterin einen Namen gemacht hatte, dachte gar nicht daran, ihre Ansprüche herunterzuschrauben. Da ihr Verlangen, das nach ihren Worten ebenso lebhaft war wie das Verlangen eines Mannes, keine Erfüllung fand und »dieser Liebe genannte Hunger« sich nicht stillen ließ, erdolcht sie sich und wirft sich in den Rhein. Ein Kompromiß mit den herrschenden Konventionen kommt für sie ebensowenig in Frage wie resignativer Verzicht.

Wer sich unter diesen Bedingungen als Schriftstellerin behaupten und der Herausforderung einer ununterbrochenen Selbstsuche stellen wollte, mußte von einer Art Verzweiflung oder wilder Entschlossenheit besessen sein, wie sie nur eine gesellschaftliche Randexistenz verleiht. Zwei große Gestalten der deutschen Romantik, Dorothea Schlegel und Rahel Varnhagen, gehören denn auch zur jüdischen Bevölkerungsgruppe, die die Assimilationspolitik von Friedrich II. nicht völlig integrieren konnte. Daß der diffuse Antisemitismus im Laufe der nationalen Erhebung 1807 mit solcher Spontaneität hervorbrach, zeigt, wie tief verwurzelt das Mißtrauen der Bevölkerung gegenüber dieser noch immer als fremd wahrgenommenen Gruppe war. Die intellektuelle Emanzipation bildete daher einen der letzten Versuche, die Barrieren einer sich verweigernden Welt aufzubrechen. Dorothea Schlegel, die mit seltenem Nachdruck darauf hinarbeitete, das Judentum dem fortschrittlichen und allgemeingültigen Ideal der Aufklärung zu öffnen, erhielt als Tochter des Philosophen Moses Mendelssohn eine umfassende Erziehung und Bildung wie kaum eine andere Frau ihrer Zeit. Rahel Varnhagen, auch sie Berlinerin und Tochter eines reichen Diamantenhändlers, war weniger Glück beschieden. Sie selbst beschreibt sich als weder schön noch gebildet. Gleichwohl war ihr Salon, den sie in ihrer Mansardenwohnung in der Jägerstraße der preußischen Hauptstadt zwischen 1790 und 1806 führte, ein Ort des freien Gedankenaustauschs, an dem sich die geistige und politische Elite aller Klassen und Meinungsrichtungen einfand. Hüten wir uns indes vor Idealisierungen. Das Leben hält für sie herbe Lektionen bereit. Mehr als jede andere erfährt sie an Leib und Seele die doppelte Ausgrenzung als Frau und Jüdin. Alle Versuche, durch Heirat in die besseren Kreise aufzusteigen, scheitern, bis sie im fortgeschrittenen Alter schließlich einen unbekannten Literaten kennenlernt, den um 14 Jahre jüngeren August Varnhagen, einen ehemaligen Liberalen, der sich durch den Namenszusatz »von Ense« in den Adelsrang erhob und in der Zeit des Wiener Kongresses und während der Folgejahre kurzfristig ein Amt im preußischen Diplomatenkorps bekleidete. War es indes wirklich nötig, sich zum Protestantismus zu bekehren? Welchen Vorteil sollte das bringen? Die Frage ist durchaus berechtigt, wenn man bedenkt, wie Wilhelm von Humboldt die Heirat der Vierzigerin als abermaligen Beweis für den alle Schranken niederreißenden Arrivismus der Juden interpretiert. Dieses Gefühl der unmöglichen Integration und das Verhängnis einer – wie sie sagt – »infamen Geburt« sollten Rahel zeit ihres Lebens begleiten. Wie lächerlich erscheint demgegenüber der Versuch ihres Ehemanns und Bewunderers, die jüdische Herkunft seiner Frau auf dem Gedenkstein, den er ihr 1833, kaum ein Jahr nach ihrem Tod, als Hommage an ihre Ausstrahlung errichten läßt, so gut es geht zu bemänteln. Und wie leicht läßt sich aus diesem Gefühl des Ausgeschlossenseins erklären, daß Rahel gegen Ende ihres Lebens mit aller Leidenschaft für eine der kühnsten sozialen Bewegungen ihrer Zeit, den Saint-Simonismus, Partei ergreift. Dieses Schicksal, dem Hannah Arendt eine ebenso subjektive wie ergreifende Monographie gewidmet hat und aus dem sie bereits 1933 den unvermeidlichen Untergang des deutschen Judentums herauslas, wird uns heute – mit der kritischen Ausgabe des Briefwechsels und der Tagebücher, den einzigen Werken, die Rahel uns hinterlassen hat und die seit dem Zweiten Weltkrieg als verschollen galten – in all seinem Reichtum und all seiner Widersprüchlichkeit zugänglich.

Auch in Frankreich hat der Saint-Simonismus rebellische Anhängerinnen, in diesem Fall unbekannte Frauen aus der proletarischen Schicht. Sie, die Suzanne Voilquins, Jeanne Deroins und Claire Demars, die ersten Journalistinnen, die im Jahr 1832 an die Öffentlichkeit treten, bemühen sich um eine inhaltliche Bestimmung der neuen Moral, deren das verunsicherte Frankreich der Julimonarchie dringend bedarf, wie die Schule angesichts des zunehmend zerbröckelnden sozialen Zusammenhalts erklärt. Und so beginnen sie, das theologisch verworrene Geschwätz von Enfantin in vernünftige Praxis umzusetzen. Die Beziehungen zwischen den Geschlechtern und die allgemeine Organisation der Gesellschaft rufen nach einer Neugründung – die Saint-Simonistinnen machen sich mit einem gleichsam fourieristischen Schwung und Realismus, der sich nichts vormachen läßt, sogleich an die Arbeit. Da aber nicht nur Enfantin seine Unterstützung versagt, sondern auch das Geschick sich widrig einmischt, müssen sie vorübergehend aufgeben. Um gegen Ende des folgenden Jahrzehnts erneut in Aktion zu treten.

Man kann wohl ohne unzulässige Vereinfachungen davon ausgehen, daß niemand unter diesen Bedingungen die neuen zwischenmenschlichen und gesellschaftlichen Verhältnisse ausführlicher skizziert hat als Flora Tristan und Pauline Roland, zwei führende Persönlichkeiten des französischen Sozialismus der Jahre 1840-50. Beide kommen, wenn auch in unterschiedlicher Weise, vom Saint-Simonismus und von der Revolution her, deren Erbe sie in sich aufnehmen. In kompromißloser Wendung gegen den Alleinvertretungsanspruch des Chefs der saint-simonistischen Schule, der sich in der Gesellschaft mittlerweile eingerichtet hatte, führen sie das Werk der rebellischen Proletarierinnen fort. Die Religion gilt ihnen, weit ab von allen theologischen Verrenkungen und Dogmen, als lebendiges Ferment der Einheit und Nährboden der Praxis. Als Schülerinnen von Lamennais sehen sie in ihr eine an alle gerichtete Botschaft der Befreiung. Der Gott ihrer Religion trägt durchaus androgyne Züge, ist Mann und Frau zugleich, verkörpert Kraft ebenso wie Liebe und erhebt sich empört gegen die Ausbeutung eines Teils der Menschheit durch den anderen, gegen die Ausbeutung der Frau durch den Mann ebenso wie gegen die des Armen durch den Reichen. Sie verstehen sich als Jüngerinnen Jesu, Gottes Stellvertreter in der ersten Zeit der christlichen Ära, bevor die Kirche ihn verriet. Beide Frauen knüpfen solidarische Beziehungen zur Welt der Arbeiter an, helfen sie zu organisieren, stürzen sich mit Feuereifer in die Praxis und stehen eine Zeitlang in persönlichem Kontakt. Die Unterschiedlichkeit ihres Temperaments und ihres Schicksals spiegelt wider, wie vielschichtig die Phänomene waren, mit denen sie sich auseinanderzusetzen hatten, wie unentrinnbar die Falle, in der die Zeit sie zappeln ließ.

Flora Tristan, uneheliche Tochter eines peruanischen Adligen und einer Pariserin aus dem Kleinbürgertum, ist Autodidaktin. Von ihrem Vater, den sie in jungen Jahren verlor und der ein Gönner und Freund von Bolívar war, hat sie den Stolz, das spanische Blut geerbt. Die aus dem vollen Leben schöpfende Sozialforschung, die sie – tastend noch – anläßlich einer Reise nach Peru (wo sie die gesellschaftliche und affektive Anerkennung zu finden hofft, die ihr in Frankreich fehlte) beginnt, in England, damals führende Industrienation und soziales Zukunftslaboratorium, fortsetzt und im Laufe einer Frankreichrundreise in den Jahren 1843-44 zu Ende führt, bezieht ihre absolute Originalität aus dem eigenwilligen Blickwinkel der Forscherin. Was in ihr gegen die gesundheitsschädlichen Lebensbedingungen der Arbeiter rebelliert, ist ihr nach Sonne und Glück strebendes Temperament, gepaart mit dem ungeduldigen Vorwärtsdrängen einer jungen antiklerikal gestimmten Republikanerin, die die Last der Tradition längst abgeworfen hat und jeden Widerstand, der sich ihr entgegenstellt, mit aufgebrachtem Kopfschütteln quittiert. Die Idee gemeinsamen Handelns, die sie politisch wie sozial mit einem Nachdruck vorträgt, den man bei den Reformern der Handwerkszünfte und den anderen Sozialisten vergeblich sucht, geht bei ihr Hand in Hand mit einer praktischen Energie und einem Organisationssinn, wie man ihn nur selten antrifft. Ihr Aufruf an die »Arbeiter und Arbeiterinnen« zeugt von derselben mitreißenden Kraft wie einst der Appell der Olympe de Gouges: Nur auf sich selbst können sie zählen; zur organisierten Kraft, die sich Gehör zu verschaffen und Vertreter zu benennen weiß, sollen sie sich zusammenfinden; nur dann werden ihre Rechte anerkannt werden.

Beschneiden wir die bemerkenswerte pazifistische Praxis Flora Tristans in ihrer Bedeutung, wenn wir die ihr innewohnenden Widersprüche aufzeigen? Denn widersprüchlich handelt die sozialistische Botin ebenso wie die Reisende in *Fahrten einer Paria.* Aufrichtig engagiert, kann auch sie es nicht vermeiden, eine Rolle zu spielen. Indem sie sich an ihrer Mission begeistert und sich gar höher wähnt als Jesus selbst, kehrt sie die Gönnermiene, mit der sie die Welt der Arbeit betrachtet und beurteilt, nur um so stärker hervor. Sie ist opportunistisch genug, im gleichen Augenblick, in dem sie sich mit Leib und Seele der Sache der Arbeiter zu widmen vorgibt, beim Bildungsministerium als Anerkennung für den Verkaufserfolg von *Im Dickicht von London* eine Literatenpension zu beantragen und sich bei der Académie française um den Montyon-Preis zu bewerben. So sitzt sie in ihrer selbstgezimmerten Falle und verkennt, daß es an Unverschämtheit grenzt, wenn sie gegenüber George Sand ihre »Armut« herauskehrt und ihr mit schlecht verhohlener Bissigkeit den Kopf zurechtrückt. Diese allzu menschlichen Schwächen können den Rang der Botin in keiner Weise schmälern. Sie helfen aber, Idealisierungen zu vermeiden, und zeigen, auf welche Drogen ein maßloses Unterfangen angewiesen ist.

Pauline Roland, die mit bescheideneren, aber nicht weniger festen Überzeugungen antritt und sich in ihren Zielsetzungen auf die Welt der Arbeiterassoziationen beschränkt, hat weniger glanzvolle Spuren hinterlassen. Sie suchte bei den Mächtigen keine Unterstützung und verfaßte auch keine literarischen Werke. Dennoch trug sie das Ihre dazu bei, den Sozialismus in den verschiedenen Arbeiterschichten zu verankern, bei den Handarbeitern ebenso wie bei den Kopfarbeitern, denn Pauline Roland ist Mitgründerin der Bruderschaft der sozialistischen Lehrer und Lehrerinnen. Auch an der öffentlichen Auseinandersetzung via Zeitungsartikel mit den anderen sozialistischen Richtungen läßt sie es nicht fehlen. Nachdem der Gegner auf die revolutionären *Journées* des Juni 1848 mit dem Staatsstreich vom 2. Dezember antwortet, betätigt sich Pauline im republikanischen Widerstand. Von ihrer Zelle im Gefängnis Sainte-Pélagie aus spricht sie den Wankelmütigen unter ihren Gefährten Mut zu und wird daraufhin nach Algerien deportiert. Couragiert weist sie alle Hilfsangebote ab: Solange auch nur eine Frau deportiert ist, wird sie an ihrer Seite sein. Die Solidarität mit ihren Gefährtinnen, seien sie politische Gefangene oder gewöhnliche Kriminelle, ist ergreifend. Keine Spur von der Art, wie Flora Tristan die Prostituierten, die ihr über den Weg liefen, von oben herab behandelte. Pauline Rolands evangelische Moral, die sich auch aus den Fehlern ihrer Partei speiste, und ihr aufrechter Gang zumal im Angesicht der Gewalt, nötigen uns Respekt ab. Barbès und Hugo, der eine aus dem Gefängnis, der andere aus dem Exil, verfaßten eine Hommage an sie.

Das Glück des Schreibens

Es ist an der Zeit, vom Glück zu reden!
Madame de Staël, *Über Deutschland*

Frauen sollen nicht schreiben, ich weiß; dennoch schreibe ich …
Marceline Desbordes-Valmore

Aufgrund der rechtlichen Minderjährigkeit der Frau befanden sich die schreibenden Frauen in einer heute schwer nachvollziehbaren Lage. Auch wo es ihnen gelang, ihre Schriften unter ihrem eigenen Namen zu veröffentlichen, besaßen sie in keinem Fall die damit verbundenen Eigentumsrechte. Sogar das Lesen eines Romans wurde schon bald als Verbrechen verbucht. Nehmen wir zum Beispiel den Fall der Marie Capelle, die 1840 vor Gericht kam, weil sie angeblich ihren Mann vergiftet hat. Nach Ansicht der Staatsanwaltschaft neigte die Angeklagte aufgrund ihrer Lesegewohnheiten zu Unzufriedenheit und aufsässigem Verhalten. Sie las, also war sie schuldig. So galt die Romanlektüre noch vor Flauberts *Madame Bovary* als krankhafte Leidenschaft, die zu Mord und Totschlag verleitet.

Nichtsdestotrotz fanden die Frauen damals, als ihnen die Wissenschaften noch nicht offenstanden, gerade in der Literatur eine Gelegenheit, die Grenzen, die man ihnen setzte, ein entscheidendes Stück hinauszuschieben. Einige Beispiele zur Veranschaulichung mögen hier genügen.

Madame de Staël, die als Tochter des Financiers und Staatsmanns Necker bereits in jungen Jahren in die Gesellschaft eingeführt wurde, in der sie durch geistreiche Konversation glänzte, gehört sicherlich zu den Frauen, die am intensivsten über die Einflußmöglichkeiten der Literatur nachgedacht haben. Die Figur der Corinna aus dem gleichnamigen Roman, ein ebenso schönes wie in den Künsten bewandertes Genie, kann als leidenschaftliche literarische Selbstdarstellung gelten. »Der Ruhm selbst«, so heißt es in einer berühmten Sentenz ihrer Schrift *Über Deutschland,* »würde nur ein glänzendes Trauerkleid verlorenen Glücks für die Frauen sein.« Corinna sollte das am eigenen Leib erfahren. Als sich ihr Geliebter, Lord Nelvil, von ihr abwendet, um ihrer Schwester Lucile, einer unscheinbaren und fügsamen jungen Frau den Hof zu machen, verläßt sie jeder Lebenswille. Lord Nelvil, als Gefangener seiner Erziehung und seiner Schwäche ein ungleicher Partner, der Corinnas Freiheitsäußerungen häufig mit Argwohn beobachtet und ihr Feingefühl und ihren zurückhaltenden Charakter darüber verkennt, veranschaulicht auf diskrete Weise die Schwierigkeiten, denen die Autorin auf ihrem Weg begegnete. Wo sich die Gelegenheit bietet, fordert Madame de Staël Garantien für die gesellschaftliche Stellung der Frau, die sich in der Folgezeit der Französischen Revolution eher noch verschlechterte. Doch liegt der Reichtum ihres Werks in erster Linie in ihrer anspruchsvollen Schreibweise, in der sich die gegensätzlichen Momente der Begeisterung und der Melancholie, des Fortschrittsglaubens und des Gefühls, die Menschheit habe ihre Bestimmung noch nicht erreicht, zu einer dynamischen Synthese verbinden. Diese durchgängig persönliche und lebendige Versöhnung, bei der der bewunderte Vater Pate stand, ist als literarische Gestaltung der Konflikte zu verstehen, die die Zeit der Jahrhundertwende und des beginnenden 19. Jahrhunderts prägen. Eine Zeit, die namentlich durch das politische und literarische Aufeinanderprallen von Aufklärung und Romantik, Revolution und Kaiserreich gekennzeichnet ist. Madame de Staël scheiterte an den Hindernissen, die sich ihr entgegenstellten und als deren exemplarische Verkörperung Napoleon gelten kann, in keiner Weise, sondern wies dem Jahrhundert, aus dem sie 1817 frühzeitig schied, neue Wege.

Der englische Roman der Jane Austen, der sich mit seinen psychologischen Porträts auf die landsässige Aristokratie beschränkt, wird demgegenüber nur denjenigen Lesern fad erscheiden, die die nüchterne Schreibweise der Schriftstellerin nicht zu schätzen wissen und immer noch bewegte Intrigen und außergewöhnliche Charaktere fordern. Dabei zeigen *Mansfield Park* und *Emma* auf eindrucksvolle Weise, wie die Freiheit der Frau, mag sie sich auch in konventionelle Formen kleiden, durchaus aktiv und wachsam bleibt. Nach einer Reihe von Aufregungen stellt gar das Glück sich ein – in Gestalt einer Liebesheirat. Ganz anders schreiben demgegenüber die Schwestern Brontë, die der Folgegeneration angehören. Dramatisch gespannt zeugt ihre Schreibweise von der Möglichkeit, noch in einer feindseligen Welt als autonomes Subjekt zu handeln. Jane Eyre, durch Armut und Verlust der Eltern eigentlich zum Opfer bestimmt, wendet ihre Lage gestützt auf Wort und Schrift – die einzigen Reichtümer, die sie besitzt – zu ihren Gunsten. Als ihre Peinigerin Mrs. Reed ihr ungerechterweise befiehlt, das Zimmer zu verlassen, tritt sie ihr beherzt entgegen und sagt ihr offen ins Gesicht, sie hasse sie mehr als alles andere auf der Welt. Nach dieser mutigen Tat fühlt sich das Mädchen schlagartig erleichtert. Als sie ihre »Untaten« gestand, bebte sie noch am ganzen Körper; nun durchströmt sie ein Gefühl der Freiheit. Dasselbe Selbstwertgefühl verleiht ihr später die Kraft, ihre Rivalin aus dem Feld zu schlagen und die Liebe von Rochester zu gewinnen. Blanche Ingram ist eine hohle Puppe ohne Herz, die nur angelesene Phrasen im Munde führt. So ist Janes Erfolg gleichbedeutend mit dem Sieg des Authentischen über das Nichtssagende, des Lebens über den Tod.

Marceline Desbordes-Valmore dagegen schreibt in Moll. Unscheinbar wie das Zirpen der Grille gegenüber den schrillen Lauten der Zikade in der Natur erhebt sie ihre Stimme in der Gesellschaft. Sie schreibt nicht in der Absicht, die Allmacht der Männer zu beseitigen, sondern um ihr eigenes Dasein zu bekunden und eine bescheidene Spur ihres Lebens zu hinterlassen. Ein mutiges Da-Sein, am Tag, als die Seidenarbeiter von Lyon 1834 niedergemetzelt wurden. Ein schlichtes »Ich war dabei ...« unterstreicht, wie schrecklich die Repression tobte, während die beherrschte Traurigkeit der Augenzeugin den Skandal einer blindwütigen Gewalt bis ins Unerträgliche steigert. Marceline entspricht zwar der bescheidenen Definition der damaligen Frau als Lebensgefährtin des Mannes, als Ehefrau und Mutter, fordert für die Frauen aber auch das Recht auf Mitsprache. Sie hat eine »Stimme«, die mütterlich und sinnlich klingt. Schnörkellos und ohne alle klassische Rhetorik spricht sie aus, was sie meint. Mit ihrer gefühlsbetonten Schreibweise und ihrem natürlichen Ausdruck ist Marceline Desbordes-Valmore eine Hauptvertreterin der Romantik, die die geschlossene Form hinter sich gelassen hat und die schönsten Wallungen des Ich zuläßt. Die verlassene Frau, vom Leben hart auf die Probe gestellt, muß mit ansehen, wie ihre Kinder sterben. Ihre Liebe bleibt nüchtern: »Ich habe davon gelebt, Liebe zu geben; ich habe also von Tränen gelebt.« Doch die Dichtung vereinigt die Vergangenheit mit der Gegenwart und schafft wieder Hoffnung.

Sollten wir angeben, wer die Begeisterung, die Sehnsüchte und die Krise der Epoche am eindrucksvollsten zum Ausdruck brachte, so käme uns spontan George Sand in den Sinn. Ihr Briefwechsel zeigt uns eine Frau, die durch ihre Nähe zu uns, ihre Großherzigkeit, ihre Widersprüche und ihre zahllosen Leidenschaften in Erstaunen versetzt. Weder die Saint-Simonistinnen, noch Flora Tristan oder irgendeine andere Schriftstellerin in ihrem Umkreis war so vielfältig begabt wie George Sand, die sich nicht nur schriftstellerisch und politisch betätigte, sondern auch in der Malerei, in der Musik und in anderen Bereichen Proben ihres Könnens ablegte. So sehr sie ins gesellschaftliche Leben Frankreichs eingebunden war, so sehr nahm sie vermittelt über ihren »Vetter« Heine, über Mazzini und Chopin an den Vorgängen in Deutschland, Italien und Polen teil. Unbeständig war sie zweifellos, aber persönliche Eitelkeit lag ihr fern. Rückhaltlos und ohne Berechnung gab sie alles, was sie hatte, erwartete von ihrem Gegenüber aber, daß er sich ebenso verhält. In der Seele war sie Demokratin und betonte ihre bürgerliche Herkunft mütterlicherseits, aber sie hatte auch ihren Stolz: »Es gibt nur wenige Menschen, denen ich die Hand geben möchte«, räumte sie ein. Auch bestritt sie, eine Zwangsarbeiterin ihrer Feder, ihren Lebensunterhalt mit eigener harter Arbeit, um mehr Geschmack an den Freuden der Liebe, der Freundschaft und der Mutterschaft zu finden und das Leben auf ihrem Landgut in Nohant, das sie von ihrer Großmutter geerbt hatte, intensiver zu genießen.

Mit ihren festen, in keiner Weise aufrührerischen Überzeugungen ist sie keiner Partei verpflichtet. »Ich bin der *großen Männer* überdrüssig«, bekennt sie im vertrauten Kreis. Stets wird sie es daher vermeiden, die Fehler, die Tyrannei, den Ausschließlichkeitsanspruch und die leichte Verletzlichkeit dieser Großen zu wiederholen. Doch ist sie wie Robespierre Republikanerin und wie Pierre Leroux Sozialistin. Mehr noch als Spartakus, der den Sklavenaufstand gegen die römischen Herren anführte und mit dem sie sich identifiziert, um ihr Geschlecht zu rächen, gefällt ihr die Lelia, die *Häretikerin,* die Heldin ihres gleichnamigen Romans. Eigentlich aber läßt sich George Sand keiner Kirche zurechnen. Am besten erkennt sie sich noch in der Gestalt des »Reisenden« wieder, der sie in ihren *Briefen einer Reisenden* Leben verleiht, in diesem luftigen, bindungslosen Wesen, das die Natur liebt, einem Wesen ohne Eigenschaften – wie man heute sagen würde –, das gerade aufgrund seiner Eigenschaftslosigkeit jede Lebensform, und sei sie noch so unbedeutend, achtet: »Wie soll man diese liebevollen, harmlosen Organismen benennen, die voller guter Absichten und gerade deshalb unfähig und unvermögend sind? Es gibt viele solche Naturen, die nichts können und nichts verstehen und die, sich selbst überlassen, in der Gesellschaft keine Aufgabe fänden, die ihrer Individualität entspricht. Man bezeichnet sie mit einem groben Wort als Idioten und Schwachsinnige. Ich zöge da das Vorurteil mancher Völker vor, die diese Personen für heilig halten«, schreibt sie in ihren Lebenserinnerungen.

George Sands Romane mögen, wo sie von der Hoffnung auf eine Versöhnung der verschiedenen Gesellschaftsklassen getragen sind, an Idealismus kranken. Da berühren einen die Auflehnung von *Indiana* und die Melancholie von *Consuelo* schon eher. Indes kann man George Sand nicht absprechen, daß sie einen eigenen Stil, eigene Formen erfunden hat. Sie beeinflußte nachhaltig die Literaturgattungen »Autobiographie« und »Streit der Ideen« und trug mit Balzac zur Ausbildung des Sittenromans bei. Als unermüdliche Forscherin beschränkte sie sich aufs Darstellen und hütete sich, Schlüsse zu ziehen. Die Beobachtung der Realität und der Drang, sich über die Grenzen des Bestehenden hinaus zu schwingen ins Imaginäre und zum Mythos – dieser Widerspruch findet bei ihr eine poetische Bewegungsform. Durch diese ästhetische Versöhnung gewann George Sand gegen Ende ihres Lebens die Freundschaft und Wertschätzung Flauberts. Daß sich der Einzelgänger von Croisset und die Schloßherrin von Nohant einmal zusammenfinden würden, hätte wohl jeder für unwahrscheinlich gehalten. Wie bewegend, daß es dennoch geschah.

Schlußbemerkung

Wir hätten gern noch mehr Fallbeispiele dargestellt und eine größere Zahl sozialer Lebensbedingungen analysiert. Denn die Frauen dieser Epoche hatten, wie man sich bei der Beschäftigung mit ihnen überzeugen kann, ein recht unterschiedliches Schicksal. Als Revanche für den allzu lang vorherrschenden Immobilismus der Forschung, der als Wahrheit über die Lage der Frauen galt, zeigt das Gesellschaftsgemälde mit fortschreitender Restaurierung immer neue Facetten. Die Welt, die sich uns dabei eröffnet, scheint Lichtjahre von uns entfernt, und doch entwickelte und löste sich, wie der aufmerksame Beobachter feststellen wird, gerade in dieser Zeit so mancher Widerspruch unserer heutigen Gesellschaft. Die Freiheit, zu der die Frauen unseren Blick erziehen, läßt im gesellschaftlichen Gewebe mehr als nur einen Freiraum zur Initiative erkennen. Kleine Ansätze sind hier möglich. So stark der Druck des Faktischen auch sein mag, weder Monotonie noch Unglück sind schicksalsgegeben. Davon zeugt das Aktivwerden der Frauen, die in einer monodischen und entgegen allen anderslautenden Beteuerungen unglücklichen Welt auf die ein oder andere Weise ein Moment von Austausch und Polyphonie zur Geltung bringen.

Ist es unserer Lektüre gelungen, die Differenz, die die Frauen hörbar machen, unverkürzt darzustellen? Waren wir flexibel genug, um die laufenden Forschungen zu berücksichtigen? Zumindest führte das vielschichtige Gemälde, wie wir es vorschlugen, vom Sichtbarsten, den Frauen in der Revolution – ein Phänomen, das zwar in die Augen sticht, doch nur eine Minderheit von Frauen betrifft, obwohl es sich in prägender Weise durch die gesamte Epoche zieht –, über die Moral – ein Zwangsverhältnis, das sie sich entweder zu eigen machten und umgestalteten oder im Gegenteil zur kühnen Innovation wandten –, bis hin zum Zartesten, zum literarischen Ausdruck der Frauen, der einerseits den überkommenen Regeln verhaftet bleibt, zugleich aber auch Ausübung von Freiheit ist.

Unsere Analyse verzeichnet nur einige grobe Linien. Wir haben uns auf Frankreich und die angelsächsische Welt konzentriert, weil sich die Frauenfrage hier zum einen nachdrücklicher und früher stellte als in anderen westlichen Ländern und zum anderen der Zusammenprall zweier Ideenrichtungen oder Weltanschauungen eine äußerst vielschichtige Situation hervorbrachte. Wo das Christentum noch vorherrschte und die Gewalt der Industriegesellschaft noch unbekannt war, beispielsweise in Südeuropa, bewegte sich weniger. Daß sich die Männer im allgemeinen an die überkommenen Verhältnisse klammerten, sollte die rühmlichen Ausnahmen, bei denen die Frauen Unterstützung fanden, nicht vergessen machen. Condorcet und Adam Smith markieren im ausgehenden 18. Jahrhundert den Beginn einer Denkrichtung, deren spätere Vertreter wir zum Teil kennengelernt haben. Ihre Unterstützung hebt sich wohltuend vom erklärten Ansinnen von Religion, Staat und Literatur ab, die Frauen erneut an Heim und Herd zu fesseln.

Das hervorstechendste Merkmal, wenn wir eines nennen sollen, bleibt jedoch, auf welch vielfältige Weise die Frauen initiativ wurden. Die staatliche Sittenpolizei konnte trotz aller Wachsamkeit nicht verhindern, daß die Fragen und Vorschläge, die die Frauen vorbrachten, die Köpfe nachhaltig bewegten. Beunruhigt verzeichnete die Polizei die subversive Ausstrahlung gewisser Ideen und bemühte sich, den Kreis der Zuhörer und Leser durch Zensurmaßnahmen möglichst einzuschränken. Der Name einer Germaine de Staël und einer George Sand fand gleichwohl den Weg durch ganz Europa, überquerte gar den Atlantik und versetzte die Köpfe und Herzen in Aufruhr. Und nicht nur bei ihren Schwestern standen sie in hohem Ansehen, sondern auch in der Welt der Männer, die sich bislang so unzugänglich zeigte, bei Goethe in Weimar ebenso wie bei Emerson in den Vereinigten Staaten. Madame de Staël und George Sand waren Ausdruck einer umfassenderen Bewegung. Eine Freiheit war hier am Werk, die die spätere Rückkehr der gröbsten Phantasiegebilde zwar nicht verhindern konnte, wie das ausgehende 19. Jahrhundert zeigen sollte. Der Zug jedoch blieb. Fortan wurde die Geschichte auch von Frauen geschrieben.

Kapitel 4

Der Arzt

Giorgio Cosmacini

»Unser Jahrhundert«, schrieb Ippolito Nievo im Jahre 1858, »kam auf sehr bizarre Weise auf die Welt: Es wollte es seinen Vorgängern gleichtun und den auf Neuheiten Versessenen zeigen, daß die Ernte niemals mangelt. Es stellte nämlich alle *Systeme* und Beweisführungen auf den Kopf, mit denen sich die Köpfe fünfzig Jahre zuvor abmühten, und wollte partout mit denselben Menschen vollständig entgegengesetzte Ziele erreichen. So gab es denn eine große Zahl von *Empirikern* [...]« (Nievo 1956, S. 651 – Hervorhebungen von mir)

Auch einem Zeitzeugen, der wie der achtzigjährige Autor der *Confessioni di un italiano* keine besondere philosophische Bildung besaß, erschienen die philosophischen Koordinaten des beginnenden 19. Jahrhunderts eindeutig: eine neue Systematik, die den *esprit de système* (»Systemgeist«) des 18. Jahrhunderts unterminierte, und ein verbreiteter Empirismus, der das Gegengewicht dazu bildete. Das als »Romantik« bezeichnete Zeitalter schien von diesen entgegengesetzten Polen metaphysische Spekulation und empirische Evidenz bestimmt gewesen zu sein. Dies galt um so mehr für eine neuentstandene Wissenschaft, die Gottfried Reinhold Treviranus im Jahre 1802 Biologie getauft hatte. Sie war, so schien es, unversehens aus der Rippe der *Naturphilosophie* geschnitten worden, auch wenn sich die Dinge tatsächlich anders verhielten. Wenn die »Philosophie der Natur eine neuplatonische Metaphysik« mit einer »einheitlichen und vitalistischen« Weltsicht war, so ging die neue »Wissenschaft vom Leben« nicht »viel weiter als bis zu Hypothesen, Beobachtungen und genialer Intuition.« (Zanardo 1976, S. 9)

Das epistemologische Scharnier zwischen der intuitiven und beobachtenden Betrachtung von Naturphänomenen und der rationalen Spekulation über dieselben Phänomene war die romantische »sinnliche Vernunft«, die für den jungen Hegel, den künftigen Schöpfer einer komplexen und detaillierten Enzyklopädie der Wissenschaften, die »abstrakte Vernunft« der Aufklärung beim enzyklopädischen Kontruktionswerk ersetzen sollte. (Vgl. Legros 1980) *Abstraktion* bedeutete für den jungen Hegel, daß sich der Wissenschaftler auf das »Kämmerlein des Naturwissenschaftlers [beschränkt], der nach einem einzigen Zweck (wo die Natur eine unendliche Vielzahl von Zwecken zu einer Einheit verbindet) die getöteten Insekten, die getrockneten Pflanzen, die ausgestopften oder in Alkohol konservierten Tiere ordnet«. *Sinnlichkeit* bezog sich im Gegenteil auf das »lebendige Buch der Natur« nach »der Art, wie jedes lebende Wesen – die Pflanzen, die Insekten, die Tiere, die Vögel – das eigene individuelle Leben lebt, seine Bedürfnisse befriedigt, sich paart, kurz das tut, was alle lebenden Spezies betrifft« (Hegel, *Frühe Schriften*).

Der Hegel-Passus verdeutlicht, wie sehr sich die idealistischen deutschen Philosophen von Anfang an mit der Natur beschäftigten. An der Wende vom 18. zum 19. Jahrhundert stellten für sie Naturphilosophie und Medizin brennende Probleme dar. Dies galt vor allem für die Lehre, die der Schotte John Brown aufgestellt hatte und die in Deutschland von dem erfolgreichen Arzt Melchior Adam Weichard und dem unvoreingenommenen Polyhistor Christoph Girtanner, einem Jünger Lavoisiers, verbreitet wurde.

Brown, Professor in Edinburg, starb 1788 im Alter von 53 Jahren. Er hatte eine neue Systematik auf der Basis eines groben Empirismus ausgearbeitet. Diese Systematik wies jene hervorstechend romantischen philosophischen Merkmale auf, die der weise achtzigjährige Nievo im Rückblick hervorgehoben hatte. In seinem Bemühen, es »wie Newton« zu machen, hatte Brown nämlich für sich in Anspruch genommen, bei der Untersuchung und Erklärung von Phänomenen die Newtonsche Methode zu benutzen; daher auch sein wiederholter Bezug auf Bacon und die »gesunde Philosophie«, d.h. auf die empirisch-experimentelle Methode. Er war jedoch weit davon entfernt geblieben, die Methodologie des anglo-schottischen Empirismus auf die Wissenschaften vom Leben anzuwenden. Die *Erregbarkeit*, die er als fundamentale Eigenschaft der Lebewesen definierte und mit der universellen Anziehungskraft Newtons verglich, sah er als »faktische universelle Wahrheit« von empirischer Evidenz an und nicht als erläuterndes Prinzip, das seinerseits erklärungsbedürftig war. Die Brownsche Erregbarkeit, bei weitem keine experimentell bewiesene physiologische Eigenschaft, war so eine »axiomatische Kraft« geblieben, eine metaphysische Essenz. (Canguilhem 1977, S. 47)

Trotz dieses Geburtsfehlers beherrschte die Erregbarkeit das ganze System. Passiv im Gehirn und in den Nerven angelegt, sollte sie durch die Reize der Umgebung oder durch die Stoffe in den Körperhöhlen und Gängen des Organismus aktiviert werden: Luft, Nahrung, Blut. Diese Aktivierung oder Erregung war das Leben: »ein erzwungener Zustand.« (Brown 1792, S.5) Krankheiten wurden durch eine Abnahme der vitalen Erregung verursacht, sowohl durch einen Mangel an Stimulation (»direkte Asthenie«) als auch durch eine verminderte Reaktion auf Reize bei Organismen, die von vorausgehender exzessiver Stimulation erschöpft waren (»indirekte Asthenie«). Nur ein geringer Teil der Krankheiten hatte seine Ursache in einer erhöhten Erregung (»Hypersthenie«).

Diese Simplifizierung der Pathologie spiegelte sich in der Vereinfachung der klinischen Praxis wider. Die Diagnose sah von den Symptomen ab, die Brown als vielgestaltige und irreführende Äußerlichkeiten eines krankhaften Zustandes oder einer krankhaften Anlage galten, einer »Diathese« (Anfälligkeit). Die Diathese war statt dessen nach dem Grad der Asthenie oder (Hyper-)Sthenie zu beurteilen, und zwar nach dem Kriterium *ex adiuvantibus*, d. h. indem man den Körper mit graduell wachsenden Dosen erregender Mittel (ätherische Substanzen, Kampfer, Weine, »schottische« Sturzbäder) oder durch Erregungshemmung (Aderlaß) auf die Probe stellte, bis es zum Ausgleich des angenommenen krankhaften, asthenischen respektive (hyper)sthenischen Überschusses kam. Auch Opium war ein Anregungsmittel: Es war ein so starkes Reizmittel, daß es die vitale Erregung erschöpfte und indirekte Asthenie mit offenbar beruhigender Wirkung verursachte.

In diesen kurzen Lehrsätzen zusammengefaßt, hatte sich die Brownsche Doktrin (oder Brunonische, nach dem latinisierten Namen des Autors) im letzten Jahrzehnt des 18. Jahrhunderts schnell in Europa ausgebreitet, vor allem in Deutschland und Italien. Diesseits und jenseits der Alpen offenbarte der Brownismus bald seine Doppel- oder Mehrdeutigkeit zwischen erklärtem Empirismus und praktiziertem spekulativem

Apriorismus. Nicht zufällig fiel er daher unterschiedslos sowohl bei den Ärzten nördlich der Alpen auf fruchtbaren Boden, die ihre Anregungen aus der Naturphilosophie bezogen, wie bei den transalpinen Ärzten, deren Medizin im napoleonischen Italien und während der Restauration vom Sensualismus der französischen *Ideologen*[1] inspiriert war.

Brownismus und deutscher Idealismus

Die Lehre Browns präsentierte sich als »[all-]umfassendes Schema des Lebens, so konzipiert, wie Newton die Planetenbewegungen erklärt hatte: nach einem einheitlichen Prinzip«. (Bole 1974, S. 288) Statt eine Erklärung der einzelnen Phänomene verschiedener Krankheiten zu liefern, beanspruchte Browns Lehre eher, Krankheit im allgemeinen zu erklären. Als apriorisch wahre Theorie des Lebens konnte sie daher die einzelnen, verschiedenartigen Beobachtungsdaten außer acht lassen, die sie scheinbar widerlegten. Die kontingente und vielgestaltige Erfahrung konnte, so schien es, keine zwingende und universelle Erklärung gewährleisten; dies vermochte offenbar allein die Spekulation. So kam die Brownsche Doktrin dazu, die »Prämissen einer medizinischen Wissenschaft« durch apriorische Setzung zu schaffen. (Ebd., S. 290f.)

Von dem, was wir heute eine moderne Theorie nennen, unterschied sie sich dadurch, daß sie nicht auf mutmaßlichen und widerlegbaren Hypothesen beruhte. Aufgrund dieser mangelnden Falsifizierbarkeit stand sie nicht nur inhaltlich, sondern auch formal der zeitgenössischen deutschen Medizin nahe, die sich in »schimärischen Spekulationen über die *vis vitalis*« verlor. Doch gegen die große Schimäre der »Lebenskraft« und des animistischen Vitalismus wandte sich, paradoxerweise gerade im Namen Browns, der Arzt

1 Für den letzten Teil dieses Absatzes vgl. Giorgio Cosmacini, *Storia della medicina e della sanità in Italia: dalla pèste europea alla guerra mondiale, 1348-1918*, Rom/Bari [6]1995, S. 258-259. (Den Ideologen um Destutt de Tracy ging es in Anknüpfung an Locke in der Begründung von Ideologie als Wissenschaft um die Fundierung einer abgesicherten Theorie der sinnlichen Erfahrung, auf deren Basis dann in Frankreich nach der Revolution von 1789 insbesondere Erziehung und Unterricht eine entsprechende Ausgestaltung und Verbesserung im Hinblick auf das Ziel einer »sozialen Harmonie« erfahren sollten; A.d.Ü.)

Andreas Röschlaub, Kliniker am Hospital in Bamberg, der versicherte, daß die Brownsche Erregbarkeit ›keine okkulte Eigenschaft war, um sich aus der Verlegenheit zu ziehen, sondern auf induktiv erkannte Gesetze der Lebewesen gründete, als Prinzip, das ihnen Einheit und Notwendigkeit verleiht und das bei weitem keinen Vorwand für die Aufgabe der empirischen Analyse lieferte, sondern das Fundament für eine Mehrung der Erfahrung legte«.

Wenn das Konzept der Erregbarkeit »als apriorisches Konzept nicht aus der Erfahrung stammt[e]«, so war es doch »ein *transzendentales* Einheitsprinzip, unter das die Vielgestaltigkeit der Erfahrung geordnet werden mußte«. (Röschlaub zitiert nach Moiso 1989, S. 107ff. et passim – ich danke Prof. Moiso für die wertvollen Informationen)

Durch die Vermittlung Röschlaubs, dessen Vorlesungen er in Bamberg besuchte, hatte Schelling den Brownismus kennen- und schätzen gelernt. »Gerade von diesem Prinzip hängt offenkundig die große Frage ab, wie man im allgemeinen auf den Organismus einwirken kann«, schrieb er und fügte hinzu: »Von dieser Frage hängt ihrerseits ab, ob zum Beispiel die Heilkunst je auf ihre Prinzipien zurückgeführt werden kann, d. h. ob sie zur wahren Kunst erhoben werden kann.« (Schelling zitiert nach Moiso 1989, S. 110) Um aus der Medizin eine Wissenschaft zu machen – eine »wahre Kunst« in der Begrifflichkeit der Romantik – müsse man verstehen, wie und warum ein erkrankter Organismus aufgrund äußerer Reize anders werden und gleichzeitig unabhängig von diesen Stimuli sich selbst gleich bleiben konnte. Denn so war der Organismus: unabhängig von der Umgebung und abhängig von ihr, unveränderlich und veränderlich.

In dieser Interpretation Schellings war die These Browns von der Homogenität zwischen »gesundem Zustand« und »krankem Zustand« – »zwei Zustände, die bereits als äußerst unterschiedlich, beinahe entgegengesetzt angesehen und mit den lächerlichen Bezeichnungen *natürlich* und *unnatürlich* versehen wurden« (Brown zitiert nach Bilancioni 1929, S. 47) – nicht nur die schlichte Bekräftigung der physiopathologischen Kontinuität zwischen Gesundheit und Krankheit. Schelling sah hier vielmehr auch die geniale Intuition der organischen Aktivität als homöostatischer Aktivität, als »Norm, die sich durch den beständigen Druck von Ursachen erhält, die dazu neigen, Abweichungen von dieser zu verursachen«, als »Regel, die sich durch das beständige Risiko manifestiert, verletzt zu werden«, als »Koinzidenz von Selbstbestimmung und Fremdbestimmung in einem System, daß sich selbst in einem Austausch der Wirkungen mit der Umwelt erhält«. Dies war die »Anwendung des Ich-Modells von Fichte auf die Naturkonzeption«. (Moiso 1989, S. 114)

Der Brownismus hatte Fichte Probleme bereitet: »die Philosophie Fichtes und die Brownsche Medizin verweisen äußerlich nicht aufeinander«. Auch Schelling hatte ihn problematisiert: »Die Medizin Browns und die Transzendentalphilosophie illustrieren sich wechselseitig im System Schellings.« (Ebd., S. 115). Und schließlich hatte auch Hegel damit seine Probleme gehabt. Der reife Hegel sprach dem Brownismus aber das Verdienst zu, einen Beitrag geleistet zu haben, »die Ansicht des blos Particulären und Specifischen sowohl der Krankheiten als der Mittel zu erweitern, und in beiden vielmehr das Allgemeine als das Wesentliche zu erkennen«. (Hegel 1992, S. 373)

Hegel erkannte im Brownismus einen großen Vorzug. Dieser hatte sich nämlich bemüht, die klinische Kasuistik und den therapeutischen Eklektizismus der Zeit zu überwinden und eine theoretische Durchdringung medizinischer Begriffe zu unternehmen – Leben, Tod, Gesundheit, Krankheit, kränkliche Veranlagung –, und so auf dem Gebiet der Medizin eine legitime und notwendige philosophische Funktion erfüllt. Trotzdem zögerte Hegel nicht, Browns »leeren Formalismus« zu kritisieren. (Ebd, S. 373) Er habe, so Hegel, zu der irrigen Annahme geführt, »eine spekulative Hypothese könne in größerem Maßstab eine ähnliche Funktion haben wie eine empirische Hypothese« (Bole 1974, S. 288); aber wir haben bereits gesehen, wie sehr Brown in dieser Hinsicht ideologisch fixiert war und unfähig blieb, jenseits der Erscheinungen zwischen Definition und Erklärung, zwischen Spekulation und Empirie zu unterscheiden.

Die romantische Medizin

Röschlaub – und mit ihm der ebenfalls in Bamberg praktizierende Chefarzt des städtischen Hospitals, Adalbert Friedrich Marcus – war einer der bedeutendsten Vertreter der Medizin während der Romantik (besonders jener, die aus der Ausarbeitung der Lehre

Browns entstand). Diese Medizin vereinte zahlreiche spekulative und empirische Einflüsse in sich. (Vgl. dazu Temkin 1951)

Allgemein war die Romantik nicht nur durch eine kulturelle Ideologie und ein bestimmtes literarisches Klima gekennzeichnet. Diese allgemein akzeptierte Auffassung ist eine Verkürzung. Die Romantik äußerte sich auch im weiteren und tieferen Sinn einer wirklichen Weltanschauung, die das Denken und Handeln des Menschen in der Welt leitete und die daher auch seine Sicht der Natur, der Theorien des Lebens, seinen Begriff von Krankheit und die Praktiken, um seine Gesundheit zu erhalten oder wiederherzustellen, beeinflußte. Darüber hinaus bezog die deutsche Romantik auf dem besonderen Feld der Medizin und Natur ihre Inspiration nicht allein aus den Anregungen, die der Brownismus den idealistischen Philosophen bot; auch andere Konzepte und Werte speisten die Theorien und medizinische Praxis dieser Epoche.

Die Naturphilosophie von Lorenz Oken und all jener, die derselben Geistesrichtung angehörten, war eine Art pantheistische Vision, die in der Natur nicht eine minderwertige, mechanistisch geformte Welt, sondern, aus der Perspektive eines dynamischen Geschichtsverständnisses, ein im Innersten belebtes und in beständiger Veränderung begriffenes Universum sah. Diese Philosophie formulierte die Einheit und Ganzheit der Natur, die ihr zufolge durch eine polare, sich in einer Kette von triadischen Momenten äußernden Spannung in ihren Gegensätzen zusammengehalten wurde: »Alle erkannten die dreifache Stufe des Seins, die ewige Bewegung des Alls, die Steigerung ins Göttliche.« Im Rahmen dieser Vision bedeutete Leben Teilhabe an der Totalität, das menschliche Leben vollkommene Polarität, die Krankheit ein dynamisches Ungleichgewicht von polaren Kräften. (Vgl. Leibbrand 1937, S. 67f.)

Es gab jene, wie Dietrich Georg Kieser, die das menschliche Leben als Oszillation zwischen einem positiven und einem negativen Pol begriffen, harmonisch oder disharmonisch je nachdem, ob der Mensch gesund oder krank war. Wenn Gesundheit mit einer häufig wiederkehrenden Metapher als Einklang mit dem Ganzen gesehen wurde, war Krankheit die Auflösung dieses harmonischen Bandes und der Rückfall des Organismus auf sich selbst. Mit einer symbolischen Übertragung nach dem Prinzip der Analogie – ein Prinzip, das die wissenschaftlichen Beschreibungen der Naturphilosophen beherrschte – hatte Kieser keine Schwierigkeiten, vom eigentlichen (physisch-natürlichen) Sinn zum bildlichen (ethisch-moralischen) Sinn überzugehen und die Krankheit als Egoismus zu qualifizieren: ein Egoismus des Körpers und des Geistes.

Die Konzeption der Krankheit als Egoismus, der die Einheit des Ganzen zerbricht, machte auch aus dem Organismus eine zerbrochene, gespaltene Einheit. Die Krankheit wurde so ein ontologisches Anderssein, ein *ens morbi*, »eine wahrhafte Schmarotzerpflanze«. Als krankhafte Wesenheit für sich war die Krankheit folglich »wie eine Pflanze von eigener Art«, gehörte zur Reihe der Lebewesen, wenngleich mit ihrem »monadischen Leben« zu den geringsten und kleinsten unter ihnen. (Ebd., S. 98ff.)

Die Konzeption der Krankheit als selbständige, in der Natur existierende Realität brachte Karl Richard Hoffmann dazu, sie als entartete Natur zu begreifen. »Das Reich der Krankheiten«, schrieb Hoffmann, »ist der Affe der Natur«, die Krankheit ein »Affengeschöpf«. Für ihn war jede Krankheit ein Abfall von einer bestimmten Lebensform, die Inkarnation einer Idee minderwertigen Lebens: So war die Rachitis »die Idee des wirbellosen Tieres«, der Katarrh die Idee des »Wassertieres« usw. (Ebd., S. 101f.)

Die Krankheiten waren mit einem eigenen Leben ausgestattet, das von der Vollkommenheit der Natur abgefallen war; sie hatten eine eigene, halb böse oder böse Seele. Sie waren für Johann Nepomuk Ringseis, den Leibarzt Ludwigs I. von Bayern in München, der »Kapitale der Romantik«, »kleine Hilfsdämonen des großen Teufels, ohne dessen Mitarbeit der Sündenfall im Paradies nicht hätte statthaben können«. Die Gesundheit war das verlorene Paradies, die Krankheit der Sündenfall. Mit noch druckvollerer und durchaus interessengeleiteter symbolischer Verdrehung galt die Heilkunst als »Medizin des Geistes« im Dienst der Religion; als solche durfte sie nur von Ärzten ausgeübt werden, die – wie Ringseis und seine Adepten (Görres, Windischmann, Leupoldt, Dollinger) – »christlich-germanisch« waren und, vom Geist der Kreuzfahrer beseelt, gegen »materialistische« Ärzte wie Lukas Schönlein ins Feld zogen, der statt Ringseis auf den Klinik-Lehrstuhl in Würzburg berufen worden war. Zu bekämpfen waren auch abscheuerregende Methoden: das Stethoskop, das Autopsieskalpell, die mikroskopische Linse, die Pulsmeßuhr, die im Labor eingesetzten chemischen Reagenzmittel. (Ebd., S. 104ff.)

Die entstehende anatomisch-klinische und experimentelle Medizin, die solche Methoden und Instrumente einsetzte, ging zu dieser Art romantischer Medizin bereits auf Distanz, bis langsam der Abstand unüberbrückbar wurde. Und dennoch bezog sie aus der Medizin der Romantik einige Konzepte und Anschauungen, die das Ende der Romantik überleben sollten: die Erkenntnis der integralen Beziehung Organismus/Umwelt (Mensch/Natur) als Bezugsgröße der Gesundheit, das Konzept einer Pathologie als Untersuchung von Phänomenen der Degeneration und des Parasitenbefalls, das Konzept klinischer Malignität.

In einer engen Verquickung von ideologisch-wissenschaftlichen Allegorien und »universellen Sympathien« fügte man dem Brownismus die Gedanken hinzu, die der Dichter Novalis hinterlassen hatte, der 1801 mit 30 Jahren der Schwindsucht zum Opfer fiel: [Hyper-] Sthenie und Asthenie waren aufeinander bezogen wie Körper und Seele; sie waren daher eher nebeneinandergestellt und zuzuammengehörig als entgegengesetzt. Der Übermensch von Novalis mußte sich auf seinem Weg zu Gott vom Körperlichen befreien, asthenisch und krank werden. Der kranke Mensch war der überlegene Mensch, vergeistigt dank seiner krankheitsbedingten Schwächung. In der romantischen Weltanschauung, die ihr einen bevorzugten Status zuerkannte, wurde die Krankheit als läuterndste und erhabenste Erfahrung des Menschen gefeiert. »Krankheiten«, so Novalis, »zeichnen den Menschen vor den Tieren und Pflanzen aus«; sie sind »die Lehrjahre der Lebenskunst und Gemütsbildung«: War der Mensch etwa nicht »zum Leiden geboren«? (Ebd., S. 92ff.)

Die Medizin der Romantik gab so der späteren medizinischen Wissenschaft nicht nur Anregungen, sondern gewann auch Einfluß auf die allgemeinen Anschauungen.

Magnetismus und Mesmerismus

Zu den Leitideen der romantischen Wissenschaft gehörte, wie gesehen, die Idee der Polarität. Licht und Gewicht waren das Urpaar von Gegensätzen – eine wissenschaftliche Verbindung, die später von der Entdeckung der neuromuskulären Elektrizität (Luigi Galvani, 1791) und des Elektromagnetismus (Hans Christian Oersted, 1820) erschüttert wurde. Sie wurden zu den beiden ursprünglichen magnetischen Polen einer allgegenwärtigen vitalen Spannung, die sich auf verschiedenen Ebenen äußerte.

Johann Wilhelm Ritter, Physiker in Jena, der in seiner Naturphilosophie den empirisch-experimentellen gegenüber dem spekulativen Ansatz betonte und die in der Natur wirkenden »Kräfte« (der Wärme, des Lichts, der Elektrizität, der Chemie, des Magnetismus) nicht mit einer entsprechenden Anzahl von »Substanzen« gleichsetzte, sondern einem einzigen Substrat mit ebensovielen phänomenalen »Eigenschaften« zuschrieb, betrachtete einige dieser Phänomene als widerstreitende Manifestationen entgegengesetzter Pole. Der Übergang vom Essentialismus zum Phänomenalismus (von der Spekulation über die Essenzen zur Physiologie der Eigenschaften) vollzog sich allerdings nicht ohne Unsicherheiten. Ritter erkannte die »Lebenskraft« im »galvanischen Fluidum«, das durch die miteinander verbundenen Ketten der »tierischen Teile« und Organe »fließen« sollte, und er betrachtete Gesundheit mit jener Analogie aus der Musik, die wir schon kennengelernt haben, als eine »Harmonie der Aktionen dieser Ketten«. Krankheit war für ihn mit einer entsprechenden Analogie die »Störung dieser Harmonie«. Aufgabe des Arztes war es, die Aktion der Ketten zu erhöhen oder zu vermindern, um die gestörte Harmonie wiederherzustellen. (Leibbrand 1937, S. 64)

Für Friedrich Hufeland, den jüngeren Bruder des weit berühmteren Christoph Wilhelm Hufeland – klinischer Arzt in Jena und später in Berlin –, erzeugte die Natur einen Spannungsdualismus, der sich auf die magnetische Polarität zurückführen ließ, ein Feld oder eine »Wirkungssphäre«, in der sich jene große magnetische Anziehungskraft äußerte, die in der universellen Sympathie bestand (auch die Ansteckung war ein sympathetischer Prozeß). Wenn der Magnetismus oder die »Seele des Eisens« hier auch noch keinen festen Ort hatte, so existierten dagegen im Tierreich organische Teile oder Systeme, die mit dieser Polarität aufgeladen waren: Der positive Pol lag im Nervensystem, der negative Pol im Gefäßsystem. »Am vollkommensten ist diese Polausbildung beim Menschen. Früher als alle anderen [Organe] bilden sich bei ihm die Pole Herz und Hirn aus; der Mensch ist ein polarer Magnet […].« (Ebd., S. 69)

All dies machte die Theorie und Methodologie des animalischen Magnetismus immer glaubhafter, den der schwäbische Arzt Franz Anton Mesmer im letzten Viertel des 18. Jahrhunderts entwickelt hatte. Überzeugt, daß die »Einflüsse der Planeten« in der traditionellen Ätiologie nichts anderes seien als magnetische Kraftimpulse, in die sich der *spiritus vitalis* oder die universelle Sympathie übersetzte, hatte Mesmer begonnen, mit einer Heilungsmethode zu experimentieren, bei der die Kranken, sensibilisiert durch vorausgehende Anwendung von »Eisen«-Präparaten, mit unterschiedlich starken Eisenmagneten behandelt wurden. Dadurch sollte nach seinen Worten die gestörte »Harmonie der Nerven« wiederhergestellt werden. Mesmer war immer stärker überzeugt, daß der Magnetismus mit seinem Strom das gesamte Triregnum der Natur durchdrang und nicht ausschließlich oder vorzugsweise das Reich der Mineralien. So gelangte er zur Erkenntnis des »menschlichen Magnetismus« und der besonderen Heilkraft, die ihm innewohnte. Diese Heilkraft war vom Heiler ohne Zuhilfenahme von Magneten auf den Heilungsbedürftigen direkt übertragbar, ein Beweis, daß der Mensch als perfekter Magnet zur Heilung berufen war. (Vgl. Rausky 1977, S. 49f.)

In einem seiner ersten Berichte über die Anwendung der Methode hatte Mesmer geschrieben:

> »Ich habe Menstruations- und Hämorrhoidengänge durch den Magnetismus wiederhergestellt und die Unpäßlichkeiten, die von diesen Beschwerden rührten, geheilt. Mit demselben Mittel habe ich einen Bluthusten und eine Paralyse, die auf einen Schlaganfall folgte, einen Tremor nach einem cholerischen Anfalle sowie alle hypochondrischen, konvulsiven und hysterischen Vorfälle geheilt. Nun versuche ich, die Epilepsie, die Melancholie, die Manie und das Wechselfieber zu heilen.« (Mesmer 1971, S. 52)

»Der Magnet war ein Modell der Natur.« Das allesdurchdringende magnetische Fluidum bildete Ströme, Rückströme und Wirbel, wie ein Wasserlauf, der auf ein Hindernis stößt. Der Mensch schwamm in diesem Ozean: Mit seinen eigenen Muskeln und Nerven, die mit gleichbleibender musikalischer Analogie als gutgestimmte Saiten der Empfindung angesehen wurden, war er auf seine Wirbelbewegungen abgestimmt. Ihre Verstimmung war der Grund für die krankhafte Disharmonie. Aber der Magnet war auch ein therapeutisches Modell. An einen magischen Allmachtstraum eher als an ein wissenschaftliches Forschungsvorhaben erinnert die Behauptung: »Es gibt nur eine Einheitskrankheit und nur ein Heilmittel: den Magnetismus.« (Leibbrand 1937, S. 133)

Der beste menschliche Magnet war der magnetisierende Arzt. Besagte nicht ein alter Aphorismus, daß »ein guter Arzt die beste Medizin ist«? Hufeland Junior betrachtete die Beziehung zwischen dem magnetisierenden Arzt und dem magnetisierten Patienten als »Polunterschied: das eine Subjekt strahlt ein hochpotenziertes, positiv wirkendes Feld aus, das andere stellt ein ›depotenziertes‹ Feld dar«. Das romantische Denken erkannte in der therapeutischen Sitzung Mesmers die »zeitweilige Manifestation einer einheitlichen Seele«, eine »sympathische Vereinigung« zwischen Arzt und Patient, eine mehr brüderliche oder väterliche als freundschaftliche Beziehung, die man »mit der Beziehung zwischen Mutter und Leibesfrucht verglich«. (Ebd., S. 134).

Die Zustände von »magnetischem Schlaf« und Somnambulismus, die mit dem Mesmerismus aufgetaucht waren und von Medizinern und Philosophen ausgiebig diskutiert wurden, bereicherten nicht nur die Vorstellungswelt der Analogien und den Symbolgehalt der romantischen Medizin, sondern dienten auch dazu, in den tiefen Brunnen des Traumlebens zu blicken, um dort den Schlüssel zur Erkenntnis der menschlichen Seele zu suchen, des Menschen im allgemeinen und vieler seiner Übel. Gotthilf Heinrich Schubert war der Auffassung, daß beim magnetischen Schlaf der an die Bedingungen des Wachzustands gebundene »äußere« Mensch einschlief und der »innere« Mensch – von allen Banden gelöst und endlich befreit – mit seiner »Nachtseite« aufwachte. Der Traum war das Zwischenglied von äußerem und innerem Pol: Es gab nämlich Träume, die mehr oder weniger getreu das äußere, alltägliche Leben spiegelten, und Träume von »höherer« Bedeutung – anamnestische oder hellseherische Träume –, die dagegen einen inneren »Zustand der Losgelöstheit« spiegelten, in dem der Träumende die Vergangenheit ebenso erneut durchleben wie die Zukunft voraussehen konnte. Der Therapeut konnte darin seinerseits eine »göttliche Stimme« wahrnehmen, die – wenn man ihr nur gut zuzuhören verstand – den Weg zur Heilung des Kranken aufzeigte. (Ebd., S. 76ff.)

Einem Traumdeuter wie dem mystischen Philosophen Franz von Baader, der Träume als »höhere Wahrheit« sah, schrieb Ritter: »Ich glaube, eine bedeutende Entdeckung gemacht zu haben, jene des passiven Bewußtseins, des Unwillentlichen [...]. Jeder von uns trägt in sich seinen Schlafwandler, dessen eigener Magnetiseur er ist.« (Zitiert in Brion 1963, S. 56) Und ein Anhänger des Mesmerismus wie der Arzt Karl Gustav Carus begann sein Werk *Psyche* mit dem Satz: »Der Schlüssel zur Erkenntnis des bewußten Seelenlebens liegt in der Region des Unbewußtseins.«

Zur Vermittlung von Magnetismus/Mesmerismus und dem, was später die Theorie des Unbewußten und die Psychoanalyse Sigmund Freuds werden sollte, trugen aber mehr noch als der Arzt Carus und der Physiologe Ritter (ein ebenso eifriger Mesmerianer wie experimenteller Wissenschaftler, der in enger Freundschaft mit Oersted über den Elektromagnetismus forschte) zwei andere Männer bei. Es handelte sich um den Musiker und Romancier Ernst Theodor Amadeus Hoffmann und den Schriftsteller Johann Paul Friedrich Richter (Künstlername Jean Paul). E.T.A. Hoffmann war mit dem Kliniker Marcus befreundet, unter dessen Einfluß er vom Brownianer zum Mesmerianer geworden war, und sein Beitrag bestand in der Ahnung, daß der Urstoff der Träume die Gestalten der Kindheit sind. Jean Paul war ein glühender Bewunderer Mesmers, selbst Magnetiseur und überzeugt, daß in unseren Traumgebäuden die Geheimnisse der Seele und die Triebe verschlossen liegen.

»Similia similibus curentur«

Eine weitere Lehre interpretierte die Krankheit mit einer musikalischen Metapher als »verstimmte Lebenskraft«. Der sächsische Arzt Christian Friedrich Hahnemann hatte sie Ende des 18. Jahrhunderts ausgearbeitet. Hahnemann war ein erfolgreicher Arzt mit hervorragenden Kenntnissen der Physik, Chemie, Anatomie und Botanik. Im Jahre 1789 – dem schicksalhaften Jahr der Revolution! – hatte er (Wahrheit oder Legende?) die Patienten seines Ambulatoriums in Leipzig mit den Worten entlassen: »Meine Freunde, Ihr könnt von hier fortgehen, ich weiß leider Eure Leiden nicht zu lindern, ich weiß Euch nicht zu heilen. Ich will daher auch nicht Eurer Geld stehlen.« (Zitiert nach Lodispoto 1987, S. 9)

Einer von Hahnemanns Hagiographen schrieb über ihn:

»Hahnemann beendete freiwillig seine Karriere als Arzt, scheuchte seine Patienten fort und gab ihnen zu verstehen, daß die üblichen Behandlungen – Brechmittel, Abführmittel, Blutegel, Aderlässe – in Wirklichkeit keinen Wert hatten. Es handelte sich praktisch um ein Scherbengericht über und eine Kriegserklärung an die Medizin der Epoche. Diese Haltung war nicht die Frucht einer momentanen Niedergeschlagenheit, sondern das Ergebnis einer tiefen Bewußtseinskrise, die ihn schon seit langem peinigte.« (Lodispoto 1987, S. 10)

Mit der offenen Kritik an der klassischen galenischen Medizin, die *ex cathedra* gelehrt und von den meisten angewandt wurde, war in Hahnemann das Bedürfnis gereift, eine wirklich wirksame therapeutische Methode zu finden, die ebenso wohltätig wie risikolos wäre: eine der gängigen völlig entgegengesetzte Methode, da jene wenig wirksam wie risikoreich und zuweilen schädlich war. Auf der Grundlage einer Theorie, die durch viele beobachtete Fälle bestätigt wurde, nahm eine solche neue Methode durch Hahnemanns Arbeit langsam konkrete Formen an. Sie widersprach der klassischen Methode, auf der gewöhnlich die Behandlung beruhte, radikal. Auf philosophischer Ebene war dies die Theorie der universellen Analogien, auf der medizinischen Ebene das »Gesetz der Ähnlichkeit«: *similia similibus curentur*.

Ohne allzuweit auszuholen und bei Galen, dem Vater des gegenteiligen »Gesetzes der Gegensätze«, nach den nicht wenigen Ausnahmen und Widersprüchen zu suchen, reicht es, bis zur »neuen Medizin« von Paracelsus zurückzugehen, um dort eine explizite Formulierung des neuen Gesetzes zu finden: »Keine warme Krankheit wurde je mit kalten Mitteln geheilt noch eine kalte Krankheit mit warmen. Das Ähnliche wird oft mit seinem Ähnlichen geheilt.« (Paracelsus 1658, S. 168)

In den deutschen Staaten fiel die Lehre von Paracelsus auf fruchtbaren Boden. Auch Mesmer hatte die Schriften von Paracelsus eingehend studiert und seinen »animalischen Magnetismus« ursprünglich als »außerkörperliche Kraft« gedacht, »die der erweiterten kosmischen Kraft von Paracelsus und Robert Fludd entsprach«. (Leibbrand 1937, S. 127) Die gesamte romantische Medizin war mit Motiven der Paracelsischen Medizin durchdrungen. Hahnemann seinerseits mußte sich später häufig des Vorwurfs erwehren, Paracelsus und Van Helmont plagiiert zu haben. »Und wenn seine Anschauungen auch auf Traditionen des 18. Jahrhunderts zurückgingen, so waren sie doch im wesentlichen romantisch.« (Leibbrand 1937, S. 155) Nicht zufällig war seine Musik-Metapher der Krankheit typisch romantisch.

Auch Hahnemann sah die Gesundheit als »Harmonie«. Um den Organismus zu heilen, mußte man den Organismus wie ein Instrument stimmen: Man mußte auf Hunderte von Registern und Töne einwirken, man mußte mit Dutzenden und aber Dutzenden von Arzneien experimentieren, die einer riesigen Anzahl von Gesunden und Kranken zu verabreichen waren. So hatte Hahnemann in seinen Protokollen »von 52 Arzneien die Sonderwirkungen beschrieben; die Belladonna [Tollkirsche] hatte 1440, die Krähenaugen [Brechnuß] 1300, Arsen 1068«. (Ebd., S. 150)

Hahnemanns Abhandlung, 1810 abgeschlossen, trug den Titel *Organon der Heilkunst*. »Wer eine Krankheit zu heilen unternimmt«, so war dort zu lesen, »der hat sich ihre Symptome zu vergegenwärtigen und gleichzeitig zu ermitteln, welcher Arzneistoff, Gesunden gereicht, ähnliche Erscheinungen bewirke, wie sie jener Krankheit eigen sind.« (Ebd., S. 150) Die revolutionäre Behandlungsmethode bestand vor allem darin, von Teilwissen – der Anatomie, der Physiologie, der Pathologie – abzusehen und sich auf die Totalität der Krankheit zu beziehen, die vollständig von der Symptomatologie des Patienten erfaßt wurde. Danach ging es darum, zu wissen, welche Medikamente mit ihren jeweiligen Verabreichungen und Dosen auszuwählen waren: Die Heilbehandlung führte nur dann zu guten Ergebnissen, wenn die Wahl *homöopathisch* war (genauer gesagt *homoiopathisch*), d. h. wenn sie auf der Ähnlichkeit der pharmakologischen Wirkungen mit den Symptomen der Krankheit beruhte, und nur, wenn das Heilmittel in kleinsten Dosen verabreicht wurde. »Die Gabe des homoiopathisch gewählten Heilmittels«, so hatte Hahnemann geschrieben, »kann nie so klein bereitet werden, daß sie nicht noch stärker als die natürliche Krankheit wäre und sie nicht, wenigstens zum Teil, zu überstimmen, auszulöschen und zu heilen vermöchte.« (Ebd., S. 156)

Nicht anders die *variola minor*, die leichte Pockenerkrankung, die durch die Einimpfung eines Tröpfchens Eiter in einen Ritz in der Haut erzielt wurde und der *variola maior*, der entstellenden und tödlichen echten Pockenerkrankung, vorbeugte. Nicht zu vergessen ist ferner, daß Arznei Gift bedeutete: Jedes Arzneimittel war in hohen Dosen ein Gift, und umgekehrt konnte ein Gift in geringen Mengen ein Heilmittel sein. Hahnemann hatte daraus wichtige Schlußfolgerungen gezogen. Wie und warum seine therapeutische Methode heilend wirkte und risikolos war, erklärte er mit dem Umstand, daß die »homoiopathische Arznei«, d.h. das Heilmittel in geringer Dosis, das »bei jeder Teilung und Verkleinerung durch Reiben und Schütteln potenziert« wurde, sich in »heilkräftigen Geist« verwandelte. »Die Arzneistoffe«, schrieb Hahnemann, »sind keine toten Substanzen im gewöhnlichen Sinne; vielmehr ist ihr wahres Wesen bloß dynamisch-geistig, ist lauter Kraft, die durch jenen so merkwürdigen Prozeß des Reibens und Schüttelns nach homoiopathischer Art bis an die Grenzen der Unendlichkeit getrieben werden kann.« (Ebd., S.157)

Von der unendlich kleinen Dosis zur unendlichen Kraft. Zuweilen genügte es, daß der Kranke das Arzneimittel schnupperte oder einen Tropfen auf die Zungenspitze träufelte, um »sich zu kräftigen« und die Krankheit zu besiegen. Nicht anders hatten sich für Paracelsus durch Sublimation aus der »Seele« der Metalle die verborgenen »Tugenden und Kräfte« der wahren Heilmittel (*arcana*) entfaltet, die »keinerlei Körper besaßen«, sondern flüchtig waren (*volatilia*) und deshalb zu den Sternen (*ad astra*) aufstiegen – jedes zu dem, der ihm ähnlich war: Sie bewiesen ohne den Schatten eines Zweifels die unwiderstehliche »Sympathie«, die zwischen dem alchimistischen Mikrokosmos, Symbol der homöopathischen Heilkunde, und dem astralen Makrokosmos herrschte, Symbol der romantischen Totalität und der *magna vis medicatrix naturae.* (Vgl. Paracelsus 1990)

Phrenologie oder die Disziplin der Seele

Mesmerismus und Homöopathie hatten bedeutende Anhänger gewonnen, vor allem in Deutschland, wo sie im Gegensatz zum Importgut des Brownismus entstanden waren, sowie in Frankreich und Italien, wo auch der Brownismus, wie wir sehen werden, üppige Wurzeln geschlagen hatte, allerdings auf besondere Weise.

Aber noch eine andere medizinische Lehre, die ebenfalls auf deutschem Boden entstanden und gewachsen war, verbreitete sich in jenen Jahren in Europa: die Phrenologie. Es handelte sich um eine Lehre, die darauf zielte, das Problem der Beziehung Geist/Gehirn zu lösen, eine medizinisch-wissenschaftliche Frage, die aufgrund ihrer psychophysiologischen und psychopathologischen Implikationen einen wichtigen Stellenwert einnahm. Sie war zudem wegen ihrer philosophischen Tragweite und ihrer Auswirkungen auf Metaphysik und Ethik ideologisch verfänglich. Den *corpus* phrenologischer Lehrsätze hatten zwischen 1800 und 1813 Franz Joseph Gall und sein Schüler Johann Caspar Spurzheim aufgestellt, zwei Ärzte, um es mit einem Satz von Carlo Cattaneo aus dem Jahre 1839 zu sagen, die jener Kategorie von »glücklichen Menschen angehören, welche sich Genies nennen«, und die, auch »wenn sie Indien dort suchen, wo Indien nicht ist, eine Neue Welt finden«. (Cattaneo 1969, S. 193)

Was war diese »neue Welt«? Es war eine Welt, die – so schrieb der Positivist Cattaneo – vor allem den methodologischen Vorteil der »Induktion« hatte. Mit ihr war Gall dazu gekommen, von der »äußeren Beobachtung tausender Schädel« zur »inneren Untersuchung der Gehirnwindungen« überzugehen und auf der Basis der »erhabenen Lehre von der Wechselbeziehung der Formen« einen Zusammenhang zwischen Beulen und Vertiefungen des Schädels einerseits und erhöhten und vertieften Bereichen des darunterliegenden Gehirns andererseits festzustellen. (Ebd., S. 194ff. et passim) Er war so von der Schädelmessung der somatischen Anthropologie zur Gestaltlehre der Neuroanatomie gelangt: Gall, so noch einmal Cattaneo, »machte sich als erster daran, das Labyrinth der Gehirnwindungen zu entschlüsseln«. (Ebd., S. 200)

Der letzte Schritt war gewagter. Im Kielwasser Lavaters hatte Gall die Existenz einer physiognomisch-psychologischen Korrelation zwischen Merkmalen der Schädelgestalt und geistigen Fähigkeiten »beobachtet«, zwischen physischen und psychischen, oder sagen wir ruhig, moralischen Charakteristika. Im Hintergrund standen dabei auch die *Rapports du physique et du moral de l'homme* des »Ideologen« und Arztes Pierre Jean Georges Cabanis. Indem der Phrenologe »eine neue Fackel entzündet«, konnte er »Licht auf das Problem des Menschen werfen«. (Ebd., S. 201)

Die phrenologische Lehre konnte in vier Prinzipien formuliert werden. Die ersten drei waren wissenschaftlich sehr schlagkräftig, während das vierte schwammig blieb. Die drei starken Punkte waren der Nativismus der geistigen Fähigkeiten und des Verhaltens, ihre Beeinflussung durch materielle organische Bedingungen (Geschlecht, Alter, Konstitution, Ernährung, Wachzustand, Schlaf, Gesundheit, Krankheit) sowie die Annahme, Sitz dieser Fähigkeiten sei das Gehirn. Es waren Thesen, die sich auf die Gebiete der Neurologie, der Psychologie, der Psychosomatik und der Psychiatrie produktiv auswirkten. Besonders das Prinzip der zerebralen Lokalisationen sollte sich als äußerst fruchtbar erweisen und wurde von den Neurowissenschaften auf der Basis von überzeugenden klinischen (Paul Broca, 1861) und experimentellen (Fritsch und Hitzig, 1870) Erhebungen vollständig anerkannt.

Dieselben Thesen untergruben jedoch auch herrschende Vorstellungen. Es sah so aus, als würde durch sie aus dem Gehirn eine gestalthafte und strukturierte Wesenheit, in der die Funktionen der Seele ihren Sitz hatten. Es schien, als wollten sie eine materialistische »Disziplin der Seele«[2] begründen, und Gall wurde angeklagt, ein materialistischer Arzt zu sein. Angreifbar wurde er noch mehr durch das vierte und schwächste Prinzip seiner Lehre. Dieses besagte, daß die Gehirnbereiche, die so vielen menschlichen Instinkten und Begabungen vorbehalten waren, weitere kleine Gehirne darstellten, die sich an der Außenseite des Schädels mit sichtbaren und fühlbaren Vorsprüngen oder Beulen manifestierten. Daher sollte es möglich sein, die intellektuellen und moralischen Eigenschaften eines jeden Individuums durch Augenschein oder Ertasten zu erkennen. Gall wies eine Karte mit 38 zerebralen Lokalisationen aus, darunter jene der Intelligenz, der Aggressivität, der Kreativität, des Rechenvermögens, aber auch der Hoffnung, des Familiensinns, der Frömmigkeit, des Patriotismus, des Sexualtriebs und der Neigung zum Weingenuß.

Cattaneo schrieb dazu: »die Wissenschaft neigt dazu, sich in zwei unterschiedliche Teile zu zergliedern, der eine ganz kraniologisch

---

2 Vgl. für diesen Ausdruck den Untertitel »Fisiologia cerebrale e disciplina dei comportamenti« aus der Sammlung von Schriften Galls, *L'organo dell'anima*, hrsg. von Claudio Pogliano, Venedig 1985.

bis hin zur Anatomie, der andere ganz philosophisch bis hin zur Ideologie und Ethik.« Und er hob nicht ohne Vorbehalte und mit einer skeptischen Spitze die Behauptung Galls hervor, wonach man »auf die Weise, wie man mit dreißig oder vierzig Buchstaben alle Sprachen der Erde schreiben kann, durch die Kombination von dreißig oder vierzig unterschiedlich gewichteten phrenologischen Merkmalen die ganze unerschöpfliche Verschiedenartigkeit der natürlichen Menschen ausdrücken kann, die dann von der Gesellschaft verändert werden«. (Cattaneo 1969, S. 207f. et passim)

Der leichten Skepsis, mit der Cattaneo die Phrenologie im Jahre 1839 bedachte, ging 1831 die offene Widerlegung durch Hegel voran, »deren lange Polemik sich neben dem Erfordernis der Beilegung durch die Aktualität der widerlegten Wissenschaft erklärt[e]«. (So Hegels italienischer Herausgeber De Negri) In den 30er Jahren war die Phrenologie nämlich eine Salon-Wissenschaft, eine Mode. Es war gerade ihr unhaltbarster Teil, der Gall postumen Ruhm sicherte und die Gründung von Gall-Zirkeln und phrenologischen Gesellschaften förderte. Er brachte die Herrschaften der feinen Gesellschaft dazu, sich »phrenologisieren« zu lassen, stieß bei einem breiten Publikum auf Zustimmung und Enthusiasmus und inspirierte Künstler. Cattaneo kommentierte – dieses Mal mißbilligend: »Forschung, die aus dem Anatomiesaal und dem Rückzugsort der Denker gerissen und in einen Wirbel launischer Neugier und eleganter Ignoranz gestürzt wird, erregt öffentliches Aufsehen, verliert jedoch an Ansehen.« (Cattaneo 1969, S. 202)

Die Gegenreizlehre und die Praxis des Aderlasses

Nicht nur in Deutschland, wo sie sich von Bamberg aus verbreitet hatte, schlug die Medizin Browns Wurzeln, sondern auch, ausgehend von Mailand und Pavia, in Italien. Zur Jahrhundertwende war sie bereits eine sehr bekannte und vieldiskutierte Theorie und eine vielgeübte Praxis, die von zwei äußerst tüchtigen Ärzten verbreitet wurde. Dies geschah jedoch auf unterschiedliche Weise und mit unterschiedlichen Absichten: Es handelte sich einerseits um den 60jährigen Pietro Moscati, einen Vertreter des akademischen Establishments in Italien von tadelloser Reputation, und den 33jährigen Giovanni Rasori, der sich einen großen Ruf erworben hatte und ein Vertreter des »wissenschaftlichen Jakobinismus« war. Rasori versuchte, die Forderungen der Französischen Revolution auf die Medizin und umgekehrt die Neuerungskraft der Brownschen Lehre auf das ideologisch-politische Feld zu übertragen. (Vgl. dazu Cosmacini 1982, 1991)

Der Unterschied zwischen beiden war generationsbedingt, hatte psychologische, charakterliche und auch wissenschaftliche Gründe. Moscati hatte den Brownismus in eklektischer und moderater Form übernommen. Theoretischer Beweggrund für die Verbreitung des Brownismus war für ihn die Möglichkeit, ein Korrektiv für die in Italien vorherrschende traditionelle Humoralpathologie zu erhalten. Er wies dabei zugleich auf den praktischen Nutzen der neuen Prinzipien hin: Mit der gebotenen Vorsicht angewandt, konnten sie zumindest eine Alternative zum Allheilmittel des Aderlasses bieten und Ärzte dazu bringen, schwächliche und unterernährte Kleinkinder mit anregenden und aufbauenden Mitteln statt mit Ölen und Abführsäften zu heilen.[3] Rasori dagegen interpretierte den Brownismus umfassend und radikal: Er hatte weit mehr von Brown übernommen, hielt sich eng an die physiopathologischen Inhalte seiner Lehre und an ihre klinisch-therapeutischen Reformziele. (Vgl. Rasori 1792)

Mit seinem didaktischen und klinischen Wirken hatte Rasori wortwörtlich »Aufruhr in Theorie und Praxis der italienischen Medizin« getragen. (Pignacca 1840, S. 1f.) Er erschien im Guten wie im Schlechten, d. h. in den Augen seiner Verehrer und Gegner, weniger als Vorreiter einer Reform als einer permanenten Revolution in der Medizin. Zunächst orthodoxer Brownianer, war er nach und nach auf Distanz zum Brownismus gegangen. Anders jedoch als Moscati, der in die Hierarchie der traditionellen Medizin zurückgekehrt war, hatte er den fundamentalen theoretischen Kern von Browns Lehre nie verleugnet, sondern mit Modifizierungen versehen, die seiner Meinung nach der klinischen Praxis angemessener waren. In seinen Vorlesungen in Pavia hatte er die Theorie der Gegenreize dargelegt, die, wie er sagte, »das Brownsche System in einem wesentlichen Punkt refor-

3 Die erste italienische Ausgabe der *Elementa Medicinae* von John Brown bestellte Moscati und versah sie mit einem Vorwort.

miert«. (Del Chiappa 1838, S. 40) Diese Theorie hatte er mit großem Erfolg bei der von ihm als Fleckfieber erkannten Fieberepidemie angewendet, die unter der Bevölkerung von Genua und unter den dort vom österreichisch-russischen Heer belagerten transalpinen französischen Truppen des Generals Masséna gewütet hatte.

Rasoris Reform des Brownismus war durch seine instruktive Lektüre von *Zoonomia or the Laws of Organic Life* des Arztes und Naturforschers Erasmus Darwin (Großvater von Charles Darwin) beeinflußt worden, ein philosophisch-biologisches Werk, das er nach und nach übersetzt hatte und dessen Thesen er verbreitete. (Vgl. Bilancioni 1929) Das Leben war für Darwin im Gegensatz zu Brown kein Zustand des Zwangs oder der Passivität. Es mußte nicht durch Reize aufrechterhalten werden, die zu erhöhen waren, wo sie nicht ausreichten (Brownsche Reiztherapie). Das Leben war vielmehr ein spontaner und aktiver, unter den Bedingungen von Krankheit geradezu hyperaktiver Zustand, der von Reizen aufrechterhalten wurde, die geschwächt werden mußten (Rasoris Gegenreizlehre). Die Krankheiten nämlich, die für Brown beinahe alle asthenische Ursachen hatten, waren für Rasori durch Stimulationsanfälligkeit (Diathese) bedingt.

»Rasori begann in Zweifelsfällen das Wesen der Diathese mit Wirksubstanzen von geringer Stärke zu erkunden«, erhöhte dann die Dosis oder zog die Probebehandlung in die Länge, um die krankhafte Diathese zu stillen und den Krankheitszustand zu beseitigen. (Freschi 1851, S. 362) Es war eine Behandlungspraxis, die sich, angefangen bei Infektionskrankheiten wie dem Fleckfieber (Flecktyphus) und der Lungenentzündung mit begleitender Rippenfellentzündung, gut zu bewähren schien. Die wichtigsten Gegenreizmittel waren Brechmittel wie antimonsaures Brechweinsteinsalz, starke Abführmittel wie Gummigutt und der alles beherrschende Aderlaß.

Die Praxis des Aderlasses wurde mit einer als wissenschaftlich angesehenen Technik betrieben, die einem alten Heilmittel neue Rechtfertigung gab und es von seiner jahrhundertealten Rolle als rein empirische Operation befreite. Seit 1806 war er die wichtigste Behandlungsmethode in den Mailänder Kliniken – der »zivilen« des Ospedale Maggiore und der »militärischen« des Ospedale di S. Ambrogio –, denen Rasori, die bedeutendste Autorität auf diesem Gebiet im ganzen Königreich Italien, als Oberarzt vorstand. Die Gegner Rasoris, zu denen bald Moscati und der große Anatom Antonio Scarpa gehörten, bezeichneten diese Praxis als Mordwaffe, mit der der »blutbesessene« Oberarzt zum »Vampir« wurde und die Friedhöfe füllte.

»Zu Scarpa und Moscati gesellten sich der Internist Locatelli und der Chirurg Palletta, später die Strambio [Vater und Sohn], die Omodei, die Acerbi, die Giannini und viele andere Ärzte, die in Mailand seit langem praktizierten, und alle zusammen bildeten sie ein treffliches Heer, das Rasori keine Waffenpause gönnte.« (Monti 1928, S. 57f.)

Rasori, dessen Dominanz sich mit dem Zusammenbruch des italienischen Königreichs dem Ende zuneigte, wehrte sich mit dem einzigen nichtrhetorischen Mittel, das ihm seine Zeit bot, d. h. mit der »Sprache der Mathematik« oder der Statistik. Er war einer der ersten, die die Vorteile der »Wissenschaft der großen Zahlen« – eben der Statistik – für die Medizin erkannten, auch wenn er wahrscheinlich nicht das ihm zugeschriebene Verdienst hat, als »erster in Italien, und sagen wir ruhig in Europa, die Fundamente der medizinischen Statistik gelegt« zu haben. (Freschi 1851, S. 567) Seine »Tabellen komparativer Mortalität« bewiesen, daß die Sterblichkeit in seinen Kliniken nicht höher, sondern vielmehr niedriger als in Kliniken war, die von anderen geleitet wurden; er hatte zudem Statistiken bei der Hand, die zeigten, daß die von ihm praktizierte Diagnostik und Behandlung nicht weniger Menschen gesund machte als die klinische Praxis seiner Gegner, sondern mehr. (Vgl. Cosmacini 1984, S. 175 Fußnote) Rasori hatte nicht verdient, von ihnen kriminalisiert zu werden. Seine Gegner hinderte dies allerdings nicht, trotz der Anerkennung durch Patienten und der Hochachtung, die ihm illustre Persönlichkeiten von Ugo Foscolo bis Eugenio Beauharnais, von Federico Confalonieri bis Stendhal zollten.

Als sensibler Interpret des romantischen Geistes erkannte gerade Stendhal in Rasori eine der Gestalten, die diesen Geist am besten verkörperten. In einem Brief vom 14. April 1818 schrieb er:

»Rasori ist arm wie Hiob, flink wie ein Buchfink und ein großer Mann wie Voltaire, von ungefähr gleichem Charakter, und hat einen eisernen Willen. Unter den Menschen, die ich getroffen habe, zähle ich an erster Stelle Napoleon, Canova und Lord Byron, sodann Rasori und Rossini. Er [Rasori] ist Arzt und Erfinder, zudem Dichter und Schriftsteller von hohem Verdienst. Er fristet sein Leben mit Bücherschreiben [...]. Erstaunliche Konversation, mattes, aber superbes Gesicht, Kamee-Profil!« (Stendhal zitiert in Cosmacini 1984, S. 55)

Klinische Anatomie und physiologische Medizin

Der Brownismus war auch in Frankreich auf fruchtbaren Boden gefallen, aber hier waren die Abweichungen noch größer als in Italien. François Joseph Victor Broussais, Militärarzt des napoleonischen Heeres und seit 1820 *médecin chief* des Hospitals Val-de-Grâce in Paris, veröffentlichte 1821 die zweite Ausgabe seines *Examen des doctrines médicales et des systèmes de nosologie*, deren erste Auflage 1816 in der Medizin bereits »die gleiche Erschütterung wie die berühmte Veröffentlichung von Sieyès – *Was ist der Dritte Stand?* – von 1789« verursachte. Das Werk von Broussais war das eines »medizinischen 89ers«. (Peisse 1857, S. 400)

Dieses Pamphlet richtete sich gegen die offizielle Medizin, deren Hauptvertreter Philippe Pinel war, unter seinen Zeitgenossen als Autor einer geschätzten und unumstrittenen *Nosographie philosophique* so geachtet wie von der Nachwelt wegen seiner legendären Befreiung der Geisteskranken von ihren Ketten. Es richtete sich auch gegen die aufkommende anatomisch-klinische Medizin, deren Exponenten Jean Nicolas Corvisart und René Theophile Hyacinthe Laënnec waren. Corvisart hatte die Methode der Thoraxperkussion (Abklopfen des Brustkorbes) verbreitet (die je nach Zustand der Lungen und des Rippenfells hohe oder dumpfe Töne produziert), und Laënnec hatte das Abhören mit Hilfe des Stethoskops entdeckt (1819). Broussais bezeichnete Laënnecs Abhandlung *De l'auscultation médiate*, die der »mittelbaren« Lungen-, Rippenfell- und Herzdiagnostik mit dem Stethoskop gewidmet war (der hohle »Zylinder«, der zwischen das Ohr des Arztes und den Brustkorb des Kranken gehalten wurde), als einen »vortrefflichen Roman«.

Darüber hinaus beschuldigte Broussais seinen Rivalen und Landsmann Laënnec – Bretone wie er und *médecin chief* der Charité –, sich mehr für die Autopsien zu interessieren als für die Arten, sie zu vermeiden. Dadurch wollte er das Paradox der anatomisch-klinischen Medizin hervorheben, die, gestützt auf die Korrelation zwischen klinischen Symptomen und den anatomischen Beschädigungen, die man am Leichnam beobachtete, so akkurat und genau in ihren Diagnosen wie summarisch und skeptisch bei den anzuwendenden Therapien war, welche als wenig wissenschaftlich betrachtet und daher vernachlässigt wurden. (Vgl. Broussais 1821, S. 717)

Gegen diesen »medizinischen Skeptizismus«, der zum *therapeutischen Nihilismus* tendierte, und gegen die »zuwartende Medizin«, die sich daraus ergab, reagierte Broussais nicht weniger energisch, als es 40 Jahre früher John Brown getan hätte. Frankreich war also genausowenig »gegen die *romantische Medizin* gefeit wie Italien oder Deutschland«, oder gegen die Lehre Browns, die eines ihrer herausragenden Vorbilder lieferte. (Braunstein 1986, S. 74f.)

Mit Brown hatte Broussais »die Grundidee gemein, daß die Krankheit nichts anderes sei als ein Überschuß oder ein Mangel an Erregung«. (Ebd., S. 74f.) Im Gegensatz zu Brown verstand Broussais sie jedoch auf die gleiche Weise wie Rasori und seine Anhänger. »Diese sind uns«, so schrieb er, »vorangegangen, als sie eine große Wahrheit publik machten: Sie erklärten, daß der Großteil der Fiebererkrankungen, die Brown asthenisch nannte [...], mit der schwächenden Methode behandelt werden müssen [*alias* Gegenreiztherapie].« (Broussais 1821, S. 158). Historisch gesehen stimmt also die Behauptung, wonach es »Italien war, das, von Brown erobert, seine [französischen] Eroberer zum Broussaisismus bekehrte«. (Canguilhem 1977, S. 52)

Wenn der »Rasorismus« die Lehre Browns in therapeutischer Hinsicht um den Aderlaß ergänzt hatte, so war es beim »Bourssaisismus« der Blutegel. Die Anwendung von Blutegeln erlaubte einen genaueren, mäßigeren Aderlaß, der auf die einzelnen Fälle abgestimmt war. Diese Methode triumphierte in Frankreich: Im Laufe von vier Jahren, von 1823 bis 1827, verhundertfachte sich die Einfuhr von Blutegeln, von 320 000 auf 33 634 494. Im Jahre 1833 erreichte der Import seinen Höhepunkt: 41 654 300. (Ackerknecht 1986, S. 84) Da Broussais zudem Wein als schädliches Reizmittel betrachtete – anders als Brown, der Whisky für ein nützliches Anregungsmittel hielt – tranken die Franzosen immer weniger: Der Weinkonsum verminderte sich um etwa 100 000 Hektoliter im Jahr und der Weinmarkt stürzte infolgedessen in eine Krise. (Vgl. Braunstein 1986, S. 79)

Brown, Rasori und Broussais wollten jeder mit seinen eigenen Mitteln, aber im selben Ziel vereint, einerseits die überbordende Arzneimittelvielfalt der traditionellen Medizin, die weitgehend den Wohlhabenden vorbehalten war, durch eine einfache, allen zugängliche Behandlung ersetzen. Andererseits reagierten sie mit ihren »vernünftigen« Methoden sowohl auf eine empirische und eklektische Medizin (deren Verschreibungspraxis zwischen Wirksamkeit und Kapriziösität schwankte) als auch auf die therapeutische Enthaltsamkeit (wo der Arzt sich für nichts anderes interessieren durfte als für die Diagnose).

Diese beiden Ziele hatten zugleich eine egalitäre Intention. Sie standen im Einklang mit den Prinzipien der Revolution in einer Gesellschaft, in der auch die Patienten gleichgestellt werden sollten, und sie entsprachen dem institutionellen Auftrag der Medizin, sowohl Wissenschaft als auch Heilkunst zu sein. Der »Zusammenprall« von Broussais und Laënnec hatte jedoch, weit mehr noch als die »jakobinische Polemik« zwischen Rasori und Moscati, auch andere, charakterliche wie ideologisch-politische Beweggründe. Wenn ersterer die ideologische Kontinuität zwischen Bonapartisten und den Anhängern des Hauses Orléans verkörperte, die in die Revolution von 1830 mündete, so verkörperte der zweite den legitimistischen Geist der Restauration. Broussais hielt dem »Jesuiten-Arzt« Laënnec, der ihn in seinen Vorlesungen unter dem durchsichtigen Pseudonym Paracelsus rügte, im Gegenzug seine Karriere als Royalist und frommer Katholik vor. (Vgl. Ackerknecht 1981, S. 210)

Bei ihrem Versuch, sich als Alternative zur enthaltsamen oder eklektischen Medizin zu präsentieren, gelang es jedoch jenseits solcher Streitigkeiten weder der Medizin Broussais' noch Rasoris, falsche Schritte oder Verirrungen zu vermeiden: Rasori sah im Fingerhut ein Gegenreizmittel und nicht das Arzneimittel mit der »wohltätigen Wirkung auf die Herzbewegung«, die Withering entdeckte; Broussais seinerseits wollte die Evidenz der wohltätigen Wirkung der Chinarinde partout nicht anerkennen und leugnete sie sogar, gerade als Pellettier und Caventou daraus das Chinin isolierten.

Nachdem zur Jahrhundertwende der demographischen Aufwärtsentwicklung das große Sterben auf den Schlachtfeldern gegenübergestanden hatte (»der eine gegen den anderen bewaffnet«), rettete die Pockenschutzimpfung mehr Menschenleben als Napoleons Kriegslüsternheit geopfert hatte. Die Napoleonischen Kriege hatten der Chirurgie eine große Verbreitung beschert, ihre Qualität verbessert und dazu geführt, daß ihr Prestige der inneren Medizin in nichts mehr nachstand. Der Krieg war die Schule der Chirurgie. Als Militärarzt war Broussais Zeuge und Beteiligter dieser fortschrittlichen Veränderung, die auch andere Disziplinen oder Grundlagenwissenschaften wie Chemie, Statistik und Hygiene erfaßte. Die Hygiene förderte die weitere Entwicklung der inneren Medizin; aber ihr Qualitätssprung vollzog sich in den Krankenhäusern von Paris, wo die klinische Anatomie Laënnecs und seiner Nacheiferer dazu führte, daß es für den Internisten »nicht schwieriger [war], die so zahlreichen und ernsten Krankheiten der Lunge und des Rippenfells [sowie des Herzens] zu erkennen«, als für den Chirurgen, »Knochenbrüche zu unterscheiden«. (Zitiert in Cosmacini 1984, S. 272)

Broussais reagierte auf diese klinische Herausforderung mit seiner eigenen *médecine physiologique*: Für ihn wie für Brown wurde das Leben von äußeren Reizen aufrechterhalten, die Irritationen hervorrufen konnten (krankhafte Verstopfungen). Entzündeten sich solche Verstopfungen (fast alle Magendarmentzündungen), konnten sie durch Sympathie wiederum andere, ähnliche Krankheiten bedingen, weshalb am Ende die Syphilis, der Typhus, die Lungenentzündung und die Pocken nichts anderes waren als Infektionen, die auf Magendarmentzündungen zurückgingen. Sie ließen sich nicht nur durch den sorgsamen Einsatz von Blutegeln, sondern vor allem durch Nahrungsentzug (schwächende Therapie) heilen. (Vgl. Ackerknecht 1981, S. 209)

Nehmen wir als Kommentar hierzu einen schönen Passus des Philosophen Littré von 1830:

> »Die Medizin ist eine Kunst in ihrer täglichen Anwendung, sie ist eine Wissenschaft in ihrer Gesamtheit. Eine Lungenentzündung an ihren Anzeichen zu erkennen, sie mit den Arzneien zu behandeln, welche die Erfahrung überliefert hat, dies ist die Aufgabe des praktischen Arztes. Aber jenseits der Praxis existiert eine andere Sphäre, die Sphäre der Ideen [...], zu der die Lehrgebäude und Systeme gehören. Auf dem einen Feld hat man es mit der Suche nach dem Nützlichen zu tun, auf dem anderen mit der Suche nach dem Wahren; dort sucht man das, was dienlich sein kann, hier sammelt man alles, was die Summe unseres Wissens vergrößert. Man möge nicht die Theorie der Praxis gegenüber geringschätzen [...]. Es ist daher nicht nutzlos, die wiederkehrenden Kraftanstrengungen zu studieren, welche die Medizin unternimmt, um Gesetze zu finden und festzulegen; und es ist nicht ohne Interesse, die systematischen Reiche auf- und dann durch das Eindringen neuer Lehren untergehen oder wiederbelebt zu sehen [...]. So begann jeder Versuch, die Pathologie zu systematisieren, mit einer Reform der physiologischen Theorien. [...] So hat auch Brown begonnen.« (Littré 1830, S. 321)

Broussais allerdings hörte hier auf.

Die Wiederbelebung einer medizinischen Lehre

Ein herausragender Vertreter unter den Anhängern Rasoris in Italien, der darum bemüht war, das Erbe Rasoris wiederherzustellen, war der Arzt Giacomo Tommasini. Tommasini, wie Rasori aus Parma, war seit 1815 Professor für klinische Medizin an der Päpstlichen Universität von Bologna (seit 1829 an der Herzoglichen Universität von Parma). In dem Buch *Voyage médical* über seine Italienreise von 1820 hatte Louis Valentin Tommasini bescheinigt, seinem berühmteren Mitbürger Rasori »sehr die Stange zu halten« (Valentin 1823, S. 120), beinahe, als spielte er auf der Bühne einer »neuen wissenschaftlichen Aufführung« (so Salvatore De Renzi über Browns Lehre 1966, Teil 5, S. 594).

Anläßlich seiner Antrittsvorlesung im akademischen Jahr 1816-17 vernahm man »zum ersten Mal und zur allgemeinen Verwunderung«, daß es in Italien eine »gänzlich nationale *neue medizinische Lehre*« gebe. (Freschi 1851, S. 677) Die neue Lehre war, mit den Worten ihres Urhebers, eine »Vereinigung pathologischer Ideen und praktischer und therapeutischer Auffassungen, die sich jeden Tag weiter verbreiten«. Es handelte sich also um eine synkretistische Theorie und Praxis mit einem zentralen Kern – die Gegenreizlehre Rasoris. Eingebettet war sie in die Konzepte einer Stimulationslehre (die in Italien von den Ärzten Guani, Rubini, Giannini, Bondioli und Fanzago entwickelt worden war) und einer Infektionslehre, die in der »immer hypersthenischen« Entzündung den »häufigsten und tödlichsten unter den krankhaften Prozessen« sah (Tommasini 1835, S. 288 und 317).

Tommasinis eigener Beitrag war die Idee, daß der häufig von Infektionen verursachte »Schmerzzustand« ein »mehr oder minder starker Ausdruck eines Gegenreizes« war. (Ebd., S. 309) Nach der allgemeinen therapeutischen Bedeutung des Gegenreizes hieß dies, daß auch der Schmerz zu den wohltätigen Wirkungen gehörte. Diese Ansicht widersprach dem gemeinen Verständnis, wonach Schmerz, Strafe und Krankheit zusammengehörten; und wenn man auch bereit war, dem Schmerz einen wohltätigen Aspekt zuzubilligen, so wurde dieser als Warnzeichen eines biologischen Schadens verstanden und nicht als Reparatur oder Heilung dieses Schadens. Aber mit dem Konzept des Schmerzes als Gegenreiz zeichnete sich noch vor den physiologischen Experimenten über die Beziehungen von Reizen und Empfindungen die theoretische Alternative ab, den Schmerz weniger in seiner sensoriellen Dimension als vielmehr als eine Art Gegen-Erkrankung zu betrachten, die der vitalen Erkrankung entgegengesetzt war, d. h. als Überreizung, so wie in der aristotelischen Theorie der Affekte und Leidenschaften der Schmerz der Freude entgegengesetzt ist.

In Tommasinis Konzeption, ebenfalls ein Rückgriff auf die Vergangenheit, betraf der Schmerz nicht nur den Bereich der (Schmerz-)Empfindlichkeit, sondern den gesamten sensoriellen und emotionalen Erfahrungskomplex des Individuums. In den 20er Jahren des 19. Jahrhunderts fügte sich ein solches existentielles Verständnis des Schmerzes, das diesem entgegen der allgemeinen Vorstellung auch einen positiven Wert zuerkannte, kohärent in die romantische Weltanschauung, die, wie wir bei Novalis gesehen haben, der Krankheit einen herausgehobenen Status einräumte. (Cosmacini 1984, S. 199f.)

Tommasini schuf weniger eine neue Theorie als eine Zusammenstellung von Beiträgen anderer Mediziner: »Die Mischung all dieser Elemente, die er mit höchster Kunst und lehrmeisterlicher Eloquenz manipulierte und auf die einfachste, philosophischste und überzeugendste Weise darstellte, wirkte in den Augen der Öffentlichkeit wirklich erstaunlich originell und neu.« (Freschi 1851, S. 682)

In medizinisch-wissenschaftlicher Hinsicht war Tommasini der Interpret einer Kultur, die voller Mehrdeutigkeit steckte, der typische Vertreter einer Ärztegemeinschaft, die sich unter den Vorzeichen historisch beispielloser politisch-institutioneller und ideologischer Umwälzungen formiert und die Erfahrung sich überstürzender, widersprüchlicher Ereignisse gemacht hatte. Seine Rolle auf dem Lehrstuhl in Bologna (und später in Parma) war es, so weit wie möglich in sein eigenes neues Lehrsystem die vielen Problemstellungen einer Medizin aufzunehmen, die sich im Umbruch befand.

In Italien versetzten diese Veränderungen der Trägheit der Institutionen und der Menschen einen harten Schlag. Der reisende Arzt Valentin sah während seines Aufenthaltes in Florenz sowohl praktizierende Brownianer als auch Ärzte der »Gegenreizlehre«. Es konnte passieren, daß in den Hospitalen, »nachdem die Ärzte gewechselt hatten, den Kranken, die Kräftigungsmittel erhielten, plötzlich

Schwächungsmittel verabreicht werden, und diejenigen, welche kühlende Mittel bekommen hatten, Stärkungsmittel schlucken müssen«. (Valentin 1823, S. 60) Valentin bemerkte bei seinem Aufenthalt in Rom auch, daß in der »römischen Medizin der Gebrauch des Zylinders [oder Stethoskops] von Herrn Laënnec noch nicht bekannt« war und daß der klinische Arzt Giuseppe De Mattheys, Oberarzt am S. Spirito Hospital und Professor an der römischen Universität La Sapienza, zu sagen liebte: »Ich habe ihn [d. h. den Zylinder von Laënnec] seit etwa vier Jahren in meiner klinischen Schule mehrmals eingesetzt, *ohne den geringsten Nutzen.*« (Ebd. S. 51f. und FN)

Tommasini war es, der dieser geistigen »Blockade« der italienischen Medizin auch noch die Anmaßung ihres unfehlbaren Primats hinzufügte: »Die Neue Medizinische Lehre wurde folglich in Italien geboren«, sagte er und fügte hinzu, »durch den vereinten Eifer der italienischen Ärzte erreicht sie ihren höchstmöglichen Perfektionsgrad.« (Tommasini 1835, S. 323f.) Der doktrinäre Synkretismus mündete in den Aufruf an alle Kollegen, sich zu vereinen, damit seine Lehre »von der größtmöglichen Zahl klarsichtiger und angesehener Professoren und Ärzte angenommen«[4] werde.

Tommasinis Arbeit war mehr ein Werk der Anpassung als der Umgestaltung, des Überlebens eher als der Veränderung. Er spürte den Puls der Zeit: Die Worte »neu« und »italienisch« in seiner Lehre signalisierten die Möglichkeit, daß sich in das Erbe der medizinischen Wissenschaft Rasoris auch Elemente integrieren ließen, die besser in das neue politisch-institutionelle und kulturelle Bild einer Zeit paßten, in der alte Werte restauriert wurden.

»Medizinische Reise« eines romantischen Studenten

In einem Brief vom 20. Dezember 1831 an seine Brieffreundin Antonietta Ferroni (die Ehefrau Tommasinis) schrieb ein berühmter Patient, Giacomo Leopardi, in jenem süß-sauren Ton, wie er für gewisse Kranke typisch ist: »Ich vermag nicht die Freude auszudrük-

4 »Considerazioni sullo stato attuale della patologia italiana«, in: Tommasini, G., *Opere minori*, S. 165.

ken, die es mir bereitete, hier den hervorragenden, ja göttlichen Professor Tommasini wiederzusehen, der die Güte hatte, trotz der Kürze seines Besuchs in Rom mehrmals an mein Bett zu kommen.« Lange vorher hatte er dem Vater Monaldo geschrieben: »Tommasini versichert mir [...], mich nahezu vollständig zu heilen [...], wenn ich mich für einige Zeit in seine Behandlung begäbe«. (Zitiert in Cosmacini 1992, S. 21f.)

Leopardi war ein schwieriger Kranker, »der furchtsamste, und, was schlimmer war, der maßloseste aller Menschen«. So beschrieb ihn sein Freund und Gefährte Antonio Ranieri, der uns diesen Beleg überliefert hat: Die Ärzte, die ihn in Neapel besuchten,

> »waren den heimatlichen Traditionen von Cotugno, Cirillo und den vielen anderen ihrer berühmten Vorgänger treu geblieben und hatten sich eine unabhängige Besonnenheit bewahrt. Aber sobald einer von ihnen fand, daß es zuviel Fleisch gebe oder die Brühe zu dick sei, wollte Leopardi nichts mehr von Fleisch wissen und *à la* Rasori an Fisch und Gemüse sterben; sobald aber einer von ihnen meinte, das Fleisch sei doch notwendig, wollte Leopardi nichts mehr von Fisch und Gemüse wissen und *à la* Brown an Fleisch und rahmdicken Suppen sterben«. (Ranieri 1944, S. 77f.)

Das Lob Tommasinis, das ein so wankelmütiger Patient wie Leopardi dessen Gattin gegenüber äußerte, war also nicht sehr verläßlich. Um so weniger, als selbst der Hagiograph Tommasinis, Dr. Bacchi aus Parma, einer (»wenngleich vulgären«) Anschuldigung Raum gab, »die jedoch von einigen in Umlauf gebracht wurde, um etwas von dem Ruhm zu nehmen, den er [Tommasini] in ganz Europa erntete, so es denn möglich gewesen wäre: nämlich daß er großartig im Unterrichten vom Katheder aus war, aber in der praktischen Tätigkeit, d.h. am Bette des Kranken, andere Ärzte nicht übertroffen habe«. (Bacchi 1847, S. 52)

Was – zumindest hier – zählt, ist nicht so sehr die Bilanz von klinischer Geschicklichkeit und didaktischer Fähigkeit bei einem angesehenen Arzt, als vielmehr die Art und Weise, wie beide – nimmt man sie als Bezugsgrößen der praktizierten medizinischen Wissenschaft/Heilkunst – von den führenden Ärzten im Italien der 30er und 40er Jahre des 19. Jahrhunderts in Universitäten und Hospitalen ausgeübt wurden. Zu fragen wäre also: Wie wurde die medizinische Wissenschaft in den Hörsälen unterrichtet und gelernt? Wie wurde der Wissensbestand der Heilkunst in den Krankensälen gelehrt und studiert?

Eine gute Antwort erhält man durch den Blick »von unten«, wie ihn uns nicht die Professoren und Oberärzte, sondern Studenten und Praktikanten vermitteln. Wir verfügen in dieser Hinsicht über handschriftliche Aufzeichnungen von Vorlesungen und »Veranstaltungen« (Übungen), die Tommasini und seine Fakultätskollegen abhielten. Es handelt sich um Zeugnisse eines vollständigen Medizinstudiums mit Doktorprüfung von 1835 bis 1841, notiert von erster Hand von einem Studenten, der als »höchst gebildet in den Wissenschaften und der Literatur« beurteilt wurde, Giovanni Cavacciuti (später Professor für Pathologie am Athenäum von Parma). Wir verfügen auch über das Tagebuch einer »medizinischen Reise«, die er 1841 durch Mittel- und Süditalien unternahm. Cavacciuti pilgerte von Universität zu Universität und von Hospital zu Hospital, um das erforderliche Material für seine Doktorarbeit mit dem Titel »Über den Fortschritt der Medizin in Beziehung zum Fortschritt in den anderen Wissenschaften«[5] zusammenzutragen.

So lesen wir zum Beispiel in den »Vorlesungstagebüchern«:

»*Chemie* [Dozent: Giambattista Guidotti, Pharmazeut des Kollegiums]. Die Chemie hat zum Ziele, uns die Gesamt- und Wechselwirkung der Nahrung zu lehren. [...] *Botanik* [Dozent: der Wiener Naturkundler Georg Jan]. Sie umfaßt zwei äußerst umfängliche Zweige, von denen einer die Vegetabilienphysik und der andere die Taxonomie ist [...]. *Anatomie* [Dozent: Pietro Pasquali, Direktor des Anatomiesaales und der Wachs- und Trockenanatomie]. Der Assistent Cipelli hielt die Vorlesung von Pasquali über den Blutkreislauf, worauf er zwei Kaninchen anatomierte. [...] *Physiologie* [derselbe Dozent]. Die Altersstufen des Menschen sind das Kleinkindstadium, das Kindesalter, die Pubertät, die Jünglingsjahre, das Mannesalter, das Alter und das Stadium der Gebrechlichkeit. [...] *Pathologie* [Dozent: Luigi Fragni, Arzt der Spitäler und Hospize von Parma]. Unterschieden werden die allgemeine, d. h. die Pathologie im eigentlichen Sinne, und die besondere Pathologie, anders bezeichnet als Nosologie [...]. In ersterer wird der Professor Leben und Tod behandeln.« (Vgl. Cosmacini 1992, S. 38)

---

5 *Sul progresso della medicina considerata in relazione al progresso delle altre scienze*. Notizen und Tagebuch (Papierbögen mit Kartoneinband) befinden sich im Familienarchiv (Bombodolo di Noceto) bei Parma in der Villa Moruzzi, wo sie mir von Prof. Paolo Moruzzi zur Ansicht überlassen wurden, dem ich hiermit danke.

Wenn sich die Physiologie als »Wissenschaft des Lebens« auf ihre Weise mit der Gesundheit in den verschiedenen Altersstufen beschäftigte, so mußte sie sich als »Wissenschaft von der Krankheit« mit dem Tod befassen. Das Thema des Todes war ein traditioneller Teil des Wissens, mit dem sich Studenten zu befassen hatten, und es gehörte zum kulturellen Horizont des Arztes. Was war das Leben im Grunde? Es war »die Gesamtheit der Funktionen, die dem Tod widerstehen«, wie Xavier Bichat, einer der Lehrer von Laënnec, in seinen *Recherches sur la vie et la mort* (1800) geschrieben hatte, kurz bevor er wie Novalis im Alter von 30 Jahren dem Typhus erlag. Dem jungen Cavacciuti wurde vermittelt, daß der Tod ein Faktum des Lebens war, das entscheidende – das äußerste – Ereignis des Lebens. Dieses Ereignis lag an der Schnittstelle der natürlichen Bestimmung des Menschen und des beruflichen, technischen und menschlichen Engagements des Arztes.

Betrachten wir noch einige Beispiele:

»*Operationsmedizin* [Dozent: Luca Balestra, Ordinarius der Chirurgie am Zivilkrankenhaus und Dozent für Bandageanwendungen]. Die Operationen untergliedern sich in allgemeine (die an den Knochen vorgenommen werden) und besondere (die Operation des grauen Stars, des Empyems [Vereiterung] in der Brust etc.). [...] Aufgrund des Mangels weiblicher Leichen wird die Brustamputation übergangen. [...] Erste Veranstaltung. Das konkave Bistouri [ein chirurgisches Messer] wird heute nur bei Hernien [Eingeweidebrüchen] eingesetzt [...] *Klinische Chirurgie* [Dozent: Giovanni Rossi, Chirurg Ihrer Majestät Maria Luigia und des herzoglichen Hauses]. Die Anwendung des sogenannten Geigenbogen-Bistouris wird ausgeschlossen, da zu schwer. Der Chirurg hält die Schere nicht wie ein Arbeiter, sondern mit dem Daumen und Mittelfinger, wobei sie auf den Zeigefinger aufgestützt wird. [...] Beinamputation. Was den Ort betrifft, an dem der Eingriff vorgenommen wird, so meint Rossi, dieser habe bei schweren Fällen im oberen Drittel und bei den leichten im unteren Drittel zu liegen. [...] *Geburtshilfe* [Dozent Giuseppe Rossi, Direktor des Ospizio della Maternità]. Jemand hat behauptet, bei einem weiblichen Individuum schon einen Fall von Zweigeschlechtigkeit beobachtet zu haben, das geschwängert werden und mit einer extrem langen Klitoris zwei seiner Kammerdienerinnen schwängern konnte.« (Vgl. Cosmacini 1992, S.41ff. et passim)

Diese Art medizinische Wissenschaft und Kunst war auch in anderen Teilen Italiens üblich. Am Vorabend seiner medizinischen Bildungsreise durch den Rest der Halbinsel schrieb unser »romantischer« Student an seine Verlobte:

»Meine einzige Hoffnung! Ich bin tief gerührt, von deinem Schmerz ob meiner Abreise zu erfahren [...]. Es ist meine Absicht, nach Florenz zu fahren, von Parma aus ein Weg von 120 Meilen [...]. Ich hätte diese Reise nie unternommen, wenn ich nicht meinte, daß sie für jemanden, der sich der Medizin widmet, höchst nützlich ist.« (Zitiert in Cosmacini 1992, S. 57)

»Florenz, den 30. März 1841. Ich ging zum Krankenhaus von Bufalini, aber es war schon spät. Bufalini sprach über einen Kranken mit Lungenentzündung nebenan, den der anwesende Arzt gewöhnlich zur Ader ließ [...] und sagte zu diesem Punkt, daß unter den praktizierenden Ärzten diesbezüglich noch viel Unstimmigkeit herrsche.« (Ebd., S. 50)

Die Meinungsverschiedenheiten über den Aderlaß hatten zu dieser Zeit ihren kritischen Punkt erreicht: Nachdem Pierre Louis seine Untersuchung über die Auswirkungen des Aderlasses (*Recherches sur les effets de la saignée*, 1835) veröffentlicht hatte, die mit der Endgültigkeit von statistischen Erhebungen belegte, daß die Blutentnahme nicht eine einzige Lungenentzündung geheilt hatte, begann der langsame Niedergang des Aderlasses als Allheilmittel. Maurizio Bufalini, ein Kliniker, der mit Tommasini um die Palme des »neuen Hippokrates« und ersten Arztes Italiens wetteiferte, paßte sich dem Wandel der Behandlung an, wie er sich dem Wandel in der Diagnostik angepaßt hatte, indem er »dem sechsten Sinn [das Stethoskop], mit dem uns der unsterbliche Laënnec bereichert hat, die größte Bedeutung« beimaß. (Mantegazza zitiert in Mariotti 1876, S. 137 FN)

»Neapel, den 7. Mai. Diesen Morgen war ich zum ersten Male im Krankenhaus der unheilbar Kranken, wo ich überall, wo es möglich, umhergelaufen bin. Auch war ich in der medizinischen Klinik von Prof. Vulpes zugegen. [...] Daselbst, den 13. Mai. Aufgrund der Vorlesungen, die ich besuchte, habe ich meine Meinung geändert, daß sich keine schlechtere Universität als Parma nennen ließe. Nun gebe ich der bourbonischen in Neapel das Primat.«

»Rom, den 18. Juni. Diesen Morgen bin ich in die medizinische Klinik gegangen, die Prof. Tagliabò leitet; in der anderen Hälfte des Jahres leitet sie Prof. De Mattheys.«

Dies war – wie wir bereits wissen, aber unser Student uns noch einmal bestätigt – der Kliniker, der den »Zylinder, den man auf den Kopf setzt«, noch dem »Zylinder, den man ans Ohr hält«, vorzog. (Vgl. Cosmacini 1992, S. 51f. et passim)

Zwischen mühsamer Anpassung an die fortschrittlichste Medizin nördlich der Alpen einerseits und zählebiger Stagnation und Rückständigkeit andererseits: dies war die wissenschaftliche und praktische Situation der Heilkunst in einem Land, das nicht nur wie das Kleid eines Harlekins territorial fragmentiert, sondern auch kulturell geteilt war. Auch in den Jahren der italienischen Wissenschaftlerkongresse (1839-47) verbreiteten sich hier neue Ideen nur mühsam. Diese Kongresse waren keine Ständeversammlungen zur Neugründung der medizinischen Wissenschaft: Aufgrund ihres ideologischen Charakters als »Wiegen, Ziehschulen und Übungsplätze der nationalen Idee« gehörten sie, wenn überhaupt, eher zum politischen Risorgimento als zur Geschichte des wissenschaftlichen Fortschritts. (Vgl. Bianchi 1874, S. 70)

Eine »romantische« Gestalt: der Landarzt

Die gleichzeitige Gegenwart von Leben und Tod im alltäglichen Dasein: Dies ist eines der hervorstechenden Merkmale des romantischen Bewußtseins und der romantischen Medizin. Daß Leben und Tod zusammengehörten, war Bestandteil der Kultur des Arztes und seiner »Visitationen«. »Wir werden zunächst zwei Tote besuchen«, sagte der Landarzt Dr. Benassis, als er sich an einem schönen Frühlingsmorgen des Jahres 1829 zu seinem morgendlichen Rundgang durch das Bauerndorf der Dauphiné aufmachte, das seiner Fürsorge anvertraut war. »[...] hier wird der Tod als ein erwartetes Ereignis aufgefaßt, das das Familienleben in seinem Lauf nicht aufhält [...].« (Honoré de Balzac 1977, S. 99 und 102)

Das Krankheitsverständnis in der ländlichen Gesellschaft, von dem sich der Arzt und seine Patienten leiten ließen, gründete in der von beiden geteilten existentiellen Erfahrung, daß »die Dinge der Natur größer sind als wir«. Dies war – auch dank einer Idee von Totalität, die älter als die romantische war – der begriffliche Ausdruck des Gefühls, vollständig in der Natur aufgehoben zu sein, eher ein kleiner Teil von ihr zu sein, als sie zu beherrschen und ihr im Guten wie im Schlechten folgen zu müssen. »Die Krankheiten fragen nicht um Erlaubnis.« – »Das Übel steckt in einem.« – »Das Unheil läßt sich nicht beheben.« Die Krankheit war Teil des natürlichen Schicksals jedes Menschen: Sie war der mögliche Tod im Leben. Nicht anders erkannte Laënnec trotz seiner anti-romantischen, anatomisch-klinischen Experimente an, daß sich durch den amphorischen (hohlklingenden) Atem, den er mit seinem Stethoskop abhorchte, im Eigenleben der Lunge jenes Absterben (Nekrose) kundtat, das die Bildung der tuberkulösen Kaverne verursachte.

Der Arzt präsentierte sich der bäuerlichen Familie mit seiner Lanzette. Die Lanzette für den Aderlaß unterschied sich nicht wesentlich von der Lanzette für die Impfung. Der Aderlaß, den die italienische Weiterentwicklung der Brownschen Theorie forderte, und die Impfung, die sich auf die alte Weisheit *similia similibus curentur* stützte, waren die beiden wichtigsten Heilbehandlungen der Epoche. Paradoxerweise erfreute sich der Aderlaß größerer Beliebtheit: Die »Erfindung der Impfung« war immer noch eine Neuheit. Noch beunruhigender wurde sie durch die Angst, mit der Einpflanzung des Impfstoffes könnten sich die Übel der Rindernatur übertragen, während die Aderlässe eine althergebrachte Praxis waren, die in Verbindung mit dem gleichzeitig verordneten Wein, dem »Sirup des Weinkellers«, akzeptabel waren. Diese komplementäre Behandlung spiegelte sich im volkstümlichen Ausspruch, daß es »eines Weinfasses bedarf, um eine Tasse Blut zu ersetzen«. Man nahm an, Wein verbessere das Blut, und da sich durch das Blut die vitalen Reize vermittelten, konnte der Arzt Wein als »stimulierende« Medizin verschreiben; ebenso konnte er den Aderlaß als »Gegenreizmittel« verordnen (Vgl. Cosmacini 1988, S. 353-391; Cosmacini 1992, S. 71).

Die Deckung von volkstümlicher Mentalität und medizinisch-wissenschaftlicher Ideologie erklärt, warum sich diese so lange hielt. In Italien verschwand der Aderlaß mit der gleichen Verzögerung, mit der sich das Stethoskop durchsetzte. Um 1850 konnte ein Gast der ligurischen Riviera nicht umhin, seiner Mißbilligung Ausdruck zu verleihen, als er »Dr. Antonio«, den er als Quacksalber bezeichnete, bei der Vorbereitung eines Aderlasses sah: »Die italienische Medizin ist immer noch die gleiche«, so wetterte Sir John im Selbstgespräch, »nichts als die Lanzette; die gleiche Scharlatanerie auf der ganzen Halbinsel.«[6]

---

6 John D. (Giovanni Domenico) Ruffini »Il dottor Antonio« in: ders., *Romanzi*, ital. Übers., Mailand 1968, S. 384. Die erste Ausgabe auf englisch, *Dottor Antonio*, erschien 1853 in Edinburgh.

Gerade in dieser Zeit, um die Mitte des Jahrhunderts, wurde unser Dr. Cavacciuti zu seinem Bedauern zum Protagonisten einer Begebenheit, die man »landmedizinisch« nennen könnte. Einer seiner Halbpächter, ein widerborstiger und böswilliger Kerl, zog ihn mit der Beschuldigung vor Gericht, nach der Ehre seiner Tochter getrachtet zu haben. Der Arzt habe sie mit einem »harten und festen Stöckchen« visitiert, das er ihr erbarmungslos tief ins Fleisch drückte, wobei er seinen Kopf allzusehr der Brust der Patientin angenähert habe. Die Anschuldigung war ein Vorwand, das Stöckchen ein Stethoskop. Aber letzteres war in bestimmten Schichten und für traditionell eingestellte Leute noch ein ungewöhnliches Instrument: Viele Kranke lehnten es ab und – was schlimmer war – auch viele Ärzte, die überzeugt waren, daß es sich um ein belangloses und lächerliches Ding handelte, daß ihren Ruf als professionelle, ihrer Eingebung folgende Ärzte schädigte. (Vgl. Cosmacini 1992, S. 65f.)

Der Landarzt, der mehr mit althergebrachter Pädagogik als mit neuer Wissenschaft zu tun hatte, der »Rat und Trost« spendete und sich dabei eher auf sein »klinisches Auge« als auf das Stethoskop verließ, paßte sich der Mentalität seiner Patienten an. Dies galt dank ihrer sozialen Herkunft und ihrer volkstümlichen Sprache noch mehr für jene »Landchirurgen« – keine Ärzte, sondern Heiler –, die über lindernde oder heilende Mittel verfügten (oder solche Wirkungen erfolgreich suggerierten) und die auf dem Gesundheitsmarkt durchaus nicht schwach vertreten waren.

In diesem Kontext fand sich der Arzt häufig Seite an Seite mit dem *Landgeistlichen*, der beinahe als seine spiegelbildliche Entsprechung angesehen wurde. Jeder spielte seine eigene Rolle, »dieser [zuständig] für die Seele und jener für den Körper, aber am Ende alle beide für das eine wie das andere«. (Ravizza 1852, S. 31) Diese Spiegelbildlichkeit von Arzt und Geistlichem konnte auch als Analogie aufgefaßt werden: »der Beruf des Arztes ist eine Art von Priestertum«. Auch der Arzt hatte die Mission, »mit heiligen Rezepten gegen den Schmerz anzukämpfen und mit dem, was am meisten geboten, Gesundheit, Hoffnung und Trost zu erwirken«. Wie der Priester mußte der Arzt »beschönigen, wenn Heilung nicht möglich ist«, wo und wann immer er mit unheilbaren Übeln konfrontiert war: »Wenige Menschen verstehen zu sterben. [...] Noch weniger wissen, wie beim Tode anderer zu verfahren ist«. (Del Chiappa 1852, S. 114, 155, 158, 165)

Der Arzt der Romantik verfügte über dieses besondere, notwendige Wissen, auch wenn seine technische Ausrüstung armselig war und blieb. In der Erwartung eines Aufblühens dieser Technik durch die neue experimentelle Wissenschaft gab diese Weisheit der Kultur des Arztes und den vielen Leistungen seiner Praxis großen Wert.

Untergang und bleibende Bedeutung

Um die Mitte des 19. Jahrhunderts war der romantische Geist in der Medizin beinahe überall geschwächt oder verschwunden.

In Deutschland war man von der romantischen Vision der Natur zu einer naturalistischen Sicht übergegangen, die immer mehr mit der Wissenschaft und der experimentellen Technik verbunden war. Justus Liebig hatte die »Chemie des Lebens« (Biochemie) begründet und die Schüler von Johann Müller die »Physiologie auf chemisch-physischer Basis« (Elkana 1977, S. 141). Von hier aus sollte dann bald Rudolf Virchow mit der Veröffentlichung seiner »prometheischen« *Cellularpathologie* (1858) auf den Ort der Krankheiten in den Atomen der lebenden Materie – den Zellen – hinweisen.

In Frankreich war an die Stelle der spekulativen »physiologischen Medizin« von Broussais die experimentelle Physiologie von François Magendie, des Lehrers von Claude Bernard, getreten. Die »anatomisch-klinische Medizin«, die mit Laënnec entstanden war, hatte sich unter den Fittichen von Armand Trousseau weiterentwickelt. Am Horizont zeichnete sich die »révolution pastorienne« ab. (Vgl. dazu Salomon-Bayet 1986).

In Deutschland waren Müller und Liebig jedoch noch kurz vor 1840 umgeben von Schulen und Laboratorien, die »wirklich vollständige philosophische Systeme« anboten, bei denen »es nicht möglich gewesen wäre, eine klare Unterscheidung zwischen experimentellen Daten und spekulativen Hypothesen zu treffen«. (Elkana 1977, S. 201) Und auch für Frankreich galt noch die Frage, die sich im Gefolge von Littrè (ebd. S. 182) der Medizinhistoriker Richard H. Shryock aus historischer Perspektive stellte: »Bestand die historische Rolle der Spekulation nicht vielleicht gerade darin, Theorien bis zu dem Tag zu vertreten, wo es möglich wurde, sie durch die Erfahrung zu verifizieren oder zu falsifizieren?« (Shryock 1940)

In Italien war Tommasinis »neue medizinische Lehre« von der analytischen Pathologie Bufalinis verdrängt worden. Dieser nahm jedoch nicht wahr, daß sich die Zeiten geändert hatten und er gegen die spekulative Medizin nicht mehr wie früher einen klinischen Experimentalismus ins Feld führen konnte, der sich nach toskanischer Art als bloße Beobachtung à la Galilei verstand. »Mit der Autorität, die er ausübte, legte er der neuen Orientierung Hindernisse in den Weg«, indem er die Histologie (Virchow), die Mikrobiologie (Pasteur) und die experimentelle Physiologie (Claude Bernard) bekämpfte. (Grassi 1911, S. 35 FN)

Die Medizin jedenfalls hatte sich überall verändert. Vom »Paradigma Brown/Rasori/Tommasini« (Cazzaniga 1951, S. 7), das sich seit dem Ende der 30er Jahre aufzulösen begann, war nichts übriggeblieben. Heute jedoch, nach 150 Jahren, erscheint durch die Analogie zwischen dem modernen *Streß*-Begriff und dem alten Begriff des *Reizes* die These plausibel, daß heutige aspezifische, entzündungshemmende Heilmittel und »Anti-Reagenzien« die Rolle von wissenschaftlich auf den neuesten Stand gebrachten »Gegenreizmitteln« spielen. An dieser Nähe etwa zeigt sich, daß sich mit dem Untergang der totalisierenden und vitalistischen »romantischen Medizin« historisch eine alternative, mechanistische und auf bestimmte Bereiche beschränkte Konzeption durchsetzte, die unzweifelhaft vertiefte Kenntnisse und wertvolle Resultate zur Folge hatte, aber gleichzeitig jenen reduktionistischen und fragmentarischen Charakter mit sich brachte, der heute der Medizin vielfach vorgeworfen wird. (Vgl. Ciaranfi/Schlechter/Bairati 1979, S. 15)

In der gegenwärtigen Medizin wird die ganzheitliche Auffassung des Patienten vernachlässigt, die in der totalisierenden Sicht der Romantik im Mittelpunkt des Interesses stand, und vernachlässigt wird auch die Beziehung zwischen Arzt und Patient, auf die sich Theorie und Praxis der »romantischen Medizin« konzentrierten.

Kapitel 5

Der Priester

Philippe Boutry

»Der religiöse Anspruch der Romantik ist sehr unbestimmt«, bemerkt Paul Bénichou in *Le Temps des prophètes* und fährt fort:

»Die romantische Religion, als Abkömmling des Deismus der Philosophen, durch eine reiche Phantasie voller Symbole und Mutmaßungen im Sinne des Spiritualismus abgewandelt, ist, wenn man so will, ein echter Glaube oder ein Glaubensbekenntnis mit seinen grundlegenden Artikeln. Sie umfasst nämlich einen dramatischen Gegensatz zwischen dem Realen und dem Ideelen, einen zumindest theoretischen Symbolismus aller geschaffenen Dinge, einen hohen geistigen Stellenwert der Kunst und eine Deutung des Universums, die im Versprechen einer historischen Erneuerung der Menschheit gipfelt. Aber diese neue, natürliche, vergeistigte, ästhetisierende und historisierende Religion hat das Opfer, das Gebet und die Suche nach dem Heil (um vom Kult ganz zu schweigen) – Dinge die vor dem Deismus den eigentlichen Charakter der religiösen Gesinnung ausgemacht haben – nur dadurch erneuert, daß sie sie frei der Begeisterung und der Einsicht überlassen hat. [...] Zwischen der Religion an sich und der romantischen Religion hat etwas aufgehört zu existieren was auch die Romantik selbst unaufhörlich verkündet«. (Bénichou 1977, S. 424)

Während es in diesem Sinne eine religiöse Romantik (vgl. Gusdorf 1982-1983) und sogar eine katholische Romantik – die insbesondere für Deutschland (vgl. Goyau 1905-1909) gut belegt ist – zweifelsohne gegeben hat, ist es sehr viel problematischer, sowohl theoretisch als auch real, die Existenz eines romantischen Katholizismus zu belegen. Noch schwieriger kann man (wenn man in einer sozial- und religionsgeschichtlichen Sicht die Taten über die Worte und den Menschen über die Doktrin stellt) konkret eine romantische Kirche oder einen romantischen Priester nachweisen. Strenggenommen stellte die Romantik nämlich eine *Häresie*[1] dar: nicht nur weil sie, bisweilen Punkt für Punkt, dem Dogma und der Strenggläubigkeit der katholischen Kirche (»das ist eine andere Geisteshaltung« [Bénichou 1977, S. 424]) widersprach, sondern auch »insofern als sie versucht, Begriffe und Materialien, die der christlichen Glaubenslehre entlehnt sind, entsprechend einer Auswahl und einer Anordnung, die im Gegensatz zur [katholischen] Tradition stehen, zuzuordnen«. (Ebd.) Als Balzac seinem *Landarzt* (1833) in den Mund legte: »arbeiten heißt beten«, drohte das Gebet zu verschwinden. In der theologischen Konstruktion des tridentinischen Katholizismus änderten sich Tragweite und Sinn weiter Bereiche, als Ursünde und Erlösung verdrängt wurden, um aufzugehen im größeren historischen Plan der »Ankunft des Heiligen Geistes« (vgl. Lubac 1979, 1981), des Aufkommens einer »Religion der Zukunft« oder einer geistigen und zeitlichen Wiedergeburt des »Christenvolkes«.

Den romantischen Priester des europäischen 19. Jahrhunderts kann man also nur verstehen, wenn man seine doppelte Zugehörigkeit berücksichtigt. Einmal gehörte er der Kirche an, die ihn zu einem strengen Glauben und einer unerbittlichen Disziplin erzogen, ihm die Priesterweihe erteilt und ihn dann mit einem Hirtenamt betraut hatte. Zweitens stand er aber auch in einer historischen Tradition, insofern als er, ebenso wie alle anderen Zeitgenossen, ein Mensch seiner Zeit war und am intellektuellen und geistigen Wandel, an den Meinungen, am Geschmack und an den Empfindungen seines Jahrhunderts teilnahm. Nur wenn man diese doppelte Herkunft aufmerksam untersucht, kann man – durch allmähliches Herantasten, das sich abwechselnd auf literarische Bilder, dogmatische Gebäude, Gemeinschaftsunternehmungen und Einzelschicksale stützt – das biographisch ungewisse und dennoch greifbare Bild vom katholischen Klerus im Zeitalter von Goethe, Byron und Balzac skizzieren.

1 Dieser unmißverständliche Ausdruck stammt von Bénichou, 1977.

Ein literarisches Bild: der Landpfarrer bei Honoré de Balzac

Ein komplexes Bündel von Einflüssen und Entlehnungen, von mehr oder weniger gut verstandenen und verinnerlichten Konzeptionen und Glaubensvorstellungen durchzog Balzacs Religion (vgl. Bertault 1942; vgl. Wurmser 1964) und machte den Wegbereiter des realistischen französischsprachigen Romans zu einer Hauptfigur der bald katholisch und monarchistisch, bald synkretistisch und mystisch beeinflußten Romantik. Die römische Kirche war sich dessen durchaus bewußt und setzte sein Romanwerk gleich viermal auf den Index.[2] Doch gerade durch die *Menschliche Komödie* von Honoré de Balzac wurde in der ersten Hälfte des 19. Jahrhunderts, über alle vom Protestantismus überlieferten Vorbilder[3] hinaus, das Bild vom romantischen Priester fixiert: Pfarrer Janvier ist der geistliche Kollege vom *Landarzt* (*Le médecin de campagne*, 1833), Pfarrer Bonnet ist der Titelheld in *Der Landpfarrer* (*Le Curé de village*, 1841) und Pfarrer Brossette spielt den machtlosen Missionar in *Die Bauern* (*Les Paysans*, 1855 postum veröffentlicht). Alle drei trugen dazu bei, eine bestimmte Vorstellung vom Dorfgeistlichen, eben einen Typus, dauerhaft zu etablieren.

Dabei gibt es in der »Galerie der Geistlichen«, die in der *Menschlichen Komödie* vorkommen, nur sehr wenige Landpfarrer, die wir aufgrund ihrer zentralen Stellung in der europäischen Realität der katholischen Kirche im 19. Jahrhundert hier jedoch bevorzugt betrachten wollen. Erzbischöfe und Bischöfe, Hofkapläne, Stiftsherren, Priester in Groß- und Kleinstädten, Seelsorger und außerordentliche Beichtväter, selbst Hauslehrer bevölkern Balzacs Welt. Balzacs

---

2 Dekrete der *S. Congrégation de l'Index* vom 16. September 1841 (im selben Jahr, in dem *Der Landpfarrer* veröffentlicht wurde) vom 28. Januar 1842, 5. April 1842 und 20. Juni 1864 (*omnes fabulae amatoriae*). Die *pareri* (Gutachten) der Konsulenten der Kongregation, die wir gern einmal lesen würden, sind bislang leider nicht zugänglich, da sie im Archiv der heutigen Glaubenskongregation aufbewahrt werden.

3 Das Vorbild für alle »Priesterromane« des 19. Jahrhunderts war schließlich *Der Vikar von Wakefield* (1766) von Oliver Goldsmith, weil dieses Buch mit seinen Tugenden des Landlebens und seiner bürgerlichen Sentimentalität die europäische Literatur dauerhaft beeinflußt hat. Das unmittelbare Vorbild für Balzacs *Landarzt* war dagegen *La Vie de Frédéric Oberlin* (1831) von Stoeber, eine Hymne auf einen elsässischen Pfarrer, der das zu seiner neuen Heimat auserkorene Dorf völlig umkrempeln konnte. Über Balzacs Verhältnis zum Protestantismus siehe M. Nathan (1975).

Priester lebt oft nur im Schatten einer Hauptperson, einer großen Dame oder eines jungen Helden. Balzacs Gemeinde fehlt es an Substanz und der Pfarrer dient häufig nur dem Selbstzweck. So ist der *Landpfarrer* nicht der eigentliche Held jenes Romans, der seinen Namen trägt, und der *Pfarrer von Tours* (*Le Curé de Tours*, 1832) ist die grausame Chronik einer Rivalität zwischen zwei Stiftsherren, verbunden mit den Intrigen aller Salonpolitiker und Frömmler der Stadt.

Durch die Auswahl einprägsamer, einfacher Bilder, die er in den Bereich der kollektiven Darstellung einführte, zwang Balzacs Landpfarrer der katholischen Romantik allerdings seinen Typus auf, denn seine Dorfhelden ähneln sich alle. Die drei Pfarrer Janvier, Bonnet und Brossette sind durchweg klein, fast schmächtig. Auffallend an Janvier sind »seine kleine Statur, seine Magerkeit und seine Haltung, die auf eine besondere körperliche Schwäche schließen lässt«. (Balzac, *Landarzt*, Kap. 3) Bonnet ist »klein und wirkt gebrechlich«. (Balzac, *Landpfarrer*, Kap. 3) Brossette wiederum, dem seine Gemeindemitglieder den Spitznamen *Schwächling* (Balzac, *Bauern*, I, Kap. 12) gegeben haben, ist »klein und schmächtig«. (Balzac, *Bauern*, I, Kap. 5) Doch dies alles soll nur den Gegensatz zwischen dem äußeren Schein und dem Charakter unterstreichen – einen Gegensatz, den der scharfsinnige Beobachter, ebenso wie der Autor, an den Augen erkennt. Diese schmächtigen Priester haben nämlich einen feurigen Blick. Brossette »glich seine mickrige Statur durch jene starrköpfige Art aus, die bei Leuten aus der Bourgogne typisch ist«. Er war ein »geistreicher Mann, der einen Vatermörder trug«. (Balzac, *Bauern*, I, Kap. 5) Die Augen von Janvier, »in denen sich der Himmel zu spiegeln schien, verrieten das unerschöpfliche Feuer der Barmherzigkeit, das sein Herz verzehrte«. (Balzac, *Landarzt*, Kap. 3) Bonnet hingegen »fiel zunächst durch sein verzücktes Gesicht auf, das dem eines Apostels glich. In diesem nahezu dreieckigen Antlitz, das von einer breiten, zerfurchten Stirn gekrönt wurde, funkelten zwei blaue, inbrünstig leuchtende Augen, in denen das Feuer der Hoffnung glomm«. (Balzac, *Landpfarrer*, Kap. 3) Brennende Augen, kraftlose Körper; man muß nicht unbedingt in Lavaters Wissenschaft, die dem Autor so teuer war, Experte sein, um zu begreifen, daß diese Pfarrer außergewöhnliche Persönlichkeiten waren.

Gewiß, ihr Alltagsleben bot keine Besonderheiten. Balzacs realistische und gewollt unehrbietige Phantasie ließ sich zwar manchmal dazu hinreißen, die Sitten der Geistlichen oder das Alltagsleben im Pfarrhaus (zu den Grenzen von Balzacs Realismus in dieser Hinsicht siehe Coppin 1927) auf eine Weise zu beschreiben, die früher durchaus auch als Material für eine *Physiologie du prêtre* hätte herhalten können. Aber der Autor verfolgte nun ganz andere Absichten. Er schickte seine kläglichen Helden in einen grausamen, langen und totalen Abnutzungskrieg. Über Brossette schrieb er: »Etwas an ihm erinnerte an den Priester der Antike. Er hing leidenschaftlich an der Kirche und am Klerus, sah immer das Große, Ganze und sein Ehrgeiz wurde nicht durch Egoismus verdorben. Dienen hieß seine Devise. Er wollte der Kirche und der Monarchie am bedrohtesten Punkt dienen, in der vordersten Reihe, wie ein Soldat«. (Balzac, *Bauern*, I, Kap. 5). Um in seiner Gemeinde Montégnac erste Veränderungen zu bewirken, mußte Bonnet »ungeheure Anstrengungen, unermeßlich in ihrer Verschlagenheit und grandios in ihrer Beharrlichkeit« entfalten. (Balzac, *Landarzt*, Kap. 3) Wegen der etwas allzu offenkundigen Intentionen des Romanschriftstellers entglitt Balzacs Pfarrer dem Genre des Sittenbildes der Geistlichen und verwandelte sich in einen Wortführer, einen Vorkämpfer, einen Streiter.

Darum erfolgte die Berufung dieser Priestersoldaten auch immer auf ungewöhnliche Weise. Sie entsprang ihrer eigenen, persönlichen Entscheidung und behauptete sich als Übernahme einer von der Vorsehung erteilten Mission. »Madame«, erklärte Brossette der Comtesse de Montcornet, »seit fünf Jahren schlafe ich auf einer Pritsche, wohne in einem unmöblierten Pfarrhaus, lese die Messe in einer leeren Kirche, predige ohne Zuhörer und bin Pfarrverweser ohne Pfründe oder sonstige Nebeneinnahmen. Ich lebe von den 600 Francs, die der Staat mir gibt, ohne vom Bischof zusätzlich etwas zu verlangen, und davon verschenke ich noch ein Drittel für mildtätige Zwecke. [...] Und trotzdem verzweifle ich nicht! Wenn Sie wüßten, wie die Winter hier sind, könnten Sie die Bedeutung dieses Wortes erst wirklich ermessen. Ich wärme mich dann nur an der Vorstellung, dieses Tal zu retten, es für Gott zurückzuerobern. Dabei geht es nicht um uns, Madame, sondern um die Zukunft!« (Balzac, *Bauern*, I, Kap. 11) Diesen beredten Pfarrer macht Balzac einige Jahre später zu einem »jener Pfarrer im Faubourg Saint-Germain, der für eine vakante Bischofsstelle vorgesehen war«. (Balzac, *Beatrix*, Kap. 3) Dem Pfarrer Bonnet wurde ein noch außergewöhnlicheres

Schicksal zu teil. In Paris geboren, als Kind einer »mehr als wohlhabenden«, »fast reichen« Familie, von einem »harten, unerbittlichen« Vater verstoßen, hatte Bonnet den Priesterstand gewählt. Sein älterer Bruder, der inzwischen General geworden und bei Leipzig gefallen war, hatte sich gleichzeitig als einfacher Soldat verpflichtet. Auch ihn hatten die gleichen Gründe, die Bonnets Berufung bewirkt hatten, aus dem Elternhaus getrieben«. Eine sehr persönliche Berufung, die in der Erzählung noch stark dramatisiert wurde, da der Konflikt mit dem Vater, der Wille zur Selbstbestätigung und der Dienst für ein kämpferisches Ideal gemeinsam dazu beitrugen, diesen außergewöhnlichen Weg zu wählen. »Ich war der festen Überzeugung, nur in der Kirche leben zu können«, fuhr Bonnet fort. »Meine Neigungen, meine Ideen und sogar meine Liebschaften würden immer durchkreuzt werden, solange mein Vater lebte. In der Soutane des Priesters würde er gezwungen sein, mich zu respektieren. Auf diese Weise hoffte ich, bei bestimmten Gelegenheiten zum Beschützer meiner Familie zu werden. Meine Mutter weinte oft.« (Balzac, *Landarzt*, Kap. 3)

Ganz gleich wie hochgesteckt ihre Ziele waren und wie erfolgreich sie dabei sein mochten, Balzacs Priester waren immer Freiwillige. Sie bekleiden kein Amt, sondern begeistern sich für eine Sache. »Ich habe im Priesteramt keinen Stand gesehen«, versicherte der Abbé Bonnet und fügte hinzu: »Ich kann mir nicht vorstellen, daß man sich aus Habgier heraus Gott weiht.« (Ebd.) Das Priestertum dieser Geistlichen war also nicht mehr, wie noch im 18. Jahrhundert, ein *Stand* (vgl. Julia 1988, C. Langlois 1988 und Boutry 1988), sondern ihre Berufung hat sich in eine Mission verwandelt. »Ich wollte«, erklärte hierzu der Pfarrer von Montégnac, »in einem vergessenen Winkel der Welt die Wunden der Armen verbinden, und zugleich – falls Gott meine Bemühungen segnen wollte – durch mein Vorbild beweisen, daß die katholische Religion, identifiziert mit diesen mitmenschlichen Werken, die einzig wahre ist, die einzige wahrhaft zivilisierende Macht. [...] Nach meiner Weihe zum Priester habe ich im Limousin einen Verwandten meines Vaters besucht. Dieser erzählte mir zufällig davon, in welchem Zustand sich der Sprengel von Montégnac befand. Da durchzuckte mich ein leuchtender Gedanke: Das ist dein Weinberg! Daraufhin kam ich her.« (Balzac, *Landpfarrer*, Kap. 3)

Der Romancier stellte seinen Soldaten in Soutane eine Aufgabe, die in den Bereich des Sozialen, Politischen und Religiösen zugleich gehörte. Noch als anfänglich königstreuer Schriftsteller erklärte er im Vorwort zur *Menschlichen Komödie*: »Ich schreibe beim Schein zweier ewiger Flammen: der Monarchie und der Religion.« (Vgl. Ubersfeld 1965) In seiner Jugend hatte er als ungläubiger Realist folgendes Zitat des Barons d'Holbach aus der Schrift *Bons sens* ins Notizbuch eingetragen: »In der Natur gibt es weder Schlechtes noch Gutes, weder Laster noch Tugend. Alles kommt von der sozialen Ordnung.« (Wurmser 1964, S. 217) An beide Phasen klingen die Figuren jener Pfarrer an, die sowohl die »Evangelisten«, als auch die »Erneuerer« ihrer Täler mitsamt aller holzschuhtragenden Gemeindemitglieder waren. »Bemühe ich mich nicht, die Dogmen der katholischen Religion mit Ihrer bürokratischen Sichtweise in Einklang zu bringen?« (Balzac, *Landarzt*, Kap. 3) versicherte Pfarrer Janvier ohne Umschweife dem Doktor Bénassis. Dieser beichtete seinerseits: »Früher hielt ich den katholischen Glauben nur für ein Sammelsurium von Vorurteilen und geschickt ausgebeuteten abergläubischen Vorstellungen, das von jeder intelligenten Zivilisation verurteilt werden sollte. Hier habe ich seine politische Notwendigkeit und seinen sozialen Nutzen erkannt.« (Balzac, *Landarzt*, Kap. 2) Eine ähnliche Überzeugung äußerte Bonnet vor seinen Zuhörern im Schloss: »Ihr alle, die ihr hier die angegriffenen Klassen vertretet, erkennt die Notwendigkeit eines passiven Gehorsams der Massen im Staate an, etwa wie im Krieg bei den Soldaten. Ihr wollt die Macht in einer Person zusammengefaßt sehen und erklärt, daß sie nie in Frage gestellt werden soll. [Dies] kann hier nur durch Empfindungen erreicht werden, die der katholische Glaube wachruft«. (Balzac, *Bauern*, I, Kap. 5) *Der Landarzt* sollte ein Roman über das »gelebte Evangelium« werden (Balzac in einem Brief vom 2. September 1833 an Zulma Carraud). »Arbeiten heißt beten« (Balzac, *Landarzt*, Kap. 3), ruft Janvier. »Pflanzen hieße bekehren« (Balzac, *Landpfarrer*, Kap. 3), ist der Auftrag von Bonnet an Madame Graslin. Unter der Feder des prometheusgleichen Schöpfers der *Menschlichen Komödie* wandelte sich die Seelsorge in ein umfangreiches Vorhaben zur landwirtschaftlichen und zugleich industriellen, zur sowohl moralischen als auch religiösen Erneuerung des flachen Landes. (Vgl. Fayolle 1965 und Le Roy Ladurie 1974)

Balzac wäre jedoch kein Zeitgenosse der Romantik und kein Vertreter der realistischen Literatur gewesen, wenn er nicht die ungeheure Schwierigkeit (*Der Landarzt*, *Der Landpfarrer*) oder gar die völlige Unmöglichkeit (*Die Bauern*) seines Vorhabens einer Seelsorge – Fiktion in Romanform ermessen hätte, und wenn er nicht auf jeder Seite seines Werkes die fast unüberwindliche Diskrepanz hervorgehoben hätte, die das Trachten des Menschen nach Ordnung und Harmonie von seiner konkreten Umsetzung trennt. Als Helden eines erbitterten Kampfes gegen Unwissenheit, Vorurteile und Laster der gesamten Landbevölkerung wurde Balzacs Pfarrer in seiner Einsamkeit und seiner Selbstverleugnung zum Archetypen jenes »Übermenschen«, der sich in dieses Jahrhundert verirrt hatte. Durch die Bande des Priesteramtes war Janvier an die Ackerkrume gefesselt und bemühte sich redlich, das schwerfällige Menschenmaterial, das ihm anvertraut worden war, aufzurütteln. Dennoch gab er sich, ebenso wie Doktor Bénassis, »keinen Illusionen hin, weder über den Charakter der Landbevölkerung, noch über die Hindernisse, auf die man beim Versuch, die Menschen und Dinge zu verbessern, stößt«. (Balzac, *Landarzt*, Kap. 1: Hier spricht Bénassis selbst). Doch der Bauer (vgl. Bastier 1978), sein Schäflein – »der in vielerlei Hinsicht an einen Wilden erinnert« (Balzac, *Bauern*, I, Kap. 6) – blieb für ihn nur ein fernes, fast unergründliches Wesen, das durch seine sowohl physische (»die typischen klobigen Glieder jener Leute, die an der frischen Luft leben« [Balzac, *Bauern*, I, Kap. 2]; die »an Arbeit gewöhnten Fasern« [Balzac, *Landpfarrer*, Kap. 3]), als auch anthropologische Andersartigkeit »Coopers Rothäuten« ähnelt. (Balzac, *Bauern*, I, Kap. 2) »Seit 1789«, stellt der Romanautor fest, »übt die Religion auf zwei Drittel der französischen Bevölkerung nicht mehr den geringsten Einfluss aus«. (Balzac, Bauern, I, Kap. 6) Die Apokalypse des besitzenden Teils des französischen Volkes steht kurz bevor. Und wenn dem durch die Vorsehung nicht bald Einhalt geboten wird (»Wollen wir hoffen«, fleht Pfarrer Bonnet, »daß Gott bis dahin in Frankreich einen von der Vorsehung bestimmten Mann hervorruft, einen jener Erwählten, die ihren Nationen ein neues Ziel geben. Er soll die Gesellschaft neu ordnen, ganz gleich ob es sich dabei um einen Marius handelt, der aus den unteren Volksschichten aufsteigt, oder um einen Sulla, der von oben kommt.« [Balzac, *Landpfarrer*, Kap. 4]) müssen die finsteren Prophezeiungen von Balzacs

Pfarrern bald Wirklichkeit werden. »Mein Gott«, stöhnt Brossette ohnmächtig, »wenn es dein heiliger Wille ist, die Armen wie ein Sturzbach zu entfesseln, um die Gesellschaft zu verändern, verstehe ich, daß du die Reichen mit Blindheit schlägst.« (Balzac, *Bauern*, I, Kap. 11) »Ein Proletariat, das keine Gefühle mehr kennt, das keinen anderen Gott hat als die Begierde, keinen anderen Fanatismus als die Verzweiflung des Hungers, keinen Glauben und keine Frömmigkeit, wird voranschreiten und das Herz des Landes unter seinem Fuß zermalmen«, verheißt Bonnet. (Balzac, *Landpfarrer*, Kap. 4)

Die erneuerte Christenheit im Zeitalter der Romantik

Als der Abbé Paul Franche, der selbst Landpfarrer in der Nähe von Lyon war und der Gruppe *La Quinzaine* nahestand, im Jahre 1902 für seine Abhandlung *Le prêtre dans le roman français* Balzacs Pfarrer untersuchte, würdigte er, mit einigen Vorbehalten, das Spiegelbild, das der Autor der *Menschlichen Komödie* dem Klerus seiner Zeit vorhielt: »Ein Mann der Kirche«, schrieb er, »ist für ihn kein untätiger Mann, der vergrämt ›zwischen der Vorhalle und dem Altar‹, in der Erwartung eines Wunders Tränen vergießt. Er ist zwar ein Mann des Gebets, jedoch auch ein Mann der Tat und der Aktion, als der er sich in seiner Beziehung zum Volk und im Kontakt mit diesem Volk durchsetzen konnte. [...] Genauso sieht der Priester aus, den wir in unserer unruhigen Zeit brauchen, sowohl sozialisierend als auch christianisierend. Ein Mann, der sich für die materiellen Bedürfnisse und für das Elend interessiert, der sich um den Leib kümmert, um bis zur Seele vorzudringen.« (Franche 1902, S. 117f.) In Balzac erkannte er, »sozusagen verschwommen«, »jene Ideen wieder, die sehr viel später in den Sozialenzykliken des großen Papstes Leo XIII. so prägnant dargelegt wurden«. (Ebd., S. 126)

Dies ist zweifellos ein Vorgriff auf die Entwicklung der Weltanschauung und den Lauf der Geschichte. Das literarische Bild des Landpfarrers zur Zeit der Romantik, wie es in Balzacs Werk zum Vorschein tritt, ging eher auf eine neue Sensibilität gegenüber der sozialen Erscheinung des Priesters am Vorabend der revolutionären

Krise zurück, als auf einen Vorgriff auf das Zeitalter der Sozialenzyklika für die Landbevölkerung (*Rerum novarum*). Balzacs Pfarrer ist insofern romantisch, als er Zeugnis ablegt für eine individuelle, dramatisierte und heroisierte Berufung in einer feindlich gewordenen Welt, einer Welt, in der der Auftrag zur Erneuerung, mit der die Vorsehung (wie der Romanautor sie definiert) ihn betraut hat, sein undankbares Priesteramt hervorhebt und übersteigert. Als einsamer Held im Kampf um die Zukunft – ganz gleich ob er die Schlacht gewinnt oder ob er in ihr fällt – trägt er die untrennbar miteinander verbundenen Geschicke der Religion und der Gesellschaft auf seinem Rücken. »Es genügt nicht«, erklärt Bonnet, »all die Leute, die ich in einem entsetzlichen Zustand heidnischer Überzeugungen vorgefunden habe, moralischer zu machen. Ich will inmitten einer ganz und gar bekehrten Generation sterben.« (Balzac, *Landpfarrer*, Kap. 3)

Um diese zukünftige Welt zu bezeichnen – eine gänzlich christianisierte Gesellschaft, in der das Gesetz Christi und seiner Kirche wieder das Gesetz der Menschen sein soll – hat das Zeitalter der Romantik ein bestimmtes Wort mit einer neuen Bedeutung versehen (fast könnte man schreiben: neu erfunden): *Christenheit* (oder *christliche Zivilisation*) (vgl. Gadille 1975; Derré 1962; Paul 1969; Bowman 1973; Ruggieri 1991; Pottmeyer 1991). Dieses Ideal, das mal einer mythischen Vergangenheit zugewandt war, bald dagegen in einer fernen Zukunft angesiedelt wurde, regte die katholischen Geistlichen des frühen 19. Jahrhunderts sowohl zu einer Erneuerung des theologischen Gedankengutes als auch zu einer neuen Sicht der Geschichte und einer Wandlung der Empfindsamkeit an. Durch dieses Ideal zeichnete sich auch am deutlichsten ab, was im gemeinsamen Erfahrungsschatz dieser Priester zweifelsohne als eindeutig romantische Wende beziehungsweise als romantischer Bedeutungsinhalt gelten kann.

Was die katholische Theologie des frühen 19. Jahrhunderts (vgl. Ferraz 1880; Bellamy 1904; Hocédez 1948-1952) der Romantik entlehnt hat, ist in der Tat nicht immer leicht zu erkennen. Theologen sind nämlich selten Dichter, ihre auf Argumente aufgebaute Beweisführung läßt wenig Raum für persönliche Ergüsse, und die dogmatischen Lehrgebäude der katholischen Kirche sträuben sich – damals mehr denn je – gegen jede inhaltliche oder formale Neuerung. Die Bewegung der *intransigeants* (der *Unnachgiebigen*), die mitverantwortlich war für eine der größten Krisen der katholischen Kirche – diese wurde nämlich an der Wende vom 18. zum 19. Jahrhundert, manchmal auf dramatische Weise, mit der Philosophie der Aufklärung, dem Zusammenbruch des alten politisch-religiösen Regimes, der Verfolgung durch die Revolutionäre und dem Aufkommen eines liberalen Staates konfrontiert (vgl. Menozzi 1986) – verfolgte jedoch zusammen mit der Romantik ein wichtiges Ziel: die Kritik an der Aufklärung mit der Infragestellung ihrer Philosophie, unter Berufung auf ein gemeinsames Festhalten an der Tradition. So schreibt J. Gadille: »Louis de Bonald, Joseph de Maistre und F. de Lamennais hatten zwar jeweils einen sehr unterschiedlichen Werdegang, aber alle drei sind sich insofern einig, als sie das historische Gesetz in den Rang eines absoluten Kriteriums für Wahrheit erheben. Ganz gleich ob man dieses Gesetz nun Recht der Familie, von der Vorsehung eingesetzte Autorität des Papstes oder den gesunden Menschenverstand des Volkes nennt, es erscheint als Naturgesetz, hervorgegangen aus jener Ordnung, die allen menschlichen Gruppen, wie sie sich im Laufe der Geschichte nach und nach herausgebildet haben, eigen ist.« (Gadille 1985, S. 29)

Der philosophische und religiöse Traditionalismus hat in Europa unterschiedliche Wege eingeschlagen, die sich in der Auffassung und im Tonfall jedoch erstaunlich ähnlich geblieben sind. Im französischen Einflußbereich war es die revolutionäre Erschütterung, die in aufeinander folgenden Wellen den Versuch zu einer Wiederherstellung aller Grundlagen der philosophischen Wahrheit sowie der sozialen, politischen, moralischen und religiösen Ordnung bewirkt hat. Zu den katholischen Autoren par excellence zählte man zu Beginn des 19. Jahrhunderts: Louis de Bonald (vgl. Moulinié 1916; Gritti 1962; Bastier 1975; Macherey 1987; Klinck 1989) und Joseph de Maistre (vgl. La Treille 1906; Goyau 1921; Omodeo 1939; Cioran 1957; Lebrun 1965; Nicolas 1971; Vouga 1957) schon seit dem späten 18. Jahrhundert, Ballanche (vgl. Reardon 1968; Michel 1981; Derré 1981) (dessen Anregungen zum Opfer für die mystische Weltanschauung im postrevolutionären Frankreich entscheidend gewesen sind, der zu seiner Zeit jedoch nur ein verschwindend geringes Publikum gehabt hat) gemeinsam mit Chateaubriand um die Jahrhundertwende, und schließlich der frühe Lamennais (vgl. Guillou 1966; Tranvouez 1975; Derré 1975; Lebrun 1981) vor allem in den Jahren der

Restauration. Nur letzteren kann man jedoch in gewissem Sinne, der durch seinen späteren Bruch mit der Kirche näher beleuchtet wird, als Romantiker bezeichnen. Von der Gruppe um Lamennais (Gerbet [vgl. Brémond 1907 und Harispe 1909], Rohrbacher [vgl. Costigan 1980], Gousset [vgl. Guerber 1973]) kann man dies jedoch nicht behaupten, mit Ausnahme vielleicht von Gerbet, dessen *Considérations sur le dogme générateur de la piété catholique* (1829) zusammen mit seiner *Esquisse de Rome chrétienne* (1844-1850) zwei Meilensteine einer gewissen französischsprachigen katholischen Romantik waren. In Italien hatte sich angesichts des Aufkommens staatlicher Kontrollen und einer kritischen Hinterfragung durch die Aufklärung eine hartnäckige reaktionäre Bewegung gebildet (vgl. Pignatelli 1970, 1974). Da sich das Land durch eine besondere Nähe zum apostolischen Stuhl auszeichnete und von der revolutionären Springflut nicht ganz so stark erschüttert worden war, äußerte sich der Traditionalismus hier nicht ganz so rigoros. Maistre und Lamennais hatten diesen Traditionalismus stark beeinflusst, zum Beispiel durch die Gruppe um Giuseppe Baraldi in Modena (vgl. Manni 1968) oder durch den jungen Gioacchino Ventura während seiner Zeit in Neapel und später in Rom (vgl. Guccione 1988; Andreu 1961; Colapietra 1961; Kasagi 1979; Tesini 1988). In den deutschsprachigen Ländern (vgl. Werner 1889 und Scheffczyk 1955), in denen die religiöse Romantik in erster Linie protestantisch beeinflusst war, entfaltete sich der Traditionalismus praktisch nur um einige einzelne Personen herum (Goerres in Deutschland, Haller [vgl. Sancipriano 1968] vor allem in der Schweiz), während die größten Romantiker von einer echten Faszination für den Katholizismus (an erster Stelle Novalis) gepackt wurden, so daß sich um Friedrich Schlegel und andere Konvertiten herum eine katholische Romantik entwickelte. An letzter Stelle sei noch der spanische Traditionalismus genannt, der etwas später aufkam und sich weit ins Jahrhundert hinein erstreckte, vor allem um die Werke von Jaime Balmès (vgl. Gadille 1975) oder Donoco Cortés (vgl. Coyné 1989) herum, ohne daß man ihnen jedoch immer einen spezifisch romantischen Charakter zuschreiben könnte. Zudem konnte sich das traditionalistische Weltbild – insbesondere die Theologie des *gesunden Menschenverstands* von Lamennais – im Unterricht der Priesterseminare nur sehr mühsam dauerhaft durchsetzen. Der Widerstand einiger theologischer Strömungen, die aus der alten Scholastik hervorgegangen waren und oft dem Jesuitenorden nahestanden, der intellektuelle und politische Widerstand des römischen Hofes (vgl. Jacqueline 1983 und M.-J. Le Guillou/L. Le Guillou 1982) und schließlich das Aufkommen der neothomistischen Scholastik unter Papst Leo XIII. verhinderten innerhalb der Kirche die Verbreitung einer Weltanschauung, die so tief in der Erfahrung des revolutionären Traumas verankert war, daß sie ihre Strenge und ihre Grenzen nur allzu rasch enthüllte.

Dennoch bewirkte der Traditionalismus – insbesondere in Frankreich und Italien – eine intellektuelle Wandlung im Klerus, deren Auswirkung bis weit ins 19. Jahrhundert hinein zu spüren war (die Kirche läßt sich zwar leicht aufschrecken, verhält sich aber überaus konservativ, wenn es um ihre eigene historische Wandlung geht). Kurz nach der Französischen Revolution, als sich die katholische Kirche mit der Kritik der Aufklärung konfrontiert sah, die bald vom Liberalismus abgelöst wurde, hat sie nämlich ständig ihre Dogmen und ihre Disziplin, ihre Glaubenssätze und ihre Geschichte – diese basierten auf Tradition und Autorität der ältesten göttlichen und menschlichen Gesetze, auf die sich die Kirche in ihrer Gesamtheit berief – bekräftigt, gefordert, bestätigt und verherrlicht. Das Argument der Tradition, das in einer starren, hierarchisch gegliederten Kirchenstruktur (vgl. Aubert 1960) untrennbar mit dem der Autorität verbunden war, unterstützte bei den Priestern des frühen 19. Jahrhunderts – gegen den Deismus und gegen den diffusen Spiritualismus ihrer Zeit – somit die grundsätzliche Forderung nach einer vollständigen Bewahrung des anvertrauten Glaubensgutes (*Depositum fidei*) sowie nach der *Sichtbarkeit* von Kult und kirchlichen Institutionen, verstanden als historische, konkrete und zeitgenössische Äußerung von Auftrag und zentraler Stellung der Kirche im Raum und in der Gesellschaft. Damit waren alle ihre Äußerungen gemeint sowohl in der Architektur (Kirchen, Kapellen, Friedhöfe, Wegkreuze, Kalvarienberge, Pfarrhäuser und religiöse Einrichtungen) als auch in den Sakramenten (Beichte, Kommunion, Taufe, Priesterweihe, Hochzeit, Letzte Ölung und christliches Begräbnis), in der Liturgie (Erntedankfeste, Patronatsfeste, Prozessionen, Pilgerfahrten), in der Wirtschaft (Kirchenbesitz, Stiftungen, Vermächtnisse, Zehntabgaben – wo es diese noch gab –, Nebeneinkünfte, Kollekten und seit 1860 die jährliche Abgabe an den Heiligen Stuhl) oder in der Gesellschaft (Privilegien und Steuerbefreiungen überall dort, wo sie vom staatlichen Recht noch nicht aufgehoben worden waren; Orden, Bruderschaften und religiöse Vereine). »Ohne einen sichtbar verehrten Gott existiert die Religion nicht. Folglich haben dann auch die menschlichen Gesetze keine Gültigkeit« (Balzac, *Landpfarrer*, Kap. 2), legte Balzac dem Pfarrer Janvier in den Mund. Damit griff er eine zentrale These im *Essai sur l'indifférence* von Lamennais auf. Dieser schrieb 1817: »Ein rein spiritueller Kult ist nur der Kult der reinen Geister. Es ist der Kult der Engel, aber nicht der des Menschen. [...] Der Kult ist Tat, wie die Tugend [...] und der äußere Kult ist ein Verhältnis, das sich aus der Natur des Menschen ableitet, während der öffentliche Kult ein Verhältnis ist, das sich aus der Natur der Gesellschaft ableitet«. (Lamennais 1817, Bd. 1, 2. Teil, Kap. 5) »Die Religion«, fuhr er fort, »ist kein einfacher Gedanke, der auf dem Grunde des Verstandes verschüttet ist, sondern ein Glaube, der sich äußert durch Taten oder durch einen Kult, der die Dogmen, deren Ausdruck er ist, aufrecht erhält. Die Kirche oder die Gemeinschaft der Gläubigen, die die wahre Religion ausüben, ist eine *sichtbare* Gesellschaft.« (Lamennais 1817, Bd. 1, 1. Teil, Kap. 6)

Die Theologie der Sichtbarkeit – deren Auswirkungen auf die Seelsorge bis ins Unendliche gesteigert werden konnten, je nachdem wie sich die Kräfteverhältnisse im Laufe des 19. Jahrhunderts durch die jeweilige Wirtschaftslage, die Umstände oder die Orte änderten – entlehnte ihre Kerngedanken zwar den dogmatischen Auslegungen des Tridentinischen Konzils, erlangte im Zeitalter der Romantik jedoch eine völlig neue Dimension und Fülle. Künftig bewirkte sie nämlich eine Umgestaltung in zweifacher Hinsicht, erstens auf dem Gebiet der Sakramente und zweitens auf dem der Gemeinde. Der sakramentale Charakter der Kirche (vgl. Deneken 1993; *Kirche als Ursakrament* schrieb der deutsche Theologe Anton Günther, der 1857 in Rom als halber Pantheist verurteilt wurde) bedingt eine mystische Dimension in der Gemeinschaft der Gläubigen, wobei die Kirche »durch die Entwicklung einer Dynamik der Offenbarung als ein *organon*, ein *phainomenon*, eine Offenbarung, eine Bewußtwerdung, ein Sakrament des Gottesreiches, [...] eine Historisierung des Christentums gesehen wird«. (Deneken 1993 (47/3), S. 44-45)

Die Kirche als Gemeinschaft war ebenfalls Teil des romantischen Konzepts von einer göttlichen Vermittlung durch das Volk, das in seiner nationalen Variante auf Herder und in seiner sozialen auf den späten Lamennais verweist. Die romantische Theologie ist also Teil der sakralen und zeitlichen Vertiefung einer an die neuen Zeiten angepaßten Kirchensicht, die durch eine postrevolutionäre Eschatologie noch verstärkt wurde. (Vgl. Stella 1968; Langlois 1973; George 1991; Caffiero 1991, 1993)

Die katholische Romantik des 19. Jahrhunderts trug ebenfalls zu einer Umarbeitung der Geschichtsschreibung bei, die das Christentum eines mythischen, neugeschaffenen und neuerfundenen Mittelalters in den Rang eines politischen, sozialen und religiösen Vorbilds erhob (vgl. Bercé 1979; Leniaud 1980; Williams o.J.). Das Gefühl war das erste Element, das an der Wende des 18. zum 19. Jahrhunderts einerseits eine allmähliche Wandlung des Geschmacks und der klassischen Ästhetik, zugleich aber auch eine Neubewertung der historischen Perspektive bewirkte. Diese Neubewertung gab dem Gefühl durch eine neuangepaßte christliche Wahrnehmung ihren Sinn. So schrieb Chateaubriand schon 1802 unmittelbar nach der Entchristlichung der Französischen Revolution: »Man konnte keine gotische Kirche betreten, ohne eine Art Schauder und ein unbestimmtes Gefühl der Göttlichkeit zu empfinden. [...] Das alte Frankreich schien wieder aufzuleben, man glaubte die besonderen Kleidertrachten dieses Volkes, die so anders waren als die heutigen, zu sehen« (Chateaubriand, *Le Génie* 1802, 3. Teil, 1. Buch, 8. Kap.). Von der Bewegung der *Nazarener* in Rom Anfang des 19. Jahrhunderts (vgl. Andrews 1964; Ziemke 1977; Bachleitner 1976) bis zum Erfolg der Malerei im »Troubadour-Stil«, vom Schwung, mit dem Männer wie Guéranger oder Lacordaire die Mönchsorden und religiösen Kongregationen erneuerten (vgl. Aubert 1973 und Bédouelle 1991), bis zur ausgedehnten Kampagne zum Bau neogotischer und neoromanischer Kirchen (vgl. Léniaud 1979; Chaline 1987; Delpal 1987), von der europäischen Begeisterung für die Romane Walter Scotts bis zum Aufschwung einer mittelalterlichen Gelehrsamkeit (die für eine ganze Generation durch das historiographische[4] und zudem hagio-

4 Die fünf Bände, in denen Jules Quicherat die Akten der beiden Prozesse gegen Johanna von Orléans veröffentlicht hat, erschienen zwischen 1841 und 1849 als *Procès de Jeanne d'Arc* unter der Schirmherrschaft der *Société de l'Histoire de France*, gefolgt von den *Aperçus nouveaux* (1850). Die *Jeanne d'Arc* von Michelet (als Band 5 seiner *Histoire de France*) erschien 1841.

graphische[5] Heldengedicht der Jeanne d'Arc symbolisiert wurde; vgl. Carbonell 1976), wurde das »christliche Mittelalter« zum Gegenstand einer ekklesiologischen Faszination und zum Anlaß für eine grundlegende Diskussion über die Zukunft der katholischen Gesellschaft. Den Verfechtern eines »phantasierten Mittelalters« hielt Montalembert in seinem Vorwort zu *Moines d'Occident* aus dem Jahre 1860 darum genüßlich vor, daß »die wahre Größe, die eigentliche Kraft und der wahre Sieg der Kirche im Mittelalter nicht darin bestanden hat, mächtig, reich und geliebt gewesen zu sein, oder die Dienste und den Schutz der Fürsten genossen zu haben, sondern er bestand darin, daß sie frei gewesen ist, frei im Sinne einer allgemeinen Freiheit ...« (zitiert nach Gadille 1975, S. 196)

Schließlich charakterisierte ein Wandel der Empfindungen die katholische Welt zu Beginn des 19. Jahrhunderts. In Paris entstand um 1830 vor den entzückten Augen des jungen Ernest Renan (aber später sollte er, um der guten Sache willen, sein Vergnügen beiseite schieben) »eine parfümierte, mit Bändern geschmückte Religion, eine Frömmelei mit kleinen Kerzen und kleinen Blumentöpfen, eine Theologie für alte Jungfern, ohne Konsistenz, mit einem undefinierbaren Stil, bunt zusammengestoppelt wie das farbige Titelbild eines Andachtsbuches von Lebel«. (Renan 1883, Kap. 4) Obwohl die Erinnerung des alternden und ständig polemisierenden Renan diesbezüglich etwas karikierend sein mochte, so hat der ehemalige Schüler des Priesterseminars von Saint-Nicolas du Chardonnet damit nichtsdestoweniger einen der wichtigsten Züge der katholischen Spiritualität aufgegriffen, nämlich die allmähliche Einführung einer gefühlsmäßigen Dimension bei der Übernahme des Christentums und die besondere Aufwertung des Herzensergusses unter den religiösen Gefühlen. Dies hat man in Frankreich nur allzu bequem auf den italienischen Einfluß oder die Übernahme der religiösen Praxis durch Frauen geschoben. Hierin bestand nämlich zweifelsohne der hauptsächliche Beitrag der romantisch beeinflußten Empfindsamkeit zum

5 Hier sei daran erinnert, daß der Prozess zur Seligsprechung auf Veranlassung von Bischof Dupanloup am 2. November 1874 in Orléans eröffnet wurde. Am 27. Januar 1894 wurde der Fall in Rom behandelt. Jeanne d'Arc wurde am 18. April 1909 selig gesprochen und am 16. Mai 1920 heilig gesprochen. Siehe P. M. Brun, »Les Péripéties de la canonisation de Jeanne d'Arc«, *Bulletin de la Société archéologique et historique de l'Orléanais*, Nr. 6, 1970, S. 121-134.

allmählichen Wandel in der Äußerung des religiösen Gefühls. Am meisten bezeugen dies mit Sicherheit – mehr noch als die Malerei (vgl. Hardouin-Fugier 1981, 1984 und Foucart 1987) – die gedruckten Heiligenbilder (vgl. Rosenbaum-Dondaine 1984; Pirotte 1987; Vircondelet 1988), die in vielen Millionen Exemplaren in allen katholisch erzogenen Familien und Haushalten verbreitet waren. Hier tritt in der ikonographischen katholischen Tradition und unter Formen, deren sulpizianische (vgl. Savart 1976) »Lieblichkeit« nicht über die neuartige Dimension hinwegtäuschen darf, am deutlichsten die von der Romantik beeinflußte Thematik zutage: der unerbittliche Gegensatz zwischen den irdischen Trieben und den himmlischen Idealen, die engelähnliche Darstellung von Gott und Menschen, ein überschäumender Symbolismus und schließlich eine Farbpalette, in der vor allem Blau – die Farbe des Himmels oder der Jungfräulichkeit – bevorzugt benutzt wurde. Dieser Horizont herrschte künftig vor in den visuellen religiösen Darstellungen einer ganzen Generation von Priestern und Gläubigen...

Ein Klerus für »schlimme Zeiten«

An dieser Stelle tritt die Schwierigkeit (um nicht zu sagen die Unmöglichkeit), den Priester der Romantik zu untersuchen, vielleicht am deutlichsten zutage. Die Diskrepanz zwischen Wirklichkeit und Darstellung (die gerade eine Ursache für den Lebensüberdruß der Romantik war), die Kluft zwischen Ausbildung und Lebensbedingungen des katholischen Klerus im 19. Jahrhundert einerseits und bahnbrechendem theologischen Umschwung, intellektueller Öffnung und gleichzeitigem Wandel der Empfindsamkeit andererseits scheint ungeheuer, fast unüberwindlich gewesen zu sein. Balzacs literarische Darstellung vermittelte ein bestimmtes Streben, eine Spannung. Die Analyse der historischen Fakten läßt jedenfalls in der ersten Hälfte des 19. Jahrhunderts einen Abgrund an gegenseitiger Unkenntnis und wechselseitiger Abkapselung zwischen gemeinsamer klerikaler Kultur und Romantik erkennen. Dieser Abgrund konnte erst in der zweiten Hälfte des Jahrhunderts (und das auch nur unvollkommen) durch die Einbeziehung der romantischen Bewegung in den klassischen Schulunterricht und in die Allgemeinbildung überbrückt werden. Zweifellos gab es mehr romantische Priester zur Zeit von Barbey d'Aurevilly oder Zola als in der großen Epoche der Romantik mit Byron und Aloysius Bertrand.

Das erste und größte Hindernis für die Aufnahme der romantischen Thematik in die abgekapselte Welt der kleinen und großen Priesterseminare bestand damals in der Priesterausbildung (vgl. Langlois 1988; Boutry 1988; Chotard 1977; Dumoulin 1978). Die Führungsstrukturen des Klerus wurden nach dem Konkordat in aller Eile wiederaufgebaut. Man brauchte Priester, die zudem fromm, pflichtbewußt und gebildet genug sein mußten, um die Funktion des Priesteramtes zu erfüllen, nicht mehr und nicht weniger. »Der Drill des Priesterseminares«, notierte C. Langlois, »zielt darauf ab, allen dieselbe Auffassung vom Priesteramt einzuimpfen. [...] Als Mann des Gebetes und der Meditation muß sich der Priester auch die moralischen Tugenden seines Standes aneignen: Keuschheit, Zurückhaltung, Verschwiegenheit und Höflichkeit. Um dies zu erreichen ist ein gepflegtes Äußeres sehr angeraten, darum legt das Reglement auch großen Wert auf die Art, sich zu kleiden, zu sprechen und zu bewegen. Er soll zu einem Mann werden, der für sich lebt, mit tadellosem Lebenswandel, immer hilfsbereit, aber nie vertraulich, der natürlich zu den respektierten Honoratioren gehört, aber zwangsläufig immer eine gewisse Zurückhaltung wahrt.« (Langlois 1988) Sowohl das Vorbild des tridentinischen Priesterseminars (vgl. Guasco 1986), das im 17. und 18. Jahrhundert nach und nach, wenn auch mit einigen Schwierigkeiten und Verzögerungen, in Italien (vgl. Toscani 1979, 1982) und Spanien (vgl. F. Martín Hernández 1964 und F. und J. Martín Hernández 1973) eingeführt worden war, als auch das Modell des sulpizianischen Seminars zur selben Zeit in Frankreich (vgl. Julia 1988) legten besonderen Wert auf die Vorbereitung auf einen *Stand* und auf das tiefe, dauerhafte Eintrichtern einer Lebensregel. Diese Tendenz hielt bis Ende des 19. Jahrhunderts an und wurde in Ländern wie Frankreich von einem Zusammenbruch der Kultur des Kirchenrechts und von einer Schwächung der klassischen Kultur begleitet. Dies ging einher mit einer Stärkung des staatlichen Rechts sowie einer zunehmenden Rekrutierung der Geistlichen aus der Landbevölkerung und aus den einfachen Volksschichten. (Vgl. Gibson 1989)

Diese Tendenz der klerikalen Kultur zu einer geringeren Aneignung von Kulturgütern und einer schärferen Abgrenzung gegenüber den zeitgenössischen Entwicklungen der Wissenschaften und Ideen in der Welt der Laien (seinerseits ein Hinweis auf einen verschärften Gegensatz zwischen der katholischen Kirche und der damaligen politischen sowie zivilen Gesellschaft) wurde noch verstärkt durch die Lebensbedingungen des Klerus auf dem Lande und (in geringerem Maße) in der Stadt, soweit sie für das 19. Jahrhundert bekannt sind. (Vgl. Cholvy/Hilaire 1985–1988; Gibson 1989; Joutard 1991) Insbesondere der Landpfarrer (vgl. Pierrard 1986; Launay 1986) besaß im allgemeinen keine Grundausbildung, die es ihm erlaubt hätte, leichten Zugang zu den neusten Entwicklungen auf dem Gebiet der Wissenschaften oder der Literatur zu finden. Ganz von den Aufgaben seines Priesteramtes in Anspruch genommen und durch die Wohnregelung und die zahlreichen Pflichten seines Amtes eng an sein Pfarrhaus gebunden, verfügte er weder über die intellektuellen Fähigkeiten noch über die nötige Freizeit, um seine klerikale Erziehung, die inhaltlich und von ihren Möglichkeiten her kärglich bemessen gewesen ist, vervollständigen zu können. Die Versammlungen der Geistlichen, die ihm unter der Anleitung eines Dechants eine Art fortgesetzte Berufsausbildung boten, beschränkten sich meist auf praktische Probleme der Moraltheologie und der Liturgie. Der romantische Priester – wenn er im frühen 19. Jahrhundert überhaupt existiert hat – besaß ein kulturelles Kapital, das er sich vor oder neben der Ausbildung im Priesterseminar erworben hatte. Entweder stammte er aus wohlhabenden, kultivierten Kreisen, oder er war Autodidakt. (Vgl. Langlois/Laplanche 1992)

Diese nötigen Einschränkungen dürfen jedoch nicht darüber hinwegtäuschen, daß sich die intellektuelle Atmosphäre in der Geistlichkeit seit den 30er und 40er Jahren des 19. Jahrhunderts nach und nach gewandelt hat. Ohne sich dessen immer deutlich bewusst zu sein, nahm sie Elemente auf, die man zur Bewegung der europäischen Romantik rechnen muß. Dazu aufgerufen, sich an den Debatten und Konflikten seines Jahrhunderts unmittelbar zu beteiligen (entweder weil er in sie verwickelt oder weil er ihr Opfer war), stürzte sich der Priester des 19. Jahrhunderts damals, als sich Demokratie und allgemeines Wahlrecht nach und nach durchsetzten, seinerseits *nolens volens* ins Zeitalter des individuellen und kollektiven

Selbstbewußtseins. Durch das unumgängliche Thema der Rechte der Kirche gegenüber den Katastrophen der Zeit fand er sich wieder konfrontiert mit dem unbefriedigten Selbstbewußtsein, das im Zentrum der romantischen Unruhe stand. So sorgte sich Devie, der greise Bischof von Belley (er erreichte das hohe Alter von 75 Jahren), wegen einer Entwicklung, die seiner Meinung nach für die Stellung des Priesters in der Gesellschaft schädlich war: »Die jungen Priester«, schrieb er, »selbst diejenigen, die fromm sind, besitzen nicht immer den leutseligen Ton, die offene Ausdrucksweise, die gemessenen Umgangsformen und die ausgewogenen, zugleich ungezwungenen Bewegungen, die man sich durch eine gute Erziehung erwirbt und die man sich auf natürliche Weise aneignet, wenn man nicht immer nur auf dem Lande gewohnt hat. [...] An vielen von ihnen [...] erkennt man einen zweiten Fehler, der darin besteht, daß sie großes Selbstvertrauen an den Tag legen. Diese Veranlagung macht sie selbstgefällig, sarkastisch und – wenn ich so sagen darf – schulmeisterlich und anmaßend.« (Devie 1842, S. 24f.) Doch sofort hielt ihm ein Priester aus Paris kategorisch entgegen: »Der Priester ist nur dort an seinem Platz, wo er der erste ist. Und dies muß er immer sein.« (Barbier 1844, Bd. 8, S. 301)

Zwischen dem Bischof, der noch aus dem Ancien régime stammte, und dem jungen Klerus hatte sich die Gedankenwelt völlig verändert. Dies lag nicht nur an der Zugehörigkeit zu unterschiedlichen Generationen oder am sozialen Habitus, sondern am Rollenverständnis des Priesters. Das gestärkte Selbstbewußtsein, das sich in einer Glorifizierung der Aufgabe des Priesters in der Gesellschaft äußerte, lag nicht nur, wie Bischof de Belley dies glauben mochte, an einem ursprünglichen Mangel an Erziehung, sondern auch an einer Dramatisierung der Beziehungen zwischen Kirche und Welt, zwischen dem Geistlichen und der Welt der Laien. In eben den Jahren, in denen sich der alte Prälat bemühte, seinen Klerus zu den Regeln einer überholten Höflichkeit zurückzuführen, hielt Lamennais' Theologie auf dem Umweg über eine strenge, oft stark vereinfachte Apologetik Einzug in die Priesterseminare, während der italienische Klerus kurz vor dem Völkerfrühling der Jahre 1846 bis 1849 von einer neuguelfischen Begeisterung erfaßt wurde, die sich in einer besonderen Verehrung des Papstes äußerte. Insbesondere drei Elemente spielten die treibenden Kräfte bei dieser unpassenden Stärkung des priesterlichen Selbstbewußtseins: das Aufkommen einer auf das Opfer bezogenen Frömmigkeit, der Ruf ins Ausland zur Missionierung, und schließlich die Mobilisierung christlicher Massen.

Die Schwärmerei der Romantik für das Opfer im allgemeinen fand im strengen Katholizismus des frühen 19. Jahrhunderts tatsächlich gewaltigen Anklang und stieß unter den deutschen und englischen Romantikern protestantischer Herkunft oft ebenso auf Faszination wie auf Abscheu. Doch über das Sakrament der Eucharistie und die Erneuerung des Opfertodes Christi hinaus versuchte die romantische Empfindsamkeit, die katholische Frömmigkeit zu einer Entfaltung der erlösenden Dimension des vergossenen Blutes zu führen. Der Tod des allerchristlichen, gottgesalbten Königs unter der Guillotine vor einer gewaltigen, stummen Menschenmenge am 21. Januar 1793, die Verfolgung und Hinrichtung der königstreuen Priester, die gesamte Französische Revolution mit ihren Ablegern in Europa (von Belgien über Italien, Deutschland und Österreich bis zum katholischen Spanien) sowie die Entführung und Gefangensetzung der Päpste Pius VI. und Pius VII. wurden schon sehr früh als beispiellose, exemplarische und ungerechte Verbrechen, die schreckliche Strafen nach sich ziehen mußten, empfunden und gedeutet. Diese Vergeltung galt wiederum als Vorspiel zur notwendigen Buße und zur schmerzhaften Sühne ganz nach dem dreigliedrigen Schema – Sünde, Strafe, Erlösung –, um das die Opfermystik der katholischen Romantik kreiste. So schrieb Joseph de Maistre 1796 in seinen *Considérations sur la France*: »Eines der größten Verbrechen, das man überhaupt begehen kann, ist zweifellos das Attentat gegen die *Souveränität*, weil keines fürchterlichere Folgen nach sich zieht. Wenn die Souveränität einem Kopf innewohnt und dieser Kopf einem Attentat zum Opfer fällt, ist dieses Verbrechen dadurch nur um so entsetzlicher. Aber wenn der Souverän sein Schicksal durch kein Verbrechen verdient hat, wenn sogar seine eigenen Tugenden den Schuldigen die Waffen in die Hand gedrückt haben, ist dieses Verbrechen einfach unbeschreiblich. An diesen Einzelheiten erkennt man den Tod von Ludwig XVI. Vor allem aber muß man sich klarmachen, daß *nie ein größeres Verbrechen mehr Komplizen gehabt hat.*« (Maistre, *Considérations*, Kap. 2) »Als Ludwig das Schafott bestieg«, bemerkte Félicité de Lamennais 1817 im *Essai sur l'indifférence*, »fiel nicht nur ein tugendhafter Sterblicher der Raserei einiger Verbrecher zum Opfer. Es war die Staatsmacht selbst, das lebende Abbild jener Gottheit, dessen Stellvertreter er war, es war das Prinzip der Ordnung und des politischen Lebens, es war die gesamte Gesellschaft, die dabei zugrunde ging.« (Lamennais 1817, Bd. 1, Teil 2, Kap. 2) Das Blut des Unschuldigen komme darum über das Haupt der Schuldigen. »Jeder Tropfen vom Blute Ludwigs XVI.«, fuhr der Comte de Maistre fort, »wird Frankreich ganze Sturzbäche kosten. Vielleicht werden vier Millionen Franzosen das große nationale Verbrechen eines antireligiösen und antisozialen Aufstands, der von einem Königsmord gekrönt wurde, mit ihren Köpfen bezahlen müssen. [...] Leider erfordern große Verbrechen nun einmal auch große Vergeltungsmaßnahmen.« (Maistre, *Considérations*, Kap. 2) Doch andererseits lag im Tod von Ludwig XVI. auch die Notwendigkeit zur Sühne und, nach einem schmerzhaften *Sinneswandel*, die Möglichkeit zur Erlösung. »Lasset uns hoffen, daß Ludwigs unschuldiges Blut sozusagen aufschreit und dafür eintritt, daß Frankreich seinen Starrsinn, so viele Verbrechen auf sich zu laden, erkennt und verabscheut. Möge sich Frankreich an die schrecklichen Strafen erinnern, die Gott als gerechter Rächer aller Freveltaten oft sogar Völkern auferlegt hat, die bei weitem nicht so schlimme Gewalttaten begangen hatten«, schloß Papst Pius VI. schon 1793 in seiner Traueransprache. (Vgl. Boutry 1990) »Das Vergießen menschlichen Blutes schwebt [nämlich] nie frei im Universum«, erläuterte Joseph de Maistre. »Man kann das Menschengeschlecht mit einem Baum vergleichen, der durch eine unsichtbare Hand unablässig zurechtgestutzt wird, und der aus dieser Maßnahme oft Nutzen zieht. [...] Schreckliche Läuterung [...] Universelles Dogma, so alt wie die Welt, von der Umkehrbarkeit der Schmerzen eines Unschuldigen zugunsten der Schuldigen. [...] So hat es im Herzen von Ludwig XVI. oder in dem der himmlischen Elisabeth vielleicht eine entsprechende Regung, eine bereitwillige Duldsamkeit gegeben, durch die Frankreich errettet werden kann.« (Maistre, *Considérations*, Kap. 3) Schließlich finden wir noch einen Hoffnungsschimmer bei Ballanche, einem mystischen Autor aus Lyon, der Madame Royale 1814 eine *Antigone* widmete und außerdem Bücher wie *Homme sans nom* (eine Schrift über den Königsmord) und *La Ville des expiations* verfaßt hat. 1818 schrieb er, daß im Konvent »einige Männer unbeabsichtigt so etwas wie Opferpriester gewesen sind, die ein Sühneopfer hingeschlachtet haben.

Von seinem ewigen Thron herab und über allen Veränderungen stehend hat Gott vielleicht nur zum Heile Frankreichs, das er liebt, den Gerechten verurteilt. Hatte derselbe Gott nicht auch gewollt, daß sein Sohn die Schuld der Menschheit bezahlt? Der König hat Frankreich erlöst, so wie Jesus Christus die Menschheit erlöst hat.« (Zitiert nach Bénichou 1977, S. 77)

Diese Texte, diese Themen wurden vom katholischen Klerus des 19. Jahrhunderts gründlich studiert und aufgenommen. Sie haben eine ganze Literatur angeregt, die je nachdem apokalyptisch oder eschatologisch war, die von den »schlimmen Zeiten« handelte und die den zahllosen »Nöten der Zeit« – die von der »Märtyrerkirche« des liberalen Jahrhunderts ständig angeprangert wurden – einen Sinn zuschrieb. Als Beispiele für diese Nöte seien hier nur genannt: der Sturz der Bourbonen in Frankreich, die *desamortizaciòn* des Kirchenbesitzes und die karlistischen Kriege in Spanien, die Niederschlagung des katholischen *Sonderbunds* in der Schweiz, die antikatholischen Verfolgungen in den protestantischen Teilen Deutschlands, die Verwirklichung der italienischen Einheit zu Lasten des Kirchenstaates und schließlich die »Gefangennahme« des Papstes.

Doch diese Dimension des Opfers bewirkte in der Kirche wiederum einen schöpferischen Elan, eine kirchliche Dynamik, die nur dann einen Sinn ergibt, wenn man den tiefen Wunsch nach einer religiösen Erneuerung, selbst in Übersee, und die sowohl individuelle als auch kollektive Bereitschaft zum Märtyrertod berücksichtigt. Während die Grenzen der bekannten Welt in immer weitere Fernen rückten und immer schnellere, sicherere Schiffe die Weltmeere befuhren, setzte die katholische Kirche ihre missionarische Energie frei. Dadurch wurden viele Priester ihrem Familienverband, ihrer Gemeinde und ihrer Heimat entrissen und in die Ferne geschickt, gepackt von einem Verlangen nach Universalität, das ganz dem Expansionsdrang Europas im Jahrhundert der Dampfmaschine entsprach. Zahlreiche Priester, Mönche und Nonnen (die noch 1880 zu drei Vierteln aus Frankreich stammten), folgten dem unwiderstehlichen Ruf zur Missionierung und strömten nach Amerika, Asien, Ozeanien und Afrika. Wenn die Missionare hierzu aus ihrem Alltagsleben herausgerissen und in die Ferne gesandt wurden, gingen sie dabei das Risiko ein, das Schicksal von Märtyrern zu erleiden. Dies war wiederum ein Anklang an die romantische Dynamik der Reise als Bewußtseinserweiterung. (Vgl. Coulon/Brasseur 1988 und Renault 1992)

Schließlich weckte die Mission auch in Europa selbst – vor der Abreise oder nach der Rückkehr – den Willen zu einer religiösen Rückeroberung, die man aufgrund der für dieses Jahrhundert typischen Erweiterung des räumlichen und zeitlichen Horizonts unter dem Blickwinkel der Geschichte und der Gemeinschaft sehen muß. Das Paradox dieser »schlechten Zeiten« bestand nämlich darin, daß die Kirche zur selben Zeit, in der ihr tatsächlicher Einfluß auf die Regierungen und die Gesellschaft nachließ, nach dem Vorbild einer neu erfundenen mittelalterlichen Christenheit, das ihr die historische Romantik lieferte, an ausgewählten Orten und zu bestimmten Zeiten versuchte, Phänomene einer neuartigen Einmütigkeit und Gemeinschaftlichkeit zu schaffen, die Herders Formulierungen vom Zeitgeist und einem Nationalgeist entsprachen. Damit brach eine Zeit an, in der die Katholiken in Frankreich, Italien, Spanien und Deutschland zu Wallfahrten (als Beispiel hierfür sei die Wallfahrt 1844 zum Heiligen Rock in Trier genannt; vgl. Schieder 1974), der Verkündung der unbefleckten Empfängnis (8. Dezember 1854), Krönungen von Marienstatuen, Heiligsprechungen durch den Papst oder anderen feierlichen Ereignissen in Massen zusammenströmten. Diese christliche Menge war relativ egalitär, lediglich strukturiert durch die Zugehörigkeit zur Gemeinschaft der Gläubigen unter der Aufsicht der jeweiligen Bischöfe und Priester und erneuerte somit individuell oder kollektiv die Nation im Glauben. In dieser Hinsicht war sie ein Beitrag der religiösen Romantik zur Neudefinierung des »Christenvolkes« nach dem Zeitalter der Revolutionen.

Statt den Lebensläufen einzelner Personen hat sich diese Studie über den romantischen Priester also eher kollektiven Konfigurationen – Glaubensvorstellungen, Empfindungen, Gemeinschaftsgefühlen und Aktionen – zugewandt. Dabei hätte es nicht an illustren Personen, dramatischen Ereignissen, edlen Gesten und ausdrucksvollen Worten gefehlt, sowohl was die von der religiösen Romantik Verstoßenen, wie Lamennais oder Gioberti, als auch was die Rückfälligen, Bußfertigen und Unbußfertigen, wie Lacordaire oder Rosmini, oder die Fanatiker im Untergrund, wie Möhler oder Newman anging. Doch würde man die Grenzen der Empfänglichkeit der Romantik im religiösen System des Katholizismus verkennen, wollte man diese

Gesten und Worte einzig und allein gleichsetzen mit der Geste eines romantischen Katholizismus, dessen Umrisse in vieler Hinsicht ungewiß, unscharf und sehr spät erschienen. Außerdem hieße das zu ignorieren, daß die Dynamik des Geistes und der Erneuerung des Sinns innerhalb der großen europäischen Romantik durch die widersprüchliche und verfehlte Einheit des Ideellen und des Irdischen, des Ich und der Welt, des Bewußtseins und der Wirklichkeit begründet wurde. Kann man es wagen, abschließend die Hypothese zu formulieren, daß der romantische Priester par excellence in diesem Jahrhundert die zentrale Figur all dieser Mißgeschicke und Widrigkeiten, dieser Pracht und Treue, dieser Niederlagen, dieser Unbeugsamkeit und dieser Größe der Kirche gewesen ist, nämlich Giovanni Maria Mastai Ferreti, Papst Pius IX?

Kapitel 6

Der Intellektuelle

Sergio Givone

Der Verehrer des Nichts

Der Intellektuelle der Romantik[1] nimmt in gewisser Hinsicht den Nihilisten des späten 19. Jahrhunderts und der Décadence vorweg (in dessen Nähe er dennoch häufig fälschlich gerückt wird, da er ihn mit Blick auf den kommenden Nihilismus in Wirklichkeit schon überflügelt). Dabei scheint dieser Intellektuelle das Nichts eher zu erkunden und zu umschwärmen, als es wie ein historisches Schicksal über sich ergehen zu lassen. Ob sie nun auf das klassische Griechenland oder die eigene Tradition wie auf unrettbar verlorene Regionen der eigenen Seele blicken, oder sich zu Bannerträgern grandios-revolutionärer Projekte machen: der Leitstern dieser Intellektuellen ist das Nichts. Es scheint beinahe, als wären nur Negativität und das Nichtsein in der Lage gewesen, ihrer Suche eine dauerhafte Perspektive zu geben. Daher hat vielleicht niemand besser als Novalis begriffen und vorweggenommen, was zum Charakteristikum der Epoche werden sollte, als er auf einen ihrer bedeutsamsten Züge hinwies:

1 Natürlich könnte oder müßte man zunächst die historische Wirklichkeit dieser Gestalt und zuallererst die sie definierenden Begriffe diskutieren. Was verstehen wir unter »Romantik« und was unter »Intellektueller«? Bezüglich der Schwierigkeiten, eine Bewegung definitorisch zu erfassen, die eine ganze Epoche prägte, möchte ich hier zumindest auf die scharfsinnigen Bemerkungen von Vittorio Mathieu unter dem Stichwort »Romantik« in der *Enciclopedia filosofica* (Florenz 1968) hinweisen, ziehe es aber im übrigen vor, die Antworten einer vergleichenden Analyse jener Texte zu überlassen, in denen das theoretische und poetische Projekt, das Denker, Kritiker und Künstler verschiedener Provenienz verband, am deutlichsten zutage tritt.

»Indem ich dem Gemeinen einen hohen Sinn, dem Gewöhnlichen ein geheimnisvolles Aussehen, dem Bekannten die Würde des Unbekannten, dem Endlichen einen unendlichen Schein gebe so romantisire ich es [...] Die Welt muß romantisirt werden. So findet man den urspr[ünglichen] Sinn wieder.« (Novalis 1981, Bd. 2, S. 545)

Hier liegt der Akzent auf der Vorsilbe, auf dem »un-«, das sich in ein »ur-« verwandelt, auf der Negation, die das Tor zu einer höheren Ordnung aufstößt.

Die Leidenschaft der Abwesenheit ist die Sehnsucht; nicht der Abwesenheit dieser oder jener Sache, sondern der Abwesenheit als solcher. Natürlich nimmt sie, je unbestimmter sie wird, viele Namen und Formen an: Geliebte, Vaterland, das Göttliche, das Ideal, das Absolute ... Gerade das jedweder Bestimmtheit und Eigenart entkleidete Absolute ist es, in dessen Strudel sich die gesamte Wirklichkeit stürzen läßt – jedoch nicht, um vernichtet, sondern im Gegenteil, um sich selbst zurückgegeben zu werden. Die Realität ruht nicht in sich selbst, sondern verweist immer schon auf das Andere ihrer selbst. Gerade das absolut Andere, das Nichts, bildet den Horizont aller möglichen Bedeutungen, ist das Haus des Seins. Das Nichts ist im Grunde das wahre Objekt der Sehnsucht, und dies führt zum außergewöhnlichsten der romantischen Paradoxe. Goethe nimmt dieses Paradox bereits vorweg, wenn er Werther, der im Begriff ist, Selbstmord zu begehen, sagen läßt: »Ich trete ans Fenster, meine Beste, und sehe, und sehe noch durch die stürmenden, vorüberfliegenden Wolken einzelne Sterne des ewigen Himmels! Nein, ihr werdet nicht fallen! der Ewige trägt euch an seinem Herzen, und mich.« Es ist, als bliebe nichts übrig, als das eigene Leben zu verlieren, um es zurückzugewinnen, und es mit Entschlossenheit zu verlieren, so als wäre es erforderlich, die Dinge dem Nichts auszusetzen und zu überantworten, um ihre Wahrheit der allesverschlingenden Zeit zu entreißen. Da die Sehnsucht als objektloses Sehnen eine Leidenschaft der Abwesenheit ist, darf sie nicht befriedigt werden. Sehnsucht ist die *Sucht* zu *sehnen*, ist das schmerzliche, sich selbst nährende Verlangen, das keine Ruhe finden kann, nicht etwa, weil es außerstande wäre, das Objekt des Begehrens zu erreichen, oder weil es ihm verborgen bliebe, sondern weil es schlicht nicht zu vergegenständlichen ist. Nicht zu vergegenständlichen ist das Nichts. Das Nichts ist der ursprüngliche Zugang zu allem, was ist: Bei Novalis ist es das Geheimnis, das Mysterium, der höchste Sinn, der von dem »nicht« des Unendlichen und des Unbekannten bewahrt wird, bei Goethe die Ewigkeit, die in der Vernichtung der Zeit aufblitzt.

Unter diesem Gesichtspunkt erscheint Hegels Vorwurf an die Romantiker, mit dem »schlechten Unendlichen« zu liebäugeln, nicht ganz gerechtfertigt. Der Schlüssel zur romantischen Ästhetik ist nach Hegel nicht so sehr das Unendliche, als das gespaltene Endliche, das Endliche, das sich in sich selbst und seinen Grenzen spiegelt, das ein zielloser, aber auch unproduktiver und selbstzerstörerischer Prozeß ist, der sich in einer Negativität gefällt, die überwinden zu wollen er nur vorgibt. Kurz: die Apostel einer unheilvollen und gruftartigen Existenz, die Ruinenliebhaber, seien nichts anderes als schöne Seelen, hätten ihre Darstellungen einer schiffbrüchigen Existenz doch keinen anderen Zweck als die trügerische Verherrlichung des zweifelhaften, lustvollen Bewußtseins vom Übel des Lebens. Daraus folgt nach Hegel, daß die Exponenten der Bewegung nicht auf der Höhe ihrer epochalen Aufgabe sind. Diese Aufgabe besteht darin, die Bestimmung der modernen Kunst ans Licht zu bringen, die zwar »romantisch« ist, aber nicht in dem abwertenden und abgeschwächten Sinn, wonach das Unendliche auf ein Gegenbild des Endlichen reduziert wird, sondern in dem Sinn, daß die Kunst seit den Anfängen des Christentums nicht anders kann, als auf das Unendliche als Prinzip zu verweisen, das sie selbst transzendiert und der Religion der Freiheit Bahn bricht (bekanntlich betrachtet Hegel in seiner *Ästhetik* trotz der Polemik gegen die Romantik seiner Zeit die gesamte christliche und nach-klassische Kunst als romantisch). Aber ist es nicht gerade diese Absicht, die die Poetik der Romantik kennzeichnet? Vor allem aber: Wird nicht gerade im Feld der Romantik das Nichts vor dem sanften Abdriften in den Nihilismus bewahrt, um zur Triebkraft einer paradoxen Logik, ja einer Dialektik zu werden? Hegel war sich dessen im übrigen bewußt, wie seine Hochschätzung von Karl Wilhelm Ferdinand Solger beweist, dem am meisten vernachlässigten und tiefsten Denker der Romantik.

Das Nichts ist nach Solger wesenhaft mit der Kunst verbunden (vgl. dazu Verra 1988), und zwar insofern sie die Idee notwendig zerstört, damit sich im Besonderen das Universelle zeigen kann. Würde die Idee nicht zerstört, könnte das Besondere keine authentische künstlerische Würde erlangen und hätte folglich von dem Moment an, wo es unwesentliches Zeichen von etwas anderem wird, keine Offenbarungskraft mehr. Durch die Zerstörung der Idee entsteht jener nihilistische und dennoch produktive Sinnraum, der aus dem Besonderen das Vehikel einer Offenbarung macht. Auf der Grundlage dieser These räumte Solger mit vielen Gemeinplätzen und Mißverständnissen auf, die die Romantik bereits verkrusteten. Dies zeigt sich etwa am Begriff der Ironie. Sowohl für August Wilhelm wie für Friedrich Schlegel beispielsweise war Ironie mit der Nichtigkeit des Endlichen verbunden, dessen Bewußtsein es repräsentieren sollte. Doch wie war dann der Ironiker noch vom Gekränkten zu unterscheiden, der die Wirklichkeit der Welt verachtet, weil er nichts außer seinem eigenen Ich liebt? Und was könnte fruchtloser sein, als das alltägliche Elend aus einer unglaubwürdigen Überlegenheitsposition zu betrachten? Bestenfalls haben wir es hier mit einem »Streben nach dem Unendlichen« zu tun, das sich steril in sich selbst erschöpft. Dagegen – so schreibt Solger in einem Passus von seltener Tiefe, den ich hier am besten kommentierend paraphrasiere – ist auch unsere Erfahrung des Höchsten begrenzt und endlich. Daher bleibt »das Höchste« für uns mit dem Nichts verbunden, ja es ist, als gehöre das Nichts zu seinem Wesen und als wäre es für uns wie die unbedeutendsten Dinge (»das Geringste«) zum Nichts bestimmt. Dies gilt, so können wir sogar sagen, auch von dem, was in Wirklichkeit seinen Ort in Gott hat: Auch dies muß untergehen, versinken und nichtig werden, wo unser Empfindungsvermögen, dieses unbeständige, zufällige und *nichtige* Organ, seine ganze Ohnmacht offenbart. Denn was manifestierte sich in diesem Erliegen und Untergang, wenn nicht das Göttliche? Wir erlangen es nicht dank unseres moralischen oder theoretischen Anspruchs, unsere Begrenztheit zu überwinden und uns in die Gefilde des Unendlichen zu stürzen: Was ist der Mensch, um sich dies vorzugaukeln, und warum sollte je ein Wesen, dessen Handlungen und Gedanken ganz und gar hinfällig sind, einen so unwahrscheinlichen Sprung vollführen können? Noch weniger dürfen wir hoffen, als Sterbliche des Göttlichen teilhaftig zu werden, als verdiene unsere menschliche Bedingtheit *per se* die Erlösung in den Augen einer gnädigen Gottheit. Die Grundlage dafür, daß sich das Göttliche manifestiert, liegt nicht in der Subjektivität und um so weniger im (menschlich allzumenschlichen) Streben, das ihr entspringt. Da das Göttliche bei der Auflösung unserer Wirklichkeit unmittelbar gegenwärtig ist und aufscheint, bildet das Nichts das Fundament seines Erscheinens. (Solger 1973, S. 515)

Entsprechend verhält es sich in der Kunst – und davor noch im Leben – mit der tragischen Ironie. Diese hat somit nichts mit dem Gefühl der Eitelkeit der Welt zu tun (und dessen Umschlag in eine Art Hybris des Ich, das sich mit Genuß und Selbstüberhebung über diese Leere stellt), wohl aber mit dem Bewußtsein, daß es keine andere Wirklichkeit gibt als diese und es nutzlos ist, sich höhere Welten zusammenzudichten und Meta-Geschichten zu erzählen. Nichtsdestoweniger gibt sich uns der Sinn der Realität, das, was sie liebenswert und kostbar macht, oder besser, was sie zum Ort einer Theophanie macht, erst über ihre Vernichtung zu erkennen. Folglich ist weit davon entfernt, das Wesen des Tragischen zu erfassen, wer es im Widerspruch zwischen Freiheit (die Freiheit als Voraussetzung und Bedingung des moralischen Handelns) und Notwendigkeit (der Notwendigkeit, die den Menschen als Schicksal beherrscht) ansiedelt. Das Tragische drückt die innere Widersprüchlichkeit des Wirklichen auf einer tieferen Ebene aus: Im aufgewühlten Grund dieser Tiefe birgt das Sein, das von unheilbaren Rissen bis hin zum Rätsel der dunklen Verbundenheit von Schuld und Unschuld im Menschen und von der Grausamkeit und Barmherzigkeit Gottes durchzogen scheint, dennoch eine ungeheure, rettende Chance. Die Wirklichkeit kann nicht erlöst werden, außer durch ihre Preisgabe an das Nichts. Nicht daß diese Preisgabe selbst schon eine Form der Erlösung wäre, so als ob die Hinfälligkeit für sich schon einen Wert darstellte und den Dingen mit ihrer Kadenz den Status einer ephemeren Ewigkeit verliehe. Aber nur kraft des so entstehenden nihilistischen Raumes ergibt sich so etwas wie die Rettung der Wirklichkeit, ihre Sammlung unter dem Licht des Göttlichen. Es steht geschrieben, daß nicht das Leben gewinnt, wer es nicht verliert. Dies heißt nicht, das eigene Leben zu verlieren bedeute, es zu retten, denn wäre es so, dann gäbe es ja nie einen wirklichen Verlust; tatsächlich bedeutet es, daß es keine Errettung gibt, die sich nicht durch die Preisgabe und den Fall ins Nichts vollzöge.

In dieser Perspektive erscheinen das Tragische bei den Griechen und das Tragische des Christentums als zwei historische Ausprägungen desselben Phänomens und derselben spirituellen Dynamik. Wesentlich für sie ist, daß die Idee (und hier spielt es keine Rolle, ob die

Idee in Bezug zur kosmischen Ordnung oder zum Willen Gottes steht) oder das Absolute vernichtet wird und in ihrer Vernichtung als das andere ihrer selbst erscheint, als dieses oder jenes Ding vor uns, das doch erst in dem Moment, wo es zum Absoluten zurückkehrt, sich also auflöst, des Absoluten ganz und gar würdig erscheint. Und worin bestünde diese Würde, wenn nicht in dem Umstand, daß das Ding im Nichts seine bedingungslose Grundlage, seine Absolutheit, seine Freiheit findet? Die Kunst strebt danach, den Wert und die Bedeutung der menschlichen Erfahrung im Glanz ihrer Nichtigkeit zu bewahren. Gerade indem sie sämtliche Erfahrungsinhalte in den Horizont ihres notwendigen Untergangs stellt, sichert, bewahrt und rettet sie ihren Bestand, ihr Sein: eine einzigartige Treue zur Welt durch die Verherrlichung des Negativen. Es überrascht nicht, daß man den Künstler in dieser Hinsicht – theologisch fragwürdig, aber ästhetisch unvermeidlich – in die Nähe eines Erlösers gerückt hat.

Solgers Interpretation kann folglich zu Recht als ästhetische Deutung der Erlösungstheologie erscheinen – und dieser Zug offenbart ein wesentliches Charakteristikum des romantischen Projekts. Aber sie hat noch einen anderen Aspekt, in dem eine umfassendere Ästhetik exemplarisch zum Ausdruck kommt. Wie wohl kein anderer macht sich Solger die Lektion Kants zunutze, um zu einer wirklichen Kunstmetaphysik von außergewöhnlicher Originalität zu gelangen. War es nicht Kant, der lehrte, daß die Freiheit letztlich das Nichts ist, gerade weil sie der Punkt ist, an dem sich die Erfahrung dem Absoluten öffnet? Die Freiheit ist das Nichts der Erfahrung; wir erfahren sie nicht, wir kennen nicht ihren ontologischen Gehalt, und dennoch enthüllt uns die Wirklichkeit erst durch sie geistige Tiefen. Solger macht sich die Anregungen der *Kritik der Urteilskraft* zu eigen, die bereits die ersten Romantiker fasziniert hatten, und entwikkelt sie in äußerst überzeugender Weise weiter.

Der Ästhet, der Dandy und der Flaneur

Ist die Kunst also eine Notwendigkeit? Ist ihr Primat damit bekräftigt? Dies scheint die Grundthese der Romantik zu sein. Sie bildete bereits den Kern eines Werkes, das als theoretisches Manifest der Bewegung gelesen wurde: Schellings *System des transzendentalen Idealismus*, an dessen Ende wir lesen, daß »[...] die Philosophie, so wie sie in der Kinderheit der Wissenschaft von der Poesie geboren und genährt worden ist, und mit ihr alle Wissenschaften, welche durch sie der Vollkommenheit entgegengeführt werden, nach ihrer Vollendung als ebenso viel einzelne Ströme in den allgemeinen Ozean der Poesie zurückfließen, von welchem sie ausgegangen waren«. (Schelling 1927, Bd. 2, S. 629) Die Dichtung ist das Alpha und Omega, der Anfang und das Ende, und zwar, weil *Dichtung* die Wirklichkeit ist. Die Wirklichkeit ist sie, insofern sie im Zeichen der Freiheit und nicht der Notwendigkeit steht. Sie taucht wie aus einem Abgrund auf, geboren aus dem Wort, das sie bezeichnet, aus dem geistigen Odem, der sie belebt – und nicht aus etwas anderem, nicht aus einer zwingenden Struktur, in der sie schon immer war, und auch nicht aus einer idealen Welt, die ihr vorausgeht. Ihr Haus ist der Geist, der weht, wo er will. Dies bis zu einem Punkt, an dem sich die Identität in Differenz verwandelt und die Differenz in Identität. Mit sich selbst identisch ist alles, wovon Dichtung spricht, identisch mit der Wahrheit, die jedes Ding der Welt ausdrückt und der allein ein ekstatisches Gefühl des Staunens und des Grauens vorausgeht. Alles ist identisch mit sich und gleichzeitig verschieden von sich, da die Wahrheit immer dieselbe ist (sonst wäre sie keine Wahrheit) und dennoch immer von sich selbst verschieden (insofern sie frei, auf nichts gegründet, durch nichts begründet ist als durch das dichterische Wort). Nicht einmal das Prinzip der Widerspruchsfreiheit bindet das Absolute. Die Dichtung ist der lebende Beweis dieses Paradoxes. Wo, wenn nicht in der Dichtung, ist die Realität die Quelle der Offenbarung, und zwar nicht, weil sie *das Selbe* enthüllt, sondern das unendlich Unterschiedliche und Vielgestaltige?

Dennoch endet die Kunst mit dem Erscheinen des Unwesentlichen, erkennbar gegen die Absichten der Romantiker. Damit bestätigte sich die Hegelsche These, wonach die romantische Kunst, nachdem sie das Bewußtsein erlangt hatte, daß das Endliche keinen Wert an sich hat, sondern nur insofern sich in ihm das Unendliche manifestiert, keinen Existenzgrund mehr oder keinen anderen Grund als die Vorbereitung ihrer Selbstüberwindung hat. Es ist eine Tatsache, daß der Künstler zumindest im Hinblick auf die Fähigkeit, Latenz und Virtualität auszudrücken, heute durch einen Typus verdrängt worden ist, der keine Kunst mehr braucht, weil sein Leben selbst vollständig künstlerisch geworden ist. Leichter als in theoretischen Texten ist dies an den Verhaltensweisen und am Rückfall in die Moden erkennbar. Mit seinem 1833 erschienenen Buch *Die romantische Schule* warf Heinrich Heine ein mitleidloses Licht auf den Ursprung dessen, was später als die eigentlichen Krankheiten der Epoche erscheinen sollte, sprach aber dennoch der Romantik den Charakter einer Revolution zu. Er hatte nicht so unrecht, wenn er bei den romantischen Intellektuellen (allen voran den von Schiller und Goethe verachteten Brüdern Schlegel) den Narzißmus, den Mystizismus, die Freude am Skandal und vor allem den unverhüllten Willen brandmarkte, jedwedes ästhetische Unternehmen, sei es vom reinsten Nihilismus oder von der orthodoxesten religiösen Restauration inspiriert, in den Dienst der Ideologie zu stellen. Es sollte auch nicht verwundern, daß ein der Romantik gegenüber derart kritisches Buch (in dem Heine zum Beispiel im Hinblick auf die angenommene Herkunft der romantischen Philosophie von Fichte und Schelling erklärt, daß Fichtes Denken in jedem Fall »in sich zerfallen« sei und Schelling »nie eine Philosophie« aufgestellt habe, sondern sein Denken »nur ein vages Philosophieren [ist], ein unsicheres Improvisieren poetischer Philosopheme«, wie also den einen oder anderen schätzen ... [Vgl. Heine 1979, Bd. 8, S. 137, 463]) sich gleich zu Beginn als Fortsetzung des genau ein Vierteljahrhundert zuvor erschienenen berühmten *De l'Allemagne* (*Über Deutschland*) von Mme. de Staël präsentiert. Unterschiedlichere Autoren lassen sich kaum denken, auch wenn sie das gleiche Thema behandeln. Der eine versucht, die Geschichte der romantischen Bewegung nachzuzeichnen, um zu ihr auf Distanz zu gehen, als ginge es darum, das allgemeine Bewußtsein aus dem Schlaf der Vernunft wachzurütteln, der allzu viele Ungeheuer geboren hat. Die andere dagegen will dieselbe Bewegung über die Grenzen Deutschlands hinaus bekannt machen. Der Ton ist gegensätzlich: bei Heine bissig und polemisch bis hin zu einer offenkundigen Blindheit gegenüber der spekulativen Tragweite der behandelten Theorien, bei Mme. de Staël, deren pathetische Banalisierungen das Gegenteil des Beabsichtigten bewirken, glühend unbefangen. Dennoch ist zu betonen, daß beide in Wirklichkeit etwas gemeinsam haben: Beide verbindet eine Überzeugung, die sich schließlich bewahrheiten sollte, nämlich daß die Romantik jene Epoche einleitet, in der die Kunst ihren Platz zugunsten des künstlerischen Lebens räumt, d.h. zugunsten der vollzogenen Ästhetisierung des Lebens.

Der Hohepriester dieser Art von Opferhandlung ist der Ästhet, und zusammen mit ihm, wenngleich in unterschiedlichen Zeiten und auf unterschiedliche Weisen, der Dandy und der Flaneur. Sie verbindet der Glaube an eine Kunst, die von ihren Adepten nicht verlangt, sich an ihr zu messen. Dies bedeutet nicht, daß sie den leichtesten und kürzesten Weg einschlagen. Es bedeutet auch nicht, daß sie das Risiko, die Gefahr und vor allem die drohende Möglichkeit des Scheiterns nicht kennen, die wie ein Schatten jedweden Versuch begleitet, ein neues Werk zu schaffen. Sie geben sich auch nicht damit zufrieden, die eigene Existenz nach Modellen zu formen, die bereits zur Verfügung stehen und sozusagen schon überprüft sind. Der Ästhet, der Dandy und der Flaneur sind keine einfachen herumschlendernden Konsumenten, die unter den Produkten auf dem Markt der Imagination auswählen und genießen. In der Schule der Kunst haben sie gelernt, daß die Beispielhaftigkeit des Werks die verführerischste aller intellektuellen Herausforderungen darstellt. Wenn das Werk ein Gesetz (das Eigengesetz seiner Entstehung) mit einem paradigmatischen Wert vorweisen kann, der unabhängig von jedweder universellen Ordnung ist, warum nicht diese Möglichkeit auf die Lebenswelt, die Existenz ausdehnen? So unaussprechlich wie das Werk ist das Individuum: Es gibt für das Individuum keine Vorschrift, keinen Imperativ und keine Aufgabe, die es bindet, bevor es sich nicht in ihnen wiedererkannt hat wie in jenen, die es frei gesetzt hat. Aber eben weil das Individuum sein eigener Gesetzgeber ist, impliziert seine Unaussprechlichkeit folglich nichtsdestoweniger, daß es für seine Handlungen verantwortlich ist – in vollkommener, radikaler Autonomie. Dem unbegrenzten Feld des Willens ausgesetzt zu sein ist gleichbedeutend mit der Konzentration auf den einzigen Punkt, in dem außen und innen vereint sind, das Gesollte mit dem Willen und dem Wunsch, es zu tun, die Geste mit dem Selbstausdruck. Die künstlerische Erfahrung beweist, daß dies alles nicht nur möglich, sondern wirklich ist. Wer sie ernst nimmt, stellt sein Leben unter den Grundsatz der Strenge, nicht etwa der Flachheit: das strenge Leben als Kunstwerk. Für dieses Leben gilt, daß Stil und Sinn der Existenz vollständig austauschbar sind.

Der Ästhet, der Dandy und der Flaneur leiden jedoch unter einer auffallenden Schizophrenie. Sie bekennen sich zu einem unbeugsamen Nihilismus und schenken dennoch freudig ihre Aufmerksamkeit dem Spektakel der Welt. Sie glauben an nichts, aber sie besitzen die Gabe, die Dinge so zu betrachten, daß sie zum Leben erwachen und erleuchtet werden. Doch während sie sich in jede Situation zu stürzen und sie auszuleben wissen, trennt sie eine unheilbare Einsamkeit von dem, wofür ihr Herz zu schlagen scheint. Sie sind musikalische Wesen, wie etwa Kierkegaard, Wilde und Baudelaire bemerken werden (diejenigen Autoren also, die am besten die besonderen Züge jeder dieser Gestalten erkannt haben – tatsächlich *post festum*, d.h. als ihre historische Parabel bereits fiel), und daher erfassen sie von den Ereignissen, von denen sie angezogen werden, vor allem den Rhythmus, die innere Melodie, und stellen sich sofort darauf ein. Aber gerade deshalb betreiben sie eine Entwirklichung und Auflösung der spezifischen Inhalte, die sich auf ihren sozialen Status auswirkt und sie zu entfremdeten, unverständlichen und in jedem Fall suspekten Wesen macht. Diesem Widerspruch versucht jeder von ihnen auf seine Weise auszuweichen: der Ästhet mit Ironie, der Dandy durch seine Maskerade, der Flaneur durch seine Selbstverdinglichung.

Was ist die Ironie des Ästheten anderes als die Fähigkeit, sich der selbstlosesten Kontemplation hinzugeben und die intensivste Teilhabe am aktiven Leben zu erfahren und sich gleichzeitig in jedem beliebigen Moment vorzubehalten, sich dem Zwang der Sache selbst zu entziehen, um die Freiheit seines Ich bis hin zur Entwertung dessen zu bekräftigen, was eben noch seine Seele bannte? Der Ästhet, so bemerkte Kierkegaard, weiß zu wählen. Wenn dies so ist, müssen wir einräumen, daß seine Persönlichkeit gehaltvoll und potentiell reif ist, da sich der Wählende verpflichtet. Dabei ist es unwichtig, ob es sich um etwas Kleines oder um Großes und Entscheidendes handelt, sofern er ohne Pathos wählt, also nicht schon im Moment der Wahl die Vorläufigkeit seiner Entscheidung zu erkennen gibt. Die Ironie hilft ihm dabei, weil sie eine doppelte Treue zu verbürgen scheint: der Sache und dem Selbst gegenüber. Der Sache gegenüber im Moment der Verführung, sich selbst gegenüber in der zeitlichen Kontinuität. Aber damit wird der Ästhet doppelt untreu: der Sache gegenüber, die mißachtet und vernichtet wird, dem Selbst gegenüber, weil ihm die Möglichkeit genommen wird, je es selbst zu sein. Der Ästhet wird zum Opfer seines Spiels. Da er Meister in der Kunst der Wahl ist, setzt er sich ungezügelt dem Schwindelgefühl der Differenz aus. In allem erfaßt er kaum wahrnehmbare, aber kostbare Feinheiten, die anderen entgehen. Alles erhellt sich unter seinem Blick, so daß es der Wertschätzung würdig erscheint, alles erscheint ihm im höchsten Maße interessant. Genau diese Kraft der begehrenden Aufmerksamkeit ist es, die aus ihm einen Verführer macht. Verführen bedeutet, das eigene Begehren in das Objekt zu übertragen; dieses leuchtet vor Schönheit in dem Maße, wie ihm die Aufmerksamkeit des Betrachters zuteil wird, und kann nicht mehr ohne das reflektierte Licht sein, in dessen Genuß es gekommen ist. Doch wenn es weder Ding noch Person gibt, nicht einmal die unbedeutendsten, die nicht diese Leidenschaft erwecken können, leiht sich ihr alles unterschiedslos. Die Differenz, die aus jedem Winkel der Welt den anziehendsten aller Orte macht, stürzt in die Indifferenz ab. Gäbe man dem Ästheten, so lesen wir in Kiekegaards *Entweder-Oder*, einen Zauberstab, so benutzte er ihn, um sich damit die Pfeife zu putzen. Der Ästhet ist in einem lähmenden Widerspruch gefangen, dem er zu entkommen sucht, indem er der Gleichgültigkeit immer stärkere Reize entgegensetzt. Das Ergebnis ist Verzweiflung und geistige Hysterie.

Die Strategie des Dandy ist anders. Jene des Ästheten ist eine Tragödie der Persönlichkeit ohne Katharsis. Der Ästhet ist Sklave von Größen, die er nicht beherrschen kann, da sie der religiösen Sphäre entstammen und nur dort eine hypothetische Befreiung erwarten lassen – daher die Verzweiflung und geistige Hysterie. So ist es auch weit mehr die Religion als die Ethik, von der her diese Tragödie verständlich wird. In der Ausschweifung des Spiels und folglich in der Ablehnung der Treue zu sich selbst in der zeitlichen Perspektive der Existenz erscheint sie unter moralischen Gesichtspunkten als Prinzip der Persönlichkeitsauflösung. Aber die Religion zeigt, daß dieses Prinzip seinerseits eine zersetzende Funktion hat, da das wahrhaft Negative, das einzige, was das Individuum wirklich zerstört, d.h. die Sünde, sich ursprünglich in dem stolzen Anspruch äußert, sich selbst zu genügen und sich folglich Gott gegenüber autonom und unabhängig zu machen. Als verhinderter Gläubiger sieht sich der Ästhet so vor die Alternative zwischen Selbstzerstörung und einer unmöglichen Erlösung gestellt. Es ist nun gerade diese Alternative, die der Dandy bewußter zu umgehen versucht, als es scheint. Daher konzentriert er seine ganze Energie darauf, seine Persönlichkeit mit seiner Maskierung zu identifizieren (worin er ja im übrigen durch die Etymologie des Wortes »Person« bestätigt wird). Er selbst oder der Andere sind ihm gleich – jedenfalls durchstreift er die Welt mit zur Schau getragener Gleichgültigkeit und betont sein eigenes Anderssein. Dabei verachtet er jedoch nicht die Konventionen, besonders nicht die Umgangsformen. Der wahre Dandy geht mit ihnen im Gegenteil wie ein Zeremonienmeister um. Um es mit Oscar Wilde zu sagen: Ein Dandy ist jemand, der sich überall sicher bewegt, im Bordell wie in der Kirche, bei Hof wie auf der Straße. Wenn er dennoch unter anderen durch ein übertriebenes Zeichen immer zu sehr auffällt, so um dieses »überall« zu betonen. Tatsächlich ist der Dandy nie sich selbst oder anderen nahe – es kümmern ihn weder er selbst noch die anderen, sondern nur seine Erscheinung, der Eindruck, den er in wechselnden Situationen mit seiner Präsentation *in figuris* hinterläßt. In gewisser Weise verleiht dies seinen Handlungen eine Dauer, die ihn vor der Beliebigkeit und Bedeutungslosigkeit bewahrt. Die ihrer Inhalte beraubte und zur leeren Hülle reduzierte Form ist sein Passierschein. Nichts an ihm symbolisiert mehr etwas. Alles ruht in der Identität. Es gibt keinen Grund für irgendeinen Zwist, Bruch oder Widerspruch. Man hat es geradezu mit einer außergewöhnlichen Austauschbarkeit von Gegensätzen zu tun: Das Getümmel der Existenz wird im Spiel der formalen Beziehungen geklärt, und dieses Spiel erweist sich in der Welt als äußerst geschmeidig, um die Härten des Wirklichen zu mildern. Endlich befreit von der schmerzlichen Bewegung, die den Ästheten unablässig von der Welt zurück zum Ich zwang und umgekehrt (was sich am sinnfälligsten in der Ironie ausdrückt), erscheint der Dandy nun wie der Taschenspieler, der unterschiedslos das eine im anderen verschwinden läßt (und es ist bedeutsam, daß er die Ironie durch den Witz ersetzt, den Kalauer, die geistreiche Bemerkung). Ist die Teufelsaustreibung geglückt? Mit Wilde können wir sagen, daß der Dandy vor den Kränkungen der Zeit geschützt ist, da er ja darauf verzichtet hat, sich als Subjekt zu konstituieren, das für sein kontinuierliches Handeln moralisch verantwortlich ist; ebenfalls geschützt ist er danach vor den Aggressionen der Außenwelt, denn er ist in der Lage, sich zu ducken oder sie abprallen zu lassen, ohne Schaden zu nehmen. Daß solche Kränkungen und Anfeindungen dann in einem geheimen Archiv des Gedächtnisses gespeichert werden, bis sie sich in eine Anklage verwandeln, steht auf einem anderen Blatt. Eigentlich geht es dann jedoch nicht mehr um den Dandy, sondern allenfalls um seinen Abtritt von der Rolle, seinen Tod. Und der Dandy kann erwidern, daß der Tod ein natürliches, kein moralisches Faktum ist, auch wenn das den Moralisten nicht hindert, seine Revanche zu nehmen.

Was den Flaneur betrifft, so repräsentiert er in gewisser Weise die Umkehrung des Ästheten. Gehen wir einmal von einer Subjekt-Objekt- oder Ich-Welt-Logik aus und wenden sie auf diese drei Gestalten an, so ist der Ästhet am subjektiven Pol dieser Logik anzusiedeln, der Flaneur am objektiven Pol und der Dandy in der Mitte. Während der Ästhet einen stark narzißtischen Zug trägt, wird der Flaneur von einer wahrhaft medusenhaften Wirklichkeit angezogen. Der Flaneur verführt nicht, sondern wird verführt. Was ihn verführt, ist das große Theater der Welt (im wörtlichen Sinn *entrückt*, d.h. aus sich selbst herauszieht, um ihn, wie Baudelaire sagt, in das Labyrinth der *grande ville* zu locken, wo das moderne Leben pulsiert). Das Prinzip dieser Theatralisierung und dieser Verwandlung von allem in ein Spektakel liegt, anders als beim Ästheten, nicht in seiner Macht. Der Flaneur ist nichts als ein Spiegel der Dinge. Sie dringen in ihn ein, und er nimmt sie im Maß seiner Selbstverdinglichung und Verwandlung in ein bloßes Fragment durchsichtiger Materie unterschiedslos in sich auf. Wie Walter Benjamin scharfsichtig bemerken wird, kann dies soweit gehen, daß der Flaneur die Erfahrung macht, von der Menge wie ein Objekt herumgestoßen zu werden. Jedoch besteht in ihm, anders als beim Dandy, die Erinnerung an die alte verlorene Subjektivität und den Primat des Bewußtseins hartnäckig fort. Er ist von einem unstillbaren Wandertrieb befallen – hin zu den Dingen, zu den Dingen selbst... Aber wenn es stimmt, daß alle Übel daher rühren, daß wir nicht in unseren Zimmern bleiben können (eine versteckte Anleihe Baudelaires bei Pascal), dann wäre hinzuzufügen, daß es durchaus nicht schlecht ist, wenn sich der Flaneur nicht sich selbst zuwendet. Dennoch gleicht er weniger einem Opferlamm oder Erlöser als einem dämonischen »Niemand«. Dieser Niemand leidet, kennt die Tiefe des Schmerzes und hat die Gefilde der Negativität durchschritten, kann aber als die Unperson, die er ist, weder sühnen noch erlösen. Was für eine Erlösung sollte das im übrigen sein? Er kann ja nur die unendliche Misere der Welt verdoppeln, zurückspiegeln und verzweifelt an ihrem Ort bewahren. Es sei denn, wie Baudelaire in seinen Anwandlungen gnostischer Bestürzung nahezulegen scheint, daß uns keine andere Möglichkeit der Erlösung gegeben ist als jene *ex profundis*, d.h. jene, die sich vom Grund ihrer verzweifelten Unmöglichkeit erhebt.

Auch wenn der Ästhet, der Dandy und der Flaneur unter verschiedenen Blickwinkeln untersucht werden können (wie etwa in historischer Perspektive, wo sie nach ihren jeweiligen Ursprüngen Charakterisierungen erfahren haben, die hier nicht berücksichtig werden können), haben sie ihren rechtmäßigen Platz im Gesamtbild der Romantik. Von der Romantik stellen sie jedoch eine Art innerer Abweichung dar. Gewiß, sie teilen das zentrale romantische Ideal, wonach der künstlerischen Erfahrung eine Exemplarität zukommt, die die kühnsten Extrapolationen rechtfertigt – und wenn alles, von der Wissenschaft zur Religion und von der Moral zur Politik, auf die Kunst zurückgeführt werden muß, gibt es keinen Grund, warum dies nicht auch im Ganzen für das Leben selbst gilt. Aber gerade hier machen der Ästhet, der Dandy und der Flaneur einen Schritt, der *nicht* nötig wäre, und zwar dort, wo sie Nihilismus und Ästhetizismus identifizieren. Für sich genommen ist dies zulässig: Wie sollte man nicht eine ästhetisierende Behandlung der These, daß der Himmel von Transzendenz entleert ist und es folglich außer der Kunst nichts gibt, was Ersatz bieten könnte, anerkennen? Wie könnte man in der Idee, allein die Kunst könne plausible Handlungs- und Erkenntnismodelle bieten, den nihilistischen Unterton überhören? Dennoch bleiben Nihilismus und Ontologie des Nichts (jene Ontologie des Nichts, die gerade den Kern und die authentische Neuheit der romantischen Ästhetik bildet) im Hinblick auf das Wesentliche absolut getrennt: Auf der einen Seite ist das Nichts das Mittel einer Entwirklichung, das alle Erfahrungsinhalte dem Spiel der Phantasie angleicht und in Nietzsches Feststellung Ausdruck findet, daß die Welt zur Fabel geworden ist; auf der anderen Seite ist das Nichts die Bedingung dafür, daß die Wahrheit erscheint und deshalb *muß* die Welt, wie Novalis gesagt hat, Fabel werden, um ihren »hohen Sinn« zu erhalten, nicht um sie zu vernichten. Der Ästhetizismus behauptet, alles sei Kunst, und verzichtet ohne weiteres auf sie (man sollte nicht vergessen, daß der Ästhet, der Dandy und der Flaneur *en artiste* leben, aber sich wohl davor hüten, sich selbst als Künstler zu betätigen, und nicht zufällig läßt Kierkegaard bei seiner Illustration des ästhetischen Stadiums Personen auftreten, von denen keine ein Künstler ist). Die romantische Ästhetik betont dagegen, daß die Kunst notwendig ist, um den Raum des Unnützen, des Grundlosen, des Unwesentlichen zu behüten. Sie ist notwendig, um die Erinnerung an das Nichts, an den Ursprung und beider Identität wachzuhalten. Die Kunst ist notwendig, um das zu entlarven, was sich in den Gestalten des Ästhetizismus bitter rächt.

Der Utopist und der Konservative

Also die Fabel. Bei diesem Punkt scheint eine Kontinuität zwischen Novalis und Nietzsche zu bestehen. Das Projekt von Novalis ist bei Nietzsche bereits vollendet. Die Welt muß Fabel werden, sagt Novalis, und Nietzsche: die Welt ist Fabel geworden (vgl. dazu Givone 1992). In Wirklichkeit handelt es sich um Auffassungen, die weit voneinander entfernt, ja geradezu gegensätzlich sind. Auf der einen Seite führt die »Fabulierung« der Welt zur Auflösung der sogenannten wahren Welt, auf der anderen Seite dagegen zur Erkenntnis, daß die Wahrheit der Welt gerade auf diesem realitätsfremden und phantasierenden Weg zu erlangen ist. Aber die (umgedrehte) Symmetrie zwischen beiden Autoren kann mit Bezug auf den Begriff der Interpretation noch weitergeführt werden. Was die Welt für Nietzsche in eine Fabel verwandelt, ist die Anwendung von Interpretationstechniken auf alle Wissensgebiete (dies soll den modernen Geist charakterisieren). Auch für Novalis ist das, was die Welt in eine Fabel oder ein Märchen verwandelt, Interpretation, oder, um es mit seinen Worten zu sagen, ihre Romantisierung (aber Romantisieren ist eben nichts anderes als Interpretieren). Der Unterschied liegt jedoch darin, daß für Nietzsche alles Interpretation ist, alles unterliegt der Verwandlung in Fabel, und *deshalb* gibt es keine Wahrheit mehr, während es für Novalis keine Wahrheit gibt, *außer dort*, wo interpretiert, romantisiert und fabuliert wird.

Öffnen wir also eine Klammer für den Begriff Fabel/Märchen. Er ist synonym mit Mythos, Legende, Sage (von *sagen*, d.h. sprechen, durch das Wort kommunizieren, und also, wenn man will, fabulieren), aber nur bis zu einem gewissen Punkt. Wie Michel Serres bemerkt, hat sich die mythologische Fabel historisch (besonders im 18. Jahrhundert) in zwei verschiedenen Bedeutungen herausgebildet. Im deutschsprachigen Kulturraum blieb die Fabel im Mythos verwurzelt, so sehr, daß sie als prälogische und nicht-rationale Substanz nicht nur der Dichtung, sondern auch der Wissenschaft und allgemeiner noch des Bewußtseins eines Volkes erschien. Im französischen Kulturraum dagegen entfernte sich die Fabel vom Mythos. Zwar übernahm sie dessen Inhalte, aber nur, um ihn in eine moralische Erzählung und Lehrfabel zu verwandeln und folglich, um ihn zu rationalisieren. Daher habe sich in Deutschland die ausgeprägt mythologische, irrationale, jedenfalls apophantische und sakrale Bedeutung erhalten, während der Mythos in Frankreich eine literarische Umwandlung erfuhr, die ihn unschädlich und rein dekorativ machte, wo er nicht in den Dienst einer reifen Vernunft gestellt wurde. Was den Neoklassizismus betrifft, ist dies zweifellos richtig. Anders liegen die Dinge jedoch in der Romantik.

Es gibt einen Text von Herder (vgl. Cometa 1984, S. 20), der hier Erwähnung verdient. Darin wendet er sich gegen jene, die fürchten, mit dem Mythos verbreite sich das Irrationale:

»Unsere Vernunft bildet sich nur *durch Fiktionen*. Immerdar suchen und erschaffen wir uns ein *Eins in Vielem* und bilden es zu einer Gestalt; daraus werden *Begriffe*, *Ideen*, *Ideale*. Gebrauchen wir sie unrecht, oder werden wir gar gewöhnt, *falsch zu configurieren* [...] so liegt die Schuld an uns, nicht an der Sache. Ohne Dichtung können wir nun einmal nicht seyn [...] nur im *Dichten der Seele*, unterstützt vom *Verstande*, geordnet von der *Vernunft*, besteht das Glück unsres Daseyns.« (Herder 1883, Bd. 18, S. 485)

Es ist schwer, hier nicht an Vico zu denken. Auch für Vico *lügen* die Dichter, und zwar in einem Maße, daß die Sprache der Dichtung nicht nur auf der Identität von *verum* und *factum* beruht, sondern von *verum* und *fictum* – eine Sprache, die »Fabel und wahre Rede« ist. Genau wie bei Vico rechtfertigt bei Herder die Dichtung die paradoxe Verbindung von Wahrheit und Fiktion, in der sich die Wahrheit durch die Fiktion kundtut, d.h. durch das bildliche und symbolische Schaffen (das Erdichten). Dichtung liegt an der Wurzel unseres Weltverständnisses, insofern sie es erst ermöglicht. Sie ist, kurz gesagt, ursprüngliche »Mythopoiesis«.

So gewagt es erscheinen mag: Herder mit Vico zu lesen, bedeutet, der Romantik näher zu kommen. Auf den Kopf gestellt wird dabei die (im Grunde aufklärerische) Annahme, wonach die Dichtung eine erste Reinigungsform des Mythos und Annäherung an die Transparenz der Vernunft darstellt. Es ist nicht die Vernunft, die sich durch die Dichtung die Inhalte des Mythos aneignet und als die seinen anerkennt, sobald sie zum Objekt des ästhetischen Genusses geworden sind. Nach der romantischen Konzeption, die in der Formel »Am Anfang war das (dichterische) Wort« erscheint, ist es vielmehr die Dichtung, die in der Vernunft ihre ursprünglich mythische Natur zum Ausdruck bringt, und der Mythos ist es, der sich in der Dichtung erneuert.

Darüber hinaus spielt Herder im zitierten Passus auf den möglichen Mißbrauch an, der mit dem Material der mythopoetischen Tätigkeit getrieben werden kann. Dieser Hinweis ist äußerst wichtig für die Beantwortung einer Frage, die sich nun bald abzeichnen wird. Sie lautet: Woran liegt es, daß wir die Begriffe und Ideale verzerren, die (vernunftgemäß) unser bürgerliches Leben leiten sollten? Herder gibt darauf keine direkte Antwort, aber sie läßt sich aus dem Kontext schließen. Und sie ist überraschend. Nach Herder beruht dieses Scheitern auf dem schuldhaften Vergessen, daß die Dichtung am Anfang unserer sprachlichen Ausformung des objektiven Geistes steht (wie Hegel es nennen wird), bzw. aller Formen, durch die wir uns in der Welt orientieren (indem wir nach ihrem Rätsel fragen, ihre geheimnisvollen Offenbarungen empfangen, Sitten und Gesetze festlegen usw.). Nicht durch ein Zuviel an Dichtung, sondern durch ihr Fehlen verirren wir uns; nicht aus mythologischen Tiefen bricht das Irrationale herein, sondern durch die Anmaßung, das Irrationale durch intellektuelle Hirngespinste umgehen zu können. Die Vernunft zerbricht nicht, weil sie sich von ihrem eigenen Fundament emanzipieren konnte, sondern weil sie ein unabhängiges Gleichgewicht ihrer Fähigkeiten erreichen zu können glaubte. Nur durch die Rückkehr zum Mythos lassen sich die Fähigkeiten der Vernunft in ihre harmonische Entwicklung zurückführen und sich ihre ordnende Kraft zurückgewinnen. Aber dies bedeutet nicht etwa, in eine barbarische Vergangenheit zurückzufallen, wo man der Gewalt der Ursprünge ausgesetzt wäre. Es heißt vielmehr, so Herder, eine Zukunft zu eröffnen, in der Mythologie und Wissenschaft Verbündete sind. Wenn sich, wie es scheint, die Wissenschaft auf einer metaphorischen und also poetischen Basis konstituiert, wenn sie von der Mythologie belebt und geleitet wird, kann die Mythologie ihrerseits zu einem hochrationalen Legitimationsmittel der bürgerlichen Gesellschaft werden. Der falsche Gebrauch der Mittel, die uns die Vorstellungskraft bereitstellt, hängt nicht von der »Sache an sich« ab.

Der Tübinger Stift widmete sich der Entwicklung der theologischen Kultur und der Priesterausbildung. Gerade in dieser Zeit wuchs unter seinen Schülern die Zahl der Exponenten einer Bewegung, die die Tradition mit vernichtenden Konsequenzen für die Orthodoxie radikalisieren und umwälzen sollte. Hier entsteht im selben Jahr wie Herders »Iduna« (1796) ein Dokument, das im Rückblick viel Licht auf die Frühromantik und die Einstellungen ihrer Intellektuellen wirft. Es handelt sich um das Fragment einer programmatischen Erklärung, die neben Hegel auch Schelling und Hölderlin zugeschrieben wird. Lassen wir die heute ausgiebig diskutierte Frage der Vaterschaft des Schriftstücks auf sich beruhen. Mit Sicherheit sind die beiden unterbrochenen Seiten, die Rosenzweig Anfang des Jahrhunderts wiedergefunden hat und als erster unter dem Titel *Ältestes Systemprogramm des deutschen Idealismus* (in: *Sitzungsberichte 1917*, S. 5-7) veröffentlichte, ein eloquenter Ausdruck nicht nur der Thematik, die alle drei Philosophen verband, sondern auch der kulturellen Atmosphäre, die in die Romantik münden sollte. Wenn ihr spekulativer Wert auch vielleicht zu stark betont worden ist, so ist doch hervorzuheben, daß diese Seiten in der Mythos-Debatte der 70er Jahre zu einer wirklichen Neubewertung des Beitrags der Romantik zur Geschichte der Moderne geführt haben. Ausgehend von einer Veröffentlichung von Manfred Fuhrmann (*Terror und Spiel*, München 1971) beteiligten sich an dieser Debatte unter anderem Hans Blumenberg, Odo Marquard und Manfred Frank.

Besondere Bedeutung kommt einem Passus im *Systemprogramm* zu, der betont, daß »die Idee, die alle vereinigt, die Idee der Schönheit« ist. Er bezieht sich explizit auf Platon, aber es handelt sich um einen Platonismus, der aus jener Philosophie der Freiheit verstanden werden muß, die der entstehende Idealismus anstrebt – eine Freiheitsphilosophie, die sich vor allem als Kunstphilosophie entwikkelt. Daß die »Idee, die alle vereinigt, die Schönheit« ist, setzt nämlich voraus, so lesen wir in dem betreffenden Text weiter, daß »der höchste Akt der Vernunft«, der »alle Ideen umfaßt«, ein »ästhetischer Akt« ist. Dies bedeutet, daß die Ideen *ursprünglich* die Einheit des Seins manifestieren. Folglich spiegeln sie die vollständige Austauschbarkeit des Wahren und Guten, nicht etwa dank einer Deduktion, sondern dank ihrer Evidenz, ihres reinen Erscheinens. Die Ideen gehören einem Horizont an, der sie zu einer Einheit verbindet, und hier erst erhält die verworrene Wirklichkeit einen Sinn, zeigt die verborgene, filigrane Rationalität der Dinge, versöhnt die Gegensätze, die das Gewebe der Welt zerreißen und verhindern, daß ihre latente rationale Ordnung erkannt werden kann. Aber diesem Horizont geht nichts voran, er ist nicht schon im vorhinein von einem Logos erfaßt, der ihn transzendiert. Tatsächlich ist es ein Ja zum Sein, das keiner Rechtfertigung bedarf, sondern ohne Betrugsmöglichkeit verführt, das ihm seine Erscheinungsmacht verleiht und ihn in seiner Dimension erhält. Dem zuzustimmen, was sich hier ereignet, führt nicht zu Irrationalismus, weil es im Gegenteil dem höchsten Akt der Vernunft entspricht – bei dem es sich um einen ästhetischen Akt handelt. Daher bringt er Ideen hervor, die auch Mythen sind (wären sie es nicht, wären sie steril und unproduktiv, und die polemische Stoßrichtung geht hier offenkundig in Richtung Aufklärung), und Mythen, die auch Ideen sind (wären sie es nicht, wären sie repressiv und mystifizierend, ein Vorwand für jedwede unkontrollierte Instrumentalisierung). Ihre einzige Grundlage ist die Schönheit; doch aus ihr spricht die Vernunft.

Warum also aus dieser »Mythologie der Vernunft« kein politisches Projekt entwickeln, eine Utopie, welche die immer verratenen Botschaften, die sich aus den mythischen Tiefen erheben, in sich aufnimmt und an die kommenden Generationen weitergibt, um sie zu lehren, diesen numinosen Stimmen zuzuhören? Dies ist genau, was die Autoren des *Systemprogramms* nahelegen – mit dem Zusatz, daß nur so der zwischen Intellektuellen und dem Volk existierende Bruch überwunden werden kann, da jene von Mythen abgestoßen werden, die nicht von der Vernunft erleuchtet sind, und diesem Ideen gleichgültig sind, die nicht die Empfindung und die Vorstellungskraft ansprechen. Auf Herder also, der vor dem Mißbrauch von Ideen gewarnt hatte, antworten Hegel, Hölderlin und Schelling, indem sie den richtigen Gebrauch von Mythen vorschlagen. Diese These ergab sich aus der Natur der Sache, hat doch den Autoren des

Systemprogramms zufolge die Mythologie an sich einen utopischen Gehalt. Dies wird dort sichtbar, wo der Mythos in seine ureigenste Dimension zurückgebracht wird, d.h. in die ästhetische Dimension. Damit würde folglich mit dem Gemeinplatz aufgeräumt, wonach die Kunst nur ein blasser und säkularisierter Reflex des Mythos ist.

Im *Systemprogramm* wird die Identifizierung von Kunst und Mythologie explizit bekräftigt, und die Autoren sprechen ohne weiteres von den ästhetischen »oder« mythologischen Ideen. Beruht diese Identifizierung nicht vielleicht auf der Tatsache, daß die Kunst wie die Mythologie ihren Ort in einem Horizont oder vielmehr im »nicht« eines Horizontes haben, der reine Erscheinung, reine Schönheit ist? Kunst ist Ekstase des Erscheinens, und Mythologie ist Ekstase des Erscheinens – in dem Sinne, daß das Erscheinen keine höheren Welten enthüllt, die ihm vorangehen. Es verweist nicht auf etwas, was dahinter liegt, es ist nicht Mittel einer transzendenten Offenbarung. Die Gegenwart der Bedeutung in den sinnlich erfaßbaren Formen, die sie aufnehmen und ausdrücken, ist unmittelbar. *Dahinter* ist nichts. Das Nichts umgibt die Wirklichkeit und bildet den Horizont des Werdens (des Ans-Licht-Kommens). Dies bedeutet jedoch nicht, daß das, was ist, irreal und inkonsistent wäre wie ein Traum. Im Gegenteil ist es gerade diese Grundlosigkeit, die die Wirklichkeit zu sich selbst befreit und sie dem Dichter verfügbar macht wie jemandem, der sie in ihrer Freiheit bewahren muß, d.h. in ihrer Wahrheit. Diese Wahrheit ist nicht ein für allemal ausgesprochen, als müsse sie nur aus einer weisen und archetypischen Schrift entziffert werden. Sie muß vielmehr noch einmal und immer wieder ausgesprochen werden, weil sie nur identisch mit sich ist, sofern sie ewig anders ist. Daher ist die Mythologie Kunst: Insofern sie sich dem Spiel der Erscheinung aussetzt, ohne sich auf eine metaphysische Seinsordnung zu beziehen, sondern ausschließlich auf die Interpretation der Formen, ist der Mythos Sinnschöpfung auf der ästhetischen Ebene. Deshalb ist die Kunst Mythologie: Indem sie das schwindelerregende und verzaubernde Ans-Licht-Kommen all dessen ausspricht, was in seiner Kontingenz unbehütet ist, ist die Dichtung Sage, Erzählung von Geschichten, in denen sich eine Gemeinschaft erkennt, Übermittlung von Bedeutungen, deren Wert gänzlich darin beruht, aufgenommen und geteilt zu werden. Der Ort, an dem sich Kunst und Mythologie begegnen und identisch sind, ist utopisch. Es ist ein

Nicht-Ort: Kunst und Mythologie sind dort, wo sie uns von dem sprechen, was passiert (aus dem Nichts ins Sein tritt, ins Nichts fällt, durch nichts gestützt als durch eine Stimme und ein Zeichen), aber was ebensogut auch nicht passieren könnte und im Grunde noch nie passiert ist. Vor diesem Horizont verwandelt sich die Erfahrung der Wahrheit in die Erfahrung der Freiheit. Von der Wahrheit läßt sich nicht sagen, daß sie ist, sondern nur, daß sie sein wird (daß sie immer aufs neue sein wird). Tatsächlich existiert sie nur als Wahrheit in den Augen dessen, der sich von jedem Band, von jeder Voraussetzung befreit hat. Wer wirklich philosophieren will, wird Schelling viele Jahre später schreiben, muß Sorge tragen, arm und allein zu sein und alles aufzugeben, auch den eigenen Glauben, auch Gott. Die Philosophie, so ist bereits im *Systemprogramm* zu lesen, »muß Mythologie werden«. Dies bedeutet nicht, die gebotene, rigoros kritische Haltung aufzugeben, sondern sie im Gegenteil bis zur Identifizierung mit dem Nichts zu radikalisieren – d. h. mit der Freiheit.

Als Weg zur radikalsten Emanzipation ist das Projekt einer neuen Vernunftmythologie um eine progressive und geradezu revolutionäre politische Bedeutung bestrebt. Hierin liegt im übrigen die theoretische Begründung des Enthusiasmus der jungen romantischen Intellektuellen für die Französische Revolution (angefangen bei den Verfassern des *Systemprogramms* bis hin zu all jenen, die sich in den Ideen dieser unvollendeten Schrift wiedererkannten, zu allererst Friedrich Schlegel). Hier gilt auch nicht der Einwand, daß wenige Jahre später dieselben Intellektuellen mit der Mythologie eine Kehrtwende ideologisch zu stützen suchten, die sie zu Konservativen, wenn nicht gar zu treuen Gefolgsleuten der Restauration machte. Dies ereignet sich nämlich auf der Grundlage einer vollständigen Umkehrung des Mythosbegriffs und der Aufgabe von Vorstellungen, deren Originalität man erst viel später begriff. Aber dies ist nur eine der vielen romantischen »Ambivalenzen«, wie sie zu Recht genannt worden sind (vgl. Mittner 1965), und vielleicht eine der bedeutsamsten. Es ist jedenfalls lohnend, sich darüber klar zu werden.

Verweisen wir also dennoch auf das geschichtliche Schema, wonach das Verbindungsglied zwischen der Frühromantik Jenas und Berlins zur nächsten Etappe der Romantik in Heidelberg und München Fichtes *Reden an die deutsche Nation* (1807-08) darstellen. Nachdem viele von einem naiven Enthusiasmus ergriffen worden waren, wandte sich Fichte gegen die napoleonische Herrschaft und rief in den *Reden* zum Aufstand auf. Unter dem Hinweis auf die ethnische Zugehörigkeit der Deutschen appellierte er an pangermanische Gefühle und suchte dabei indirekt Legitimation in der Mythentradition. Aber war dies wirklich der Leitfaden, an dem sich die Suche und die Spekulation über den Mythos von der frühen zur späteren Romantik orientierte? Stimmt es wirklich, daß damit letztlich nichts anderes bezweckt wurde, als die Identität eines Volkes noch vor der geschichtlichen in der mythischen Erinnerung zu begründen und es so in einen autonomen kulturellen Organismus zu verwandeln, der sich von »Blut und Boden« nährt und über der »Staatsmaschine« steht? (Vgl. Harth 1988) Sicher handelt es sich hier um plausible Hypothesen, die allerdings die Kernfrage umgehen. Was sie außer acht lassen, ist der wesensmäßige Unterschied zwischen dem Mythenbegriff, wie ihn die Vorromantiker vertraten, und dem, was im weiteren Verlauf der Romantik entwickelt wurde (z.B. von Creuzer und Görres).

Der Mythos-Debatte verdanken wir hierzu den wichtigsten klärenden Beitrag. Nach Hans Blumenberg (vgl. Fuhrmann 1971, S. 15ff.) vertrat die Frühromantik durch die Verbindung oder vielmehr die Identifizierung des Ursprungs von Mythos und Dichtung ein Konzept von Mythopoiesis, das den Mythos dem »Terror« der normativen Gründung entzieht (wodurch der Mythos auf den Menschen lastet wie das Organ einer überwältigenden metaphysischen Autorität: Es ist so, weil es immer so gewesen ist) und ihn dem »Spiel« der Interpretationen aussetzt (dem, was aus dem Mythos eine Übung der Loslösung vom Dogmatismus macht: Es ist so, könnte aber auch anders sein, immer wieder aufs neue). Das ist der Grund, so Blumenberg, warum der Mythos »auf der Basis seiner authentischen Kategorien« begriffen wird: Er wird nicht zur Fülle des Wirklichen und seiner Archetypen in Beziehung gesetzt, aus denen sich das Wirkliche mit Notwendigkeit ergibt, sondern mit dem Chaos (Friedrich Schlegel), der Negativität (Novalis), der Freiheit (Wackenroder), kurz, mit dem Nichts, von dem ausgehend die Mythopoiesis ihre Figuren schafft und vernichtet, ihre Repräsentationen inszeniert und über das Sein *entscheidet*.

Kehrt aber nicht die Romantik später zu einer sakralen und metaphysischen Konzeption des Mythos zurück? Was bedeutet es, den

Mythos als Offenbarung der unvordenklichen Wahrheit zu verstehen, die das Sein auf der Grundlage des Prinzips der Widerspruchsfreiheit bewahrt, statt als Feld schöpferischer Tätigkeit, die diesem Prinzip geradezu entzogen sein muß, will man sie nicht in eine Philosophie der Notwendigkeit zurückführen? Ist nicht die Tatsache Beweis genug, daß der Mythos eher als zur Kunst in Beziehung zur Religion und Urweisheit gesetzt wird? Die Antworten auf diese Fragen lassen sich natürlich nur in einer ausführlichen Analyse geben, die hier nicht geleistet werden kann. Bejaht man jedoch diese Fragen, erklären sich jenseits historischer Zufälle, warum viele romantische Intellektuelle später konservative Positionen bezogen.

Der Melancholiker

Die Utopie der »neuen Vernunftmythologie« verhält sich zur Entzauberung der Welt wie die folgende Philosophie des Mythos zu ihrer *Remythisierung*. Das mythologische Projekt der Romantiker erscheint noch vor dieser Wende entzaubert, weil, wie Hölderlin sagen wird, die Götter geflohen sind und uns Modernen die unmittelbare Kommunikation mit dem unendlich Lebendigen verschlossen ist. Stillschweigend einverstanden mit der Hypothese der Remythisierung der Welt ist dagegen die Philosophie des Mythos in der späteren Romantik, insofern sie mit der Idee verbunden ist, daß die Götter in den unvordenklichen Tiefen des Geistes wohnen und dort gefunden werden müssen. Daraus ergeben sich wichtige Konsequenzen. Einerseits scheint sich die Mythologie wie ein hermeneutisches Spiel darzustellen, ein Hinweisen auf mögliche Welten, ein Erträumen im Bewußtsein des Träumens (Nietzsche). Auf der anderen Seite erscheint sie wie eine metaphysische Anamnese, ein Zurück zu den Quellen des Bewußtseins und der Realität. Hier wird das Ewige betont, dessen unangemessener und immer mehr täuschender als offenbarender Reflex die Traditionen sind; dort rückt die Zukunft in den Vordergrund, genauer gesagt das zweite Futur, d.h. die Zeit, die dem Bild entsprechen wird, das die hellsichtige Seele hervorbringt. Wenn die utopische Konzeption der Mythologie einen fundamental ästhetischen Charakter hat und zur Identifizierung von Kunst und Mythos gelangt – ein Mythos, der nichts anderes ist als Ergebnis des *poiein* –, so hat die Konzeption des Mythos als Weisheit ihrerseits einen religiösen Charakter. Im letzteren Fall wird das mythologische Pandämonium im Zeichen des Dämonischen gelesen – wohl als Ausdruck der ursprünglichen Wahrheit des Seins, die jedoch in den Abgrund der menschlichen Geschichte gestürzt und verkommen ist, einer Wahrheit, die von der *wahren Religion* im Irrtum wiedergefunden, gereinigt und kanonisiert wird. Die Utopie hält dagegen an der Hypothese fest, daß die Wahrheit keinen Ort hat, wo sie nicht negiert wird, wo sie nicht aus sich heraustritt und ständig eine andere Form annimmt – eine unaufhörliche Metamorphose, Verwandlung des Seins in das Nichts, jedoch auf der Basis einer Ontologie der Freiheit statt einer nihilistischen Ontologie. Dem Verdacht der Religion gegenüber der Kunst, daß diese die Inhalte der Offenbarung ästhetisiert und folglich zur Illusion entwirklicht, stellt sich die Überzeugung entgegen, daß nur die Kraft der Mythopoiesis diese Inhalte vor dem Dogmatismus und folglich der Auflösung bewahrt.

Zwischen Entzauberung und Remythisierung bewegt sich der Melancholiker – eine Gestalt, die nicht zufällig ihren sozialen Triumph in den Jahren der Wende zwischen Früh- und Hochromantik feiert. *René* von Chateaubriand erschien 1802, *Adolphe* von Constant 1806; Sénancours *Oberman* wurde 1804 veröffentlicht und ist unter diesen vielleicht das literarisch gelungenste Werk, sicher aber findet hier mehr als bei den anderen das *mal du siècle* Ausdruck. Oberman, der Melancholiker, treibt das Schwanken zwischen gegensätzlichen Gefühlen bis zum Punkt des Bruches. Die Erde erscheint ihm wüst und leer, das Leben ohne Sinn, und dennoch empfindet er seine Apathie schmerzlich. Und nicht nur das: Auf dem Grund seines Leidens entdeckt er eine Lust, die für ihn »die dauerhafteste Herzensfreude« (Brief XXIV) ist. Im Lichte der Hinfälligkeit, sagt Oberman, erscheint das, was wir lieben, noch liebenswerter. Im übrigen kann nur das Objekt unserer Liebe sein, was stirbt und vergeht. Sinnlosigkeit und Leidenschaft fallen hier also zusammen. Sinnlos ist es, daß alles dem Verfall und dem Verschwinden anheim gegeben ist, ohne daß es durch etwas Höheres im Sein zurückgehalten würde; aber gerade das Schauspiel dieses universellen Verderbens, das auch den Zuschauer einschließt, bildet den Horizont meiner Sorge und meines Mitleids und folglich das Prinzip eines Widerstands gegen die Vergeudung, der ebenso leidenschaftlich wie verzweifelt ist, in jedem

Fall aber freudvoll. Nichts widersteht, nichts dauert länger als dieses Gefühl, das folglich zu einem bemerkenswerten Rollentausch führt. Das Subjekt simuliert in der Kontemplation des Untergangs all dessen, was es umgibt, eine in sich gespaltene Erfahrung: der Vernichtung und der Ewigkeit. »Wenn uns der Tod von jedem Ding trennt, so bleibt doch jedes Ding bestehen; alles besteht ohne uns fort. Aber wenn die Blätter fallen, hält die Vegetation inne, erstirbt; wir dagegen bleiben für neue Generationen [...].« (Ebd.) Die Entzauberung ist Funktion der Verzauberung, die Verzauberung der Entzauberung. Was die Freude angeht, so rührt sie vom unentscheidbaren Schwanken zwischen diesen beiden Polen.

Aber das Gleichgewicht zerbricht aufgrund eines Wechsels der Ebenen. Im »Schauspiel der Welt« läßt das Spiel der Umkehrbarkeit der Zwecke und Mittel einen Durchgang zum Unendlichen offen, einen Fluchtpunkt. Dieser Fluchtpunkt schafft Rastlosigkeit und verwandelt die süße Melancholie in eine düstere und zerstörerische Frage: Warum »dieses Sein [...], das alles ist auf der Erde und das nichts ist für sie und auch nicht für sich selbst«? Warum sind die Dinge so eingerichtet, daß sie uns ständig dazu treiben, zu suchen, »wo es nichts zu suchen gibt«? (Brief LXXI) Die Destruktivität besteht in der Enthüllung der Simulation. »Ständig von einer Illusion zu einer anderen fortgerissen«, macht der Melancholiker »nichts anderes, als das Leben zu träumen«, das er nicht besitzt und das ihm abgeht, gerade weil er es träumt. Ein Bild von höherer Vollkommenheit leitet und verleitet ihn. Irgendwo, jedenfalls woanders, »findet die Natur beredten Ausdruck in einer größeren Ordnung, einer faßlicheren Harmonie, einer ewigen Einheit«, wo der Mensch »seine veränderliche aber unzerstörbare Anlage« wiederfindet und in Gemeinschaft mit dem Universum tritt (Brief VII). Doch das Phantasma eines idealen Lebens verhält sich zur Realität wie ein negatives Paradigma, und es ist genau diese Asymmetrie, die das Sein in die Bedeutungslosigkeit stürzt und ihm die Möglichkeit der Transzendierung nimmt. Als Totalität, in der das Spiel der Verweise auf einen ewig verfehlten, im Grunde nicht existierenden Zweck deutet, bleibt das Sein opak, undurchdringlich und stumm. Die religiöse Nostalgie wird zum metaphysischen Übel. Und das Gefühl von Wonne und Leiden, das den Übergang vom einen zum anderen anzeigte, verschlimmert sich nun zu einer Form träger Wollust.

Es handelt sich hier um einen neuplatonischen Zug, der aber einem Neuplatonismus mit umgekehrter Wertigkeit entstammt – genau wie in der *Encyclopédie* unter dem Stichwort »Melancholie«, auf die sich Sénancour ausdrücklich bezieht. Darauf hat Lionello Sozzi in einem Beitrag hingewiesen, der in *Atti del XVI Convegno della Società universitaria per gli Studi di lingua e letteratura francese*, Trento 1988, S. 21ff. erschienen ist. Sozzi vermerkt, daß der betreffende Artikel, der früher Diderot zugeschrieben wurde, mit größerer Wahrscheinlichkeit von Jaucourt stammt. Melancholie wird hier definiert als das Gefühl unserer Unvollkommenheit, das gerade von jener Vollkommenheit hervorgerufen wird, »die man nicht in sich selbst findet noch in anderen noch in den Objekten des eigenen Begehrens oder in der Natur«. Kurz, sie ist die Auswirkung des Rückfalls auf die *conditio humana* und auf die Grenzen, die dem Flug der Vorstellungskraft gesetzt sind. Diese Melancholie führt zu einer Unzufriedenheit und einem Leiden, das sich nicht mehr heilen läßt. Nachdem er die Früchte des Paradiesbaumes gekostet hat, lebt der Melancholiker seinen Zustand wie einen nicht wiedergutzumachenden Sündenfall; da er aber weiß, daß er nur imaginär ist, nährt er sich aus der eigenen Verzweiflung.

Die Therapie, die Sénancour mit der Stimme Obermans vorschlägt, ist allzu einfach. Es handelt sich um eine weise Mischung von Entzauberung und Wiederverzauberung, die die Existenz auf ein gemäßigtes Maß zurückführt. So verhindert sie, daß durch die Entzauberung aus dem Leben eine Wüste wird – der Ort, der Halluzinationen hervorbringt –, wie sie in der Wiederverzauberung verhindert, sich unmöglichen, scheinbar harmlosen, in Wirklichkeit aber mörderischen Phantastereien hinzugeben. Bis zu welchem Punkt soll man jedoch an diese wiedergefundene bürgerliche Weisheit oder diese Neuauflage der Theorie von der Mäßigung der Körpersäfte glauben? Sénancour, der nicht zögerte, die *Encyclopédie* zu zitieren, weiß sehr wohl, daß sich diese Krankheit des Jahrhunderts bis zu dem unverdächtigen Diderot und dem weniger unverdächtigen Rousseau zurückverfolgen läßt. Diderot erklärt in *Neveu de Rameau* (*Rameaus Neffe*) sein Recht auf geistige Zügellosigkeit und beschreibt sie als eine Art intellektuelle Lüsternheit, mit der er Ideen verfolgt (»*les attaquant toutes et ne s'attachant à aucune*«), offenkundig allein aus dem Genuß, mit ihnen und ihrer verführerischen Unverbindlichkeit zu spielen. Was Rousseau betrifft, lohnt es vielleicht, daran zu erinnern, daß in der *Nouvelle Héloïse* (*Die neue Heloïse*) die Suche und die Zurschaustellung einer vorgeblichen Gefühlsauthentizität mit literarischen Mittel gestaltet wird, wodurch Rousseau mehr oder weniger verborgen das nachahmende und maskierte Leben preist. Ebenso die *Confessions* (*Bekenntnisse*), wo eine noch offenere Mimesis das augustinische Unterfangen umkehrt. Statt das Mysterium des Ich im Spiegel Gottes zu entziffern, stürzt die Gottheit in das Gewirr einer egoistischen Erfahrung, in der sich diese schließlich selbst verirrt, während in den *Rêveries* (*Träumereien*) eine bis dahin noch unbekannte, experimentelle Philosophie den Geist, der nun ganz und gar mit dem Wetter identifiziert wird, dem Barometer der Schrift unterwirft (»*Je ferai sur moi-même à quelque égard les opérations que font les physiciens sur l'air pour en connaître l'état journalier. J'appliquerai le baromètre à mon âme*«). Wir wissen, wie anziehend später illusionistische Strategien dieser Art auf die jungen romantischen Intellektuellen wirkten. Rousseaus Werk war für sie eine entscheidende Quelle der Inspiration. Dies gilt nicht nur in philosophischer, sondern durch die Nachahmung Rousseauscher Modelle auch in lebenspraktischer Hinsicht. Aber wir wissen auch von der nihilistischen Ausprägung, die der ästhetisierende Illusionismus wenig später in der Romantik annehmen wird – man denke besonders an Tieck und Romane wie *Almansur* und *William Lovell*, wo die Subjektivität der Philosophie Fichtes in Vorwegnahme Nietzsches und des 20. Jahrhunderts zersetzt wird; oder man denke an das prometheische Rebellentum Byrons und in gewissem Maße Shelleys, an die halluzinatorische Überschwenglichkeit von Nerval und der *petits romantiques* (Pétrus Borel, Joseph Delorme, Victor Escousse u.a.)... Sénancour konnte das alles nicht voraussehen. Aber ist sein Vorschlag, zu einem verlorenen Maß zurückzukehren (wenn nicht gar, wie angedeutet, zur alten Humorallehre, zum gesunden Menschenverstand der französischen *Ideologen*) mehr als eines jener unzähligen ironischen Mittel, um die Unüberwindlichkeit der Melancholie zu bekräftigen?

Unüberwindlich erscheint die Melancholie auch John Keats. Dies gilt jedoch nicht in einem nihilistischen, sondern in einem tragischen Sinn, da in seiner Melancholie Zeit und Ewigkeit konvergieren. Aber wenn das Sein, das immer zum Nichts wird, momentweise gerettet erscheint, geschieht dies doch um den Preis, daß seine triumphierende Ewigkeit immer ferner rückt, denn es kann nie mehr sein als dieser sterbliche Moment. »*No, no, go not to Lethe*«, beginnt Keats seine »Ode on Melancholy«. Aber dies ist nur scheinbar ein Imperativ, denn hier wird vielmehr ein Faktum konstatiert. Wer die Melancholie kennt, taucht nicht in die Lethe. Auch wird sein Antlitz nicht vom giftigen Nachtgewächs berührt, das die Erinnerung auslöscht und also die Wirklichkeit vernichtet. Er kann daher den Tod vorwegnehmen, indem er die Dinge wie von ihrem Jenseits her betrachtet – ewig gerettet und gleichzeitig ewig verloren. Die Melancholie steigt von oben herab. Sie ist die Tochter des Himmels, aber auch die Freundin der Erde, und rätselhafterweise schmerzt uns plötzlich der Anblick einer Morgenröte, eines Regenbogens, der die sich brechende Welle entflammt. Aber es liegt Schönheit auf dem Grund dieses Schmerzes, Schönheit, die sterben muß, und Freude, wie im Moment des Abschieds: »*She dwells with Beauty – Beauty that must die; /And Joy, whose hand is ever at his lips/Bidding adieu.*« Als verschleierte Gottheit, die im Tempel der Freude wohnt, gibt sich die Melancholie ihren Gläubigen durch die »Macht der Traurigkeit« zu erkennen.

So auch in der »Ode to a Grecian Urn«. Es ist eine stille Form, die die Zeit suspendiert, als wäre im reinen Kristall des dargestellten Ereignisses die Ewigkeit am Werk (»*as doth eternity*«). Das Ereignis widersteht der Vernichtung (»*thou shalt remain*«) und durchquert die Epochen, die im Nichts versinken: Dem Menschen freundlich zugetan, wird es für andere sein, was es heute für uns ist, um die einzige Sache zu sagen, die wir auf der Erde wissen und die zu wissen notwendig ist: »*Beauty is truth, truth beauty.*« Daß die Schönheit Wahrheit und die Wahrheit Schönheit ist, ist eine Ekstase des Denkens (»*dost tease us out of thought*«). Dennoch löscht diese Ekstase nicht die ferne Vergangenheit aus, da sie ihre Erinnerung bewahrt, ohne sie zu verfälschen, aber sie bewahrt sie auf als das, was nicht zurückkehren kann. Es gibt niemanden, der sich aus dieser Verwüstung und nach diesem Sturz in die Tiefe erheben und sagen könnte, »*why thou art desolate*«. Und dennoch ist etwas geschehen und geschieht immer aufs neue: eine Opferprozession, der Klang eines Blasinstruments, die Geste eines Geliebten, der sich anschickt, seine Geliebte zu küssen. Dieser Klang ist um so süßer, weil er unhörbar ist; die Geste macht den Liebhaber glücklich und die Geliebte anmutig, weil sie noch nicht abgeschlossen ist. Aber es handelt sich nicht um eine Ästhetik, die an der Schwelle bleibt, eine Dichtung des Zögerns, sondern um eine paradoxe Logik. Was das Ereignis vor dem Nichts bewahrt, ist das Nichts selbst. Die Schönheit sagt die Wahrheit, weil sie vom Bewußtsein des Schmerzes und des Todes hervorgebracht wird.

Der Philologe

Bei Keats finden wir eine weitere Bestätigung der These, wonach die Erfahrung der Wahrheit ihren Ort in der Kunst hat. Diese These, um die die gesamte romantische Bewegung kreist, hat einen wichtigen Zusatz – die mehr oder weniger explizite Identifizierung von Poesie und Philologie. Im Hintergrund steht hier das Sprachverständnis Herders in einem für die Entwicklung der Romantik entscheidenden Werk, *Über den Ursprung der Sprache*, das 1771 von der Akademie der Wissenschaften zu Berlin (die die berühmte Frage gestellt hatte) ausgezeichnet und im folgenden Jahr veröffentlicht wurde. Die Sprache, so hatte Herder gesagt, ist ursprünglich Dichtung, jedoch nicht im Sinne der Vermittlung einer höheren Offenbarung der Wahrheit. Wenn überhaupt, so vermittelt sich die Wahrheit durch Sprache. Sie vermittelt sich dichterisch, sie begegnet uns, als käme sie von der Natur selbst. Dennoch ist sie unsere Erfindung, sie spricht zu uns von einer höheren Warte, aber sie existiert nicht, außer in den Worten, mit denen wir kommunizieren. Gott selbst manifestiert sich in poetischer Form. Wir dürfen aber nicht sagen, daß die Bibel Gottes Wort in dichterischer Form ist. Richtig ist vielmehr, daß die Bibel als Poesie nichts anderes als göttlich sein kann. Und dies bedeutet, daß die Dichtung nicht nur in der Heiligen Schrift, sondern immer und überall eine Manifestation Gottes ist. Sie ist es um so mehr, wenn sie kollektive Stimme ist, Ausdruck jener organischen Einheit, die ein Volk darstellt.

Diejenigen, die sich um dieses kulturelle Vermächtnis kümmern, das nicht weniger in den geschriebenen Texten als in der mündlichen Überlieferung bewahrt ist, sind die Philologen. Ihre Aufgabe ist nicht archivarisch, sondern, um es mit den Worten Friedrich Schlegels zu sagen, der hier Herder folgt, »kritisch-fortschrittlich«, insofern sie sich darum bemühen, alle latenten Möglichkeiten einer Sprache, die der Hervorbringung von Wahrheit dienen, zum Leben zu erwecken. Der Philologe muß daher auch Dichter sein, so wie der Dichter Philologe. Zu betonen ist, daß sich diese Identifizierung (die Züge gewollter und zur Schau getragener Naivität aufweist, die aber auch etwa von der zeitgenössischen Erneuerung philologischer Studien und der Geburt einer säkularen Hermeneutik gestützt wird), sowohl auf die Vergangenheit wie auf die Zukunft richten kann. Auf die Vergangenheit, wenn die eingedenkende *pietas* und die Reflexion über die Tradition die Geschichte mit der Natur zusammenfallen lassen, als ließen sich durch die Geschichte die ursprüngliche natürliche Wahrheit finden, die primitive Offenkundigkeit der Quellen moralischen Handelns, der Zugang zu Werten, die von der Kultur verzerrt wurden und nur in den Herzen der schlichten Seelen bewahrt werden; auf die Zukunft kann sich diese Identifizierung richten, wenn die Arbeit an der Sprache statt dessen den Charakter einer Palingenese annimmt und tatsächlich auf die Wiederaneignung des Wortes von seiten der verschiedenen sozialen Klassen zielt, aus denen sich eine neue Nation bilden soll.

Die erste dieser Haltungen wird sehr gut vom Programm der *Lyrical Ballads* (1798) illustriert, die Wordsworth und Coleridge vielleicht als Hommage an das Ideal des *Symphilosophierens*, das Coleridge aus Deutschland haben könnte, ihrem gemeinsamen Werk voranstellten. Dieses Ideal verbreitete sich bald in der Romantik. Bedeutsam ist jedenfalls die Tatsache, daß sein untergründiger Pantheismus einen christlichen Ton erhält. Gott, so wird hier deutlich, spricht durch die Natur, jedoch nicht als anonyme Macht, sondern als Gottheit, die sich an ein historisches Volk wendet, indem sie es bei den Ursprüngen zurückhält und folglich bei der natürlichen Unmittelbarkeit. Die zweite Haltung wird nicht minder anschaulich in zwei Manifesten der italienischen Romantik: dem *Lettera semiseria* (1816) von Giovanni Berchet und den *Osservazioni intorno alla poesia moderna* (1818) von Lodovico di Breme. Hier wird neben dem emanzipatorischen Wert und dem Erneuerungswerk der Dichtung entschieden der Abstand zur Tradition betont. Niemand konnte jedoch besser als Manzoni ein solches Projekt vollenden, und tatsächlich beruht die dichterische Konzeption der *Promessi sposi* (*Die Verlobten*) vor allem auf der Suche nach einer Sprache, die der gesprochenen Sprache zurückgegeben ist: Hier wird eine Sprache, deren unbewußter Bewahrer das Volk ist, diese Stimme Gottes, der todbringenden Bürokratensprache gegenübergestellt, in der die Verbindung von begrifflicher Fälschung und politischer Unterdrückung in grotesker Maskerade erscheint. Ebenso konnte niemand besser als Leopardi gerade anläßlich einer kritischen Betrachtung des Werkes von Breme Verdienste und Mehrdeutigkeiten dieses Aspekts der Romantik ans Licht bringen.

Obwohl er in einem Brief an Stella vom 27. März 1818 erklärt, große Achtung vor dem Vorschlag und den Überlegungen des Gegners zu haben (»[...] Ihr werdet bemerken, welch hohen Respekt ich für den Cavaliere habe und welch hohes Lob ich ihm ausgesprochen [...]«), bezeichnet Leopardi in seinem *Discorso di un italiano* die »romantischen Meinungen« als »so konfus, ungeschliffen, verworren und zum Großteil abstoßend, daß man beinahe eine nach der anderen angreifen muß«. Gleich darauf jedoch führt er das, was für ihn der fundamentale und im Grunde einzige Irrtum der Romantik ist, auf einen Geburtsfehler zurück:

»Es ist bereits offenkundig und allseits bekannt, daß sich die Romantiker bemühen, die Dichtung nach ihrem ganzen Vermögen von der Verbindung mit den Sinnen abzubringen, für die sie geboren ist und leben wird, solange sie Dichtung ist, und sie mit dem Intellekt zu üben, sie vom Sichtbaren zum Unsichtbaren fortzureißen und von den Dingen zu den Ideen; und das, was phantastisches und körperliches Material war, in vernünftige und geistige Metaphysik zu verwandeln.«

Leopardi trifft hier zweifellos ins Schwarze. Dies gilt auch für eine Zielscheibe, die sich weitab vom Artikel Bremes befindet. Wie sollte man Leopardis Feststellungen nicht auch auf das *Älteste Systemprogramm* (das Leopardi natürlich nicht kennen konnte) beziehen, wo, wie wir gesehen haben, Metaphysik und Mythologie in der Dichtung vereinigt wurden, und mehr noch auf die Schlegelsche *Rede über die Mythologie*? Ihre Thematik war in Europa weit verbreitet und hatte sich in der Idee der Dichtung als moderner Mythologie niedergeschlagen, die jedoch nicht der Natur, sondern der »Tiefe des Geistes« entstammen sollte. (Schlegel 1958, Bd. II, S. 313) Es ist jedoch seltsam, daß sich gerade in diesen Werken eine Antwort auf den »äußerst offenen und berühmten Widerspruch« findet, den Leopardi bei den Romantikern aufdeckt, die einerseits möchten, daß die Wahrheit der Dichtung die Wahrheit der Metaphysik sei und sich dann andererseits den schwindelerregendsten und abergläubigsten

Märchen hingeben. Mit Vico gesprochen, lehren die deutschen Romantiker, daß die Wahrheit, die der Mensch erfährt, gerade die ist, die er »macht« oder vielmehr »erdichtet« – die »poetische« Wahrheit, die ihren Ort außerhalb ihrer selbst im Pandämonium der märchenhaften Erzählungen hat, und in sich selbst im Dämonismus der geistigen Selbsterschaffung.

Aber bewegt sich nicht auch Leopardi genau auf diese Perspektive zu? Leopardi erkennt bei Breme an, daß er nicht die Bedeutung und das Gewicht der Vorstellungskraft in der modernen Welt unterschätzt hat, sondern vielmehr sieht, daß es sich um eine » äußerst substantielle Fähigkeit im Menschen« handelt, »die nicht verschwinden noch nachlassen kann«, die vielmehr immer aufs neue riskiert, von den »Illusionen harmonischer Formen« verführt zu werden und in die »Ekstase der erhabendsten Kontemplation« gezogen zu werden. Für Breme bestand hier allerdings die Voraussetzung, daß die Vorstellungskraft ideale Bilder hervorbringt, die »nicht willkürlicher als das Ganze sind und nicht gänzlich ohne Analogie mit jenem Wahren, das sie umgibt oder jenem, das in uns ist«. An diesem Punkt geht Leopardi auf Distanz. Welche Notwendigkeit bestehe denn, fragt er, die Dichtung in Analogie zur Wahrheit zu begründen, wenn es reicht, zwei Arten von Fiktion zu unterscheiden, zwei Arten des Betrugs, um ihre »Aufgabe« zu verstehen, d.h. den »intellektuellen« Betrug und den »phantastischen«? Den ersten begeht, wer vom Falschen überzeugt, den zweiten, wer die Verbindung zum Falschen und zur Wahrheit gelöst hat. Es ist dies eine Dimension, in der »der Intellekt im Delirium seiner Einbildungskraft ganz genau weiß, daß er phantasiert und überall und immer ebenso an das weniger Falsche wie an das Falschere glaubt, ebenso an die Engel Miltons und die allegorischen Wesen bei Voltaire wie an die Götter Homers [...]«. Die Anerkennung des unweigerlich illusionistischen Charakters der Dichtung hindert Leopardi nicht, im Herzen der Illusion »die unverfälschte und unbefleckte Natur« wiederzufinden und wiederzuerwecken. Und wo anders, wenn nicht in diesem Rätsel, das wir nur durch Nachahmung mit den Mitteln der Illusion, d.h. indem wir in den Bildern der Phantasie ihren geheimnisvollen Rhythmus und ihre bezaubernde Melodie reproduzieren, lösen können, werden wir uns über uns selbst in demselben Maße klar, wie wir aus uns herauskommen? Sicher, so schreibt Leopardi, haben die Romantiker recht, wenn sie sagen, daß wir keine Kinder mehr sind; wir sind es tatsächlich nicht mehr. Die Dichtung ist Illusion – aber bewußte Illusion, Traum desjenigen, um es zu wiederholen, der zu träumen weiß. Und träumend begegnet er der Sphinx, der Natur. Leopardi kehrt in romantischer Weise den Auftrag der Aufklärung um, der die Natur der Herrschaft der Technik unterwerfen will, und macht sie zum Ort einer Hermeneutik des Nicht-Objektivierbaren. Die Dichtung ist das Interpretationsinstrument dieser symbolischen Sprache.

Der Träumer und der Visionär

In seinem heute klassischen Buch *Traumwelt und Romantik* schrieb Albert Béguin:

»Jede Epoche des menschlichen Denkens setzt den Traum in eine charakteristische Beziehung zum Wachen, ja die Art dieser Beziehung könnte als hinreichendes Epochenmerkmal dienen. [...] Bin ich es, der da träumt in der Nacht? Oder hat mich irgendwer, irgend etwas zum Schauplatz seiner bald so erbärmlichen, bald rätselhaft weisen Theaterstücke ausersehen? Ungerufen ziehen vor meinen Augen die wunderlichsten Bilder vorüber, in zufälliger Folge, dennoch allesamt durchwirkt vom selben geheimnisvollen, ungreifbaren Einschlag. Künden sie von meinem eigenen oder von einem anderen, meinem Zugriff entzogenen Geschick? Oder narrt mich da nächtens einfach ein wirres Gaukelspiel von aufgewirbelten Gedankenfetzen?« (Béguin 1972, S. 7)

All dies ist im reinsten romantischen Stil gesagt, in Ehrung des Prinzips, daß man »nur romantisch von der Romantik reden kann«, jedenfalls aber mit dem berechtigten Verdacht, daß das Kriterium der »Objektivität«, das bei den deskriptiven Wissenschaften unverzichtbar ist, im Bereich der Humanwissenschaften tatsächlich einen Verrat am Untersuchungs-»objekt« bedeuten kann. Auch der Einwand sticht nicht, daß das Vertrauen auf die Offenbarungsmacht des Traums, das viele literarische Werke der Romantik inspirierte, die Frage rein rhetorisch erscheinen läßt, ob das Träumen das Subjekt enteigne und in die Gewalt von Kräften bringe, die nicht beherrschbar sind und ihr Spiel mit ihm treiben, oder ob sie ihm nicht vielmehr ein volles Bewußtsein von sich zurückgeben und seinen Weg auf geradezu prophetische Weise beleuchten. Die Alternativen schließen sich hier nicht nur nicht aus, sondern implizieren sich wechselseitig. Es ist die Schwächung und Erniedrigung der Subjektivität, die den Theaterraum einer Offenbarung öffnen, welche den Primat der Transzendenz des Seins wiederherstellt. Dessen ungeachtet erscheint dieser Übergang – gewagt, wie er ist, und durch nichts verbürgt, sondern den Gegensätzen eines erhabenen Bewußtseins und einer sinnlosen und verdrehten Doppelung der Existenz ausgesetzt – seinerseits mit Mehrdeutigkeiten befrachtet. Tatsächlich gehört dies nach Béguin zur romantischen Konzeption des Traums: daß seine Botschaften, die aus nichtalltäglichen Bereichen stammen, uns aber nicht weniger vertraut als fremd sind, grundlegend mehrdeutig sind, da man sich durch sie keinen Sinn aneignen kann, der nicht die Möglichkeit der Begegnung mit der schwindelerregendsten metaphysischen Sinnlosigkeit in sich birgt. Wenn uns im Traum ein himmlischer Plan erscheint, in den die Chiffre unseres Lebens eingeschrieben ist, kann uns niemand gewährleisten, daß es sich nicht um das Werk eines spöttischen oder irreredenden Koboldes handelt.

Dennoch ist es für die Romantiker der Traum und nur der Traum, in dem wir die Wahrheit erfahren (ebenso im kollektiven und kodifizierten Traum, d.h. im Mythos, wie im individuellen und bewußten Traum, d.h. in der Dichtung, wie Béguin unter Rückgriff auf verschiedene Quellen zu Recht betont). Diese Erfahrung der Wahrheit ist ihrerseits mehrdeutig und rätselhaft, so daß sie nur von jemandem interpretiert werden kann, der bereit ist, sich ohne den Schutz einer im voraus definierten Eschatologie ins Spiel zu bringen. Gott selbst redet *per speculum et in aenigmate*. Wenn Gott anders spräche, so ist gesagt worden, wenn er uns etwas Unbestreitbares und völlig Manifestes mitteilte, so *würde er lügen*. Die Wahrheit, die für uns zählt und in der folglich etwas von unserem Schicksal mitschwingt, muß interpretiert werden. Würde sie nicht interpretiert, bliebe sie toter Buchstabe; keine Aneignung wäre möglich. Aber die Wahrheit, die zählt, die Wahrheit, die über Sein oder Nichtsein entscheidet bis zu dem Punkt, an dem das Göttliche die einzige Kategorie ist, die sie definieren kann, ist meine Wahrheit. Das bedeutet, daß ihre Offenbarung nur eine hermeneutische, sie in ihrer eigenen Form aufnehmende Operation sein kann. Jedweder Versuch, sie ihrer konstitutiven Vieldeutigkeit zu berauben, um sie einer universalisierenden Sprache zu überantworten, entstellt und beleidigt sie. Sie erlaubt keine Übersetzung. Noch weniger verträgt sie, als Zeichen – oder gar Symptom –

für etwas anderes genommen zu werden. Ihr Ort ist der Traum, der Mythos, die Dichtung, und dort will sie bleiben.

Jedwedem reduktionistischen Vorurteil entzogen, nähert sich der Traum einer Vision, gewinnt ontologische Tiefe, öffnet die Pforten zu einer Überwirklichkeit, die einen Wert für sich darstellt und nicht nur für das, was sie bedeutet. Träumen wird zu einer Tätigkeit, auf die man sich einstimmen und der man sich hingeben muß, wie etwa Gotthilf Heinrich Schubert in seiner *Symbolik des Traumes* (1814) lehrt und wie E.T.A. Hoffmann in seinen Erzählungen illustriert. Hoffmann ist sich dabei dieser Arbeit ausdrücklich bewußt, statt sie nur passiv zu erfahren, um dann in ihr die Zeichen eines verborgenen Widerspruchs oder einer Pathologie zu suchen und zu entschlüsseln. Deshalb geht die romantische Erfahrung der *Nachtseite*, der nächtlichen Seite der Existenz (und nach Schubert auch der Wissenschaft) in die entgegengesetzte Richtung der Tiefenpsychologie, die sie in vielerlei Hinsicht vorwegnimmt. Daß die Gestalt des Träumers beinahe bruchlos in die des Visionärs übergeht – ein Übergang, der häufig Initiationscharakter oder wenigstens religiösen Charakter hat –, bedeutet im wesentlichen dies: Nicht die der Kontrolle des Ich enthobene Welt der Schatten und Phantasmen, in der sich die Risse des Ich zeigen, muß ins Bewußtsein zurückgehoben werden, sondern das Bewußtsein muß aus sich selbst herausgezogen und mit einer Realität konfrontiert werden, die es übersteigt, es ekstatisch aufládt und es schließlich zu einer befremdlichen, aber offenbarenden Erfahrung befähigt.

Es geht also um die visionäre Qualität des Traums, um die Anerkennung seiner Autonomie gegenüber dem Träumer, die derjenigen des Kunstwerks gegenüber dem Künstler entspricht. Dies ist jedoch nicht, wie es eine gewisse volkstümliche Version der Romantik will, gleichbedeutend mit einem schwachen Geist, der Sklave einer Realität wäre, in der er nicht leben kann, aus der er flieht und so die psychische Gespaltenheit bestätigt, die ihn paralysiert. Vielmehr ist er der Protagonist eines *ludus* (Spiel), der durch die Umkehrung des Sichtbaren in das Unsichtbare entdeckt, daß die Wahrheit des Wirklichen ursprünglich der Vorstellungskraft angehört, nach der These Novalis', daß »die Einbild[ungs]kr[aft] [...] am leichtesten und ersten *zur Welt gekommen*, oder *geworden* [ist] – die *Vernunft vielleicht zuletzt« (Novalis 1981, Bd. III, S. 252).* Folglich kann die Vernunft immer nur provisorisch das Material ordnen, das die Vorstellungskraft hervorbringt. Wenn der Träumer durch dieses Spiel der Vorstellungskraft und der Vernunft die Realität übertrieben phantastisch gestaltet (wie zum Beispiel, wenn er die Geschichte eines unwahrscheinlichen, sanft christlichen Mittelalters rekonstruiert oder das nun säkularisierte Alltägliche mit mystischen Erscheinungen und schicksalsentscheidenden Beziehungen bevölkert oder wenn er dem Philistertum nur die Erhabenheit des Geistes gegenüberstellt), so leitet ihn doch immer die Idee, daß die Geschichte einen Sinn und ein Ziel nur für denjenigen hat, der sie, ausgehend von ihren rein virtuellen Falten und Kehrseiten, zu befragen weiß, so daß die Realität des Seins in den Simulationen des Nichtseins zum Ereignis wird.

Indem sie die Vernunft im Zeichen der Wahrheit für die Vorstellungskraft befreien, gelangen der Träumer und der Visionär unweigerlich zur Entdeckung des Nichts. Nietzsche (der vom »freigewordenen Intellekt« spricht – ein Intellekt, der von der Korrespondenz mit dem Ding befreit ist und keinem anderen Prinzip gehorcht als dem ästhetischen der Gestaltgebung und Verwandlung) (Nietzsche 1973, Bd. 3, 2, S. 382), wird es sein, der diese Perspektive von Novalis im nihilistischen Sinn entwickelt und sie auf die Ebene einer Bewußtseinstheorie jenseits von Wahrheit und Lüge bringt. Jean Paul war es jedoch, der daraus auf romantische Art ein kraftvoll mehrdeutiges Szenarium schuf. Hier taucht jene Mehrdeutigkeit des Seins auf, um die es geht. 1789 begann Jean Paul mit der Arbeit an einem Text, von dem er über die Jahre eine erhebliche Anzahl von Varianten präsentierte. (Vgl. Berend 1923, S. 250ff. und Miller 1971, Bd. 2). Dank der Übersetzung von Mme. de Staël in *De l'Allemagne* fand er in der europäischen Romantik große Resonanz, als hätte Jean Paul hier bereits einen ihrer tiefsten Töne anklingen lassen. Der Rohentwurf trug den Titel »Bild des Atheismus. Gott existiert nicht«, und war dem »Geist« gewidmet, »der in der Kirche über die Eitelkeit des Ganzen predigt«. Schon nach wenigen Monaten gab Jean Paul dem Text in einer Neufassung einen deutlich visionären Charakter und gestaltete ihn als einen Dialog über sich selbst (ein vertrauensseliges und gutgläubiges Selbst) mit sich selbst (ein über die metaphysische Leere bestürztes Selbst), der die Auflösung des Ich nach außen trägt: Hier findet sich nun »ein Chaos, das sich aufbläht, das abwechselnd geboren wird und stirbt«, und wer an den geregelten Lauf der Dinge, wer an die Zeit und das Leben glaubt, der möge wissen, daß nichts ist außer einer allesverschlingenden Ewigkeit. Alles wird von diesem schwarzen Loch verschlungen, und auch die Sonne und die Planeten können am Ende ihrer Bahn Gott nicht finden. »Und als ich aufblickte zur unermeßlichen Welt nach dem göttlichen Auge, starrte sie mich mit einer leeren bodenlosen Augenhöhle an.« Entsprechend ist das Leben nichts anderes als »ein Hohlspiegel«, der »seine Strahlen in die Staubwolken aus Totenasche« wirft. In einer weiteren Fassung sind die Metaphern so verändert, daß Gott und das menschliche Leben im stillen nächtlichen Begräbnis der selbstmörderischen Natur zusammengepreßt werden.

1796 erscheint, eingefügt in den *Siebenkäs*, die letzte Version als »Rede des toten Christus vom Weltgebäude herab, daß kein Gott sei«. Das Wort, das vom Ich zu Shakespeare übergegangen war (in einem Entwurf von 1790) und dann zu Christus, kehrt in Wirklichkeit zum Ich zurück: »Ach wenn jedes Ich sein eigener Vater und Schöpfer ist, warum kann es nicht auch sein eigener Würgeengel sein?« Mit dieser Frage – der eigentliche Schlüssel des Textes und besonders des Zwangs zum Umschreiben – weitet der Visionär sein Bewußtsein bis zur dissonantesten Polarität: Auf der einen Seite steht die erschreckende und groteske Szene eines schwarzen Fingers, der den Toten, die dort zwecklos Spuren der illusorischen und verlorenen zeitlichen Ordnung suchen, ein Ziffernblatt der Ewigkeit ohne Zahlen und Zeiger zeigt; auf der anderen Seite die Idylle, in die der Text plötzlich umschlägt. Diese Idylle vertreibt den Alpdruck und stellt das Bündnis zwischen Himmel und Erde wieder her. Gewiß besteht die Versuchung, Jean Paul im Rahmen einer experimentellen Literatur zu sehen, die auf das Ich als einziges ironisches Fundament seiner geistigen Abenteuer vertraut, in denen es sich selbst aufs Spiel setzt, die es jedoch letztlich in einem seiltänzerischen literarischen Spiel abflacht. Warum nicht statt dessen annehmen, daß die unerhörte Freiheit der Bewegung, die durch dieses philosophische Mittel erreicht wird (ich meine vor allem die Ironie und, wichtiger noch, zumindest bei Jean Paul, Witz und Humor, die jedoch bei ihm stark religiöse Konnotationen haben), den Visionär in die Lage versetzt, in »beide Abgründe« zu schauen, um einen Ausdruck Dostojewskijs zu gebrauchen, der sicherlich etwas mit seinem romantischen Erbe zu tun hatte? In diesem Fall nähme Jean Paul exemplarisch die weitere Entwicklung der Romantik vorweg. (Vgl. dazu auch Givone 1995)

Kapitel 7

Der Revolutionär

Bronislaw Baczko

Suche in diesem Buch keine Lösungen – es enthält keine, und es gibt überhaupt keine für den Menschen unserer Zeit. Das, was gelöst ist, ist abgeschlossen, aber die kommende Umwälzung beginnt eben erst.

Wir bauen nicht auf, wir reißen nieder; wir verkünden keine neue Offenbarung, sondern räumen alte Lügen fort. Der Mensch unserer Zeit baut als trauriger pontifex maximus nur die Brücke – ein anderer, unbekannter, ein Mensch der Zukunft wird über sie hinschreiten. Du wirst ihn vielleicht zu sehen bekommen ... bleib nicht am *alten Ufer* stehen ... Es ist besser, mit diesem Menschen unterzugehen als sich in das Versorgungsheim der Reaktion zu retten.

Die Religion der zukünftigen Umgestaltung der Gesellschaft ist die einzige Religion, die ich Dir vermache. Sie kennt kein Paradies, keine Belohnungen, außer im eigenen Bewußtsein, im Gewissen ... Geh und verkünde sie zur gegebenen Zeit bei uns, *daheim;* dort hat man einmal meine Sprache geliebt und wird sich meiner vielleicht erinnern.

Ich gebe Dir meinen Segen auf diesen Weg im Namen der menschlichen Vernunft, der persönlichen Freiheit und der brüderlichen Liebe!

Alexander Herzen, *Vom anderen Ufer,* aus der Widmung
Meinem Sohn Alexander, 1969 (1854)

Der *Revolutionär* ist ein relativ neuer Akteur auf der politischen Bühne. Er ist uns so vertraut, daß wir häufig vergessen, wie modern er eigentlich ist. Der Begriff des Revolutionärs selbst wurde im Laufe der Geschichte so übermäßig bemüht, so affektiv besetzt und symbolisch aufgeladen, daß er uns in schillernder Zweideutigkeit entgegentritt. Wie viele politische Gruppierungen haben für sich selbst nicht stolz das Attribut »revolutionär« beansprucht; wie viele Vorfälle wurden nicht als *Werk gefährlicher Revolutionäre* angeprangert und verurteilt; und wie viele Dichter, Maler und religiöse Reformer hat man nicht, in der Regel in lobender Absicht, als »Revolutionäre« in Sachen Dichtung, Kunst und Religion bezeichnet. Der Begriff »Revolutionär« hat nicht nur die bekannte Zweideutigkeit des Wortes geerbt, von dem er abgeleitet ist, sondern sich noch weitere Zweideutigkeiten zugezogen. Da die Konturen der »Bevölkerungsgruppe«, die er bezeichnet, aus diesem Grund höchst verschwommen und fließend sind, scheint es uns angebracht, unserer historischen Skizze über die Revolutionäre oder vielmehr unserem *Gruppenportrait der Revolutionäre* zwischen dem ausgehenden 18. Jahrhundert und dem letzten Viertel des 19. Jahrhunderts einige einleitende Bemerkungen zum Begriff selbst vorauszuschicken.

Beginnen wir mit folgendem Definitionsvorschlag: Revolutionär ist, wer sein politisches Handeln nach Maßgabe eines Revolutionsprojekts bestimmt, denkt und organisiert, oder anders gewendet: wer eine Revolution für nötig hält, um sein politisches Projekt realisieren zu können.[1]

Jede Definition hat etwas Willkürliches an sich, zumal wenn es sich um ein Wort von solcher Vieldeutigkeit und Plastizität handelt. Um unseren Ansatz näher zu erläutern und unseren Gegenstand genauer abzugrenzen, möchten wir daher noch einige Anmerkungen vorausschicken.

1. Obwohl uns durchaus bewußt ist, daß der Begriff »Revolutionär« symbolisch und affektiv stark besetzt ist, wollen wir ihn ausschließlich in einem *beschreibenden,* wertfreien Sinn verwenden. Anders gesagt, es ist hier nicht unsere Aufgabe, zu beurteilen oder zu entscheiden, welche Revolutionäre die *wahren* oder *guten* sind und wer dagegen als »schlechter« oder »Pseudorevolutionär« zu gelten hat. Jede Bestimmung des *wahren* Revolutionärs setzt voraus, daß es nur eine einzige Möglichkeit gibt, sich für die Revolution einzusetzen. Nun ist jedoch gerade die Entscheidung, wer diese Eigenschaft besitzt und über das entsprechende Definitionsmonopol verfügt, für die Revolutionäre selbst eine Streitfrage allerersten Ranges und mithin auch ein Gegenstand nachträglicher Auseinandersetzungen. Der Historiker betrachtet diese Diskussionen hingegen als integralen Bestandteil des Diskurses der Revolutionäre über sich selbst, als wichtiges Element der Identitätssuche der einzelnen Gruppen oder Tendenzen. Das gilt auch für den Begriff der Revolution, wie er im Mittel-

punkt dieser Auseinandersetzungen steht. Sicher müssen wir, wenn wir die Besonderheiten und Unterschiede der einzelnen revolutionären Gruppen fassen wollen, untersuchen, welche Bedeutung sie mit diesem Begriff verbinden, welche Ziele sie verfolgen, welche Handlungsweisen sie als revolutionär gelten lassen, kurz: welcher *Ideologie* sie anhängen. Auch liegt auf der Hand, daß man auf ganz unterschiedliche Weise dazu kommt, sich die Sache der Revolution zu eigen zu machen und Revolutionär zu werden. Wir wollen diese Unterschiede und Besonderheiten gar nicht unterschätzen. Sieht man von der Verschiedenartigkeit der Ideologien und persönlichen Beweggründe jedoch einmal ab, so gibt sich eine bestimmte Vorstellung von Revolution, ein praktisch wirksames Ideen-Bild zu erkennen, an dem sich das Handeln der Revolutionäre und die Wahl der Mittel orientiert. In dem Zeitabschnitt, der uns hier interessiert, bildet die Französische Revolution, was immer an ihr kritisiert werden mochte, die verbindliche *Matrix* oder das gültige Modell von Revolution im Sinn einer radikalen politischen und gesellschaftlichen Veränderung, die die Anwendung von kollektiver Gewalt einschließt. Wir werden darauf noch wiederholt zurückkommen.

2. Die vorgeschlagene Definition betont implizit den modernen Charakter des Revolutionärs. Das Revolutionärsein, ist zuallererst eine *kollektive Seinsweise:* Revolutionär ist man *gemeinsam mit Seinesgleichen* – mit den »Brüdern«, den »Genossen«, dem »Volk« usw. – und *gegen die anderen.* Eine kollektive und moderne Seins- und Handlungsweise ist das Revolutionärsein auch deshalb, weil sich die betreffenden Individuen einzig aus persönlicher Entscheidung und aufgrund *gemeinsamer politischer Auffassungen* zur Gruppe zusammenfinden, ungeachtet ihrer sozialen Herkunft oder religiösen Glaubensvorstellungen, also in völligem Gegensatz zum Gesellschaftsverständnis des Ancien régime, das auf der Beachtung der Ständehierarchie, der Religions- und Berufszugehörigkeit und ähnlichen Kriterien fußte. In der Ständegesellschaft des Ancien régime konnten nur die Freimaurerlogen ihren Mitgliedern dieses neuartige Gesellschaftsverständnis bieten, insbesondere in der zweiten Hälfte des 18. Jahrhunderts. (Allerdings verfolgten die Logen keine explizit politischen Ziele. Andererseits ist es recht aufschlußreich, daß die revolutionären Geheimbünde im zweiten Jahrzehnt des 19. Jahrhunderts

hier ihren Ausgangspunkt nahmen. Wir werden darauf noch zurückkommen.) Modern ist diese Art von Gesellschaftsverständnis auch deshalb, weil es allen Mitgliedern einer revolutionären Gruppe *gleichen Zugang* zur politischen Sphäre gewährt. Insofern nehmen diese Gruppen die Herausbildung eines demokratischen politischen Raumes vorweg – was die Existenz verschiedener gruppeninterner Initiationsebenen und Unterordnungsverhältnisse keineswegs ausschließt. Aus all diesen Gründen darf man eine Söldnerbande, die zum Sturz irgendeiner Regierung engagiert wird, ebensowenig mit Revolutionären gleichsetzen wie einen Putsch oder ein *Pronunciamento* mit einer Revolution. Aus denselben Gründen können nicht sämtliche Aufständischen und Rebellen der Geschichte als Revolutionäre gelten. Ihr Handeln war nicht an einem umfassenden politischen Projekt orientiert, und ihre Gewalt, die vielfach archaische Züge trug, zielte nicht auf eine radikale und umfassende Veränderung der Gesellschaft und ihrer Institutionen: Ein Bauernaufstand ist noch keine Revolution – obgleich Revolutionen häufig von Aufstandsbewegungen begleitet sind. Nur in der Rückprojektion eines eminent modernen Begriffs und Sachverhalts auf die Vergangenheit können ein Spartakus oder ein Pugatschew als *Revolutionäre* gelten.

Wir treffen diese begrifflichen Unterscheidungen nicht aus Pedanterie. Und natürlich wollen wir damit in keiner Weise den gängigen Gebrauch des Begriffs *revolutionär* einschränken. Ein solches Unterfangen wäre nicht nur vergebens, denn man kann von Glück sagen, daß sich die Sprache derartigen Anweisungen nicht fügt. Außerdem würde der Begriff verarmen und seine vielfältigen Funktionen im politischen Diskurs verlieren, wenn man ihn seiner Plastizität und seines geschichtlich erworbenen Bedeutungsumfangs beraubte. Und wie gesagt, liegt es uns fern, die Revolutionäre in »wahre« und »falsche«, gute und weniger gute zu sortieren. Unser Definitionsvorschlag formuliert vielmehr einen *Idealtypus des Revolutionärs,* und seine Funktion besteht einzig darin, die vielfältigen historischen Erscheinungsweisen dieses geschichtlichen Akteurs kenntlich zu machen und aufeinander zu beziehen.

3. Eine letzte Vorbemerkung: Eigentlich müßten wir angesichts der soeben getroffenen begrifflichen Unterscheidungen behaupten, daß die Französische Revolution nicht von *Revolutionären* initiiert und

ausgelöst wurde. Das ist keineswegs als Paradox gemeint. Wir möchten nur betonen – ohne hier in die endlose Diskussion über die Ursprünge der Revolution einzusteigen –, daß den Abgeordneten, die sich im Juni 1789 in Versailles versammelten, anfangs keine *Revolution,* sondern eine *Reform* vorschwebte. Erst durch die Verkettung unvorhergesehener Ereignisse gerieten sie in die Revolution. Die Revolution selbst machte also, einmal in Gang gekommen, einen Teil dieser Abgeordneten zu Revolutionären (genauso wie sie manche Konservative in kurzer Zeit in *Konterrevolutionäre* verwandelte). Wir wollen hier auch nicht die Frage erörtern, wo die demokratische Revolution erfunden wurde und also zum ersten Mal Revolutionäre in Erscheinung traten: ob in England, in den amerikanischen Kolonien oder in Frankreich. Begnügen wir uns mit der Feststellung, daß der Revolutionär im Laufe dieser drei historischen Umwälzungen Gestalt annahm. Indes war es die Französische Revolution, die die Einbildungskraft der Menschen aufgrund der weitreichenden Veränderungen, die sie bewirkte, der Universalität ihrer Prinzipien sowie der Kraft ihrer Symbole in bisher unbekanntem Maß fesselte. Und auch die verschiedenen Modelle des Revolutionärs, die als nachahmenswerte Beispiele in die Vorstellungswelt der Menschen Eingang fanden, stammen aus der Französischen Revolution.

Nach diesen einleitenden Vorbemerkungen wollen wir nun erörtern, welche Bedeutung das Erbe, die Hinterlassenschaft der Revolution, für die Revolutionäre des 19. Jahrhunderts hatte.

Die Revolution erbrachte den unanfechtbaren, weil praktischen Beweis, daß man auch ein jahrhundertealtes Regime aus den Angeln heben kann, daß es mithin möglich ist, revolutionär zu handeln und eine neue Gesellschaft zu errichten, deren Symbol die Republik wurde. Aus diesem Grund wurde die Französische Revolution zum Symbol eines *Willens zur Neugründung,* der, so er nur mit den *universellen Prinzipien* einhergeht, das Unmögliche möglich macht. Sie galt nicht als *eine* Revolution unter vielen anderen – als ein historisches Ereignis unter »ferner liefen« –, sondern als *die* exemplarische Revolution überhaupt, als eine Art allgemeiner Maßstab, der fortan als Bezugspunkt diente. (So widerlegte die Französische Revolution beispielsweise die Überzeugung des 18. Jahrhunderts, die Republik als Regierungsform sei nur für kleine Stadtstaaten geeignet, nicht aber für die großflächigen modernen Staaten.) Besonders überzeugend wirkte diese Konzeption paradoxerweise auch deshalb, weil die Französische Revolution nach allgemeiner Auffassung *in ihrem Elan gestoppt, ja verraten* wurde. Zwar setzte man den Zeitpunkt der »Zerschlagung« oder des »Verrats« je nach politischer Orientierung unterschiedlich an – für die einen war es die Schreckensherrschaft und das Martyrium der Girondisten, für die anderen die Herrschaft der Thermidorianer und die folgende Reaktion, und für wieder andere erfolgte der tödliche Schlag am 18. Brumaire –, doch war man sich über alle Meinungsverschiedenheiten hinweg einig, daß die Revolution ihre Versprechen nicht einlösen konnte, weil sie nicht zu Ende geführt worden war. Man mußte sie also wiederholen beziehungsweise vervollkommnen. So knüpften sich an die Revolution die Bilder ihrer Märtyrer, die ihr junges Leben für sie geopfert hatten und deren Tod in ihr sublimiert aufgehoben war. Sie rief dazu auf, das unvollendete Werk der Revolutionäre fortzuführen und die Hoffnungen der ganzen Menschheit zu verwirklichen. Darüber hinaus trug die Sublimierung des Revolutionärs, die Sublimierung seiner Taten und seiner Zielsetzungen dazu bei, die revolutionäre Gewalt von allem Anstößigen zu säubern, die Erinnerungen an die Schreckensherrschaft zu vertreiben und das Bild des Revolutionärs vor einer Kontamination durch den Terroristen zu bewahren.

So hinterließ die Revolution der gesellschaftlichen Einbildungskraft eine *Erinnerung* und ein *Versprechen*, einen *Mythos* und eine *Utopie*, eine Symbolsprache und eine Eschatologie, kurz: eine *Religion* – um einen Ausdurck von Michelet und Herzen aufzugreifen –, die sich die Revolutionäre zu eigen machten. Daher das mimetische Verhalten der Revolutionäre, zumindest bis 1848. Daher die Nachahmung der heroischen Figuren, von denen die Revolution eine ganze Galerie bereithielt: die Vergniauds und Dantons, die Robespierres und Saint-Justs, die Hingerichteten und Selbstgemordeten, die Frauen auf dem Weg zum Schafott. Die Politik erschien als ungeheure Theaterbühne der Geschichte, auf der das erhabene Drama der Freiheit gespielt wurde. Dabei galten die Heroen nicht nur als Exemplare, sondern auch als Exempel des *neuen und neuerschaffenen Menschen*, den der revolutionäre Diskurs transportierte. Daß er nicht Wirklichkeit wurde, wirkte sich eher zu seinen Gunsten aus, denn dadurch trat er aus der Geschichte heraus, erhob sich zum Symbol und präsentierte sich als allgemeinverbindliches Modell. So etwa in der berühmten Darstellung des revolutionären Menschen durch Saint-Just:

»Ein revolutionärer Mensch ist unbeugsam. Aber er ist bei Sinnen, er ist genügsam; er ist schlicht, ohne den Luxus falscher Bescheidenheit zur Schau zu stellen; er ist der unversöhnliche Feind jeder Lüge, jeder Nachsicht, jeder Gespreiztheit. Da sein Ziel der Triumph der Revolution ist, zensiert er sie nie, aber er verurteilt ihre Feinde, ohne sie je im selben Atemzug mit ihr zu nennen; er beschimpft sie nicht, sondern klärt sie auf; und eifrig auf seine Reinheit bedacht und aus Achtung vor ihr, übt er Zurückhaltung, wenn er von ihr spricht; er beansprucht weniger, der Autorität, das heißt dem Gesetz, gleichgestellt zu sein, als vielmehr den Menschen, allen voran den unglücklichen. Ein revolutionärer Mensch ist voller Ehrgefühl; er ist gesittet, aber nicht geistlos, sondern aus Offenherzigkeit und weil er mit sich selbst im reinen ist; er glaubt, daß Grobheit ein Zeichen von Betrug und Gewissensbissen ist und daß sie einen falschen Charakter durch aufbrausendes Verhalten bemäntelt. Die Aristokraten reden und handeln tyrannisch. Der revolutionäre Mensch tritt den Bösen unnachgiebig entgegen, aber er beweist Feingefühl; so eifrig ist er auf den Ruhm seines Vaterlands und der Freiheit bedacht, daß er nichts unüberlegt tut; er eilt zum Kampf, er bringt die Schuldigen vor Gericht und verteidigt daselbst die Unschuld; er sagt die Wahrheit, damit sie zur Lehre diene und nicht damit sie beleidige; er weiß, daß man, um die Revolution zu festigen, im selben Maße gut zu sein hat, wie man früher schlecht war; seine Rechtschaffenheit ist keine Spitzfindigkeit des Kopfes, sondern eine Eigenschaft des Herzens und eine Sache, die sich von selbst versteht. Zu Hause war Marat stets sanftmütig, nur die Verräter schreckte er. Jean-Jacques Rousseau war Revolutionär, und er war zweifellos nicht unverschämt; ich schlußfolgere, daß der revolutionäre Mensch ein Held an gesundem Menschenverstand und Rechtschaffenheit ist. Wenn ihr euch all diese Dinge zu eigen macht, tretet ihr dem Verderben der Wahrheit entgegen und rettet das Vaterland. Erwartet dafür keine andere Belohnung als die Unsterblichkeit.« (Saint-Just 1968, S. 254f.)

Die Schriftsteller und Historiker, die die revolutionäre Rhetorik im 19. Jahrhundert aufgriffen und maßgeblich zur Ausbildung der Revolutionslegende beitrugen, stellten die Revolution als episches Geschehen und ihre Akteure als Heroen dar, deren Seelengröße der Erhabenheit ihrer Zeit entsprach. Ein Paradebeispiel ist in dieser Hinsicht die *Geschichte der Girondisten* von Lamartine, die im Jahr 1847, einem Wendepunkt in der Geschichte der Revolutionäre, erschien. Das Buch war ein enormer Erfolg und erhitzte die Gemüter am Vorabend der Ereignisse, die in die Revolution von 1848 mündeten. Lamartines Werk, in dem poetischer Elan und historische Erzählung zu einer vollkommenen Einheit verschmelzen, veranschaulicht auf unnachahmliche Weise, mit welcher Emphase man die Revolution damals verherrlichte, Frankreich glorifizierte und der Revolutionäre gedachte. Einen regelrechten Kult trieb man mit ihnen, den Heroen und Märtyrern, den Wegbereitern der Zukunft und Dienern der Menschheit. Tocqueville mochte Lamartine nicht, und die *Geschichte der Girondisten* war ihm geradezu zuwider; aber unfreiwillig bestätigt auch er, welche Ausstrahlung von ihr ausging. So schreibt er in seinen *Erinnerungen:* »Es war die Zeit [der Beginn der Revolution von 1848], als sämtliche Gemüter mit den schreienden Farben verschmiert waren, die Lamartine gerade über die *Girondisten* gegossen hatte. Die Männer der ersten Revolution waren in allen Köpfen lebendig, ihre Taten und Worte allen gegenwärtig.« Romantische Texte wie den von Lamartine kann man nicht zusammenfassen, nichts kann ihren Wortlaut ersetzen. Werfen wir daher einen Blick auf die Zeilen, die der pathetischen Beschreibung der Hinrichtung der Girondisten folgen:

»So sah die letzte Stunde dieser Männer aus. Während ihres kurzen Lebens hegten sie alle Illusionen, die die Hoffnung bereithält; im Angesicht des Todes wurde ihnen das größte Glück zuteil, das Gott den großen Seelen vorbehält: das Martyrium, das sich selbst genießt und den Menschen, der für seine Überzeugungen und sein Vaterland auf dem Blutgerüst endet, zum heiligen Opfer erhebt. Über sie zu urteilen, wäre überflüssig. Ihr Leben und ihr Tod haben das Urteil bereits gefällt. Sie machten sich dreier Fehler schuldig. Der erste war, daß sie nicht kühn nach ihrer Meinung handelten und die Republik nicht schon vor dem 10. August, bei Eröffnung der Gesetzgebenden Versammlung, ausriefen; der zweite, daß sie sich gegen die Verfassung von 1791, die sie ausgearbeitet und auf die sie einen Eid geleistet hatten, verschworen, die nationale Souveränität damit nötigten, als umstürzlerische Partei zu handeln, die Hinrichtung des Königs betrieben und die Revolution zwangen, grausame Mittel anzuwenden; der dritte, daß sie zur Zeit des Konvents regieren wollten, wo sie hätten kämpfen müssen. Sie hatten drei Tugenden, die in den Augen der Nachwelt so manchen Fehler aufwiegen: Sie verehrten die Freiheit; sie gründeten die Republik, die vorweggenommene Wahrheit zukünftiger Regierungen; und schließlich starben sie, weil sie dem Volk weiteres Blutvergießen verweigerten. Das Urteil ihrer Zeit lautete auf Tod. Das Urteil der Zukunft wird auf Ruhm und Verzeihung lauten. Sie starben, weil sie nicht zulassen wollten, daß die Freiheit sich beschmutze, und die Erinnerung an sie wird die Inschrift tragen, die Vergniaud, ihre Stimme, mit bloßer Hand in das Mauerwerk seines Kerkers ritzte: *Lieber tot, als ein Verbrecher.*« (Lamartine 1984, Bd. II, S. 536f.)

Und noch ein Auszug aus der Schlußbemerkung der *Geschichte*, ein Lobgesang auf die Revolution, auf jene große Zeit und ewig reine Sache, die die einstigen Widersacher in postumem Ruhm versöhnt:

»Mit Robbespierre und Saint-Just geht die große Zeit der Revolution zu Ende. Die zweite Rasse der Revolutionäre tritt auf. Die Republik sinkt von der Tragödie in die Intrige, vom Spiritualismus in den Ehrgeiz, vom Fanatismus in die Habgier hinab. Halten wir in diesem Augenblick, da alles wieder zusammengeflickt wird, einen Moment inne und betrachten wir, was einst so groß war.

Die Revolution hat nur fünf Jahre gedauert. Diese fünf Jahre bedeuten für Frankreich fünf Jahrhunderte. Noch nie vielleicht auf dieser Erde, zu keiner Zeit nach der Fleischwerdung der christlichen Idee, brachte ein Land in einem so kurzen Zeitraum eine ähnliche Eruption von Ideen, Männern, Naturen, Charakteren, Genies, Talenten, Verbrechen und Tugenden hervor wie während jener fieberhaften Arbeit an der sozialen und politischen Zukunft, die nach dem Namen Frankreichs benannt ist. [...] Man ist stolz auf eine Menschenrasse, der es die Vorsehung ermöglichte, solche Gedanken zu fassen, stolz darauf, Kind eines Jahrhunderts zu sein, das den menschlichen Geist zu solchen Aufschwüngen trieb. Man rühmt Frankreich für seine Intelligenz, für seine Rolle, für seine Seele, für sein Blut! Die Köpfe dieser Menschen fallen einer nach dem anderen, die einen zu recht, die anderen zu unrecht; doch alle fallen beim Werk. Es wird angeklagt und freigesprochen. Es wird geweint und verflucht. Die Menschen sind unschuldig oder schuldig, herzergreifend oder kühn, Opfer oder Henker. Die Handlung ist groß, und die Idee schwebt über ihren Mitteln wie die ewig reine Sache über den Schrecken des Schlachtfelds. Nach fünf Jahren ist die Revolution nur noch ein großer Friedhof. Auf dem Grabstein jedes Opfers steht geschrieben, wodurch es sich auszeichnete. Auf dem einen, *Philosophie.* Auf dem anderen, *Redegewandtheit.* Auf diesem, *Genie.* Auf jenem, *Mut.* Hier, *Verbrechen.* Dort, *Tugend.* Auf allen aber steht geschrieben: *Ein Diener der Menschheit, gestorben für die Zukunft.*« (Lamartine 1984, Bd. II, S. 922f.)

Dieser Mythos und diese Erinnerung gewannen um so mehr Bedeutung, als die »erste Rasse der Revolutionäre« die Fackel nicht unmittelbar an die jungen Revolutionäre des 19. Jahrhunderts weiterreichte. Zwar finden sich unter den liberalen Oppositionellen der Restaurationszeit auch einige Überlebende des Konvents, darunter Daunou und Grégoire; aber die jungen Verschwörer dieser Zeit zählten in ihren Reihen bis auf wenige bedeutende Ausnahmen keine Überlebenden der Revolution, obwohl auch sie bestimmte Revolutionäre als Vorgänger für sich in Anspruch nahmen. Das Schicksal der Königsmörder ist in dieser Hinsicht besonders erhellend. Die Königsmörder, die sich während der Herrschaft der Hundert Tage

Napoleon anschlossen, wurden unter der Zweiten Restauration im Jahr 1816 bekanntlich zum Exil verurteilt. So fanden sich mehr als einhundert ehemalige Konventsmitglieder in der Verbannung wieder (Luzzato 1988). Kaum ein Land bot ihnen Asyl, mit Ausnahme der Schweiz, der Vereinigten Staaten und vor allem Belgien. Viele von ihnen gingen nach Brüssel, da unweit von Frankreich gelegen. Bildeten die Königsmörder schon 1793 einen bunt zusammengewürfelten Haufen – ihre Gemeinsamkeit reduzierte sich auf eine einzige Handlung, ihr Votum für die Hinrichtung Ludwigs XVI. –, so war die Gruppe 23 Jahre später völlig zerfallen. Sie waren zwar alle gealtert, die meisten gingen auf die Sechzig zu, galten somit damals als Greise, aber biographisch standen sie sich kaum nahe. Im Gegenteil, so unterschiedlich war ihr Werdegang, daß sie sich in entgegengesetzten Lagern wiederfanden. Sie duzten sich zwar, wenn sie sich zufällig begegneten, aber das war kein Zeichen fortwährender Gemeinsamkeit, sondern eher eine Art Überrest, eine überkommene Gewohnheit aus der Zeit der Schreckensherrschaft. Was hatten ein Cambacérès und ein Levasseur, die sich beide in Brüssel wiederfanden, schon noch gemeinsam? Der eine machte vor allem nach der Herrschaft der Thermidorianer Karriere und wurde nach dem 18. Brumaire Zweiter Konsul. Napoleon, dem er als treuer Berater zur Seite stand, überhäufte ihn für seine Dienste mit Auszeichnungen, verlieh ihm das Großkreuz der Ehrenlegion und ernannte ihn zum Erzkanzler des Kaiserreichs, zum Herzog von Parma, zum Präsidenten des Staatsrats und zum Mitglied des privaten Kaiserrats. So kam er als wohlhabender Mann in eigener Karosse mit zahlreicher Dienerschaft und seinen reichgeschmückten Gewändern, die ihm so sehr am Herzen lagen, in Brüssel an. (Unter den Exilanten machte die Anekdote die Runde, seine Dienstleute könnten sich einfach nicht erklären und machten große Augen, daß seine Exzellenz sich herabläßt, irgendwelche armen, schlechtgekleideten Teufel zu empfangen, denen man die Not ansah und die ihn zu allem Überfluß auch noch duzten und ihm kräftige Klapse auf den Rücken versetzten). Levasseur war Jakobiner, gehörte der Bergpartei an und organisierte im Auftrag des Wohlfahrtsausschusses in mehreren Départements den Terror. Nach dem 9. Thermidor leistete er der »antiterroristischen« Repression Widerstand und wurde im Anschluß an den mißlungenen Volksaufstand im Germinal des Jahres III verhaftet. Ein Jahr später wieder auf freiem Fuß, schloß er sich weder dem Konsulat noch dem Kaiserreich an, sondern zog sich nach Le Mans zurück, wo er seinen Beruf als Gynäkologe ausübte. Nach seiner Verbannung lebte er mittellos in Brüssel; erst die Juli-Revolution erlaubte ihm, nach Frankreich zurückzukehren.

Die geächteten Königsmörder sahen sich ununterbrochen mit ihrer Vergangenheit konfrontiert. Selbst wenn sie sie vergessen wollten – allein ihr Exildasein erinnerte sie immer wieder daran. Zur Zeit der Restauration trugen sie die Erinnerung an ihr todbringendes Votum wie einen Schandfleck mit sich herum. Dabei verkörperten sie doch die lebendige Erinnerung an die Revolution. In den Cafés in Brüssel kreiste ihr Gespräch immer wieder um die Tage, die sie gemeinsam erlebt hatten, und viele von ihnen schrieben an ihren Memoiren, suchten ihr einstiges Vorgehen zu erklären oder verfaßten ideologische Testamente. Die einen ließen die alten Gegensätze und Streitfragen wieder aufleben und traten weiterhin als Girondisten, Robespierristen, Dantonisten usw. auf. Die anderen ließen diese Auseinandersetzungen auf sich beruhen und ergingen sich im parteienübergreifenden Gefühl, dem Konvent angehört und eine außergewöhnliche Epoche erlebt zu haben. Sie alterten und starben nicht als Revolutionäre, sondern waren gealterte, müde und verbitterte Revolutionäre, die sich der Vergangenheit zuwandten. Ihr banales Ableben stand in eigenartigem Kontrast zu dem heroischen und erhabenen Tod der von Lamartine so sehr bewunderten »ersten Rasse der Revolutionäre« auf dem Blutgerüst.

Victor Hugo setzte dem prosaischen Tod der ehemaligen Konventsmitglieder ein pathetisches, symbolträchtiges Denkmal. In den *Elenden* stattet der Bischof Myriel dem Konventsmitglied G., das allein und verlassen in einer ärmlichen Hütte lebend dem Tod entgegensieht, einen Besuch ab und ist tief beeindruckt von der Seelengröße dieses alten Mannes, der der Revolution und der Republik, für die er gekämpft hat, noch im Angesicht des Todes treu bleibt. Für die Hinrichtung Ludwigs XVI. habe er nicht gestimmt, wohl aber, wie er stolz behauptet, für den Tod des Tyrannen:

»Ich meine, daß der Mensch einen Tyrannen hat: die Unwissenheit. Diesen habe ich dem Tod überantwortet. Er hat das Königtum erzeugt, die aus dem Falschen geschöpfte Macht, im Gegensatz zum Wissen, der dem Wahren entstammenden Macht. [...] Ich war für das Ende des Tyrannen, das heißt dafür, daß die Erniedrigung der Frau, die Knechtschaft des Mannes und das umnachtete Dasein der Kinder ein Ende nahmen. Als ich für die Republik stimmte, trat ich für diese Ziele ein.« (Hugo 1968, S. 55)

Der im Sterben liegende Mann ist sich der Wechselfälle der Revolution, des Wendepunkts 1793 und der folgenden Schreckensherrschaft wohlbewußt. Er heißt sie nicht gut, akzeptiert sie aber als eine Art Fatalität, die unvermeidlich über die Jahrhunderte währende Unterdrückung des Volkes hereinbrechen mußte, wie ein Donnerschlag, der eine Wolke platzen läßt. Für das Wesentliche aber, die sakrale Dimension der Revolution, steht das alte Konventsmitglied noch auf seinem Sterbebett ein, wie es in den letzten Strahlen der untergehenden Sonne liegt. Sein Glaube an sie, seine persönliche Religion, ist unerschütterlich. Er stirbt wie ein Heiliger, und der Bischof selbst verneigt sich vor ihm.

»Auch das Recht kann zornig sein, Herr Bischof, und der gerechte Zorn gehört mit zum Fortschritt. Doch wie dem auch sei, die Französische Revolution ist trotz allem der mächtigste Fortschritt der Menschheit seit der Geburt Christi. Unvollkommen gewiß, aber erhaben. Sie hat alle unbekannten sozialen Kräfte freigemacht. Sie hat die Geister besänftigt, sie hat beruhigt, beschwichtigt, aufgeklärt. Sie hat Fluten der Zivilisation über die Erde ergossen. Sie war heilsam. Die Französische Revolution ist die Krönung der Menschheit.« (Hugo 1968, S. 56)

Geheimbünde und Barrikaden

Während der 16jährigen Restauration und der 18jährigen Juli-Monarchie konnten die jungen Leute, die in den 20 Jahren um die Jahrhundertwende geboren wurden, noch dem ein oder anderen Überlebenden der »ersten Rasse der Revolutionäre« begegnen.[2] Je mehr Zeit jedoch verstrich, desto seltener wurden die unmittelbaren Zeitzeugen, und so konnte die revolutionäre Tradition nur noch über Bücher weitergereicht werden. Die Revolution wandelte sich langsam aus einer lebendigen Tradition zur Geschichte und trat nun in Gestalt einer immer umfangreicher werdenden historischen Literatur auf, die die widersprüchlichen Erinnerungen der Beteiligten zu einem Epos verarbeitete, deren vornehmster Heros die Nation war. Zwar legitimierte diese Literatur nicht diese oder jene revolutionäre

Tendenz, aber sie bot derartigen Rechtfertigungsversuchen ausreichend Stoff. Sie integrierte das revolutionäre Ideal und Handeln in die Geschichte, ließ es aus dem »Lauf der Dinge« hervorgehen und trug damit zu seiner Rehabilitation bei. So wurde die Revolution zu einer »brauchbaren Vergangenheit« gemodelt, die sich gegen die »Fremddynastie« und die Tradition, auf die sich die Restauration berief, trefflich ins Feld führen ließ. (Vgl. Spitzer 1993, S. 345f.) Die ersten umfangreichen historischen Darstellungen der Revolution von Thiers (1823-27) und Mignet (1824) konnten durchaus unter diesem Blickwinkel gelesen werden. Möglich war aber auch eine andere Lektüre: Sollte sich der »Lauf der Dinge«, die die Revolution unvermeidlich aus sich hervortrieben, mit der Rückkehr der Bourbonen geändert haben? Oder zeigt sich bei näherer Untersuchung der Gegenwart, daß die Zeichen der Zeit immer noch auf Revolution stehen und eben diese Rückkehr nichts als ein Abweg ist, eine Fessel, die die gedemütigte Nation abzuwerfen hat? Die Memoiren und Erinnerungen der Akteure der Revolution ließen die heroische Vergangenheit wieder aufleben und brachten den Kontrast zwischen den Leidenschaften der freien Nation und der traurigen Mittelmäßigkeit eines Lebens ohne Ideal, in dem sich die Mächte der Vergangenheit gegen das zukunftsträchtige Frankreich durchgesetzt hatten, schmerzhaft zu Bewußtsein. Sie riefen in Erinnerung, daß die Republik für Frankreich kein bloßes Trugbild war, daß Frankreich sie nicht nur gekannt, sondern in verschiedenen Ausführungen durchgearbeitet hatte, in Gestalt der Republik von 1792 ebenso wie in Form der Direktorialverfassung. Ein kein geringes Verdienst, denn wie Chateaubriand notierte, hatten während der Restauration viele Menschen Angst vor der Trikolore: »Leute, die [...] den 10. August und den 2. September erlebt haben, stehen für immer unter dem Eindruck des Terrors.« (Chateaubriand 1968, S. 562)

Im Jahr 1829 erschien *Babeuf und die Verschwörung für die Gleichheit* von Philippe Buonarroti (1975), ein Werk, das für die Bildungsgeschichte der Revolutionäre von großer Bedeutung war, was nicht nur dem Inhalt des Buches zu verdanken ist, sondern auch mit der Persönlichkeit des Verfassers zusammenhängt. Ohne ins Detail zu gehen, möchten wir im folgenden einige Leitgedanken daraus vorstellen. Das Werk erinnerte an Babeuf und seine Gefährten und stellte erstmals ihr Programm und die Geschichte ihrer Verschwörung von 1795-1796 vor, an der Buonarotti selbst maßgeblich beteiligt war. Doch handelt das Buch, durch das der *Klub der Gleichen* in die Revolutionslegende Eingang fanden, nicht nur von vergangenen Ereignissen. Das Programm der *Gleichen* wurde als historisches Dokument, aber auch als Gesellschaftsprojekt vorgestellt, das in seinen Grundzügen und Prinzipien immer noch gültig sei. Da war zunächt die *Gütergemeinschaft* und somit die Abschaffung des Privateigentums, die man als wesentliche Vorbedingungen »wirklicher Gleichheit«, sozialer Gerechtigkeit und tatsächlicher Volkssouveränität betrachtete. Die Funktionsweise dieses kollektivistischen Gemeinwesens wurde im übrigen lang und breit ausgeführt und nach Art utopischer Erzählungen detailliert beschrieben. So hätte die Verschwörung von Babeuf nach Auskunft des Verfassers zur Verschmelzung der Republik mit kommunistischen Ideen geführt; anders ausgedrückt: sie hätte die kommunistischen Ideen zum sozialen Inhalt der Republik gemacht. Darüber hinaus rehabilitierte Buonarroti das Erbe Robespierres, verteidigte die Diktatur und das Werk der Bergpartei, verurteilte den 9. Thermidor als konterrevolutionäres Komplott, das die Revolution verriet und zerschlug, und knüpfte freimütig an die Schreckensherrschaft an, die ihm als Regierungsform galt. Die »heilige Gleichheit« erfordere vorübergehend die Einrichtung einer revolutionären Diktatur und die Anwendung der bewährten Methoden der Schreckensherrschaft: die Verhaftung der Regierungsmitglieder, die massive Unterdrückung der Konterrevolutionäre und »Verdächtigen« sowie die Wiedereinsetzung des alten terroristischen Personals, das von der Reaktion verfolgt wurde. Darüber hinaus findet sich in dem Buch eine Beschreibung der Verschwörung selbst, ihrer Strukturen, ihrer Organisation und ihrer Regeln. Ziel der Verschwörung war der gewaltsame Sturz des Direktoriums und die Errichtung eines neuen Regierungssystems. Die Vorbereitung hatte unter größter Geheimhaltung zu geschehen und lag in der Hand einer pyramidenförmig strukturierten Organisation. Nur das Wohlfahrtsdirektorium an der Spitze der Organisation, bei dem sämtliche Informationen zusammenliefen, war befugt, Entscheidungen zu treffen und Initiativen zu ergreifen. Die von ihm ernannten Revolutionsagenten, die ihm direkt unterstanden, hatten den Auftrag, in den Pariser Arrondissements und in bestimmten Militärorganisationen verläßliche Männer zu finden und auf die Aktion vorzubereiten. Auf ein Signal von oben sollte sich diese Maschine in Gang setzen und planmäßig eine »revolutionäre Journée« auslösen, der sich das Volk, aufgestachelt durch mündliche Propaganda und schriftliche Aufrufe, anschließen würde, so daß der Sieg sicher wäre. Die absolute Geheimhaltung, die als Garant des Erfolgs galt, sollte durch die hierarchische Gliederung der Organisation gewährleistet werden. Nur eine kleine Zahl von Verschwörern kannte die Mitglieder des Direktoriums, das seinen Aufenthaltsort ständig wechselte. Die Mitglieder der verschiedenen Gruppen durften einander nicht kennen, und sämtliche Namen und Mitteilungen mußten verschlüsselt werden. Daß die Verschwörung scheiterte, lag nach Buonarroti einzig daran, daß die Organisation nicht dicht war und die Polizei einen Verräter einschleusen konnte. Ansonsten seien alle Voraussetzungen eines Erfolgs erfüllt gewesen: die Führer gut ausgebildet, die Maschine gut geölt, und was dergleichen mehr ist. Das Volk hätte nur auf ein Signal gewartet, um den Aufständischen zu folgen. Buonarrotis Abhandlung stellt sich mithin als Handbuch für die perfekte Durchführung einer Verschwörung und den Aufbau einer revolutionären Geheimgesellschaft dar. Der Leser konnte sogar den Eindruck gewinnen, ihr bereits anzugehören. So nennt Buonarroti die Namen mancher leitender Akteure der Verschwörung für die Gleichheit nur in verschlüsselter Form, weil sie noch am Leben seien und die Bekanntgabe ihrer wirklichen Namen ihnen schaden oder sie gar zum Austritt aus der Organisation bewegen könnte (eine im übrigen völlig überflüssige Vorsichtsmaßnahme, da die Codenamen ziemlich leicht zu entschlüsseln und die Mitglieder der 30 Jahre zurückliegenden Verschwörung der Polizei längst namentlich bekannt waren).

Um die ganze Bedeutung dieser Abhandlung zu ermessen, muß man bedenken, daß sich Buonarroti nicht nur an der Verschwörung für die Gleichheit beteiligt hat. Bei Erscheinen seines Buches stand er bei den französischen und italienischen Revolutionären in hohem Ansehen. Er galt als Mentor, als Meister der Verschwörung, und tatsächlich gab es kaum eine Verschwörung, in die er nicht direkt oder indirekt verwickelt war. Da das Buch aus der Feder von Buonarroti stammte, handelte es nicht nur von vergangenen Ereignissen, sondern wandte sich der Zukunft zu und rief zum Handeln auf. Ein Aufruf, der um so nachdrücklicher vorgetragen wurde, als der Geheimbund der Carbonari nach einem fehlgeschlagenen Aufstandsversuch demoralisiert daniederlag. Die *Verschwörung für die Gleichheit* ließ die alten Kämpfe wieder aufleben und heizte die Gemüter für das nächste Gefecht an. Wenige Monate später brach die Juli-Revolution aus, was Buonarroti freilich nicht voraussehen konnte. Seine Abhandlung wurde ein großer Erfolg. Die Gesamtauflage soll sich auf 30.000 Exemplare belaufen, für die damalige Zeit eine ungeheure Zahl, die wohl kaum zutrifft (aber selbst wenn man nur von der Hälfte ausgeht, kann man von einem großen Verkaufserfolg sprechen). Im Jahr 1836 erscheint das Buch in englischer Sprache, und 1844 nimmt ein junger deutscher Doktor der Philosophie eine Übersetzung ins Deutsche in Angriff: Es war kein anderer als Karl Marx.

»Die Karriere als Verschwörer ist die schwierigste, aber auch die verdienstvollste überhaupt, und man soll sich gründlich prüfen, bevor man sie ergreift«, gab Buonarroti den Revolutionslehrlingen zu bedenken, die ihn um Rat fragten. Im Europa der Heiligen Allianz lagen Verschwörungen und Geheimbünde in gewisser Weise in der Natur der Sache. Die argwöhnischen und autoritären Monarchien, die keinerlei demokratischen Raum zuließen, die Presse- und Meinungsfreiheit beschränkten, jeder politischen Vereinigung mit Mißtrauen begegneten und alles liberale Gedankengut fürchteten, zwangen ihre Gegner geradezu, im Untergrund zu arbeiten. Sobald die Geheimgesellschaften jedoch einmal existierten, pflanzten sie sich wie von selbst fort und entwickelten ihre eigene Tradition. Buonarroti, der es wissen mußte, führte dazu aus, daß eine »Geheimgesellschaft in ihren Grundsätzen und Zielen zwar demokratisch ist, ihre Formen und ihre Organisation jedoch nicht die der Demokratie sein können«.

In den Jahren zwischen 1815 und 1848 waren Geheimgesellschaften überall in Europa zu finden, in Frankreich, Rußland, Österreich und Polen ebenso wie in den italienischen und deutschen Kleinstaaten. Ihre wechselhafte und vielschichtige Geschichte nachzuzeichnen, ist hier nicht der Ort. Begnügen wir uns also mit einem kurzen Abriß und einigen chronologischen Daten.

Die 20er Jahre des 19. Jahrhunderts standen in Frankreich und Italien im Zeichen des Geheimbunds der Carbonari (die Kohle symbolisierte, mit welcher Glut der Leidenschaft die Carbonari, die sich gegenseitig als »gute Vettern« anredeten, entschlossen waren, die Flamme der Freiheit zu schüren). Sie bildeten die bedeutendste Geheimgesellschaft Süd- und Norditaliens und hatten ihre hierarchische Organisation den Freimaurerlogen entlehnt. Sie erkannten einander und kommunizierten mit Hilfe eines Zeichensystems, das ihnen Identität verlieh. Nach der Flucht Murats und der Rückkehr der Monarchen auf den Thron beider Sizilien entwickelten sich die Carbonari zu einer liberalen Bewegung, die das Ziel verfolgte, die Österreicher, die als Schutzmacht autoritärer Monarchien auftraten, aus dem Land zu jagen und einen Verfassungsstaat zu gründen. Im Jahr 1820 lösten die Carbonari eine Revolution aus, die von einem Teil der Armee unterstützt wurde und wie ein Lauffeuer das gesamte Königreich ergriff. König Ferdinand I. sah sich genötigt, einer Verfassung zuzustimmen, und die Truppen der Aufständischen bemächtigten sich der Stadt Neapel. Der Sieg der Revolutionäre währte nicht lang. Österreich, das der Revolution und den liberalen Reformen von Anfang an feindselig gesinnt war, entschloß sich nach anfänglichem Zögern, mit Zustimmung des Königs Truppen zu entsenden. Die Revolution wurde im Keim erstickt, Neapel fiel am 23. März 1821, und die folgende Welle der Unterdrückung, die von zahlreichen Hinrichtungen und Verhaftungen begleitet war, zwang zahlreiche Verschwörer zur Flucht ins Exil. Die wenigen, die nach dieser Niederlage im Land blieben, setzten ihre Aktivitäten vor allem im Kirchenstaat fort, so daß Papst Pius VII. die Carbonari und alle, die mit ihnen zusammenarbeiteten, noch im selben Jahr exkommunizierte.

Zwei junge Freimaurer namens Joubert und Dugied, die sich bereits an der Opposition gegen die Restauration beteiligt und während ihres anschließenden Aufenthalts in Italien den Carbonari angeschlossen hatten, importierten den Carbonarismus nach Frankreich. (Übrigens ist nicht auszuschließen, daß sie das Ritual und die Organisation der Carbonari nur reimportiert haben. Möglicherweise war ein erster Geheimbund dieser Art bereits in den ersten Jahren des 19. Jahrhunderts in der Franche-Comté tätig, und vielleicht haben einige Franzosen die Organisationsform anschließend in Süditalien bekannt gemacht.) Nach den ersten Versammlungen der Carbonari in Paris im März 1821, bei denen Buchez und Bazard eine maßgebliche Rolle spielten, konnte sich der Geheimbund, der mit wenigen Veränderungen das italienische Modell übernahm, rasch ausbreiten. Er wirbt unter den Studenten und ehemaligen Offizieren der kaiserlichen Armee neue Mitglieder und faßt in manchen Einheiten der Armee Fuß. Ausgehend von Paris erstreckt sich das Netz der Carbonari schon bald über mehrere Provinzstädte. Um der Verschwörung Prestige zu verschaffen, suchen die Gründungsmitglieder Unterstützung bei der liberalen Opposition, und das nicht ohne Erfolg, denn es gelingt ihnen, mehrere hochstehende Persönlichkeiten, darunter La Fayette, dessen Sohn, die Abgeordneten Voyer d'Argenson und Manuel sowie den elsässischen Industriellen Koechlin zu gewinnen. Im Dezember 1821 und im Februar des folgenden Jahres starten die Carbonari in Belfort, Saumur und anderen Städten mehrere Aufstandsversuche, die mit einer Niederlage enden. Die anschließende Repression war außerordentlich hart, während der Prozeß und die öffentliche Hinrichtung der »vier Unteroffiziere von La Rochelle« in der Öffentlichkeit großen Widerhall fanden – wir werden darauf noch zurückkommen. Von dieser Niederlage erholten sich die französischen Carbonari nie wieder. Manche Aktivisten wandten sich anderen Formen der politischen Tätigkeit zu und schlossen sich, wie etwa Bazard, dem Saint-Simonismus an.

Im folgenden wollen wir kurz die russischen Geheimgesellschaften erwähnen, die *Dekabristen,* deren Aktivitäten im militärischen Aufstandsversuch vom 26. Dezember 1825 gipfelten. Nach dem Sieg über Napoleon organisierten sich zwischen 1816 und 1825 eine Reihe von liberal gestimmten Offizieren in verschiedenen, den Freimaurerlogen nachgebildeten Geheimbünden – darunter die *Heilsunion*, der *Bund der treuen Söhne des Vaterlands,* der *Südbund* und der *Nordbund*; sie standen nicht mit den französischen und italienischen Geheimgesellschaften in Kontakt. In den Anfangsjahren diskutierte man in diesen Gesellschaften vor allem über verschiedene Reformprojekte, insbesondere über die Einführung einer Verfassungsordnung, faßte aber auch eine Militäraktion ins Auge. Nach dem plötzlichen Tod von Alexander I. zettelten die Verschwörer mit einem Teil der Truppen von Sankt Petersburg einen Aufstand an. Die Gardetruppen, die in Reih und Glied auf dem Platz vor dem Senat von Sankt Petersburg aufmarschiert waren, um sich auf den neuen Zaren Nikolaus I. vereidigen zu lassen, weigerten sich, angestiftet von ihren Offizieren, der Aufforderung Folge zu leisten. Der Aufstand wurde mit Kartätschen niedergeschlagen, und mehr als 200 Soldaten, die über das Vorhaben der Verschwörer nicht im Bilde und lediglich dem Befehl ihrer Offiziere gefolgt waren, wurden hingerichtet. Ein Sondergericht verurteilte die fünf Anführer der Verschwörung – Pestel, Rylejew, Murawjow-Apostol, Bestushew und Kachoskij – zum Tod durch Vierteilung. Der Zar wandelte die Strafe in eine zivilisiertere um: Am 25. Juli 1826 wurden die Fünf gehenkt. Rund 300 weitere Verschwörer wurden zur Deportation, zu Zwangsarbeit, mehrjähriger Festungshaft u.ä. verurteilt.

Die Juli-Revolution von 1830 öffnete einen gewissen Freiraum und machte die Geheimgesellschaften, wenn auch nur für einen Augenblick, überflüssig. Es entstanden zahlreiche politische Vereinigungen und Klubs, die allerdings der Genehmigung bedurften, darunter die *Gesellschaft für Ordnung und Fortschritt,* die *Gesellschaft der politischen Häftlinge* und die *Gesellschaft des wiedererwachten Frankreich.* Am 30. Juli wird in Paris die bedeutendste dieser Vereinigungen gegründet, die offen republikanisch auftretende *Gesellschaft der Volksfreunde,* zu deren Gründungsmitgliedern auch die ehemaligen Carbonari Buchez, Blanqui und Trélat gehören und deren öffentliche Versammlungen bis zu 1 000 Personen anziehen. Nach ihrem Verbot im Dezember desselben Jahres bedurfte man einer geheim agierenden Ersatzgesellschaft, die im April 1833 aus der Taufe gehoben wurde. Die *Gesellschaft der Menschen- und Bürgerrechte,* die sich am Vorbild der Jakobinerklubs orientierte, bestand aus der Pariser Muttergesellschaft, die bis zu 3 000 Miglieder zählte, und zahlreichen Tochtergesellschaften in verschiedenen Départements, wobei die Lyoner Sektion zu den bedeutendsten gehörte. Das öffentliche Begräbnis des General Lamarque, der sich in den Kriegen der Revolutions- und Kaiserzeit ausgezeichnet hatte und seit 1828 die republikanische Opposition anführte, wurde zum Ausgangspunkt des ersten republikanischen Aufstands unter der Juli-Monarchie, der vom 5.-6. Juni 1832 dauerte. Überall auf den Barrikaden und in den Straßenkämpfen spielten die *Volksfreunde* eine herausragende Rolle. Eine Weile konnten sie dem Feuer der Artillerie standhalten, dann aber brach der Aufstand zusammen. Im April 1934 startete die *Gesellschaft der Menschen- und Bürgerrechte* einen weiteren Versuch, zunächst in Lyon (9.-12. April), anschließend in Paris (13. April), aber beide wurden von der Armee brutal unterdrückt.

Wenige Monate nach dieser Niederlage wurde auf den Trümmern der *Gesellschaft der Menschen- und Bürgerrechte* unter maßgeblicher Beteiligung von Barbès und Blanqui die *Gesellschaft der Familien* gegründet. Trotz ihrer äußerst strengen Konspirationsregeln und einer effizienten Organisation wurden die »Familien« im März 1836, noch bevor der nächste bewaffnete Aufstand vorbereitet war, von der Polizei entdeckt und aufgelöst. Aus den Überresten der »Familien« entstand unter abermaliger Leitung von Blanqui die *Gesellschaft der Jahreszeiten.* Nach sorgfältigen Vorbereitungen und intensiven Übungen lösten die »Jahreszeiten« am 12. Mai 1939 den letzten republikanischen Aufstand der Juli-Monarchie aus. Auch er schlug fehl. Die Anführer wurden verhaftet und zu langjährigen Gefängnisstrafen verurteilt. Die Gesellschaft wurde gleichwohl wieder aufgebaut, beschränkte sich aber bis zur Revolution von 1848 in erster Linie auf propagandistische Aktivitäten.

Bevor wir die Aktivitäten und die Funktionsweise der Geheimbünde etwas eingehender untersuchen, wollen wir uns als weiterem bedeutenden Phänomen in der Geschichte der Revolutionäre kurz der *Internationalisierung* der Geheimgesellschaften zuwenden. Sie findet vor allem in der Organisation des *Jungen Europa* ihren Ausdruck, die auf Initiative von Mazzini 1834 von einer Gruppe politischer Exilanten in der Schweiz gegründet wurde. Mazzini, der den Carbonari angehörte, war nach seiner Verhaftung und Verbüßung einer Gefängnisstrafe nach Frankreich ausgewiesen worden. Als Konsequenz aus der Niederlage des Carbonarismus gründete er im Jahr 1831 das *Junge Italien,* das sich ein freies, vereinigtes und republikanisches Italien zum Ziel setzte. Die neue Organisation nutzte den größeren Handlungsspielraum in den mehr oder weniger liberal verfaßten Ländern, zu denen nach der Juli-Revolution außer der Schweiz und England auch Frankreich gehörte. So ließ Mazzini seine Zeitschrift, die ebenfalls *Junges Italien* hieß, im Ausland drukken und in Italien illegal verbreiten. Aus den Überresten des Geheimbunds der Carbonari rekrutierte er in Italien ein Netz von Anhängern. Die Gesellschaft blieb weiterhin geheim, aber das Zeremoniell und die Riten, die den Carbonari so viel bedeuteten, wurden vereinfacht, und die Aktivitäten konzentrierten sich auf die Vorbereitung eines bewaffneten Aufstands. Sämtliche Versuche, die in diesem Sinn zwischen 1834 und 1848 vom Ausland aus gestartet wurden, schlugen jedoch fehl. Mazzini gründete 1834, wie gesagt, die Organisation *Junges Europa,* in der sich polnische, deutsche und griechische

Exilanten und einige Schweizer zusammenfanden. Sinn und Zweck war die Bildung »einer Vereinigung der Unterdrückten gegen die Unterdrücker, gleichgültig aus welchem Land sie stammen«, ein Zusammenschluß nationaler Gesellschaften, die sich jeweils *Junges Polen, Junges Deutschland* usw. nannten und eine Art Heiliger Allianz der unterdrückten Völker symbolisieren sollten. Es grenzte sicher an Selbstbetrug, wenn Mazzini glaubte, die Handvoll Exildemokraten, die ihm zufällig über den Weg liefen, repräsentierten mehr als sich selbst und die Hoffnungen, die sie in die Zukunft ihres jeweiligen Volks setzten, denn die Handlungsmöglichkeiten dieser Gruppen waren äußerst begrenzt. Doch sollte die Idee revolutionärer Solidarität schon bald Schule machen. So bildeten die polnischen Emigranten, die nach der Niederlage des Aufstands von 1830 vor allem in Frankreich, aber auch in Belgien, England und der Schweiz Asyl fanden, ein Reservoir an Revolutionsführern, denen man auf sämtlichen Barrikaden Europas begegnen konnte.

Kommen wir indes auf unsere Anfangsfrage zurück: Was bedeutet es in dieser Zeit der Geheimgesellschaften, Revolutionär zu sein? Revolutionär sein, so behaupteten wir eingangs, ist eine kollektive Erfahrung, die man *gemeinsam mit Seinesgleichen* und *gegen die anderen* macht. Nun erfolgte die Ausbildung und Reproduktion der Revolutionäre trotz ihrer zahlreichen Niederlagen nirgendwo anders als in den Geheimgesellschaften. Teilantworten auf die Frage, was die Revolutionäre machen beziehungsweise was einen Menschen zum Revolutionär macht, wie man dazu wird, lassen sich daher am besten ausgehend von den Handlungsformen und symbolischen Diskursen, von den Vorstellungen und Praktiken der Geheimbünde geben. Als Untersuchungsmaterial sollen uns die erwähnten französischen Geheimbünde dienen. Dabei geht es uns nicht so sehr darum, die charakteristischen Züge dieser oder jener Gesellschaft herauszuarbeiten, als vielmehr um eine Art Kollektivbiographie der Revolutionäre dieser Zeit. Wir werden uns im folgenden also mit den Initiationsriten, Regeln und Strukturen der Verschwörung, mit der Rekrutierung der Revolutionäre und ihren ideologischen Beweggründen sowie mit dem Märtyrerkult und der damit verknüpften kollektiven Erinnerung beschäftigen.

Wie gesagt, die Geheimgesellschaften lehnten sich an das Modell der Freimaurerlogen an. Den jungen Leuten, die um 1820 die

Gegner der Restauration zu einigen suchten, erschienen »die organisatorischen Modalitäten, die Geheimnisse und Zulassungsbedingungen der Logen, deren Statuten mit kleinen Änderungen übernommen wurden, als zufriedenstellendes Modell, und so wurde die Loge der *Freunde der Wahrheit* gegründet«. (Pance 1849, S. 268) Die Zulassungmodalitäten wichen allerdings von Anfang an von den traditionellen Praktiken der Freimaurer ab. »Man ließ die gebräuchlichen Formulierungen fallen und fragte nicht mehr: »Was ist man Gott schuldig?« und »Was ist Ehre?«, sondern wollte vor allem wissen: »Was ist man seinem Vaterland schuldig?« (Ebd., S. 269) Da sich jedoch rasch herausstellte, daß eine Loge keine ausreichende Geheimhaltung ermöglichte und den Bedürfnissen der kollektiven Aktion strukturell nicht angemessen war, wurde der Geheimbund der Carbonari gegründet. Die Initiationsriten waren von Venta zu Venta verschieden. Mitunter trugen sie in Anlehnung an das Freimaurertum feierliche Züge. Mit verbundenen Augen und zwei Dolchen in der Hand, hatte das neue Mitglied im Kreis der »guten Vettern« folgenden Eid zu leisten: »Ich schwöre bei meiner Ehre und bei der rächenden Klinge, alle Geheimnisse der X zu wahren, ihre Existenz zu verbergen und mich gemeinsam mit den Freunden meines Vaterlands zu bemühen, demselben die Ausübung seiner Rechte zu ermöglichen und es in die Lage zu versetzen, eine auf den Grundsätzen der Volkssouveränität beruhende Regierung zu wählen.« Nach dem Schwur nahm man ihm die Augenbinde ab, so daß er seine Gefährten sehen konnte, die ihrerseits schworen, ihm beizustehen, wenn er die Statuten respektierte, und ihn im Fall eines Verrats zu bestrafen. In vielen Fällen gestaltete sich dieses Ritual jedoch schlichter; man ersparte sich die Augenbinde, die Dolche und das sonstige Beiwerk der Freimaurer. Das neue Mitglied verpflichtete sich, die Vereinigung und ihre Taten strengstens geheimzuhalten, sich ein Gewehr und 25 Patronen zu besorgen, einen Monatsbeitrag von einem Franc zu zahlen und allzeit bereit zu sein, den Anordnungen der Hochventa, der höchsten Instanz der Carbonari, Folge zu leisten. Darüber hinaus mußte man schwören, keiner anderen Organisation oder Loge anzugehören.

Als die Klubs und Volksvereine nach der Juli-Revolution kurzzeitig legal waren, wurde man ohne geheimnisvolle Formalien in die *Ge-*

sellschaft der Volksfreunde aufgenommen. Beitreten konnte jeder, der von anderen Mitgliedern empfohlen wurde oder öffentlich bekannt war; als einzige Voraussetzung mußte er eine patriotische Erklärung abgeben und die Statuten anerkennen. Mit der Rückkehr zur konspirativen Tätigkeit lebten auch die feierlichen Initiationsriten wieder auf. Nehmen wir zum Beispiel die *Gesellschaft der Familien.* Der Bewerber mußte volljährig sein, »einen guten Ruf genießen, einen einwandfreien Lebenswandel vorweisen, einen Einkommensnachweis erbringen und die Fähigkeit besitzen, völlige Verschwiegenheit zu wahren«. Fiel die Voruntersuchung positiv aus, stand der Initiation nichts mehr im Wege. Das Gesellschaftsmitglied, das den Bewerber empfohlen hatte, brachte ihn mit verbundenen Augen an einen geheimen Ort. Vor einer dreiköpfigen Jury schwor der Kandidat, alles was nun geschah, geheimzuhalten. Bei der anschließenden Prüfung hatte er die ihm vorgelegten Fragen in der vorgeschriebenen Form zu beantworten, ein Frage-Antwort-Spiel, das die Gesellschaft in einer Art politisch-gesellschaftlichem Katechismus niedergelegt hatte.

1. Was denkst du über die derzeitige Regierung? – Daß sie am Volk und am Land Verrat begeht.
2. In wessen Interesse handelt sie? – Im Interesse einer kleinen Zahl von Privilegierten.
3. Wer sind die heutigen Aristokraten? – Die Geldleute, die Bankiers, die Zwischenhändler, die Monopolisten, die Großgrundbesitzer, die Spekulanten, mit einem Wort: die Ausbeuter, die auf Kosten des Volkes dick und fett werden.
4. Wie heißt das Recht, mit dem sie regiert? – Gewalt.
5. Wie heißt das Hauptlaster der Gesellschaft? – Egoismus.
6. Was gilt anstelle von Ehre, Redlichkeit und Tugend? – Geld.
7. Wer ist in der Gesellschaft geschätzt? – Der Reiche und Mächtige.
8. Wer wird verfolgt, verachtet und als Gesetzloser behandelt? – Der Arme und Schwache.
9. Was denkst du über das Steuerrecht und die Salz- und Getränkesteuern? – Daß sie widerwärtig sind und dazu bestimmt, das Volk auszupressen und die Reichen zu schonen.
10. Wer ist das Volk? – Das Volk ist die Gesamtheit der arbeitenden Bürger.

11. Wie wird es von den Gesetzen behandelt? – Es wird als Sklave behandelt.
12. Wie sieht das Los des Proletariers unter der Regierung der Reichen aus? – Das Los des Proletariers ähnelt dem Los des Leibeigenen und des Negers, sein Leben ist eine lange Kette aus Elend, Mühsal und Leid.
13. Welches Prinzip muß einer regulären Gesellschaft zugrundeliegen? – Die Gleichheit.
14. Welche Rechte muß der Bürger in einem wohlgeordneten Land haben? – Das Recht auf Existenz, auf kostenlose Bildung und auf die Beteiligung an der Regierung; seine Pflichten bestehen in der Opferbereitschaft gegenüber der Gesellschaft und der Brüderlichkeit gegenüber seinen Mitbürgern.
15. Brauchen wir eine politische oder eine soziale Revolution? – Wir brauchen eine soziale Revolution.

Anschließend wurde der Kandidat über die Ziele der *Gesellschaft* in Kenntnis gesetzt und gefragt, ob er sich bewußt sei, welche Risiken er auf sich nehme und welche Gefahr ihn erwarte:

»Später, wenn die Stunde schlägt, greifen wir zu den Waffen, um eine Regierung, die das Vaterland verraten hat, zu stürzen. Wirst du an diesem Tag mit uns sein? Fühlst du dich stark genug, der Gefahr ins Auge zu sehen? Überlege gut, das Unternehmen ist voller Gefahren. Bist du entschlossen, mit der Waffe in der Hand für die Sache der Menschheit zu sterben, wenn das Signal zum Kampf ertönt?«

Nachdem der Kandidat diese Frage mit Ja beantwortet hatte, leistete er abschließend folgenden Eid: »Ich schwöre, niemandem, auch nicht meinen nächsten Verwandten, zu enthüllen, was unter uns gesagt oder getan wird; ich schwöre, den Gesetzen der Vereinigung zu gehorchen, die Verräter, die sich in unsere Reihen einschleichen mögen, mit meinem Haß und meiner Rachsucht zu verfolgen, meine Brüder zu lieben, ihnen beizustehen und mein Leben und meine Freiheit dem Sieg unserer heiligen Sache aufzuopfern.«

Es ist nicht sicher, ob tatsächlich alle Kandidaten dieses komplizierte Initiationsritual absolvieren mußten; möglicherweise nahm es mit Ausweitung der *Gesellschaft* erst nach und nach diese Form an. Gleichwohl bildet es ein außergewöhnliches Zeugnis nicht nur der Ideologie und der politischen Orientierung der *Familien*, sondern auch und vor allem des revolutionären Geistes, dieser Art und Weise, Revolutionär zu sein, in der sich die romantischen Mysterien der Konspiration mit der Suche nach effektiven Handlungsmöglichkeiten, politische Bildung mit Enthusiasmus, die Aufopferung des einzelnen mit der Forderung nach sozialer Gerechtigkeit, das Ziel der Freiheit mit strenger Disziplin und Gehorsam gegenüber den Anführern verband.

Konspiratives Verhalten war für die Geheimgesellschaft als Ganzes ebenso wichtig wie für die einzelnen Mitglieder. Um die Sicherheit der Versammlungen zu gewährleisten, waren verschiedene Vorsichtsmaßnahmen nötig; jedes Mitglied hatte sich an die verabredete Geheimsprache zu halten; man mußte Waffenverstecke anlegen und Übungen für den Ernstfall abhalten. Zusätzliche Schwierigkeiten erwuchsen aus dem Umstand, daß die Vorbereitung einer erfolgversprechenden Verschwörung in sich widersprüchlich ist. Auf der einen Seite braucht ein starker Geheimbund möglichst viele Mitglieder; eine Intensivierung der Aktivitäten bedeutet häufigere Versammlungen; eine zahlreiche Mitgliedschaft und die Ausarbeitung konkreter Projekte erfordert ein Minimum an Aufzeichnungen, Diagrammen, Straßenplänen u.ä. Doch je zahlreicher man ist, desto schwieriger wird die Geheimhaltung; je häufiger man sich trifft, desto größer die Gefahr, von der Polizei bemerkt zu werden; je mehr Vermittlungsebenen es zwischen Basis und Leitungszentrale gibt, desto ineffektiver und undurchsichtiger wird die Gesamtorganisation; je vollständiger die Informationsgrundlage, desto größer die Gefahr, daß das ganze Unternehmen durch eine Beschlagnahmung der schriftlichen Unterlagen platzt. Hinzu kommt, daß konspirative Tätigkeit auch heißt, wiederholtes Scheitern zu verkraften, der Entmutigung entgegenzuarbeiten, neue Organisationen auf den Trümmern der alten, von der Polizei zerschlagenen aufzubauen, neue Anhänger zu suchen und zu überprüfen, sich vor Spitzeln und Provokateuren in acht zu nehmen und dergleichen mehr.

Der Organisationsaufbau, wie er von den italienischen Carbonari übernommen und an die französischen Verhältnisse angepaßt wurde, schien diesen Anforderungen und Zwängen am besten zu genügen. Er beruhte auf drei Prinzipien: Die Basiszellen waren gegeneinander abgeschottet und einander nicht bekannt, die Zwischeninstanzen bildeten eine hierarchisch gegliederte Pyramide, und das

Zentralkomitee an der Spitze traf sämtliche Entscheidungen. So sahen die Statuten des Geheimbunds drei verschiedene Versammlungen oder Ventas vor: die Basisventas, die Zentralventas und die Hochventa. Eine Basisventa bestand aus 20 Carbonari, die einen Präsidenten, einen Zensor und einen Abgeordneten wählten. Sobald es in einer Stadt oder einem Département 20 Basisventas gab, traten die betreffenden Abgeordneten zusammen und bildeten eine Zentralventa. Die Abgeordneten der Zentralventas schließlich ernannten die Hochventa und standen als einzige mit ihr in Kontakt. Theoretisch sollte die Wahl der Abgeordneten also von unten nach oben erfolgen. Die Praxis nötigte jedoch zum umgekehrten Vorgehen. Die Gründungsmitglieder der künftigen Vereinigung machten den Anfang und erklärten sich zur Hochventa. Anschließend suchte sich jedes Gründungsmitglied einige junge Leute und bildete mit ihnen eine Zentralventa. Die Mitglieder einer Zentralventa hatten ihrerseits die Aufgabe, Anhänger zu finden und eine Basisventa zu bilden, zu deren Abgeordneten sie sich selbst ernannten. Darüber hinaus kooptierten die Gründungsmitglieder der Hochventa bekannte Persönlichkeiten der legalen liberalen Opposition, die an den Versammlungen aber nur sporadisch teilnahmen.

Die *Gesellschaft der Menschenrechte* war in Gebietseinheiten unterteilt, ansonsten aber ähnlich strukturiert. Die Sektionen der Pariser Vereinigung, die mindestens zehn, höchstens aber 20 Mitglieder umfaßten, deckten sich mit den Arrondissements oder mit einzelnen Stadtvierteln. Jede Sektion wurde von einem Chef, dessen Stellvertreter und fünf Quinturionen geleitet, jedes Arrondissement von einem Kommissar, und an der Spitze stand ein elfköpfiges Zentralkomitee mit Godefroy Cavaignac als Präsidenten. Jede Sektion trug einen Namen, beispielsweise Zukunft, Demokratie, Einheit u.ä. Die meisten Vereinigungen der Provinz waren ähnlich aufgebaut. Sie besaßen zwar eine gewisse Selbständigkeit, erhielten nach jakobinischem Vorbild aber regelmäßig Anweisungen von der Muttergesellschaft. Die Gesellschaft von Lyon zählte im übrigen mindestens genauso viele Mitglieder wie die Gesellschaft von Paris. Die *Gesellschaft der Familien* und die *Gesellschaft der Jahreszeiten*, beide durch die starke Persönlichkeit Blanquis geprägt, waren rigider, fast militärisch strukturiert. In der *Gesellschaft der Familien* hieß die Basisorganisation »Familie«. Sie zählte zwischen fünf und zwölf Mitglieder und stand unter der Leitung eines vom Zentralbüro ernannten Chefs. Fünf oder sechs »Familien« bildeten eine Sektion, die von einem Sektionschef angeführt wurde. Zwei oder drei Sektionen bildeten ein Quartier, an dessen Spitze ein Quartierskommandant stand. Die Quartierchefs wiederum unterstanden einem revolutionären Agenten, der Mitglied des Zentralbüros der Gesellschaft war. (Diese Struktur ähnelt übrigens stark dem Organisationsaufbau des *Klubs der Gleichen* von 1796, den Buonarroti in seinem Buch ausführlich beschreibt.) Die *Gesellschaft der Familien* existierte nur in Paris und befaßte sich ausschließlich mit der Vorbereitung eines Aufstands in der Hauptstadt. Jedes Mitglied mußte beim Eintritt in die Vereinigung eine bestimmte Menge Pulver mitbringen, die sich nach der Höhe seines Vermögens bemaß. Das Zentralkomitee blieb geheim und war den Mitgliedern der Gesellschaft nicht bekannt. Es sollte erst im Moment des Aufstands in Erscheinung treten, bei dem die Mitglieder ihrem Chef nach allen Regeln militärischer Disziplin Folge zu leisten hatten. Im übrigen war es ihnen ausdrücklich untersagt, ohne Befehl des Komitees in der Öffentlichkeit aufzutreten. Die *Gesellschaft der Jahreszeiten* folgte denselben Grundsätzen. Die siebenköpfigen Basisgruppen hießen »Woche«, der Chef einer Basisgruppe »Sonntag«. Vier »Wochen« bildeten einen »Monat«; ihr Kommandant, der im Prinzip nur die vier »Sonntage« kannte, die ihm unterstanden, wurde »Juli« genannt. Drei »Monate« bildeten eine »Jahreszeit«, die von einem Chef namens »Frühling« geleitet wurde, der wiederum nur die vier »Juli« kannte. Vier »Jahreszeiten« schließlich bildeten ein »Jahr«; die Leitung übernahm ein »revolutionärer Agent«. Kein Mitglied, auch nicht die Befehlshaber, durfte Dokumente über die *Gesellschaft* verfassen oder besitzen (eine Konsequenz aus der Zerschlagung der *Familien*). Die Mitglieder hatten zu Hause weder Pulver noch Waffen, und das höchste Leitungsorgan sollte bis zum Tag des Aufstands geheim bleiben.

Die Initiation neuer Mitglieder, die Übermittlung von Anweisungen, die Ausarbeitung von Aufstandsprojekten und andere konspirative Tätigkeiten erforderten notgedrungenermaßen mehr oder weniger regelmäßige Zusammenkünfte auf den verschiedenen Ebenen der Organisationshierarchie. So traf sich die Hochventa beispielsweise bis zu drei Mal in der Woche. Die *Gesellschaft der Familien* war im Winter 1835/36 intensiv mit der Herstellung von Munitionsvorräten beschäftigt (die Patronen, die die Mitglieder mitbringen sollten, reichten nicht aus). Zu diesem Zweck mietete sie in Paris ein Haus an und richtete dort ein behelfsmäßiges Labor ein. Die Produktionsstätte wurde von den verschiedenen Chefs, insbesondere von Blanqui, regelmäßig besucht. Man hat alle Vorsichtsmaßnahmen beachtet, doch das ständige Kommen und Gehen erregte die Aufmerksamkeit der Nachbarn. Sie verständigten die Polizei, und die geheime Fabrik wurde ausgehoben, die Arbeiter verhaftet. Wie gesagt, die *Gesellschaft der Jahreszeiten* beschränkte daraufhin die Kontakte zwischen den Mitgliedern und traf Vorkehrungen, um den Schaden im Fall von Denunziation in Grenzen zu halten. Doch mußte die Gesellschaft, um überhaupt existieren zu können und ihre Mitglieder bei der Stange zu halten, den Verschworenen ein Gefühl der Stärke und Handlungsfähigkeit vermitteln. Auch mußten sie *zusammen* üben, um sich auf die gemeinsame Aktion des »großen Tages« vorzubereiten. So stand in der *Gesellschaft der Jahreszeiten* außer den üblichen Versammlungen der »Wochen« und »Monate« hin und wieder auch ein Generalappell auf der Tagesordnung. Ohne vorherige Ankündigung erhielten die Mitglieder den Befehl, gruppiert nach »Jahreszeiten« in den Seitenstraßen einer langen Hauptverkehrsader Stellung zu beziehen, während die Chefs der »Jahreszeiten« an der Straßenmündung auf den revolutionären Agenten warteten. Dieser traf also an jeder Straßenecke einen »Jahreszeitenchef«, der ihn über die Stärke seiner Truppen und die Zahl der Fehlenden unterrichtete. Beispiele dieser Art, an denen sich zeigt, daß ein Geheimbund für seine Mitglieder ungeachtet aller konspirativen Vorkehrungen ein *Ort der Zusammenkunft und eine Form der Geselligkeit* war, ließen sich viele nennen. Im Umfeld eines Revolutionärs fanden sich in der Regel ein oder mehrere andere Revolutionäre, und die Zugehörigkeit zu einer *Gesellschaft* bedeutete auch kameradschaftliche oder freundschaftliche Verbundenheit mit den Mitstreitern. Die Mitglieder stammten häufig aus demselben Milieu und liefen sich auch bei anderen Gelegenheiten über den Weg, nicht nur in den geheimen Versammlungen. So waren die Studenten der Grandes Écoles – ein recht kleines Milieu, in dem jeder jeden kannte – in den Pariser Ventas sehr zahlreich vertreten. Als man in Belfort im Dezember 1821 einen Aufstand vorbereitete und die Carbonari aus Paris in Kaleschen anreisten, fuhr man, wie ein Zeitzeuge berichtet, mit fast offenem Klappverdeck. Man suchte seine »ausgelassene Fröhlichkeit« nicht im geringsten zu verbergen, und »mehr als einmal wurde in voller Fahrt die *Marseillaise* gesungen, wobei die Kutscher, die dieses revolutionäre Lied schon lange nicht mehr gehört hatten, ihrer Freude, aber auch ihrem Erstaunen offen Ausdruck verliehen«. (Trélat 1849, S. 229f.) In den »Jahreszeiten« waren zweifellos mehr Arbeiter und Handwerker vertreten als in den vorhergehenden Gesellschaften. Und da sich verschiedene »Jahreszeiten« nach Berufsgruppen bildeten, bestanden manche ausschließlich aus Schustern, Schneidern, Köchen usw. Die Mitglieder kannten sich notgedrungenermaßen vom Sehen und häufig auch mit Namen, denn es gab manche Gelegenheit, auch außerhalb der Versammlungen persönliche Kontakte zu unterhalten. Und erst die »alten Kämpfer«, die Aktivisten, die bei jeder Verschwörung dabei waren, sich nach Auflösung der einen Gesellschaft in der folgenden wieder zusammenfanden oder sich aus wiederholter Gefängnishaft kannten und was dergleichen mehr ist. Wer wie sie während langer Jahre Risiken und Geheimnisse teilte, fühlte sich persönlich eng verbunden.

Der Revolutionär lief um so mehr Gefahr, seine Geheimgesellschaft zu verraten, je höher seine Stellung in der pyramidenförmigen Organisationshierarchie war und je mehr Informationen er somit besaß. Nachdem die Polizei im Frühjahr 1836 die geheime Munitionsfabrik der »Familien« ausgehoben hatte, führte sie eine Spur zum Wohnsitz von Barbès und Blanqui, wo ihr Namenslisten, Adressen usw. in die Hände fielen. Sie hätte noch wichtigere Informationen beschlagnahmen können, aber Blanqui war geistesgegenwärtig genug, äußerst kompromittierende Papiere zu verschlucken (er soll zu dem Kommissar gesagt haben: »Jetzt können Sie sie suchen«). Aber die Risiken stiegen mit wachsender Verantwortung nicht nur, sie nahmen den Revolutionär auch mehr in Anspruch. Die einfachen Mitglieder der Basis widmeten der Gesellschaft nur einen Teil ihrer Zeit; sie mußten sich ihren Lebensunterhalt verdienen, sich um ihre Familie kümmern usw. Verschiedentlich gehörten sie ihrer Gesellschaft auch nur begrenzte Zeit an. In der Regel waren sie nur einige Jahre Revolutionäre. Das konnte verschiedene Gründe haben: Ihre anfängliche Begeisterung ließ nach, sie waren des Wartens auf den »großen Tag« müde, ihre Geheimgesellschaft wurde zerschlagen u.ä. Wer hingegen eine Geheimgesellschaft leitete, wer sich verstecken, Spuren verwischen, Emissäre kontaktieren, Pläne für den Aufstand ausarbeiten und die immer komplizierter werdenden Konspirationsregeln beachten mußte, war rund um die Uhr beschäftigt. Hier zeichnet sich die *Professionalisierung des Revolutionärs* ab, als deren emblematische Figur Blanqui gelten kann. Er machte nichts anderes, er war ausschließlich Revolutionär. Er verbrachte sein Leben teils im Gefängnis, teils mit revolutionärer Aktivität. Unermüdlich fing er stets von vorn an, sobald er wieder in Freiheit war. Er opferte sein Privatleben, er lebte für die Revolution. Es war jedoch undenkbar, daß er sich von seiner Organisation *bezahlen ließ*. Die Vermischung von Geld und Revolution ist inakzeptabel, weil der *Ehre des Revolutionärs* zuwiderlaufend. Blanqui lebte mehr als bescheiden. Als junger Mann verdiente er sich sein Geld als Journalist; anschließend, als seine Untergrundaktivitäten ihn völlig in Anspruch nahmen, lebte er vom Geld seiner Familie, wohnte bei seinen Gefährten usw.

Ehre und Treue standen im Moralkodex und in der Vorstellungswelt der Revolutionäre an höchster Stelle. Ehre hieß, die Verpflichtungen einzuhalten, die man während seiner Initiation feierlich eingegangen war. Ehre hieß auch und vor allem die Pflicht, das Geheimnis zu wahren, die Gesellschaft und ihre Sache niemals zu verraten, zumal wenn man verhaftet und verhört wurde. Wer vor der Polizei nicht standhielt und auch nur einen Moment lang schwach wurde, wer ein Geständnis ablegte, seine Geheimnisse und die Namen seiner Gefährten preisgab, beging eine unverzeihliche Schandtat, und wer dieser Niedertracht auch nur verdächtigt wurde, war als Revolutionär erledigt. Namentlich Blanqui sollte das am eigenen Leib erfahren. Am 18. März 1848, fünf Wochen nach Beginn der Revolution, veröffentlichten seine Feinde sein polizeiliches Vernehmungsprotokoll. Das Taschereau-Dokument – benannt nach dem ehemaligen Generalsekretär der Präfektur Seine, der Zugang zum Geheimarchiv der Polizei hatte und das Dokument zugänglich machte – zitiert Blanquis angebliche Erklärungen vor dem Innenminister im Herbst 1839, nachdem er anläßlich des mißlungenen Aufstandsversuchs der »Jahreszeiten« verhaftet worden war. Blanqui bestritt die Echtheit des Dokuments mit aller Vehemenz und bezeichnete es als Fälschung der Polizei. Doch mehrere seiner Gefährten, darunter Barbès, erkannten es als wahrheitsgemäß an. Die Angelegenheit ist bis zum heutigen Tag nicht aufgeklärt. Blanqui sollte sich von diesen Anschuldigungen nie wieder erholen; sie verfolgten ihn bis ins Gefängnis, wo er noch lange Jahre zubrachte.

Wie hoch war die *Zahl der Revolutionäre?* Jede Antwort auf diese Frage ist mit Zweifeln behaftet und aus verschiedenen Gründen mit Vorsicht zu genießen. Da wir es mit Geheimgesellschaften zu tun haben, fehlen natürlich Mitgliederlisten oder ähnliche Dokumente. Selbst wo sie existieren – bei der Hausdurchsuchung, bei der Blanqui einige Papiere verschluckt hatte, konnte die Polizei doch noch die eine oder andere Teilliste beschlagnahmen –, tragen sie vorläufigen Charakter und sind unvollständig. Die Zahl der Mitglieder wechselte auch in den beststrukturierten Gesellschaften ständig. Es gab stets Mitglieder, die schon nach wenigen Versammlungen den Mut verloren und verschwanden. Hinzu kam ein Moment von Selbstbetrug und mangelnder Transparenz, was mit dem geheimen Charakter der Organisation zusammenhing. Die leitenden Kader sahen die Sache eher großzügig und überschätzten die Zahl der Mitglieder leicht. Dieselbe Tendenz läßt sich übrigens auch bei den Regierungsinstanzen feststellen. So bezifferte der Militärgouverneur von Metz die Zahl der Carbonari im Jahr 1822 auf sage und schreibe 800 000 – ein reines Phantasieprodukt, an dem sich die Panik der Machthaber ablesen läßt.

Unter diesen Vorbehalten möchten wir nun doch einige Angaben zitieren. Am zahlreichsten sollen die Carbonari gewesen sein; man spricht von 30 000 Mitgliedern, eine Zahl, die auf dem Höhepunkt der Aktivitäten des Geheimbunds auf 60 000 angeschwollen sein soll. Um die Bedeutung der Carbonari zu ermessen, ist zu berücksichtigen, daß sie auch in zahlreichen Provinzstädten – insbesondere in Lyon, Marseille, La Rochelle, Metz, Nancy, Belfort und Straßburg – stark vertreten waren. (Trélat 1849, S. 228; Spitzer 1971, S. 242ff.) Auf welch unsicherem Terrain wir uns hier bewegen, zeigt sich daran, daß Spitzer nach gründlichem Quellenstudium nur 244 Carbonari namentlich ausfindig machen konnte.

Die *Gesellschaft der Menschenrechte,* die anfangs legal war, zählte in Paris angeblich mehr als 3 000 Mitglieder. Ungefähr dieselbe Zahl wird für Lyon genannt, und auch in anderen Städten der Provinz hatte die Gesellschaft Anhänger. Die »Familien« und die »Jahreszeiten« existierten bei weit geringerer Mitgliederstärke ausschließlich in Paris. Auf dem Höhepunkt ihrer Aktivitäten organisierten die

»Familien« rund 1200 Revolutionäre, während die »Jahreszeiten« nicht über drei *Jahre*, das heißt 1000 Mitglieder hinauskamen. Indes leisteten den Generalappellen, von denen oben die Rede war, nur zwischen 500 und 600 Verschworene Folge. Im entscheidenen Augenblick, als die »Jahreszeiten« am 12. Mai 1839 zu den Waffen griffen, zählte man – die Quellenangaben schwanken hier – zwischen 200 und 400 Aufständische.

Im folgenden möchten wir noch kurz darauf eingehen, aus welchem Milieu die Revolutionäre stammten. Bei den Carbonari fanden sich in erster Linie Studenten, junge Angestellte, ehemalige Offiziere und aktive Militärs zusammen. An den »Familien« und an den »Jahreszeiten« beteiligten sich ebenfalls Studenten, doch begegnet man hier bemerkenswerterweise immer häufiger auch Handwerkern und Arbeitern (wie gesagt, manche *Jahreszeiten* setzten sich ausschließlich aus Handwerkern desselben Berufs zusammen). Vielfach entstanden die Geheimbünde auf den Trümmern der vorhergehenden. Es ist jedoch schwer zu sagen, wie hoch der jeweilige Anteil der neu Hinzugekommenen und der »alten Hasen« war, die schon bei anderen Verschwörungen ihre Hand im Spiel hatten. Als emblematische Figur dieser Kontinuität kann wiederum Blanqui gelten. Er begann seine Laufbahn als Carbonaro und war bei fast allen Verschwörungen zwischen 1822 und 1848 dabei.[3]

Revolutionär wird man aus vielfältigen Gründen, die mit der persönlichen Entwicklung zusammenhängen, wobei politische und ideologische Ziele bei dem einen mehr, bei dem anderen weniger ins Gewicht fallen. Indes sind diese Ziele leichter auszumachen, da sie in den Programmen und Zielbeschreibungen der Geheimgesellschaften, wie sie insbesondere bei den Initiationsfeierlichkeiten zitiert wurden, niedergelegt sind. Gleichwohl überwogen *negative* Beweggründe eindeutig die positiven Zielsetzungen: Revolutionär wird man allererst und vor allem *gegen* eine Regierung und ein Regime. Das *Für* ist vielfach zweitrangig und kommt nur ergänzend hinzu; der Traum von einer neuen Gesellschaft wurzelt in der Ablehnung der bestehenden Ordnung. So richtete sich der Geheimbund der Carbonari in erster Linie gegen die Restauration, gegen eine vom Ausland aufgezwungene Dynastie, gegen die Versuche, das Ancien Régime mit seinen Privilegien und Hierarchien wieder einzuführen, gegen die Demütigung Frankreichs und seiner Armee. Mit diesen

Negativzielen konnte der Geheimbund sowohl junge Republikaner als auch Bonapartisten und Orléanisten mobilisieren, denn sie alle verfolgten ungeachtet ihrer politischen Meinungsverschiedenheiten das gemeinsame Ziel, sich der Bourbonen zu entledigen. Die Schwierigkeiten begannen bei der Formulierung gemeinsamer positiver Ziele, insbesondere was die anzustrebende Regierungsform betraf. So beschloß man, die Frage der künftigen Flagge vorerst auszuklammern, zunächst einmal die Souveränität der Nation wieder herzustellen und es der kommenden konstituierenden Versammlung zu überlassen, über das weitere politische Schicksal des Landes zu befinden. Nach der Juli-Revolution, als Louis-Philippe an die Macht kam, machte sich unter den Revolutionären ein Gefühl der Enttäuschung breit. Man konnte sich des Eindrucks nicht erwehren, daß die Früchte der Revolution in falsche Hände gefallen und von neuen Unterdrückern kassiert worden waren. Die folgenden Geheimgesellschaften schrieben daher ausnahmslos den Republikanismus auf ihre Fahnen. Mit der Republik verknüpfte sich nicht nur der Gedanke an die Revolution und an ein neues, aber schreckenfreies 1793, sondern auch und vor allem eine politische und gesellschaftliche Utopie. Die Republik galt als endlich verwirklichtes Reich der Freiheit und sozialen Gerechtigkeit, sie stehe auf der Seite des Volkes und der Arbeiter und richte sich gegen die Reichen und die neuen Geldaristokraten. Die oben zitierte Initiationsformel der »Familien« veranschaulicht die Radikalisierung des revolutionären Diskurses auf eindrucksvolle Weise: Der Diskurs nimmt republikanische und sozialistische, oder – wenn man so will – republikanische weil sozialistische Züge an. Indes beziehen sich diese Hoffnungen auf die Zeit *nach* der Revolution; der wesentliche Beweggrund der Revolutionäre aber ist die Revolution selbst, der Wille zur Aktion, zur Vertreibung der Machthaber. Die wiederholten Niederlagen wirkten nicht nur entmutigend, sondern stachelten auch dazu an, Revanche zu nehmen und das Unmögliche zu tun, damit der Augenblick, an dem sich alles ändern würde, endlich kommen möge. Daher die zunehmende Neigung, koste es, was es wolle, zur Aktion zu schreiten. So wird der »große Tag« langsam zum Selbstzweck. Die Aufstandsversuche der 20er und 30er Jahre erklären sich unter anderem auch aus der Ungeduld, die die Basis der Geheimgesellschaften umtrieb. Mag eine Verschwörung auch den Geschmack des Geheimnisumwobenen und des

Abenteuers haben, sie engt den Alltag ein und nötigt die Revolutionäre, sich der ständig drohenden Gefahren ebenso ständig bewußt zu sein. Daher ihre Ungeduld, die sich auch aus der Überzeugung speist, daß das ganze Land, zumal die Städte, kurz: *das Volk* nur auf das Signal wartet und den Revolutionären spontan folgen würde.

Wir haben diese Aufstandsversuche bereits kurz erwähnt; jeder einzelne verdiente eine detaillierte Darstellung, aber das würde den Rahmen dieses Essays bei weitem sprengen. Sämtliche Versuche endeten mit einer Niederlage und ließen Opfer, Märtyrer und Helden zurück, die in der Vorstellungswelt der Revolutionäre einen bedeutenden Platz einnahmen. Die Verschwörung war nicht nur *Hoffnungsträger*, sie war *Eingedenken.* Revolutionär wird man auch aus dem Wunsch, die Opfer zu rächen. Die heroischen Bilder, die das Leben bereithält, die Großtaten und mitunter der Tod derer, die rasch in die Legende Eingang fanden, bildeten vielfach den entscheidenden Anstoß. Die Legende strahlte weit über den relativ kleinen Kreis der Revolutionäre hinaus. Sie ergriff die politische Meinung der Zeit und hinterließ dauerhaft Spuren in der Vorstellungswelt der III. Republik. Auch hier wollen wir uns mit einem einzigen Beispiel begnügen und kurz die Geschichte der *vier Unteroffiziere von La Rochelle* erwähnen. Im Jahr 1821 rekrutierte die Loge der *Freunde der Wahrheit* angeblich führende Angehörige des 45. Linienregiments, das in Paris stationiert war. Der Aktivste unter ihnen, der damals 26jährige Feldwebel Jean-François-Jouis Bories, übernahm die Aufgabe, unter seinen Kameraden eine Venta der Carbonari zu organisieren, und initiierte drei andere Unteroffiziere namens Pommier, Raoulx und Goupillon. Die Befehlshaber bekamen Wind von der Sache, und so erging an das 45. Regiment im Januar 1822 der Befehl, Paris zu verlassen und in La Rochelle Garnison zu beziehen. Vor dem Abmarsch nahm Bories mit La Fayette Kontakt auf, der ihn bat, andere Verschwörer zu kontaktieren, um den Aufständischen in Belfort und Saumur gegebenenfalls zu Hilfe zu eilen. Nach der Ankunft des Regiments in La Rochelle am 14. Februar wurden infolge einiger unbedachter Handlungen sämtliche Mitglieder der Venta verhaftet. Fünf Monate später mußten sich 25 von ihnen nach eingehenden Untersuchungen vor dem Geschworenengericht des Départements Seine verantworten. Ihre Verteidigung wurde von hervorragenden Rechtsanwälten übernommen, die übrigens ebenfalls Carbonari waren. Während der Gerichtsverhandlungen, die in der Öffentlichkeit großen Widerhall fanden, zeichnete sich Bories durch sein beispielhaftes Verhalten aus. Er nahm die ganze Verantwortung auf sich: »Ich akzeptiere diese Position, wenn ich für meine Kameraden einen Freispruch erwirken kann, indem ich meinen Kopf auf das Blutgerüst lege.« Am 5. September wurde er mit den drei anderen Unteroffizieren zum Tode verurteilt. Die Hinrichtung fand am 21. September auf der Place de Grève im Beisein einer riesigen Menschenmenge statt, die das Seine-Ufer bis zur Conciergerie füllte. Als Bories sich auf die Guillotine legte, rief er der Menge zu: »Denkt daran, daß das Blut eurer Söhne heute vergossen wird!« In der Menge befand sich ein junger Student: Auguste Blanqui sollte die Erinnerung an diese Hinrichtung stets bewahren.[4] Er schloß sich der revolutionären Bewegung an, trat zwei Jahre später dem Geheimbund der Carbonari bei und wurde als »Enfermé« schließlich selbst zur Legende, die bei den einen Bewunderung, bei den anderen Haß erregte. Zahlreiche Stiche und Lieder sind dem Martyrium der vier Unteroffiziere gewidmet. Wenige Wochen nach der Juli-Revolution fand auf dem Hinrichtungsplatz eine Veranstaltung zu ihrem Gedenken statt; es war die erste große republikanische Kundgebung der Zeit. Die Schulbücher der III. Republik enthielten in der Regel ein Bild und eine Kurzdarstellung ihrer Geschichte.

Weder die Juli-Revolution von 1830 noch die Februar-Revolution von 1848 war ein Werk der Geheimgesellschaften. In beiden Fällen wurde der Regimewechsel von Volksbewegungen durchgesetzt, die zumindest in den Anfängen weitgehend spontan handelten und als Teil einer umfassenderen politischen und sozialen Krise zu verstehen sind. Indes haben die Geheimgesellschaften den Krisenprozeß sicherlich gefördert, obwohl schwer einzuschätzen ist, in welchem Maße. Die Geheimbünde hielten die republikanische Idee und Tradition aufrecht und trugen zur Demokratisierung der Regierungsformen bei, die aus den revolutionären Umwälzungen hervorgingen. Daß nach der Juli-Revolution zahlreiche Klubs und Vereine aus dem Boden schossen, haben wir bereits erwähnt. Noch ausgeprägter war diese Entwicklung im Anschluß an die Februarereignisse von 1848. Ende März zählte man allein in Paris 145 Klubs, und im Juni war ihre Zahl auf annähernd 300 gestiegen. Manche von ihnen waren nur von kurzer Dauer, andere aber, die auch in der Provinz präsent waren und eigene Zeitungen veröffentlichten, sollten in der Geschichte der II. Republik eine maßgebliche Rolle spielen. Dabei war manch einfaches oder führendes Mitglied zuvor in einer der vielen Geheimgesellschaften organisiert, die mit der Eroberung der Freiheit nun ihre Daseinsberechtigung verloren hatten. Im Frühjahr 1848 verleiht Trélat, ein leitender Carbonaro, dem wir bereits begegnet sind, seinem Vertrauen in die Zukunft mit folgenden Worten Ausdruck: »Die Zeit der Carbonari und der Geheimbünde ist vorüber. Jeder handelt heute bei hellem Tageslicht. Öffentlichkeit ist das stärkste Handlungsinstrument, und wer andere Mittel einsetzt als die seiner Zeit, verurteilt sich zur Ohnmacht.« (Trélat 1849, S. 217)

Trélats Worte spiegeln wider, daß die revolutionäre Erfahrung im Jahr 1848 eine entscheidende Wende nimmt. Das erregende Ereignis des »großen Tags« scheint alle Erwartungen und Träume mit einem Schlag zu verwirklichen. Auf den Barrikaden, auf den Straßen und Plätzen treffen die Revolutionäre mit Zehntausenden von Menschen zusammen, in denen ihr Bild vom Volk materielle Gestalt annimmt: Sie sind mit der Menge und in der Menge. Doch zeigt sich in diesem so lang erwarteten und erhofften Zusammensein auch ein wesentlicher Unterschied. Die revolutionäre Befindlichkeit und Erfahrung der ehemaligen Geheimbündler unterscheidet sich grundlegend von der der Massen. Sie wurden nicht mit verbundenen, sondern mit weit offenen Augen initiiert; sie sind bei hellem Tageslicht, nicht im Dunkel eines Verstecks in die Revolution eingetreten, im Verlauf eines einzigen Tags, nicht nach monate- und jahrelangem Warten. In den Wochen, die auf den »Völkerfrühling« folgen, überschlagen sich die Ereignisse und der Freiheitsraum erweitert sich zunehmend. Den Massen von Paris schließen sich Hunderttausende von Italienern, Deutschen, Ungarn und Tschechen an (allein Rußland will nicht schmelzen). Noch nie zuvor konnte sich eine Revolution in solchem Maß internationalisieren, zumal sie anders als zur Zeit der Französichen Revolution nicht mit spitzem Bajonett über die Grenzen getragen wurde. Im blendenden Licht dieser großen Tage erscheint die revolutionäre Erfahrung der Geheimgesellschaften merkwürdig beschränkt: heroisch zwar und die Tagesereignisse antizipierend, aber eben deshalb mehr und mehr der Vergangenheit angehörend. Zumal sich die »Ehemaligen« der Geheimgesellschaften schon kurz nach dem Sieg – die ersten Barrikaden waren kaum verschwunden – in verschiedenen Lagern wiederfanden: die einen als Regierungsmitglieder, die anderen in der Opposition, die einen wollen das Erreichte festigen, die anderen darüber hinausgehen, die einen sitzen im Parlament, die anderen betätigen sich als Volksredner. Im Juni 1848 errichtet die Revolution abermals Barrikaden und erhebt sich gegen sich selbst. Der 48er Frühling markiert nicht nur den Triumph der revolutionären republikanischen Ideen, sondern kündigt auch den Niedergang einer bestimmten historischen Gestalt des Revolutionärs an. Ihre Stunde schlägt mit dem Zusammenbruch der Revolution von 1848. Bekanntlich war die Sache im Sommer 1849 praktisch vorbei. Ein ehemaliger Carbonaro namens Louis Napoleon Bonaparte, seines Zeichens nunmehr Staatspräsident, hatte gerade den revolutionären Aufstand vom 13. Juni 1849 niedergewalzt und war drauf und dran, ein neues Kaiserreich zu errichten. Die Römische Republik wurde von den Franzosen niedergeschlagen, Venedig von den Österreichern zurückerobert und Ungarn von den Kosaken pazifiziert. Wer sich mit dieser Niederlage als Revolutionär nicht anfreunden wollte, fand sich im Gefängnis wieder oder wurde des Landes verwiesen und ging ins Exil, um erneut an die vorachtundvierziger Erfahrung anzuknüpfen, auf daß die Zeit der Barrikaden möglichst bald zurückkehren möge.

Die revolutionäre Tradition und Symbolik, die die Exilanten im Gepäck führten, hatte sich durch die Erfahrungen der vorangegangenen Monate erneuert und angereichert. Halten wir hier zumindest eines dieser neuen Symbole fest, das vielleicht die nachhaltigste Wirkung zeigte: die Barrikade, namentlich die in Paris. Sie war die heilige Stätte, an der sich das Schicksal der Revolution entschied und zu der die Revolutionäre aus Ehre und Treue zu ihrer Sache eilten. Während der Revolution von 1789 gab es in Paris praktisch keine Barrikaden (mit Ausnahme der Barrikade, die im Prairial des Jahres III am Eingang zum Faubourg Saint-Antoine errichtet wurde, um die Truppe, die den Stadtteil pazifizieren sollte, aufzuhalten). Im Jahr 1815 wurden einige Barrikaden errichtet, um die Stadt gegen fremde Truppen zu verteidigen. Dann kämpfte man 1830 auf Barrikaden, und auch während der revolutionären *Journées* 1832 und 1834 wurden einige errichtet. Doch erst mit der Revolution von 1848, als die Stadt mit Barrikaden gespickt war, wurde sie zum Symbol der zunächst siegreichen, dann besiegten Revolution. In den damaligen

Schriften taucht sie zugleich als Gegenstand und als Symbol, als Ort und als Akteur der Revolution auf. Man schildert und verherrlicht sie, als wäre sie ein Lebewesen. Zwei Beispiele mögen das veranschaulichen.

Das erste, das aus der *Geschichte der Revolution von 1848* von Daniel Stern stammt, bezieht sich auf die Februar-Barrikaden, auf denen die Revolution siegte. In einer Art Prozession trug die Menge den Königsthron, den sie aus den Tuilerien entwendet hatte, von einer Barrikade zur anderen:

»Paris war gespickt mit Barrikaden (man hat ihre Zahl auf 1512 beziffert), die fast ausnahmslos von republikanischen Anführern geleitet wurden. Drohend rückten sie von den abgelegensten Faubourgs bis kurz vor die Tuilerien vor (...) Gegen drei Uhr [am 24. Februar] tragen die Aufständischen den Thron, den sie der Reihe nach besteigen wollten, unter unablässigen Fußtritten die Haupttreppe hinunter ins Vestibül des Uhrenpavillons. Man bereitet einen Triumphzug vor. Trommeln wirbeln in wunderlichen Rhythmen. Junge Leute auf schönen Pferden aus dem königlichen Marstalls setzen sich an die Spitze des Zuges; vier Arbeiter tragen den Sitz auf ihren Schultern, gefolgt von einer zahlreichen Menge. So zieht man durch den Garten, über die Place de la Concorde und weiter die Boulevards hinunter. Mit Spießen bewaffnet, an deren Spitze Fetzen von Purpur, Damast, Brokat, Hofgewändtern und Livrees hängen, Bajonette und Säbel schwingend, an denen Stücke von Fleisch, Brot und Speck und leere Flaschen aus den königlichen Küchen und Kellern aufgespießt waren, rückt die Menge unter dem Gesang der *Marseillaise* vor. An jeder Barrikade wird Halt gemacht, und der Thron, auf eine Schicht Pflastersteine gesetzt, dient einigen Volksreden zur Tribüne.« (Stern 1862, S. 266f.)[5]

Und hier Victor Hugos Schilderung der Barrikade des Juni 1848, jenes dramatischen Zeitabschnitts, von dem der Verfasser der *Elenden* meint, es sei »fast unmöglich, ihn in der Geschichtsphilosophie zu verorten«, da es sich um einen »Aufstand des Volkes gegen sich selbst« handele:

»Die Barrikade von Saint-Antoine war ein wahres Ungeheuer; sie war drei Etagen hoch und siebenhundert Fuß breit. Sie versperrte von einem Ende zum anderen die ausgedehnte Einmündung des Faubourg, das heißt drei Straßen; durchfurcht, gezackt, eingekerbt, von einer unglaublichen Zerrissenheit bewehrt, mit Stützen versehen, die selbst schon ein Bollwerk waren, hier und da hervorspringend, fest angebaut an zwei vorgeschobene Häuser des Faubourg, erhob sie sich wie ein zyklopischer Damm im Hintergrund des furchterregenden Platzes, der den 14. Juli erlebt hatte. 19 weitere Barrikaden stiegen in der Tiefe der Straßen hinter der Mutterbarrikade stufenförmig an. Schon bei ihrem Anblick fühlte man, daß das tödliche Leiden im Faubourg jenes Extrem erreicht hatte, an dem Not zur Katastrophe werden kann. Woraus bestand diese Barrikade? Aus den Trümmern dreier sechsstöckiger Häuser, die eigens dafür abgerissen wurden, sagten die einen. Aus dem Wunder, das nur der Zorn bewirken kann, sagten die anderen. Sie bot den beklagenswerten Anblick aller Schöpfungen des Hasses: den Ruin. [...] Diese Barrikade war besessen; ein unbeschreiblicher Lärm erhob sich von ihr in die Wolken; bisweilen, wenn sich die Menge, die Armee provozierend, auf ihr sehen ließ, zog Sturm über ihr auf; ein ungeordneter Haufen flammender Köpfe krönte, ein Wimmeln überzog sie; sie trug einen stachligen Grat aus Gewehren, Säbeln, Stöcken, Piken und Bajonetten; eine riesige rote Fahne schlug im Wind. [...] Der Geist der Revolution umwölkte diesen Gipfel, auf dem jene Stimme des Volkes grollte, die der Stimme Gottes ähnelt; eine merkwürdige Erhabenheit ging von diesem titanischen Schuttberg aus. Das war ein Haufen Abfall, das war der Sinai«.[6] (Hugo 1963, Bd. II, S. 409ff.)

Größe und Elend der Revolutionäre

Wer sich von den Revolutionären, die nach dem Scheitern des »Völkerfrühlings« des Landes verwiesen wurden und ins Exil gingen, ein Bild machen möchte, wird kaum einen besseren Gewährsmann als Alexander Herzen finden. Seit 1847 selbst politischer Exilant, verkehrte er im republikanischen und revolutionären Milieu Italiens und Frankreichs, bevor er nach 1849 zunächst in die Schweiz, anschließend nach England ging. Herzen hat die Geschichte der revolutionären Bewegungen in Rußland maßgeblich mitgeprägt. Er gründete im Ausland die ersten antizaristischen, demokratischen und sozialistischen Zeitschriften, den *Polarstern* und *Die Glocke,* die in seinem Verlag »Freie russische Druckerei« erschienen. Herzen entwikkelt in diesen Schriften die Idee eines spezifisch russischen Wegs zum Sozialismus und stützt sich dabei auf die Institution der Dorfgemeinde Mir, ein Ansatz, den die russischen Populisten aufgreifen sollten. Schon bald galt Herzen als Symbol der antizaristischen Opposition, und kein russischer Liberaler auf Auslandsreise konnte umhin, ihm einen Besuch abzustatten. Herzen kannte die Crème der politischen Emigranten Europas, die sich in der Schweiz und in England aufhielten, sehr gut. Er porträtierte sie in seinem Buch *Erlebtes und Gedachtes* (1852-1868), ein Meisterwerk der russischen Literatur, das zu den bemerkenswertesten Memoiren überhaut gehört. Engagement und eine gewisse Distanz gehen bei Herzen stets Hand in Hand. Er identifiziert sich mit der revolutionären Sache in Rußland und in Europa und ist – wie aus den Zeilen, die ich diesem Essay vorangestellt habe, hervorgeht – vom schließlichen Sieg der Revolution fest überzeugt. Er schließt Freundschaft mit Mazzini, Ledru-Rollin, Worzel und Kossuth, die er tief bewundert. Selbst Exilant, beschreibt er das Milieu von innen, betrachtet es bisweilen aber auch von außen, nie aber als unbeteiligter Beobachter: »›Aus Ihren Worten‹, sagte mir kürzlich ein ehrenwerter Mann, ›spürt man den unbeteiligten Beobachter heraus.‹ Ich habe nicht als Unbeteiligter gesprochen, auch keinen Vorwurf erhoben; ich sprach, weil mein Herz überlief, weil die allgemein verbreitete Dummheit mich aufbrachte.« (Herzen 1953, S. 365) Herzen versteht es, Lyrik und Skepsis miteinander zu verbinden, und wahrt gegenüber den Russen wie auch den Westlern stets eine gewisse kritische Distanz. Vergessen wir nicht, daß ihm diese Unabhängigkeit durch seinen Reichtum erleichtert wurde, gelang es ihm doch, einen Großteil seines russischen Vermögens ins Ausland zu transferieren. Mit Frohlocken erzählt er, wie es selbst dem Zar nicht gelang, seine Güter zu beschlagnahmen, deren Verwaltung er den Rothschilds anvertraut hatte. So war er denn auch unvergleichlich besser gestellt als die anderen Exilanten. In Genf mietet er für sich und seine Familie die geräumige Patriziervilla Bossière, während sich die anderen Emigranten mit einem möblierten Zimmer oder noch weniger begnügen müssen. Er hat Freunde und Feinde, und so subjektiv sein Bericht auch sein mag, sein Blick ist von einer seltenen Schärfe. Ich habe nicht die Absicht, anhand von Herzens Memoiren die Geschichte der Emigration nachzuzeichnen; ich möchte nur einige Schlaglichter auf das Schicksal der Revolutionäre werfen und beschränke mich dabei auf das Exilland Großbritannien.

»Die Emigranten von 1848 wollten noch nicht glauben, daß der Sieg ihrer Feinde lange währen würde. Der Rausch ihrer noch nicht weit zurückliegenden Erfolge war noch nicht verflogen, die Lieder und Beifallsstürme der begeisterten Massen klangen ihnen noch in den Ohren. Sie hegten die feste Überzeugung, daß ihre Niederlage nur ein augenblicklicher Mißerfolg sei; sie nahmen die Kleider nicht aus dem Koffer, um sie in den Schrank zu hängen. [...] Die meisten [...], besonders die Franzosen, warteten getreu ihrer Art, von Tag zu Tag auf den

Tod Louis Bonapartes und die Wiedergeburt der Republik; die einen auf die demokratische und soziale Republik, die anderen nur auf die demokratische.« (Herzen 1953, S. 307f.)

Das Exil *verkehrt das Verhältnis der Revolutionäre zur Zeit.* Die Revolution wertet die *Gegenwart* auf, sie wird als Ereignis wahrgenommen, von dem aus es kein Zurück mehr gibt, als Bruch, der ein für allemal mit einer unglückseligen Vergangenheit aufräumt und den Horizont in die Zukunft öffnet, die den revolutionären Hoffnungen gehört. Die Revolutionäre im Exil hingegen werten die Gegenwart ab. Sie gilt ihnen als notwendig vorübergehender Zeitabschnitt, als eine Parenthese der Geschichte. Anfangs glauben sie, das Zwischenspiel werde nur wenige Monate dauern; später kommen sie aus dem Staunen über diese Gegenwart, die nicht vergehen will, nicht mehr heraus. Ledru-Rollin etwa ist noch 1864 felsenfest überzeugt, die Revolution werde jeden Tag ausbrechen. Jedenfalls bestünde das Kaiserreich, wie er anmerkt, schon lange genug. Wer hätte gedacht, daß sich diese Verirrung der Geschichte weitere zwölf Jahre halten würde. (Ebd., S. 403) Da das Vorübergehende allzu lange dauert, muß es exorziert werden. Also werten die Revolutionäre nun die *Vergangenheit* auf, und zwar zunächst die *unmittelbare Vergangenheit* der Revolution, den Elan dieser heroischen Tage, dann aber auch die *Vorvergangenheit* der Verschwörungen, die zur Revolution führten. Im nächsten Schritt wird diese Vergangenheit zum Garanten der *Zukunft,* die nur die Zukunft des »großen Tages«, eines neuen Achtundvierzig sein kann. Die Revolution hat eine Zukunft, weil sie trotz der Gegenwart und gegen sie gerichtet eine Vergangenheit hat. So koppeln die Revolutionäre die Zukunft direkt an die Vergangenheit. In den Anfängen ihres Exildaseins scheint kaum einer zu zweifeln, daß die künftige Revolution genau dieselben Akteure braucht wie die 48er. Je länger sich das Exil aber hinauszieht, desto mehr drängte es sie, die Zukunft zu befragen. Was Wunder, daß nur wenige Exilanten der spritistischen Versuchung widerstehen konnten und sich nicht im Tischerücken versuchten. (Ebd., S. 351)

Gedenken heißt, die Vergangenheit in der Gegenwart aufleben lassen. Die Exilanten haben der Vergangenheit viel gedacht. An ihren Gedenkfeiern in der St. Martin's Hall in London nahmen bis zu 1 500 Personen teil. In der Regel trugen diese Treffen einen internationalen Charakter. In den 50er Jahren bildeten die Franzosen, die

Italiener, die Polen und die Deutschen die größten Emigrantengruppen in England. So gedachte man am 29. November 1853 des polnischen Aufstands von 1830. Die Redner, die dem Martyrium Polens und seinem Kampf für die Freiheit die Ehre erwiesen, stammten aus verschiedenen Ländern. Herzen, der ebenfalls das Wort ergriff, schloß seine bewegende Rede mit dem Ausruf: »Es lebe das unabhängige Polen und das freie Rußland!« Der Vorsitzende der Versammlung, Worzel[7], umarmte ihn und erklärte, er würde Rußland im Namen von Polen verzeihen. Die Anwesenden nahmen diese symbolische Versöhnung mit begeistertem Applaus auf. Am 27. Februar 1855 feierte man unter Beisein der »hervorragendsten Vertreter der europäischen Demokratie« – Louis Blanc, Victor Hugo, Arnold Ruge, Mazzini, Kossuth, Worzel, Herzen und anderen – den Jahrestag der Revolution von 1848. Die genannten Persönlichkeiten verkörperten schon damals die Treue zur Revolution und den Widerstand gegen die Willkürherrschaft. Ihre Teilnahme symbolisierte die stets lebendige Vergangenheit, wie auch das gesamte achtundvierziger Europa symbolisch in diesem Raum der freien Rede und des freien Gedenkens anwesend war. Eine andere Weise des Gedenkens: Herzen brachte die erste Nummer seiner Zeitschrift *Polarstern* am 12. Juli 1855, dem 30. Jahrestag der Hinrichtung der fünf Dekabristen, heraus. Die Zeitschrift nannte sich übrigens nach einer kurzlebigen Publikation der Dekabristen und zeigte auf der Titelseite die Porträts der fünf Märtyrer. In den Jahren 1863-1864, als in Polen erneut ein Aufstand ausbrach, der unter den gleichgültigen Blicken der europäischen Regierungen von russischen Truppen brutal niedergeschlagen wurde, fanden mehrere Solidaritätsveranstaltungen statt. Herzen zögerte keinen Augenblick, seiner Solidarität mit den polnischen Aufständischen wiederholt Ausdruck zu verleihen, obwohl Rußland damals von einer Welle des Nationalchauvinismus ergriffen wurde, die auch über die liberale Intelligenzija hinwegschwappte. Auf einem dieser Treffen wurde übrigens die I. Internationale gegründet.

Ein bedeutender Augenblick des Rituals war jedesmal, wenn die Teilnehmer in mehreren Sprachen gleichzeitig die *Marseillaise* sangen. Herzen zeigte sich bei diesem Ritual stets sehr bewegt, mußte jedoch mit schmerzlicher Verbitterung feststellen: »Die politische Reformation ist genauso heruntergekommen wie einst die religiöse;

eine hohle Rhetorik hat sich breitgemacht, die die einen aus Schwäche, die anderen aus Heuchelei im Munde führen. Die *Marseillaise* ist ein heiliger Gesang, genauso wie *Gottes feste Burg;* wenn sie ertönen, ziehen majästetische Bilder vor dem inneren Auge vorbei, wie der Zug der Schatten in *Macbeth:* Könige sie alle, aber alle tot.« (Herzen 1956, Bd. 11, S. 52)

Die Gedenkfeiern fungierten nicht nur als Ort des Gedenkens, sondern auch als *Ort der Geselligkeit.* Gleiches läßt sich von den Begräbnisfeierlichkeiten sagen, die um so häufiger wurden, je mehr Zeit verstrich. Wie Herzen schreibt, kam ein Begräbnis im eintönigen Alltag der Exilanten fast einer festlichen Gelegenheit gleich. Man hatte Anlaß, sich zu treffen, sich zu zählen (vor allem wenn der Verstorbene einen gewissen Ruf besaß und die Emigranten vollzählig erschienen), eine Rede zu halten, anderen Reden zu lauschen und schließlich den revolutionären Prinzipien ewige Treue zu schwören. (Ebd., Bd. 11, S. 37)

Aber nicht nur durch Wort und Gedenken sollte das Feuer der Revolution geschürt werden, sondern auch durch tatkräftiges Handeln. Die politischen Emigranten waren, als sie ihr Land verlassen mußten, fest entschlossen, den Kampf fortzuführen, die Freiheit zur Vorbereitung der nächsten Aktion zu nutzen und das Exil zum Brandherd der Revolution zu machen. Im Exil konspirierte jeder; für manche eine neue Erfahrung, für andere die Fortsetzung ihrer Jugendjahre. Die Grenzen zwischen Gespräch und Verschwörung waren allzuoft verschwommen oder gar inexistent: Wieviel Verschwörungen endeten nicht da, wo sie begonnen hatten: in der Schenke, in der man sich traf. Dieser Verschwörungszwang wurde von Herzen – auch von Marx – vielfach aufs Korn genommen und der Lächerlichkeit preisgegeben. Indes nahmen die Geheimpolizeien der verschiedenen Länder diese Unterredungen keineswegs auf die leichte Schulter; sie suchten sich zu informieren, Spitzel einzuschleußen und was dergleichen mehr ist, und hatten damit letztendlich recht. Denn abgesehen von den Verschwörungen, die nur im Kopf der Verschwörer existierten, gab es auch solche, die durchaus real waren und mit schwerwiegenden Konsequenzen bis ins einzelne vorbereitet wurden.

Im Jahr 1857 bittet Cavour, Ministerpräsident von Sardinien-Piemont, die französische Regierung um Amtshilfe bei der Verhaftung

Mazzinis, der sich dem Zugriff der Polizei immer wieder entziehen konnte. Am 20. Januar 1858 weist der französische Außenminister Graf Walewski seinen Botschafter in London an, die britische Regierung zu bewegen, sie möge die Handlungsmöglichkeiten der Exilanten drastisch einschränken. »Wir haben es nicht mehr damit zu tun, daß sich die Feindseligkeit irregeleiteter Parteien in übertriebenen Pressedarstellungen und sprachlichen Gewaltstreichen äußert (...) Es geht darum, daß hier der Mord zur Lehre erhoben, offen gepredigt und in wiederholten Versuchen, deren letzter in Europa gerade große Bestürzung ausgelöst hat, in die Tat umgesetzt wird!«

Obgleich die beiden diplomatischen Vorstöße unterschiedliche Ursachen hatten, war jedesmal Mazzini die Zielscheibe. Cavours Ersuchen an die französische Regierung erging anläßlich der glücklosen Initiative Carlo Pisacanes, der sich insbesondere um die Verteidigung der Römischen Republik im Jahr 1849 verdient gemacht hat. Pisacane sollte nach seiner Landung in Süditalien mit einem Geheimkomitee in Neapel Kontakt aufnehmen und einen bewaffneten Aufstand auslösen, den Mazzini mit einer bewaffneten Aktion in Genua unterstützen wollte. Das Unternehmen endete tragisch. Die erhoffte Unterstützung der Einwohner blieb aus, und Pisacane und seine Gefährten wurden von feindseligen Bauern niedergemetzelt. In Genua entdeckte die Polizei das Komplott und reagierte mit schonungsloser Repression. Mazzini konnte fliehen und wurde in Abwesenheit zum Tode verurteilt.

Graf Walewski verfaßte seine Protestnote nach einem weit schwerwiegenderen Vorfall: dem Attentat von Felice Orsini und seinen beiden Komplizen auf Napoleon III. Am 14. Januar 1858 warf Orsini vor der Oper eine Bombe auf die Kutsche von Napoleon III. und seiner Frau. Beide kamen heil davon, nur in ihrer Eskorte gab es Tote und Verletzte. Orsini galt aufgrund seiner revolutionären Aktivitäten und seiner aufsehenerregenden Flucht aus der Festung von Mantua schon zu Lebzeiten als Legende. Für Napoleon III. war das im übrigen nicht der erste Attentatsversuch; sein Staatsstreich machte ihn sozusagen zur designierten Zielscheibe. Orsini hegte mit seiner Aktion die Hoffnung, die Ermordung Napoleons III. werde in Frankreich und daher auch in Italien eine revolutionäre Bewegung auslösen. Er hatte das Attentat in London vorbereitet und dabei weder mit Mazzini noch mit den französischen Exilanten zusammengearbeitet, doch die französische Regierung sah im Hintergrund eine riesige Verschwörung am Werk. Der Prozeß gegen Orsini und seine Komplizen fand am 26. und 27. Januar statt. Alle drei wurden zum Tode verurteilt und auf der Guillotine hingerichtet. Gegen Mazzini und Ledru-Rollin, die das Gericht als mutmaßliche Anstifter betrachtete, erging eine lebenslange Haftstrafe.

Eine weitere wesentliche Tätigkeit der Exilrevolutionäre bestand darin, *Schriften zu verfassen und zu veröffentlichen*, um die Redefreiheit in ihren jeweiligen Ländern zu propagieren. Herzens *Glocke* etwa fand in Rußland großen Widerhall. Nicht nur, daß Hunderte, später Tausende Exemplare ins Land geschmuggelt wurden; mit der Zeit erschienen in der Zeitschrift auch immer mehr Beiträge von verschiedenen revolutionären Gruppen, die in Rußland selbst tätig waren. Die *Glocke* überstand mit Höhen und Tiefen zehn Jahre; andere Exilzeitungen und Zeitschriften waren weit kurzlebiger. Darüber hinaus brachte das Exil eine Masse an Büchern hervor, in erster Linie zu politischen Fragen, aber auch Abhandlungen zur Geschichte, Ökonomie, Philosophie usw. *Die Elenden* und *Das Kapital* stammen aus der Feder von Exilanten, und es ließen sich Dutzende anderer Werke zitieren, die weniger bekannt sind und weniger Wirkung zeigten. Kaum ein Exilant hat nicht irgendwann einmal einen Artikel oder eine Erklärung verfaßt. Und erst die zahllosen Appelle, Adressen, Manifeste, Programme und was dergleichen mehr ist, die man als Mitglied irgendeiner Gruppe, irgendeiner Gesellschaft, irgendeines Komitees unterzeichnete.

Ein Großteil der politischen Anstrengungen und Aktivitäten der Exilanten verging im Rahmen dieser Gruppen und Grüppchen. Sie waren sehr zahlreich, diese alten und neuen Parteien, die ihre Mitglieder nach nationaler und/oder weltanschaulicher Zugehörigkeit organisierten und damit die alten Gegensätze reproduzierten, die die Emigranten aus ihrer Heimat mitbrachten. So schrieb man die Vergangenheit fort, vertrieb die Gegenwart und blieb sich selbst allen Widerständen zum Trotz treu. Streitereien, die immer archaischer anmuten, blockierten die Emigraten. »Ein objektives Urteil besitzen die Allerwenigsten; alle Parteien sind hartnäckig konservativ, eine Bewegung nach vorwärts scheint ihnen eine Schwäche zu sein, ja fast eine Feigheit zu bedeuten; ist jemand unter eine Fahne getreten, so hat er unter ihr zu bleiben, auch wenn er im Laufe der Zeit erkennt, daß die Farben gar nicht mehr dieselben sind, die sie einst zu sein schienen.« (Herzen 1953, S. 352) Zu den alten Gegensätzen traten neue hinzu, denn die Exilanten nahmen zu allen tagespolitischen Ereignissen Stellung und arbeiteten und feilten an ihren Programmen. Sämtliche Spielarten des Republikanismus und des Sozialismus sind hier vertreten.

Gerade im Exil gewannen diese feinen Unterschiede an Bedeutung. Nur durch Abgrenzung gegen andere konnten die Mitglieder einer politischen Gruppierung *ihre Identität* wahren und einen Legitimitätsersatz finden. Wie sollten sie nicht daran glauben, daß allein *ihr* Programm den wirklichen Willen des Volkes zum Ausdruck bringt, da das Volk selbst nicht befragt werden konnte? Zu den ideologischen Gegensätzen gesellten sich nationale Unterschiede und Empfindlichkeiten.[8] An internationalen Solidaritätsbekundungen fehlte es zwar nicht; einige davon haben wir bereits erwähnt. Diese Veranstaltungen wurden vielfach vom Zentralausschuß der Europäischen Demokratie organisiert, der auf Initiative von Mazzini und unter Mitwirkung französischer, italienischer, polnischer und deutscher Exilanten im Juni 1850 in London gegründet wurde. Das konnte die bestehenden Gegensätze indes nicht beseitigen, denn der Zentralausschuß, mochte er sich auch als international und europäisch verstehen, fügte den bestehenden Komitees nur ein weiteres hinzu. Wieviele Exilanten erblickten in der im September 1864 in London gegründeten Internationalen Arbeiter-Assoziation anfangs nur eine weitere, wenn nicht gar überflüssige Vereinigung? Mazzini, der an den ersten Versammlungen teilnahm, distanzierte sich schon bald wieder, und auch Herzen scheint der Assoziation nicht allzu viel Bedeutung beigemessen zu haben.

Mitunter verbarrikadierten sich die Exilanten in ihrer nationalen und/oder ideologischen Gruppe, ohne von den anderen Notiz zu nehmen. Mitunter wollten sie sich aber auch gar nicht kennenlernen, begegneten einander mit Mißtrauen und bekundeten offen ihre gegenseitige Abneigung. Herzen und Marx waren ein solcher Fall. Herzen, der aus allerlei Gründen nicht allzu viel Sympathie für die deutschen Exilanten empfand, hatte es offen auf Marx und seine Anhänger abgesehen. Diese »Marxiden«, diese »Schwefelbande«, wie er sie nannte, waren in seinen Augen noch halsstarriger als die anderen deutschen Exilanten. Sie galten ihm als Verkörperung des Dogmatismus und Verfechter einer verschrobenen Philosophie, die mit einem unvergleichlichen Dünkel und Alleinvertretungsanspruch einherging. Marx wiederum sah in Herzen nur einen russischen Aristokraten, der obendrein reich war und seinen Panslavismus nur notdürftig hinter einer sozialistischen Phraseologie verstecken konnte. Marx weigerte sich systematisch, an allen internationalen Versammlungen teilzunehmen, an denen auch Herzen zugegen war, namentlich an der bereits erwähnten Gedenkveranstaltung vom 27. Februar 1855. Seine Teilnahme war auf den Plakaten schon angekündigt, da zog er sich zurück, »weil ich [wie er an Engels schrieb] mit *Herzen* nirgendwo und niemals zusammen figurieren will, da ich nicht der Ansicht bin, durch russisches Blut old Europe erneut zu sehen«. (Marx 1978, S. 434f.) Gleichwohl las er, als er rund 15 Jahre später Russisch lernte, unter anderem auch Herzens Werk *Erlebtes und Gedachtes,* und zwar im Original.

Mißtrauisch und von Animositäten getrieben, verdächtigte man einander der Arbeit für den Feind. Das Milieu der Revolutionäre krankte an einer Art Spionagephobie. Überall vermutete man Spione und sah Verräter am Werk. Mitunter waren diese Verdächtigungen gerechtfertigt, denn die Geheimpolizeien aller Länder versuchten unablässig, Agenten einzuschleusen. So befanden sich unter Mazzinis engsten Mitarbeitern auch einige Spitzel. Vielfach handelte es sich jedoch nur um verleumderische Gerüchte. Als es Orsini gelang, aus den bestbewachten Gefängnissen auszubrechen, ging das Gerücht um, er stecke mit den Österreichern sicher unter einer Decke.

Diese Gerüchte zeugen nicht nur vom Elend der Exilpolitik, sondern auch und vor allem vom Elend des Exildaseins überhaupt. Die Beschaffung des täglichen Lebensunterhalts beanspruchte viel Zeit und war vielfach demütigend. Die Revolution ließ auf sich warten, und die Exilanten, fast ausnahmslos Gelehrte, Journalisten, Juristen usw. hatten keinen Beruf, der sie ernährte. Wie Herzen erzählt, war Worzel, den er 1852 in London traf, in seiner Eigenschaft als Mitglied des Zentralausschusses der Europäischen Demokratie vollauf damit beschäftigt, Unterstützung für die gemeinsame Sache zu finden, Petitionen zu verfassen, Zeitungsartikel zu schreiben und was dergleichen mehr ist. »Er klopfte an die Türen, schrieb Briefe und Artikel, arbeitete und hoffte, überzeugte und bat und, da er bei allem diesem auch noch essen mußte, so begann Worzel Stunden zu geben in Mathematik, Zeichnen und sogar in französischer Sprache. Er hustete, erstickte fast vor Atemnot, lief von einem Ende Londons ans andere, um zwei Schillinge, und wenn es hoch kam, eine halbe Krone zu verdienen, und gab dann noch einen Teil des Verdienstes an bedürftige Landsleute ab.« (Herzen 1953, S. 379) Anfangs arbeitete man nur, um politisch tätig sein zu können, doch wie die Jahre verstrichen, wurde diese Tätigkeit so aufreibend und mühevoll, daß sie bei manchen in den Hintergrund rückte und schließlich in Vergessenheit geriet. Die Exilanten liefen ständig Gefahr, an den Rand der Gesellschaft zu geraten, und tatsächlich rutschten sie zunehmend ins Milieu der Marginalisierten ab. Herzen besaß, wie gesagt, Vermögen; das war unter den Exilanten eine solche Ausnahme, daß man ihn für steinreich hielt. Ständig ging man ihn um Geld für die nobelsten politischen Zwecke an, während andere ihn baten, er möge ihre ebenso genialen wie verkannten Erfindungen finanzieren. Doch wie zahlreich waren auch die Bittsteller, die ohne Umschweife einräumten, sie benötigten Geld, um ihre Schulden zu begleichen oder einen Gehrock zu kaufen, kurz: um zu überleben.

Kommen wir zum Schluß. Die Zeit des Exils war, wie gesagt, die Zeit des Niedergangs der 48er Revolutionäre. 20 Jahre später war diese historische Gestalt in der Vergangenheit versunken, und dies aus mehreren Gründen.

Zunächst einmal wegen der zerstörerischen Kraft der Zeit. Ein Vierteljahrhundert ist lebensgeschichtlich eine lange Zeit. Auch Revolutionäre altern, vielleicht sogar schneller als andere Menschen. Die langen Jahre des dauerhaft gewordenen Vorübergehenden zehrten an Geist und Seele. Nach der bekannten Redensart frißt die Revolution ihre Kinder; die Revolutionäre aber frißt und zerstört das Ausbleiben der Revolution.

Doch nicht nur eine Generation hatte sich abgenutzt und verbraucht. Dasselbe gilt für die *Gestalt des Revolutionärs,* deren Geschichte wir nachgezeichnet haben und deren Krönung gewissermaßen die Achtundvierziger waren. Mit ihrem Niedergang war die Geschichte der Revolutionäre natürlich nicht zu Ende. Andere sollten ihnen folgen, aber eben *andere:* Revolutionäre, die eine andere Vorstellung, ein anderes Verständnis von Revolution und revolutionärer Tätigkeit hatten. Aus welchen Gründen die Gestalt des 48ers sich nicht reproduzierte, läßt sich nur beantworten, wenn wir die Bedingungen für das Auftreten dieser neuen Revolutionäre untersuchen. Aber das liegt außerhalb unseres Gegenstands. Statt dessen wollen wir kurz darauf eingehen, warum sich die alte Gestalt des Revolutionärs nicht erneuerte.

Als die politischen Flüchtlinge ins Exil gingen, waren sie nicht nur felsenfest davon überzeugt, die Revolution werde nicht auf sich warten lassen, sondern auch der Ansicht, sie werde an den »Völkerfrühling« anknüpfen und der gemeinsamen Sache der *Republik, der Freiheit der Völker und der sozialen Gerechtigkeit* zum Durchbruch verhelfen. Doch Achtundvierzig kehrte nicht zurück. Immer weiter rückte dieses Ereignis in die Vergangenheit, und mit ihm verschwand der historische Horizont und die politische, kulturelle und soziale Konjunktur, in deren Zusammenhang man die Revolution als Einheit von Republik, Völkerfreiheit und sozialer Gerechtigkeit denken und verstehen konnte.

Das heißt nicht, daß die Probleme, die in der ersten Hälfte des Jahrhunderts auftauchten und der Revolution von 1848 ihr Gepräge verliehen, in der Folgezeit keine Lösung gefunden hätten. Das Drama der Revolutionäre bestand unter anderem gerade darin, daß ihre Erwartungen ohne und gegen sie verwirklicht wurden. Was ihnen als drei Seiten ein und desselben Problems und Ziels galt, zerbrach und verselbständigte sich gegeneinander.

Die beiden großen europäischen Nationen Italien und Deutschland verwirklichten ihre Einheit nicht durch Revolution und Republik, sondern durch dynastische Politik und militärische Erfolge. Mazzinis letzte Tage symbolisieren diese Niederlage recht gut; er erkannte sich im nationalstaatlich vereinigten Italien in keiner Weise wieder: Es sei »nur ein Gespenst, eine Maske«, schrieb er im Jahr 1871. Er starb wenig später, nachdem er unter einem falschen, ausländischen Namen, als ein gewisser Mister Brown, in sein Heimatland zurückgekehrt war. Noch in seinem eigenen Land blieb er ein Exilant.

Gleiches läßt sich auch von der Republik sagen, die sich schließlich ebenfalls einstellte. Auch sie kam nicht in Folge einer Revolution, sondern aufgrund der militärischen Niederlage des Kaiserreichs. Der Verkündung der Republik folgte die Revolution zwar auf dem Fuße, aber die Pariser Kommune mit ihren Barrikaden und roten Fahnen war eine soziale Revolution gegen die Republik und wurde in der »Blutigen Woche« im Keim erstickt. Achtundvierziger fanden sich auf beiden Seiten der Barrikaden, und viele von ihnen konnten sich zwischen Versailles, das ihnen zuwider war, und der Kommune, die sie ablehnten, nicht entscheiden.

Und wo der Kampf für soziale Gerechtigkeit nicht auf den Barrikaden stattfand, nahm er ganz neue Formen an. An die Stelle des alten Revolutionärs trat der Streikführer und Gewerkschafter, an die Stelle der Geheimgesellschaften die politische Partei. In Deutschland, dem Kernland der Sozialdemokratie, stieg der Anteil der sozialdemokratischen Wähler zwischen 1871 und 1891 von drei auf 20 Prozent.

Im letzten Viertel des 19. Jahrhunderts verschiebt sich das Epizentrum der revolutionären Bewegungen nach Osten, nach Rußland, genauer: ins russische Zarenreich, wo zahlreiche revolutionäre Gruppen unterschiedlichster Provenienz entstehen. Es wäre interessant, einmal zu untersuchen, ob sich auch in anderen Weltgegenden, zu anderer Zeit und in anderen politischen und sozialen Zusammenhängen ähnliche Vorstellungen, Mentalitäten und Praktiken herausgebildet haben wie die der Achtundvierziger. Dazu müßte man aber eine vergleichende Geschichte der Revolutionäre und also der Revolutionen in Angriff nehmen.

Das Verhältnis zwischen Mittel und Zweck, zwischen Wertvorstellungen und Machtinstanzen steht im Mittelpunkt des Politischen im allgemeinen und jedes revolutionären Projekts im besonderen. Als die geächteten Achtundvierziger in ihr Land zurückkehrten, betrachtete man sie einerseits als ehrenwerte Persönlichkeiten, ja als Vorfahren, andererseits aber auch als Verkörperung einer überholten revolutionären Tradition. Hatten sie die Revolution und ihr eigenes Handeln nicht allererst in moralischen Wertbegriffen und erst in zweiter Linie und nicht hinreichend in Machtbegriffen gedacht? So galten sie als zu edelmütig und nicht praktisch genug, als zu naiv und nicht realistisch genug, als zu träumerisch und nicht pragmatisch genug, als Idealisten – eben als Romantiker.

Anmerkungen

1 Zur Verdeutlichung unseres Anliegens scheint es uns angebracht, kurz auf die Geschichte des Begriffs *Revolutionär* einzugehen, die sich weitgehend mit der Geschichte des Revolutionsbegriffs deckt. Erinnern wir uns, daß sich der Bedeutungsumfang von *Revolution* im Laufe des 17. und 18. Jahrhunderts erweitert und wandelt. Anfangs gehörte der Begriff zum Wortschatz der Astronomen und bezeichnete eine ellipsen- oder kreisförmige Bewegung, etwa die periodische Wiederkehr eines Gestirns nach Vollendung seiner Umlaufbahn. Nach und nach findet er auch in historische und gesellschaftliche Betrachtungen Eingang und bezeichnet hier einen abrupten und grundlegenden Wandel in der gesellschaftlichen und moralischen Ordnung sowie Veränderungen im politischen System und seinen Institutionen. (Die Übernahme von Begriffen aus der Mechanik und den Naturwissenschaften zur Bezeichnung historischer und gesellschaftlicher Phänomene ist eine allgemeine Tendenz des 18. und 19. Jahrhunderts; vgl. beispielsweise die Begriffe *Fortschritt, Reaktion* und *Evolution).*

Des weiteren verweist *Revolution* auf *Revolte,* auf die Anwendung kollektiver Gewalt. Aufschlußreich ist in diesem Zusammenhang die berühmte Anekdote über den Boten, der am 14. Juli 1789 nach Versailles eilt, wo er seinem König, Ludwig XVI., die Ausmaße und die Bedeutung der Ereignisse in Paris mit folgenden Worten nahezubringen sucht: »Herr, das ist keine Revolte, das ist eine Revolution.« Schon die Erfindung dieser Anekdote zeigt, daß der Begriff *Revolution* damals einen neuen Sinn annimmt, obgleich der Begriff im Sinn von radikaler, ja gewaltsamer Veränderung bereits zur Bezeichnung der *Revolution* in England 1642-1648 in Gebrauch war. (In England selbst verwendete man dafür vorzugsweise den Begriff *civil war* und reservierte *revolution* für die Restauration der Monarchie im Jahr 1660. Später wurde der Fall Jakobs II. und der Übergang zur parlamentarischen Monarchie als *prodigious revolution* oder *glorious revolution* und schließlich schlicht als *the Revolution* bezeichnet.) Ebenso sprach man von der *Revolution von Amerika,* die auch als *Aufstand von Amerika* bezeichnet wurde.

Im Anschluß an 1789 findet *Revolution* sowohl zur Bezeichnung der neueren Ereignisse insgesamt wie auch der darauf folgenden Umwälzungen recht rasch Verbreitung. *Revolution* – dieses bedeutungsschwere, hoffnungsschwangere Wort von bemerkenswerter Plastizität – bedeutet im damaligen Sprachgebrauch in erster Linie einen Bruch in der Zeit, ihre Unterteilung in ein *Vorher* und *Nachher,* einen Moment, von dem aus es kein Zurück mehr gibt und die Geschichte neu beginnt. Dieser Bruch wird im Diskurs und in der Symbolik der Revolution denn auch immer wieder hervorgehoben. Der Revolutionskalender, der im Oktober 1793 eingeführt wurde und den *Beginn der Geschichte* auf den 22. September 1792 (Verkündung der Republik) festlegte, legitimierte und institutionalisierte dieses Gefühl des Bruchs ebenso wie den Willen, jedes Zurück unmöglich zu machen.

Das Adjektiv *revolutionär,* das kurze Zeit später im Jahr 1790 auftaucht, setzt sich rasch durch. Anfangs wird es nur neutral im Sinn von *revolutionsbezogen* verwendet, beispielsweise in den Wortfügungen *revolutionäre Ereignisse* oder *revolutionäre Krise.* Immer häufiger gebraucht man es aber auch im Sinn von *revolutionsbefürwortend,* etwa in der Zusammensetzung *revolutionäre Prinzipien.* Zu diesem passiven Sinn gesellt sich schon bald die Bedeutung als *aktive Triebkraft des revolutionären Prozesses,* wie zum Beispiel in den Fügungen *Revolutionskomitee* und *Revolutionsarmee.* Dieselbe Zweideutigkeit behält das Wort im Übergang vom Adjektiv zum Substantiv: Ein Revolutionär ist entweder ein *Anhänger revolutionärer Ideen* oder aber eine *Person, die an den revolutionären Veränderungen mitwirkt und sich aktiv an der Revolution beteiligt.* Im 19. Jahrhundert taucht als weitere Ableitung das Wort *Revolutionarist* auf, eine *Person, die die Revolution als einziges Mittel zur Veränderung der Gesellschaft und ihrer Institutionen befürwortet* (die entsprechende Lehre wird als *Revolutionismus* bezeichnet). Der Begriff *Revolutionist* fand jedoch keinen Eingang in den Sprachgebrauch. Die von mir vorgeschlagene Definition des *Revolutionärs* umfaßt sowohl die Bedeutung von *Revolutionist* also auch von *Revolutionär* im Sinn von aktiver Triebkraft der Revolution. (Vgl. Alain Rey, *»Révolution«. Histoire d'un mot,* Paris 1989, ein außergewöhnlich informatives Buch, das ich hier wiederholt herangezogen habe.)

2 Lafayette starb 1834 im Alter von 77 Jahren. Bazard, der ihn 1821 zur Generalversammlung der *Carbonari* einlädt, war damals knapp dreißig Jahre alt. Victor Hugo skizzierte das Konventsmitglied G. mit folgenden Worten: »G., ruhig, mit noch fast aufrechtem Oberkörper und markiger Stimme, war einer jener Achtzigjährigen, die den Physiologen erstaunen. Die Revolution hatte viele solcher Männer, die ihrer Zeit ›gewachsen‹ waren.« (Hugo 1968, S. 54) Als G. dem Konvent beitritt, ist er bereits 60, ein recht fortgeschrittenes Alter für ein Konventsmitglied; daher sein hohes Alter zu Beginn der Restauration. Victor Hugo hat diese »großen Achtzigjährigen« tatsächlich gekannt. A.C. Thibaudeau starb 1854 als letzter Überlebender des Konvents im Alter von 89 Jahren. Der letzte Überlebende des Wohlfahrtsausschusses des Jahres II, Barère, starb 1841 im Alter von 85 Jahren. Natürlich hatten nur wenige Revolutionäre ein solch langes Leben, doch zeigt sich gerade an ihnen beispielhaft, wie *nah* sich die Generationen und Epochen lebensgeschichtlich waren, die sich in historischer Sicht eher als entfernt und in sich abgeschlossen darstellen. Denken wir nur an das Ancien Régime und das Zweite Kaiserreich: Thibaudeau beispielsweise wurde 1765 unter Ludwig XV. geboren; Napoleon III. ernannte ihn zum Senator auf Lebenszeit. Bedenken wir auch, daß sowohl Michelet als auch Lamartine häufig auf die heute so genannte mündliche Geschichte zurückgriffen und insbesondere die Verwandten hingerichteter

Girondisten und Jakobiner befragten. Michelet forderte seine Studenten 1842 in seiner berühmten Vorlesung am Collège de France auf, sich nach Überlebenden des Kaiserreichs umzuschauen und aufzuzeichnen, was sie zu erzählen haben.

3 Und erst die ewigen Verschwörer, denen konspiratives Verhalten sozusagen dauerndes Bedürfnis oder gar snobistischer Lebenszweck war. Herzen erzählt in diesem Zusammenhang eine köstliche Anekdote. Unter Louis-Philippe versteckte sich in Paris ein gewisser E., der bei einer Geheimgesellschaft mitmischte. Einer seiner zahlreichen Freunde faßte Mitleid mit ihm und erkundigte sich beim Präfekten von Paris, Delessert, der E. im übrigen kannte, weshalb die Polizei diesem Unglücklichen nachstelle. Der Präfekt staunte nicht schlecht und forderte bei der betreffenden Dienststelle alle verfügbaren Informationen über E. an. Die Akte, die man ihm sogleich brachte, enthielt unter anderem die »geheime« Adresse von E. sowie die Namen der Cafés, in denen er regelmäßig verkehrte. Delessert beauftragte daraufhin einen Untergebenen, E. aufzusuchen und ihm mitzuteilen, er habe keinen Grund, sich zu verstecken, da nichts gegen ihn vorliege. Der betreffende Polizist tat, wie ihm befohlen, und zwei Stunden später informierte E. seine Freunde, daß die Polizei ihn entdeckt habe und er daher umgehend den Wohnsitz wechseln oder Paris verlassen müsse (Herzen 1956, S. 46f.).

4 Das ist keineswegs als Metapher zu verstehen; noch 45 Jahre später legte der alte Blanqui häufig Blumen auf das Grab der vier Unteroffiziere. Ich kann der Versuchung nicht widerstehen, ein weiteres Beispiel anzuführen. Im Jahr 1867 veröffentlicht Pierre Larousse in seinem *Grand dictionnaire universel du XIXe siècle,* das als »Gedächtnis« schlechthin gelten kann, einen langen Artikel der Bewunderung über Bories, eine unnachahmliche Mischung aus Sachinformation und lyrischer Begeisterung für den Feldwebel. Der Beitrag schließt »mit einer Liebes- und Schmerzenslegende, die in den letzten Jahre von sich reden machte«. Ganz Paris links der Seine kannte »eine alte Dame, die tief gebückt ging und sich auf einen langen Stock stützte. (...) Sie trug an ihrer Korsage stets ein Bukett, das meist verwelkt war, da sie nicht immer die Mittel besaß, es zu erneuern.« Sie bettelte nie, sondern nahm, »vom Kummer noch mehr gebeugt als vom Alter, die Blumen an, die ihr die Floristen vom Sèvres-Markt schenkten. Nun, diese Alte, die einst eine frische und schöne junge Frau war, trauerte seit vierzig Jahren um einen Helden. Es war Françoise, die Verlobte von Bories, deren Heirat unter dem Beil des Henkers fiel. Man erzählt, der Märtyrer habe ihr als ewiges Lebewohl vom Schinderkarren herab ein Bukett zugeworfen, dessen Duft er geatmet. Seit jenem unheilvollen Tag lebte diese Orphelie der Erinnerung mit dem Geist des großherzigen jungen Mannes (...) Sie starb im Jahr 1864. Mildtätige Nachbarn legten ihr letztes Bukett in ihren Sarg.«

5 Flaubert schildert bewegt und ironisch, wie sich das Volk in den Tuilerien des Throns bemächtigt: »Plötzlich erscholl die Marseillaise. Hussonnet und Fré-

déric beugten sich über die Rampe. Das war das Volk. Es wälzte sich über die Treppe, es trieb in seinen Wogenwirbeln bloße Köpfe, Helme, rote Mützen, Bajonette und Schultern, so wild brausend, daß Menschen in dieser wirbelnden Masse verschwanden, die immer noch stieg wie ein Strom, der sich gestaut hat, bei der Springflut der Tag- und Nachtgleiche, mit langem Tiergebrüll, mit alles zermalmender Wucht. Oben breitete sie sich aus, und der Gesang verstummte. [...] Alle Gesichter waren rot, in breiten Tropfen rann ihnen der Schweiß herunter. Hussonnet äußerte: ›Die Helden riechen übel!‹ ›Ach, Sie sind gräßlich‹, antwortete Frédéric. Vorwärtsgeschoben gegen ihren Willen betraten sie einen Raum, an dessen Decke ein Baldachin von rotem Samt gespannt war. Auf dem Thron darunter saß ein schwarzbärtiger Proletarier, das Hemd halb offen, mit der stumpfsinnigen Heiterkeit eines häßlichen Affen. Andere kletterten auf die Estrade, um an seinen Platz zu kommen. ›Ein Mythos!‹ sagte Hussonnet. ›Das souveräne Volk!‹ [...] Man hatte den Thron einem Fenster genähert und schleuderte ihn unter Johlen hinab.« (Flaubert 1959, S. 215f.)

6 Diese Barrikade von 1848 ist nicht mit der von Gavroche und Jean Valjean zu verwechseln. Letztere wurde während des bewaffneten Aufstands im Anschluß an die Bestattung des General Lamarque im Jahr 1832 in der Rue de la Chanverie errichtet. Hugo notiert dazu: »Sechzehn Jahre zählen in der unterirdischen Erziehung des Aufstands, und der Juni 1848 verstand sich darauf besser als der Juni 1832.« (Hugo 1963, Bd. II, S. 415)

7 Stanislav Worzel (1795-1857), während des polnischen Aufstands von 1830 Abgeordneter des Reichstags, war Freimaurer und Carbonaro, führendes Mitglied verschiedener polnischer demokratischer Gesellschaften in Frankreich und Belgien, Gründer des *Polnischen Volkes,* einer Vereinigung polnischer Soldaten im englischen Exil, und Freund von Herzen und Mazzini.

8 Als Herzen nach seiner Ankunft in England Mazzini besucht, endet die herzliche Unterredung mit Mazzinis Auskunft: »Sie werden es erleben, daß die neue Ära der Revolution in Italien beginnt. Was meinen Sie?« Auf Herzens Einwurf, er könne sich keine Revolution in Europa vorstellen, solange sich Frankreich nicht rührt, erwidert Mazzini: »Frankreich liegt im Schlaf, wir Italiener werden es aufwecken!« (Herzen 1953, S. 337f.) Wenige Tage darauf trifft sich Herzen mit Ledru-Rollin: »Die Revolution«, meinte er, »kann nur in Frankreich ausbrechen. Deshalb ist es klar, daß sie alle, aus welchen Ländern sie auch kommen mögen, um ihrer eigenen Sache willen erst uns helfen müssen. Die Revolution kann nur aus Paris kommen. Ich weiß sehr wohl, daß unser Freund Mazzini anderer Meinung ist; er läßt sich von seinem Patriotismus verblenden. Was kann schon Italien mit Österreich am Halse und den napoleonischen Soldaten in Rom anfangen? Wir brauchen Paris! Paris, das ist Rom, Warschau, Budapest. Und glücklicherweise ist Paris völlig bereit, seien Sie sich klar darüber: völlig bereit! Die Revolution ist gemacht, die Revolution ist fertig, da gibt es nichts daran zu deuteln!« (Ebd., S. 341)

Bibliographie

(Die mit einem * gekennzeichneten Titel sind in der Originalausgabe nicht aufgeführt.)

Allgemeine Werke über die Epoche

Behler, E., *Unendliche Perfektibilität: europäische Romantik und Französische Revolution.* Paderborn 1989*

Bohn, V., *Romantik, Literatur und Philosophie.* Frankfurt a.M. 1987*

Forum für Philosophie, Bad Homburg (Hg.), *Die Europaidee im deutschen Idealismus und in der deutschen Romantik.* Bad Homburg 1993*

Günzel, K., *Romantikerschicksale. Gestalten einer Epoche.* München 1988*

Hoffmeister, G., *Deutsche und europäische Romantik.* Stuttgart ²1990*

Kroll, F.-L., *Friedrich Wilhelm IV. und das Staatsdenken der deutschen Romantik.* Berlin 1990*

Maurer, K., *Romantik-Aufbruch zur Moderne.* München 1991*

Mederer, W., *Romantik als Aufklärung der Aufklärung? Ein Beitrag zu Rekonstruktion politischer Theorie in der deutschen Romantik.* Frankfurt a. M. 1987*

Neunzig, H. A., *Lebensläufe der deutschen Romantik.* München 1984*

Nowak, K., *Schleiermacher und die Frühromantik: Eine literaturgeschichtliche Studie zum romantischen Religionsverständnis und Menschenbild am Ende des 18. Jahrhunderts in Deutschland.* Göttingen 1986*

Portmann-Tinguely, A., *Romantik und Krieg. Eine Untersuchung zum Bild des Krieges bei deutschen Romantikern und »Freiheitssängern«: Adam Müller, Joseph Görres, Friedrich Schlegel, Achim von Arnim, Max von Schenkendorff und Theodor Körner.* Freiburg (Schweiz) 1989*

Schanze, H. (Hg.), *Romantik-Handbuch.* Stuttgart 1994*

Schulz, G., *Romantik: Geschichte und Begriff.* München 1996*

Schwarz, C., *Langeweile und Identität. Eine Studie zur Entstehung und Krise des romantischen Selbstgefühls.* Heidelberg 1993*
Sommerhage, C., *Deutsche Romantik: Literatur und Malerei. 1796-1830.* Köln 1988*
–, *Romantische Prosa.* Hagen 1990*
Vietta, S. (Hg.), *Romantik und Renaissance: die Rezeption der italienischen Renaissance in der deutschen Romantik.* Stuttgart 1994*

Der Bürger

Alaimo, A., *Amministrazione communale e organizzazione dalla citta Bologna dopo l'unita*, Thesis European University Institut, Florenz 1988
Amalaric, P., »Les Elites: genèse, apogée et crise des lumières«, in: B. Bennassar (Hg.), *Histoire des Espagnols, VIe-XXe siècle*, Paris 1992, 589-624
Bacskai, V., (Hg.), *Bürgertum und bürgerliche Entwicklung in Mittel- und Osteuropa*, II, Budapest 1986
Banti, A. M., *Storia della Borghesia Italiana*, Rom 1996
–, *Terra e denaro. Una borghesia padana dell'Ottocento*, Venedig 1989
Batscha, B./Garber, J. (Hg.), *Von der ständischen zur bürgerlichen Gesellschaft*, Frankfurt/M. 1981
Bergeron, L., »Permanences et renouvellement du patronat«, in: Y. Lequin (Hg.), *Histoire des Francais XIXe-XXe siècles*, Bd. 2, Paris 1983
Best, H., *Die Männer von Bildung und Besitz. Struktur und Handeln parlamentarischer Führungsgruppen in Deutschland und Frankreich 1848/49*, Düsseldorf 1989
Bildungsbürgertum im 19. Jahrhundert, 4 Bde., Stuttgart 1989ff.
Blackbourn, D./Evans, R. J. (Hg.), *The German Bourgeoisie*, London 1991
Blasius, D., *Kriminalität und Alltag. Zur Konfliktgeschichte des Alltagslebens im 19. Jahrhundert*, Göttingen 1978
Boch, R., »Von der ›begrenzten‹ zur forcierten Industrialisierung. Zum Wandel ökonomischer Zielvorstellungen im rheinischen Wirtschaftsbürgertum«, in: H. J. Puhle (Hg.), *Bürger in der Gesellschaft der Neuzeit. Wirtschaft-Politik-Kultur*, Göttingen 1991, 133-155
Bruckmüller, E. u. Steckl, H., in: J. Kocka (Hg.), *Bürgertum im 19. Jahrhundert*, Bd. 1, Göttingen 1995, 113-249
Brunner, O., »Stadt und Bürgertum in der europäischen Geschichte«, in: ders., *Neue Wege der Verfassungs- und Sozialgeschichte*, Göttingen 1980
Chaline, J. P., »Entre histoire sociale et sociologie: L'étude de la bourgeoisie«, in: C. Charle (Hg.), *Histoire sociale. Histoire globale?* Paris 1993,1 49-160
–, *Les Bourgeois de Rouen: une élite urbaine au XIXe siècle*, Paris 1982
Charle, C., *Histoire sociale de la France au XIXe siècle*, Paris 1991

Chaussinand-Nogaret, G. u. a., *Histoire des élites en France du XVIe au XXe siècle. L'Honneur, le mérite, l'argent*, Paris 1991
Conze, W., »Mittelstand«, in: O. Brunner u.a. (Hg.), *Geschichtliche Grundbegriffe*, Bd. 4, Stuttgart 1978, 49-92
Crouzet, F., *The first industrialists. The problem of origins*, Cambridge 1985
Daumard, A., *Les bourgeois et la bourgeoisie en France depuis 1815*, Paris 1991
Davidoff, L./Hall, C., *Family Fortunes. Men and Women of the English Middle Class 1780-1850*, Chicago 1987
Doecker, U., *Die Ordnung der bürgerlichen Welt. Verhaltensideale und soziale Praktiken im 19. Jahrhundert*, Frankfurt/M. 1994
Dupâquier, J./Kessler, D. (Hg.), *La société francaise au XIXe siècle. Tradition, transition, transformations*, Paris 1992
Duverger, M., *Constitutions et documents politiques*, Paris 1953
Emsley, C. (Hg.), *Policing and its Context 1750-1870*, London 1983
Fehrenbach, E./Müller-Luckner, E. (Hg.), *Adel und Bürgertum in Deutschland, 1770-1848*, München 1994
François, E. (Hg.), *Geselligkeit, Vereinswesen und bürgerliche Gesellschaft in Frankreich, Deutschland und der Schweiz 1750-1850*, Paris1986
Frevert, U., (Hg.), *Bürgerinnen und Bürger. Geschlechterverhältnisse im 19. Jahrhundert*, Göttingen 1988
–, »Bürgerliche Familie und Geschlechterrollen: Modell und Wirklichkeit«, in: L. Niethammer u.a., *Bürgerliche Gesellschaft in Deutschland*, Frankfurt/M. 1990, 90-98
Gall, L. (Hg.), *Stadt und Bürgertum im Übergang von der traditionalen zur modernen Gesellschaft*, München 1993
–, (Hg.), *Vom alten zum neuen Bürgertum. Die mitteleuropäische Stadt im Umbruch, 1780-1820*, München 1991
–, *Bürgertum in Deutschland*, Berlin 1989
–, »Liberalismus und »bürgerliche Gesellschaft« in: ders. (Hg.), *Liberalismus*, Königstein 1985, 162-186
Gibson, R., *A Social History of French Catholicism*, London, New York 1989
Grand dictionnaire universel du XIXe siècle, Larousse, Art. Bourgeoisie
Groppi, A. (Hg.), *Il lavoro delle Donne*, Rom, Bari 1996
Hahn, H. W., *Altständisches Bürgertum zwischen Beharrung und Wandel, Wetzlar 1689-1870*, München 1991
Haupt, H. G., *Sozialgeschichte Frankreichs seit 1789*, Frankfurt/M. 1989
Herzig, A., *Unterschichtenprotest in Deutschland 1790-1870*, Göttingen 1988
Hildermeier, M., *Bürgertum und Stadt in Rußland 1760-1870. Rechtliche Lage und soziale Struktur*, Köln 1986
Hirsch, J. P., *Les deux rêves du commerce. Entreprise et institution dans la région lilloise, 1780-1860*, Paris 1991
Hölscher, L., »Die Religion des Bürgers. Bürgerliche Frömmigkeit und protestantische Frömmigkeit im 19. Jahrhundert«, in: *HZ* 250, 1990, 595-630

Hunt, L., *Politics, Culture and Class in the French Revolution*, London 1986
Jacob, M. C./Mijnhardt, W. W. (Gd.), *The Dutch Republic in the Eighteenth Century. Decline, Enlightenment and Revolution*, Cornell 1992
Kaelble, H., in: J. Kocka (Hg.), *Bürgertum im 19. Jahrhundert*, Bd. 1, Göttingen 1995, 113-249
Kocka, J., »Bildungsbürgertum - Gesellschaftliche Formation oder Historikerkonstrukt?« in: ders. (Hg.), *Politischer Einfluß und gesellschaftliche Formation* (=Bildungsbürgertum im 19. Jahrhundert, Teil 4), Stuttgart 1989, 9-20
–, »The Middle Classes in Europe«, in: *The Journal of Modern History LXVII*, 1995, 783-806
–, Haupt, H.-G., »Vechie e nuove classi nell'Europa del XIX secolo«, in: P. Bairoch/E. J. Hobsbawm (Hg.), *Storia d'Europa, V: L'età contemporanea. Secoli XIX-XX*, Turin 1996, 675-750
Koselleck, R., *Preußen zwischen Reform und Revolution. Allgemeines Landrecht, Verwaltung und soziale Bewegung von 1791 bis 1848*, Stuttgart 1967, 571-586
–, u.a., »Drei bürgerliche Welten? Zur vergleichenden Semantik der bürgerlichen Gesellschaft in Deutschland, England und Frankreich«, in: H. J. Puhle (Hg.), *Bürger in der Gesellschaft der Neuzeit*, Göttingen 1991, 14-58
Langewiesche, D. (Hg.), *Liberalismus im 19. Jahrhundert. Deutschland im europäischen Vergleich*, Göttingen 1988
–, *Liberalismus in Deutschland*, Frankfurt/M.1988
–, »Nation, Nationalstaat, Nationalismus: Forschungsstand und Forschungsperspektiven«, in: *NPL* 40, 1995, 190-236
Lee, U. L. (Hg.), *The Urbanization of European Society in the Nineteenth Century*, Lexington 1976
Lepsius, R. M., »Das Bildungsbürgertum als ständische Vergesellschaftung«, in: ders. (Hg.), *Lebensführung und ständische Vergesellschaftung*, Stuttgart 1992, 8-18
Lieven, D., *The Aristocracy in Europe, 1815-1914*, NewYork 1992
Lüdtke, A., *»Gemeinwohl«, Polizei und »Festungspraxis«. Staatliche Gewaltsamkeit und innere Verwaltung in Preußen, 1815-1850*, Göttingen 1982
Lyttelton, A., »The middle classes in liberal Italy«, in: J. A. Davies/P. Ginsburg (Hg.), *Society and Politics in the Age of Risorgimento*, Cambridge 1991, 217-250
Marzagalli, S., »Borghesia italiana e tedesca a confronto: i negozianti di Amburgo e Livorno agli inizi del XIX secolo«, in: M. Meriggi/P. Schiera (Hg.), *Della città alla nazione. Borghesie ottocentesche in Italia e in Germania*, Bologna 1993, 65-88
McLeod, H., »Church and Class. Some international comparaisons«, in: J. Kocka (Hg.), *Arbeiter und Bürger im 19. Jahrhundert. Varianten ihres Verhältnisses im europäischen Vergleich*, München 1986, 100-113

Mergel, T., *Zwischen Klasse und Konfession. Katholisches Bürgertum im Rheinland 1794-1914*, Göttingen 1994

Meriggi, M., »Italienisches und deutsches Bürgertum im Vergleich«, in: Kocka, J. (Hg.), *Bürgertum*, Bd. 1, 147-165

Morris, R., *Class, Sect and Party. The Making of the British Middle Class, Leeds 1820-1850*, Manchester 1990

Mosse, W. E., *The German-Jewish Economic Elite 1820-1935. A Socio-Culturel Profile*, New York 1989

–, Pohl, H. (Hg.), »Jüdische Unternehmer in Deutschland im 19. und 20. Jahrhundert«, in: *Zeitschrift für Unternehmensgeschichte*, Beiheft 64, Stuttgart 1992

Ory, P., »Le Grand Dictionnaire de Pierre Larousse«, in: P. Nora (Hg.), *Les lieux de mémoire, I*, Paris 1984

Pinol, J. L., *Le monde des villes au XIXe siècle*, Paris 1991

Procacci, G., *Gouverner la misère. La question sociale en France, 1789-1848*, Paris 1993

Reulecke, J., »Städtisches Bürgertum in der deutschen Frühindustrialisierung«, in: M. Gettler u.a. (Hg.), *Zentrale Städte und ihr Umland*, St. Katharinen 1985, 296-311

Riedel, M., »Bürger, Staatsbürger, Bürgertum«, in: O. Brunner u.a. (Hg.), *Geschichtliche Grundbegriffe*. Historisches Lexikon zur politisch-sozialen Sprache in Deutschland, Bd. 1, Stuttgart 1972, 672-725

Romanelli, R., »Political Debate, Social History and the Italian ›Borghesia‹. Changing Perspectives in Historical research«, in: *Journal of Modern History LXIII*, 1991, 717-739

Royer-Collard, in: *Archives parlementaires* 23

Schramm, P. E., *Hamburg, Deutschland und die Welt. Die Leistungen und Grenzen hanseatischen Bürgertums in der Zeit zwischen Napoleon I. und Bismarck. Ein Kapitel deutscher Geschichte*, München 1943

Sick, K. P., »Von der politischen Formel zum Begriff der Repräsentation. Die Geschichte von »classes moyennes« in Frankreich vom 18. bis zum 20. Jahrhundert«, in: H. Möller u.a. (Hg.) *Gefährdete Mitte? Mittelschichten und politische Kultur zwischen den Weltkriegen*, Sigmaringen 1993, 57-83

Siegrist, H., *Advokat, Bürger und Staat. Eine vergleichende Geschichte der Rechtsanwälte in Deutschland, Italien und der Schweiz (18.-20. Jahrhundert)*, Frankfurt/M. 1995

Silverman, D., »Wearing Paintings: Religious and Social Origins of Vincent van Gogh's Pictorial Labor«, in: M. S. Roth (Hg.), *Rediscovering History. Culture, Politics and the Psyche*, Stanford 1994, 137-168

Smith, B., *Ladies of the leisure class. The bourgeoisie of the Northern France in the nineteenth century*, Princeton 1981

Steinmetz, W., »Die schwierige Selbstbehauptung des deutschen Bürgertums: begriffsgeschichtliche Bemerkungen in sozialhistorischer Absicht«, in: R. Wimmer (Hg.), *Das 19. Jahrhundert*, Berlin 1991, 12-40

Tanner, A./Ranki, G., in: J. Kocka (Hg.), *Bürgertum im 19. Jahrhundert*, Bd. 1, Göttingen 1995, 113-249

Wahrmann, C., *Imagining the Middle Class. The Political Representation of Class in Britain*, c. 1780-1840, Cambridge 1995

Walcker, M., *German Home Towns. Community, State, and General Estate 1648-1871*, Ithaca, N. Y. 1971

Wehler, H. U., (Hg.), *Europäischer Adel 1750-1950*, Göttingen 1990

–, *Deutsche Gesellschaftsgeschichte 1815-1845/49*, München 1987, 175-185

Wirsching, A., »Bürgertugend und Gemeininteresse. Zum Topos der Mittelklassen in England im späten 18. und frühen 19. Jahrhundert«, in: *Archiv für Kulturgeschichte 72*, 1990, 173-199

Woolf, S. J., »Dal primo Settecento all'unita: la storia politica e sociale«, in: *Storia d'Italia, III*, Turin 1979, 1-508

Der Arbeiter

Conze, Werner/Engelhardt, U. (Hg.), *Arbeiterexistenz im 19. Jahrhundert*, Stuttgart 1981

Crisp, Olga, »Labour and Industrialization in Russia«, in: Peter Mathias/M. M. Postan (Hg.), *The Cambridge Economic History of Europe*, Bd. 7, *The Industrial Economies: Capital, Labour, and Enterprise*, Cambridge 1978

Dobson, C. R., *Masters and Journeymen*, London 1980

Hopkins, Eric, *A Social History of the English Working Classes 1815-1945*, London 1979

Kaplan, Steven Lawrence/Koepp, Cynthia J. (Hg.), *Work in France*, Ithaca/London 1986

Kocka, Jürgen (Hg.), *Arbeiter und Bürger im 19. Jahrhundert: Varianten ihres Verhältnisses im europäischen Vergleich*, München 1986*

–, *Arbeitsverhältnisse und Arbeiterexistenzen*, Bonn 1990

–, *Lohnarbeit und Klassenbildung*, Berlin/Bonn 1983

Lee, J. J., »Labour in German Industrialization«, in: Peter Mathias/M. M. Postan (Hg.), *The Cambridge Economic History of Europe*, Bd. 7, *The Industrial Economies: Capital, Labour, and Enterprise*, Cambridge 1978

Lequin, Yves, »Labour in the French Economy since the Revolution«, in: Peter Mathias/M. M. Postan (Hg.), *The Cambridge Economic History of Europe*, Bd. 7, *The Industrial Economies: Capital, Labour, and Enterprise*, Cambridge 1978

Perrot, Michelle, *Les ouvriers en grève*, Paris 1974

Pollard, Sidney, »Labour in Great Britain«, in: Peter Mathias/M. M. Postan (Hg.), *The Cambridge Economic History of Europe*, Bd. 7, *The Industrial Economies: Capital, Labour, and Enterprise*, Cambridge 1978

Ritter, Gerhard A. (Hg.), *Geschichte der Arbeiter und der Arbeiterbewegung in Deutschland seit dem Ende des 18. Jahrhunderts*, Berlin o.J.

Rule, John, *The Labouring Classes in Early Industrial England 1750-1850*, London 1986
Ruppert, Wolfgang (Hg.), *Lebensformen: Alltag und Kultur von der Frühindustrialisierung bis zum »Wirtschaftswunder«*, München 1986
Scholliers, Peter (Hg.), *Real Wages in 19th. and 20th. Century Europe*, New York/Oxford/München 1989
Sewell, William Hamilton, *Work and Revolution in France*, Cambridge 1980
Thompson, Edward Palmer, *Die Entstehung der englischen Arbeiterklasse*, London 1963

Die Frau

Arend, Helga, *Vom »süßen Rausch« zur »stillen Neigung«: zur Entwicklung der romantischen Liebeskonzeption*, Pfaffenweiler 1993*
Armstrong, Nancy/Tennenhouse, Leonard (Hg.), *The Violence of Representation. Literature and the History of Violence*, London/New York 1989
Barret-Ducrocq, Françoise, *L'Amour sous Victoria*, Paris 1989
–, *Pauvreté, charité et morale à Londres au XIXe siècle*, Paris 1991
Behrens, Katja (Hg.), *Frauen der Romantik: Portraits in Briefen*. Frankfurt a.M. 1995*
Brandes, Irma, *Ich habe viel gelebt in diesen wenigen Tagen: Frauen der Romantik*. Frankfurt a.M. 1990*
Brive, Marie-Françoise (Hg.), *Les Femmes et la Révolution française*, 3 Bde., Toulouse 1989-91
Bürger, Christa, *Leben schreiben: die Klassik, die Romantik und der Ort der Frauen; Bettina von Arnim, Charlotte von Kalb, Sophie Mereau, Caroline Schlegel, Johanna Schopenhauer, Rahel Varnhagen*, Stuttgart 1990*
Bruguière, André, »La Révolution française et la famille«, in: *Annales ESC*, Jan.-Feb. 1991, S. 151-168
Dauphin, Cécile/Farge, Arlette/Fraisse, Geneviève u.a., »Culture et pouvoir des femmes«, in: *Annales ESC*, März-April 1986, S. 271-293
Duby, Georges/Perrot, Michelle (Hg.), *Geschichte der Frauen*, Bd. 3 u. 4, Frankfurt a.M., 1994
Duprat, Catherine, *Le Temps des philanthropes* (Vorwort von Maurice Agulhon), Bd. 1, Paris 1993
Gerhard, Ute/Hannover-Drück, Elisabeth/Schmitter, Romina, *»Dem Reich der Freiheit werb' ich Bürgerinnen«. Die Frauen-Zeitung von Louise Otto*, Frankfurt a.M. 1980
Harms-Ziegler, Beate, *Illegitimität und Ehe. Illegitimität als Reflex des Ehediskurses in Preußen im 18. und 19. Jahrhundert*, Berlin 1991
Hoog-Naginski, Isabelle, *George Sand. Writing for her Life*, New Brunswick/London 1991

Lejeune, Philippe, *Le Moi des demoiselles,* Paris 1993
Michaud, Stéphane, *Muse et Madonne,* Paris 1985
Perrot, Michelle (Hg.), *Histoire de la vie privée,* Bd. 4 (De la Révolution à la grande guerre), Paris 1987
Peterson, Jeanne M., *Family, love and work in the lives of Victorian gentlewomen,* Bloomington 1989
Prochaska, F.K., *Women and Philanthropy in 19th century England,* Oxford 1980
Reynolds, Moira Davison, *Uncle Tom's Cabin and Mid-Nineteenth Century United States,* Jefferson, NC/London 1985
Riot-Sarcey, Michèle, *Parcours des femmes dans l'apprentissage de la démocratie (1830-1870),* Paris 1993
Rosanvallon, Pierre, *Le Sacre du citoyen,* Paris 1992
Roudinesco, Élisabeth, *Théroigne de Méricourt,* Paris 1989
Sand, George, *Correspondance,* 25 Bde., Paris 1964-1992
Sonnet, Martine, *L'Éducation des filles au temps des Lumières* (Vorwort von Daniel Roche), Paris 1987
Stone, Lawrence, *A Road to divorce, England 1530-1987,* Oxford 1990
Sundquist, Eric J. (Hg.), *New Essays on Uncle Tom's Cabin,* Cambridge 1986
Susman, Margarete, *Frauen der Romantik*, Frankfurt a.M. 1996*
Tunner, Erika, »Über das rechte Verhältnis der Selbständigkeit zur Hingebung. Frauen zur Zeit der Romantik«, in: *Mélanges offerts à Jacques Grange,* Nantes 1989, S. 311-336
Twellmann, Margit, *Die deutsche Frauenbewegung. Ihre Anfänge und erste Entwicklung 1843-1889,* Frankfurt a.M. ²1993
Viallaneix, Paul/Ehrard, Jean (Hg.), *Aimer en France, 1760-1860*, 2 Bde., Clermont 1980
Xu, Pei, *Frauenbilder in der Romantik: Sophie Mereau-Brentano, Karoline von Günderrode, Annette von Droste-Hülshoff, Clemens Brentano, Joseph von Eichendorff, Heinrich Heine*, Düsseldorf 1997*
Zeitschrift *Geschichte und Gesellschaft. Zeitschrift für historische Sozialwissenschaft* 4/1992, hrsg. v. Bock, Gisela, »Lebenswege von Frauen im Ancien régime«
Zeitschrift *Romantisme* Nr. 77 (1992), hrsg. v. Mozet, Nicole, »Les femmes et le bonheur d'écrire«

Der Arzt

Ackerknecht, Erwin Heinz, »Laënnec. 1781-1826«, in: *Revue du Palais de la Découverte*, Sonderheft 22, August 1981
–, *La médecine hospitalière à Paris*, Paris 1986
Bacchi, G., *Memoria su la vita e le opere di Giacomo Tommasini,* Parma 1847
Balzac, Honoré de, *Der Landarzt*, Zürich 1977
Bianchi, N., *Carlo Matteucci e l'Italia del suo tempo*, Turin 1874

Bilancioni, G., *Giovanni Rasori, medico e patriota*, Pisa 1929
Bole, Thomas J., »John Brown, Hegel and Speculative Concepts in Medicine«, in: *Texas Reports on Biology and Medicine*, Bd. 32, Nr. 1, 1974
Braunstein, Jean François, *Broussais et le matérialisme. Médecine et philosophie au XIXe siècle*, Paris 1986
Brion, Marcel, *L'Allemagne romantique*, 4 Bde., Paris 1962-1978
Broussais, François Joseph Victor, *Examen des doctrines médicales et des systèmes de nosologie*, Teil II, Paris 1821
Brown, John, *Joannis Brunonis Elementa Medicinae*, Medionlani 1792 (dt.: *Johann Browns Grundsätze der Arzneylehre*, Frankfurt am Main 1795)
Canguilhem, Georges, *Idéologie et rationalité dans l'histoire des sciences de la vie*, Paris 1977 (dt.: *Grenzen medizinischer Rationalität: historisch-epistemologische Untersuchungen*, Tübingen 1989)
Cattaneo, Carlo, *Scritti scientifici e tecnici*, hrsg. von Lacaita, C.G.,Teil I, 1823-1848, Florenz 1969
Cazzaniga, A., *La grande crisi della medicina italiana del primo Ottocento*, Mailand 1951
Ciaranfi, E/Schlechter, P./Bairati, A., *Automatismi biologici e malattia*, Mailand 1979
Cosmacini, Giorgio, »La famiglia e il medico tra Ottocento e Novecento«, in: *Sanità, scienza e storia*, Nr. 1-2, 1988
–, »Rasori e Moscati: una polemica giacobina«, in: *Annali di storia pavese*, Nr. 90, 1991, S. 147-152
–, »Teorie e prassi mediche tra Rivoluzione e Restaurazione: dell'ideologia giacobina all'ideologia del primato«, in: *Storia d'Italia, Annali 7, Malattia e Medicina*, hrsg. von Della Peruta, F., Turin 1984
–, *Scienza medica e giacobinismo in Italia. L'impresa politico-culturale di Giovanni Rasori (1796-1799)*, Mailand 1982
–, *Scienza medico e giacobinismo*
–, *Storia della medicina e della sanità in Italia: dalla pèste europea alla guerra mondiale, 1348-1918*, Rom/Bari 1995
–, *Una dinastia di medici. La saga dei Cavacciuti-Moruzzi*, Mailand 1992
Del Chiappa, G., *Della vita di G. Rasori*, Mailand 1838
–, *Due lettere apologetiche e due discorsi. L'uno della fortuna del medico, l'altro della morale del medico*, Mailand 1852
De Renzi, Salvatore, *Storia della medicina italiana*, Bologna 1966
Elkana, Yehuda, *La scoperta della conservazione dell'energia*, Mailand 1977 (ital. Übers. von *The Discovery of the Conservation of Energy*, London 1974)
Freschi, F., *Storia della medicina*, Bd. VIII, 2. Teil, Mailand 1851
Gall, Franz Joseph, *L'organo dell'anima*, hrsg. von Pogliano, Claudio, Venedig 1985
Gerabek, Werner E.: *Friedrich Wilhelm Joseph Schelling und die Medizin*

der Romantik: Studien zu Schellings Würzburger Periode, Frankfurt a. M. 1995
Grassi, B., »I progressi della biologia e delle sue applicazioni pratiche, conseguiti in Italia nell'ultimo cinquantennio«, in: AA.VV., *Cinquant'anni di storia italiana. 1860-1910*, Bd. III, Mailand 1911
Hegel, Georg Wilhelm Friedrich, *Enzyklopädie der philosophischen Wissenschaften im Grundrisse*, Hamburg 1992
–, *Frühe Schriften*, Frankfurt 1986
Legros, Robert, *Le jeune Hegel et la naissance da la pensée romantique. Le fragment de Tübingen*, Brüssel 1980
Leibbrand, Werner, *Romantische Medizin*, Hamburg/Leipzig 1937
Littré, M.P.E., »Article sur Cullen«, *Journal hebdomadaire de médecine*, VI, 1830
Lodispoto, Alberto, *Storia dell'omeopatia in Italia*, Rom 1987
Mariotti, Filippo (Hg.), *Ricordi di Maurizio Bufalini sulla vita e sulle opere proprie*, Florenz 1876
Mesmer, Franz Anton, *Le magnétisme animal*, Paris 1971
Michler, Markwart, *Melchior Adam Weikard (1742-1803) und sein Weg in den Brownianismus: Medizin zwischen Aufklärung und Romantik; eine medizinhistorische Biographie*, Leipzig 1995*
Mocek, Reinhard, *Johann Christian Reil (1759-1813); das Problem des Übergangs von der Spätaufklärung zur Romantik in Biologie und Medizin in Deutschland*, Frankfurt a.M. 1995*
Moiso, Francesco, »Interpretazioni italiane della patologia e visione della filosofia della natura tedesca«, in: Ferro, Filippo Maria u.a. (Hg.), *Passioni della mente e della storia. Protagonisti, teorie e vicende della psichiatria italiana tra '800 e '900*, Mailand 1989
Monti, A., »Giovanni Rasori nella storia della scienza e dell'idea nazionale«, aus dem Unterrichts- und Vorlesungsband der Königlichen Universität von Pavia, Istituto pavese di arti grafiche, Pavia 1928
Neumayr, Anton, *Musik und Medizin. Band 2: Am Beispiel der deutschen Romantik*, Wien 1989*
Nievo, Ippolito, *Le confessioni d'un italiano*, Turin 1956.
Paracelsus, Theophrastus, *Der andere Arzt: Das Buch Paragranum*, Frankfurt a.M. 1990
–, *Opera omnia*, Teil 1, Genf 1658
Peisse, J.L., *La médecine et les médecins*, Teil I, Paris 1857
Pignacca, A., *Frammmenti per l'istoria della medicina italiana nel secolo decimonono*, Pavia 1840
Ranieri, Antonio, *Sette anni di sodalizio con Leopardi*, Mailand 1944
Rasori, Giovanni, »Einleitung«, in: Darwin, E. *Zoonomia, ovvero leggi della vita organica*, ital. Übers., Bde. I-VI, Mailand 1803-1805
–, *Compendio della Nuova Dottrina Medica di G. Brown*, Pavia 1792
Rausky, Franklin, *Mesmer ou la révolution thérapeutique*, Paris 1977

Ravizza, C., *Un curato di campagna. Schizzi morali*, Mailand 1852
Ruffini, John D. (Giovanni Domenico), »Il dottor Antonio«, in: ders., *Romanzi*, Mailand 1968 (erste Ausgabe auf englisch, *Doctor Antonio*, Edinburg 1853)
Salomon-Bayet, Claire, *Pasteur et la révolution pastorienne*, Paris 1986
Schelling, *Sämtliche Werke*, Stuttgard/Augsburg 1856-61, Bd. 3
Shryock, Richard Harrison, *Die Entwicklung der modernen Medizin in ihrem Zusammmenhang mit dem sozialen Aufbau und den Naturwissenschaften*, Stuttgart 1940 (engl. Übers von: *The Development of modern Medicine*, New York 1947)
Temkin, Owsei, »Romantic Medicine«, in: *Bulletin of History of Medicine*, 25, 1951
Tommasini, Giacomo, »Considerazioni sullo stato attuale della patologia italiana«, in: Tommasini, Giacomo, *Opere minori*, Florenz 1835
–, »Della nuova dottrina medica italiana«, Antrittsvorlesung zur klinischen Medizin an der Päpstlichen Universität von Bologna im akademischen Jahr 1816-1817
Valentin, Louis, *Viaggio medico in Italia fatto nell'anno 1820*, ital. Übers., Turin 1823
Wöbkemeier, Rita, *Erzählte Krankheit: medizinische und literarische Phantasien um 1800*, Stuttgart 1990*
Zanardo, Aldo, »L'idealismo tedesco: Fichte«, in: Dal Pra, M. (Hg.), *Storia della filosofia*, Bd. IX, Mailand 1976

Der Priester

»Sacramentalité de l'Église et théologie romantique: Contribution à l'étude de la génèse de l'expression Église sacrement du salut«, in: *Revue des sciences religieuses*, Nr. 67/3, Straßburg 1993, S. 41-57
Andreu, F., »P. Giocchino Ventura: Saggio biografico«, in: *Regnum Dei*, Nr. 17, 1961, S. 1-161
Andrews, K., *The Nazarenes: A brotherhood of german painters in Rome*, Oxford 1964
Attilio, P. di, *Il potere politico nel pensiero die Giocchino Ventura*, Rom 1979
Aubert, R., »La Géographie ecclésiologique du XIXe siècle«, L'Ecclésiologie au XIXe siècle (Strasbourg, 26-28 novembre 1959): *Revue des sciences religieuses*, Nr. 34, 1960, S. 11-55
Aubert, R., »La Restauration monastique dans l'Europe occidentale du XIXe siècle«, in: *Revue bénédictine*, Nr. 83, 1973, S. 9-32
Bachleitner, R., *Die Nazarener*, München 1976
Balzac, H. de, *Die Menschliche Komödie. Die großen Romane und Erzählungen*. Hrsg. von Eberhard Wesemann, 20 Bde, Frankfurt a.M. 1996
Barbier, H., *Biographie du clergé contemporain par un solitaire*, Bd. 8, Paris 1844

Bastier, J., »Les Paysans de Balzac et l'histoire du droit rural«, *Revue d'histoire moderne et contemporaine*, Nr. 25, 1978, S. 396-418
–, *Réflexions sur la Révolution de juillet 1830*, Toulouse 1983
–, »La fortune d'un émigré, Louis de Bonald«, in: *Annales historiques de la Revolution française*, Nr. 43, 1975, S. 431-445
Bédouelle, G. (Hg.), *Lacordaire, son pays, ses amis, et la liberté des ordres religieux*, Paris 1991
Bellamy, J., *La Théologie catholique au XIXe siècle*, Paris 1904
Bénichou, P., *Le Temps des Prophets: Doctrines de l'âge romantique*, Paris 1977
Bercé, F., *Les premiers travaux de la Commission des monuments historiques (1837-1847): Procès-verbaux et relevés d'architectes*, Paris 1979
Bertault, P., *Balzac et la Religion*, Paris 1942
Blanchet, A., *Le Prêtre dans le roman d'aujourd'hui*, Paris 1955
Boutry, P., »Le Roi martyr: La Cause de Louis XVI devant la Cour de Rome (1820)«, in: *Revue d'Histoire de l'Église de France*, Nr. 76, 1990, S. 57-71
–, Vertus d'état et clergé intellectuel: La Crise du modèle sulpicien dans la formation des prêtres français au XIXe siècle«, in: *Problèmes d'histoire de l'éducation: Actes des séminaires de l'École française de Rome et l'Università di Roma »La Sapienza«*, Rom 1988, S. 207-228
Bowman, F.-P., *Le Christ romantique*, Genf 1973
Brémond, H., *Gerbet*, Paris 1907
Buchholz, Helmut, *Perspektiven der neuen Mythologie: Mythos, Religion und Poesie im Schnittpunkt von Idealismus und Romantik um 1800*, Frankfurt a.M. 1990*
Caffiero, M., »Santi, miracoli e conversioni a Roma nell'età rivoluzionaria«, *Ricerche per la storia religiosa die Roma*, Nr. 9, 1993, S. 155-186
–, *La nuova era: Miti e profezie dell'Italia in Rivoluzione*, Genua 1991
Carbonell, C. O., *Histoire et historiens: Une Mutation idéologique des historiens français*, Toulouse 1976
–, *Histoire et historiens: Une Mutation idéologique des historiens français*, Toulouse 1976
Chaline, N. J. u.a., »La Construction des églises paroissiales aus XIXe et XXe siècles«, in: *Revue d'histoire de l'Église de France*, Nr. 73, 1987, S. 35-59
Chateaubriand, F. R., *Le Génie du christianisme*, o. O. 1802
Cholvy, G./Hilaire, Y. M., *Histoire religieuse de la France contemporaine*, 3 Bde., Toulouse 1985-1988
Chotard, J. M., *Séminariste? Une espèce disparue? Histoire et structure d'un petit séminaire: Guérande (1822-1966)*, Sherbrooke 1977
Cioran, E. M., *Du Pape et autres textes*, Monaco 1957, S. 10-60
Colapietra, R., »L'insegnamento del padre Ventura alla Sapienza«, *Regnum Dei*, Nr. 17, 1961, S. 230-259
Coppin, J., »Quelques erreurs de fait sur le catholicisme dans le roman de Balzac«, in: *Revue d'histoire littéraire de la France*, Nr. 2, 1927

Costigan, R. F., *Rohrbacher and the ecclesiology of ultramontanism*, Rom 1980
Coulon, P./Brasseur, P., *Libermann (1802-1852): Une Pensée et une mystique missionnaire*, Paris 1988
Coyné, A., »Quelqu' un dans l'attente du déluge«, Einleitung zu seiner französischen Übersetzung der *Lettre au cardinal Fornari et textes annexes*, Lausanne 1989, S. 9-66
Delpal, B., »La Construction d'églises, un élément du détachement religieux au XIXe siècle«, in: *Revue d'histoire de l'Église de France*, Nr. 73, 1987, S. 67-74
Deneken, M., »Les Romantiques allemandes, promoteurs de la notion d'Eglise sacrement du salut? Contribution à l'étude de la génèse de l'éxpression Eglise sacrement du salut«, in: *Revue des sciences religieuses*, Nr. 67/2, Strasburg 1993, S. 55-74
Derré, J.-R. (Hg.), *La Ville des expiations*, Lyon 1981
–, »L'Essai sur l'indifférence et la pensée des Lumières« in: *Civilisation chrétienne: Approche historique d'une ideologie (XVIIIe-XIXe siècle)*, Paris 1975, S. 147-182
–, *Lamennais, ses amis et le mouvement des idées à l'époque romantique (1824-1834)*, Paris 1962
Devie, A. R., *Correspondance d'un ancien directeur de sénninaire avec un jeune prêtre sur la politesse*, Lyon 1842
Dumoulin, C., *Un Séminaire français au XIXe siecle: Le Recrutement, la formation, la vie des clercs à Bourges*, Paris 1978
Fayolle, R., »Notes sur la pensée politique de Balzac dans Le Médecin de campagne et Le Curé de village«, in: *Europe*, Nr. 429-430, Januar-Februar 1965, S. 303-324
Ferraz, M., *Histoire de la philosophie en France au XIXe siècle: Traditionalisme et ultramontanisme*, Paris 1880
Foucart, B., *Le Renouveau de la peinture religieuse en France (1800-1860)*, Paris 1987
Franche, P., *Le prêtre dans le roman français*, Paris 1902
Gadille, J., »L'Ultramontanisme français au XIXe siècle«, in: N. Voisine/J. Hamelin (Hg.), *Les Ultramontains canadiens-français: Études d'histoire religieuses présentées en hommage au professeur Philippe Sylvain*, Montréal 1985
–, »Le Concept de civilisation chrétienne dans la pensée romantique«, in: *Civilisation chrétienne: Approche historique d'une idéologie (XVIIIe-XIXe siècles)*, Paris 1975
George, M., »Die Fälschung der Wahrheit und des Guten: Gestalt und Wesen des Antichrist im 19. Jahrhundert«, in: *Zeitschrift für Kirchengeschichte*, Nr. 102/1, 1991, S. 76-103
Gibson, R., *A Social History of French Catholicism (1789-1914)*, London, New York 1989, S. 56-103 und S. 104-133
Goyau, G., *L'Allemagne religieuse: Le Catholicisme*, 3 Bde., Paris 1905-1909
–, *La Pensée religieuse de Joseph de Maistre d'après des documents inédits*, Paris 1921

Gritti, J., *Bonald, la Révolution française et réveil religieux*, Paris 1962
Guasco, M., »La formazione del clero: i seminari«, in: G. Chittolini/G. Miccoli (Hg.), *Storia d'Italia: Annali 9: La Chiesa e il potere politico dal Medioevo all'età contemporanea*, Turin 1986, S. 629-715
Guerber, J., *Le Ralliement du clergé français à la morale liguorienne: L'Abbé Gousset et ses précurseurs (1785-1832)*, Rom 1973
Guillou, L. Le, *L'Évolution de la pensée religieuse de Félicité de Laurennais*, Paris 1966
–, (Hg.), *Lamennais: Correspondance générale*, 9 Bde., 1971-1981
Guillou, M.-J. Le/Guillou, L. Le (Hg.), *La Condamnation de Lamennais*, Paris 1982
Gusdorf, G., »Religion et religions«, in: *Le Romantisme*, Paris 1982-1983, Bd. 1, S. 537-878
Hardouin-Fugier, E., *Hippolyte, Auguste et Paul Flandrin: Une Fraternité picturale au XIXe siècle*, Paris 1984
–, *Louis Janmot (1814-1892)*, Lyon 1981
Harispe, P., *Lamennais et Gerbet*, Paris 1909
Hernández, F. M., *Los seminarios españoles en la epoca de la Illustraciòn: Ensavo de una pedagogia eclesiastica en el siglo XVIII*, Madrid 1973
Hocédez, E., *Historie de la théologie au XIXe siècle*, 3 Bde., Paris, Lille 1948-1952
Jacqueline, B., »Le Saint Siège et la publication de Du Pape d'apres les archives du Vatican, 1818-1820«, in: *Revue des études maistriennes*, Nr. 8, 1983, S. 59-82
Joutard, P. (Hg.), *Histoire de la France religieuse*, Bd. 3, *Du roi très-chrétien à la laïcité républicaine (XVIIIe-XIXe siècles)*, Paris 1991
Julia, D., »L'Éducation des ecclésiastiques en France aux XVIIe et XVIIIe siècles«, in: *Problèmes d'histoire de l'éducation: Actes des séminaires de l'École française de Rome et l'Università di Roma »La Sapienza«*, Rom 1988, S. 141-205
Kasagi, A. S., »Church and State in G. Ventura«, in: *Regnum Dei*, Nr. 35, 1979, S. 1-168
Keck, R. W./Wiersing, E./Wittstadt, C. (Hg.), *Literaten – Kleriker – Gelehrte. Zur Geschichte der Gebildeten im vormodernen Europa*. Köln 1996*
Klinck, D., *La Révolution française et le processus de socialisation de l'homme moderne*, Paris 1989, Kap. »La Théorie du pouvoir de Bonald et l'ancienne constitution de France: un programme de régéneration de la noblesse française«, S. 61-68
Lamennais, *Essai sur l'indifférence en matière des religion*, Paris 1817
Langlois, C., »La Conjoncture miraculaire à la fin de la Restauration: Migné miracle oublié«, in: *Revue d'histoire de la spiritualité*, Nr. 49, 1973, S. 227-242
–, »Le Temps des séminaristes: La Formation cléricale en France aux XIXe et XXe siècles«, in: *Problèmes d'histoire de l'éducation: Actes des séminaires*

de l'École française de Rome et l'Università di Roma »La Sapienza«, Rom 1988
–, Laplanche, F. (Hg.), *La Science catholique: L'›Encyclopédie théologique‹ de Migne (1844-1873) entre apologétique et vulgarisation*, Paris 1992
La Treille, C., *Joseph de Maistre et la Papauté*,, Paris 1906
Launay, M., *Le bon prêtre: Le Clergé rural au XIXe siècle*, Paris 1986
Lebrun, R., *Lamennais, où l'inquiètude de la liberté*, Paris 1981
–, *Throne and altar: the political and religious thought of Joseph de Maistre*, Ottawa 1965
Léniaud, J. M., *Jean-Baptiste Lassus (1807-1857) ou le temps retrouvé des cathédrales*, Genf 1980
Lubac, H. de, *La Postérité spirituelle de Joachim de Flore*, Bd. 1, *De Joachim à Schelling*, Paris 1979
–, *La Postérité spirituelle de Joachim de Flore*, Bd. 2, *De Saint-Simon à nos jours*, Paris 1981
Macherey, P., »Bonald et la philosophie«, in: *Revue de synthèse*, Nr. 4/1, 1987, S. 3-30
Manni, G., *La polemica cattolica nel ducato di Modena (1815-1861)*, Modena 1968
Menozzi, D., »Tra riforma e restaurazione: Dalla crisi della società cristiana al mito della cristianità medievale (1758-1848)«, in: G. Chittolini/G. Miccoli, *Storia d'Italia: Annali 9: La Chiesa e il potere politico dal Medioveo all'età contemporanea*, Turin 1986, S. 767-806
Michel, A. (Hg.), *Le Vieillard et le jeune homme*, Paris 1981
Moulinié, H., *De Bonald: la vie, la carrière politique, la doctrine*, Paris 1916
Nathan, M., »Pensées protestantes de la Comédie humaine«, in: *Civilisation chrétienne: Approche historique d'une idéologie (XVIIIe-XIXe siècle)*, Paris 1975, S. 229-253
Nicolas, J., »La ›Conversion‹ de J. de Maistre (1789-1791)«, in: *Annales historiques de la Révolution française*, Nr. 43, 1971, S. 113-129
Omodeo, A., *Un reazionario: Il conte J. de Maistre*, Bari 1939
Ouvrard, P., *Zola et le prêtre*, Paris 1986
Paul, H.W., »In quest of kerygma: catholic intellectual life in XIXth century France«, in: *American historical review*, Nr. 75/2, 1969, S. 387-423
Pierrard, P., *La Vie quotidienne du prêtre français au XIXe siècle (1801-1905)*, Paris 1986
Pignatelli, G., »Le origini settecentesche del cattolicesimo reazionario: la polemica antigiansenista del Giornale ecclesiastico di Roma«, *Studi storici*, Nr. 11, 1970, S. 755-782
–, *Aspetti della propaganda cattolica a Roma da Pio VI a Leone XII*, Rom 1974
Pirotte, J., *Images des vivants et des morts: La vision du monde propagée par l'imagerie de dévotion dans le Namurois (1840-1965)*, Löwen, Brüssel 1987

Plongeron, B., *Théologie et politique au siècle des Lumières (1770-1820)*, Genf 1973, S. 251-310
Pottmeyer, H. J., »Ultramontanismo ed ecclesiologia«, in: *Cristianesimo nella storia*, Nr. 12, 1991, S. 527-552 (mit vollständiger Bibliographie der deutschsprachigen Literatur)
Reardon, M., »Pierre Ballanche as a French Traditionalist«, in: *Catholic historical review*, Nr. 53/4, 1968, S. 358-372
Renan, E., *Souvenirs d'enfance et de jeunesse*, o.O. 1883
Renault, F., *Lavigerie*, Paris 1992
Rosenbaum-Dondaine, C. (Hg.), *L'image de piété en France (1814-1914)*, Paris 1984
Ladurie, E. Le, *Le Médecin de campagne*, Paris 1974
Ruggieri, G., »Teologia e restaurazione«, in: *Cristianesimo nella storia*, Nr. 12, 1991, S. 469-488
Sage, P., *Le bon prêtre dans la littérature française d'Amadis de Gaule au Génie du christianisme*, Genf 1951
Sancipriano, M., *Il pensiero politico di Haller e Rosmini*, Mailand 1968
Savart, C., »A la recherche de ›art‹ dit de Saint-Sulpice«, in: *Revue d'histoire de la spiritualité*, Nr. 52, 1976, S. 265-282
Scheffczyk, L. (Hg.), *Theologie im Aufbruch und Widerstand: Die deutsche katholische Theologie im 19. Jahrhundert*, Bremen 1955
Schieder, W., »Kirche und Revolution: Sozialgeschichtliche Aspekte der Trierer Wallfahrt von 1844«, *Archiv für Sozialgeschichte*, Nr. 14, 1974, S. 419-454
Stella, P., »Per una storia del profetismo apocalittico ottocentesco: Messaggi profetici di don Bosco a Pio IX e all'imperatore d'Austria (1870-1873)«, in: *Rivista di storia della Chiesa in Italia*, Nr. 4, 1968, S. 448-469
Tesini, M., *Gioacchino Ventura: La Chiesa nell'età delle rivoluzioni*, Rom 1988
Toscani, X., *Il clero lombardo dall'Ancien Régime alle Restaurazione*, Bologna 1979
–, *Secolarizzazione e frontiere sacerdotali: Il clero lombardo nell'Ottocento*, Bologna 1982
Tranvouez, Y., »Religion, politique et civilisation chrétienne: Lamennais en 1817: Étude sur le premier tome de l'Essai sur l'indifférence« in: *Civilisation chrétienne: Approche historique d'une ideologie (XVIIIe-XIXe siècle)*, Paris 1975, S. 105-142
Treille, C. La, *Joseph de Maistre et la Papauté*, Paris 1906
Ubersfeld, A., »La Crise de 1831-1833 dans la vie et l'oeuvre de Balzac«, in: *Europe*, Nr. 429-430, Januar-Februar 1965, S. 55-73
Vircondelet, A., *Le Monde merveilleux des images pieuses*, Paris 1988
Vouga, D., *Baudelaire et Joseph de Maistre*, Paris 1957
Werner, K., *Geschichte der katholischen Theologie seit dem Trienter Konzil bis zur Gegenwart*, München 1889

Williams, E., »Prosper Mérimée et l'archéologie médiévale dans le Midi de la France en 1834«, in: *Annales du Midi*, Nr. 93, S. 279-291
Wurmser, A., »Dieu avec nous«, in: *La Comédie inhumaine*, Paris 1964, S. 213-238
Ziemke, H.J. (Hg.), *Die Nazarener*, Frankfurt a.M. 1977

Der Intellektuelle

Béguin, A., *Traumwelt und Romantik. Versuch über die romantische Seele in Deutschland und in der Dichtung Frankreichs*, Bern, München 1972 (Orig.: L'âme romantique et le rêve: essai sur le romantisme allemand et la poesie française, Paris 1939)
Charle, Christophe, *Vordenker der Moderne: Die Intellektuellen im 19. Jahrhundert*, Frankfurt a.M. 1997*
Cometa, M., *Iduna. Mitologie della ragione*, Palermo 1984
Fuhrmann, M., *Terror und Spiel*, München 1971
Givone, S., *La questione romantica*, Rom, Bari 1992
–, *Storia del nulla*, Rom, Bari 1995
Harth, D., »Zerrissenheit«, in: *Kultur und Gedächtnis*, hrsg. von Jan Assmann und Tonio Hoelscher, Frankfurt a.M. 1988, S. 220-240
Heine, H., Historisch-kritische Gesamtausgabe der Werke, hrsg. v. M. Windfuhr 15 Bde., Bd. 8: Die romantische Schule, Hamburg 1979
Herder, J. G., *Sämtliche Werke*, Bd. 18, Berlin 1833, S. 483-502
Lepenies, Wolf, *Aufstieg und Fall der Intellektuellen in Europa*, Frankfurt a.M. 1992*
Mittner, L., *Ambivalenze romantiche*, Messina 1965
Nietzsche, F., »Über Wahrheit und Lüge im aussermoralischen Sinn«, *Sämtliche Werke. Kritische Studienausgabe*, hrsg. v. G. Colli/M. Montinari 15 Bde., Bd. 3, 2, Berlin, New York 1973
Novalis, *Schriften. Die Werke von Friedrich von Hardenberg*, hrsg. v. P. Kluckhohn u. R. Samuel, 4 Bde. und 1 Begleitband, Bd. 2, Das philosophische Werk, Stuttgart ^{3}1981
Paul, Jean, *Werke*, hrsg. von N. Miller, Bd. 2: *Siebenkäs, Flegeljahre*, München 1959-76
–, *Kritische Gesamtausgabe von Jean Paul*, hrs. E. Berend, Berlin 1923
Petersdorff, Dirk von, *Mysterienrede: zum Selbstverständnis romantischer Intellektueller*, Tübingen 1996*
Schelling, F. W. J., *Werke*, hrsg. v. M. Schröter, 6 Bde., Bd. 2, München 1927
Schlegel, F., *Kritische Friedrich Schlegel Ausgabe*, hrsg. v. E. Behler, Bd. II, München, Paderborn, Wien 1958
Sitzungsberichte der Heidelberger Akademie der Wissenschaften, Philosophisch-historische Klasse, 1917, Bd. 5, S. 5-7

Solger, K. W. F., *Nachgelassene Schriften und Briefwechsel*, Leipzig 1826, neu herausgegeben von H. Anton, 2 Bde., Heidelberg 1973

Sozzi, L., *Atti del XVI Convegno della Società universitaria per gli Studi di lingua e letteratura francese*, Trento 1988, S. 21ff.

Verra, V., »Tragische und Künstlerische Ironie bei K.W.F. Solger«, in: *Philosophie und Poesie. Otto Pöggeler zum 60. Geburtstag*, Frankfurt a.M. 1988, S. 235-254

Der Revolutionär

Agulhon, Maurice, *Les quarante-huitards,* Paris 1975

Bertier de Sauvigny/Guillaume-André, *La Restauration,* Paris 1955

Blanc, Louis, *Geschichte der zehn Jahre von 1830-1840,* 5 Bde., 1843-1845

Bouton, Victor, *Profiles révolutionnaires,* Paris 1848

Buonarotti, Philippe, *Babeuf und die Verschwörung für die Gleichheit,* Berlin (Ost) 1975

Carr, Edward, *The Romantic Exiles,* London 1949

Chateaubriand, François-René, *Erinnerungen,* München 1968

Dansette, Adrien, *L'attentat Orsini,* Genf 1972

Dommanget, Maurice, *Auguste Blanqui. Des origines à la Révolution de Paris,* Den Haag 1969

Eisenstein, Elisabeth, *The First Professional Revolutionist,* Cambridge/MA 1969

Flaubert, Gustave, *Lehrjahre des Gefühls,* Hamburg 1959

Furet, François, *Die Französische Revolution,* Frankfurt a.M. 1968

Galante-Garrone, Alessandro, *Filippo Buonarotti e i rivoluzionari dell'Ottocento,*Turin 1951

Geffroy, Gustave, *L'Enfermé,* Paris 1926

Georg Büchner-Ausstellungsgesellschaft (Hg.), *Georg Büchner 1813-1837. Revolutionär, Dichter, Wissenschaftler*, o. O. 1987*

Herzen, Alexander, *Byloie i doumy* [Erlebtes und Gedachtes], Gesamtausgabe Bd. 10 u. 11, Moskau 1956

–, *Erlebtes und Gedachtes,* Weimar 1953

–, *Vom anderen Ufer,* München 1969

Hugo, Victor, *Die Elenden,* Zürich 1968

–, *Les Misérables,* Bd. 2, Paris 1963

Krätz, Otto, *Alexander von Humboldt. Wissenschaftler, Weltbürger, Revolutionär,* München 1997*

Lamartine, Alphonse de, *Histoire des Girondins,* Bd. 2, Paris 1984

Luzzato, Sergio, *Il Terrore ricordato. Memoria e tradizione dell'esperienza rivoluzionare,* Genf 1988

Pance, B., »Les étudiants sous la Restauration«, in: *Paris révolutionnaire,* Paris 1849

Préposiet, Jean, *Histoire de l'anarchisme,* Paris 1933
Rey, Alain, »*Révolution*«. *Histoire d'un mot,* Paris 1989
Rosselli, Nello, *Mazzini e Bakunin,* Turin 1967
Saint-Just, *Rapport sur la police générale, la justice, le commerce, la législation, et les crimes de faction* vom 26. Germinal des Jahres II, Œvres Choisies, Paris 1968
Spitzer, Alan B., »La république souterraine«, in: Furet, F./Ozouf, M. (Hg.), *Le Siècle de l'avènement républicain,* Paris 1993
–, *Old Hatreds and Young Hopes. The French Carbonari and the Bourbon Restauration,* Cambridge/MA 1971
Stern, Daniel (Marie de Flavigny, comtesse d'Agoult), *Histoire de la Révolution de 1848,* Paris 1862
Tocqueville, Alexis, *Erinnerungen,* Stuttgart 1954
Trélat, U., »La charbonnerie«, in: *Paris révolutionnaire,* Paris 1849
Ulam, Adam B., *Rußlands gescheiterte Revolutionen,* München 1985
Zacone, Pierre, *Sociétés secrètes,* Paris 1847-1848

Autorinnen und Autoren

Bronislaw Baczko (Warschau, 1924) ist Honorarprofessor an der Philologischen Fakultät der Universität von Genf. Er veröffentlichte unter anderem: *Weltanschauung, Metaphysik, Entfremdung. Philosophische Versuche,* Frankfurt am Main 1969; *Rousseau. Einsamkeit und Gemeinschaft,* Wien/Frankfurt am Main/Zürich 1970; *Hegel versus Rousseau,* Bremen 1977; *Lumière de l'utopie,* Paris 1978; *Comment sortir de la Terreur. Thermidor et la Révolution,* Paris 1989.

Philippe Boutry (Villefranche-sur-Saône, 1954) ist Professor für Zeitgeschichte an der Universität von Paris XII-Val-de-Marne und Mitdirektor des Centre d'anthropologie européenne der Ecole des Hautes Etudes en Sciences Sociales. Von ihm sind unter anderem erschienen: *Martin l'archange,* Paris 1985 (mit Jacques Nassif), und *Prêtres et paroisses au pays du curé d'Ars,* Paris 1986

Giorgio Cosmacini (Mailand 1931) ist leitender Radiologe am Ospedale Maggiore von Mailand und Dozent für Hygienegeschichte an der Mailänder Universität. Unter anderem veröffentlichte er: *Storia della medicina e della sanità in Italia: dalla peste europea alla guerra mondiale, 1348-1918,* Rom/Bari 1995[6]; *Medicina e sanità in Italia nel Ventesimo secolo, 1918-1945,* Rom/Bari 1989 und *Storia della medicina e della sanità nell'Italia contemporanea, 1945-1993,* Rom/Bari 1994.

Sergio Givone (1944) ist Ordinarius für Ästhetik an der Universität von Florenz. Von seinen Arbeiten seien genannt: *Dostoevskij e la filo-*

sofia, Rom/Bari 1984; *Storia dell'estetica,* Rom/Bari 1994[5]; *La questione romantica,* Rom/Bari 1992[3] und *Storia del nulla,* Rom/Bari 1995[2].

Heinz-Gerhard Haupt (Göttingen 1943) lehrt an der Martin-Luther-Universität in Halle-Wittenberg. Zu seinen Veröffentlichungen zählen: *Sozialgeschichte Frankreichs seit 1789,* Frankfurt am Main 1989; *Die Pariser Kommune. Erfolg und Scheitern einer Revolution,* Frankfurt am Main/New York 1979 (mit Karin Hausen); *Orte des Alltags: Miniaturen aus der europäischen Kulturgeschichte,* München 1994.

Stéphane Michaud ist Professor für allgemeine und vergleichende Literaturwissenschaft an der Universität von Paris III-Sorbonne Nouvelle. Erschienen sind von ihm unter anderem: *Muse et Madone. Visages de la femme de la Révolution française aux apparitions de Lourdes,* Paris 1985; *L'impossible semblable: regards sur trois siècles de relacions littéraires franco-allemandes* (als Hg.) sowie ein Aufsatz zum 4. Band von Georges Duby und Michelle Perrot, *Geschichte der Frauen, Frankfurt am Main/New York 1993-95.*

Sidney Pollard (1925) ist emeritierter Professor für Wirtschaftsgeschichte an der Universität von Bielefeld. Er veröffentlichte unter anderem: *Peaceful Conquest. The Industrialization of Europe 1760-1970,* Oxford 1981; »Labour in Great Britain«, in: Mathias, Peter u. M. M. Postan (Hg.), *The Cambridge Economic History of Europe,* Bd. 7, *The Industrial Economies: Capital, Labour, and Enterprise,* Cambridge 1978 und *Robert Owen, Prophet of the Poor. Essays in Honour of the 200th. Anniversary of His Birth,* London 1971 (als Hg.).

ANZEIGEN DES VERLAGS